DEPTHS

毕沙罗传

OF

IRVING STONE

GLORY

渴望
风流

[美] 欧文·斯通
———— 著

刘 绯 褚律元
———— 译

长江出版传媒

长江文艺出版社

新出图证（鄂）字 03 号

图书在版编目（CIP）数据

渴望风流 /（美）欧文·斯通著；刘绯，褚律元译 . -- 武汉：长江文艺出版社，2017.1
（2022.2 重印）

ISBN 978-7-5354-9286-9

Ⅰ.①渴… Ⅱ.①欧… ②刘… ③褚… Ⅲ. 长篇小说-美国-现代 Ⅳ.①I712.45

中国版本图书馆 CIP 数据核字（2017）第274401号

著作权合同登记号：17-2016-362

Depths of Glory by Irving Stone
Simplified Chinese Translation Copyright © 2017 by Beijing Mediatime Books CO., LTD.
This translation published by arrangement with Doubleday, an imprint of The Knopf Doubleday Group,
a division of Penguin Random House, LLC.
through Bardon-Chinese Media Agency
All rights reserved.

策　　划：刘　平　何丽娜　　　　　　责任编辑：栾　喜
责任校对：许　罡　　　　　　　　　　封面设计：所以设计馆
责任印制：张　涛

出版：长江出版传媒　长江文艺出版社
地址：武汉市雄楚大街 268 号　　　　邮编：430070
发行：长江文艺出版社
　　　北京时代华语国际传媒股份有限公司　　（电话：010-83670231）
http://www.cjlap.com
印刷：北京中科印刷有限公司

开本：690毫米 × 980毫米　1/16　　印张：31
版次：2017 年1月第1版　　　　2022 年2月第3次印刷
字数：510千字

定价：88.00 元

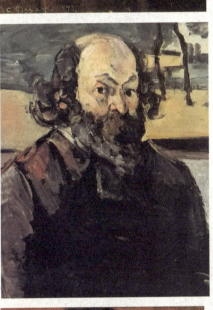

┤ **自画像**

卡米耶·毕沙罗（1830—1903）

如果我必须重新来一遍，我还是要走这条路。

林中浴女

卡米耶·毕沙罗

1898
美国纽约大都会艺术博物馆

⊣ 自画像

爱德华·马奈（1832 - 1883）

没人了解整天遭受侮辱的感受。但是对我来说，简直没有比这个更好的表扬了！

草地上的午餐

爱德华·马奈

1863
法国巴黎奥赛美术馆

⊣ **自画像**

埃德加·德加（1834—1917）
我恨女人。正因为如此，我才经常画她们。

芭蕾彩排

埃德加·德加

1874
美国纽约大都会博物馆

┤ **自画像**

保罗·塞尚（1839—1906）
我欠你的绘画真理，我将在画中告诉你。

大浴女

保罗·塞尚

1898—1906
英国伦敦国家美术馆

┤ 自画像

克劳德·莫奈（1840—1926）
我不停地作画，是想在失明之前画尽世间万物。

日出·印象

克劳德·莫奈

1872
法国巴黎玛摩丹美术馆

⊣ 自画像

皮埃尔·奥古斯特·雷诺阿（1841—1919）

为什么艺术不能是美的呢？世界上丑恶的事已经够多的了。

蛙塘

雷诺阿

1869
俄罗斯莫斯科普斯金博物馆

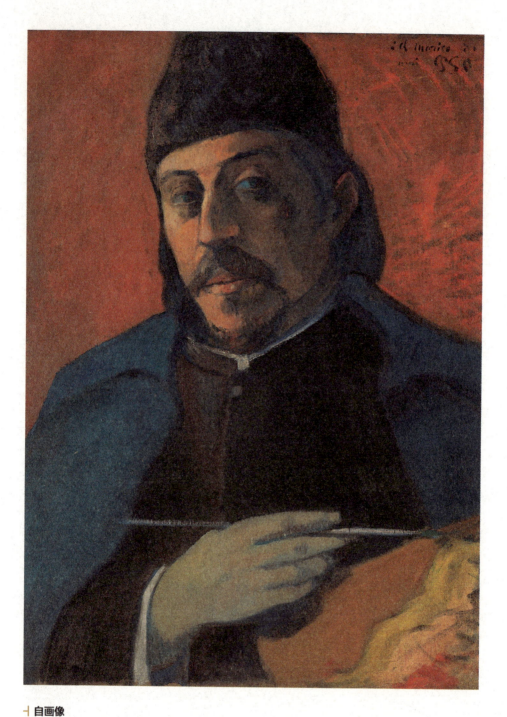

┤ **自画像**

保罗·高更（1848—1903）

要坚强，够坚持，才能承担孤独，才能独立独行。

塔西提的牧歌

保罗·高更

1893

俄罗斯圣彼得堡国立埃尔米塔日博物馆

┤ **自画像**

文森特·梵高（1853—1890）
在疯与不疯之间，我选择真实。

星空

文森特·梵高

1889
美国纽约现代美术馆

戴绿头巾的女人

卡米耶·毕沙罗

1893

法国巴黎奥赛美术馆

目 录
Contents

Chapter 01

难舍巴黎

　　没多大工夫，他就通过了海关的检查，提着那两个旅行皮包沿码头朝布洛涅˙车站走去。他那件挺厚的黑色外套仍旧潮乎乎的，这是刚才乘小汽船横渡英吉利海峡时被海水溅湿的，因为他不愿闷在那拥挤不堪的二等舱里，宁可站在毫无遮蔽的甲板上，听凭那咸咸的浪花飞溅到自己的脸上。从福克斯通˙˙渡过英吉利海峡只用了不到 3 小时，不过英吉利海峡的波涛确实汹涌，真是名不虚传。卡米耶·毕沙罗离开远在小安的列斯群岛˙˙˙的圣托马斯岛上的家，乘"马格达莱纳号"轮船在海上足足航行了 3 个星期，现在他那双穿着靴子的脚终于踏上了陆地，这自然使他感到格外欣悦。他一手提一个皮包，一边精神抖擞地沿着码头大步走去，一边尽情地呼吸着 10 月中旬的清新空气，感到自己浑身是劲。他今年 25 岁，中等个头，宽肩，细腰，长腿。别的几位旅客，有的年纪比他的大，有的行李比他多，坐着刚雇的马车从他身旁经过，也是去赶那趟开往巴黎的火车的。

　　按当地火车站的规定，乘客应提前 15 分钟进站，由于这天渡船是顺着英吉利海峡的浪潮而行，毕沙罗到火车站时距离开车时间还不止 15 分钟。他朝漆黑的火车头走去，只见火车头上的烟囱高高地越过了月台的顶棚；火车司机穿一身活像将军的海军制服站在机车旁，俨然一副海军统帅的神气。他经过一节截短了的煤车，在行李车厢前停下，把两个皮包交给一个脚夫去寄存，每个包付了两个苏˙˙˙˙（约两美分）的脚力钱，然后收好到圣拉扎尔火车站后取行李的凭证。三等车厢就像平板运货车似的，没有顶篷，也没有挡板，摆着一些长木凳，乘客就坐在露天里。二等车厢倒是围得严严实实，尾端还装着一个铁皮通风管。每一节车厢下面的轮子又高又大，门口都有一个带护栏的台阶。他在第七节二等车厢上找了个顺着行驶方向的靠窗座位，这样就可以一路遥望法国乡间丰收的田野和茂密的森林了。

　　1842 年，他 12 岁的时候，第一次坐一艘英国货轮渡过大西洋到巴黎城外的帕西去上学。那时，他从波尔多到巴黎得坐好几天马车。5 年后他返回圣托马斯岛时，已经可以坐上新开的火车到里尔城，然后换乘另一趟火车。这趟车的铁轨尚未铺全，但也把他送到了离敦刻尔克不远的地方。最后他乘上四驾马车来到港埠，再坐法国货轮西行抵达圣托马斯岛。

　　如今已是 1855 年，他先到达南安普敦港，再坐火车到伦敦，然后又坐火车和小汽船到布洛涅。他的速写本和随身带来在航海途中读的书都放在那两个沉重的旅行包里了。不

˙ 法国北部加来海峡省港口城市。

˙˙ 英格兰南部肯特郡海滨城，距英吉利海峡对面的布洛涅港仅 28 英里。

˙˙˙ 南美洲东北海岸外西印度群岛中的三大群岛之一。

˙˙˙˙ 法国旧货币单位，合五生丁。

过他的口袋里放着一份折得整整齐齐的当日的伦敦《泰晤士报》。虽然圣托马斯是一个属丹麦管辖的岛屿，但是在夏洛特阿马利亚港镇他的家里，在大街上生意兴隆的缝纫用品店和航海用品店楼上凌乱的住屋里，人们说的都是法语。英语是这个港埠的商业语言。年轻的卡米耶自17岁在萨瓦里寄宿学校读完中学后就开始替父亲干活，在码头检查英国货轮和美国货轮运载的来往货物，渐渐地就学会了英语。

站长吹响了哨子，司炉烧旺了蒸汽机车的炉火，司机拉响了汽笛，火车开始慢慢出站，往巴黎方向驶去。布洛涅不起眼的郊外很快就落到后面了；火车正沿着法国海岸往南驶去，沿途穿过黎阿纳山脉的迷人峡谷；接着又穿过一条200码长的漆黑隧道，在隧道里他的鼻孔吸满了煤灰。火车亮着两盏前灯驶进了冷冷清清的艾达普勒港，灯光照亮了索姆河边荒无人迹的沙地。

他的脑子里充满了各种互相碰撞、各不相让的思绪，就像他在布洛涅车站让脚夫去存放的行李装满了各种杂物一样。他为自己不能留在伦敦研究透纳*和康斯太布尔**的画而深感遗憾。当年他在每隔几天由轮船带到那个小岛去的法文和英文报纸上看到过几幅复制品，就像看到正活跃于法国画坛的大师德拉克洛瓦***和库尔贝****的作品一样激动不已。漫长的一年，他一边等待哥哥阿尔弗雷德从巴黎度假回来接替他为父亲干的活儿，一边爱不释手地反复读这些报纸。他姐姐爱玛的婆家——艾萨克森一家——邀请他在伦敦同他们一起住一星期，而他近期内也绝不可能再有机会到伦敦研究英国画派。可是当"马格达莱纳号"抵达南安普敦时，有一封信正等着他，嘱他立即直返巴黎，他的姐姐德尔芬生命垂危。他希望自己赶到时姐姐还活着。

他天生就有画画的欲望。只要一拿起铅笔或钢笔，他总不会是在练习本上记笔记，而是画出一幅幅圣托马斯码头的速写：桅杆林立的大帆船，划到大轮船旁边去送货或取货的小木船；连绵起伏的绿色山岗像一道坚固的屏障，守护着海湾四周一片低低的、摇晃的瓦房。他喜欢躲在岛上的主街——德罗宁仁斯-盖德街上的商店门道里，用速写本画那些来自十几个不同国家、穿着花花绿绿的衣服在街上逛商店、喝酒、找女人的水手。说来也算幸运，他在萨瓦里寄宿学校的图画课老师是个有眼光的人，他及时发现了这个年仅12岁的孩子有一种看见什么就想画什么的冲动。他不但把自己所掌握的不算很丰富的绘画知识和技艺统统传授给卡米耶，而且还在他14岁那年送给他一本对他颇有教益的课本——塞缪尔·普鲁特写的《绘画简易教程》。

---

* 透纳（1775—1851），英国画家，晚年探索光与色的表现效果，对法国印象派绘画影响颇大。

** 康斯太布尔（1776—1837），英国风景画家。

*** 德拉克洛瓦（1798—1863），法国浪漫主义画家。

**** 库尔贝（1819—1877），法国画家，现实主义绘画的开创者。

只要他们那个小小的班级去巴黎游玩一天，这位图画课老师总要带他们去卢浮宫博物馆参观，给这些小家伙们一一讲解荷兰、法国、西班牙、意大利等国各个画派在技巧和题材方面的区别。临毕业那一年，他还每月一次带卡米耶和另外一两名学生去奥古斯特·萨瓦里的画室观摩。奥古斯特·萨瓦里是他们这个寄宿学校的主人的亲戚，一位颇受尊敬的风景画家，他画的凡尔赛和马耶纳的风景画经常挂在美术沙龙展出。他也是个好心肠的人，总是耐心地教这些孩子怎样把油画颜料一点一点放到调色板上调好颜色，然后再往绷紧的画布上涂抹，还让他们用手去摸画笔头上的颜料，告诉他们那是有重量和体积的，能产生无穷的变化。

卡米耶简直看得入了迷，不过那时他已 16 岁了，深知自己还得用铅笔、炭笔、墨汁，甚至树胶颜料或水彩颜料画上好几年，然后才敢试验画油画。

他是圣托马斯岛上唯一怀有这一特殊欲念的人。繁荣的夏洛特阿马利亚港镇上从未诞生过，甚至从未看见过一个画家。他的一举一动都没法瞒过当地人的耳目。因为他生性温厚，长得虽不英俊，却有着黝黑光滑的皮肤，一双清澈温柔的褐色眼睛，所以他的癖好倒也得到认可了。他从没告诉过任何人说自己决心一生从事绘画艺术。他没法头头是道地说清自己的理由，但有一点大概是清楚的，他从一开始就被绘画艺术迷住了，就像别的年轻人迷上了大海、法律、医学、工程学、经商或者管理钱财一样。

他掏出兜里的《泰晤士报》，想要集中注意力读报，但又抵挡不住沿途各种景色的诱惑。他望见了索姆河的河谷，那一带田里的庄稼已经收割完毕，肥沃的土壤正静静地躺在那儿，准备迎接冬天的雨水和来年的春耕播种。到达亚眠前，有一些田里还有农家妇女和孩子在拾穗子。男人们都在四处挖泥炭。当亚眠跑马场——法国最好的跑马场——掠入他的眼帘时，他的心情像预期的那样发生了变化，开始沉浸于返回巴黎的兴奋之中。巴黎是绘画艺术繁荣昌盛的地方，是全世界的艺术中心，他已决心去那里从事自己的事业，终生不渝。他正年富力强，身体健康，还有半个世纪漫长的生涯在等待着他，他尽可以创作出许许多多的作品。

尽管当年法国人见了外乡人总爱兴致勃勃地大谈坐马车长途颠簸的奇妙滋味，如今坐在这些崭新的火车车厢里他们却一个个都像哑巴似的默不作声，脸上的神情好像在说："再也不用坐那种七摇八晃的马车在泥石路上颠簸磕碰了，再也不用关在那只有一扇像头巾那么大的黑窗户而闷出了臭气的小笼子里，到一个驿站就得停下来换马了，这多叫人宽心啊。"

卡米耶完全沉浸在飘飘然的喜悦之中，竟没有听见坐在身边的那位头发涂得油亮、脸色发青的中年汉子在跟他搭话。只身长途旅行的人往往会忍不住跟素不相识的人说起知心话来，尽管他们心里完全明白以后再也不会同这些陌生旅伴见面。

"……名字叫乔治·拉希。纺织行业的。我做的是法国最好的纺织生意，卖里昂产的羊毛。跑遍了南美洲。离开老婆孩子4个月啦。见鬼！好长时间都睡陌生的床。不过这趟跑得也够有意思的，跑到哪儿卖到哪儿。店主们那空空的货架和满满的钱包等着我去呢。"

卡米耶小声咕哝道："很高兴。我是圣托马斯岛来的卡米耶·毕沙罗，正要去巴黎看母亲和姐姐。我的姐姐德尔芬久病不愈，她们是到法国求医来的。我的父亲和哥哥等卖掉家里开的店后马上就来和我们团聚。我在加拉加斯待过两年，和一位画家朋友一起作画，所以我认识那儿的一些人，也会一点西班牙语。"

"你是干哪一行的？"

"我是个画家。"这是他平生第一次大声说出这几个字。

"啊！波希米亚人的营生。你是个很出色的画家吗？"

"还不是。"

"那要等到什么时候才算是呢？"

"艺术是慢慢提高的。"

"你的画卖得也很慢，是不是？"

"暂时是这样。"

"还不如干纺织哩，"乔治·拉希断言道，"这是人们需要的东西。既然你会西班牙语，也熟悉南美洲，用不着别人帮忙就能干得挺像样的。"

"我在父亲的店里卖过东西，刚够混口饭吃。"

他的大脑不愿去思索到巴黎见到母亲时会是一幅什么情景，因为眼下他除了宣布自己要当一名画家以外别的什么也不想说。他父亲弗雷德里克·毕沙罗在波尔多出生，也在那里受的教育。他是个热衷于法国文化的人。正因如此，他才把两个儿子送到萨瓦里寄宿学校接受教育。卡米耶的哥哥阿尔弗雷德是个不用功的学生，只在学校待了一年就厌烦了；他的爱好是拉小提琴。等阿尔弗雷德回家后，12岁的卡米耶才被送去念书。他们的父亲需要有一个儿子在身边帮他装卸货物。不是卡米耶就是阿尔弗雷德，经常把装满绳子、柏油、磨甲板的沙石、食物、轮船零件等货物的单轮铁轨滑车从海边推到德罗宁仁斯－盖德街，然后用手搬运到街对面的毕沙罗商店。

除兄弟俩以外，家里还有两个同母异父的姐姐，是母亲和她的第一个丈夫生的。他死去时他们的母亲才29岁。弗雷德里克·毕沙罗是拉舍尔·佩蒂死去的丈夫的侄子，当时他专程从波尔多赶来料理叔叔的财产问题。后来佩蒂怀孕了，而按规定她还得过几个月才能同丈夫的这位侄子结婚，因此在当地引起了一阵飞短流长。丹麦政府宽容地让他们按非宗教的仪式成了婚。不久佩蒂生下一个男孩，但不幸在襁褓中夭折了。尽管如此，教会还是拒不承认他们的结合是合法的。

卡米耶帮父亲干了4年。他挣的薪水不少，但管教严格的父母迫使他把大部分钱都存入银行。除了有时他能划上他的小船在码头附近沿着海岸寻找一些迷人的景象画几幅速写，或者漫步于可以俯瞰圣托马斯岛的树木茂密的山岗，以便找到一块空地，在那里把下面辽阔的大海画成水彩画以外，这几年的岁月纯属虚度。他爱自己的家庭，也希望为一家人的共同利益做出贡献。然而，他又渴望逃脱这个闭塞的小岛，渴望能自由地把全部精力投入于学习那艰深的、难以捉摸的绘画技巧。每当父亲责备他不该去画那些个没用的东西，而应该在生意那么忙的店里找些更重要的事情做的时候，他心里就非常窝火。

他一定得离开这里，去另找一个安身之处，要找一个他能从天亮一直画到天黑的地方。可是去哪里呢？再说，有什么充分的理由能够证明自己逃离一个繁忙兴隆的商行去寻找一个冥府般的艺术世界、一个吉凶未卜的前途，是完全正当的呢？他的父母会痛骂他，会把这种行为说成大逆不道。

没多久，他遇见了弗里茨·梅尔比。这是一个年轻的丹麦人，1851年夏天受哥本哈根艺术学院委托前来圣托马斯岛画属丹麦管辖的夏洛特·阿马利亚海港。卡米耶同这位25岁的画家结识的那天，也同往常一样在码头上等着那些货箱、货包从大货轮上卸下来，检查货物清单，还偷闲画几幅速写——大帆船啦，单桅小帆船啦，划着木船往岸边运送小桶、小盒子的男人啦，还有俯冲下来啄鱼的白色翅膀的鸟。

"你是我认识的第一个画家。"卡米耶用惊讶的口气说，"我们这个岛上从来不产画家，只产棕榈树和糖酒。"

只要卡米耶能从店里脱身，或者能在检查货物装卸的过程中抽出空儿，他总是和这位画家在一起。弗里茨·梅尔比22岁时就在哥本哈根艺术学院展出了两幅画，这实在是不寻常的成就。可他当时并没有留在丹麦以进一步奠定自己的声誉，而是越过大西洋在纽约市待了相当长时间，然后又北行到达加拿大边境，画了一幅尼亚加拉瀑布。他在美国学会了一口流利的英语，而且经常一激动就会把动词放到句末。

卡米耶只能偶尔把这位朋友带到自己家去。毕沙罗一家是以热心好客闻名的，只是母亲已经为儿子迷恋画画的事感到害怕，所以对弗里茨颇为警惕，生怕他给儿子带来危险的影响。弗里茨在夏洛特·阿马利亚港镇上只找到了一间又小又脏的屋子，白天不用，只是每天晚上同卡米耶谈到深夜之后去那儿睡上几个钟头。他急于返回丹麦，所以干得很起劲，从每一个角度观察了这个美不胜收的海湾，最后完成了一幅漂亮的水彩画。临走的时候，弗里茨说出了心里话："明年我还要来。你能帮我找一间干净亮堂的屋子吗？我们可以一起画画。不过说真的，我们应该去南美洲找色彩丰富的美景，有着绝妙色彩基调的景色。你能做到吗？离家出走？"

　　卡米耶冲动地答道："我已经攒了足够过一年的工资，也许还能过两年，不过我只能瞒着父母逃走。他们不会同意的。他们希望我成为商人，而不是画家。"他把那长着浓密的深褐色头发的脑袋往后一甩，哈哈笑了起来："……干什么都行，就是不能当画家。"

　　"我们可以等一艘开往我们要去的地方的船，然后在船临开的那一刻上船，留下封信告诉家里……"

　　第二年他们一点不差正是这样做的，偷偷坐船到达委内瑞拉那个默默无闻的港市拉瓜伊拉。

　　他花了整整一年时间来决定是否告知父母自己要和弗里茨·梅尔比一起出走。要说不告知父母也是很有一些理由的。他的父母让他在法国接受了 5 年那么好的教育，不惜忍受儿子远离家乡的思念之苦和家里缺一个帮手的劳累，而且还得负担相当大的经济开支。他们把他抚养成人，对他十分疼爱，而且一直在筹划让他和哥哥接替他们经营家里开的商店。他们会伤心至极。他母亲又是个动辄大怒、动辄发愁的人。这一来就会给父亲增添沉重的负担。然而他没有别的法子。

　　一到拉瓜伊拉，卡米耶立刻给这个港市画了一幅水彩画：一条弯弯曲曲的街道两旁排满了房屋，有一家人正在街上行路，父亲骑着驴，母亲一手领着一个瘦小的孩子，另一手挽着一个沉甸甸的包袱。

　　火车开进了克勒尔蒙车站，站上有个便餐部。卡米耶跳下车，买了一块奶酪、一根叫作"面包条儿"的又长又细的硬皮面包，和一小瓶附近的兰科特镇葡萄园产的葡萄酒。他还是七八个小时前在伦敦的旅店里匆匆吃过一顿早饭，到现在什么也没吃过。当火车咔嚓咔嚓闹哄哄地穿过克勒尔蒙和兰科特这两个美丽的小镇，沿着皮卡迪高原的白垩地山坡缓缓驶去时，他在火车里大口大口地咬着新鲜的面包和奶酪。车窗外的村庄里满是红瓦屋顶五颜六色的房屋，四周都是葡萄园。他一边凝望着这美丽的景色，一边叹息道："要是我能在旅途中停下来观赏一番该有多好。走一阵停一阵，然后继续上路，再停留一阵，这对一个画家来说简直是一个美梦。"

　　他狼吞虎咽地吃完了面包和奶酪，又喝下最后一口葡萄酒，暗自做出了决断："总有一天我要这样做。"

　　暮色早早地降临了。一个从车厢顶上走来的工人点亮了火车车窗外的油灯。很快，他们就进入了圣拉扎尔火车站，只见第一条隧道顶上筑着一个小屋似的棚子，是用粗石胶泥砌成，漆成了淡黄色。卡米耶觉得这棚子很难看。

他走到月台上，感到凉飕飕的晚风一阵阵迎面扑来。天已黑了，他已经在旅途中过了 11 个小时。他把取行李的凭证交给一个脚夫，但足足等了半个多小时，他的所有行李才摆到桌上让海关检查，甚至连那些在布洛涅海关已经检查过的行李也还得重新检查一遍。

车站外停着一排马车。虽然他母亲的住处不远，就在蒙马特区的边上，但提着这沉重的行李走过去还是太远了些。他朝等在车队最前头的那辆单驾马车走去。那匹马正在吃一把挂在它嘴边的干草，车夫披着一件带有好几个肩领的肮脏斗篷，正在嘟嘟哝哝地对自己抱怨，看来是等得不耐烦了。他头上盖着一顶破得不成样子的帽子，脚上套着一双很大的木鞋。

"要多少？把我送到蒙马特区南边的洛蕾特圣母院路 49 号要多少钱？"

车夫估量这个外国人明摆着对马车费是一无所知的。

"4 法郎 80 分。"

"哪有这么贵的？规定的价是 1 法郎 50 分。"

车夫轻轻骂了一句："你真是个死脑筋。2 法郎 50 分吧。"

"2 法郎。外加几个苏小费。"

"真让人吃惊。没见过你这号人。上车吧。"

他登上两级铁阶梯，在那个好像装了一袋针似的扎人的乌德勒支* 黄色天鹅绒座位上坐好。他的脚下铺着一层散发出粪便味儿的稻草。车门关不上，玻璃也破了，那匹尖头细尾的瘦马有气无力地拖着这沉重的车子在崎岖的卵石路上辘辘而行。

"多气派的马车，"卡米耶坐在歪歪扭扭地向前驶去的车里暗自思忖道，觉得很好笑，"不过这毕竟是巴黎！"

他朝破车窗外仔细观望了一番，忽然发现眼前的巴黎同他 8 年前离开时已大不一样，不禁大吃一惊。一排排的楼房已全部拆掉，狭窄弯曲的街道已消失在一大片碎石废墟中。他猛地往马车前凑过身去，冲着车夫大声喊道："这儿出什么事了？怎么看上去好像有一支侵略军扫荡了全城似的？"

车夫往 10 月的空气中啐了一口痰。

"你说对了。我们那位疯子皇帝拿破仑三世——他能当皇帝，我的这匹老马就能当亚眠的赛马了——同他从普瓦迪尔请来的那个新专员干的好事。那家伙叫奥斯曼**他们要把整个城市都拆光。"

"为什么？"

---

* 乌德勒支系荷兰一城市名。

** 奥斯曼男爵（1809—1891），第二帝国时期（1852—1870）巴黎大规模改建工程的主要负责人。著有《回忆录》，对现代化城市规划很有影响。

　　"一场赌博。容易让人上当的把戏。皇帝说：'要把巴黎建成一个大理石城市，像古罗马那样富丽堂皇。'他说他要当奥古斯都第二。这是骗人的鬼话。他是要除掉这些窄街小巷，这样就没有人能够像1848年那会儿一样挖起地下的鹅卵石造反了。他打算修建宽宽的大马路，要是有人造反，他的部队就可以一路杀来镇压……"

　　卡米耶不相信地摇摇头。

　　"不会就因为这个吧。就连我这么个年轻人也记得，巴黎有几个地段尽是破破烂烂的贫民窟，那里的居民穷得难以活命，还动不动就得肺结核病。"

　　"掌权的人没一个会为百姓做一丁点儿好事的。瞧瞧我这匹半死的马和这辆快烂了的车。又穷又苦地过一辈子——瞧瞧我这副面孔，你能看得出我有多大岁数了吗——我哪还能攒得了钱换上新马新车呢？"

　　他们先往东来到圣拉扎尔街，然后驶入圣·乔治街，不一会儿就往北一拐到了洛蕾特圣母院。这是一座像个四方的石头堡垒似的教堂，周围一带人称"洛蕾特女郎"的妓女已经穿得花枝招展地聚集在一起，准备开始当天的夜市了。从圣母院顺坡而上的那个犹太人居住区是个颇得艺术家喜爱的生活场所，因为那里有丰富多彩的露天生活，还有那条人行道上摆满货摊的陡坡市场街。

　　"是得给4法郎！"卡米耶下车时高声说道，"很抱歉，我刚才跟你讨价还价。给这匹可怜的老马买点燕麦吧。那座位底下也该铺上点新鲜的草，不然都是牛粪臭。"

　　"4法郎？你真犯傻了。不过收了这样的钱我可真的要给那稻草撒上香水儿了。"

　　同圣托马斯岛上那商店楼上的宽敞住处相比，这里的毕沙罗寓所要小得多。光是那些笨重的丹麦西印度群岛产的家具就堆满了每个屋子，挤得就像法国人喜爱的摆满古玩、小摆设、花草的桌子一样。但是新家具贵得根本买不起。每一对年轻的新婚夫妇都从父母或祖父母手里得到一张床和一张桌子，然后急不可待地巴望着再继承一只五斗橱或一把躺椅什么的。正在陆续搬到巴黎来的毕沙罗一家，没有为新家购置家具摆设的打算。既然只有弗雷德里克和一个儿子（先是卡米耶，后是阿尔弗雷德）留在圣托马斯岛上的家里，他们就把那些又大又结实的家具装到一艘同他们家有生意往来的货轮上，随同拉舍尔、爱玛和她的3个孩子，以及德尔芬和阿尔弗雷德一起运走。老家只留下两张窄窄的行军床、一张吃饭桌和两把不算高级的椅子。家里早就答应让阿尔弗雷德从毕沙罗铺子的杂货生意中脱出身来在巴黎度一年假，他帮助全家在那里安顿了下来。卡米耶发现这些曾在那个热带小岛上伴随他一起成长的家具又搬进了这幢巴黎式公寓楼的二层套房里。门厅里摆着一个挂衣帽、放手杖和雨伞的组合架，还有那把他以前经常坐在上面脱湿靴子的小椅子。

　　拉舍尔·毕沙罗听见儿子的脚步声，连忙从卧室出来，高兴地大喊一声，伸出双臂抱住了他，把他紧紧地贴在自己结实的胸膛上，一边如释重负地喊叫着，一边满怀深情地吻遍了他的脸。

"卡米耶，我亲爱的孩子，你总算来了。"

他热烈地吻了吻母亲的脸颊，喃喃地说："见到你我真高兴，妈妈。我是以最快速度赶来的。"

"我知道你会这样。对你我总是信得过的。"

"并不总是。"卡米耶心想，"我逃到委内瑞拉那会儿就信不过。"不过眼下无论如何不能提这种令人不痛快的事。

他伸直双臂扶着母亲。一顶花边绒帽戴在她后脑亮闪闪的褐色头发上，头发从中间分开，遮住耳朵的两边露着几点灰斑；一副无边眼镜低低地架在她挺直的鼻梁和宽大的鼻孔上。她的嘴巴宽大，富有魅力；褐色的眼睛半闭着，有点凹陷。她已60岁，个头高大，臀部壮实。她穿一套两件裙衫，上衣的腰部和肘部都收紧，显得十分合体，边上镶着深蓝色丝绸饰边，裙衫的下摆和手腕处张得开开的。她年轻时是一个迷人的女子，如今上了年纪也仍不减当年风韵；她是生活中的一个斗士，是他父亲的好伴侣，也是日渐兴隆的毕沙罗家业的掌管人之一——店里的记账、借款、还债之类的事务都由她一手操持。他们在圣托马斯岛上的朋友们都这样说她："拉舍尔·毕沙罗什么优点都有，就缺一样让自己快活的本领。"

"难怪他们会这么说。"他一边用指尖温柔地抹去母亲眼角的泪水一边这样想，"她和头一个丈夫生了4个孩子，可是有两个儿子不幸早逝；丈夫死的时候她才29岁。嫁给我父亲后生的儿子也死了两个，一个刚生下不久就死了，另一个是20岁那年死的。现在德尔芬又……"

她细细端详着儿子：大大的脑袋，满头长发披挂在和这脑袋十分相称的耳朵上；罗马元老院议员似的鼻子在略低于眼睛处微微弓起；还有那双在整个脸上显得最突出的褐色大眼睛——两个眼珠离得很远，看上去敏锐而友好，然而又略带怀疑地观望着世界，显然是一双不容蔑视也不会轻易受骗的眼睛。

"从来没有人因为我长得漂亮而责怪我。"他大笑着说，"可是这是一张瞒不住心思的脸。"

"你已经长大了，是个堂堂的男子汉了。"

"我的身体可没长，妈妈。我还跟原来差不多，5英尺9英寸，165磅。我成熟的地方是在脑袋里，那里是看不出来的。"

拉舍尔刚想要问一个问题，可转念一想，觉得这时候不合适。她半闭着双眼，低声说道："德尔芬要见你。她能活到现在就是因为这个，为了等你。"

他的姐姐爱玛走进屋来，拥抱了他一下。

"必须事先提醒你一下，我亲爱的弟弟，你不能对她撒谎，也不能带给她无法实现的希望。她不知道自己只剩下几天时间了。她已经完全灰心，没有意志活下去了。"

拉舍尔用凄楚的声音插了一句："她说生活对她来说始终是一场空。"

"这话对吗，爱玛？"

他站在那里注视着这位同母异父的姐姐。爱玛比他大 10 岁，在拉舍尔陷入丧夫失子的危机时总是充当起代理母亲的角色。那些危机曾使拉舍尔悲痛欲绝，拼命抱怨自己命运不佳，痛苦地大喊："一定是死神同我交上了朋友，他是这样时时陪在我的身边。"

爱玛也穿着两件式裙衫，细薄布高领衬衫外面套着一件背心。她没有像她母亲那样在裙撑外面裹上一层又一层的布，这也算得上是对生意兴隆的法国布商的反叛行为，因为正是这些布商造成了女子的这种穿着时尚：虽说不像裹木乃伊那样把身体扎得严严实实，却也包上了那么多层布。

卡米耶当然并不了解爱玛的父亲，也就是他母亲的第一个丈夫贝迪，但是他猜想爱玛一定是遗传了她父亲的性格：冷静，稳重，以一种带有嘲讽的幽默感正视着生活。她和卡米耶是家里关系最亲密的成员，两人总是相互支持。爱玛长得不算漂亮，她虽然已经 35 岁，是 3 个孩子的母亲，却还是挺有魅力。她有一头很有光泽的淡褐色头发，直直地往后梳。在后脑盘成一个髻，稳稳当当地罩在一个时髦的发网中。她脸色红润，洁净无瑕，一双淡褐色的眼睛竟能同时显得既锐利又和蔼。

"对的。"她轻声回答卡米耶的问题，"因为德尔芬长得不好看，她认为没有人会爱她。因为她缺乏才智，缺乏天生的灵气，她就认为没有人会对她感兴趣。"

"我爱她！"卡米耶大声喊道，"我总是想方设法要让她笑，要为她做一些使她感兴趣的事。现在我可以去看她了吗？我不会装模作样，可我要让她看到，至少她的弟弟还是爱她的。"

德尔芬的卧室就像一间粉刷得洁白的修女居室，没有一点儿装饰。她一向喜欢这样。她正躺在一张窄窄的床上，床架上竖着刻成菠萝形状的七盘八绕的高高床杆，这是家里唯一一件在安的列斯群岛出产的家具，顶上罩着一个拉丁美洲查查族妇女制作的西班牙式天篷。屋里还有一个红木衣柜，一面镜子挂在墙上，一张像是修女静思用的小桌子，一把供医生或家里的探望者坐的椅子。

德尔芬将近 32 岁，面如土色，满脸皱纹。当卡米耶走到她的床边时，她的眼睛顿时闪闪发亮。

卡米耶紧紧地抓住她那枯瘦的手，放到嘴边吻了一下。

"究竟是怎么回事？"他第一千次这样暗自问道，"谁也不知道她到底得了什么病。

她从没表现出曾经夺走了妈妈头一个丈夫和4个孩子生命的那种发高烧的病状。医生说她的心脏、肺和血液都没有一点毛病。"

德尔芬回答了他这个没有说出口的问题。

"爱玛说我是拿到了一副难打的坏牌。这还不完全对,卡米耶。分给我的是一副空白的牌。没有数字,没有花色,没有王后或国王。空白的牌是没法打的。我生来就是这样。或许有些人也是这样。你说是吗?"

他觉得鼻子发酸,连忙忍住没哭出来。他吻了吻德尔芬干燥的嘴唇两角,用手指把她的头发慢慢往后捋。她的额头略微有点发烫。虽然爱玛提醒过他,可他还是想试一试:"德尔芬,我要带你去看看巴黎。我们一同享乐一下。"

德尔芬摇了摇头以示谢绝。

"卡米耶,我愿意离开这个世界了。这并不难受,特别是有你在我身边。你是很关心我的……"

他走出房间时发现他母亲站在门外。她那双苦恼的眼睛里显出了几道愤怒的红丝。

"根本不是这么回事。谁也没有夺走她生活中的乐趣。她并不是因为伤心才落得生命垂危。上帝给了她一种致命的疾病,病根深深地藏在里面,没有一个医生能够发现。难道我生了一个没有意志活下去的孩子也要受到责备吗?她是身体有病,而不是心理不健全。心理因素可以伤害一个人,但不会置人于死地。"

卡米耶连忙安慰母亲。

"别说了,妈妈。你已经尽到了一个母亲所能尽到的一切责任,甚至今年一直都没跟丈夫生活在一起。"

他安详的天性对母亲产生了一点镇静的效果。

"你是一个好儿子。"她温柔地说,"可是我的8个孩子非要失去5个,这究竟是为什么呀?"

"你是相信宗教的,妈妈。这个问题去问上帝吧。"

爱玛走进屋来,在她拖到脚踝的绣花褶边长裙外面系了一个短短的围裙。

"到厨房来吧。"

厨房显得较小,离餐室很远,里面满是挂在钉子上和搁在架子上的铜锅、平底煎锅、烤肉叉之类的炊具,都是从圣托马斯岛上带来的。

"你吃过饭了吗?"

"只在克勒尔蒙吃了一点面包和奶酪。"

"同我猜的一样。家里还剩有不少汤,我给你热一热吧。我们有过一个厨娘,可她……算了,不说这个了。我把茶壶搁到炉子上吧。"

等他一走进餐室,他就感到自己又回到了圣托马斯岛的家中。他看到了那张他小时候非常熟悉的红木活动饭桌，上面镶嵌着五颜六色的图案，周围仍然摆着那些刻花藤椅，靠一面墙立着那只放台布和瓷器的大柜。卡米耶刚打开一扇柜门就听到了一阵铃响，顿时想起了小时候的情景：铃声一响，拉舍尔便知道有一个孩子在偷吃那可口的西印度群岛出产的果酱了。他不由得露出了微笑。对面墙边的餐具柜里放着他们家的那些镀银烛台、一个银制冰盘和各种刻花玻璃酒瓶，瓶里装着朗姆酒、威士忌、法国科涅克白兰地等等。卡米耶脑海中顿时浮现出在老家的露天游廊上全家人送走了一个长长的大热天后聚集在那里喝喝冰镇饮料、聊聊各色新闻的一情一景。所有这些虽然雕刻精细但是体积庞大的木头家具放在圣托马斯岛的家中仍能留出很多空间，但是在这套巴黎的公寓房里，卡米耶发现自己不得不在这些家具中间绕来绕去，就像是穿行在一片红木密林中的羊肠小道上。

爱玛没有打扰他。她让他静静地吃着，没有问长问短，只是给他讲一点他们在巴黎度过的这一年的孤独生活。她们的兄弟阿尔弗雷德有了一个情人，不常在家。祖父母已经很老了，卡米耶在萨瓦里寄宿学校的 5 年中，他们对他照顾得无微不至，每逢节假日和暑假总把他接去和他们住。毕沙罗家的一个叔叔莫依斯娶的是他的外甥女，偶尔带着孩子来做客。

"简直可以说是与世隔绝。"爱玛说，"德尔芬又病得这么厉害，老要人家照顾，我们实在帮不了她什么忙了。"

"你离开菲尼阿斯来到这里，已经做出了很大的牺牲。"

爱玛耸了耸肩膀："你给我带来了一包信吧？"

"好几包。他整整一个月每天都给你写信。"

卡米耶发现爱玛并没有因为离别了同她做了 7 年恩爱夫妻的丈夫一年多而生气或心情郁闷，这使他十分欣喜。菲尼阿斯·艾萨克森出身于一个殷实的英国商人家庭，目前定居在圣托马斯岛，想在那里用他家的产业搞一些投资，其中有些业务是同毕沙罗商号联合经营的。他起码还得花一年多时间才能把一切事务安排妥当，而后返回伦敦同爱玛和孩子们团聚。

"我母亲需要我。"他们家的孩子都习惯于说"我母亲"或干脆只说"母亲"，而从不说"我们母亲"，"需要我在这儿帮她建起一个家，帮她适应一个大都市的生活，要知道她可是一步都没离开过我们那个小岛。菲尼阿斯对这件事从没意见。不过我也有两个自私的目的。"

爱玛具有直率坦诚的美德，这跟人类普遍的躲躲闪闪的习性相比，犹如深深埋在一座大山中的稀世宝石。

"第一是要让我的孩子早日脱离那个讨厌的小岛；第二是催促菲尼阿斯赶快了结他的生意，哪怕放弃最后可以收取的那笔钱。他不愿意离开我生活，就像我不愿意离开他生活一样。我们都是为了等待在伦敦定居的那一天才活着的。"

他发现母亲像一尊雕像似的坐在起居室里那把西印度群岛产的软垫沙发椅的中间。沙发的前面摆着他们家的那张大理石面、雕花红木底座的圆桌。墙边有一个玻璃门的书柜，另外还有几把编织藤椅和几把镶有亮闪闪的红木框的摇椅。他在母亲身边坐了下来。

"父亲过得很好。他给你带来这样一个口信：他要是在几个月内能把家里的商店和房子以一个好价钱卖掉，夏天他就到这里来陪你过上长长一段时间。"

拉舍尔深深地叹了口气。

"生意怎么样？"

"我们的航船用品买卖受到了严重的危害。原先必须在欧洲、北美和南美洲中途停泊添置物品的帆船现在都在逐渐换成不需要沿途靠岸购买物品的新式轮船。它们可以将货直接运到目的地。"

"这份家业可是很值钱的呀。"她喃喃地说，"大街上最高大、最牢固的楼房……"

"……可是没有买主。我父亲正在等待着生意上出现一个有利的转机。这一天会到来的。"

"可是要等到什么时候呢？我需要我的丈夫在我身边。"

他好声好气地答道："我们每个人都有需求，妈妈。不要失去耐心。我们前面的日子还长着呢。"

"与其说是为我自己着想还不如说是为了你们，感谢上帝。"她急切地向卡米耶凑过身去，"说说你的需要……"

"哦，不，妈妈。我才刚到这里。"

"好吧。不过我们有很严肃的事情要商量。"

"我同意。"

拉舍尔只有在自己的家庭圈子里才感到放心，对外人她总是不太信得过。当年她的姐姐不幸早逝，她便嫁给了姐夫。当这位像继承遗产似的得来的丈夫没到中年就去世后，她又嫁给了亡夫的侄子，比她小5岁的弗雷德里克。那年弗雷德里克才24岁，从波尔多赶来处理艾萨克·贝迪的遗产分配问题，以不使他们家族吃亏。拉舍尔之所以同意爱玛嫁给菲尼阿斯，用她的话来说也是因为："菲尼阿斯一直就像是我们家的人。"

当她的另一个小叔子莫依斯娶了他的年轻外甥女时，拉舍尔也大表赞同，说："就应该把什么都保存在自己家里。"

卡米耶问道："妈妈，你打算让我也娶自己家的亲戚吗？"

"啊，不。没有一个适合你的漂亮表妹。我要给你找一个不错的犹太姑娘，家庭地位高，嫁妆可观。"

"可是别着急，妈妈。"

"谁着急啦？我只有等你谋到一份好生计之后才能让你去参加社交活动。"

巴黎正在披上宁静的曙光织成的晨衣。卡米耶伴着第一道晨曦醒来，立刻起床梳了梳头发，穿上干净的衬衫和裤子，走进了德尔芬的房间。她正静静地躺着，毯子塞在下颏下，两眼睁得大大的，茫然地瞪着天花板。

"啊，你醒了，真好。我去为我们俩煮点咖啡。煮好了咖啡，新鲜的羊角面包也该送到了。"

德尔芬的嘴唇微微动了一下。

拉舍尔和两个女儿是在卡米耶刚从委内瑞拉回到家就动身到巴黎来的。她们没来得及听他讲讲他在南美洲的旅居生活，也没来得及看到他的速写本和水彩画。这会儿，他便一边吃早点一边给德尔芬讲他的种种有趣的旅途见闻。他介绍了弗里茨·梅尔比的情况和加拉加斯城的风貌，描绘了加拉加斯人的丰富多彩的生活，回忆了他几次闯入乡村漫游的经历，还讲到用炭笔或钢笔在空白的纸上捕捉这些经历的精神使他感到多么激动，而要真正捕捉住这样的精神又是多么不容易。

他把德尔芬的身子往上抬了抬，让她的头和自己的头一样高，然后给她看他的一些铅笔速写，画的是几个戴着漂亮头巾的俊俏的土著女子；一个头上顶着一盘食物的妇女；还有沐浴的土著女子。接着他又翻到几幅中国水墨画，画的是一些穿着鲜艳服装的男男女女在赶集，阿维拉山的一群男人在举行部落集会；还有几幅用铅笔打底再用墨水加描的写生，画的是一些光着脚骑在小毛驴上的土著人。他又把那幅乌贼墨汁画的栩栩如生的《狂欢节舞会》举起来给她看，只见一个光线暗淡的大屋子里有十几对舞伴正随着葫芦敲出的节奏翩跹起舞。最后是用铅笔打底再用褐色水墨画成的《画室》：两副画架，一副是他自己的，另一副是弗里茨·梅尔比的，墙上挂着十几幅素描和油画，一个年轻的学生坐在画室的一边，弗里茨坐在画架前挥笔作画。

德尔芬费力地说了一句："你在我身边，我多快活啊。"

"那你为什么还要离开我们呢？"

过了一会儿，她睡着了。爱玛悄悄地走了进来，身上裹着一件挺厚的晨衣。

"她会睡好半天的。干吗不出去走走？你一定迫不及待地想到巴黎的街上去逛逛吧。不过可要留点神，整条街上的高楼都会塌到你身上来的。"

卡米耶哈哈大笑。

"弗里茨的兄弟安东·梅尔比在马图林农庄路18号隔壁有一间画室。弗里茨写信来要我去看看他。我可以去找他一下。"

他必须领取一张官方身份证，以证明他在巴黎是合法的。当他走进指定的那个身份证办理处时，他简直要被室内的气味熏晕了。准是两本文件夹中间藏着一只死耗子，吃剩的饭菜在角落里腐烂，很久前穿脏的衣服在发出阵阵汗臭。他在回来的路上朝塞纳河畔走去时还记得巴黎的办公室发臭是因为所有的窗子都被封得死死的，以躲避那令人胆寒的肺结核病菌，但其他的一切似乎都发生了惊人的变化。卢浮宫和杜伊勒里宫*之间那个很大的地区过去曾是一个自成一体的小城，能见到 100 多幢日益颓败的古老皇家宅邸，但现在所有的建筑都已被拆毁，由奥斯曼专员和拿破仑三世这个君王城的建设者在平地上改建起了一个个花园。在塞纳河的左岸仍然保存着那些气势威严的澡堂，如德里格尼澡堂、维杰尔澡堂、贝迪澡堂等，每一个澡堂都是傍依河岸的加多赛大街的一座浮屋。尽管这些澡堂显得更豪华，但他还是决定到那些中国式澡堂舒舒服服地洗一洗。保持干净在圣托马斯岛是一件严格的事情，而且也不难做到。毕沙罗家的孩子曾经每周都要在家中的大铁浴盆里洗一次澡，帮他们洗澡的是他们家买来当奴仆的那个黑女人，1848 年的法案给她带来自由的机会时，她却宣布说："这是我的家。我要待在这儿。"不过大部分时间卡米耶总是跳进海湾的水中嬉戏一阵。但是在巴黎，男人不是使用公共澡堂，就是干脆留着一身污垢通年不洗。女人则不许进澡堂，理由是有伤风化。他从在码头上花几分钱买来的一本书中读到，大多数法国妇女一辈子从来不洗一次澡，这使他大吃一惊。除了有钱人以外，所有男人都是一生只洗一次澡，也就是入伍服役前规定必须洗的那次。一个人的手和指甲倒是精心保持清洁的；可从来没有人会洗一洗头发，而总是用一把细齿梳子狠狠地篦一篦，把虱子篦掉就行了。

一个来自热带岛国的人了解到这样的事当然会惊诧不已。总得解释一下其中的原委吧。果然，他又往下读了几页后找到了这个解释："洗澡是自我放纵。它危害人的健康。"

来到这个巴黎都城后，拉舍尔只好花费昂贵的工钱雇一些身强力壮的人把一桶桶热水提到公寓来。

他从河岸走下平缓的台阶，踏上一座直通澡堂的红漆中国式小桥。澡堂的门开在房子的中间，木头门廊下摆着一些栽在浴盆中的鲜花，靠河岸那侧有一个栽满杨柳的美丽花园。他穿过一个彩画绘顶、壁柱林立的游廊，在入口处的小亭子付了 20 生丁**，便被领入一间幽室，室内摆着一个装有热水龙头的浴盆，还有一块稍稍用过的肥皂。那个东方人服务员说道："不限时间。要热毛巾的时候喊一声行。"

他在澡堂里泡了好半天，竟误了拉舍尔的晚饭时间。不过他挨不了饿的，他在巴黎到处都可以吃到东西：街上的小摊、手推货车、冒着烟的小火炉，哪儿都有女人在高声叫卖各式风味的小吃。在圣母院大桥附近他花一个苏买了一碗汤；在通宵都有农场的马车源

---

* 法国国王亨利二世的王后卡特琳·德·美第奇的宫室，1564 年开始兴建，1871 年被焚毁。

** 法国货币单位，合 1 / 100 法郎。

源不断运来新鲜农产品的"老实人集市"上的一个露天厨房里，他买了一份鸡肉火腿加青豆的杂烩；沿着河岸往回走时，他见到一位老妇人端着一只热气腾腾的平锅，便又从她那里买了一纸包香肠和油炸土豆片。巴黎人吃得最多的肉是猪肉，在他经过的 10 多家店铺里都有卖的，可是他们家所在的圣托马斯岛是禁食猪肉的。他走得那么有劲，所以肚子好像老吃不饱似的。他经过一个胸前挂着一架手摇风琴在演奏《威廉·退尔》的街头艺人，一些身穿制服在散发广告的人，还有一群挤在一家报馆门前看关于克里米亚战争的最新海报的人，然后在一家瑞士牛奶铺前停下，要了一杯热巧克力和一块糕点。

还在寄宿学校的时候，他曾花了将近 3 个小时才从蒙马特区穿过市区来到戈歇河边，这是因为那时塞纳河上桥梁稀少，而且市内小巷纵横，死胡同遍布，还有一片穿不透的密林似的奇形怪状的房屋挡住了道路，使整个市区成了一个奇特的迷宫。他还想起了那一整排一整排又小又黑的店铺，里面的商品都被包得严严实实，仿佛是故意不让人看见似的，而且价格也不标明，这跟毕沙罗家在圣托马斯岛上的商店可大不一样。那时法国店主都不喜欢收取现金；他们愿意以高利让顾客赊账。

现在这一切都变了。巴黎居民被迫在离家很近的商店购买货物的日子已不复存在，他们可以沿着那些新建的大道，如斯特拉斯堡路啦，鹿苑路啦，一路逛一逛商店了。那儿的商店更大也更亮堂，每样货品上都标着价格，摆在外面随便看，而且只收现钱。在巴黎首次出现的两家又大又气派的百货公司也已开张，一家是 3 年前建成的"高级商场"，略微有点本土味儿；另一家是更早一年落成的"卢浮宫百货商店"，价格更贵些，但货物也更齐全，橱窗里琳琅满目，甚至令人惊叹地陈列着世界各地的产品。

他还高兴地发现，他可以在交通工具上换换花样，花 6 个苏坐一趟四轮公共马车。巴黎的第一条柏油马路伯杰尔大街平坦极了。在别的街道上他看到一些修路工在把过去的大块铺路石换成小巧的沙石，马车驶在这样的沙石路上就不那么隆隆轰响了。在福波·圣奥诺雷路的富人生活区，路上铺的是木板，车辆行驶起来就更安静、更平稳了。来往行人最多的热闹地带便是那些"林荫大道"，什么嘉布遭会林荫道啦，意大利林荫道啦。这些街道两旁尽是卖珠宝、香水、皮夹、鞋子之类的豪华商店，而城市的其余部分却仍只是一片挤满了脚夫、货车、沿街叫卖的小贩、运水工等等的破旧小街，窄得一次只能通过一辆马车，人行道也窄得可怜，只要两个人并排走，其中一个就得费好大劲儿才能不踩到那通常是湿漉漉的街沟里。不过，他所到之处都可以看见地上挖了一个个大洞，有时还可以见到一些没有铺路石的几近废墟的街道。一个又一个地段正在被彻底拆除，一幢又一幢大楼正在陆续建起，高大的脚手架鳞次栉比。留在他记忆中的那个破败不堪的古老城市——除了一直在毫无计划、毫无道理地盲目扩展黎士里约路和香榭丽舍大道之外——已经开始呈现出一个合理规划的现代大都城的景象。

"那个马车夫说得不对，"他暗自思忖道，"拿破仑三世和奥斯曼专员正在把巴黎重建成欧洲的一大奇观。住在这里太好了。"他脸上泛出一片红光，"我们有些人显然是碰巧生错地方了。"

他登上马图林农庄路18号那几层昏暗窄小的楼梯时，听到了一阵嘈杂的人声。显然楼上正在举办一场宴会，或正在举行什么会议。他又往上走了一层，便发现安东·梅尔比的房门开着。一幅惊人的景象映入他的眼帘。画室里挤满了人，墙边的架子上摆满了花瓶、小雕像、石斧之类的玩意儿。架子下面各式奇形怪状的桌子上堆放着各种古代文物、安放在铺有天鹅绒的盒子里的古钱币、小提琴、吉他、各种形状的鼓、披挂着五颜六色的土耳其古装和袍子的假人儿，还有近东地区特有的粗大水烟筒、圆筒形毡帽、枪、剑等等。有几个架子上放着书籍，用一块块象形文字的小石碑夹得整整齐齐，乍一看就像是贴了一层糊墙纸。架子的上方贴着这位画家的几幅土耳其风景速写和水彩画。安东·梅尔比本人身穿白色裤子和白色法兰绒上衣，头戴一顶从君士坦丁堡买来的红色圆筒形毡帽，脸上架着一副细黑边眼镜，站在一个画架前，正挥笔在一块很大的画布上描绘一幅气势磅礴的海战图。他的身边围着一群又吃又喝、谈笑风生、赞叹不绝的伙伴，有的坐在椅子上，有的站着，有的踏着脚下的东方地毯悠闲地踱来踱去。这些人中有几位穿着画家的工作服，其余的则穿戴得更正式：丝绸礼帽，长长的燕尾服，式样时髦的灰色或棕黄色裤子，浆洗的硬领白衬衫，配上黑色蝴蝶领结。安东的画技引起了一片激动的气氛；置身于这批看来是志同道合的朋友的包围中，他似乎也感到精力倍增，灵感大发。

没有人和卡米耶打招呼。他进屋绕到一个可以暗暗观看安东绘画而不被觉察的位置。他顿时惊呆了。

"我简直快站不住了。"他暗自嘀咕道，"我一向认为艺术是一种孤独的求索。"

他的想法显然错了。当初他和弗里茨·梅尔比一起在加拉加斯的画室里，或在野外的森林中和高山上作画时，他们总是非常安静，直到一天的创作结束后才进行评论。怎么能在这样一片嘈杂的谈笑声中，在这样一个不停地有人走来走去的吵闹地方作画呀！"画得一笔都不差！"卡米耶差点儿叫出声来……这真是不可思议。可是安东·梅尔比明明就是这样画出来的，而且出自他手笔的还是令人称羡、能卖高价的作品。

接着出现了最惊人的插曲。长得很像他的兄弟弗里茨的安东——身体高大，肩膀宽阔，淡色头发，淡色胡子，灰眼睛——用略带丹麦口音的法语宣布道："我累了。让我们奏乐唱会儿歌吧。"

他离开画架，抓起一把吉他，重重地坐到一个皮垫子上，悠闲自在地用手指拨弄起琴弦来。他的朋友都围在四周。当他奏起《好心的市民》的曲子时，这些人便起劲地唱了起来：

　　　在拿破仑三世的
　　　天国之下，
　　　中产市民们
　　　担心害怕：
　　　他吃饭，是不是饿了？
　　　他喝水，是不是渴了？
　　　不，听我一句！
　　　他的情妇是一个天使，
　　　只是不喜欢他的一切，
　　　就爱他的钱。
　　　这位例行公事的朋友，
　　　他把进步看作
　　　过火。
　　　"共和"一词
　　　吓得他躲在家里
　　　浑身发抖。

　　安东的琴声一停就好像是发了一个信号。随着一片热情的告别声，他的朋友们鱼贯经过卡米耶身边，仍然一起唱着歌闹哄哄地走了。卡米耶从门边那个半隐蔽的角落走进屋去，做了自我介绍。

　　"啊，你就是我那位行踪不定的兄弟的朋友，衷心欢迎你。弗里茨在信中提起过你，你们有过很愉快的交往，是吗？"

　　"也很有收获。弗里茨是一个认真勤奋的画家。我从他那里学到了很多东西。"

　　"他告诉我说他也从你身上学到了不少。"

　　卡米耶很有自知之明地羞红了脸。安东热情地说："快请坐。跟我一起喝杯酒。见到你我特别高兴，因为弗里茨不是一个好交朋友的人。你是他肯承认的第一个朋友。不过，请你快给我讲讲弗里茨在加拉加斯度过的那两年的情况。他心情快乐吗？他的作品成功吗？"

　　卡米耶一边呷着酒，一边给安东讲起了他们在委内瑞拉度过的创作生活。安东听完后大声说道："我已知道你今天会来的。我内心的一个声音告诉我的。你相信这种超人的感觉力吗？"

"不。对我来说，光要搞懂我能看见、听见、感觉到的那些简单事物就已经够难的了。神奇的事情我是理解不了的。我不去管它，对那些使我困惑不解的人，我只能用这个办法。"

安东松开了他的黑色领带。他用手指捋了几下他那头漂亮的淡色鬈发。他的皮肤白皙，同卡米耶黝黑的热带肤色形成了对照。他那双被眼镜片放大了的眼睛显得温和友善。他脸上放射出即将功成名就的光彩，尤其是那两片喜悦的嘴唇，仿佛是品尝到了这世界的美味。他的表情好像是在说："我总是借助一点儿才华去顺从命运的安排。我已经从中尝到了最大的甜头。"

"丹麦人的天才就是能把事业成功所需要的踏实和广交朋友所需要的随和结合起来。我很爱工作。我整天不停地干，却既不觉得紧张，也不感到劳累。我从不允许自己受到内心动荡不安的骚扰或身体疲乏不堪的伤害。"

卡米耶注意到他说话时没有他兄弟常用的那种缠绕不清的语法结构。

"弗里茨说你具有天生的绘画才能。"安东把话题转了一下。

"我们是在一起学习，我们把精力倾注于绘画……"

"也倾注于年轻的委内瑞拉姑娘吧？"

"我们是度过了一些快乐的时光。可以说，加拉加斯是我最早获得社交经验的地方。"

"你多大了？"

"25。在圣托马斯岛，你要想结交一位好姑娘就非得娶她。对于像我这样收入低微的小伙子来说，唯一可选择的就是那些专门招待远航归来饥不择食的水手的妓女。这终究不太有吸引力，而且也危险，很可能染上从全世界各个港口带来的花柳病。有几位委内瑞拉姑娘使我们产生了真心的爱恋。她们陪着我们去乡村到处画画，快活极了。"

"这么说你已经长大成人了？"

"如果这是长大成人的定义的话。"

"这是一部分。画画是更重要的一部分。你觉得万国博览会展出的那些画怎么样？"

"我还没去看呢。我是前天才到的。"

"那你必须赶快去看，很快就要停展了，我带你去吧。我的画也在那里展出，而且运气很好，我的画是一进门第一眼就会看到的。这给我的画的销路可是帮了大忙。你可得做好思想准备啊！一共展出5000幅画哩！简直像是要把大海喝干似的。你将会目睹一场颜料和画布的大爆炸，这是你以前连做梦都想象不到的。"

"我可以欣赏一下你的大作吗？弗里茨对你的作品评价很高。"

"太高了。其实他对我的作品很不满。每次有人把他的作品说成安东的画时，他总会大怒。不过这是免不了的，老师和学生嘛。我画大海，只画大海。不管什么天气，不管海上航行着什么样的船只，我全都画。大海使我迷恋。我年轻时曾想当一名海军军官，可是我眼睛近视，所以没能如愿。后来我成了职业音乐家。19岁那年我偶然在哥本哈根参观了一次画展。其中有一幅画，画的是猛烈的暴风雨中的大海，把我深深地迷住了，我立刻就报名进了艺术学校，嘿，就这样操起了画笔！我是个海员画家，将军级的。"

卡米耶站在那些画前，细细端详着海上的暴风雨，汹涌的海浪冲击着的灯塔，正在激烈交战的船只、枪炮和战士，风平浪静的海面，阳光或月光把临近岸边的海水映照得五彩斑斓，还有停泊在内陆港口的帆船和轮船。安东·梅尔比的确具有敏锐的眼光，能把海水和天气观察得细致入微。

他们走了一小时的路，经过圣拉扎尔车站，然后往南拐入埃斯托尔街，穿过主教区广场和博沃广场。卡米耶竟然忘记了这是可以窥见法国建筑艺术天才之一斑的地方：四五条街汇成一个圆圈，每一个拐角都耸立着一幢圆形大楼，这些圆形大楼构成了一个真正圆形的广场，多么和谐，真是赏心悦目。

一走上香榭丽舍大道，他们便看见了雄伟的凯旋门，过了凯旋门便是万国博览会展览馆。

"我想我来得正是时候。"卡米耶暗暗想道，"这座城市的重建能激发起新的思想和新的活力。"

"每一个时代的绘画都是一个新的发明，和铁轨上行驶的火车和照亮我们住宅的煤油灯完全一样。"安东答道。

万国博览会就像大雾笼罩的海面上突然冲向一艘小划艇的巨大货轮似的赫然出现在他们面前。卡米耶看见了四座独立的石头亭阁，把香榭丽舍大道装点得更加美丽，而且足足占了2万平方英尺的面积，比夏洛特·阿马利亚市的整条中心大街还要大。

"你知道看不惯它的人管它叫什么吗？"安东听见他惊讶地"啊"了一声便问道，"说它是'地道的厕所'。不过，恶意攻击在巴黎是司空见惯的。"

卡米耶从法国邮船运到圣托马斯岛的巴黎报纸《明晰报》和《弗加罗报》，以及当地报纸《时报》上读到过，拿破仑三世当年流亡英国时曾对水晶宫展览馆羡慕不绝。那时他就下了决心，一旦他当上总统，特别是在他那场使自己黄袍加身的政变成功之后，他一定要创建一座超现代的国际展览馆，取代英国水晶宫的重要地位。

"很雄伟，"安东喊道，"不是吗？"

确实如此。一个很大的院子后面有4道拱门，院子的中央耸立着一棵极其高大的栗树，树枝高高地蔓延到屋顶上。从拱门伸展出去的两个气势不凡的侧厅里是络绎不绝地出出进进的参观者，男人头戴丝绸礼帽，身穿盖住膝盖的长礼服；女人则头戴缀着花朵的无边帽，身穿下摆撑开的拖地长裙，肩上披着五颜六色的大围巾。

这些参观者纷纷穿过能自动计算入场人数的机械转门。当初有人传说这些转门还能算出入场者的体重和年龄，引起一场虚惊，在这个谣传平息前没有一个女人敢进去。刚一进门就有几个头戴三角帽、腰挂佩剑的值勤官威武地站着。

进了工业厅，只见一个木头栏的长廊里展出着各种新试制的机器。他们快步向前走去时，卡米耶还注意到法国人把他在火车上结识的那个人一直在南美洲兜售的那种里昂出产的布料也摆出来展览了。这个厅里展出的还有：北方产的羊毛，花边饰带，青铜制品，精密仪器，首次铸成的铝锭，塞夫尔[*]出产的花瓶，克里斯托弗产的银器。他还看到了英国人展出的金属和陶器。美国人展出的是狩猎武器和家具；比利时人展出的是祭司穿的法衣。进入主厅后，卡米耶惊讶得几乎透不过气来。这个大厅似乎起码有 100 英尺高，上面是玻璃的拱形屋顶，大约 60 英尺高处有一个楼厅。到处都有楼梯，楼梯旁立着一座座巨大的雕像，比最高的参观者还足高出 3 倍。四周分布着几座亭阁，顶上盖着漂亮的天篷，里面有栽着各种灌木花草的高出地面的圆形花园，还摆着一些软垫椅子，供走累了的游客歇歇脚。一个个喷水池水花飞溅，大梁上围绕法国三色国旗高高飘扬着各国的国旗。

卡米耶从来不曾想象过这样一座高大无比的大厅竟然能活生生地出现在自己眼前。大厅周围设有许多供应饮料的咖啡厅和酒吧。最受人欢迎的是一位名叫罗伊塞尔先生的人发明的一种制咖啡的器具，叫作咖啡渗滤壶，一小时能制出 2000 杯咖啡，全都被前来参观的人津津有味地喝得精光。

这里展出着新型的机车和豪华的火车车厢；新近投入生产的煤气路灯；电池和勘探用的灯泡。引起轰动的是被宣称为这个世纪最重要发明的电报，但是同时展出的莫尔斯电码却并没有使人觉得有什么特别的价值。橡胶的硫化处理是当时的一大发明。一位名叫古德伊尔先生^{**}的美国人运用一种特别的处理方法使参观者得以看到许多令人眼花缭乱的橡胶制品：漂亮的橡胶梳子，奇特的橡皮玩具——挤一下就会吱吱叫的狗和鸟什么的。一个装满热水的橡皮床垫把参观者看得乐不可支。另一样来自美国的新发明是一个叫作"缝纫机"的玩意儿，这台机器旁边挂着一块牌子，上面写道："手工制作的时代将一去不复返。"

但是吸引了最多参观者的展品还是那些镶在王冠上的钻石，印度王公用的帐篷，两盏法国巴卡拉玻璃厂制造的水晶石枝形吊灯，一个会说话的洋娃娃，还有一尊比利时人展

---

[*] 法国上塞纳省城市，以路易十五和蓬巴杜夫人于 1756 年建立的塞夫尔国家瓷器厂出产的瓷器著称。

^{**} 查尔斯·古德伊尔（1800—1860），美国发明家，1844 年取得橡胶硫化法的第一个专利，但专利权屡遭侵犯，死时负债累累。

出的全身穿着衣服的上帝塑像。在卡米耶看来，这位上帝脸上的表情是在对这个盛大的展览会表示赞许。

一位官方向导执意要告诉他们这次展览会是一大成功。开幕以来的 200 天中已有 500 万人前来参观，虽然展览会收入的 300 万法郎无法抵消支出的 1100 万法郎费用，但是法国的铁路因此赚了好几百万法郎，巴黎的旅馆也增加了好几十万宿客。星期天免费入场时，参观者更是络绎不绝，成千上万地涌来。继葡萄牙国王之后，英国女王也动了大驾。这确实比 1851 年在伦敦举办的水晶宫博览会还要成功。

他们快步穿过剩下的几个展厅，忽然发现自己已经出门来到一个景色迷人的花园，只见眼前是一片修剪得非常整齐的树篱，几棵参天大树和几个已经开始凋谢的花圃。过了这个花园便是美术馆。他们不知不觉地穿过那高高的半圆形大门，走进了这个有着两层玻璃顶的大展厅。

厅里弥漫着油画颜料、清漆和画布的清香气息。

卡米耶呆呆地站在这个用警戒线围起来的巨大画廊前，眼前挂满了画，除了一大片斑斓夺目的色彩外什么也看不清。离他最近处展出的是法兰克福、丹麦、瑞典、挪威等地的作品，几块大牌子上写着它们的国别。再往里是展出普鲁士和意大利作品的大方廊，然后是从地板到天花板并排挂满了比利时、美国、西班牙、荷兰、英国等国的风景画、人物肖像、静物写生、海景画等等的长廊。

安东抓住卡米耶的胳膊，把卡米耶拉到他自己的那幅画《海上灯塔》前。卡米耶的心还在怦怦跳个不停。

"这里一共挂了多少幅画？"

"5000 多幅。"

他的嗓子眼儿好像被堵住了似的："真是太容易了。似乎随便哪个脑瓜子不灵的人都能胡乱涂抹出一幅画来。画画简直成了已经蔓延整个欧洲的可怕的传染病。"

"反正不是黑死病，"安东·梅尔比颇抱同情地答道，"从来没有人被它夺走过性命。巴黎人有一句俗话说得好：要想好上加好，就得把好当敌人。好的画家多的是，但要做到更好就必须孜孜不倦地努力拼搏。除此以外没有任何选择。"

他领着卡米耶穿过几个挂着各国作品的画廊，走进第一个展出法国作品的大厅。

"我能理解你的反应。你是一下子被这气势征服了。我第一次走进这里时也这样。等你再来几次之后，你就会发现这一幅幅作品开始表现出自身的价值了。当你区分出各个流派后，你就会逐渐识别各个艺术家的特点。每一个艺术家都与其他艺术家不同；这就是艺术具有神奇魅力的原因之一。换句话说，每一个艺术家在生活和创作中都享有广泛的自由。"

　　他们快步穿过了一个宽阔的拱廊，一边挂的全是皮埃蒙特地区*的作品，另一边是罗马、瑞典和托斯卡纳地区**的代表作，见到的流派名称之多是他连做梦都想象不到的：浪漫主义、原始主义、新潮流、象征主义、瞬间印象派、现代派艺术、文学运动派、进行派……

　　这究竟意味着什么？是艺术家们自己把自己归入这样一些范畴呢，还是那些搞文学的人把画家推进了这样热闹的追逐之中？

　　两个很大的法国馆里展出着约莫 2000 幅油画。他放慢步子，想要细细欣赏一番，但看到画布角上的作者名字后，却深为自己的无知而惊骇不已。什么格勒兹***、鲁热****、弗兰德林*****、伊冯******、卡巴奈*******、维农********等等，显然个个都是得到公认的。他竟不知他们为何许人也。虽然他已经如饥似渴地读了好几年法国的艺术杂志和巴黎的报纸，可是这些名字他却一个都认不出来。他继续搜寻，又拼出了另一些人的名字：雅拉伯特、寇松、特罗扬、弗朗塞、齐姆、古丹、谢纳瓦尔……足足有好几百个。

　　"太不可思议了！"他大喊道，招来一对中年夫妇的目光，他们正像在书摊上浏览图书似的观赏着一幅幅画，"光是巴黎就准有好几千个画家了。没有必要再画了，肯定不需要更多的画家了。我简直是在白日做梦！"

　　"我们先看一遍法国作品吧，"安乐建议道，"评选组的选择标准是非常严格的。"

　　"我的天哪！那么没有入选的作品有多少呢？"

　　"每年都不一样。今年春季吗？我猜总有好几千吧。"

　　"不能入选的原因是什么？遭到拒绝的那些可怜人最后怎么办呢？"

　　"首先，没有足够的墙让所有画画的人都挂上自己的作品。其次，有不少作品显然不那么成熟。还有一些画则是题材不能被评选人接受。有些画家由于政治、社会或个人的原因而成了遭禁者。至于你的另一个问题，直到开幕前一天没有人能知道谁被选中了。那些挂出了作品的人兴高采烈。其他人，也就是你所说的那些可怜人，到头来发现他们的画被堆在接待室里，上面盖着一个大大的"退"字。他们骂骂咧咧，或者哭哭啼啼，把他们的画装到小小的手推车上垂头丧气地运回家去。"

就在这时，卡米耶忽然想起了杜米埃*画的两幅漫画，其中一幅画的是 4 个男人肩上扛着巨大的画布在街上飞奔，还有几个年轻力壮的人背着几幅装在精致镜框里的中等尺寸的画，后面紧跟着一位画家，头戴一顶高冠宽边帽，蓬乱的长发一直拖到背上，穿着一件破旧的画家工作袍，左手握着一块调色板，右手急切地往画布上涂抹最后几笔。他们倾着身子拼命往美术展览馆奔去，四周围着另外一些画家，头戴大礼帽，身穿黑色大衣，脸上露着焦急的神色。另一幅漫画叫作《送丧》，画的是一个被拒之门外的画家垂头丧气地回家去，有两个年轻人在他前头抬着一个煤斗，上面放着 4 幅盖着"退"字的油画。

"哪一幅将成为我的画像呢？"他自问道。

德尔芬满脸倦容，身体急剧衰弱。卡米耶仍未从高度兴奋的情绪中冷静下来，他滔滔不绝地讲了一通他在画展上见到的那幅令人眼花缭乱的奇景。

"那是一个完整的世界，德尔芬，生气勃勃，充满活力，从那些墙上伸展开来，最后把你吞没。"

看到他这样精神抖擞，德尔芬的脸上不禁泛出一片淡淡的红晕。她问道："卡米耶？"

"什么事，德尔芬？"

"给我画一张像吧。"

他吻了吻德尔芬的额头。

"安心休息吧。我会给你画许许多多漂亮的像，把整个一生都画下来。"

她那双深褐色的眼睛里闪现出一丝希望的光。

"但愿我所遭遇的这种厄运永远不要降临到你的头上——每天早上醒来直瞪瞪地望着天花板，问自己：'我今天起来要干些什么呢？'回答总是——'什么也不干。'"

拂晓前德尔芬死了。微弱的呼吸和根本不呼吸之间的差别几乎无法觉察。卡米耶沮丧地问自己："我该为德尔芬画什么呢？她所度过的这 32 年竟是这样一片空白，甚至要在画布上勾勒几笔粗略的速写，涂上一些色彩都办不到。"

他们在这里人地生疏，没法请一个拉比**来主持葬礼。虽然拉舍尔和爱玛已经在巴黎住了一年，但她们一直摆脱不了身居异乡、无所适从的感觉，因为家中只有她们两个女人。

---

* 杜米埃（1808—1879），法国画家，前期以石版画、漫画等著称，后期趋于印象派艺术。主要作品有《起义》《洗衣妇》《三等车厢》《堂吉诃德》等。

** 充当犹太人社会或犹太教会众的精神领袖或宗教导师的人，一般主持礼拜，受诚礼、丧礼等。

她们没有加入当地的教会，也没有在邻居中交朋友。莫依斯叔父帮了她们的忙。他所在教会的拉比勉强同意来为一个他素不相识的人主持葬礼。

位于巴黎最东端的拉雪兹神父公墓是一个国家公墓。它建于1626年，原是耶稣会修士的静修之所，也是路易十四的忏悔神父拉雪兹神父的常去之处，现在成了一个极为重要的墓地，四周栽满了参天大树，遍地的灌木丛中排满了法兰西名流要人的豪华墓冢。

这是巴黎冬季常有的一个令人心情郁闷的寒冷阴沉的日子。马车在火箭街上的公墓大门前停下，卡米耶把他母亲扶下车。他紧紧攥着母亲的胳膊，踏着手掌那么大的鹅卵石一起朝第二道门走去。进了围墙便是古老的犹太人墓地，刚刚下过的一场雨把这里的草木压得弯下了腰。这个到处都是刻着希伯来语铭文的墓碑的僻静小天地里，有一种安宁的气氛。然而，一见到那个盖着一块裹尸布的已经准备就绪的墓穴，拉舍尔禁不住浑身抽搐似的哆嗦起来。

卡米耶紧紧搂住她。

"这里非常宁静，妈妈。大墙挡住了外面的闹声，也没有人能闯进来。德尔芬不会再遇到什么不愉快的事了。"

他们站在这个悬着木头棺材的墓穴旁边，拉舍尔、卡米耶、爱玛、莫依斯叔叔。身穿黑色法衣、披着教士斗篷、戴着教士帽的拉比用希伯来语背了一段犹太教安魂词，但实际上却不如说是一段颂词："主所赐者，主已召回。感谢主的降福。愿主的圣名永受颂扬，普照天下。你安息吧。"

卡米耶和爱玛静静地抑制着，拉舍尔忍受不了了，她旁若无人地放声哭个不停。一回到家，她便蜷缩着身子躺倒在床上，泪水浸透了毛巾；她的8个孩子已有5个被埋到地下，这实在使她悲痛欲绝。她是个感情非常深沉的女人。阿尔弗雷德说她的孩子生活在狂风巨浪中，只是偶尔有一段显得风平浪静的时期。可是在卡米耶的记忆中他们的生活倒常常是非常平静的，自从他们家在圣托马斯岛上的商店开张以来，他母亲一直勤劳地操持着店里的全部账目，这就是一个证明。两个异父兄长的夭折他根本不知道，而毕沙罗家的长子约瑟夫·加布里埃尔·费利克斯的突然失踪他也还闹不清是怎么回事，因为那时候他才三四岁。他的弟弟艾伦·居斯塔夫1853年8月突然死于传染病，当时卡米耶正在加拉加斯。德尔芬的死是他第一次和家里人一起遭受的不幸。他母亲这么一下子垮了，把他完全吓呆了。一个人绝望到这个地步他还是头一次领略，他真不知如何是好。

爱玛试图宽慰他："这种情况我已经经历过了，就是艾伦·居斯塔夫死的时候。连着好几天都是这样，然后就会发起高烧，昏昏沉沉地睡上一阵。等她起来时她又会和往常一样去正视现实。把她交给我照顾吧。你干你自己的事去。"

看来拉舍尔真的又挺过来了。她似乎想到自己还有一个女儿和两个儿子，并且雇了一个帮着做饭、打扫卫生的女仆，多少得到了一些自我安慰。卡米耶觉得时机已到，决定冒险把自己的计划坦率地告诉母亲。他必须立刻开始认真投入事业，再也不能等待了。他买来了一个用过的但仍很结实的画架，一本新的速写簿，一些铅笔、炭笔、墨水、水彩颜料等。第二天早上，他把所有写生用具装到一个背包里，背起包要出门。拉舍尔一见大为惊讶。

"哦，卡米耶，莫非你又要干那种事了？"她惊喊道，"那回你犯傻跑到委内瑞拉去痛快地玩了一通，我还以为你再也不会冒这种傻气了哩。"

"那不是痛快地玩儿，妈妈。那是非常艰苦的学艺。"

拉舍尔已经同她丈夫的两个在巴黎做生意的同行谈好了聘用她儿子的事。由于他熟悉西印度群岛和南美洲，所以他们可以提供薪金相当高的职位。他必须开始挣钱谋生了。这就是生活的严酷现实。再说，莫依斯叔叔认识的两个姑娘想要同卡米耶见见面，都是有钱人家的孩子，嫁妆丰厚，心地好，聪明伶俐。

卡米耶摇了摇头，他对母亲盘算得这么稳妥感到惊奇。

"我几年内还不准备结婚，妈妈。我要当画家还远远不合格，这是你自己说的。原谅我，亲爱的妈妈。我是故意哄你这么说的。"

"你可千万别是在哄自己。不要忘了我一辈子是个做生意的女人。我知道挣钱谋生，靠精打细算赚一点来熬出这苦日子有多难呀。"

"我对做工度日的生活并不是一无所知。"他平静地说。

他一无所知的事情确实不是很多，他在萨瓦里寄宿学校接受的 5 年教育是深刻而又扎实的。他 12 岁入学时，首先接触到了浪漫主义诗人：阿尔弗雷德·德·维尼、拉马丁、雨果等。他当然不是字字句句都能理解，但他确实读懂了不少。第二年他开始读司汤达的《红与黑》，这对一个 13 岁的孩子来说确是一本难啃的书。14 岁时他又读了蒙田的《随笔集》，这些文章读起来容易，要消化领会却很难。这一年他和全班同学被带到巴黎去观赏法国古典戏剧：莫里哀的《愤世嫉俗》和《贵人迷》。到了第 5 年，他又啃起了卢梭的《社会契约论》和伏尔泰的《天真汉》。他还看过拉辛的剧本《菲德拉》和《布里塔尼居斯》。最后一年他刚满 17 岁时，他的老师使班上的学生对巴尔扎克产生了极大的兴趣，读了他的《高老头》《欧也妮·葛朗台》等等。为了补偿读希腊文的柏拉图和希罗多德、拉丁文的普林尼和普卢塔克时的艰辛苦涩，年岁稍大的学生便私下找来一些下流小说偷偷地读。结束了这 5 年的学校教育后，他对读书已经怀有根深蒂固的爱好，这个爱好他一生没有放弃，而且认为这是通向知识宝库的唯一敞开的大门……当然他同样珍视在委内瑞拉度过的两年，因为这两年的经历使他了解了贫困、无知以及人生的艰辛和严酷。

"冷静地想一想，我亲爱的卡米耶，"他母亲说道，"你要有数，干这种事能使你谋得一个体面的生计，或者说能使你功成名就的希望有多大呢？"

在这件事上他不愿欺骗母亲，或者说，他也不愿欺骗自己。

"希望渺茫，妈妈。也许只有百分之一的希望。"

"会不会是千分之一呢？"

他想起了万国博览会挂满了画的墙壁。

"也可能。"

"那么你是在赌博吗？"

"不是在赌场的牌桌上赌钱，而是用我的生命在赌博，确实如此。我不能仅仅为了填饱肚子而度过我一生的岁月。"

"你是靠鸟儿喂食的圣方济各*吗？"

他不好意思地笑了笑。

"我信奉的不是圣方济各的教义。说正经的，妈妈，一个人难道不可以做一些选择吗？我们总应该致力于使自己觉得有意义有收获的事。"

"莫非做一个潦倒的画家要比做一个有成就的商人更好？"拉舍尔以深深关切的口气问道。

"对你和父亲来说，不是这样。可是对我却正是如此。"

"你用什么钱来买那些画画的用品呢？"

"要是我去读五六年大学，将来当上一名医生或律师，那笔费用你或者父亲肯为我花吗？"

"哦，卡米耶！去上大学吧，当上一名高级专业人员，"她赶紧答道，"我们会支持你的。我们会为你感到自豪。"

"就用这笔钱同样能使我在艺术界谋取一个位置。这是一个令人尊敬的职业。你们一定也会为我当上画家而自豪的。"

她顿时脸色发白。

"你应该知道咱们家祖祖辈辈打从在葡萄牙成为马拉诺人**时起就没过个好日子，这两三百年来挣扎得多苦呵。我求求你，别毁了你自己。"

泪水扑簌簌地顺着她的脸颊落下来。卡米耶用指尖把母亲脸上的眼泪擦掉，让她宽大的躯体靠在自己身上。她用祈祷的口气嘀咕了一句："愿上帝保佑你，卡米耶。"

"他会保佑我的。相信我们吧。"

"要我相信我们的圣父（指上帝）还不如相信你的父亲。弗雷德里克取得的成绩更实际一些。你知道上帝在西奈山上是怎么对摩西说的吧，这话成了《十诫》的一部分：'不可为自己雕刻偶像；也不可作什么形像，仿佛上天、下地和地底下、水中的百物。不可跪

---

* 天主教方济各会和方济各女修会的创始人，强调过清贫、隐修的生活。该会会士以宣扬"清贫福音"著称于世。

** 指历史上为了逃避迫害而改信基督教，但私下仍奉行犹太教仪式的犹太人。

拜那些像；也不可事奉它。'"*

卡米耶当然知道这条戒律，但他也见到过犹太艺术家的优美字迹，见到过用来躲避厄运的雕琢精巧的护身符。这些护身符通常被挂在墙上当避邪物，还被画在婚约上，据说也能给将要出世的孩子带来好运。有时，假如一位新娘名叫拉舍尔——这是出自《圣经》的名字**——艺术家就可能在婚约上画上一位长得很像拉结的女子。这跟雕刻偶像毫不相干。

"妈妈，艺术家能使上帝的创造显得更加辉煌。不可能再有更好的侍奉上帝的方法了。"

"你能驳倒我，卡米耶，但是你不能让我信服。"

卡米耶无可奈何但又非常开心地笑了起来。拉舍尔用她充满母爱的双臂搂住了他。

"你一生下来我就爱你，我老为你担心。为自己的孩子担心是一个母亲的责任。"

"担心，不错，但也得有信心。你得对我抱有信心呀。"他用恳求的口吻说。

↣

卡米耶带着他在加拉加斯画的一大本写生簿走进了安东·梅尔比的画室，递给他一幅中等尺寸的铅笔淡彩画《多娜·罗穆埃达的桥》：一座小山顶上的一所风雨剥蚀的粉红色房屋前围着一群孩子，旁边有一条有拱连接的隧道通向大海。然后又拿出一幅还没有完成的小油画《海滨椰子树》。他向安乐解释说，他曾用过两三次薄油彩，可是总觉得还不能用得恰到好处。他还需要继续练习。

安东·梅尔比对他的作品表示满意。

"弗里茨没说错，你对结构布局的感觉非常敏锐。你的着色略微有点模糊，不过你的基础挺扎实。只有经过多年的努力你才会知道自己能从这个基础上建起多么高的大厦。"

卡米耶提到他打算再去美术馆更仔细地观赏一番，安东立刻自告奋勇地说要陪他一起去。

他们径直朝蒙田大道走去。设在这条道上的展览馆入口处装饰着大量精致的中国艺术品，有镶着象牙和晶石的折叠屏风、朱红的中国雕漆花瓶、陶瓷人像、描绘中国农村生活的卷轴画等等。

"法兰西最近发现了中国。"安东讥诮地说，"所有这些东西都是掠夺来的，现在

---

* 见《旧约·出埃及记》第20章。译文照"和合本"。

** 《圣经》中通常译作"拉结"，系雅各的妻子，见《旧约·创世记》第29-35章。

都归政府所有。这也算是收藏艺术品的一个办法吧。从亚历山大大帝焚毁波斯波利斯城 *
夺走那里的财宝以来一直有人仿效。"

美术馆的中厅展出的是最重要的作品：一个巨大的厅廊专门展出欧仁·德拉克洛瓦
的40幅油画，多数都是以欧洲艺术中罕见的磅礴气势表现宗教和历史题材的，色彩明丽，
场面壮观，笔法生动。德拉克洛瓦是浪漫主义运动的领袖，受到籍里柯 ** 的影响，他自己
对卢浮宫收藏的鲁本斯 *** 和16世纪威尼斯画派的作品的精心研究也为奠定他的画风起到
很大作用。这里挂着他在1822年的画展上首次展出的《但丁和维吉尔共渡冥河》，以及
1824年展出的《希阿岛的屠杀》，后者被地位颇高的学院派画家格罗 **** 称作"绘画的屠杀"。
不过，法国政府还是买下了这幅辉煌的作品，从此揭开了德拉克洛瓦艺术生涯的序幕。

对卡米耶来说，最令人神往的是德拉克洛瓦根据他的非洲之行的见闻创作的那些画：
《阿尔及尔妇女》《阿拉伯家庭》等。他在巨大的展览厅里踱来踱去，忽然发现了画得十
分逼真的肖邦和乔治·桑的肖像。他惊奇地站住，一声不吭。

"实在叫人不敢相信，"他最后惊喊道，"我的上帝，一堵墙变成了一个活生生的世界。"

"说到德拉克洛瓦，"安东说，"你说你是住在哪儿来着？"

"洛蕾特圣母院路49号。"

"德拉克洛瓦的画室就在你对面。我听他们说他是很容易接近的。好好看一看他的
自画像，好把他认出来，哪天在路上遇到他的话跟他道声好。"

巴黎画坛的第二巨匠让·奥古斯特·多米尼克·安格尔 ***** 也获准挂出了个人作品展。
安格尔选了43幅画，占了整整一个长廊。他已75岁，这次展出的有他早期创作的上流人
士肖像，但是多数还是诱人的裸女图，如《浴女》《奥德利斯克与奴隶》等。这些画的人
体色调极富魅力，栩栩如生，以致卡米耶禁不住想伸出手去触摸。他评论道："多美的人
体色调。这一个个身体朝气蓬勃，充满活力……却又像处女一样纯洁无瑕……就好像从来
没有一个男人知道它们似的。"

"甚至连安格尔也不知道，"安东表示赞同，"你所看到的是他那处女般纯洁的心灵，
他是一位擅长描绘人体外部的画家，也是很了不起的肖像画家。瞧这几幅，画家格拉内的，
德·豪森维尔伯爵夫人的，小提琴家帕格尼尼的，画得多妙呀。你什么时候见过这样完美
的面部表现技巧呢？"

---

* 古波斯语中亦称帕尔萨。系古代伊朗阿契美尼德王朝的都城，公元前330年遭亚历山大大帝劫掠，宫殿被焚。

** 籍里柯（1791—1824），法国画家，浪漫主义派的先驱。

*** 鲁本斯（1577—1640），比利时人，佛兰德斯画派的复兴者。

**** 格罗（1771—1835），法国画家。

***** 安格尔（1780—1867），法国画家，古典主义画派最后的代表人物，画法工致，重视线条造型，善画肖像。

　　卡米耶又靠近了些，去仔细审视安格尔运用的一个独特技巧：在每一幅肖像的后部打开一小块窗帘，以隐隐显出远处的教堂尖顶和一个当地村庄里的房屋。他听见安东在他背后轻声说道："安格尔和德拉克洛瓦在整个艺术生涯中始终是势不两立的敌人，因为他们是两个相互抗争的流派的领袖，这两派谁也不把对方放在眼里，都想把对方消灭。他们两人虽然经常在艺术院的集会或画展上见面，但20年来他们谁也不理谁，没有说过一句话……绘画是一门高尚的艺术，我的年轻的朋友，但从事这门艺术的人却并不个个都是高尚的人。"

　　卡米耶沉思了一会儿。

　　"我们这些想要成为艺术家的人也有其他人所有的每一个缺陷，很可能还因为我们总是在正常生活的主流之外生活和工作，所以我们的缺陷反而会更严重。"

　　"你真是一个哲学家。"安东戏谑地说，"在巴黎的你争我斗的艺术丛林中你会用得着这样的哲学头脑的。"

　　卡米耶在一个个展厅里转来转去，对展出的不少贺拉斯·韦尔－内的军事题材画或专门描绘东方景色的德坎普的作品无动于衷。他把被称作枫丹白露画派或巴比松画派的那批画家的作品一一挑出来认真欣赏了一番：柯罗*的《黄昏》《马库塞的回忆》；米勒**的《簸谷农夫》；杜比尼***和卢梭****描绘优美的枫丹白露树林和塞纳河的色调明丽的油画，柔淡、悦目的色粉笔风景画。一直在他脑海中旋转碰撞把他搅得头昏目眩的线条、色彩、布局一下子变得清晰明快了。他产生了一种安宁的、有了着落的感觉。

　　"这就是我应该走的路。"他暗自思忖，"可是我怎么才能到达那个境界呢？"他站在这个丰富的世界艺术宝库中，体验到了有生以来最深刻的灵魂探索，他问自己："这种就像人的呼吸、吃食、生存的本能一样强烈地驱使我们去画画的欲望是从何而来的呢？毫无疑问，它是与生俱来的，甚至像肢体和大脑一样生长；是人的有机结构中固有的一部分——不是第六个脚趾，而是一个食指。"

　　他买了一小杯清咖啡，感到那暖暖的咖啡流进了他的胸腔，然后在一个高高的喷水池旁边找到一张舒适的长凳，坐了下来。

　　他是否相信那些天生具有艺术素养的人总会取得辉煌成就，创作出非凡的作品？是否相信那些出于外在的原因走上艺术道路的人——例如把艺术看得轻而易举或充满浪漫情

---

* 柯罗（1796—1875），法国画家，是使法国风景画从传统的历史风景过渡到现实主义风景画的代表人物，善于画肖像画、裸女画。

** 米勒（1814—1875），法国画家，巴比松派代表人物。画风质朴、凝重，富抒情气氛。

*** 杜比尼（1817—1878），法国巴比松派风景画家。

**** 卢梭（1812—1867），法国画家，巴比松派创始人之一。

调，或者把它看作一条成名发财的平坦大道——也许终究不会有什么作为？绘画的冲动是肯定存在的。它究竟算是一种天赋还是一种缺陷？是福还是祸？他们这些人究竟是自命不凡还是真的得天独厚？

这些问题怎么才能对没有类似体验的人合情合理地解释清楚呢？是不是根本就没有共同语言呢？

"在别人眼里我似乎要一辈子被锁在一个孤独的单人牢房里了，"他沉思道，"只有隔着铁窗与人交流。"

他从加拉加斯回来后曾试图向他父母解释这些问题。

"这到底是什么病留下的根子？"他们一听就大声嚷嚷起来，"你可从没得过腮腺炎、赤道热或肺结核之类的病。你好像一直过得很快活。对自己家的人也很有感情。现在怎么造起这样的反来了？咱们家怎么会出这样一个不肖的孩子？"

卡米耶真不知如何是好。

"世上可没有不肖的艺术家，妈妈，只有出身于中产阶级社会的市民。他们应该得到社会的承认。如果一定要责备，那就去责备我们家把这种捣蛋的天性遗传给我的那个老祖宗吧——就像你们的爷爷奶奶遗传给你们这种重感情的性情，你们就一辈子改不了一样。"

"你这是在为自己辩护。"他父亲严厉地说。

"这不是辩护。我只是说明了一个事实，也就是我必须走的一条生活道路。"

"它能使你有饭吃？有衣服穿？有房子住？我很怀疑。"

"或许我自己也怀疑，可真正的问题不在这儿。我总有办法弄到面包的，甚至也可能吃到炖肉，找到衬衫、床什么的。我真正面临的问题是要搞到钱买画笔、画布、水彩颜料、油画颜料……"

出现了一阵长长的沉默，夹杂着几声无望的深深叹息。然后他父亲宣布道："我只好同意。我还有什么别的办法呢？"

可是他们并没有理解……也并没有相信。

当他站在一幅出自柯罗手笔的画前，注视着画中那闪烁生辉的果园时，安东·梅尔比又走到了他的身边。卡米耶轻声说道："假如我得有一个老师，我就会选柯罗。"

"你想拜见他吗？大伙儿都亲切地叫他柯罗老爹，他喜欢同年轻画家接触。他欢迎他们在他干完一天的活儿之后去找他。没有吃的也没有喝的，就是欢迎。带上你最近画的速写去找他吧。"

两三天后的一个下午，卡米耶和安乐一起去柯罗的画室。

"他是巴黎最受爱戴的画家，因为他生性随和，也没有咄咄逼人的竞争精神。"安东告诉他，"德拉克洛瓦这样说过安格尔：'他老是把自己看作世界上最伟大的画家。从某个有限的角度来看，他是当之无愧的。但是这种目空一切的自负竟使他荒唐地相信自己是统治艺术的拿破仑皇帝。'柯罗可从来说不出这样刺耳的话。"

他们朝鱼市乐园街走去。柯罗的父亲当年也是铁了心要把儿子培养成一个有本事的商人。他曾在一个布商那里当过6年学徒。最后，在他26岁时，他的雇主和他的父亲——也是一个家底殷实的布商——终于都认定他根本不是经商的料。他父亲把他死去的姐姐没有用过的嫁妆移交给了他，每年300美元作为全部生活费。谁也不相信他能靠这么一点钱活下去，可是他有着农民的简朴生活习惯，他唯一的奢侈行为就是每天喝汤。

柯罗如今已年近60岁，在树林中画了30年的画，但卖出去的画却不多。他的作品在美术馆展出过几回，但通常被人用来装饰门厅或者像飞檐似的挂在天花板下。当他的作品遭到这样不幸的命运时，他总会叹息道："哦，天哪，我被埋到地下坟墓里了。"

1833年，他的《枫丹白露树林》在巴黎画展获得二级奖章；1835年，他的巨幅油画《旷野中的夏甲*》获得好评，虽然有人批评此画色彩过于惨淡和单调。在1840年的画展上，他以15000法郎的价格把他的《牧羊少年》卖给了梅斯**的博物馆。

当报纸上宣布有一位柯罗先生获得荣誉军团勋章时，他的父亲惊喊道："这么了不起的荣誉为什么会降临到我的头上呢？"

柯罗51岁那年父亲去世了，给他留下了一笔价值125000美元的财富。可是这位画家除了慈善施舍之外很少花钱，甚至连父亲留下的那笔遗产所带来的固定收入也不花。由于一生没有结婚，他便把这些钱分给了他的很多表兄弟、表姐妹。

他们登上58号楼房的楼梯，朝4层走去。柯罗的画室是一个十分宽敞的大屋子，北面有一扇倾斜的大窗子，屋内没有帘子，也没有地毯，只有几把椅子，靠尽头墙边摆着一张桌子，有一个宽大的抽屉，里面放着他的账簿、许多请帖和几百张速写。一个架子上只

---

* 画名源出《圣经》。据《圣经》载，亚伯拉罕之妻撒莱不会生育，便将埃及使女夏甲赠给亚伯拉罕做妾，以得后嗣。夏甲怀孕后遭撒莱虐待，逃往旷野，得天使指示而回家，生下儿子以实玛利，后母子又被撒莱赶到旷野。（见《创世记》第16章和第21章。）

** 法国东北洛林大区摩泽尔省省会，颇多名胜古迹。

摆着两本书：坎普滕的托马斯的《效法基督》*和高乃依的《波利耶克特》**。屋里东一个西一个地摆着几个老式画架，每一个画架上都有一幅快要完成的画。墙上满满地贴着几百张笔调粗略而又自然的习作，画的是婀娜多姿的雾中树影、云彩、拂晓和黄昏的自然景色。他的床头上方一个壁龛里挂着他最喜爱的那幅画《纳尔尼河桥》。人们常这样说柯罗："他除了自然以外什么也不需要，而且把自然保存在他的习作中。他不必四处奔走去寻觅他的缪斯，因为她总是和他在一起，在他的生活小圈子里，在他的口袋里，他想要跟她商量随时都可以找到她。"

柯罗坐在门边，嘴里叼着一只他叫作"吸管"的海泡石大烟头，哼着格鲁克***的咏叹调。他即使坐着也显得个子很矮，但是他那件蓝色上衣里面显然有着一副结实的胸脯和肩膀。他头上戴着一顶三色条子布帽，花白的头发从帽檐下一簇簇地垂挂下来，一眼看去像是白白的霜。一双清澈的蓝眼睛显得非常平静；从短短的鼻子正中伸向两侧斜斜的细纹，构成了面颊的分水岭。他刚生下不久，他的母亲曾惊喊道："我的上帝，你这模样太正常了！"

在毕沙罗看来，这绝不是一张平常的脸，倒可以说是他所遇见过的最不平常的脸：对外界显得那么温和，内心却有一股不屈不挠的力量支持着他致力于这项他唯一爱好的工作。他热情地接待了卡米耶。所有艺术家都被他看作一家人，甚至连画技非常平庸的人他也一视同仁，而且经常给予帮助和支持。

"可怜的小家伙，"他总是这么喃喃道，"既没有才能又没有钱。我花几法郎从他们手里买了一幅速写，使他们高兴极了，也让他们那空空的肚子里能装上一些热汤了。"

柯罗和安东·梅尔比寒暄了几句，他的嗓音就像是从一个大石窟里传出来似的从他宽阔的胸腔里发出来。

"你是带来了一位画家朋友吧。不用说，你肯定认为他不是没有出息的。"

柯罗紧紧地握了握卡米耶的手，卡米耶便鼓足勇气说道："柯罗先生，我听说你不会因为有人说他钦佩你的艺术创作而感到不安，是吗？"

"不自在？因为真心诚意的钦佩？跟我一起在屋里走一走吧。你看看这幅《读书的牧羊人》，我很快就要画完了，我太喜欢它了！再看这幅裸体画《玛丽埃塔》，我太喜爱了！还有，啊，这幅《春天》，我简直爱上它了！"

见到柯罗激动得像孩子一样，卡米耶禁不住笑了几声，然后仔细欣赏了一番《春天》：

---

* 坎普滕的托马斯（1379？—1471），德意志修士；《效法基督》（又译《师主篇》）据传为他所作，系一部强调灵性生活、宣扬以基督为中心的灵修著作，其影响之深远在基督教经籍中仅次于《圣经》。

** 高乃依（1606—1684），法国古典主义戏剧大师，曾用韵文翻译《效法基督》一书。《波利耶克特》是他的"古典主义四大悲剧"之一。

*** 格鲁克（1714—1787），18世纪德国主要歌剧作曲家。

一片长着花儿的碧绿草坪，草儿仍湿漉漉地沾满了清晨的露珠；赤身裸体的孩子围成一个圆圈跳着舞；高耸入云的大树，树身上爬满了各种攀缘植物。他说出了自己的看法："我在画展上看了两天。虽然我没有把那5000幅画全都仔细看完，但我已完全相信你的画是画得最出色的。"

柯罗目光锐利地盯着他："为什么？"

卡米耶吃了一惊。他搜索枯肠想要找出一些画家的行话来表达他的钦佩之情。柯罗把烟斗装满，点着烟叶，猛吸了几口，然后把烟斗直直地指着卡米耶的胸口。

"我看见你随身带来了几幅画。把它们搁在我这个画架上吧。趁我仔细看它们的时候，你就给我讲讲你是怎么走到这一步的。"

卡米耶讲了起来。柯罗审视了一番那些素描和水彩画，又赞赏地翻了一遍他在加拉加斯和圣托马斯岛画的那些速写：描绘土著人的铅笔和炭笔习作；描绘拉瓜伊拉风景的水彩画；用乌贼墨汁画的《狂欢节舞会》《阿维拉山热带森林》；油画《海滨椰子树》——这幅油画是他应安东邀请在他的画室根据身边带着的十几张详细的习作刚完成的。

"我从来没有拜过老师。"他解释道。

"你很幸运。"柯罗答道，"我也没有老师。从这一点来说，我们是反映了自己的天性。学习绘画的路子很多，可以向临时的老师学习，也可以向自己周围绘画的朋友学习，要紧的是不违背自己的本能。好，让我们来看一遍你画的这些速写吧。这幅在圣托马斯岛上画的《比西大道》表现得不够充分，但是这座桥的铅笔淡彩处理还是很有特色的。这几个运水的人的习作显得很有活力。我喜欢这几张：《海边交谈的妇女》。"

"我打算在这里把它画完。"

"能看出它的形体感和透视感很强，站着这几位黑女人的这条淡色小道，还有边上这些斜斜的、平坦的山，都不错。可为什么要这么多椰子树呢？"

卡米耶窘迫地咧嘴一笑。

"人家建议我画上的。当地人，当地色彩，这样也许能使人在巴黎寒冷的冬天感受到一些热带气候。"

他的话中含有一点自我讽嘲的意味。柯罗听出了这弦外之音。

"忘掉椰子树吧，画一画法国，你的缪斯就在树林中，一个风景画家度过的日子是多么美妙诱人。他凌晨3点起来，比太阳还早。他坐在一棵树下；他四处眺望，耐心等待。大自然就像一块洁白的大毯子，大地万物的模糊轮廓在它的映衬下隐约可见。天空渐渐亮了起来。黎明的第一道阳光升起来了。娇小的花朵纷纷从睡梦中醒来；看不见的小鸟唱起了歌。雾幕渐渐升起，展现出一片美好的景色：银色的小河，清幽的草地，树木，还有一座座乡间小屋。太阳升起来了。农民赶着牛车来到了田边。哪个羊群里传来一阵叮叮当当的铃声。一切都闪耀着光辉。一切都燃烧了。中午了。太阳燃着了整个世界。地球停住不转了。唯有铁匠铺的大锤子砸在铁砧上发出阵阵回响。”

"你是用语言在画画，"卡米耶钦佩地说，"正像你能用画笔写出美妙的诗一样。"

柯罗站在他自己的两幅油画《渡溪的小车》和《沙特尔大教堂》前。他用慈祥而又严肃的眼神盯着卡米耶。

"任何画都应该是诗，此外什么也没有。没有丑陋，没有粗俗，没有污秽、混乱或平庸。"

柯罗一边说话一边大口吸着烟斗，眼睛时不时地朝他自己的一张习作瞟去，那上面画的是一个湖，四周围着一片雾蒙蒙的树。忽然，他一个箭步冲过去，从调色板上一把抓起画笔，迅速地在画架前坐好，挤出一些白颜料，挥笔在画布上勾勒出一大片被阳光照亮的云彩。

"我们就像老练的渔夫一样，"他一边在画布上飞快地涂抹，一边大声说道，"必须抓住有利时机让鱼儿落入我们的网中。"

然后，柯罗一声不吭地在画布上画了 15 分钟左右。安东和卡米耶静静地站在旁边观赏着他的娴熟技艺和他聚精会神的模样。画完后，他把调色板搁好，沉重的嗓音又从他的胸腔中发出来。

"让我们继续谈风景画家度过的一天吧。我们到一个农庄去吃午饭。一大片涂着刚搅拌好的新鲜黄油的乡村面包、鸡蛋、奶油。吃完就睡午觉。太阳渐渐沉下去了，天空中迸发出一片黄色、橘色、猩红色、樱桃色、紫色。地平线下射出一道金色和紫色的光带，和飞快流动的云霞连成一片。暮色降临了。太阳被深蓝色的夜空吞没了。清风嗖嗖地吹动着树叶。一颗星星从天空中跃入了水塘。天空的太阳沉下去了，可是灵魂深处的太阳，艺术的太阳却升起来了……好极了，我的画完成了。"

屋里一片沉寂。

"一天结束后我就对自己说：'我该停笔了；我天国的圣父已经把灯熄灭了。'上帝真了不起，他是最早的艺术家，我们所能做的不过是临摹而已，然而这也是神圣的。"

柯罗用友善的目光看着卡米耶。

"毕沙罗先生，你有着敏锐的眼光和灵巧的手，要每天用心练，整天练。在你走之前，让我从墙上拿两幅速写送给你吧，它们也许能帮点忙。你最喜欢哪两幅？"

卡米耶怔怔地站着。过了会儿他才在画室里绕了一圈，指了一幅铅笔画和一幅蜡笔画，两幅都是画的枫丹白露树林。柯罗用一张旧报纸把这两幅画包好。

"什么时候想来请尽管再来好了，毕沙罗先生，每天干完活儿之后都行。把你的速写带来。我们可以像同事一样讨论讨论。"

卡米耶朝门口走去时，柯罗忽然又喊道："还有一件事，把这话当作一个老人的忠告吧。千万不要结婚，你要走的道路太长太艰难，家庭的负担和责任沉重得很，会妨碍你完成自己的工作。女人，可以；爱情，不行。你已经把爱给了艺术，要忠贞不渝。"

卡米耶几乎跑遍了整个巴黎，不是为了征服这座城市，而是为了与它同化。有时他乘坐新通车的公共汽车，花30生丁就可以在车篷上占一个座，虽然这个露天座位够冷的。他常常步行穿过布隆尼森林和孚日广场，手里拿着速写簿，走走画画，画下了街上的行人，建筑，豪华的卢森堡公园的街景，塞纳河左岸圣日耳曼教堂的贵重装饰，动物园里奇特惊人的动物：大象、老虎、斑马。

他了解到巴黎最穷的人都住在福波·圣马塞尔路，便穿上最旧的靴子，躲开破旧不堪的小胡同里的一个个污水池，不让人觉察地把那些摇摇欲坠的陋屋悄悄画到了纸上。住在这个贫民区的居民不算多，但一个个脸色苍白，憔悴，衣衫褴褛，都是在饥饿和死亡之间挣扎的人。他整整画了一天。夜幕降临后，这些不幸的人便从他们的"洞穴"里钻出来，弯腰曲背地提着暗淡的油灯，在附近较富裕的街道里搜寻人家倒掉的残羹剩饭和淤积在阴沟里的菜叶子什么的。

回到家，在家里的铁皮浴盆中好好洗了个澡，吃完了女仆为他准备好的晚饭，已经是深夜了。他穿上暖和的睡衣，一上床就把油灯调好，想翻阅一下刚画的那些速写。画中呈现的凄惨情景使他心里非常难过。他不明白像巴黎这样一个富丽堂皇的城市怎么能允许这样丧失人性的惨境存在。

他朝罗谢肖瓦路上的拿破仑区走去。这是拿破仑三世为了改善工人的生活条件而用自己的钱建造的工人生活区之一。这里的楼房十分整洁，街道用石板铺得平平的，还用马车拖着水管子冲洗得干干净净，可是从那冷清的街口出出进进的行人脸上的表情却并不是喜气洋洋的。

他在街角一个露天酒吧前停下要了一杯啤酒。他身边站着一个穿着夹克衫、戴着帽子的石匠，这人气呼呼地抱怨道："房间很小，像牢房似的，比原先住的是要好一些，可就像是住在干净的牢房里一样。我每年挣1000法郎，也就是200美元，可房租就要300法郎。要是没有活儿干，就拿不到薪水，3个孩子就没饭吃了。"

他换了两三趟公共汽车，来到了城市东南区的皇家广场，然后顺着巴黎的环城墙走了一个小时，便到了维生士森林，一个布满各式乡村景色的大公园。在这里他可以心境安宁地画上一整天，因为这里没有人类不公道的情景需要描摹，展现在眼前的只有长在富饶土地上的令人心旷神怡的花草树木。为了做一番对比，下一周他往西走，来到了纳伊公园——法国人称为"野生公园"的一片荒芜之地，试图捕捉塞纳河岸荒野景色。去那里不是一件容易的事：要坐很长时间的公共汽车，先是沿着圣拉扎尔大街，经过星形广场旁边的旋转栅门，然后顺着特恩街直到城外，再沿着纳伊路步行一段。巴黎的每个区域都有其独特的风格。画家们说得很对："每拐一个弯都能见到一幅不同的图景。"

在一条街一条街地探索和描绘巴黎城的过程中，他渐渐地了解了这个迷宫般的城市的内在结构。上流社会的有钱人都住在市中心围着圣马德莱娜教堂——一座围有古罗马科林斯柱廊的神殿的意大利大道，以及塞纳河左岸的福波·圣日耳曼路。每一座豪华的公寓楼底层都有商店。略微不那么有钱的商人住在自己开的商店后面。酒店最早开门，最晚打烊，店主总是穿着衬衫和裤子站在擦得锃亮的铁皮柜台后面。他还了解到巴黎有 600 家面包铺，生产出一些全世界最好吃、皮儿最硬的面包。街上有着数不清的公共喷水池，每天喷洒好几个钟头，穷人可以不花钱在那里打水。奥斯曼下令把一些拥挤、狭窄的街道夷为平地，开辟了几个空旷的广场，给这个城市带来了阳光。

他画了几幅速写，画的是一家百货商店——大柯尔贝尔商店，抒情剧院，一家橱窗里摆满了诱人糕点的典型的糖果店，在布洛涅树林中开辟一个新湖的工人，正在同一个树林中修建的朗香跑道，里沃利街上的建筑进程，已经竣工的横跨塞纳河的阿尔马大桥。他沿着塞纳河往城里走了几英里。河边时时刻刻都有引人入胜的车水马龙的景象供他描绘。他的屋子里开始堆满了他的 100 多幅速写。他母亲不允许他把这些画贴到墙上。

爱玛对他抱有同情。

"这段时间我自己过得太愉快了。"他说出了心里话，"这个星期有一天我画了几家牛奶店，另一天画了从圣厄斯塔什顶楼上看下去的鱼和牡蛎市场，还有一天画了格兰兹·奥古斯丁码头上的家禽、黄油和鲜蛋市场。瞧，我还单独画了野鸡、火鸡、鹧鸪、兔子……"

"真的！"爱玛高兴地喊道，"画得多像活的，我都想吃了。"

"把这两幅并排起来看，这边是几个屠夫在他们的后院里宰鸡杀鸭，身上沾满了血；那边是糕点师做出了松酥可口的糕点。"

"卡米耶，你的目的是要把整个巴黎画下来吗？"

"……不，只是想了解它。有些人是通过自己的耳朵、鼻子、眼睛来了解的，而我是通过手指来了解的。"

爱玛不停地翻阅着他的速写本。

"这张'老实人商场'画得最好，卡米耶。"

他拿起这幅速写伸直手臂，眯起眼睛看了一会儿，点了几下头。

"过了半夜，成百上千的农场货车便到这里来卸下水果、药草，他们叫作'高产蔬菜'的胡萝卜、白菜、莴苣，还有他们叫作'精菜'的花椰菜、天门冬、蘑菇什么的。周围挤满了厨师、小贩之类的人。商场四周围着一圈通宵营业的餐馆，供应大蒜热汤。还有好几家白兰地酒店……我以前从不知道有人能喝那么多的白兰地。"

"你哪天夜里带我一起去好吗？女人可以去吗？"

"当然可以。有一半土产品就是农场上的主妇运来卖的，有鸡啦，羊啦，一袋袋的小麦啦，豌豆啦，巴黎人那天要吃的东西应有尽有。"

爱玛平静地说："我开始明白了，卡米耶。你是要趁生活消失之前用你的速写去抓住它。"

他在姐姐的脸颊上吻了一下。

"太好了，爱玛！"

她的眼睛射出亮闪闪的光。"今天我收到了菲尼阿斯寄来的一大笔银行汇款。这个可怜人，他以为只要给我寄大笔大笔的钱就能补偿我们分居两地的不幸。"她眨了几下眼睛，没让眼泪流出来，"卡米耶，结婚 10 年之后还要独自生活，这太难受了。我不喜欢一个人睡觉。可是我能对谁去诉苦呢？对妈妈？她也是一个人睡觉的呀。"

她仰脸瞧着他，因为她比他矮。

"你带我出去吃饭好吗？既然我得到了这笔额外的钱，我就要去巴黎最豪华的饭店，卢浮宫大旅馆里的那一家。我还要你带我去里沃利路和意大利大道逛商店。去买好多我并不需要的东西……帽子啦，化装舞会用的服装啦……"

他和她一起大笑起来。

"好哇。我们最后去香榭丽舍大道上的乐都园，坐在人行道上的餐桌前喝上一杯草莓果汁和一杯法国白兰地。"

"我要好好打量一下那些在周围游荡的戴着高高的绸礼帽、围着珍珠色围巾的男人，你可以向漂亮的姑娘送几个媚眼。顺便问一句，你是怎么对待漂亮姑娘的？"

"哦，有的来往密切，有的置之不理。这难道不是一个年轻小伙子所应该做的吗？"

"我说不上来，我的好弟弟。我只不过是一个结了婚、有了 3 个孩子的老妇人，绝望地等着我的丈夫来把我带到伦敦去。"

"要耐心。我们俩都会如愿以偿过上我们所希望的生活的。"

他常常在傍晚去拜访柯罗。柯罗特别喜欢卡米耶画的蒙马特区的速写，但是他这样评论道："毕沙罗，速写就像我们身体里的骨头，除此之外我们还需要肉，油画就是这样的肉。"他摘下布帽，把头发抖松。"你必须注意学习调色，要讲究色彩的效果。在画布上勾出清晰的轮廓是很有用的，然后一部分一部分地画油彩，等画布全部涂满时，就没有什么需要再补缀的了。我已经注意到，凡是一次完成的作品总显得色彩更鲜艳，轮廓更清晰，而且往往得益于许多幸运的巧合。

"同样重要的是一开始就点出最阴暗的色调，然后渐渐到达最明亮。从最阴暗到最明亮我认为可以有 20 种明暗度。这样你的画就可以达到层次分明、有条不紊的效果。要永远记住质地。千万不要忽视打动你的第一印象。从天空着手是合乎逻辑的。色彩和润饰能使作品产生魅力。"

"啊，魅力。这是说不清的东西。一个艺术家能说'现在我要让我的作品产生魅力了'吗?"

"它是你与大自然融为一体所产生的结晶,毕沙罗。"

"我感到……心里没底。"

"要做到心里有底的唯一办法就是动手干。"

　　　　　　　　　　　　　　🐟

在一个行人熙攘的十字街口附,近紧挨着美术馆的蒙田街 7 号,卡米耶见到一个用木板衬上涂着灰泥的空心砖搭成的结实的棚子。他认出了这就是安东·梅尔比给他讲过的展出居斯塔夫·库尔贝作品的画亭。安东说过:"库尔贝是当今遭议论最多的艺术家之一。他向万国博览会提交了 14 幅画,3 幅被他们退回了,这使他大为恼怒,其中有两幅——《奥南的葬礼》和《画室》——是被他自己称为杰作的。要换别的任何一个艺术家,有 11 幅作品展出也够高兴的了。可库尔贝却气极了,他这个人就是这样,于是他决定做一件别的艺术家从来没有做过的事:举办自己的个人画展同万国博览会争个高低。"

"他一定卖得好多钱来支付这笔费用。"

"是的。他赚了好大一笔钱,但他花得比赚得还快。关于库尔贝这个人得事先提醒你一句:尽管他的画技是出类拔萃的,可他的性格就爱与人作对。"

卡米耶撩开帆布门走进了这个临时搭建的棚子。他从一个昏昏欲睡的门卫那里买了一张门票,又花了 10 生丁买了一份目录,然后站在那里注视着面前那 40 幅描绘人与大自然的力作。棚子的顶是镀锌的铁皮盖的,开着天窗,办公室和门廊上铺着柏油纸,因为库尔贝从巴黎的官员那里只领到了临时执照。

在沿着四壁细细观赏之前,他先读了一遍库尔贝的宣言:

"有人把写实主义者的称号强加于我,正如当年把浪漫主义者的称号强加于'1830 年的艺术家'(柯罗、米勒、卢梭、杜比尼、迪亚兹*)一样。名称从来就不能正确地说明它所代表的事物,否则,创作便成为多余的了。

……为创造而了解,这就是我的思想。根据我自己的价值观去表现我自己这个时代的风俗、观念和面貌,不但要做一名画家而且还要做一个人,总之是要创造活的艺术,这就是我的目的。"

当卡米耶开始侧着身子慢慢地、心醉神迷地挪动着脚步,一幅一幅地观赏这些画的时候,一切外来的思绪都烟消云散了。他发现整个画厅里只有他一个参观者,感到十分惊

---

* 迪亚兹(1808—1876),法国巴比松派画家,原籍西班牙,以风景画和风俗画闻名。

讶。他恍恍惚惚地觉得眼前有一股着了魔似的力量在爆发，他惊喜交集地依次打量着每一幅画，一边在笔记本上做着笔记，还用手指在半空中比画着描摹某一幅画的轮廓。库尔贝在选择题材上的大胆，例如《碎石工》所表现的时常令人感到残忍的现实——一个汉子和一个小男孩在捣碎山上的大岩石用来铺路；《奥南人晚餐后》中全家人围坐在屋顶低矮的厨房里没有一点儿装饰的饭桌边这种贫困境地的现实主义描写；《赶集归来》中通过如实描绘那些农民的惨状而揭示的内在真理；《角斗者》中蕴涵的巨大力量——所有这些都使他惊叹不已。库尔贝无疑是与安格尔、德拉克洛瓦、柯罗等并驾齐驱的大师。卡米耶从这些作品中窥见到了作者极其敏锐的眼力，精确的笔法，对自然界素材的富于想象力的运用，并感受到一种潜在的冷峻。他可以从库尔贝的技艺中学到许多东西，可是这种生活观念并不是他所希望描绘的。

就是在这时，他见到一个男人从那间小小的办公室里走了出来，过了一会儿又感到有一双锐利的眼睛几乎要穿透他的背脊。他猛一转身，发现自己面前站着居斯塔夫·库尔贝，一个36岁光景的壮实男子，穿着一件黑外套和一件蓝色条子衬衫，身体粗壮，脖子很短，因此那颗大脑袋仿佛是直接从那宽阔的肩膀上长出来似的。他是个相貌堂堂的男人，长着一双深沉、刚强的眼睛，五官轮廓清晰，开阔的脸庞上配着一对深陷的脸颊。他那头细细的黑发浓密地披盖在耳朵上，后脑勺扎成粗粗的一束，下巴上蓄着一圈黑黑的胡子。他神态安闲自在，双手的手指交叉着放在宽大的肚皮上，显得颇有魅力。不过他其实是很少这样安闲自在的。他有一颗拳击家的心灵和一双文艺复兴巨匠的手。

库尔贝说的是靠近瑞士边境的弗朗什孔泰地区（法国规划大区，首府贝桑松。）的喉音混浊的方言，同法国其他任何地区的口音都很不一样。在巴黎住了15年之后，地方口音已经不那么重了，但是离巴黎人说的法语还相差遥远。卡米耶也一样，虽然在萨瓦里寄宿学校待过5年，巴黎话学得比较像，但还远不够标准。

"看来你很有兴趣。你是评论家？收藏家？画家？"

"是一个学习绘画的学生。"

"很好。我看出你至少有一个必不可缺的条件：专心。我是居斯塔夫·库尔贝。"

卡米耶握了握那只张开的手。这是一只掌型很大、骨头很粗、温暖而有力的手。

"我已经认出你了，库尔贝先生，一看你穿着蓝色条子衬衫的那幅肖像就知道了。"

库尔贝脸上露出闪电般的笑容。

"啊，不错，那已经成了我的标记了，蓝色条子衬衫。你是……"

"卡米耶·毕沙罗，不久前从安的列斯的圣托马斯岛来的，现在成了法国的永久居民。"

"两小时前你进来时我就看见你了。你把每一幅画都拆开来进行了分析，然后又把它们重新装好。告诉我，安的列斯的圣托马斯岛来的毕沙罗先生，你对我的作品有何高见？"

"这是我所见过的阵容最强的作品。不用说，你是当之无愧的绘画大师。"

"你喜欢的是什么？你大概也能看出，我是多么渴望赞扬，渴望理解。那寥寥几位屈尊光临我这小小画展的评论家说我的作品可笑之极，俗不可耐。"

"评论家不是总落后一个时代吗？"

库尔贝满脸喜色："你是个有眼光的年轻人。多大啦？"

"快 26 岁了。"

"你想听听那些评论家究竟说了些什么吗？"

"只要不使你痛苦就行。"

"这是我喜欢的一种痛苦。它使我重新充满精力，增强决心。我属于那种倒霉的艺术家，只能偶尔听见一两句好听的评论，可是记住的全是难听的指责。让我给你引 3 个污染了我们艺术界空气的鼎鼎大名的文人说的话吧。

"马克西姆·杜·坎普在他写的那本《评 1855 年的国际美术展览》中说：'我们喜欢那些把自己的旗帜举得高高的艺术家，而对那些躲在街角挥舞旗帜的人我们只能不屑一顾。库尔贝先生自己选中了他希望在新闻报道中占据的位置，他已经把自己的名字和他那套虚张声势的言论托付给了各家报纸的第 4 版，夹在杀虫药和菠萝汁的广告中间。这已不再属于我们的领域……'

"欧仁·劳登说：'上帝拯救我们，让我们不要去为那些在希腊被称作"涂鸦者"的画家们费心。库尔贝先生孜孜以求的是要如实地描绘人，不管他看到的人是多么丑陋和粗俗，他都毫不掩饰地加以描绘。他那支配着双手的大脑中丝毫没有高尚的、纯洁的、道德的念头；他毫无创造；他根本没有想象力；他是一个画画的匠人，就像那些做家具、做鞋的匠人一样。'"

"总不会没有称赞的话吧？"卡米耶禁不住喊了一声。

"寥寥几句。是欧仁·德拉克洛瓦说的，他是法国画派最伟大的艺术家。他说：'评选人退回了《画室》，也就是退掉了一幅古往今来最杰出的名画。'"

"伟大的人有着识别他人伟大之处的直觉。"卡米耶说道，"德拉克洛瓦就住在洛蕾特圣母院路我家的对面。我在他画完速写回来时见到过他，但我从来没有胆量和他说话。库尔贝先生，请你给我讲一讲这个异乎寻常的画展背后的故事。你怎么会有这样的勇气？"

"……更不用提要花费的钱了？到我办公室来吧。这么说你是抽烟的？我的烟斗总是不离手的。"

"柯罗也这样。"

"啊，好心的柯罗老爹。总是那同样的富于想象力的景色，点缀着那同样的富于想象力的色彩，笼罩在那同样的神话般的雾霭中。好，现在谈谈这画展……"

库尔贝足足花了一个月时间才说服官方允许他搭建这个棚子，并收取门票费。他雇了一位有水平的建筑师伊沙贝和一位可信赖的承包商勒格罗斯。6个月的地租花了400美元，建造费达700美元。

"你所看到的这整个画展，"他猛地伸出双臂，不无自豪地做了一个要竭尽全力保护这个画展的姿势，"花费了10000到12000法郎。我不是花得起这笔钱，而是不得不花。我的画在万国博览会被贬得好惨，评选人故意退回我那几幅大画，一句话，他们想要消灭我。我要维护艺术的独立。"

卡米耶从安东口中得知，库尔贝的这番话只有一半属实。美术馆的主管人德·纽维尔柯克伯爵曾邀请库尔贝共进午餐，并向他解释说展出空间十分宝贵，要是展出库尔贝的几幅巨幅画，就不得不把其他几位画家挤掉。

"我最亲密的朋友、雄心勃勃的收藏家、蒙彼利埃的阿尔弗雷德·布鲁亚斯提供了这笔钱。"库尔贝继续说道，"他是一个富翁的独生子，很受宠爱。阿尔弗雷德会流芳百世，因为他买下了那么多我的画。这事情多有意思，充当一名收藏家大受尊敬，而创造出使这位收藏家得以受到尊敬的作品的画家却默默无闻。"他噘起嘴唇一脸苦笑。

"我们该自己选择命运。你不得不在荆棘上舔蜂蜜，因为蜂蜜太值钱了。"

他们静静地坐了一会儿。接着库尔贝那副讥嘲的笑容又露了出来。

"我原指望赚上10万法郎，还清朋友布鲁亚斯的借款后还能剩下一些。开始我收取一法郎的门票费，人们出于好奇纷纷前来，可没多久就变得冷冷清清，门可罗雀了。现在票价已降到10生丁了。布鲁亚斯那里我只好用画来抵债了。"

"你一直被人称作现实主义者，仿佛这类作品都很丑陋似的。可事实上你的画是很美的。那么究竟什么叫现实主义呢？"

库尔贝反应很快，好像这个问题他已经回答过不知多少次了。

"绘画本质上是一门具体的艺术，只存在于对现实中真正存在的事物的再现之中。一个看不见的、并不存在的抽象物是不属于绘画领域的。充斥于超自然世界的神话的、历史的、宗教的题材应该由诗歌来表现，而不是由画布来反映……"

一个小时过去了，这小小的屋子里渐渐黑起来了。

"毕沙罗……你是姓这个姓吧？"他忽然打住那个话头，"哪天晚上跟我和我的朋友一起到安德勒啤酒馆吃饭吧。我在那里包了一张桌子已经有好几年了，欢迎任何一个愿意光临的人。这酒家就在豪特菲勒路28号的穹顶咖啡馆旁边，咖啡馆楼上就是我的画室。你会遇见一些我们这一代最有才华的人，更不用提那可口的德国泡菜和清香的巴伐利亚啤酒了。"

在卡米耶看来，巴黎除了是世界艺术之都，它还是一个展览的橱窗。住宅或公寓楼的外部装饰都标志着住户的社会地位。一切都"公开展出"。有钱人家的住宅正面总是立着气势威严的雕像，突出上半身，大都喜欢女人像。二等宅邸只立得起半身人像。三等人家就只能搞一些花卉装饰。市内主要林荫道上的所有公寓楼都一样高，有一道宽阔的大门，供马车进入内院；楼上的每一套房间都有一个气派的铁制阳台，对于正处于上升阶段的法国家庭说来，其功能相当于荣誉军团的红色绶带。商店楼上第二、第三层都是豪华的住房，由银行家和房产所有人占据；再往上住的是有数目不多的固定收入的人。第六到第八层住的是工人。画家们则都住在从天空往下数的第一层。

卡米耶穿过杜伊勒利宫的那条大街，在速写本上画下里沃利路对面那些商店和逛商店的人，驶进公寓楼院子的马车，穿着显示社会地位的服装的居民，带着孩子外出呼吸新鲜空气的保姆——一页纸上画上了十几个人物。

早上5点钟，他就被巴黎独有的闹声——嗒嗒的马蹄声，卵石路上传来的辘辘的车轮声，砰砰的窗板声，街头小贩的第一阵吆喝声——惊醒了。到6点钟，他已经喝过咖啡，吃完了奶油圆蛋糕，出门搜寻素材去了：去寻找意象的碎片，就像饥饿的动物去追踪食物一样。他画下了那些捡破烂的人居住的小破屋，一个挤满了破破烂烂的房屋和衣衫褴褛的居民的窄小阴湿的贫民窟，有一条成了废墟的污秽小巷，偶尔能见到两三只皮包骨头的小鸡。虽然在贫困地区画画使他心情郁闷，可是只有在这里，人的性格才能如此深刻地在他的钢笔或炭笔下表现出来。他了解到这些干苦力的人每天工作12小时，他们的薪水依技术高低而定，大致在每天两个半法郎（50美分）上下。能干的女人每天能挣20美分。他从调查中知道，有10万多男人每天挣不到40美分，75000个年轻姑娘和成年女人每天挣不到20美分。最穷的人家把年仅十二三岁的女儿送到街上去当妓女，以挣回全家急需买食物填饱肚子的钱。几乎所有的巴黎妓女都是土生土长的巴黎人。梅毒流行甚广。有一个骇人的笑话是这样说的："这是穷人向富人报仇的方法。"

为了消除内心的恐怖，他乘车来郊外的布洛涅森林，漫步在树丛中、草地上和人工湖畔。他在速写本上勾勒出了那些陪着衣着华丽的妻子或情妇神气地坐在马车里的贵族；遇上好天气，他还画下潮水般涌来的衣冠楚楚的游逛者，男的戴着黑色礼帽，身穿长长的燕尾服，裤脚用小皮带扎在靴子底下；女的戴着无边帽，穿着用裙撑撑开的裙子。

这样的对比太残酷了，在着手描画这些习作，加强线条、突出阴暗部分、增添细节时，他暗自问道："这样的境况究竟是每个人自己造成的，还是强加于他们的？"

安东·梅尔比准许卡米耶每天下午在他的画室作画，因为母亲拉舍尔剥夺了他在家里作画的权利。有一次他们俩都完成了自己一天的任务在附近一家饭馆吃晚饭时，卡米耶表达了他对这个城市贫富悬殊的忧虑。安东回答说："毕沙罗，听其自然地去接受这个世界吧，这就是完成你的作品所应该有的态度。只有我们的艺术中内在的理想才是我们应该关心的。1789年和1848年的革命都是为了医治这些病症而爆发的，但是它们什么也没治好。我们是记录者，不是社会改革家。把你的革命局限于你的画笔吧。"

他步行来到和库尔贝的画室隔两间门面的安德勒啤酒馆。一进门，那昏暗的光线使他觉得像是进入了当初他从布洛涅坐火车穿过的隧道。时间刚过6点。等他的眼睛适应了室内的黑暗光线后，他看出了这是一个乡村风格的酒菜馆，没有一点法国味儿，这里的奶酪大得像风车，椽子上挂着火腿，还有一串串五颜六色的香肠，一桶桶味儿很浓的德国泡菜和一桶桶巴伐利亚啤酒。有几张长桌，旁边摆着板凳。安德勒太太的账台上立着一盏油灯，她就在那里把从厨房送出来的每一盘菜的名字和价钱记在账本上。卡米耶认出库尔贝的《格雷戈丽大娘》画的就是这个大脸盘、大胸脯、双下巴的女人。她是瑞士人，她的丈夫安德勒先生是巴伐利亚人，他总是忙着在餐桌边招待顾客。

居斯塔夫·库尔贝从酒馆中央那张已经围了十几个客人的餐桌边朝卡米耶喊一声，表示欢迎。

"你总算来了。来认识一下我的同事。要像手指头一样团结一致。朋友们，这位是卡米耶·毕沙罗，最近刚从一个热带岛屿来的。本能告诉我，他将成为一名不错的画家。蒲鲁东*，杜米埃，挪一下，让毕沙罗加入我们的筵席。"

他被接受了。没有人怀疑库尔贝的直觉判断。卡米耶见到奥诺雷·杜米埃也在场格外激动。除了少数知交以外，杜米埃从不让别人知道他刚开始要画的油画，不过他以犀利的讽刺笔调画的漫画是很有名的。卡米耶在《喧闹》中见到过不少这样的例子。使杜米埃受到巴黎的民主派人士喜爱的是他的《特朗斯诺内恩街》，画的是1848年革命期间一个工人家庭在卧室被皇家士兵杀害的情景；还有他的《立法肚子》。他讽刺美术展览会无理拒人于门外的漫画曾在卡米耶心中引起过恐惧感。

"库尔贝还没有见过我的作品。"他咕哝道，"他夸奖我是因为我钦佩他。"

"很典型。"杜米埃的声调略显阴沉，"不过我可以肯定他有这么一个特点：他能看出一个像那只泡菜桶一样远的骗子或庸人。"

安德勒先生端着满满一盘德国食物和巨大的一杯啤酒，从中间的过道上走来。他注视着餐桌的首席，库尔贝正在那里用他浑厚的男低音热情地招呼每一个人。卡米耶心想："人的嘴唇活动起来竟是如此灵活，简直和液体一样。它可以同时做出各种动作，吸进去，

---

* 蒲鲁东（1809—1865），法国社会学家，无政府主义的创始人之一。爱好写作，其散文风格颇受福楼拜、波德莱尔等作家赞赏。主要著作有《什么是财产？》《经济矛盾的体系，或贫困的哲学》《革命者自白》《论革命与教会的正义》等。

吐出来，扭成半圆形，抬起一边，垂下另一边。只要注意一下一个人的嘴巴活动方式，你就已经可以了解到这个人的不少性格特点。"

坐在卡米耶对面的一位通俗小说家既钦佩又反感地说："看看库尔贝。他这细嚼慢咽的样子活像农民和牲口。他胡子里老发出咕噜咕噜的声音，脚不停地在地板上跺，脑袋一会儿抬起一会儿又低下，肚子一鼓一鼓的，还时不时地狠狠晃几下。但同时他又不停地争辩，随时编出一些俏皮话，谈笑风生。从晚上6点到11点，他始终滔滔不绝地谈论艺术，谈论各门科学，甚至大谈一些他一无所知的东西……"

"我钦佩他，被迷住了。"

"还是这样好，要不然你就不会再接到邀请了。"

"库尔贝没有家小，所以我们就是他的家庭成员。"彼埃尔·蒲鲁东补充道，"坐在后面的有一位是我们这里最重要的报纸编辑，杜兰迪旁边那位是雕塑家拜尔，也许是巴黎最杰出的雕塑家。再过去是把我们这里上演的莎士比亚剧译成法文的埃米尔·蒙太古。最头上坐的是艺术评论家西尔维斯特和普朗希，两人都赞成写实主义而不喜欢浪漫主义。"

挨着库尔贝的是夏尔·波德莱尔 *，当时他翻译的埃德加·爱伦·坡的故事正成为一个热门的话题。新闻界说这些故事不但异乎寻常，而且超越了人性，劝说大家不要大剂量服用这种恐怖的或荒诞的"药"。波德莱尔那张苍白的脸上的表情是那么变化无常，他的画家朋友们想在画布上捕捉他的形象，结果一个个都绝望了。波德莱尔经常睡在库尔贝画室的地板上，所以库尔贝抓住机会给他画过一张像，只是把他画得活像一个肤色灰白的魔鬼的门徒，眉毛上方挂着一绺 V 字形的黑发。波德莱尔恨透了这幅画。库尔贝曾这样说过波德莱尔的诗："写诗就是说假话；换作一般公众的话来说，就是摆出贵族的架子。"

"可怜的穷光蛋波德莱尔，"杜米埃接过话头喃喃地说，"被酒和可卡因彻底害了，因为依恋母亲而没法养情妇。好一个贵族！简直是个倒霉的怪人。"

"波德莱尔自己的诗是绝妙的，只是遭到权威们的厌恶。"蒲鲁东接下去说，"我们正在想办法把他的诗收成一个集子，用他起的书名《恶之花》。你知道我的作品吗？"

"我读过《什么是财产？》。我不同意所有财产都是盗窃的观点。** 我的父亲是靠开店卖货积累财产的，但他总是做公平买卖。谁也没有遭到劫掠。"

"等你在巴黎住上几年后再说吧。你会改变想法的，不过不是公开承认。我当过1848 年的共和国制宪议会议员，但是第二年保守派重新掌权时，我因颠覆罪受到审判，并在圣·佩拉杰监狱和巴黎裁判所的附属监狱里监禁 3 年，罪状就是我宣扬让工人摆脱悲

---

* 波德莱尔（1821—1867），法国诗人，象征派诗歌的先驱，代表作为《恶之花》。他翻译的爱伦·坡的《奇异故事集》也很有名。

** 蒲鲁东在《什么是财产？》中提出"财产即盗窃！"的口号。

惨生活的激进观点。"

蒲鲁东透过眼镜片朝卡米耶眨了几下眼睛，擦去他那大理石一般的额头上的汗珠，捋了几下不算太长的胡须，说："思想比行动更危险。"新来了一位客人，有人把他介绍给卡米耶。他叫保罗·加谢医生，里尔人，专门从事顺势疗法和免疫术，在福波·圣丹尼斯路开设一家个人诊所。他把头发染成了黄色，身穿蓝色的救护员上衣，头戴白帽子。他喜爱所有的画家，把他们视为上帝的特选子民，免费为贫穷的画家——巴黎艺术界百分之九十是穷人——治病，有时接受他们的画代替医疗费。库尔贝悄悄告诉卡米耶说，加谢医生在诊断上是一个天才。

"啊，咱们这个圈子又新添了一个成员。"加谢医生高声嚷道，"毕沙罗先生，让我摸摸你的头骨。你知道，骨相学是得到公认的一门科学。我摸一摸便能知道你的性格。"

作为这个圈子的新成员，卡米耶小心翼翼地坐着，很少说话。桌上摆满了食物，空气中弥漫着志同道合者的亲密情谊，使他感到轻松自在；他渐渐看清了餐桌四周这些人的脸，听清了他们的谈笑声，领略到了他们的个性，便在脑子里暗暗勾勒起一幅集体肖像来。

"我们生就的面貌只有那么几个部位，那么几种形状：眼睛、鼻子、下巴、脸颊、眉毛、皮肤、头发、头型，然而每个人的特定组合却总是不尽相同。"他暗自思忖着，"有的下巴太突出，有的太凹陷；有深蓝色或黑色的眼睛，也有淡灰色或无色的眼睛；有长鼻子、短鼻子、挺鼻子、歪鼻子、瘦鼻子、肥鼻子；有的皮肤光洁，有的满是麻点或皱纹；有扁扁的耳朵，也有支得高高的耳朵；有满是隙缝歪七扭八的牙，也有整齐洁白晶莹闪亮的牙；有又小又薄的舌头，也有圆鼓鼓的舌头；有短短的眉毛，也有连成一片的眉毛。"

"难怪画肖像那么受欢迎。我必须更认真地去掌握这方面的技术。"

"还有人的声音，它就像人的脸一样。"他以前就注意到了人的声音可以发自多个不同的部位，坐在对面那个人说话的声调很高，仿佛那声音是从他的头颅下发出来似的。挨着他坐的那位说话时嘴唇紧闭，那话音就像是从一个柠檬里挤出来似的。还有一位说话时总是先在嘴里把要说的话"漱洗"一下再吐出来。第四位就像发连珠炮似的从厚实的下巴吐出一连串句子。坐在他身边的那位艺术家钦特卢埃尔每说完一句话总要舔一下嘴唇，仿佛是要舔去他刚表达的思想。另一位紧闭着嘴，从一个小孔中钻出一缕细细的声流。还有一位在发出一些含混不清的句子时嘴唇就像一个做果浆的模子似的微微颤抖。此外还有像柯罗那样的深沉的声音，从各个内部器官的深处沉重地升到喉咙口，听起来特别像沉重的浪花撞在岸边溅成了一粒粒的水珠，这些水珠就是从嘴里迸出来的一个个单词。当然还有那种吞没了语言的狂笑声。所有声音就像是一个管弦乐队的乐器，从短笛的高音，单簧管和小提琴的较高音域，经过小号和法国号的圆润的中音，一直降到低音提琴和铜鼓的雷鸣般的声音。

不断有新到的客人入席，有几位刚打完一轮弹子球，有点疲惫地坐到紧挨餐桌的椅子上。交谈十分热烈。库尔贝的写实主义是当今众人崇敬的画派吗？浪漫主义已经成了强弩之末吗？国际画展那帮满脑子传统观念的评选人还能竭力维持浪漫主义的生命吗？谁是英雄？是为了把艺术从学院派手中拯救出来而默默献身的巴比松画派的代表人物柯罗、米勒、卢梭、杜比尼呢，还是那些招来评论家和公众怒骂的新人？枫丹白露派画家的朋友、雕塑家格雷尔大声说道："莫扎特 11 岁就写出了第一首交响曲。你们听说过有谁 11 岁就画出伦勃朗的《夜巡》吗？或者 11 岁就雕刻出米开朗琪罗的《摩西》吗？绘画的成就不能早早获得，非到成年不可。这需要经过漫长的学艺阶段。"

"这话是说给我听的。"卡米耶说，"我知道我必须申请一份在卢浮宫临摹作品的许可证。可是我得在临摹上花多少时间呢？我似乎不觉得有这个必要。"

10 多个人异口同声地嚷嚷起来。等吵闹声平息下来后，库尔贝说道："毕沙罗，我常常因为考虑问题操之过急而责备自己。不过我可以告诉你，仿效前人是盲从，而学习前人却是独创，能激发你的灵感。关键在于综合。把你天生的才能同在你之前从事创作的人的才能结合起来。独创绝不意味着原始。你没法像雅典娜一样从宙斯的前额一下子跳出来就成了完人。* 不要害怕有多重家系。我们的艺术可以回溯到几千年前的埃及人、希腊人、史前的洞穴壁画、中国古代书法等。"

几位画家七嘴八舌地说道：

"艺术是生活的必需品，就像面包、酒或者一件冬天穿的暖和的大衣一样。那些把艺术看作奢侈品的人头脑很不健全，只看到事情的一个部分。人的精神渴望艺术，正如人的肚子渴求食物一样……"

"艺术家就是教师。"

"你还不了解你自己的天性。"

"用创作去填满你的时间，就像在一只锅里装满汤一样，再加上汤料、蔬菜、调味品等等，但永远不要让下面的火熄灭。"

卡米耶满脸堆满了微笑。

奥诺雷·杜米埃从餐桌对面俯过身来。

"你会碰到各种各样的艺术家：略知一二的爱好者，招摇撞骗的冒牌货，游手好闲的懒汉。不要不理他们。他们能成为很好的伙伴儿，这些人会聚起来才使一股激发公众热情的强大潮流得以在巴黎奔流不息。"

11 点，聚会宣告结束。

"该回家睡觉去了，我们的姑娘们还等着我们哩。"画家邦温说道，"我们有几次

---

* 据古希腊诗人赫西奥德的长诗《神谱》记载，保护女神和智慧女神雅典娜没有母亲，是从其父宙斯的前额跳出来的，落地即披盔戴甲，全副戎装。

想把情人带来，可是安德勒太太总是怒目而视，不予欢迎。她是一道难以攻破的堡垒；我们的姑娘中没有一个能偷袭她的道德防御工事。"

卡米耶沿着黑暗的街道走回家去，一直走到圣·安德烈艺术广场，从那里踏上圣·米契尔大桥，横穿塞纳河到达河中心的皇宫岛，然后快步穿过一座很少行人的岔桥，来到塞纳河右岸。他又踏上了熟悉的地面，于是加快步伐从夏莱特广场经过还在沉睡的商场，到达圣厄斯塔什尖顶广场，拐入了洛蕾特圣母院路。

他感到心中涌起一股幸福的暖流。巴黎的艺术家之间有一种兄弟情谊，他将有机会成为他们中的一员。过去几年中他一直渴望着这样的事，可是那时他根本不知道如何才能实现这样一个奇迹。

辉煌的前景已经展现在他眼前。

Chapter 02

眼界大开

安东·梅尔比提供了比技术性问题更实际的建议——他答应卡米耶使用他的画室。他说："我不知道你手头钱怎么样，毕沙罗，不过，我们在起初都是很拮据的。我最初来巴黎时，要不是一位朋友借给我150法郎，我也许已经饿死了。现在，我有不少订货金可拿。你为什么不为我画天空呢？我可以付你优厚酬金。"

卡米耶大为吃惊，从他的表情上也看得出来了。

安东哈哈大笑："为什么不？年轻的米开朗基罗曾替吉尔兰伊奥在佛罗伦萨的奥格尼桑蒂教堂画天空。"

卡米耶发现自己过分拘谨了。

"原谅我，安东。我当然接受。你很慷慨。不过，我需要指导。"

"画天空？"

安东还慷慨地买了他的两幅水彩画，一幅是风景画，一幅是画的加拉加斯的节日游行；还有一幅齐特拉琴演奏者钢笔画。卡米耶怀着感激的心情送给他两幅委内瑞拉铅笔素描。

他小心翼翼地前进着。一周来，他从柯罗或安东那里得到某些有用的指导。约一个月后，他接到父亲从圣托马斯来的告诫信，警告他说，除非他进一所有权威的美术学校，并接受沙龙认可，否则他是不会成功的。

快到1856年春天时，他让步了。

"我明天就去弗朗索瓦·爱德华·皮柯特*的画室注册。"他向拉舍尔宣布，"柯罗先生说。这家画室可能是最好的。"他没有说的是柯罗还说了另一句："如果你非得接受一种学院式的训练的话。"

他有了为安东画天空的钱，就带拉舍尔和爱玛去会做法国南方菜的普罗旺斯兄弟餐馆吃饭。这是头一次一家人一起在餐馆吃饭。他们享用了多加奶酪的热洋葱汤，烧鳟鱼，一瓶上卢瓦尔河谷来的有烟熏味的白葡萄酒，炖羊排，里昂式土豆，带香草的沙拉，半球形草莓冰激凌带小杏仁饼，加糖的热咖啡。当科涅克白兰地的火焰停熄，侍者把咖啡倾入小咖啡杯中的时候，卡米耶紧握住他妈妈的手，以示暂时停战。

他进了弗朗索瓦·爱德华·皮柯特的画室，这是一间方方正正又高又大的房间，北墙一排窗户使屋内很亮。架上放着浅浮雕品和积着灰尘的石膏半身雕塑像。四壁都有同样积着灰尘的架子。有一块告示牌，写着美术展览的日期、模特儿的住址以及几个私下买卖绘画的经纪人住址。一些油画面墙靠着，框架上用黑体字写着经纪人的名字。

---

* 皮柯特，法国新古典派画家，是布格罗和莫罗的老师。

画室里聚合着从 18 岁到 30 岁不等的 20 名学员，他们坐在那里，画板或放在膝上，或放在画架上。他们用粉笔、炭笔、铅笔或油彩颜色笔，描画一个站在屋子中央台上的女裸体模特儿，在勾勒身体曲线时，半眯着眼凝视着她，衡量着尺寸，激励自己，并互相激励，以求画好眼前这个女人的身姿。

卡米耶简要说明他想注册入学，学员们围在他周围，有些人穿着颇寒酸，有些人穿工作服，他们告诉他，必须通过一次入会式。他得脱去衣服，站在模特儿的身旁，讲述他的性生活故事。他用手掌用力推开那些想扒他裤子的人。遭拒绝后，他们又要他站到一个凳子上去讲他的性关系。他虚构了一些生动的情节。然后，他们还要他唱夏洛特·阿马利亚港口的水手们常唱的单调的歌。他唱得很起劲，但是全然走调。在这之后，他又请他们每一个人喝了加奶的咖啡。学员们热情地握着他的手，拍他的肩膀，对他说他是如何地幸运，以前一个新学员被倒绑在一架梯子上过了一夜；另一个人的生殖器被涂上了普鲁士蓝。

他开始工作。给他的位置是一个角落，几乎看不见模特儿。他大胆地走向学画时间最长的红头发的公共基金司库，此人负责管理画室，付钱给模特儿，并管理饮食。

"听着，我可不是一个 18 岁的学徒。我已经画了 5 年了。"

"噢！一位大师，已经涂过油了。"*

"我不介意你的讽刺。我需要一个光线好的地方……"

"要是不呢？"

卡米耶斜着眼瞧他。

"好吧，挪你的椅子。离我远点，免得我们将来成为愚蠢的洛林人。"

直到另一个新生来代替他为止，卡米耶发现自己一直处于一个艺徒的卑下地位。艺徒这个词是指那些初出茅庐的学艺者，也指那些不成功的艺术家。他必须早早来到，生上炉子，打扫屋子，从楼下把新鲜水搞上来灌满大壶，为别的学员需要什么东奔西跑。

他不介意嘲笑和发火，人家告诉过他，那些是画室仪式的一部分。然而，没有人教他任何东西。没有一个人看来真正有才能。他认为大多数人都是群氓。他没有一次听到过他们谈论艺术，或谈论一个智慧的观念。除了粗鲁、愚蠢的玩笑外，什么都没有。他不知道，他所想到的，差不多正是一位早年的画家所形容的名家席罗姆**的画室。

柯罗曾对他说过，安格尔是怎样一位老师。"他用大拇指指甲来纠正学生画的画，那么使劲，以至常常把纸划破。"

他已经付了 15 法郎的入学费，此后每月将交公共基金约 20 法郎，大概相当于 4 美元，公共基金是用来付给画室主人和模特儿，买洗画刷的特殊肥皂的。他感到，所有这些收费

* 指宗教仪式中的涂油。

** 让·莱昂·席罗姆（1824—1904），法国画家，学院派代表人物。

都超出了提供的服务。

皮柯特的出现，使事情有了些变化。他是个很有气派的人，戴着夹鼻眼镜，穿着浆领的白衬衫，一件前下摆向后斜切的燕尾服，由于不把自己的风格强加于学生而被视为一位好教师。他指引学生如何获得美术学院所渴望的完美，那将导向获奖，赢得罗马奖。他从一个画架走向另一个画架，察看一本本速写簿，作出尖锐的评价，对卡米耶则提出有关交叉线和阴影的有说服力的建议，然后，他就走了。

卡米耶对每周只能去一次画室颇不高兴。这比柯罗老爹和安东·梅尔比给他的好不了多少。他完成一幅裸体画时，同公共基金司库吵了起来。司库见卡米耶画了模特儿的阴毛。

"毕沙罗，你这个呆子，你知不知道希腊、罗马的模型上是没有阴毛的。"

"模特儿不是石膏模型。"他平静地回答，"她是一个活生生的人。"

"我们不是素描活人。他们是不存在的！你永远进不了沙龙。"

"我见到什么画什么。"

"不管怎么说，模特儿练习到今天结束了。你就画那些半胸像吧。"

卡米耶自言自语："恐怕我不会在这个学校待长了。"

他待到了预付金支用完的时候。他学到了艺术界某些行话："穷得像画家，俗得像雕塑家，笨得像音乐家，穿着神气像建筑家。"

后来他又把目光转向风景秀丽的巴黎，转向商业区、街上行人、花园、教堂，以及绚丽多彩的塞纳河中的斯德岛*。他避开了黑暗潮湿的贫民区，把它们留给了野心勃勃的拿破仑三世和他的地方长官去拆除。

他每天都在为再创造眼前的景色而艰苦努力。有时失败了，回家来已天黑，累得不想吃晚饭。诉苦有什么用。不仅手艺人需要经历经常受挫的学徒过程，艺术家也一样。有时他不得不承受无望于完成一条匀称的线条、无望于达到逼真程度的懊恼心情。对热爱此道的人来说，别无他途。

一个多雨的春天，能在街上速写的机会不多。公寓里也没有地方可工作。爱玛、她的一个儿子和两个女儿，占了两间卧室；拉舍尔占了一间；卡米耶占了一间。有一次他试用过客厅，那里已塞满了家具，拉舍尔因头疼已回卧房。手头钱不多，没有多少办法可想。他在伊西多·达格南的画室注册，那里有可画的模特儿。达格南是一位受尊敬的美术学院

---

* 斯德岛即巴黎旧城。

教员，他墨守成规，不许马虎，不许胡闹。他每天都来画室，画室因此保持着安静。他提示卡米耶如何把裸体人像的内在生命反映出来，但卡米耶不喜欢画裸体人物。

好天气解放了他。他又来到街上，跟随塞纳河这条欧洲最美的河，它的岛屿，以及穿过农田和森林而形成的河湾。他仅有的不快活是在家里。拉舍尔没完没了地沉溺于见不到丈夫和儿子阿尔弗雷德的绝望之中；又担心店铺和财产卖不出去。卡米耶对爱玛说："我感到有罪。要是我有一桩她满意的事干；要是我能把我事业进步的消息带回家来，而不是脸上带着渍点回来……"

"胡说些什么，我了解妈妈比你多10年。多愁善感是她的天性。爸爸今年夏天回来，就会使她平静。孩子们无能为力。我们该互相鼓励。要是你短钱用，就告诉我。"

卡米耶收到第二笔为安东·梅尔比画天空一个月的酬金后，他把银行支票拿给拉舍尔看，心想也许能使她高兴起来。拉舍尔既感到宽慰又感到困惑。

"画天空的钱？这能干多久？"

"我不知道，妈妈。也许还要一些时间。够我买材料的了。"

弗雷德里克·毕沙罗8月间来家住了一个月。正如爱玛所预料的，拉舍尔快活了，平静了。卡米耶从前总把父亲看成英俊男子。他确是如此，甚至到了54岁的中年更英俊了：脸刮得很干净，很对称的头部，一头漂亮的黑发，一张和气的面孔，准确地反映出他可亲的本性。他虽在热带，但很注意把皮肤保护好。

"他比我漂亮。"卡米耶心想，"他是那样地诚实，我真无法妒忌。"

弗雷德里克还是一个过分讲究衣着的人，甚至在店中时也一样：浆领白衬衫，黑丝绸老式领带，做工精制令人惊叹的套服。他练就一副好中音嗓子，大受供货商、船上官员和圣托马斯居民的欢迎。他是个安详、感情稳定的人，和善然而坚定地管理着一家。他对卡米耶事业的选择不无遗憾，他是很实际的。

"这就是你想干的？"他曾这么问过，"你肯定吗？那么你必须非常努力，要走正路，取得成功。"

一天，卡米耶经过他父母的卧室时，听见他母亲担心地问他父亲："你有没有感到他身上有些弱点？有没有感到他不喜欢工作？"

"不，他的身上没有长出懒骨头。"

"那么为什么……"

"因为每个人有他自己用脑筋的方法。"

他父亲同他母亲的态度的主要不同之处，卡米耶归纳为：弗雷德里克相信艺术可以获得成功，是值得追求的；他母亲认为画画只是浪费人的生命，即使成功也不过如此，因此不是男人适宜的职业。这种想法来自她的家庭背景，她从来没有走出过安的列斯群岛，而那里是没有美术的。弗雷德里克是在波尔多出生长大的。尽管波尔多是距巴黎200英里以外的内陆河港，它却有报纸、书籍、戏剧、歌剧、政治、法庭、财政，以及受巴黎影响的习俗。全法国都是这样紧密地联系在一起，并紧紧地控制着、分享着巴黎的观念、文化。波尔多有市议会，有地方上通常有的权威人士，但法律是从巴黎来的。每一个法国城市居民都相信自己是不在巴黎的巴黎人，并尽其所能过一种"小巴黎人"的生活。在衣着、家具、方言方面虽有地方的特色，但不同之处少于相似之处。

弗雷德里克受的教育是模仿巴黎的教科书和习惯的。他的家庭属于富有的中层商人，戏剧、歌剧、芭蕾、书店、杂技，是他们生活的组成部分。当弗雷德里克24岁抵达圣托马斯时，他已是一个有教养的人。正是这种影响决定了他的两个儿子阿尔弗雷德和卡米耶，必须在巴黎接受教育，在法国的传统和语言中成长起来。他曾说服拉舍尔有此需要，但他必须坚定，因为载阿尔弗雷德去纽约转法国的船在海上着了火。阿尔弗雷德几乎死掉。拉舍尔已失去3个儿子，几乎又要失去第四个，因此不愿再冒卡米耶离去的危险。5年来，老想到他要离开家，即使偶尔放暑假回来，也揉碎了她的心。但她默许了，因为她愿意见孩子们能获得每一个好处。

阿尔弗雷德仅13岁时，已显露出他父亲那种做买卖的才能，他喜欢商店，喜欢在那里工作，也喜欢在码头上工作。他聪明，学得快，做事精明。他会讲话，学习音乐和文学，但已能明显看出他是将接管父亲事业的人。阿尔弗雷德把买卖看成游戏；而卡米耶只把它看作谋生的手段，他只做要求他做的事，但没有激情，也不感到快乐。

拉舍尔把卡米耶的行为告诉弗雷德里克时，弗雷德里克说："我对此一点也不感到震惊。"

对卡米耶，他则宣称："我情愿你成为一个优秀的艺术家，比做一个可怜的商人好。不过，你要注意，所谓优秀，我指的是成功。"对弗雷德里克来说，界限只有一个：赚到可观的一笔钱。

"假使我画得好，可是它们卖不出去呢？"

"假设我买了华丽的商品可是卖不出去呢？"

"这要碰运气！"

"如果原始人要吃，他就去猎取动物，钓鱼，种谷物。如果现代人要吃，他就去卖商品。或靠他的职业技能：医生、律师、工程师……"

"……还有艺术家。"

"那是最末的。一个人不能吃油画，或把油画当外衣来穿，或在它遮盖下睡觉。总之，我年轻的儿子，艺术是一种奢侈品。人们没有它也不会死的。"

"思想和精神的饥渴比肚子的饥渴还要强烈。"

"那只是少数人。你就是要去发现这些人。这就像在土豆地里寻找豆子。"

"那么，爸爸，你遗传给了我一副好眼力。"

1856 年夏季将是卡米耶自从离开加拉加斯以来第一次真正感受到自由。弗雷德里克在巴黎住，公寓里很拥挤，卡米耶的存在就无关紧要了。安东·梅尔比建议他去巴黎以北9 英里的蒙莫朗西的郊外画画。那是一个安静的小村庄，环绕着蒙莫朗西公爵原来的城堡，城堡在 1814 年被拆毁，遗留下来很少一些低矮石墙在灌木和荆棘之中，曾是公爵接待大厅的地方长起了大树。他背着一个帆布背包，装满了各种用品：速写本、水彩、一块调色板、管装油画颜料，背包上绑着可折叠的画架。

他在一个经营浴池的商人家中找到一间房，付给中年的浴池老板夫妇一天 3 角钱（美元），包括住房、便饭和沐浴。房子位于一个小山顶上。从窗子可俯瞰原始森林，这片森林无路可寻，就像圣托马斯同布洛涅之间的大海。他在曾是华丽的城堡遗迹间攀登，寻访了德比内夫人庄园中的小别墅，让·雅各·卢梭曾在这里生活，直到同他的女朋友吵架为止。卡米耶决定追随柯罗老爹的规则，天不亮（3 点钟）就起身，摸索着穿过树林，找到一块能看着画的开阔地，有时带着水彩，太阳从绿色的夜幕中有节奏地升起。晚饭后，他立即回到他的小屋，借着烛光阅读卢梭的《忏悔录》。最初，他高兴地发现卢梭这位作家和作曲家竟是如此地喜爱绘画：

我从未感到如此强烈地渴望去控制我自己。我别无他求。一页美好的图画，诱使我不惜以大量金钱去买到它的一角。

后面，他又沉溺在这位日内瓦出生的法国哲学家的感情冲动之中：

我是一个感情很坚强的人，而当我被它们激起后，任什么力量也无法使我平静。我把谨慎、自重、敬畏和体面都忘得一干二净。我变得玩世不恭，厚颜无耻，粗暴与凶狠。而在我平静些的时候，我又变得懒惰、羞怯，什么东西都使我惊吓、沮丧……

他吹熄了蜡烛，卷起枕头的边，紧贴着他的脸。卢梭的思想目前对他来说，完全是外来的。他所做的事情也许会被证明是错的，但是他将做他认为正确的事。

他父亲来信说他将留住巴黎 4 个月。卡米耶感到这一段时间可容他松弛一些。他仍拥有他父亲在圣托马斯的商店的很少一点儿工资，加上给安东画天空所得的一些法郎。除了画料外，所需无几，蒙莫朗西的低温灶也不常用，不到 2 法郎一天的食宿费不至于严重地耗尽他的资源。他在蒙莫朗西也不交朋友，他无此需要。

他不想过多地描绘蒙莫朗西，而更主要的是去理解、掌握它的某些经常变化的性格。不仅是城市似已远去，而且时代也远去了。此地，在静谧中，他可以想象自己生活在德鲁依德巫师时代 *；在此以前，是人类刚诞生的神话时代。整片森林处处可以入画，他还未能轻易地选出一个题目或缩小出一块应画的地方。

他记起了柯罗讲的两个故事。头一个故事，一个朋友说："我在眼前的风景中看不到你的构图。"柯罗回答说："我的画面上的前景远在前边。"朋友全神贯注地凝视后，说："真的！差不多离你的画 2000 码，从小山谷的阴暗处升上来，延伸到一片草地。"

第二个故事是一个朋友曾对柯罗说："你画的那儿是一棵大树，可是我在风景画里没有见到。"柯罗回答说："大树是在你身后。"

"我什么时候才会掌握透视法？"卡米耶问自己。

长期独处以寻找画题，成功地使他驱走了存在于他的早期作品中引人注目的棕榈树的形象；蒙莫朗西的森林渐渐超越了西印度群岛和加拉加斯。几个星期过去，他研究了他所画的画，其中有：大森林和突然出现的水池，巨大的砾石（有些形状像洪水时代以前的巨兽）。他开始感到，他已有了成功的转变。可以说他现在还不是一个法国画家，但他至少是在真实可信地素描一块法国的土地。

他完全处于平静状态，不时为他的铅笔画或炭笔画寻找中意的地方。他的素描和水彩纯粹是实验性的，没有出售价值。素描仅是练习，每一个艺术家都需要练习，也许整个工作阶段都需要练习。他大胆地画了一幅油画《多蒙特之路·蒙莫朗西》，作为礼物送给了同在该处膳宿的莫里尔夫人。他在森林深处试画的其他油画，都没有完成。他用浓浓的松木油抹掉了画布上的新鲜油彩。

他每月给家里写一封信，不是宣布任何消息，只是使家里确信他生活得好并且快乐。森林教育他不要去复制，而是要去开发一种逐渐形成的选择的意识，去重新安排眼前的景色以取得一种更加特殊的和谐。他不需要别人的反应、批评或称赞。当他在夜里凭借烛光凝视他的素描时，他就是自己的评论者。

8 月底，弗雷德里克回圣托马斯去为出售店铺再做一次努力，以便使他和拉舍尔能在退休后过舒适的生活。拉舍尔再次因孤单地留下来而寝食不安。弗雷德里克临走前把卡米耶叫到一边。

"儿子，你一定要答应我。为家庭不因我离去遭到痛苦而尽一切努力。我听到你真心诚意地履行这项责任，我会高兴的。"他皱着眉。又要同妻子分手一年，也使他痛苦。从他来到圣托马斯继承他叔父的财产以来，他们一直是一对好伴侣。他更加温柔地说："尽量睡在家里。提醒你母亲需要注意的事。"

---

* 指古代凯尔特人时代。

卡米耶噎住了。拉舍尔需要的是大家围着她转。

"我能做的一定做到。"

"努力工作，非常努力。这样你的画才能明年在沙龙展出，开始出售。"

卡米耶凝望着地板。

"试着那样去做，卡米耶。"

卡米耶受到邀请参加叔叔的宴会，遇到一些可敬的正在寻找夫婿的中产阶级妇女。因为他认为自己不是一个有希望的候选人，因此没有同她们任何人约会。有时，她们邀请他参加自办的晚会，他也乐意去，他是个爱交际的人。但他既没有钱也没有心情去求婚。许多画家同他们的模特儿有长期的关系。他没有钱雇模特儿，他也不需要她们。在尽可能的范围内实行禁欲。有时也转向穿粗布衣裳的妇女，那是些年轻的女工，靠工钱不能养活自己，因而提供短暂的爱情生活；还有那些轻佻的女人，成为艺术家的密友只是为了享乐。

10 月中旬，菲尼阿斯·艾萨克森来巴黎做客。他比爱玛大 4 岁，在伦敦受的教育，同弗雷德里克一样，被送到圣托马斯照管他的家庭在当地的利益。他同爱玛于 1847 年 6 月结婚。弗雷德里克不在时，阿尔弗雷德经常同菲尼阿斯吵架，他认为自己资格老一点，坚持由他来经营生意，来做出重大的决定。而卡米耶同他姐夫和睦相处，任何利益冲突都和他没有关系。菲尼阿斯特别喜欢用英语同卡米耶交谈，这使拉舍尔无法插嘴。

"讲法语。"她命令道，"即使你磕磕巴巴也好。我感到在自己的船上可成了外乡人了。"

卡米耶经常利用菲尼阿斯在家的时机离开寓所。

初秋的一天，晨曦初现，卡米耶正走在洛蕾特圣母院大街上，刚把人们在圣母院教堂前的旧城广场喂鸽子的景观速写下来，一个人从后面跟了上来，带着一个可折叠的画架箱。这就是欧仁·德拉克洛瓦。

"从你腋下的速写本，还有朝我对过的房子走，我就敢说你一定是卡米耶·毕沙罗。柯罗说过你。他说你的画有真实性。"

卡米耶脸红了："我刚刚开始。"

"那么，我们都要开始，否则，我们怎么能有中间，有结尾？我刚在植物园素描过马，想画一幅油画。我现在有一个小时空闲。同我喝一杯酒吧。"

当他们走向 54 号德拉克洛瓦的房子时，卡米耶默记着这位在他身旁的有钱的、上层社会的偶像的身材线条。他曾经听说，当德拉克洛瓦说话时，那些有名的男人女人都侧耳倾听，默不出声。他还听说人们形容他"不是一个我们要称为英俊的人，但从气质上说，他是一位王子"。伟大的籍里柯在德拉克洛瓦 20 岁时为他画过一幅肖像，德拉克洛瓦曾惊呼说："我的形象的弱点吓坏了我！"

以后当然不同了。35 年来声名鹊起滋润了他。而今，正如卡米耶观察到的，他鼻孔张得大大的，丰富的嘴唇富有感情，一双大眼睛在凝视时显出威严。他的脸刮得很干净，有一个顽强的圆下巴，黑头发在一双粗眉毛上方分梳着。他们上了几级楼梯，德拉克洛瓦介绍说："我在左岸*有个画室好几年了，可是现在我感到蒙马特是最适宜作画的地方。许多人都搬过来了。"

"我的朋友安东·梅尔比说，这地方之所以叫作殉道者高地**，正因为这么多画家都在这里设了画室。"

德拉克洛瓦向他投了会心的一瞥。

"你期望成为殉道者吗？"

"见鬼，不。我打算成为上帝送给法国画界的一份礼物。"

他们为开了这荒唐的玩笑哈哈大笑，德拉克洛瓦把卡米耶引进他的画室。他给卡米耶倒了一杯葡萄酒。

"你愿意就随便看吧。我把我各种类型的画挂在墙上，各个时期的蚀版画和油画。我睡在后室。请原谅我去更衣。"

卡米耶一杯在手，细细品尝，心旷神怡。画室真大，整个上层足有一间公寓房子大，也许 30 英尺宽，至少 50 英尺长。一扇极大的北窗，从护壁的下部直伸到 30 英尺高的天花板，为抵御寒冬，有一座 5 英尺高、锥形的黑色煤炉，带着他从没见过的这么长的烟筒，有 8 英尺高，然后转到旁边的一面墙。"实在是一件雕塑！"卡米耶赞道。

所有东西都是英雄气概，墙上大约有 50 幅画，紧紧地排着直到天花板，其中许多曾挂在万国博览会的展厅里。一堆堆没安框架的画斜靠在墙脚。一个角落里的架子上堆着一些古代人物半胸像。一共有 5 个画架，其中有些足有 10 英尺高，一架高高的可移动的梯子以备德拉克洛瓦画大型油画的顶部。各色各样的工作台和凳子上，放着盛刷子的碗、钢笔、炭笔、调色板和上百根颜料管。在一个角落里有一个长沙发和一把拆掉亚麻布垫子的椅子。全部是那么干净，井井有条；擦净上蜡的地板上散铺着一些东方地毯。画家似在大声宣布："我伟大、出众，因为我非同一般。这里所有的作品都非同一般。这里是一个严肃的世界。"

这是一个琳琅满目的展览。同油画在一起的，还有德拉克洛瓦早期的巨大壁画素描，那都是教堂预订的：宗教题材的如《基督在加利利海上》；东方题材的有猎狮与猎虎。还

---

* 指塞纳河左岸。

** "蒙马特"的意译。

有平版画，钢笔和铅笔习作，包括人物、地方、大型战斗、古代神话、古建筑遗迹等。在装帧方面，他被称为纪念碑式的，反映了古典寓言的精神，近似鲁本斯、雷斯达尔*、华托**。他是一个出色的幻觉艺术家。他画的每一件东西都从画布中跳出来，占有观赏者。政府曾购置了他的《但丁的小船》，即使这样，美术学院仍厌恶他惊人的色彩。

德拉克洛瓦穿着盛装回到画室。

"我遵守自定的规则，在效果和色调没有完全捕住以前，决不停手；根据我一瞬间的感觉不管用什么方法去不断修改。当你的直觉告诉你，在一生中的这一刻，对这幅画你已做了所能做的一切，那就行了。这时，你会心满意足，说：'行了，总算完成了。'现在，对我说说你的事。"

卡米耶做了一个简单的自我介绍。德拉克洛瓦评论道："你从帕西学校毕业后又回圣托马斯是一个错误。17 岁就投入巴黎美术界的主流当然是太年轻了。我进第一流的盖兰画室是 18 岁。"

"你是一位天才。"

"让我看看你的习作。"

卡米耶递给他画了一周的速写簿。德拉克洛瓦慢慢地翻着。他的嘴唇紧闭，似乎不让一个秘密泄漏出来；他全神贯注的眼睛，眼睑微微下垂，似乎一半内视，一半外视。处于一种严格剖析的凝视状态。

"柯罗老爹是对的，它们有真实性。"他把速写簿放在一边，"你一定听到过安格尔同我的长期争论。他同我已经 20 多年不说话了。他似乎把美术看作比武，如果一个人赢了，别人就都输了。那是毫无意义的。我们都赢，或者我们都输。他认为我是法国美术的毁坏者，只有他一个人才是堡垒的卫士。"

德拉克洛瓦读过许多英国和法国文学著作。他天生的巨大力量来自同以往的天才和当代优秀人物的接触。他同肖邦讨论过音乐，同巴尔扎克谈过文学，同乔治·桑出席她的戏剧《法维拉》的首演式，他是著名作家龚古尔兄弟的亲密朋友。头天晚上，他曾同大仲马共进晚餐，大仲马对他讲了自己同一位寡妇的恋情，这位寡妇结过两次婚，但仍是处女。

"《希阿岛的屠杀》。"德拉克洛瓦指的是一幅在美术沙龙展出过的画，"他们说它是一种'令人震惊的、不谐调的构图，一种富于恐怖的色欲'。甚至对各种各样革命都抱欢迎态度的波德莱尔也说它是'一首崇敬死亡和无可挽回的受苦的恐怖赞歌'。"

"啊！可是看看这着色！没有人完成过这么不可思议的色彩的喷发。"卡米耶赞叹道。

这使德拉克洛瓦很高兴。

---

* 雷斯达尔（1628—1682），荷兰风景画家，荷兰画派代表人物。

** 华托（1684—1721），法国画家，属法国宫廷洛可可画风。

"有人攻击就有人保卫。"他又说，"记住这话。它会使你在心情坏的时刻得到安慰。格罗男爵不喜欢《希阿岛的屠杀》，把它叫作《绘画大屠杀》，可是一位《立宪报》的年轻记者阿道夫·蒂埃尔却大声赞美，以至政府用 2000 法郎从沙龙把它买了出来，这对一个 24 岁的年轻人可是一笔大数目啊！从此以后，我就一往无前了。"

"你认为我应该研究哪位法国大师？"卡米耶问。

德拉克洛瓦说他曾虔诚地临摹籍里柯和梅索尼埃*。现在，他发现他们的作品中缺乏统一性。"每一个细节被加到另外的细节上去，只形成一个缺乏联系的整体。"后来他建议卡米耶去卢浮宫临摹，他自己就是在那里从临摹鲁本斯和委罗奈斯**中受益的。

"当然，一场革命也有帮助。"他不无讽刺地微微一笑，"1830 年革命高涨时，我正画我最出名的油画《自由引导人民》，为自由而战的斗士们猛冲街垒，使我成了全国出名的人，但我并没有因绘画技术出名。哦，不，真的！这是宣传价值。"

德拉克洛瓦从椅子上站起来。他还是一个歌剧爱好者，喜欢格鲁克、莫扎特、柏辽兹。那天晚上，他要去听歌剧《特洛瓦托尔》。

"不要妒忌我。"他大声说，"我在那儿只会受罪、怄气，还会再得一次伤风。那种音乐枯燥乏味，充满噪音。不过坏音乐总比没有音乐好些。"

卡米耶记起他读到有关德拉克洛瓦的一段话："他头脑里有一个太阳，心里有一场风暴；40 年来是他在弹奏人类情感的键盘。"

卡米耶穿过洛蕾特圣母院大街的拐角处，来到他母亲的寓所。一到那儿，他倒在自己的床上，双手垫在脑后，眼望着天花板。要走多少路才能功成名就？他的生活与气质，同欧仁·德拉克洛瓦之间的距离大得不能再大了。同柯罗老爹或居斯塔夫·库尔贝相比也一样。

靠墙有一张书桌，上面有一块活动的板，拉出来可供写字。他开始在脑中盘算把搜集到的各种情况填充进他为数众多的"分格信插"中。德拉克洛瓦是个富有的人；而他能维持生活就不错了。德拉克洛瓦是法国社会中最有钱人的宠儿；而他只能被归入波希米亚人。德拉克洛瓦的作品范围很广泛：教堂、图书馆和城堡中纪念碑式的壁画，中世纪故事和寓言，生动的动物生活，华丽的肖像，各民族地域的旅行见闻；而他的兴趣只限于一条窄道：人们及其活动、感情，身边的日常环境，城市的街道，或具有自然美而并非美得惊人的茂密树林，穿过一块宁静之地的弯曲河流。

但归根结底，难道不是由于才能的关系吗？他，卡米耶·毕沙罗的才能如何呢？他自己又怎么能知道？

---

* 梅索尼埃（1815—1891），法国画家，擅长以细密形式画风俗画。

** 委罗奈斯（1528—1588），意大利威尼斯画派重要画家。

卡米耶在安东·梅尔比那里替他画一幅大油画的天空时，结识了安东的一位丹麦朋友：大卫·雅各布森，中等个儿，宽胸膛，椭圆脸，有点络腮胡，微髭，皮肤奶白色，小眼睛。乱蓬蓬的头发中间开缝，往两边分开。穿一件做工精致的上衣和马甲，有高高的硬浆领的白衬衫，都是上一年从丹麦带来的。他比卡米耶大9岁，未婚。23岁时进入哥本哈根的皇家美术学院，学了两年后，很快加入了丹麦风俗画的主流：丹麦风景，乡村人民，渔夫。他随着一群丹麦画家来巴黎参观万国博览会。其余人吸饱了各自所需的东西回国，他留了下来。

卡米耶用丹麦话同他攀谈（丹麦话在圣托马斯是官方语言，但实际上很少用）。雅各布森很高兴。

"我看到我们的绘画题材很土气。"雅各布森解释道，"我得留下来，成为一名法国画家。"

"已经变了吗？一个法国画家？"

雅各布森微笑着耸耸肩。

"我的家人买了一些油画，有几张卖给了哥本哈根犹太人社团的朋友。我对我的作品不满意。我想画历史。"

他一阵猛烈地咳嗽。他表示歉意，说他前些年得了肺炎。

卡米耶问："历史题材的画？那你不能在哥本哈根画吗？"

雅各布森的声音温柔，一如他的整个仪态。

"我国没有这一传统，法国做得最好：大卫*、籍里柯、格罗、德拉克洛瓦。我必须向他们学。"

"可是你是一个年轻人，而那些是过去的传统。"卡米耶想。是的，圣经故事、战斗、神话、宗教，在沙龙都是大受尊崇的。这也正是因为沙龙评奖团是属于过去的。

他不会说出这些感受。每一个人必须画他所想画的。他从安东那里知道，大卫·雅各布森在丹麦已有一个好的开头。在这里只有他一个当制桶工人的叔叔提供他临时的住处和一顿饭。他是位斗士吗？敢同到处都存在的竞争抗衡吗？

雅各布森愁眉不展地说："弗里茨·梅尔比从丹麦政府得到了订金，虽然我们受到的训练和才能是相等的，但他们不给犹太画家订金。"

卡米耶的声音是坚定的："对美术来说，没有这样的事。什么犹太画家或非犹太画家。

---

* 大卫（1788—1856），法国雕刻家，艺术风格由古典主义转为现实主义。

只有成功的画家和平庸的画家。如果你的作品够好，你会得到订金。你必须成名成家。"

"我需要像悔罪者那样穿一件粗毛织的衬衣吗？"

"那是艺术家的朴素衣裳。"

卡米耶大笑，安东也跟着笑。雅各布森仍愁眉不展。

"这是一个不幸的前景。"

"你选的，自愿的。我也是这样的。"

他判断雅各布森的性格不是很要强。

雅各布森问："你在什么地方工作，毕沙罗？"

"街上，有时就在这里，或者在家。在一间满是家具的公寓里，同我母亲、姐姐和她的 3 个孩子一起。热闹，可是吵人。要是有人伤风感冒，我就得让病人住我的房间，我住在像盥洗间那样的地方。"

雅各布森眼睛一亮。

"你肯不肯去看看我的画室？就在附近，拉马廷街 56 号。"

"我早就想有一间我自己的画室，可是我没钱。"

"来啊，我有个想法。"

雅各布森的画室恰好是 L 形的。长的一边是他的工作区，除了画架别无家具，只有一把椅子，一张古老的屠夫剁肉的砧板桌子，他就在这上面作画。一个角落堆着油画，素描和速写钉在墙上。短的一边放一张帆布床，上面有一个凹凸不平的床垫，一张摇摇晃晃的木桌，桌上有一只碗，一只大水罐由清洁女工每天一次从地下室取来热水。每天早晨还由她送来咖啡和私生子*——中等长度的面包。没有炉子。雅各布森在墙上钉了钉子以便挂衣服。巴黎大多数画家的生活就是这个样子。

"你喜欢这里吗？"雅各布森问。

"光线看来不错，你为什么这么问？"

"因为我非常需要有个人来同我分担费用。我现在是按月租，可是房东坚持要我订一年的租约。400 法郎一年我付不起。每人出 40 美元还差不多，而且我想要个伙伴。我非常孤独，我只认识几个丹麦人。我绝对不会干扰你的工作或私生活。"

卡米耶怀着越来越兴奋的心情穿过房间。他可以有一间画室了，一个可以整天工作的场所，还可以整夜干，如果他认为合适的话。他不会再被打扰了。他可以把素描挂起来了，他的四周都可以摆满他的努力成果。

雅各布森默默地站在一旁。

---

* 作者在此开了一个文学上的玩笑。法文 bâtard，既作"私生子"讲，又作"半公斤重的花式面包"讲。作者在 bâ-tard 之后加了英文 bastard，此词作"私生子""尺码异常""不合标准"讲。

"我非常喜欢这里，我没有钱但我会请求我父亲出钱。他答应过在实际问题方面帮助我。画室是实际问题。在这里我就可以开始画油画了。但是邮件走得很慢，收到回信需要一个多月。你能等吗！"

雅各布森微笑，感到有了希望。

"我一定等。安东给我看过你的一些素描。我不会因赞美坏作品而惭愧的。"

两个人伸出手，互相紧握。

"同意了。"

弗雷德里克的回信来得很快："我理解屋子里的几个病人如何干扰你的工作，你需为孩子们放弃你的房间，而让你睡那么小的房间于你健康不利，为了画画你必须同一位朋友合租一间画室，从4月份起每年400法郎我同意。"

卡米耶大喜过望。那短短几行充满同情心的回信，意味着一次新的解放。在读到下面一段时，他更清楚他父亲对他寄予厚望所带来的责任：

……但是，这样你就必须严肃地工作，通过工作获得某些利益。我很失望你今年没有能像梅尔比先生所建议的那样在沙龙中展示你的作品。好了，让我们寄望于明年吧，到那时你就能足够强大去画出一些好东西来吸引顾客了。

拉舍尔不乐意他搬出去，但她又不愿见她儿子住得不舒服；她同意他搬走床、五斗橱、煤油灯、一小块床边的地毯、一只盆、一个水罐。爱玛替他收拾床单、毯子、枕头、衬衫，并答应给他带去一些面包、白糖，祝他在新居交好运。

在出去雇一辆送货车以前，卡米耶动情地吻了拉舍尔。

"谢谢你，妈妈。你不会为你的好心后悔的。你没有失去我，我会经常回家的。"

她拥抱他，犹疑不决地说："我希望会有办法理解你的。"

卡米耶帮着装上行李，向拉马廷街驶去。他默默地坐在赶车人的旁边，知道他来到一个岔路口了。

雅各布森已把他的帆布床和桌子移到了屋子长的那端的一头，为卡米耶腾出稍大一点的空间。他帮着卡米耶安置东西的时候是很高兴的。

"但愿你不会感到冷，这儿没有炉子。"

卡米耶发现雅各布森很开心，也感到高兴。安东·梅尔比听卡米耶说这一安排时曾说过："他的感情变化是转圈的，就像时钟的针。不过他经常在12点或6点30分。你会很少发现他在2点45分。"

他们把画架立在画室两个对角，卡米耶的画架靠近拉舍尔分给他的家具，呈直角放着。他们协议，各人随意进出，吃饭时不必互相等。雅各布森作画时同卡米耶一样聚精会神。

他们俩背对背，很快忘记了对方的存在，尽管他们有时中午一同去土耳其咖啡馆喝一碗汤或吃一盘炖肉。

卡米耶不想把他的巴黎景色扩大进水彩或油画；没听柯罗的劝告，他很容易地把若干圣托马斯和加拉加斯的素描转画成大油画，有些画在油画板上，有些画在画布上。

"我想我在这里待的时间还不够长，并不足以让我变成一个法国人。"他在餐馆的餐桌上向雅各布森悲叹道，"我到现在还摆脱不了热带棕榈树的传统。"

他同雅各布森相处得很好。当雅各布森情绪低落时，卡米耶就让他独自一人待着。过一会儿，再去同他追忆早年在丹麦的往事、他可爱的爱德华哥哥——在哥本哈根一家生产墙纸的工厂当管理员，经常在生活方面资助他。

卡米耶一个星期有几个晚上回家吃晚饭。他母亲仍不过问他的工作，她也不想看。可是曾去参观过画室的爱玛喜爱他新画的《两妇人海边散步－圣托马斯的小海湾－岸边可可树》。当他抱怨未能完全转变为法国风景画时，爱玛回答说："你在安的列斯群岛待了好几年。会变的。"

确实如此。第二天，卡米耶天刚亮就离开画室，到蒙马特以北数英里处画了一幅大水彩画描绘了一个池塘。画的题名是《巴黎郊区的池塘》。他为自己高兴，兴冲冲地把它送给了雅各布森。雅各布森喜欢它。

"你对我太好了。我要把它送回家，他们就会知道和我同住的艺术家是什么样的气派。"

一张匆忙草就的便条，召卡米耶去安东·梅尔比的画室，安东的弟弟弗里茨来了，9月份要住在此地。两个年轻人大声欢叫地相互问候。

"我真高兴你终于来了。"卡米耶大声说，"我们要像在科斯塔的科迪勒拉山的阿维拉郊区那样，在蒙莫朗西的森林里作画。"

弗里茨用有点厌恶的神情瞥了一眼他哥哥的画室。

"是的，郊区。我不能在这里同安东同住。今天早晨来了20个奉承他的人。"

"我知道。"

"我们默默地画。这才对，不是吗？"

"是的，这才对。"

弗里茨长了一张中间凹、两头翘的脸，头发从前额下来、齐耳根、颈后卷起，塌鼻子，骑士贵族式的胡子两尖上翘。只有他的一双大眼睛直直地向前，眼珠蔚蓝色，眼光有穿透力，反映出一种坚强的性格。弗里茨明白他的一生该怎么过。他告诉卡米耶："我想在巴黎沿着塞纳河作画。永久住下是不行的。"

"法国到处可以入画。"

"世界其他地方也一样。无论我去什么地方，我都想画，别人不画的，我也画。远东包括中国都行。"

卡米耶惊讶得吹了一声口哨："你刚刚远途跋涉，有必要离安东这么远吗？"

"每一个人总要离开什么人：父亲或母亲，一个兄弟，一个姊妹，一个朋友，一个敌人，一个老板，一个同事，以及他自己……"

"但是你不能一只脚已越过边界可又不进入巴黎，让我们把巴黎和塞纳河沿岸的可爱森林都画光。"

"好吧！我们从哪里开始？"

"蒙马特后面。这个地方仍是农业区。"

他们互相交换对开的素描本，审视着，探讨着，有时称赞几句。弗里茨抬起头来，一副凝重的脸色。

"你的作品更严肃一些。那样很好。"

"我曾在天才的影子下生活了一年半。"

"这是一种严肃的绘画。"

"噢，得了，弗里茨。作为初学者，我在委内瑞拉有不少好作品。那些狂欢节舞蹈给了我们不少好题目。"他的声音充满喜悦，眼睛闪闪发光。"你知道，我的老朋友，我一直想画自画像，但我找不到自我表现的正当理由。现在我要为你作自画像，作为欢迎你的礼物。"

"你们彼此忘乎所以*。你可得意忘形了。"他也哈哈大笑，"我也要画我的自画像送给你。"

在街旁一间咖啡馆喝着啤酒，卡米耶在沉思：安东来到巴黎推进他的事业，现在将载誉归去，到哥本哈根学院任教授；弗里茨则想忘掉自己是个丹麦人，想到全世界去作画。安东以安富尊荣为乐；弗里茨只要钱够旅行和简单生活就行。弗里茨说："有一个哥哥太好了。他能教你，替你办好些事情。可是他做得太多了，就成了一个父亲了。"

卡米耶望着眼前的景象：衣着入时的行人匆忙去赴约，马车交叉驶过，马匹随着它们头上噼啪作响的鞭声而做出反应。他举起了酒杯："干杯，弗里茨，我带你回家吃晚饭。"

他们在青绿色的天空下默默地走着，沉浸在关闭店门的和谐闹声，和准备晚餐的食物香味里。同弗里茨在一道使卡米耶想起：他到加拉加斯以前曾经是一个柔情的、听话的

_____

* 原文是一句法语。

孩子。他们是一个可爱的家庭。从孩提时代到成年时代是跃进了一大步。他怎么能放弃他内在的强烈需要？否则他同拉舍尔的其余已死的几个孩子有什么区别？

他们去到蒙莫朗西森林中画金字塔形的树顶以及浑然一片的静谧，地上覆盖着积累百年的落叶、树枝以及狂风暴雨带来的碎木片。他们一早3点钟就起来，喝一杯咖啡，吃一根法国长面包，大步在森林中找一块能捕捉日出景色的空地。他们把画架放得彼此离开一些，面向不同角度，但仍能相互交流一两句。等到天黑得无法工作才吃力地走回家。

这个星期，卡米耶开始画油画自画像。他画得很小心，注意不把自己美化、浪漫化，就按衣橱上方椭圆镜中反映的形象来画。他先画出他的长发搭在了衬衫领上，盖在他紧贴的双耳上，脸旁的微髭，长长薄薄的鼻子微微隆起，紧靠着下眼睑，眼稍向右视，然后是给人以美感的嘴唇。而主宰他脸庞的是他深凹的棕色眼睛，以一种微带怀疑又仍然热情友好的眼神望着世界。他试用了几种画刷和浓淡不同的颜色以便画得更生动些，并应感谢可折叠的颜料管，把颜料挤在调色板上很方便。无疑，在他之前的时代，颜料很少有那么现成的，画家须得在猪尿泡里调颜料。

完成后，他对自画像并不满意。画像中有一点抱怨的情绪，一种他认不出的谨慎小心的意味。他把头发修短些，画成正面的脸形。结果看起来温和些，眼神温柔些，更能使人接受，又无可指摘，也不值得多看，不会有非议，也不具挑战性。

弗里茨喜欢正面形象。卡米耶则喜爱弗里茨的速写，一张圆圆的脸强调出他炯炯有神的眼睛。他们在大万福餐馆交换了画像。安东请两个年轻人喝了几瓶香槟，他们热烈交谈，欢声不断。

卡米耶母亲越是怀疑他的职业选择，他姐姐越是鼓励他。弗雷德里克的默认不是全心全意的；而他的哥哥阿尔弗雷德则从圣托马斯支持他：送他两小笔佣金75法郎和15美元。后来，当卡米耶想去发掘枫丹白露时，又资助他足够用10天的钱，供他在森林里寻找如此深深打动过柯罗、米勒、杜比尼、卢梭的主题。当菲尼阿斯·艾萨克森给阿尔弗雷德1500法郎让他送给爱玛补贴巴黎家用时，阿尔弗雷德把其中的300法郎送给了卡米耶。爱玛对此解释道："妈妈和我已有足够的钱对付公寓的各种开销。"

阿尔弗雷德对他弟弟的态度总在信任一边。他曾把卡米耶所需要的衬衣、炭笔、颜料、速写簿送到加拉加斯。如今，他送一点钱作为预付，预付多少钱他没有说。然而，也同他父亲一样，他认为有必要写些什么："我希望你能进步，并以此谋生。如能这样，我是非常高兴的。不要理睬某些人说你是懒人……或说你的职业只能使你饿死。"

卡米耶为能给阿尔弗雷德一些小的回报而高兴。阿尔弗雷德给了卡米耶4个德索隆*替他购买巴黎出版的乐谱。阿尔弗雷德还要购置黑礼服、有色衬衫、靴子、高绸帽。卡米耶去阿尔弗雷德的裁缝、鞋匠、帽匠那里，搜集起这些订货，这些精致的衣着将使阿尔弗雷德成为圣托马斯衣着最漂亮的人。阿尔弗雷德善于猎取女人。当时他正半心半意地在同夏洛特·阿马利亚的安娜·罗思柴尔德恋爱。罗思柴尔德的父母看来不怎么喜欢这事。他一边还准备着同莱维的女孩子谈恋爱。

卡米耶知道他哥哥看起来敢冲敢撞，内心却胆小如鼠，往往喜怒无常，时时忧郁伤感。他做买卖在行，但也逐渐感到厌烦；喜欢音乐但才能平庸。商店处于淡季，货物尚未运到，他正同菲尼阿斯·艾萨克森在吵架。"……我在这里又大发脾气了。我真烦了。我要死在我这双懒脚上了，真单调、无聊。我不再出访朋友，我情愿读书，拉小提琴。我只梦想在英国或法国结婚。"

他最快乐的事是为做生意去波多黎各住了一个月。在旅馆里，他见到了几位音乐家和一位名叫阿德林娜·帕蒂的年轻歌唱家。他过了几天开心的日子，演出四重奏，为帕蒂小姐演唱伴奏。他到什么地方都推销卡米耶的作品。"……请告诉我你的画的价钱。送来一幅类似弗里茨·梅尔比速写的我们这个港口的大幅水彩画，我将卖到100或200法郎。同时，你要努力工作以取得成功。"

卡米耶写信给阿尔弗雷德，告诉他自己的近况、新结识的朋友，在安德勒啤酒店库尔贝的桌上吃饭，等等。他常纳闷，阿尔弗雷德想同什么样的女人结婚？需要能同情他并喜欢音乐的？要么找个有丰厚嫁妆又看得起圣托马斯这个家和这个自称"懒人"的资产阶级小姐？

阿尔弗雷德终于在1857年1月来到巴黎，既为买卖又为休假。卡米耶到圣拉扎尔火车站迎接他，坐一辆比他自己一年半前所雇的华丽得多的马车回家。他承认阿尔弗雷德是毕沙罗家中最漂亮的人，好看得像父亲。虽然头发已开始稀疏，但仍够密的；宽宽的上髭，边髯，浓眉大眼。老式领带上别着珍珠别针，丝绒上衣和洁白无瑕的白衬衣非常合身。

爱玛选择在他到来的时刻，宣布她已怀孕4个月并感觉良好。她想再有个孩子，"尽管我猜菲尼阿斯愿意要第二个儿子而不是第三个女儿。"阿尔弗雷德带全家去到上流社会欢迎的海鲂店，他点了丰盛的饭菜，一瓶阿尔萨斯"雷司令"**，软壳蟹，一瓶香槟，花式蛋糕，以庆祝团聚。

他随身带来了小提琴。有时卡米耶回家来，喜欢听阿尔弗雷德在客厅里拉小提琴，面前摆着新乐谱。他对卡米耶说："我要是演奏得更好些，也许能在巴黎交响乐团谋个职位，不过我已经28岁。如果做一名企业家不会成功，那不如冒险做一名不成功的音乐家。"

---

* 德索隆，古西班牙或南美国家用的金币。

** 雷司令原文 Riesling，白葡萄酒。

只用一周时间,阿尔弗雷德就找到了一个情妇安托瓦内特,一个有悦人的茶褐色头发和淡褐色眼睛的年轻姑娘。姑娘同母亲、姐妹从外省来巴黎谋事,在邻近毕沙罗家的一户人家做女仆。他在一家糕点铺见到她,当她捆钱袋时,钱币倒出来了。

"我慢慢地喜欢上了她。"阿尔弗雷德说,"她给的多要的少,这是她的头一件好处。"

"有没有危险?可能她并不期望你同她结婚。"

"噢,得了,有人会同女仆结婚吗?"

他离开巴黎时,请求卡米耶偶尔去看看安托瓦内特,向她提供所需的东西。

阿尔弗雷德带着一种高兴的心情回到圣托马斯,但他已决心要回巴黎。卡米耶接到第一封在 1857 年 4 月 30 日写的信,使大家吃了一惊。阿尔弗雷德曾收到拉舍尔的遗嘱副本,其中,她完全不顾阿尔弗雷德和卡米耶,准备把所有东西都遗留给爱玛。阿尔弗雷德感到愤慨。"……我对我们的母亲剥夺我们的继承权确实惊讶,所有东西都归爱玛,她丈夫是富有的,而我们是可怜虫。"

爱玛确实同拉舍尔最接近,也做出了巨大牺牲。在那个意义上,爱玛配得上她所能得到的东西。但不顾两个儿子很难说是正常的。"我们还是小孩子的时候,她爱我们;也许我们长大成人后疏远了她。"

当他下次见到拉舍尔时,问她:"一位母亲不给两个正需要钱的儿子财产,倒给了一个有钱的女儿,是什么意思?"

"没什么意思!"

爱玛说:"妈妈,我丈夫会赚来我们所需要的钱。"

拉舍尔感到烦了。

"绘画,提琴,为什么我仅有的两个儿子都是疯子?"

大卫·雅各布森变得极其贫困,几乎三餐不继,无法到处走动。卡米耶要把手头的钱供给他,但他的骄傲不容许他接受。只有在他实在饿得吃不消的时候,才允许卡米耶带他去吃顿饭。危机不期然地由拉舍尔来解决了:她决定要画一张弗雷德里克的像挂在客厅里。弗雷德里克下一次来巴黎时,她对她丈夫说:"要是我们每天见到你,就不会那么孤独了。"

"我有个合适的人介绍给你。"卡米耶建议。为了加深父母的印象,他又说:"他在哥本哈根的美术学院受过训练。我带他来吃晚饭好不好?你们会喜欢他的。"

弗雷德里克和拉舍尔的确喜欢雅各布森,为画像订了个公道价。雅各布森每天来公寓两个多小时,为弗雷德里克作素描,几周后,画油画。画中人戴着宽大硬领穿着白衬衫、漂亮合身的外套,一个好看的男人应有的结构匀称的脸庞、浓密的棕发,以及一双既安详又对人类不无小过的本性略感迷惑的眼睛。

拉舍尔很高兴。她命令把画像配上椭圆形的光亮木质框架。家里人在挂画像时,她的眼里充满泪水。

弗雷德里克为获得栩栩如生的画像表示感激，又给了艺术家一笔奖金，大卫·雅各布森分外高兴。他们回到画室，雅各布森说："瞧！"他拿出装满钞票的信封。"我有了够吃几个月的钱了。"

"而我们有了一张父亲的肖像，这幅肖像带来的快乐，远比你把钱在屠夫、面包师、蜡烛匠手里分完还要长得多。"

新闻在巴黎无人不关心。20多份报纸上出现的事，像烽火信号那样很快传播到各区县。卡米耶在读中学的5年期间，对外事不大与闻；在圣托马斯，每天下午3点钟开始卖报道地方新闻的小报，法国和美国报纸到得晚，只有去过欧美旅行或在那边受过教育的人才有兴趣去读。每天发生的事都逃不掉成为咖啡馆、餐厅、剧院、音乐厅、工作室、街上、家庭里茶余饭后的必有话题。

巴黎大主教在圣艾蒂安·杜蒙教堂被一个因违反教理而解职的神父暗杀了。当时英国正在中国广东开炮。*人们抱怨法国太美国化了，学了坏东西。墙上开始有了婚姻介绍所的广告。1857年5月9日，居斯塔夫·福楼拜的《包法利夫人》出版了。卡米耶曾在《巴黎评论》上读过此书的连载，被爱玛·包法利的悲剧性崩溃深深感动。为此暴露性的小说第一次进入了法国文学，被文学界视为恐怖者的福楼拜被逮捕，以损害公众道德的罪名受审。

安东·梅尔比带卡米耶和弗里茨去意大利戏院听《特洛瓦托尔》。卡米耶带爱玛去英国协会听哈丽雅特·比彻·斯托演说，因为他们两个人都渴望听英国话。

因一颗彗星降临，1857年6月13日，一个小宗教团体预言世界的末日即将来到。

6月20日，美术学院的沙龙开展两个月。卡米耶等到开幕第二天，用一法郎买了票，花了几个小时，试图把分散在8间房里的2700幅画和近500件雕塑的精华都吸取下来。一尊拿破仑皇帝的英雄塑像威风凛凛地俯瞰着这一文化事业的大迸发。一幅幅绘画挤在一起，画框挨着画框直排到壁顶上，幸亏有一个玻璃屋顶能透进夏天的太阳光，"洗掉"某些过于华丽的色彩。绘画显出了技巧上的熟练，但是，文学的、宗教的、神话的题材非常陈腐。卡米耶拒绝展出自己的作品，因为他认为自己至今尚未完成一幅出色的油画。

雕塑品的展出被批评为有"太多的观赏植物乱插其间"。

---

* 英国发动的对华鸦片战争。

这种不切题的嘲笑使卡米耶记起伏尔泰的一句名言："凌辱比讲理来得容易。"然而，卡米耶不得不同意一份艺术刊物的公开批评，说几千幅绘画看来似乎是出自一人之手。他再次认为枫丹白露——巴比松画派*是最优秀的。不管怎样，有一名相当重要的评论家走自己的路开始去发掘风景画的题材了。

大选证明了人们拥护拿破仑三世，拥护新政府的大臣及议员。库尔贝的一位报界朋友在安德勒啤酒店问大家："批准了什么政府？伏尔泰在上个世纪说过：'最好的政府就是少几个庸才的政府。'"

有人接着说："他还说过，国王同大臣们的关系就同戴绿帽子的丈夫们同他们的妻子们的关系一样，他们也不知道对方背地里干的事。"

卡米耶发现库尔贝在啤酒店的桌子是巴黎最好的评论杂志。许多对拿破仑三世和奥斯曼的称赞是由于他们为巴黎第一次建造了庞大的地下排水系统，重新整治了法国的河流——一项赫拉克勒斯的事业，使巴黎有足够的新鲜水可喝。差不多每个人都同意这看法。"但是，啊！"他们又大声喊，"欺骗、贪污、巧取豪夺，政府官吏隐瞒私产，吸人民的血汗成为百万富翁！"

"贪欲！"彼埃尔·蒲鲁东接着说，"年轻的时候，我以为人们最大的罪恶是色欲。现在我知道了，是贪欲。这是无法根除的人类天性。"

"我希望不是如此。"《喧嚣》杂志的一位玩世不恭的编辑反驳道，"没有贪欲这个动机，世界上什么重大事情也办不成。巴黎将付出 10 倍的代价。这有什么区别？ 100 年以内，巴黎将成为世界上最美丽的首都，而浪费将被忘却。"

1857 年 6 月 1 日，弗雷德里克回来度一次长假，比爱玛生第四个孩子早几天，爱玛给孩子取名为埃丝特。巴黎暑气逼人的七八月即将来临。菲尼阿斯写信来希望全家搬到凉爽的乡下去住。

"我到蒙莫朗西去找一所房子吧。"卡米耶自告奋勇说，"我熟识那个村庄。"

他找到了一座草木蔓生的木质房子，普普通通然而整洁、凉爽，拉舍尔带来了厨子，爱玛带来了保姆。她们邀卡米耶搬去同住，他高兴地接受了。

第一天清晨，天不亮他就离开屋子去寻找一处中意的景色，速写到中午才回去吃饭，睡一个钟头午觉，又进了森林，直到柯罗所说的"太阳没入蓝黑色的夜幕。微风在树叶间呻吟。一颗星星从天空俯冲入池塘"。

厚密的森林中央，有一座古老的带染色玻璃窗的教堂，但已百孔千疮，废弃不用。森林周围有一些带围墙的庄园。一次在路上，卡米耶沉思着："法国人总把自己围在墙里。

---

* 枫丹白露画派是法国 16 世纪以优雅为特色的装饰画派。巴比松画派是出现于 19 世纪 30 年代法国的一个现实主义画派，以描绘农林风景为主。代表人物有卢梭、特罗容、迪亚兹、杜比尼。

他们的私生活是保护得最严密的、最宝贵的财产。也许这就是他们那么喜爱狗的原因：一只狗是一个伴，它不会对一个人最隐秘的事说三道四。"

他邀请弗里茨·梅尔比来住了几周，后来又邀请了大卫·雅各布森。两位朋友能整天在森林中绘画，非常高兴。他们不互相指点或纠正，他们都比卡米耶有经验；卡米耶则从观察中得益。

8月初，弗里茨买到一张美国轮船票，打算去中国。卡米耶热情地欢送他。到了8月底，卡米耶也觉得应当换些新鲜的景色。他选上一个名叫拉罗什-居庸的诺曼底城镇，位于塞纳河的开阔处，水从两旁像从要塞的白石崖壁下涌来，到此地河面突然开阔。他听说此处过去就是极入画的地方。从背纤路上俯瞰下面的景观：已成熟的庄稼地正等待收割，高低起伏的小山化成一条拉长的带子，矮树丛中掩映着一座座红瓦顶的百年石屋，农场之间的土路弯弯曲曲，田间稀稀落落地有一些人在干活，偶尔出现一个干草堆，树木扎成的围栏把牲口圈在了固定地点，瘦瘦的白杨树在白云浮动的背景下刻下了剪影……如此迷人的景色他从未见过。他在思索：成熟庄稼地间许多小块土地该是10多种不同的绿色阴影吧。

"我在调色板上能调得出来吗？"他暗想，"从最淡的黄斑绿，到最深的橄榄色。这幅《塞纳河谷》要靠调色刀比画、设计起来。"

拉罗什-居庸镇是在窄窄的河流与石灰石悬崖之间，有些店铺就在小山丘的洞内。小镇就是一个繁荣的市场，躺在一个11世纪建成的古堡和一个13至14世纪建立的教堂的脚下。围绕该镇的青山的山嘴处，有一个中世纪的要塞，城堡就在它下面。小镇保存得很好，居民为此感到骄傲。房子外墙爬满了紫藤，耐寒的花以及天竺葵、黄色与紫色的三色堇纷纷把花朵朝向太阳。

眼前的景色同蒙莫朗西对比，迥然不同。

他不再需要凌晨3点钟起来去寻找中意的主题。随着头一道太阳光线，沿着背纤路走，就会遇上……不，是被绚丽多彩的图画所包围。

他曾在蒙莫朗西试画过几幅油画。作品太像柯罗的了：纤弱的小树，雾蒙蒙的天空，淡蓝色的阴影，光亮处是鲜花地毯。在拉罗什-居庸，他想画些不同的，不是柯罗式的乡村。他感到可以搞出自己的路子。

在一次传统的集市日（塞纳河谷最繁荣的），他碰见一个和蔼可亲的小伙子坐在一张折叠凳上，在为两个臀部硕大的农妇侍弄鸡窝的景色写生。当此人见卡米耶背着画架走过时，立即跳了起来，大叫："欢迎！我们拉罗什-居庸需要好画家。我们现有的美术家都是杂货铺的店员。我的名字是安托尼·吉耶梅。我有幸同哪位握手？"

安托尼·吉耶梅原只有15岁，他的家庭是从帕西来的有钱的酒商，在巴黎相当出名，很受尊崇，同官方圈子接近，包括美术界。吉耶梅家在拉罗什-居庸有一座老房子，几乎为安托尼独自占用。

"我曾向柯罗老爹学习，非正式地；杜比尼是我的偶像。"他告诉卡米耶。

安托尼的房子不大，带一个可爱的花园和喷泉，一边是白灰石崖作为墙：惬意，芳香，不受干扰。他们画了一整天后，他有时邀卡米耶在屋外晚餐，请他吃烤鸡，喝冰镇白葡萄酒。

安托尼主要是自学成才，从作品说属于现实主义派，但又是卡米耶在法国画家中遇到过的性情最快乐的人。卡米耶见到的"灰色"，安托尼认为是"粉红色"。安托尼出生在尚提利，从小就受他父亲的鼓励画素描，他父亲专为他拨出一笔钱和一些葡萄园使他生活永远富裕。

"如果有这样一个词'永远'同金钱连在一起，"安托尼开心地说，"你有没有注意到它总有一种消失的倾向，个人也好，家庭也好，都是一样。"

"你要是穷了也会整天大笑的。"卡米耶回答他说，"你的天性里有个明亮的法国南方太阳。"

卡米耶评价安托尼的作品，认为有了一定水平，但不算佳作。毕竟他比卡米耶从萨瓦里寄宿学校毕业时的年龄还小。有着稀疏金黄色小胡子和一双明亮眼睛的安托尼是卡米耶在拉罗什－居庸一个热情奔放的同伴。安托尼年轻、可亲、有钱，并已结识巴黎的沙龙官员，这和冷嘲热讽的弗里茨·梅尔比，以及郁郁寡欢的大卫·雅各布森都不同。

卡米耶一个月来发掘法国风景硕果累累，他试图把这些素描转画成油画。他喜爱在炽热的阳光下工作，像一只蜥蜴。巴黎的寒冷使他第一次得了怀念圣托马斯的怀乡病。

"明年我打算进斯维赛学院，"安托尼说，"只要20法郎一个月。没有院规。斯维赛老爹从前做过模特儿，他的地方搞得挺干净，为生炉子准备了许多木柴，雇用男女模特儿。德拉克洛瓦、库尔贝、爱德华·马奈都在那里工作过。你为什么不试一试？你会遇到不少有趣的画家的。"

天气好的时候，卡米耶在城里速写。后来，他在父亲不断督促下，进了第三所画室，即亨利·勒芒的画室。勒芝是一位特别保守的教师，因画都市饭店半圆形大屋顶运用强烈的色彩，外表处理成功而获奖。卡米耶喜欢这个画室的风气，比第二所画室好得多。在第二所亦即伊西多·达格南的画室里，教师每月测验学生，最像沙龙评奖团所喜爱的作品的学生习作就获褒奖。勒芒是一位卓越的教师，把自己的知识尽量传授给学生。然而，他所教授的更适宜于教堂、图书馆和政府建筑的壁画，而不十分适合双脚坚定地踏在坚实土地上作的画。

10月，忽雨忽晴。第一份电报越过地中海，到达阿尔及利亚，那里的战事正在拖宕。英国人占领了德里。卡米耶带爱玛去意大利剧院听歌剧，带爱玛的3个大孩子去看马戏。拉舍尔在靠近皇宫博物馆的普罗旺斯兄弟餐馆请他们吃饭。圣托马斯来的信令人鼓舞：弗雷德里克已开始同人协商看来令人满意的财产出售。但拉舍尔对此消息的反应不无讽刺："羊数清楚了，狼就吃它们了。"

重修后的卢浮宫重新开放，说明了皇帝对法国艺术的重视。长长的廊殿十分明亮，上两个世纪有代表性的最佳绘画挂在适当的高处，相间的距离也适度，使每一幅画都有权受到观赏。

11月21日，交易所一片混乱，股票大跌。巴黎人对此谈得不多，他们最感兴趣的是一则传说：一个有钱的鳏夫同一个16岁的女孩结婚，还把女孩同样漂亮的32岁母亲一起带回了家。这位银行家的儿子爱上了这位母亲，同她结了婚。现在，儿子成了他父亲的丈人，而这位母亲成了她女婿的儿媳妇。法国人还喜爱传播有趣的故事，这些故事后来成为用淫猥语言进行对话的讽刺剧、讽刺小品。有一出笑剧说一个年轻姑娘做祷告时，一个成年人提出疑问说："你为什么要求每天的面包？"*

"因为，如果我向上帝提前要几天的面包，就会不新鲜了。"

另一出笑剧说一个年轻的妻子有一个情人，这个情人有一间装饰豪华的公寓以供幽会。丈夫跟踪到他们，要控告妻子的情人。

"为通奸控告吗？"

"不，为家具。"

库尔贝带卡米耶和其他几个人去看那个丈人女婿关系混乱的闹剧，主要是因为节目中有一个短剧讽刺了他。卡米耶问他，为什么受到讽刺反而高兴，他大笑回答说："只有名人才受讽刺。这样就扬了我的名了。"

卡米耶每天读一种报纸：《费加罗报》或《时事评论》。他从报纸上获知印度的暴动在继续；塞纳河快要干涸；那不勒斯发生了地震；马车将按分钟而不是按小时收费；电灯很快将在居民家中普遍使用。

卡米耶曾在《费德尔》一剧中见到的当时最受欢迎的女演员拉舍尔夫人去世了，当地为她举行了葬礼。一位艺术家的教堂壁画被用白粉刷掉，艺术家为此控告政府，要求赔偿。官方的艺术家站在政府一边，卡米耶和一班朋友支持那位艺术家。一家影剧院大门前响了3枚炸弹，有人企图暗杀拿破仑三世与皇后。

卡米耶收到一封信使他大为惊愕，现年39岁的画室好友安东·梅尔比，从前声称要过饮酒作乐、无忧无虑的独身生活，现在宣布已同一位名叫爱丽丝·杜普蕾的家资万贯的阔小姐结婚了。婚礼十分豪华。一个月以后，卡米耶去安东的画室向他祝贺。他还是那样不停地饮酒、谈天，唱不入调的歌。那天，安东穿着自制服，戴红色土耳其帽，围着黑围巾，站在那里讲述一次海上的战斗。然而，已不是当年的自然气氛，快乐好像是装出来的。安东在画布上猛冲猛撞的劲头消沉下来了，也不喜欢周围的喧哗热闹了。过了一会儿，他疲倦了，抛下了画刷，坐下来弹奏吉他，表演一出最新的巴黎讽刺剧中的片段滑稽戏。

---

* 祷告词中有一句：请给我们每天的面包。

"啊！这是你，卡米耶。"他喊道，望了他一眼，"你近来好吗？"

"还是那样。结了婚怎么样？"

"我安顿下来啦。也应该了，快 40 岁了。我妻子是个好人。"

谁也没有听说弗里茨的情况。

梅尔比挪到角落里一个长沙发上，双腿搁在丝绒坐垫上，一只手盖住了眼睛。

"我一直在重复，每次都是同样的油画，还能期望我画什么，我是一个功成名就的囚犯。"他看着卡米耶，"我想我会跑开的，哥本哈根的学院提供给我一个教职，不几年我会成为一名有称号的教授，我将会有充分的时间作画。我妻子说，我会再受到尊敬。她不喜欢我奉承拿破仑，她讨厌他那肉质肥厚的样子。我已经有了在巴黎和凡尔赛的成功。每一个水手最终总要回到自家的海港的。"

"我会想念你的。你对我那么好。"

"你最终会干得很好的，毕沙罗。"

1858 年，弗雷德里克回来短期度假，带来了出让毕沙罗店铺和德罗宁仁斯－盖德街 14号那座宽敞房子已签约的好消息。他把买卖托付给隔壁可靠的邻居冯·贝弗豪茨。他年底回来定居，将带来 30000 到 35000 美元的财富。他租了一辆双马马车和一名车夫，供他去安静的巴黎郊区旅游，寻找一座永久的住宅。他们最终选中了帕西一座漂亮的四层楼房中的一套公寓，位于庞培街 12 号同福斯坦－埃利街的交叉处。这套公寓占了整个 3 楼。除了客厅和饭厅，还有 4 个卧房；楼的顶层、房檐下，有一排分隔开的小阁房给用人和看房人住。

帕西很安静，宽阔街道两旁是成排的七叶树，开紫花的七叶树就像是挂着装饰品的圣诞树。尽管周围有些楼房已不那么新了，不过盖得还是结结实实的。由于福斯坦－埃利街是一条死胡同，房前很少有动静，没有东西干扰房后塞纳河的美景或房前的花园，可以充分享受阳光、空气和私生活。房子周围有漂亮的黑漆铁栅栏，部分栅栏上攀满了绿藤。附近有宽阔的花园，有不少高大的榆树，还有草地和凳子。卡米耶搭乘 A 路公共马车从皇宫博物馆沿着堤岸和圣母院，驶上开阔的桥面到达帕西广场站时，他判断出他的父母选择了巴黎郊区一个最漂亮的地方。

帕西的大部分地区在小山丘上，有一个伸向塞纳河的陡坡，河上一串串大驳船运载着沙土、砾石、木材、面粉；孩子们在桥面上玩耍，母亲们在晾晒洗好的鲑鱼颜色的衣服。附近布洛涅森林送来强烈的新鲜空气。这是一个有特色的资产阶级的小城镇：各式各样的屋顶；孩子们在街上吵闹地跑来跑去；并有谣传说，小镇将很快划归巴黎，那时可以同奥斯曼男爵的自来水厂挂起钩来，水厂的水是从索姆省和荣纳省的河谷的水泉来的，居民只消接上管子和龙头就行了。在这以前，人们还需每天用大水罐运水。卡米耶发现奥街 5 号有一个热水澡堂，他一定会经常去光顾的。

他带拉舍尔去购物，这是拉舍尔头一次上街。他们获知，帕西在 13 世纪时是一个木刻匠集中的村庄。卡米耶说："我喜欢靠双手工作，但不喜欢削木头。我情愿抻帆布，作画。"

拉舍尔用讥讽的口气回答说："那样的话，你永远不会手上起泡了。"

"不，妈妈，会有一批杰作的。"

他望着他母亲从商品堆里穿来穿去，询问价钱。

"夫人，您有一个商店主的灵魂。"

"一个书店主的灵魂。你知不知道我们的家财是怎么攒起来的？要是你是个女孩子，你爸爸和我可以给你一大笔嫁妆。要是你想同阿尔弗雷德合开一家店，我们可以资助你们。你父亲的家庭和我的家庭里从来没有出过艺术家。你是一个变种。"

"不管喜欢不喜欢，是您让我来到这个世界的。哎呀！愿意终身在大自然面前工作，希望把人的地平线推回去，把人们的眼罩取下来，这都是无药可治的。"

拉舍尔惋惜地摇头。

"你真是个——"

"一个爱激动的人？是的，没有激情，我就什么也不是了。"

他们走过富兰克林路（法国人所热爱的本杰明·富兰克林*），发现有个帕西咖啡馆，大门正面对着广场。他强邀拉舍尔进去小坐，在温暖的 9 月阳光下喝了一杯巧克力。后来，她带他来到天神报喜街——一条铺鹅卵石的窄街，西边都是商店，人行道上摆满各种小菜和蔬菜；杂货店里出卖咖啡豆、去皮干豌豆、大米、小扁豆，所有东西都装在干净的淡黄色的袋子里，每个袋子都装得前低后高，好像一个个高领。木桶装的腌橄榄、黄瓜、樱桃，散发出诱人的香味。

那儿有一家卖下水的店，拉舍尔绕开了，因为她们一家都不吃下水。酒店橱窗里摆着波尔多葡萄酒，面包房摆着一排排各色各样的糕点，香料店里有各种香水，还有一家多姿多彩的鲜花店。水果摊简直是艺术家设计出来的杰作：熟透了的鲜红的草莓小心翼翼地摆在那里。卡米耶认为鱼市是最迷人的：龙虾，螃蟹，贻贝**，鲭鱼，成百条耀眼的鲱鱼和西鲱。他对大自然赋予各种各样无穷无尽的形状、结构、色彩惊叹不已！拉舍尔购买了当地产的硬牛油、鸡蛋、牛奶和奶酪。肉，她愿到犹太教小市场去买，帕西有不多几个犹太人。她还挑选了准备烤着吃的活小鸡，由一名索赫***当场宰杀，煺了毛给她。

市场街铺着石板。拥挤的人群在那里对各种货品捏捏、掂掂，再闻闻。绚丽多彩的热闹景象唤起卡米耶的绘画灵感。有一天，他将画一幅像这样的市场油画。人群，店铺，食品，

---

* 本杰明·富兰克林，美国总统。

** 贻贝即淡菜，亦名壳菜。

*** 索赫即犹太教专司屠宰的。

买卖双方都显出激动、渴望的心情。所有这些活动将给每一只眼睛带来期望美餐一顿的喜悦。

回去的时候，他们走了另外一条路。他们走过壮丽的美惠三女神圣母院——一座 17 世纪的小教堂和教堂墓穴。它的铭文是："他已死去，他仍活着。"

他们朝塞纳河的陡岸走去，岸上有一串漂亮的小别墅。走不多远，一幢房子立在草地中央，周围是大树和 20 英尺高的石墙……以保护可敬的巴尔扎克，他曾为躲避债主，从 1840 年到 1847 年隐居在此。他昼夜猛写，挖苦帕西的资产阶级人物。当地传言说房子的女房主爱上了巴尔扎克，但他并未回报她以爱情，仅仅允许她有权赶走他的债主。卡米耶奇怪镇上的人们对 7 年亲密关系怎么会知道得这么多。他判断，流言制造者除了对有钱人和名人在床毯下面的事情以外，别的就不那么感兴趣了。

拉舍尔用称赞的眼神看了她儿子一眼。

"你羡慕巴尔扎克。你从寄宿学校回来我见你读他的小说。"

"他是一代天才，法国小说家中最伟大的。他去世才只 8 年，留下了一大批作品。"

"可是他浪费时间在躲避债主。艺术家的命都相同。这对你是不是一个教育？"

"不，夫人。这里通向庞培街 12 号，从右边穿过街。我们同爱玛一起喝苏打罗姆酒来庆祝你们的新居吧！菲尼阿斯把德罗宁仁斯－盖德街 20 号的店铺出租给圣托马斯的《时报》了，她可以带 4 个孩子去伦敦和丈夫同住了。"

"首先我们必须面试一下介绍所从巴黎送来的新女仆。"

Chapter 03

激情诱惑

她穿了件拉舍尔给的淡灰色棉布工作裙，领口上镶着一个很雅致的领圈，前面有 5 个扣子，裙子肥肥大大的，遮住了裙撑，一直拖到脚面。裙子外面，她又系了条白围裙，两边各有一个装饰性的口袋。自从这个女仆来家以后，卡米耶还是头一次回帕西。他不经意地打量着这个女孩子，发现她身材苗条，举止优雅；一张乡下姑娘的脸，红扑扑的，非常好看。他问母亲："这姑娘干得怎么样？"拉舍尔回答说："练得很不错了，也挺讨人喜欢。我们是从勃艮第开来的火车上直接把她领来的。"

"实际上是从一个招工处领回来的。"爱玛插进来说，"他们以前就给没受过训练的葛兰赛姑娘们找活儿干；这次，觉得可以推荐她来，至少算是试一试吧。"

"她还没染上巴黎的坏习气，"拉舍尔接着说，"不喝酒也不偷懒；好像有活儿干，有地方住，就挺感激的了。不过，不会烧菜。也许她家里从来就没有什么好烧的。"

"她再进来时，我给你们介绍一下。"爱玛主动地说。几分钟以后，她应了自己的许诺，"朱莉，这是我弟弟，卡米耶·毕沙罗先生。这是朱莉·韦莱。"

姑娘点了下头，卡米耶也点头作为回答。

吃晚饭的时候，他给爱玛讲他在乡间新作的油画；那里的布洛涅园林正由奥斯曼手下的技师在改变面貌。他还讲了在巴黎中央菜市场以及人烟稀少的蒙马特山上画的素描和树胶水彩画。另外，他还把和安东·梅尔比一起沿塞纳河作画的事讲给爱玛听。他俩顺流而下，沿途捕捉流水翻涌的效果；每当载着矿石、砂砾和煤炭的大驳船驶过，河水就会显现出特殊的景象。当卡米耶兴致勃勃地讲述这一切的时候，他能够感觉到母亲态度的冷漠。

拉舍尔总是夸新来的女仆。朱莉给她梳理头发，帮她穿上紧身胸衣、背带长内衣、裙撑和一层又一层的拖地长裙。朱莉自己整洁利落，屋子也收拾得干净有序。爱玛烧菜很有一手，可她讨厌烧菜。家里矮胖的中年厨师贪吃，饭菜做得平常，他教朱莉如何宰洗家禽，如何在鸡汤里加入一种叫作马索球的面团，如何用削薄的苹果片和葛缕子的籽做牛脯，以及如何用碾烂的土豆泥煎饼。当她围着桌子来回忙碌时，卡米耶在一旁细细观看这个健壮的农村姑娘。她的体态刚中有柔，使她的举动显得愉悦。他注视着这个女仆屋里屋外地走动；她的颈项坚实挺拔，头高高地扬着，头部长得很匀称。当她先后把汤碗，把加有葡萄干、柠檬和姜汁饼干的酸甜的梭鱼端进屋来时，她的臂膀和强壮而纤长的双腿有节奏地摆动着。卡米耶不仅喜欢她那优美的身姿，而且还喜欢她面部那种机灵的表情：她知道自己在干什么，她喜欢自己的工作。她的形态就像是从一个精巧工人的模子里铸出来的。

她戴了顶白色便帽，浓密的棕发向前梳理披散在光滑的前额上；深绿色的眼珠不停地闪动、小巧的鼻子微微翘起；由于充满了活力，她那丰满的双唇异常红润。每当感到茫然困惑时，她会张开嘴，露出一排整齐的细齿，她那微圆的下巴，正好和眉毛的弯度协调地呼应；粉红色的皮肤显得光洁柔嫩。

"算不上漂亮，"他思忖着，"但很迷人。给她画张像会蛮有意思的。"正当他在脑海里用钝头铅笔描绘这个年轻的女仆时，他发现姐姐正注视着自己，于是赶紧把头埋在盘子里，吃了起来。然而，离开饭桌以后，朱莉·韦莱的形象就一直印在了他的脑海里。

法国的近100万名仆人，他们为某个人或某个家庭干活儿。巴黎百分之九十以上的女仆从外省来到都市，打算干上几年活，攒一份嫁妆。一些代办机构，比如送朱莉来的那个招工处，分别为几个特定的地区服务。在其余的地区——它们多少年来一直源源不断地为巴黎提供女仆——人们创建了一个组织"外省联合协会"，为年轻姑娘们找活干。朱莉是个所谓的"全职女仆"，也就是说，她要承担一切家务劳动。当时，有各种各样的"专职女仆"，比方说女用人、户内女仆、保姆，以及专管梳妆的贴身女仆。朱莉则是什么活都干的。除了给她工资外，她的食宿、干活穿的衣裙、顶楼自己房间的灯具以及梳妆用品，都由卡米耶家提供。另外，用餐时，还可以喝几口酒。专职女仆找工作越来越难了，而这种全职女仆则行情见好，社会对她们的需求量与日俱增。

法国人常说："要么请个仆人，要么做个仆人。"

拉舍尔每月付给女仆8美元，这在当时是最高的薪金了。"因为，"拉舍尔说，"我希望进这个家门的人都快快活活。"

朱莉是由一个代办机构介绍来的，所以她必须在开始工作的前9天内付给这个机构全年工资的百分之三。巴黎比较慷慨的人家都会按常规给刚刚受雇的女仆一份5至20法郎的额外津贴。拉舍尔给了朱莉20法郎，相当于4美元，让她去支付代办机构的介绍费，另外再去买一双软底鞋，这样干起活来舒服些。接受了这20法郎并用它付清了介绍费，实际上意味着朱莉签了一份合同，她将为毕沙罗家工作整整一年。

弗雷德里克为卡米耶腾出一间卧室，因为他希望儿子能经常住在家里。情况也确实如此，卡米耶回家吃晚饭、过夜的次数多起来了，拉舍尔为此感到非常欣慰。只有敏感的爱玛心里明白弟弟近来频频回家的原因：是她什么也没说，只是偶尔给卡米耶递一道告诫性的眼光。

每见到朱莉一次，为她画幅全身像的愿望就强烈一分。除了在画室完成的那些裸体像外，他还没有进行过这种尝试。他对画裸体像不大感兴趣，对浑身裹得严严实实的肖像画也同样兴趣索然。那些穿戴华丽的男人和女人像在卢浮宫见得多了。他确实画过不少人物，但都是风景画中的陪衬，比如在圣托马斯画的《海边交谈的妇女》，还有在加拉加斯画的《多娜·穆埃达的桥》，画中几个微小的人影正在穿越大桥。这幅作品以坚实的石桥和城市的尖顶房为背景，笔触洗练干净。在委内瑞拉，他曾为自己的工作室作了一幅画：他自己、弗里茨·梅尔比和一个年轻学生站在画室的高墙前面，镶着画框的作品挂满了墙壁，尚未完成的画堆了一地。在加拉加斯，他为当地人作过大量的画，但都不是个人肖像，而是正在从事某种活动的人物生活画，比如说在大盆里洗衣服的妇女，在市场上叫卖的农妇，以及头顶篮子穿街走巷的女人们。在卡米耶的眼里，人只是景物的一部分。他的《海滨椰子树》，那张令他得意的油画，正好说明了这一点：椰子树、土地、山峦和大海在画面上占了大面积，显而易见；而两个走在通向海湾的小道上的行人却很小——尽管没有人会说看不见他们。此时在巴黎，他仍坚守以往的信念来创作新的作品。

然而，他无论如何也摆脱不掉为初露芳华的朱莉·韦莱画像的念头。他从不经意去弄清自己作画的画题，他认为这并不重要；一个画家如果为某个画题所激动，他是无须进行理性分析的。至少卡米耶认为是这样。除了"晚安"和"早上好"之外，他还从没有和这个女孩子说过一句话。然而，当她同拉舍尔或爱玛讲话时，卡米耶注意到了她那低回、含混而又圆润的嗓音，听起来就像是中提琴的声音。

一个月以后的一天，他回到帕西，发现只有朱莉一人在家，母亲和爱玛带着孩子们去看提线木偶戏去了。朱莉正在客厅给一个饰满雕刻图案的红木桌子打蜡。

"下午好，朱莉小姐。"

"下午好，卡米耶先生。"

"你喜欢帕西吗？"

"这是个干活儿的好地方。"

"第一次离开家吧？"

"嗯。"

"但愿你还没有想家呢。我第一次离开家乡圣托马斯来到这里读书的时候就想家。"

她低着头站了一会儿，没有看卡米耶。

"……你知道……刚来的头几个星期我确实非常想家。没有人和我说话，除了姐姐，是她陪我来的。我每个星期天下午都去看她。这儿倒是有孩子们，可我还是想家，想我们那个村子、我的那些朋友，我种过各种东西的那小块地、谷仓前的空场，在那儿我有时帮人家接生小牛犊和小马驹；可我最最想念的，还是村里的唱诗班、我们的演唱团和我的那些小姐妹。"

"你多大了，朱莉？"

"19岁。"她微微行了个礼，就走出了客厅。看来这是个快活的姑娘，卡米耶听见她边干活儿边唱着小曲：

我们不再进森林，
月桂已被砍伐，
这些可爱的小姐愿意跳舞吗？

走进舞圈，只管起步欢跳，

想拥抱谁就去拥抱。

几天以后，他正在前窗画外面的景象，朱莉鼓了鼓勇气，从他的肩膀上看他的画稿。

"跟我往窗外看到的一样呀！"她惊奇地说道。

"写生就应该这样。"

"坐在这儿，什么事也不干，多好啊。"

他给逗笑了。

"你刚才还在说我画了一幅逼真的画呢，难道这不是在干事儿吗？"

她扬起细长的眉毛，眼里流露出疑惑不解的目光。她不是不明白，而是根本就没法明白。

"请原谅，卡米耶先生，难道用笔涂涂画画真的算是工作吗？我们小的时候，从朗格勒高原来的修女教过我们写字。"

她的语音里充满了好奇，好像非要弄明白不可。他试图给她讲清楚绘画是怎么回事，可是，除了葛兰赛教堂墙上那几幅光线暗淡的宗教人物像以外，朱莉从没看过、甚至没听说过绘画。卡米耶决定以后再慢慢给她讲。

"我有时听见你一边干活儿，还一边哼着歌。"

"哦，是的，我喜欢唱歌。在葛兰赛的时候，我在圣母谷唱诗班里唱过。"

"给我唱支葛兰赛的民歌，好吗？"

朱莉踌躇了一下，然后轻轻唱了起来。声音柔和清丽，曲调优美婉转：

在阿维尼翁桥上，他们跳啊跳，

他们的舞步踏满了阿维尼翁桥。

英俊小伙一遍又一遍，

用帽子和手势把殷勤献。

漂亮小姐一次又一次，

表芳心屈膝把礼还。

她唱完后，卡米耶轻轻地鼓了鼓掌。

"你的嗓音很美，朱莉小姐。"

她突然意识到自己做得有些过头，于是微微一笑，嘴的一角调皮地往上翘起；然后转身走开，低声说道："我该去洗菜了。"

他望着她穿过房间，心想："她的体态真美，我一定要画下来。"

他试着画了几次，可是都没有成功。朱莉的声音和歌喉一直在耳边回荡，搅得他无从下笔。于是，他回过头来继续画客厅窗外的景象：围着铁栅栏的房屋和悉心照料的花园。沉浸在眼前的景物中，他暂时忘记了朱莉·韦莱。

可是，这种心境并没有维持多久。当天晚上，朱莉布置晚饭时，他又见到了她。她穿了件浆得硬挺挺的白色工作裙，和所有从事户外劳动的年轻姑娘一样，朱莉举止稳健、准确。她灵巧地围着桌子忙碌着，动作轻捷有弹性，深深吸引了卡米耶。他非常清楚工作服里面藏着的女人肌体。在画室里、在现实生活中，他曾画过大批女人像；然而，他意识到在这个女仆身上有一些更奇妙的东西：和他画过的所有女人相比，眼前这个女孩子的身体要柔软得多，匀称得多；而且，浑身流溢着处女所特有的鲜嫩气息，在一层层衬裙和白色工作裙下面，他仿佛看到了她那美丽的梨形乳房、柔软的臀部和滚圆、结实的大腿。

"我不会是在美化她吧？"

一个星期以后，他们又遇上了。朱莉穿着那件淡灰色工作裙，正在餐具柜上擦洗银盘；卡米耶则在一旁画她的素描。从他那频频注视中，朱莉猜到了他在干什么，于是问道："我能看一看吗？"

"当然了。不过，现在还看不出什么。"

"以前从没有人仔细看过我，除了……乡下那些男孩子们斜眼偷看几眼。"

她盯着素描上那寥寥几根线条，耸了耸肩。

"这谁也不像呀。"

"这才刚刚开始嘛。什么时候你不忙，为我做会儿模特儿行吗？只要站着或坐着不动就行了。"

"那可不成。"她满脸不高兴的样子，"难道你想要我丢掉工作吗？"

"不，当然不是，朱莉。我母亲需要你。"

"我也需要这份工作。"

说着话，她就悠悠地走出屋去，头高高地仰向一边，一副凛然不可侵犯的样子。

"是个有主心骨的姑娘。"他得出结论。

几天以后，全家人乘车去巴黎的廉价商店买东西。卡尔米到家的时候，他们还没有回来；朱莉正在布置餐桌准备午饭。

"朱莉小姐，我并无意要打搅你，可我实在是充满了好奇。你是从一个叫葛兰赛的小镇来的，对吧？"

"葛兰赛－絮尔－乌西，在勃艮第。"

"给我谈谈你们的村子吧，我还从没听说过呢。当然啦，我是个外国佬，冒牌的法国人。你在村子里过得愉快吗？"

"……愉快？不，很苦。对母亲来说很苦。我们的房子是围着院子盖起来的；院子里养着牲畜，散发着粪臭。父亲是个酒鬼，整天泡在马西街对面的小酒馆里喝皮盖特 *，不到半夜不回家。喝——没完没了地喝。我 4 岁的时候，父亲离家走了。母亲靠给人洗衣服来养活我们姐妹 3 个。别人都管母亲叫寡妇。市长先生是个好人，还有市政府的其他先生们；他们定了一条法，规定'公社要帮助被父亲遗弃的不幸的孤儿寡母；冬天，林务员有义务为她们砍柴火'。"

镇务会还决定免费让朱莉姐妹 3 人上了 6 年学，因为韦莱一家实在太穷了。

"你母亲漂亮吗？"

"她很爱我们。"

"难道你外公外婆不管你们吗？"

"由于父亲的事，他们感到很丢脸。他们只给了一头牛，还有两间靠河的石头房子。我们有个牲畜圈。但是，他们不原谅母亲，是她给他们带来了耻辱。"

"他们真是太狠心了，竟看着你们母女忍饥挨饿。"

"人都是狠心肠。"她目不转睛地望着卡米耶，"不过，你不是。"她沉默了片刻，然后眼里闪出骄傲自矜的神情。

"一年有两次，我们在城堡洗东西：衣服、衬衫、毯子、小垫子什么的。大批洗烫的活儿是在春天和秋天，那时，地里的活儿都干完了。早上 6 点左右，我们就挎着盛衣服的篮子、拿着洗衣用具离开家，来到工作棚里。我们跪着打肥皂、搓洗，用杵捣捶打；然后，围着洗衣棚，把所有的东西都铺在地上，铺成一圈，中间哗哗地流着水，清洗这些衣物。"

"用源源不断的流水洗衣服，真是惬意的事儿。"

"洗洗烫烫要花整整一个星期呢。我们几家人一起干活儿；唱诗班的姑娘们歌不离口，成天唱个没完。这样干活儿很有意思，当然了，也是为了挣几个钱。"

"勃艮第可是美酒之乡啊，你们有葡萄园吗？"

"曾经有过，在大革命之后。当然，政府会给我们每家一块地种葡萄。我只种了很少的几株，葡萄藤中间，我还种了花和芦笋。可这些全给父亲喝酒喝光了。从我 6 岁起，我们就到别人的葡萄园里去干活儿，母亲和我们姐仁。每年 2 月或 3 月初，严寒过去以后，我就帮人家种上葡萄秧。接下来，我们剪枝、打杈、削掉长得太快或是不结果的树枝，然后还要喷药水。九十月份葡萄就熟了，我们把葡萄满满地塞进大桶里。"

"听你这么说，你们可真够辛苦的。"

她盯着卡米耶仔仔细细地瞧，看他是不是在滥发怜悯。

"我们起早贪黑地干；不过，并不觉得时间太难熬。我们几家人一起干，所有的女孩子和男孩子。我们在一起聊天、唱歌。"说着，她就轻声哼起了一个小曲儿：

---

* 皮盖特，带酸味的劣等酒。

说声再见，考林，我的小弟弟，

说声再见；

爸爸已上路，妈妈还在下面

把长袜子来缝。

那倒不错。单独干活可就惨了。

"勃艮第一定非常美，人们为它写了不少歌呢。"

她感激地冲他一笑，好像他在赞扬她本人似的。

"勃艮第土壤很肥沃。我们种小麦、燕麦、大麦、胡萝卜、马铃薯、白菜和萝卜。我们还种果树呢，樱桃、李子、苹果、桃子。沿着河滩，我可以摘到黑黑的无核小葡萄和草莓。那里到处都是粗大的树，橡树、山毛榉还有山茱萸。我们没有钱，但我总能给家里带回些蔬菜和水果。"

卡米耶发觉她的勃艮第口音很好听。她舌根发卷舌音"r"，而不像巴黎人那样，在嗓子眼儿里发这个音。他总是津津有味地听她讲葛兰赛村子里的故事。谈起过去和唱诗班、邻居们以及在市政厅广场上的那些往事，她的眼睛里闪动着怀乡的目光，苗条的身体充满青春的活力，整个人显得活泼愉快。卡米耶并不是时时刻刻都在认真倾听朱莉的谈话，因为她那红润的皮肤以及从头到脚的长裙也遮掩不住的优美身段把这双画家的眼睛迷住了。

卡米耶最初在圣托马斯和加拉加斯学油画的年月，管装的颜料就已经发明了，油料是已经调好色的。他把各色颜料挤在调色板四处，白颜色居多。优质颜料，恰当的底色，正好保证完满地着色。绘画可是个费钱的行当，普通的颜料要两三美元一管。他不得不精打细算，一次只从管中挤出一丁点儿颜料。这种掺有亚麻籽油或棉籽油的颜料有一种特性，能反复不断地调色，变换色彩。这种油画颜料涂在画布上，浑厚坚实，触手可感。松节油倒是不贵，可一支画笔就要一美元，偶尔享受一下，买支水貂毛画笔，就要花整整两美元。

手头宽裕时，他就买来大小不一、各种尺寸的画布，48英寸到52英寸的是标准的，有的大些，有的小些，都牢牢地绷上了木框。画框很贵，20美元一个，所以，他学会了购买零散的画框部件，回来自己组装。手头紧的时候，为了省钱，他就买一大卷未上底色的粗画布，足有6码长；然后裁成不同的尺寸，最小的6英寸×4英寸，平均10英寸×15英寸，直到最大的20英寸×30英寸。他把木框面朝下放在画室的地板上，用平头钉把画布固定住、先在长边的中间钉上一颗，再在宽边的中间钉一颗；然后用白铅涂上灰色，放上几天，等它晾干。他最初的几幅油画都很小：10英寸×13英寸，后来到法国，增大到14英寸×18英寸，如《在蒙莫朗西野餐》和《巴黎郊区》。

绘画的开销很大，卡米耶觉得必须争分夺秒地拼命干，必须搞出一幅像样的画来，否则没法抑制内心的不安，尽管他清楚自己的功底还不够，还需要更多的训练。晚上，他去参加库尔贝和他那些才华横溢而又好争喜辩的朋友们在安德勒啤酒店的聚会。如果能凑齐几个钱，他就和雅各布森到塔朗咖啡馆，一些有名望的画家和大名鼎鼎的小说家居斯塔夫·福楼拜都常到这个咖啡馆来。这位作者曾因他的小说《包法利夫人》而遭到控告，不过，后来还是宣判他道德上无罪。有时，安东·梅尔比带他到托多尼咖啡馆，这是那些名声更大的画家们经常光顾的地方。有一次，他随德拉克洛瓦来到弗勒吕咖啡馆喝啤酒，柯罗曾为这家咖啡馆搞过装饰。

白天，卡米耶全神贯注地作画，可黑夜降临以后，他的思绪就像长了翅膀一样，飞回到帕西的家里。

他和雅各布森一起外出写生，几个星期后回到家里，他发现再和朱莉交谈很不容易；只有问起她在葛兰赛的花园时，她才又友好起来。她直挺挺地站着，傲然不可接近的样子。只有那么一瞬间，他们站在一起，离得很近，他闻到了她身上飘散出的少女的肌肤的幽香。

"我种花最内行了：郁金香、蝴蝶花、百合花，还有翠菊。在我们那座旧石头房子里，这些花从来就没断过。碰上婚礼、生日，或是葬礼，我还能卖出一些花。我还种了好多盆绿叶植物：天竺葵和秋海棠什么的。有些人看着眼馋，我就送花给她们，她们就不再妒忌了。"

这可是她头一次自我夸耀。

"你们村里的小伙子们怎么样，朱莉，你没有心上人吗？"

她做了个怪相，样子很逗人爱。

"我们那儿没有多少男孩子。工厂和锻工作坊离村子不远，小伙子们都去那儿做工去了。1852年闹瘟疫，从大城市来了不少大夫，可我们1200人口的村子就死了足足100人。"她停下来，平静地望着卡米耶说，"谁愿意娶一个穷人家的女孩子？没有嫁妆，连'12份儿'都没有。"

"'12份儿'？"

"勃艮第送嫁妆的习俗。在我们那儿，新娘必须带进12份彩礼，什么都行；要么送牛、羊、马，要么送钱，1200法郎或12000法郎。可我们连12块手帕都没有，根本就不会有人来娶我们姐妹几个。所以，我们就离开了葛兰赛，我和姐姐费利西。"

她说这些话时，没有半点自卑自怜的样子。

她目不转睛地望着卡米耶："我很强壮，知道该怎样干活，而且也确实干得不错。

我从不哭哭泣泣，把眼泪往汤锅里洒。是妈妈教会了我们坚强。"

"这才是一份无价的嫁妆呢，朱莉。"

"葛兰赛的人们说，活要有勇气；想死很容易。"

"你相信有来世吗？"

"《圣经》上说有天堂。"

"我在问你怎么想，没问《圣经》上怎么说。"

她紧紧地盯着他："我倒乐意死前在地面上找一小块天堂。"她笑了笑，很直率地说。她的一举一动，一笑一颦都是这么纯朴坦荡。

"你呢，卡米耶先生？"

"当我画画时，我就是在天堂，可同时，也是在地狱，因为我的画总是没什么长进。你懂吗？"

"不懂。"

卡米耶确信多年的艰苦生活丝毫没有挫伤朱莉那颗顽强的心。一直挣扎在社会的最底层，但她始终洁身自爱，从不自暴自弃。她上过6年学、辛勤地照料她那心爱的小花园；她在窄小的纳维街上享受着生活的乐趣，别人也不比她强多少。葛兰赛的村民们都生活在同一条漏船上，为了明天的一餐就必须艰苦劳动。这一家穷得揭不开锅，不出一周或一月又会轮到另一家。大家为求生存而奋斗，带来了平等和和睦。只要有一点可以分享的东西，一定能分给他人共享。

"所以人们都管我们葛兰赛叫作'社会主义'村。"朱莉告诉卡米耶说。

那里交税很少。自1750年以来，所有的居民都在市政会中当过代表。葛兰赛村民赖以生存的东西实在少得可怜，但是，法令却能保证人们有足够糊口的食粮：早晨一份牛奶、面包、晚上一份稀汤。于是，人们看上去也没有什么内心的痛苦，他们对于有产阶级好像也并不痛恨；因为这些富人也有自己的苦楚：新生儿的死亡，结核病、霍乱以及收成不好等等。而且一切都要花钱：洗礼要花一法郎，掩埋一个孩童要1法郎半，结婚要6法郎，一个成年人的葬礼则要整整18法郎——相当于3美元60美分。

卡米耶和朱莉很难有机会单独在一起。拉舍尔、爱玛和孩子们总是在身边。不过，他们时不时地还是有单独见面的时候。两人在一起时，总是朱莉讲葛兰赛的生活，渐渐地，一幅栩栩如生的乡村画面焕然出现在卡米耶眼前，他仿佛看到了那古老的村庄、破旧的石屋和屋里的村民。夏天的夜晚，大家都聚在门廊乘凉，到了冬天，则都挤在邻居家里，围坐在火塘边取暖，有朋友，有邻里，有家人。他们奏回旋曲，跳华尔兹舞，还玩九柱戏，要是大家口袋里还有几个子儿的话，就玩轮盘赌。朱莉非常喜欢村里的娱乐活动，总玩得开心痛快。四旬斋前狂欢节的最后一天，他们戴上剪好的假面具，脖子上挂一块花布；星期三那天，大家则身着盛装，精心打扮起来。离村子最近的城市是迪戎，只有75英里远。

所以一到星期六,村子里的人们就兴高采烈地去赶夜市,或者去附近村子逛集市,看马戏团的巡回演出,或者去参加一些宗教或爱国活动。朱莉曾和村里唱诗班的女孩子们一起,坐着嘎吱乱响的运货大车,到过索恩和布雷斯等小镇,一路上洒满了她们的歌声。如果朱莉生活在其他村子里,卡米耶想,她恐怕不会像现在这样懂得世态人情。

朱莉最喜欢到埃索、弗皮勒约和奥特里考等地的集市上去演唱;她觉得她在面对一个大世界。卡米耶不忍心告诉她,这些村子和她自己的村子没什么两样,只不过略微大些罢了。每到一个地方,朱莉就拓展一片崭新的视野。

和自己的生活经历相比,卡米耶简直想象不出有什么会比这种差距更悬殊的了。

他终于取得了朱莉的信任,因为这个女孩子渴望能有人听她谈谈家常。她一遍遍地唠叨田里的农活。严冬一过,韦莱家母女几个就种上谷子、大麻和各种蔬菜。她给卡米耶讲乡下的早霜和晚霜;一点点地向他展示葛兰赛-絮尔-乌西的风土人情,那里大面积的葡萄园以及村外的两个大农场——瓦尔德达姆和夏姆霍德。葛兰赛村子里的农妇常到那儿去干些洗烫的活儿。他津津有味地听着。眼睛望着她那生动、表情丰富的脸庞。

葛兰赛从来就没有过公证人,也没有银行、药店;最近的医生住在埃索镇,除非村里有什么流行病,他很少为一两个病人动驾来巡诊。唯一的"商店"是开在一所房子前墙上的一个小窗口。朱莉还记得,村里的人们掘了公墓,把尸骨埋在别的地方,盖起一间大房子,为孩子们做教室。朱莉姐仨都在这里读书。每天黄昏的时候,人们干完一天的活儿,村子里就会响起一阵"砰、砰"的击鼓声,于是,大家就聚在一起,听通知或是什么最新的消息。

"就跟巴黎的日报一样,"卡米耶说,"贴在橱窗里。告诉你头一批妇女申请狩猎执照引起惊骇;或告诉你多纳第彗星在地平线上发光;还告诉你画家埃内尔的《亚当和夏娃寻找亚伯的尸体》赢得了罗马大奖。"

每逢节日,或是举行婚礼时,就要鸣响礼炮。朱莉的脸上掠过一丝凄惨的表情,说道:"可是没人给妈妈放结婚礼炮。挺着那么大的肚子,谁会不知道呢?"

卡米耶为她感到难过。

"你母亲干吗非要跟他呢?难道没有别的好男人吗?"

"是他把母亲带进了林子里。妈妈有一份好嫁妆,按说该有人为了嫁妆娶她的。"

她看了卡米耶一眼,那眼神就好像在向他泄露一个秘密。

"妈妈嫁给了这个铁路上扳道岔的外乡人,结婚时已经有了7个月的身孕了。婚礼是晚上举行的，在市政厅。没在教堂，本来该在那里的。他在结婚证上签了个 X。"

卡米耶没有告诉她拉舍尔嫁给弗雷德里克·毕沙罗时，也已经怀了孕。由于她所在教区的长辈拒绝她在犹太教堂举行婚礼，所以他们也是在圣托马斯的市政厅由荷兰地方长官给他们完的婚。

有一次，卡米耶还没弄清楚她要干什么，朱莉就飞快跑进屋顶下她自己的小房间，用挂在她脖子上、深深埋进乳房间的钥匙，打开一个抽屉，从梳妆台里抽出一张四周发黄的纸，递给卡米耶。

"这是妈妈扔掉的。我给保存起来了。"

他接过纸，只见上面是小镇办事员用秃头钢笔写的证明：

市长先生谨向市政会议宣示：鉴于莠民韦莱对妻儿进行虐待。夏蒂荣－絮尔－塞纳民政法庭判决认定韦莱自 1843 年起即抛弃妻儿，过流浪生活。不幸的孤儿寡母靠公共赈济生活，缺少做饭及严冬取暖所需的木柴。考虑到韦莱之妻已成为一户之主，由于她的痛苦、她的贫困以及她本人的优良品行，市政府有责任给她以帮助……

卡米耶把这张证明递还给朱莉："你父亲离家后，你没有打听过他的下落吗？"

"没有。我们想把一只猫扔到他胯下去。

"5 月 1 日那天，国民警卫队身穿公社发的军装列队集合。公社投票通过一笔贷款帮助生活无着的人们。会议说，'遍地是贫困。如果我们不能消除苦难，至少我们能减轻苦难'。大批孤儿寡母挣扎在生活的最底层，而韦莱一家则是少有的赤贫户，因为她们被彻底遗弃了，是唯一遭遗弃的家庭。其他的穷人家还多少有周围的一些人家帮助。

"葛兰赛的男人靠艰苦劳动生活，可是没有一人扔下孩子们逃跑的。我们在葛兰赛困倒了，可是我们不算合法的葛兰赛人。那可真叫苦：不是因为穷，而是成了没有用处的外乡人。"

"朱莉，我们受罪是我们自己造的孽，不要算到祖先的身上去。莎士比亚在他的剧本《奥赛罗》中说：'谁偷了我的钱包只不过是偷走废物。'我们的品性是拿不去的。"

她仔仔细细地看着他，试探着问："你呢，卡米耶先生？你的品性是什么？那些偷不去的品性？"

他笑了起来，面带困惑的神色："我才 28 岁，你问我的品性吗？将来到了 38 岁、48 岁，又会怎么样呢？不过，首先我必须当名画家。"

"你怎么知道呢？"

"我听到有一个强大、清晰的声音在耳边回响：'你一定要成为一名画家。你命中注定要成为一名画家。'"

"是上帝的声音吗？"

"我可不会狂妄自大到这种地步，竟敢奢望耶和华上帝会停下来在我身上播下一颗画家的种子。事情就是这么回事。在我很小的时候，我就感觉到了。当时我大概才9岁，刚刚开始用速写来作为表现自己的方法时我就感觉到了。"

"难道你在还不清楚自己将来干什么的时候，就全身心地干起来了吗？"

"这么问，可实在让人痛心，朱莉，要不是你完全出于好心的话。这是人生的困境，就像一个人生下来就一只眼棕色、一只眼蓝色一样。"

她固执地摇了摇头说："一切事情都应该有个缘由嘛。"

他轻声回答："世上一切艺术家都是在用他们的一生去试图解释：他们为什么要现在这个样子。你也许要说，'上帝让他们这么做，总有一个目的'。如果你天生信教的话，这种解释也许能说得通。"

"我信教。教堂、音乐、圣香，各种仪式，唱诗班的姐妹们，啊，这一切多美妙呀，还有教区牧师，他净化我们的灵魂。"

朱莉非常喜爱山上的那座教堂，那是在她出生前5年建造的。

"教堂是葛兰赛唯一漂亮的房子。"

她的声音轻柔，被缕缕思乡之情深深缠绕。她所珍爱的那个教堂——圣母谷教堂、是为祭奉圣母马利亚建造的，深受当地居民的崇敬。1833年曾经翻修过一次。里面有圣母像，村子守护神圣·昆丁的像，还有圣·尼古拉、圣·塞巴斯蒂安、圣·凯塞琳和圣·樊尚的塑像。

"现在日子好过多了，我们已经不再是村里最穷的'赤贫户'了。"

"你很有胆量，而且……你很聪明……"

"凭这些，我能开个花店吗？"

"你想要开个花店？"

她微微一笑，脸上浮过若有所盼的神情。

"老太太和爱玛夫人待我很好。"她羞怯地低下头，带着勃艮第地区农家姑娘的质朴接着说，"你还耐心听我叨唠葛兰赛的事儿，你从没……从没想着把我骗进林子里去。我不应该这么想，你也不需要这样，巴黎有这么多女孩子。"

"恋爱是怎么回事儿，我知道的一点也不比你多，朱莉。我还从没真正爱上过什么人呢。"

"那又怎么样呢？"

"找点乐趣、解脱解脱……我父母很亲密，两人相爱很深，是幸福的一对儿。他们不是由人介绍的，是自由结合，不过……困难重重啊。"

他感觉到他的话对朱莉来说未免有点艰深。她将要绞尽脑汁琢磨这些新奇事儿，直到弄出点头绪为止。

他给朱莉讲圣托马斯年轻人的事情，告诉她那里的年轻姑娘和小伙子们可以自由交往，尽管上层社会的未婚少女有年长妇女陪伴。

葛兰赛实在太小了，姑娘和小伙子们每天抬头不见低头见，但是，他们不允许单独在一起。所以结婚时，两个人还跟陌生人一样。

"人们都说，结了婚，爱情就来了。"朱莉说。

"是吗？"

"我只知道，结了婚，孩子就来了。"

她刚到巴黎时，穿了一身黑衣服，带着两只草篮，里面装着缝好的亚麻布衫。找到了做女仆的活儿，她心满意足了。拉舍尔要求很严，但是待她非常好。朱莉一直馋猪肉吃，在葛兰赛，猪肉是他们的主食。卡米耶说，天哪，招工处把她送错地方了。吃猪肉可是违反希伯来的饮食规定的。当她皱起眉头，疑惑不解地说猪肉是多么好吃时，卡米耶就给她解释，很久很久以前，猪被认为是不洁的东西，人吃了可能会得病，严重的还会死掉呢，朱莉赶紧说："葛兰赛可没人得病。"

后来她问卡米耶："现在猪肉干净了，为什么你还不吃呢，宗教不能变一变吗？"他叹了口气。拉舍尔告诉朱莉，"猪肉"就是"tref……"这是读音上的错误。

"Traif。"卡米耶说，"按犹太教规里是'不洁食物'的意思。"

拉舍尔的食品储藏室严格遵循犹太教的教规：里面有两套盘子，一套盛奶制品，一套装肉食。锅和罐也都如此，各有两套。如果用错了，就是亵渎神明。卡米耶说，天主教也有自己的饮食戒律，他们每星期五吃鱼而不吃肉。

然而，朱莉最遗憾的还是这里没有花园让她照看。每当她问起什么时候才能又有花种，拉舍尔总是回答说还有时间。这一点酷似卡米耶。

"你跟我一样，信心十足。"

她毫不回避地盯着他瞧，仔细审视他的表情，这种沉思默想的神态他还是头一次见到。

卡米耶把朱莉全天的工作拼凑起来：她早上 6 点起床，把厨房的火点着，帮着那个经常沉默无话的 60 岁老厨子准备早饭，服侍孩子们吃完，然后给他们穿戴好，送他们到附近的小学和幼儿园。回来后，她要用托盘把早饭送到各个卧室，叠好全家人的被褥，整理房间，帮着准备午饭，服侍大家吃完，清洗餐具，然后回到顶楼的小屋里休息片刻。接着，又要准备晚饭，服侍大家吃好，最后再收拾好厨房。做完这一切，大约已是晚上 10 点钟了。

每年春秋两季，家里要进行两次大清扫，地毯都要拿到后院去拍打。每天都有活干，朱莉不停地洗、烫、缝补亚麻织物、擦银器、铜器、逐个清理房间。另外，她还有更艰巨的任务要做，那就是侍候拉舍尔穿衣、脱衣，一天要忙两次。爱玛则一切自理，穿得比较简单。她很少穿什么撑裙子下摆的裙撑啦，束腰的带子啦，以及里一层外一层的紧身衣啦。

卡米耶说，这样的一天干下来，可真够累的。朱莉淡淡地答道："在葡萄园和洗衣棚干活时，天一亮就动身，出了星星，才往家走。回来后再做晚饭、洗洗涮涮拾掇一番。那才叫累呢。这点活儿算什么，而且挣的钱还多，还有吃有住。这样干两年半，我就能攒下 1000 法郎，够做我的嫁妆了，我这是按生丁计算的。有了'12 份儿'，我就能找到一个丈夫。不要干活的，我要找一个职员或是店员。再过一段时间，我就可以开花店了。"

有一个话题她说漏了嘴。

"花为我开得美极了。"

"英雄识英雄嘛。"

她娇嗔地用双手捂住了眼。

"你在讨好人。你占不了便宜。我只是你母亲家里的女用人。"

"你在小看自己。你不该这样。"

"那我该怎么样呢？"她的嗓音很尖厉。

"你应该知道你自己品质很好。你有一颗高傲的心。你热爱生活。你很能干。你有漂亮的面孔和身材……你很美。"

她内心的防御松弛了，声音也柔和多了："从没有人用这么酸气的字眼赞扬我。"

"当然了，你还算不上布洛涅森林里马车中的美人。真的，朱莉，让我来给你画张像吧。"

一丝嘲讽的微笑浮上她的嘴角。"难道我会自己钻进狼口吗？"她说。

"我可不是狼，朱莉，你没必要怕我。"

她把脸抬起来向他逼近，两眼熠熠发光。

"贪心没好报。别要求太过分了！"

说着，她就傲然阔步走出房间，衣裙窸窸窣窣地响。丢下卡米耶一人在屋里大张着嘴、茫然不知所措。

"唉，我真该死！"他嘟囔了一句。

给朱莉画张全身像的欲望越来越强烈，"我一定要画一张。"他下定了决心。他要让朱莉穿上那件长长的黑外套。有一个星期天下午，他曾看见她穿着那件外衣去赶公共马车到巴黎看望她姐姐。卡米耶着迷地盯着朱莉的一举一动：她走路的姿势，微微翘起的脑袋，干活时胳膊和臀部富有节奏的摆动；当她不好意思迎接他的目光时，她的头就会优雅地低垂下去。他曾零零碎碎地画了些素描，可是都不满意。他需要朱莉长时间的合作，这样他才不至于中途频频停笔。可是，这办不到。拉舍尔不会答应的。那么，在哪里画呢？他并不打算星期天把朱莉邀请到他和雅各布森的工作室去，这一要求未免太过分了，他们还没有熟到这种地步。

　　事情就这样一天天地拖了下来，卡米耶总是下不了决心。他本可以等朱莉干完活以后到她的小房间去画。可是，顶楼女仆的休息室是神圣不可侵犯的。任何人都不能闯入，不管有什么理由。该怎样说服朱莉答应他的入侵呢？她有什么必要非要丢掉自己宝贵的几个钟头来供他作画呢？更何况，"当模特儿"对她来说简直是不可思议的事情。

　　可是，这一想法死死纠缠着他。不管是在森林深处写生，还是在空荡荡的画室面对一大堆完成及尚未完成的作品，这个念头总是在他脑子里转来转去，使他不得安生。

　　圣诞节的前一天，他终于鼓足勇气，向朱莉提出了自己的恳求。他端坐着，膝上放着个速写本。

　　"你要到我屋里去？夜里去？你认为我是个傻瓜吗？"

　　她的眼睛闪闪发亮。尽管紧握的拳头放在身子两侧，指关节白皙皙的，可她的话却几乎把他打蒙了。

　　"你想要我丢脸吗？要我被解雇？"

　　"我绝对不想伤害你。"

　　"说得倒轻巧，谁知道呢！"

　　她轻蔑地瞪了他一眼，可怜他的不通世故。过了一会儿，她骄傲地挺直身子，丰满的胸脯微微隆起。

　　"你伤害不了我！"她说。

　　"那你怕什么呢？"

　　"我的饭碗。"

　　"你休息的时间完全是你自己的，等你干完全天的活儿，等你回到自己屋里的时候，咱们再开始。"

　　"别忘了隔壁还住着厨子呢！"

　　"我会小心的。"

　　"脑袋里房间多，用起来才够用。"

　　他笑了起来。

　　"我很欣赏你这些俏皮话，编起来可以出一本谚语集了。"

　　她琢磨着"编"是什么意思，然后简短地说道："我们乡下姑娘都会说。"

　　"你不是乡下人，朱莉。你能读会写。"

　　此时，朱莉已忘记了刚才的话题，她说："我从不断句，不用句号。当我写什么的时候，句子全绞在一起，一股脑地流出来，就像洗衣房下面的乌西河。"

"可你说话时知道断句呀，我能分开你的句子。"

"嗯。我母亲也能读会写，她出生在体面人家。可是父亲……"

她做了个厌恶的姿势，转过身去，由于愤慨，两眼又一次闪闪放光。

看到他这么诚心诚意要为她画像，朱莉不再固执了。她拣了个墙角坐下来。这样，两人都不受干扰。她十分好奇，不明白为什么卡米耶非要给自己画像不可。他解释说，如何把她的神态、性格以及整个外貌完满地展现在画布上，对他是一次挑战。

他再一次询问起她将来的打算，朱莉漫不经心地回答说："等我有了自己的花店以后，我要找个男人。要找个有手艺的人，木匠或是泥瓦匠都行，只要能踏踏实实地干活。我姐姐费利西就遇上了这么一位。是个机械工，总有活干，他们不会挨饿的。"

"你倒蛮实际嘛。"

"我要吸取妈妈的教训。"她低声说。

"我可不会把你领进林子里去的。"

一想起母亲，朱莉心底的愤怒又一次爆发了。几个月前，当卡米耶第一次试图接近她时，就已经目睹了她的狂怒。她一下子从桃木藤椅里跳起来，低声但却恶狠狠地喊道："真不害臊。你们男人都一个样……"

"朱莉，瞧你在说些什么！我并没有冒犯你的意思。听我说，朱莉，我想给你画张画，就穿那件从葛兰赛带来的漂亮的黑外套，就是领口和袖口都有花边，一直拖到脚面的那件。你静静地坐着，织毛衣……"

她目不斜视地盯着他，眼里闪着怒火。

"再也不要同我说话了！"

她拒绝和他进一步交往。对卡米耶来说，他并不想拥抱她或是为难她。既然她如此害怕他，至少怕他居心不良，卡米耶也就不想再加重她的忧虑了，他不想害得朱莉丢掉饭碗。他只是喜欢她，非常希望能延续这段友情。他渴望能为朱莉画张像，然而，要打破现在这种尴尬局面，卡米耶觉得不是自己力所能及的。

星期六晚上，他从安德勒啤酒店回到自己的画室，决定第二天回家吃午饭。朱莉给大家端来烤鹅肉、洋白菜和有杏仁的面条布丁。他和母亲聊起生意上的事，拉舍尔对此总是津津乐道。他们还谈起了阿尔弗雷德。跟往常一样，大家谁也不提他作画的事。

吃过饭，爱玛给孩子们穿戴暖和，就和拉舍尔一起带他们去公园了。卡米耶回到为自己腾出的房间里，埋头读巴尔扎克的小说《贝姨》；他被故事深深地吸引了，一时间未察觉有人在轻轻敲门。

"谁呀？"

"卡米耶先生，我能和你说句话吗？"

朱莉穿了件刚织好的羊毛衫，脸上的表情不大自然，有点凄楚。她把头发向后梳理，系在后脖颈上。

"有事吗？"

"我说话一点恶意也没有。"

"我也没有那样想。"

"每两个星期，我才去看姐姐一次。可是，中间这么长一段时间……没有跟我说话……"她做了个鬼脸，"我可以……给你送杯茶……到客厅吗？"

他坐进靠前窗的一把藤木摇椅里，脑子里乱糟糟一团。本来，他已经不再想朱莉了。不料她现在却来要求和好，而且这么胆怯，显然已经准备好久了。她把茶放在他身边的一张小桌上。

"你不坐下吗，朱莉？"

她小心地在对面一把椅子的边沿上坐下来，像猫的绿眼睛睁得大大的，嘴唇哆哆嗦嗦，既想接近又害怕接近这个年轻人。卡米耶寻思着该找个无关痛痒的话题，于是问道："你姐姐费利西和她那个机械工怎么样了？"

朱莉身子前倾，两手紧紧抱在胸前。

"姐姐真幸运。一有空儿，路易·埃斯特鲁克就带她出去，有时去咖啡馆，有时去看戏。费利西说他是当真的。"

卡米耶放下茶杯，喃喃道："如果你在巴黎干活，也许会好些。在那里你能遇上年轻小伙子、真心的小伙子。帕西只是个小村子。"

"可我一定得在这儿好好干两年，拿张好的鉴定书。"她坐回到椅子里，恭恭敬敬地问道，"当画家是怎么回事呢？"

"画家就是要把那些吸引人的画题体现在纸上或是画布上。"

"什么是'画题'？"

他踌躇了一下，说："这我得细想一想。"

朱莉乐了："就跟农民一样。"*

"那也不坏嘛。"他又回到先前的话题，"画题就是指大自然中的某种结构，或者说是一种现象。画家就是要寻找这样一种现象，它诱导我们的创作灵感，吸引我们去捕捉它，并把它展现在画布上让所有的人都能看到。这并不一定都是些完美的东西。实际上，画题指的就是眼前的一种景物，一个印象。它激发我们的热情，搅动我们的心境。它使我们内心兴奋不已，非要用笔把它画下来不可。要知道画下来并不容易。这一印象闪闪烁烁，很难捕捉，有时还会令人心惊胆战呢。可是，这已经成了我们生活中最最强烈的愿望了。

---

* 卡米耶说的"细想一想"（chew the cud）也是反刍的意思，因此朱莉说"跟农民一样"。

你明白了吗，朱莉？"

"……你的话，我不大懂。不过，我很想弄明白。你满脸发光……所以我知道你的心情。至于你的话，你能再说得简单些吗？"

他想了一会儿，然后慢慢说："画题就是一个景象、一个念头、一个事件。每当看到它或是想起它，画家就会高兴起来。这是一些他非常喜爱的东西，就像他喜爱一本书、一个建筑，比方说巴黎圣母院，或是一段音乐，比方说贝多芬的《田园交响乐》。所有这些全是一回事，都是再现自然，把大自然中的某些景象集中地表现出来，让人们去体味，去丰富自己。这绝不是自以为是的。任何艺术家都不想改变或再造大自然，不歪曲，也不美化。艺术家所做的是把大自然协调起来，使大自然更有秩序、更……噢，对了，更有韵味。换句话说，让大自然更和谐，实际上，这是全人类共同的愿望，不仅仅是艺术家。我们所有的人都希望在一片混沌中创造出一个安宁的世界。我们都有一个无法抑制的愿望，就是对大自然稍做调整、纯化，以此来证实人的伟大远远超过了上帝对人的原初创造。"

朱莉苦笑了一下。

"你是在同卡米耶先生交谈，而不是同我葛兰赛乡下来的朱莉·韦莱。"

他喝了口茶，嘎吱嘎吱地嚼着留在嘴唇上的红糖粒，抱歉地低下了头。

"是啊，所有的艺术家都爱犯这个毛病，只是为了弄清楚自我。亲爱的朱莉，画题是指自然界中某一景象，看到它，艺术家就要激动，就要惊叹，'啊，这是上帝的好心创造啊！'"

"你说这话，可是对上帝的不敬呀。"

"我不是这个意思。也许人们努力做的一切就是要让世界适合于自己的口味。"

"我好像……明白点了。"

"我们彼此应当能互相体谅才好。"

"体谅？……你和我？为什么？"

"因为我希望咱们能成为朋友。"

她把目光移向旁边，认真想了会儿，低声说："可能吗？"

"实际上我们已经是朋友了。"

"你费劲给我解释了这么半天，看来，你觉得我并不笨，你很关心我。我不仅仅是你母亲家的一个用人。"

她迟疑了片刻，轻声问道："你需要我摆几次姿势？"

"画你的肖像？"

"嗯，如果你还想画的话。现在我不怕了。"

"我真高兴，朱莉。恐怕要十几次呢。"*

她强忍着没笑出声来："我终于要有'12份儿'了。什么时候开始？"

"明天晚上好吗？"

"好吧。穿黑外套。10点以后。"

"我一定去。谢谢你的信任。"

她带着关怀意味地冲着他一笑。

他轻轻推了推朱莉的房门，开了；她刚刚把门闩抽掉。这一排共有6个同样的小房间，朱莉住了其中的一间。倾斜的屋顶上有个天窗，向外凸出，也就是一面墙了。屋里放着一张从圣托马斯带来的小床，枕头下面有个垫，可用来当靠背；床上铺着很皱的床罩。房间里还有一把藤椅，一个四屉梳妆台，上面放着一只盆、一个大水罐，旁边还有简单的几件梳妆用具。橱子上方的墙面上挂着块小镜子。整个房间收拾得干净利落。

在巴黎，用人都住在阁楼上的小房间里，通风很差，冬冷夏热，很容易得贫血病。法国人也都承认，他们说："用人的生活条件一点也不比监狱里的犯人好。"帕西郊区的住房则要宽敞些，间量都比较大，窗子开得也大，既通风，阳光又充足。可是，冬天还是没有取暖的设备。所以，每天做晚饭时，朱莉就在炉灶里放一块砖头；晚上睡觉的时候，就用绒布裹好，塞在脚下被窝里。

"在葛兰赛，我们常说，脚下热砖，头上好睡。"

她已经把那件黑色双绉外衣用海绵润湿、烫平展了，这是一年前在葛兰赛时，她自己做的。领口和袖口的花边也都洗干净了。她刚刚在大盆里洗过澡，从夏洛特·阿马利亚买来的地毯上还有一片片的水渍。脸也新洗过，红光满面，好像在葡萄园劳累了一天，刚刚回来。卡米耶觉得她的头长得很好：高高的颧骨，平贴的耳朵，嘴巴和下颏长得恰到好处，非常协调。朱莉在乌黑的头发上系了条发带。

他把藤椅推到墙边，拿着速写本坐了下来。他让朱莉坐在她的床脚。

她很别扭地来回挪动身子："你要我望着你吗？"

"不，别管我。自然点，你织你的毛衣，做针线活儿也行。我能捕捉到你。"

"我从不让人捕捉，我向来都是自由的。"

"对画家来说，'捕捉'一个人，就是抓住这个人内在的精神，然后逼真地画下来……"

---

* 这里用英文dozen，意思是"一打""十几个"，也可理解为"12份儿"。

他猛然抬起头来：这个女孩子不是在戏弄我吧？

"内在"一词着实吓了朱莉一大跳；不过，她决定随它去吧，反正她不会让他知道她脑子里装着什么，更不用说严实的黑裙子里面的东西了。

她那张脸以及整个人焕发出来的坦荡率直使卡米耶深受感动。比起他在画室、舞厅及其他社交场合遇到过的所有女人，朱莉纯洁得像张白纸。她从不虚情假意、矫揉造作。在她身上，看到的是个活脱脱的自然中的少女；她丝毫不懂得掩饰自己，不会戴上假面具保护自己，也不会像那些玩彩色气球的孩子们那样，在人们面前炫耀自己。

过了几分钟，卡米耶说："你说话不碍事。再给我讲些葛兰赛的事吧，讲些愉快的。"

她高兴得脸上泛起红晕，不再为卡米耶紧盯着的目光感到不自在了。

"愉快的事？我都跟你说过了。我们唱赞美诗，在教堂或是在广场上。每逢节日、婚礼，我们都要唱。星期天大家做礼拜，我们就沿着马路边走边唱。7月14日最热闹。前一天，守卫队就在广场周围的椴树上挂满灯笼，黄昏时点燃，整个夜晚灯光通明。"想到这些在蓝色、白色、红色的孟加拉烛台上燃烧的蜡烛，朱莉的两眼顿时明亮起来。各色烛台中间，人们围着烛火组成了法兰西共和国的头两个字母"R．F"。教堂的钟声敲响了，大家都手提灯笼走上街头。一路上，爆竹、花炮声响个不停。人们在铺鹅卵石的广场上欢歌狂舞。

7月14日，每个人都穿上自己最好的衣服；消防队员穿上他们的银纽扣制服。"我们小的时候，都争先恐后地往最前排挤。妇女们坐在椴树下的长板凳上。到处是敲鼓声。大人们唱《离别之歌》或是《西迪－布拉姆》，孩子们唱'我们家没面包，邻居家有一些'，市长披着蓝、白、红三色相间的彩带站出来，高声宣读：'自由、平等、博爱。'全体起立，音乐师奏《马赛曲》。"

她停了下来，目不转睛地看着卡米耶。

"能庆祝些什么，真是太好了。"最后她说。

当朱莉问起圣托马斯时，卡米耶就给她讲家里的小快艇，男孩子们乘着它去钓鱼，或是把小船开到港湾去游泳；讲他们到港口上面的山里，在浓绿茂密的森林里做全天的徒步旅行；讲他帮父亲在船坞上干活，登记外国船只上的货物，把货装上送往德罗宁仁斯－盖德街的车。他还讲他最初的素描，他画大帆船、街上头顶篮子的妇女，还有港口穿五颜六色水手服的水手。他还给朱莉讲了他上过学的私立学校；家里每月为孩子们交学费：阅读课一美元，写作课一美元半，其他课程共两美元。现在想起来，当时父母能供起他们上学，真是太幸运了。

第二天晚上，他给朱莉讲家乡的棕榈树和椰子树——这些树时常出现在他的画面上——讲家乡常年照射的烈日和那里的酷暑；讲月牙形的夏洛特·阿马利亚海湾，里面停泊着世界各地的船只，他和水手们用英、法、西班牙等各种不同语言交谈。他给朱莉描述小岛上沉闷懒散的气氛，人们穿得随随便便，趿拉着鞋或是赤着双脚；他还讲了小岛上和睦相处的异国同胞，丹麦人是小岛的主人，尽管他们不如葛兰赛政府那样关心群众的疾苦，他们的管理却是公正无私的。另外，他还讲了在航海时代蜂拥而来的英、法、美各国商人，以及岛上兴隆的甜酒和糖浆贸易。卡米耶还向朱莉描述了商楼上那个温暖的家。朱莉可以想象出那所房子。里面摆着和她现在每天都在擦拭着的一模一样的家具。

"我好像看到了你的家乡。"她低声说。

另外一天晚上，朱莉给他讲第一次去领圣餐的情景。她娓娓动听的声音在他的脑海里萦绕，一直流进他的心里。朱莉热切地向他描述那激动人心的 3 天：她和其他孩子们一起去做弥撒，听晚祷，背诵教义。领圣餐时，她穿了件浆得很挺括的白衣裙，头上戴了个白色花环。母亲把她自己珍藏的小小金十字架挂在女儿的脖子上。自从她自己的圣餐仪礼以来，母亲一直把这个十字架收藏在一个小盒子里。教堂中央的通道上排满了祷告椅，孩子们被一个个地领到椅子上。教堂里唱起了赞美歌，然后是拉丁文的讲演，牧师站在高高的祭坛上为大家布道。细长的蜡烛点燃了，孩子们走近圣水盘接受洗礼，使他们 12 岁这伟大的一天焕然一新；然后，孩子们把花环献给圣母。

朱莉一口气讲了这么多，很明显她整个白天都在回忆这些往事。她感激地对卡米耶说："这些仪式，我本来已经忘了，可你却使我重新记起，这真好。我觉得心里更充实了。"

"你真可爱，朱莉。"

她脸红了："……才不是呢，也许……只是有点趣味吧……"

她紧紧盯着卡米耶的眼睛，问道："这也是画家要做的吗？使人发现自己的优点，尊重自己？"

"也许会那样，但并不是去理想化，不是把事情弄得很多情。你完完全全就是你自己。我所做的只是把你的内心反映出来。画家希望把某一地点或某个人在某一时间的外貌、特性及活动保存下来，使之永不被遗忘。一个艺术家是懂得爱的，他希望全世界都能见到他所爱的事物的美。无论他爱的是大自然中的哪个景物或画题。"

卡米耶大抒胸臆，朱莉感到困惑不解，把头埋进针线活儿里。

"就像新发明的照相吗？"

"达盖尔发明的那个方盒子？不。画家是用他自己独特的想象来拍照。找个星期天的下午，你没事儿的时候，我们可以乘车到郊外去，可能的话，就到树林里去。我可以选出一小片风景，告诉你为什么它能打动我，艺术家是怎样把眼前的景物变成饱含自己情感的画面的。"

想到能去郊外，朱莉高兴得两眼发亮；她非常怀念乡村。帕西有点乡村的味道，但又不完全是。想想那些羊肠小道……可是她突然害怕了，还是不去的好。她可不想为此丢掉饭碗。她脸色发白，胡乱收拾起手里的活儿。

"我真不知道自己是怎么了。"她眼里涌出泪花，喃喃地说了句，"你走吧，太晚了。"

他站在原地，点了点头。

"晚安，朱莉。"

卡米耶到蒙莫朗西森林里去作画。几天以后，他拿着画架、调色板和几管颜料再一次走进屋檐下朱莉的小屋。他小心翼翼地摆好画架，生怕惊动了隔壁的厨娘。

朱莉只说了一句："我在想你。"

"我也想你，朱莉。可我必须去森林里画冬景。"

"我知道。工作第一。"

"风雪天要来了。不能再到外面作画了。"

她深深地叹了口气，在床上坐好，拿起件刺绣的活儿。

过了几天，朱莉问卡米耶什么是犹太人，这问题她一直放在心里琢磨着。

卡米耶觉得她确确实实是不知道；因为在葛兰赛，朱莉不可能遇到甚至不可能听说过犹太人。过了许久他才回答说："有人说我们是一个民族、一种文化、一种伦理，也有人说我们是一种宗教……"

"那怎么可能呢？我信奉的是真正的宗教，没有人不知道。"

好一阵搜索枯肠，最后卡米耶说："我们是个古老的民族，宗教形式只是它的一个方面。犹太人全心全意信奉耶和华，也就是《旧约全书》中说到的唯一的上帝。罗马西斯廷教堂里，米开朗基罗画的那位美好的白胡须老人是画家虚构的形象。一位倾听我们所有人祈祷的上帝，是一位人格化的上帝。那都是神学家们编造的。"

"这么说，你是吃神甫的？就像葛兰赛那些无神论者？"

她把头向后一仰，不出声地笑了起来。

"不。我并不反对犹太教堂，只是我没有去过。"

"你没有信仰怎么生活呢？我们没有汤喝的时候，我们就靠对主的信仰；相信他会给我们。"

"有各种各样的信仰。对上帝的信仰、祈祷的应验、来世的再生，所有这些都是一回事，都是人们出于某种需要自己虚构出来的，用来排遣忧虑……"

"其他还能有什么信仰吗？"她不服地问。

"对美好的大自然的信仰；对人类生存力、创造力的信仰；对人改进俗世、理解世界的能力的信仰；对人自身的信仰。对我来说，就是要创造出流芳千古的伟大作品来。你读过《圣经》，是不是？"

"只知道神父教过我们的祈祷文。"

"你要知道，全部《圣经》都是人写的。其中有不少是美妙的诗文，比如说，所罗门之歌。"

"是上帝叫人来写的。是上帝的声音。"

"也许。许多人都这样认为。这无关紧要。《圣经》里面有文学、历史、传说，有道德准则；还有'爱你的邻居如同爱你自身'。对任何人都足够了。"

"你干吗说你不信教呢？你说起话来蛮有宗教味儿嘛。"

"朱莉，家家都有一本难念的经，不仅仅是你们家有。犹太人结婚，必须在我们自己的教堂里由拉比来主持婚礼，就像天主教徒必须由神父在教堂主持一样。可我父母的婚礼却是在圣托马斯由一位丹麦政府官员主持的。"

"为什么？"

"因为我父亲是我母亲前夫的侄子。犹太教堂的长老们拒绝给他们举行婚礼，因为教规禁止姨侄通婚，即使没有血缘关系。在家庭生活中，丈夫应当占统治地位，可现在，姨妈却要在侄子头上发号施令。我父母有了3个儿子以后，长老们依然不接受他们。父母坚持不懈地努力，先是祈求伦敦的大拉比，然后又去求哥本哈根的大拉比。整整8年，他们未能得到宗教祝福，可他们却是深深地信仰着宗教。最后，父母有了第四个儿子，长老们才发了慈悲。那么多年来，除了几个比较开化的教友以外，整个夏洛特·阿马利亚教区都没人同我父母来往。他们在痛苦中生活了近10年。然而，这丝毫没有减弱他们对宗教的信仰，只是对掌握教堂的那些人感到失望。"

朱莉把身子向前探过来，不安地问："既然你的父母都没有因这个背叛宗教，那你干吗不信教了？"

"'我认为这游戏还不值一根蜡。'这是英国早期诗人乔治·赫伯特的一行诗句，我在帕西上学的时候学的，意思是'这么一点报偿实在不值得陷入宗教的热狂'。"

卡米耶没有告诉朱莉，犹太教堂拒绝为他父母主持婚礼还有道德上的原因。丈夫死后没几个月，悲恸、寂寞了没有多久，拉舍尔就爱上了英俊、魁伟、年仅23岁的侄子，他也深深地爱上了拉舍尔。当然喽，不久她就怀孕了。当他们决定结婚时，她已经有了7个月的身孕。这些事，卡米耶觉得不能告诉给一个做短工的女仆。

真是怪事儿，他们两个人的母亲命运竟如此相同。

❧

在朱莉眼里，卡米耶·毕沙罗是个崭新的人物，就像勃艮第森林里神奇般出现的某种鸟或是小鹿。她脑海里翻江倒海地涌出一大堆问题。她试探着问："你一辈子都画画吗？就像农场主、店老板或是工程师那样干一辈子？"

"对我来说，画画就意味着生命。"

"人都应该挣一份工钱。可你怎么生活呢，单单靠画人、画树、画街道？"

"总会有人买我的画。我就像一位新开业的年轻大夫，必须打出招牌来，等病人进门求医。"

"大夫能治病，自然会有病人来。可你能治什么呢？"

"渴望、庸碌、烦闷。生活中的空虚。"

"听起来就像基督在施舍面包和鱼。"

他畅快地笑了起来："或者说像耶和华从天上赐给以色列人吗哪[*]。就是这样。一个奇迹。"

"奇迹总是……几乎不可能……"

"没有其他赌博值得我去试验了。"

两人的目光碰到了一起。

"你打算把圣经故事画到教堂的墙壁上去，就像巴黎那样？"

"不。我父母不愿意我当画家，他们希望我做生意。他们说靠画画，我永远养不活一个老婆，也就不能给母亲抱来孙子孙女了。这倒是真的，靠画谋生要比出售船用补给品难得多。在一些人看来，画家是社会的局外人，有时甚至要受到鄙视，就因为他与众不同。然而，在巴黎，艺术家比比皆是；英国也一样，整个欧洲都一样。我曾经努力要说服母亲，让她相信画家至少和桌上的带花边的桌布一样，是有用的。但毫无结果。不过，父亲倒是愿意我搞画，只要我成功。"

"画家的成功和酒商的成功一样吗？他们收获葡萄，再把葡萄变成酒出售。"

"一点儿不错，根据我父亲的观点就是这样。但事实上，真正的艺术家在作画时并没有想着要出售，他所想的只是怎样才能创造出一幅美妙的、动人的画面来。在我现在给你画的肖像上，你将永远年轻、迷人、可爱。"

"算了吧，我不过是个普普通通的乡下姑娘。画完以后，你能把它给我吗？"

他略微迟疑了一下："如果你想要。"

"我喜欢毕沙罗夫人和爱玛夫人，她们待我很好。我是来干活的，但是她们尊重我。我想，她们也会喜欢朱莉·韦莱吧？"

"我们怎么会不喜欢你呢？"

卡米耶真诚的微笑温暖着朱莉。他又接着画那双捏着钩针的灵巧的手，画了好长时间。最后朱莉打破了寂静。

"你和葛兰赛的男人们不一样。你和气、文雅。你从不像那些粗俗的家伙们那样一个劲儿地盯着人家裙子里面看；也不像巴黎的一些人，我去看望姐姐时，他们总是直勾勾地盯着我瞧。"

---

[*] 吗哪：基督教《圣经》中所说古以色列人经过旷野时获得的神赐食物。

"年轻漂亮姑娘是每个小伙子都要钓的大鱼嘛，这是法国人的生活习性。"

"为什么你并不想钓我这条大鱼呢？"

他轻轻摆了下手，没有回答。

"坐着别动，朱莉，我正在画呢。"

"能让我看一眼吗？"

"请再耐心等一等。"

有一次，他不得不离开了一会儿。回来的时候，发现朱莉正认认真真地看他画的草图。卡米耶很少画像，所以上面只是一些试探性的、最基本的线条。

她什么也没说。

他俩在一起感到融洽、愉快、性情相投。朱莉埋头干活，卡米耶就在一旁画她那好看的脑袋和那一头浓密的黑发。他下了决心，一定要把朱莉的精神面貌、她的个性活灵活现地展现在画布上。

同时，他也打定主意，要把一层层衣服下面那美丽的躯体活脱脱地画下来。她的双腿交叠在一起，以便把手和正在镶花边的碗垫或是手帕舒服地放在腿上。宽大的黑裙随着她的身段起伏有致：纤细的脚腕，笔直的小腿，精致的膝盖骨，曲线优美、动人心魄的大腿，还有露在裙子外面的穿着靴子的双脚。

他毫不费劲，非常顺畅地把轮廓勾画出来，然后用眼睛上下左右瞅了一遍，觉得很满意。他是在模仿安格尔新近完成的《泉》。这幅作品画的是一个裸体少女，肩上托着一个口朝下的赤陶花瓶，浑圆的手臂绕过头顶扶住瓶底。这幅画的深远寓意在于从瓶里源源不断流下的泉水，象征着这位双乳丰满、腹部圆润的纯情女子甘愿成为全人类永久繁衍的源泉。她的面部表情安详静谧，双眸晶莹闪亮，似乎在期待着什么，但流露出的却又是天真未凿的眼神。这样的少女会养育出无数健壮的孩子。

朱莉有着同样美丽婀娜的体态，同等明晰透彻的心智以及同样朴质永恒的气息。卡米耶透过衣裙，捕捉着那实实在在的肉体；他并不认为是在冒犯朱莉。他相信只有这样，画布上的朱莉才能神采毕现。人们会说，这是朱莉·韦莱，只能是她。这实在是一次满溢着情爱的尝试和创造。他感到深深地陷了进去。

他没有向朱莉说明这一情态，害怕她又要惊慌失措，因为她无论如何也不可能明白，伟大的画家是不会只满足于表面形式的……那是照相机。他感到异常地激动，这时朱莉抬起头来问："怎么了？"

"没什么，只是个小技巧。"

他从素描本里扯下一张纸，开始画她那丰腴的乳房，粉红色的乳头充盈饱满，可以想象饥饿的婴儿在上面吸吮。他用彩色铅笔涂上皮肤的颜色，很快，一对美丽的乳房在他的笔下诞生了；如此真切，似乎都可以感到它们的抖颤。

朱莉察觉到有了变化，她一跃而起，卡米耶还没来得及把画遮住，她已到了身边。她满脸通红，眼里冒着怒火。

"你居然没让我穿衣服。"她眼里涌出泪水，"你不守信用。"

他把画哗哗撕成几半，胡乱塞进上衣口袋里。

"朱莉，这是画肖像必不可少的步骤。我必须先画十几张草图，这样才能把握住我要画的人物。"

"你没有权利看到我的乳房！"

她用手蒙住脸。卡米耶不知道该怎么安慰她才好。片刻过后，他说："我很抱歉，朱莉。我毫无恶意，也不想无礼。也许，我还是不再画的好。"

她抬起满是泪痕的脸。

"真是……让人吃惊。我真不明白。本来我想这么肥大的衣服……"

"不，我要画的是衣服里面你这个人。"

"当初就不该让你画。"

"别哭了，我并没有伤害你呀。画也已经毁掉了。"

"可是，你怎么知道得这么清楚？就好像我光着身子站在你面前似的。"

"我跟你说，朱莉，我是个很不错的画家。"

"你难道还要画其他部位吗？"

"是的，朱莉，假如这是一幅完整的肖像画。不过，你别害怕，画纸上只会有你的长裙、你的脸和干活的手。"

"鬼才信呢！"她的话就像劈头抽下来的鞭子，"出去！"

怀着满心沮丧，卡米耶又回到雅各布森那里，埋头画那些只画了一半的油画，一直没有回帕西的家。

卡米耶并没有想到要谈情说爱，也不觉得有这个必要；而且，他也不担心自己会糊里糊涂地坠入情网。至于说到性欲——卡米耶向来都把性欲与爱情截然公开——他正处在一种旺盛难驯的阶段，小心着避免闹出麻烦来。他的画友曾告诫他说，玩女人可不要当真，免得套上婚姻的枷锁。卡米耶对出卖肉体的小妞们并没什么恶感。那些女孩子并非堕落，只因为她们太穷了。每天挣两法郎，靠这点钱，很难维持生活。许多人还要接济家用。到了晚上，为了挣几个钱添件衣饰，或是攒凑嫁妆，她们就到有熟人的大咖啡馆去。运气好的话，就会摽上个体面男人；然后俩人来到隔壁的旅馆，租个房间，泡上一个钟点。这种女孩子遍地都是，都在 20 岁左右，年轻漂亮，穿戴华丽，而且聪明颖慧。她们选择男人小心谨慎，每人同样收费两法郎。她们尽最大的努力挣钱。虽然这种交媾太呆板无味，但至少，卡米耶得到了他的所求。不过，尽管床上翻云覆雨，实际上都是缺乏感情的投入。

此时，出现了一位金发寡妇。家乡圣托马斯的一个熟人欧仁·沃伯格有一次写信给他：

"我遇到一位年轻美貌的金发女郎，刚刚死了丈夫。她只有一个愿望，就是要见到你。"卡米耶也觉得她确实漂亮，而且人也随和。可是交往没多久，她就提出要结婚，于是，俩人的事就吹了。

他在巴黎还有其他一些朋友：委内瑞拉来的拉斐尔·埃雷拉，两人用西班牙语交谈；波多黎各的弗朗西斯科·奥雷，他曾向库蒂尔学过画。通过他们，卡米耶结识了一些上等人家的年轻姑娘。

"詹妮·贝琳娜小姐漂亮、文雅，非常迷人。"他对爱玛说，"我们一起跳舞、玩游戏，很愉快。不过，我们只是随便玩玩而已，不当真。"

安东·梅尔比还是不断地劝他找个合意的年轻模特儿。

"这种女孩子不会朝三暮四，她们始终如一，倾心于一个情人。"

柯罗则依旧劝说他不要结婚。库尔贝、德拉克洛瓦还有其他一些人也都持相同意见。其中有的人不过在插科打诨，其他人却是执意相劝。他们说，如果你碰上个心爱的姑娘，就把她勾住，成为你固定的情人。她会使你的生活充实起来，你也就不会再感到寂寞孤单了。但是，你要小心，千万不能结婚。你真正的朋友是你的这些画友。这是一条斩割不断的链条，是艺术家的手足之情把我们系在一起。你一定要万分谨慎。如果你们养出个孩子来，你们就再也不能逍遥自在地过日子了；你会觉得肩上有了负担。

他们还告诉卡米耶用什么来避免这种不幸发生。目前只有用羊皮套，当然，对那些不是非用不可的人来说，这玩意儿实在是太粗糙、太笨重了。他们曾经讨论过用橡胶来代替，然而没有成功。

卡米耶并不想和朱莉过分亲密。他只是愿意和她在一起。朱莉身上散发的气息使他感到非常愉快。他喜欢她天然率朴的举动和乡下人纯真的神态。她绿莹莹的眼睛既单纯又机敏；激动的时候，则会闪出点点金花。卡米耶心里从没产生过勾引这个女孩子的念头。

一个星期以后，他收到母亲的一张便条，严厉责备他这么长时间不回家。于是他回到家里。看到朱莉满脸愁云，卡米耶感到非常内疚。吃饭的时候，他魂不守舍地和爱玛闲聊，声音也异乎寻常地大了。爱玛感觉到发生了什么，但她什么也没说。

第二个星期，他又回家探望。朱莉羞怯地问道："我能跟你说几句话吗？"她踟蹰不前，想走近些，可又不敢。

"我想了好久。只是那张……嗯……是我不对……指责了你。你并没有欺骗我。如果我没有突然跳到你跟前去，我永远也不会看到那张画，是吗？"

"是的。"

她不自觉地向他伸出一只手，可马上就又缩了回来。

"我们还接着画吗？"

他不明白为什么心跳得这么剧烈。意识到自己原来是那么渴望画完这幅肖像，他自己都不大相信。朱莉两眼闪着光。

"10 点钟我等你。"

然而，俩人的关系已不同往常了。在这窄小的阁楼间里，他们仍严格地保持着距离，可是，小屋里却出现了一种新的氛围，好像萌动着某种温情。既然不愉快的阶段已经过去了，现在是两颗更加贴近的心。随着对朱莉的感情日益加深，卡米耶下决心尽早完成这幅肖像。他把草图放到一边，拿起了调色板。朱莉把衣服上的褶子拉平，好像要显出自己腹部、双腿及全身的线条来：一副欣然接受的神情。整个小屋弥漫着松节油和油彩的气味。

有几次，朱莉停下手里的针线活儿，抬起头来，眯缝着眼睛瞅着卡米耶。但是她没有离开自己的位置，到他身边来看。他们彼此感到舒适融洽。常常是过了半夜，卡米耶才起身告辞，感谢朱莉的耐心。

有好几次，爱玛听到他离开自己的房间。还有一次看到他拿着绘画用具；当时夜已经很深了。一天晚上，卡米耶正准备爬上屋顶的阁楼间去，迎面碰上了爱玛。

"你去哪儿？"

他盯着姐姐那张和自己非常相像的脸，说："看你的表情，我想你已经知道了。"

"没错儿。我想你是个大傻瓜。你会把那姑娘肚子弄大的。"

他脸红了。

"我并没和她谈情说爱。我在给她画像。"

"哈！你认为你要在朱莉房间待多久才到她的床上去呢？"

"你没有权利这样猜想。"

"我亲爱的弟弟。我并不是在给你进行什么道德教育。巴黎那么多姑娘，你尽管去找。可是，勾引自己家的女仆，实在是太愚蠢了。"

"爱玛，我跟你撒过谎吗？"

"总的来说，你确实不撒谎。不过，你不要回避我的问题。"

"我从没碰过朱莉小姐，也没有这个念头。我只是在给她画像。仅此而已。我费了好多口舌才说服她让我画的。"

"我相信。看在上帝的面上，卡米耶，你知道如果妈妈发现你去朱莉的房间，她会怎么做吗？当下就会把朱莉辞掉，连张品行证明书也不会给。"

"我很快就画完了。"

"我警告你，妈妈会发现的。她能感觉到你们的动静。对于这种事，她可有第六感官。"她无可奈何地摇了摇头，"赶快把你的蠢事干完吧。我不会告诉妈妈的，让她把你也一起赶出去。"

他咧开嘴笑了，轻松愉快地吻了爱玛一下。

"现在你笑，"爱玛说，"当心到时候哭。"

几个星期过去了。朱莉给他讲葛兰赛的事情，卡米耶则向她描述圣托马斯的热带风光。渐渐地，整个毕沙罗家庭的生活经历都灌进了朱莉的脑海；每一个细节、每一件小事——经受的挫折与成功——都融注到她的记忆中，和她自己的往事交织缠结在一起，就像亲身经历过的一样，成了朱莉自身生命的一部分，割舍不开。

卡米耶的感情也产生了同样的渗透与化合：被父亲遗弃的孩子，苦苦挣扎的母亲，葡萄园的劳动场面，新街石屋后面的花园，关心群众疾苦的市政府，葛兰赛－絮尔－乌西小村庄以及村里生村里长的农民，这一幅幅画面深深地刻进了卡米耶的心里。他望着这些画，与里面的人同喜共忧。紧接着又出现了朱莉在乌西河畔的生活画面：夏天她到河里去洗澡，沿着河岸在柳树下放牛，她种鲜花和蔬菜。朱莉的生活和他自己的童年回忆交叠在一起了。他朦朦胧胧地感觉到，每一点一滴的回忆，他都在把自己交付给朱莉，结果，这个女孩子慢慢地占据了他的思想和情感。凭直觉，他知道自己也走进了朱莉的内心。当她不断地吸吮着他的思想和价值观的时候，她把自己的心灵、情感以及个性都奉献给了卡米耶。

"我希望我还没有把自己卖给她。"躺在工作室的床上，卡米耶大声喊道，"那离我的初衷实在太远了。可是，当朱莉询问一个她一无所知的天地时，我不能不给她讲解，把我的生活哲理告诉她就像她给我描述葛兰赛一样。"

卡米耶来巴黎3年了，可连半点成家的影子也没有。工作、家庭、谋生手段以及未来前景等等，一切都没有着落。他没有钱，没有自己的画室，最主要的是，没有成家的愿望，他不想把自己束缚起来。在他那些体面些的女朋友中，有一些主张自制节欲，和她们顶多只能够抱一抱、吻一吻；另外一些人则明确表示要结婚。遇到这种情况，卡米耶总是克制住自己。一方面是因为他怕闹出麻烦来，但是，最犯愁的还是他目前落叶飘零的处境。他甚至还没有掌握正确的绘画技巧，没有摸到走向成熟的路子。他既没有靠山，也没有地位，连丁点恋爱的滋味都没有尝过。

他没有意识到自己在感情方面是多么的饥渴，心中有一片干裂的土地多么需要滋润。朱莉作为一个女人强烈地吸引着他。当两人一起追忆童年、交流情感、共同编织一幅和谐的图画时，这种吸引力就开始滋生蔓长了。对他们各自来说，好像有一个更高层次的生活远景展现在眼前，也许恰恰相反。卡米耶连自己也不清楚。

悉心为朱莉画像，实在是一次冒险但又激奋人心的尝试。他用画笔把生命一点点注入朱莉的体内：头、脸、躯干、胳膊和双腿。他克服了一个个难点，用颜料把朱莉栩栩如生地搬到了画布上——姣美动人。他创造的不是个玩具洋娃娃，而是实实在在的朱莉·韦莱。

合作了这么多星期，卡米耶渐渐熟悉了朱莉埋头做针线活儿时那宁静的面容，柔软的尽管不太秀气的双手，可爱的脖颈以及微微下削的肩膀。她等待着他最后的一笔，心神不宁地注视着他的进展。随着画布上的朱莉一天天地完整起来，俩人的感情也一天天地加深了。是卡米耶创造了朱莉，创造了她身上从未有人知晓的每一部分。作为一个创造者，最终的成果是属于自己的……而朱莉，他只能偶尔从她面容上看出她内心的感受；她的眼神、她的言谈举止都流露着好感、友善、倾慕和亲近，尽管这是个冷酷无情的社会。

他大声呵斥自己："真是疯了。我喜欢朱莉。我倾慕她。她娇好的体态撩得我夜里常常不得入睡、心怦怦乱跳。她心地善良、天真纯朴。人会很容易爱上她的。不过，我们也只能到此为止了。肖像一画完，一切也就该结束了。"

难道在朱莉的脸上他也看到了同样的决心吗？

画像只差给朱莉穿上那件素雅的长裙了。然而，在此之前，他必须先把她的腹股沟画好。但这却是个棘手的事儿。卡米耶曾有意避而不画这一部分，觉得有点无礼；可是，他又不得不画出这个基点，以确定朱莉坐着的姿势。于是，他全神贯注地画了起来。他决定当天晚上完成画像，所以画得很快，先用铅笔和炭笔，然后上色。终于他画好了腹部的肌肉以及交叠在一起的大腿。

"天哪！"他心里嘀咕，"我在糟蹋这可怜的姑娘。千万不能让她知道；她还是个处女，而且拼命维护自己的贞操。我无论如何也不能伤害她。"

画像终于完成了，栩栩如生、呼之欲出。活生生的肉体好像有脉搏在跳动；滑润、柔嫩的皮肤油光闪亮，泛着红泽，仿佛下面滚滚流动着血液。

他在这狭窄的小屋仅有的一点空间往后挪了一两步，脸上浮起心满意足的微笑。朱莉看到了。

"你很高兴。"

"是的。"

"为什么呢？"

"因为我终于捕捉到了本质。"

"我的？"

"你的。"

他站在画布前，细细地端详。他的朱莉身穿黑丝长裙，脖子上有一圈雪白的褶皱花边，衣服的皱纹衬托出她窈窕的身段，栗色秀发闪闪发光，红润的面颊透着青春与活力……整个画像凝聚着卡米耶的满腔情爱。

身后传来一声按捺不住的叫声——欣喜若狂的欢叫。

卡米耶一下把朱莉搂进怀里。俩人紧紧地拥抱在一起，就像失散多年的亲人，终于又重逢了。崭新的生活就在这拥抱中揭开了帷幕。

他亲吻着她；她的嘴唇甜蜜芬芳。

他们做爱了，那是发自心底、心智和体内深处的柔蜜、愉悦的爱，是最大满足和投入的结合。

"我爱你，朱莉。我爱你已经很久了。"

"我也爱你。我从一开始就爱上了你。"

一阵战栗流遍他的全身。

"我可真傻呀！我们早就在互相吸引了。"

Chapter 04

爱情奔涌

卡米耶每天都在巴黎街头和公园里作画，有的时候是和雅各布森或其他朋友一道；他还搭乘早班火车到蒙马特山后郊区的小村庄里去画。他感到自己正在发展，这种感觉使他情绪稳定。居斯塔夫·库尔贝坚持要卡米耶参加在自己画室举行的一年一度的通宵晚会，那儿有音乐家、迷人的姑娘和酒，晚会一直开到天亮。而德拉克洛瓦则在对卡米耶的画品评一阵，并在提出扩大了的主题之后，带他光顾歌剧院和法兰西大剧院。尽管如此，卡米耶仍然痛苦地感到自己是在孤独地工作。

"的确，友谊能够解救一个人，就如同孤独能把他囚禁起来一样。"他若有所思地想，"我就是找不到一同作画的年轻人。"

后来，在一天下午，当两个人忙完了一天的琐事之后，卡米耶试着向柯罗诉说了这个想法。柯罗专心致志地吸着他的海泡石烟斗，喷出令人视线模糊的阵阵灰色烟雾，然后摘掉蓝色的羊毛帽，用手把他那又长又密的白发抓得乱七八糟。每当他谈论起自己作品的意图和问题时，总是情绪激昂；他作品的内容往往是在枫丹白露新近发现的一个小山谷或是山丘。与安东、库尔贝和德拉克洛瓦不同，柯罗从不准备小吃或酒之类的填补之物，因为他在晚饭的汤之前向来不用茶点。

"我有一个主意，"他建议说，"你可以到斯维赛美术学校去。它是你所能想象到的一个与学院最截然不同的地方，是一个名叫克雷巴索尔的老瑞士人开的，30 多年前他是一个有名的模特儿。你每月只需花 10 法郎或者 2 美元。在这个月的前 3 个星期里你会得到一把摇摇晃晃的板凳和一个男模特儿，第四个星期你将有一个女模特儿。克雷巴索尔老头不会给你任何指教，因为他根本不懂。你可以来去自由。"

"安托尼·吉耶梅也向我提起过这个斯维赛美术学校。"

柯罗从椅子上站了起来，在画室里走来走去，他那双强健的、农民的大手交叉地搭在疲乏的脊椎底部。

"它就像个俱乐部，我们很多最好的画家都在那里画过。德拉克洛瓦、库尔贝、波宁顿、伊沙贝，还包括一个你也许尚未见到的、才华横溢的年轻人爱德华·马奈。在那里你能找到与自己同时代志同道合的人，试试吧。"

卡米耶发现斯维赛美术学校离奥费弗尔码头上的圣·米歇尔大桥不远，建筑已经破旧不堪，就连一楼的招牌"人民牙医撒勃拉"也该重新刷油漆了。想起柯罗讲的这个故事，他不禁暗自发笑：一个年轻画家到大楼去注册，正好听到从里面传出可怕的喊叫声，原来牙医撒勃拉正从病人的嘴里往外拔一颗坏牙。

"我的上帝！"小伙子边跑边叫，"克雷巴索尔老头折磨他的学生！"

而当一个应约而来的病人爬过未经打扫的楼梯来到楼上，正好撞见一个赤身裸体的男人时，牙医撒勃拉也同样受到了损失。

卡米耶看到的是一间宽敞空荡、灰尘满布的屋子，30 个男人坐在板凳上围成一圈，膝盖上放着他们的速写簿，一个男模特儿坐在一张粗糙的平台上。光秃秃的墙上既没有素描，也没有未完成的油画或画展通告，这里没有自称 massier（特权杖者）、监督画室的高年级学生，只有站在小凹室前的瑞士老头。他就是在那里睡觉、吃他那简单饭菜的。他的身体已经开始发胖，特别是前身，因而套件僧侣穿的拖地棕色长袍来掩盖。他的面容被上了年纪而起的皱纹和不规则的肿块破坏了，他的头就像从石山坡上滚下来的旧地球仪。

"斯维赛老爹？我叫卡米耶·毕沙罗，是柯罗介绍我来的。我想到这里来画画。"

老头从书上抬起头来，咕哝道："第一个月 5 法郎，第二个月 10 法郎。如果你身无分文，还可以让你再画一个礼拜，不过以后就得给能付钱的人让位了，只是别烧了我的房子。这儿每天早晨 10 点开门，晚上 10 点关门。"

卡米耶发现这个所谓的学校是个很好的避难所。安托尼·吉耶梅对他的到来表示欢迎。于是天气欠佳时，在晚上或是找不到令他兴奋的主题的下午，他都到那里去作画。卡米耶猜想他的大部分房客伙伴（他们自称）都在 16 岁至 25 岁之间，29 岁的他在这伙人中是最年长的了。这倒不使他烦恼，因为对画家来说，岁数最终总会表现在画布上的。令他惊讶的是，在这间阁楼似的空荡房间里根本就没有人在画模特儿。不论白天还是晚上，当他走进屋里寻找空板凳时，总是发现这里的大部分人都在画风景。每当其他美术学校的知名人物得了奖章或是受托为教堂、图书馆或市政厅作画时，他们都兴奋得大嚷大叫。

"葬礼花圈！"一个嚷。"献给死者！"另一个喊。

在第一个星期结束之前，卡米耶交了一个 19 岁的朋友。卡米耶刚在身旁"呼"的一声坐下，他就伸出了孩子般的手来表示欢迎。

"你好！我是从勒阿弗尔来的克劳德·莫奈，靠在家乡的港口作漫画为生。我有个了不起的老师，就是画诺曼底海岸的画家布丹*。他依照大自然画大海和风景，画中充满了阳光和空气。他以开镜框店为生，教了我很多东西。这就是我到巴黎来要当画家的一个原因。你叫什么名字？"

卡米耶做了自我介绍。他被克劳德·莫奈富有感染力的性格，他的聪明和活泼吸引住了。莫奈的皮肤是黄褐色的，尽管个子中等，骨架却很宽。他有一张温和的、刮得干干净净的脸，一头浓密的黑发几乎垂到肩上，厚厚地卷在耳边。这是一张英俊的脸，擦洗得干干净净，匀称而强有力的五官长得近乎完美；眼睛大大的，纤细的鼻子轮廓很美。他身穿一件蓝白相间的高领衬衣，一件棕色上衣和一条浅色的裤子，黑色的棉布工作罩

---

* 布丹（1824—1898），法国画家，印象派先驱者之一。

衫下飘着一条领带。

"他看起来很有个性。"卡米耶想，"从他那双深邃的目光中可以看出他有所追求。"

克劳德·莫奈是个好交际的人。他作画时总喜欢用低低的、嗡嗡的嗓音讲话，头只是微微地俯在速写簿上。

"你注意过斯维赛老爹读的那本书吗？他从不翻页。两个月前我来时他读的就是那本书，也许多少年来读的就是这一本。我不相信他会读书，这不过是让我们知道他不会打扰的手段罢了。真有意思，对吗？他这里一定招了上百个画家，幸亏我们没都赶在一起来。我能看看你的速写本吗？这是我的，如果你感兴趣的话。"

"我真的很感兴趣，很想看看你能不能把你的活力转移到画纸上来。"

较年少这一位的画既浅薄，又不规则，但生气勃勃，锐气十足。仔细看了卡米耶的画，克劳德·莫奈低声说："我听说你跟柯罗学画，真幸运。我崇拜杜比尼，你知道他是住在船上画塞纳河和瓦兹河的吗？"

"在船上！"卡米耶感到很惊奇，"难怪他能这么好地捕捉住清晨和黄昏时河岸两旁的景象。我研究过他的画，不知道他的效果是怎样取得的。"

"总有一天我也会有一条像杜比尼一样的小船。"莫奈宣布说，"那时候你可以来和我一起画。"

"你一个人去吧。"受了莫奈热情的影响，卡米耶打趣地回答说，"我倒情愿在坚固的陆地上画。脚踩着地我觉得更稳当些。"

斯维赛老爹清脆地"啪"的一声合上书，发出了关门时间已到的信号。莫奈说道："来杯啤酒怎么样？殉道者啤酒店里有漂亮的模特儿，我常和她们调笑。"

"好吧，我是说啤酒，而不是姑娘。"

他们之间的性生活如癫如狂，已经达到了顶峰。对朱莉来说，这是一个充满了惊奇、满足和从未梦想过的狂喜的世界。卡米耶则发现过去的一切都是虚伪的，爱情把过去只是偶然发生的事变成了深刻的感情上的完美，使心灵、精神和肉体结合、交融成一个完美的整体，使他们之间的关系由热情、欢乐发展到精神的升华；一种心灵的喜悦，一种欢快的呼喊、感官的充分享受，分别和一同使他们生活的那个小天地中的美好与光明之物具有了新的内容。他过去不懂得爱情的真正性质是什么，而朱莉甚至从未瞥见过。一切宗教、家庭、教育和社会地位的差异都在爱的熔炉中燃尽了，甚至没有留下一点能使它黯然失色的残渣、灰烬。当他们默默无语地、温柔地拥抱在一起的时候，两个人总是互相凝视着，心中不无畏惧。幸福使他们感到，这一切不能结束。

自然，他们被爱玛撞见了。一天清晨她被孩子的翻身吵醒，正好看见卡米耶从朱莉的卧室走回自己的房间。无论是吃饭，还是在起居室或过道里碰见，他和朱莉都尽量避免让他们的目光相遇，但是像爱玛这样敏锐的人，可以毫不费力就看穿他的伪装。找了一个适当的机会，她说："卡米耶，我已经警告过你这是多么危险。"

他知道回避是没有用的。

"这不是感情的一时冲动，爱玛。我并不是像法国闹剧所描写的那样在勾引客厅女仆。"

"那我不怀疑。谁也不认为你那么低劣。"

"我们没有伤害任何人。"

"卡米耶！一切有理智的人都会这样劝你，千万不要让那姑娘怀孕。不能再给妈妈增加负担了。"

"我和朱莉的关系是纯洁美好的。"

"看得出你是真诚的。至于会不会带来什么麻烦……我表示怀疑。"

他知道爱玛的担心是有道理的，但觉得自己有能力解决出现的一切问题。他认为恋爱并不等于轻率或不负责任。

"我能信赖你的谨慎吗，爱玛？"

她的眼中闪出一道害怕的目光，刺痛了他的心。

"我要是也能信赖你的谨慎就好了。"

星期天3点钟吃完午饭，卡米耶和朱莉在帕西广场的公共马车站碰面，但彼此没有打招呼。卡米耶坐在一辆两匹马拉的车后座里。在皇家广场他们换乘了穿过塞纳河上的桥驶向左岸的马车，到了那里便不会有人认出他们。塞纳河左岸市区人口稀疏，仅占巴黎市民的四分之一。在那里居住时间较长的是大学生们，他们往往是这个城市形形色色圈子中最穷，然而却最富有生气和最有意思的人。这些学生就坐在咖啡馆里念书，因为那里要比他们没有取暖设备的屋子暖和得多，而且要上一杯加牛奶的咖啡，他们就可以看上几个小时的书或做笔记，不会招来招待们的不快。坐在这些学生们中间，卡米耶和朱莉感到十分自在。

朱莉从来没有观光过巴黎。她到巴黎后出了火车站便直奔招工处，然后被送到帕西的毕沙罗家。星期天下午倒休的时候，她也只是和费利西短时间地散散步或是在最近的教堂停留片刻。现在有卡米耶做向导，她能够尽情观赏了。

"我到这里已经3年了。"他告诉她，"我四处作画，漫游了所有的地方。我把有趣的地方指给你看。"

她小声地表示赞同，把手放在他那温暖、友善的手中。第一次散步，他领她穿过塞纳河来到旧城和圣母院，那里孩子们在大教堂前的广场上玩耍，用面包渣喂他们脚下一群群的鸽子。他把她领进教堂，她颤抖地站在那儿。

"这是世界上最美的教堂。"她低声说，"它有无……无……"

"无限的力量？是的，我也这样想。如果有什么东西是神创造的，那就是这座教堂。我感到在这些彩绘的玻璃窗框中有灵的颤动，感到空间的阔大。"

"一切事物都是上帝的手创造的。"

"不包括世界的丑恶，不包括残酷和不公正。"

"这些是魔鬼制造的。"

"我亲爱的朱莉，魔鬼也是神话作家想出来的。"

她眼泪汪汪地说："我不懂。"

"你一定要懂吗？你的信仰限制了你，我也同样。"

她对他聪敏、顺从地一笑，令他感到一阵晕眩。

又一个星期天，卡米耶领朱莉去他的新画室。这个画室与枫丹圣乔治街上的房子形式大致相同，他和雅各布森不得不把他们很少的一点家具搬了进去。之后，他又把她带到深为母亲和孩子们喜爱的卢森堡公园。孩子们可以在那里飘纸船，玩捉人游戏或是滚铁环。他们沿着早先是循环火车道的宽阔的大路走去，路两旁的树木高大繁茂，是1789年起义时被赶走的那些修道士种的。朱莉欣喜地凝视着椭圆形的美第奇喷泉，它与佛罗伦萨博博利花园中的喷泉极为相似。他们随着星期天身着盛装的一家一家人来到了木偶戏院。

"我在乡村集市上看过木偶戏，"朱莉说，"可没有这么好，这些小东西就像活的一样，看他们是怎样打闹的。"

天突然下雨了。他们跑到一棵深绿色的筱悬木树下避雨，它那宽大而又防雨的树叶就像一把羊驼毛伞。一阵冷风刮过，朱莉向他靠过去。他打开自己宽大的外套盖在她的肩膀上。他能够感到她身体的温暖。

"干吗把脸淋在雨里？"她问道，她的气息喷在他的脸颊上。

"让我的脸浇浇雨……保持冷静。"他笑着说。

她从他的怀中挣脱出来。

"真怪，我还冷得发抖呢。"

"也许怎么都一样。来，让我们跑到卢森堡宫去吧。"

他们从卢森堡宫西面的一个门走了进去，爬过一个简陋的楼梯，在一间小房的背后看到一个女人在卖一种蓝颜色的小册子，这才意识到已经置身于博物馆之中。

他领着她快速走过布格柔的《殉难者的凯旋》和库车的《颓废的罗马人》，然后在杜比尼、米勒、卢梭和柯罗的壮丽的风景画前停了下来，脸上泛起一片红晕。而朱莉却似乎是对墙上和天花板上的金叶装饰更感兴趣。他向卖小册子的女人打问了一下，便把朱莉引进了摆有德拉克洛瓦的《但丁和维吉尔共渡冥河》和《亚历山大把荷马史诗放在达赖厄斯的金匣子中》的收藏室中。

"德拉克洛瓦对我非常好，他是个了不起的大师，我给你讲讲他的画室……"

随后他又向她介绍了彼得·保罗·鲁本斯在1621年所作的一组24张的巨幅画。这幅画以寓言的形式描绘了玛丽·德·美第奇的生涯。他还给她讲述了鲁本斯作为佛兰德斯画派领袖的一生，并试图说明鲁本斯学生的作品在他的浩繁的作品中所占的比重。他突然意识到自己在大谈行话，而她却睁大了眼睛望着他那又兴奋又快乐的脸。

"你没有听我讲，对吗？"

他把她领进附近的一家饭店。招待送来了手写菜单，朱莉望着它困惑不解。

"这是什么？"

"它列举了厨房所能做的一切饭菜，包括冷盘。"

"这么多？"

他开心地笑了："你得选择。你首先在干豌豆汤、牛尾汤和咖喱肉汤这三种汤中挑选。鱼嘛，你可以选比目鱼卷、烤鱼或白汁煮咸鱼。肉菜嘛……"

她冲动地用一只手捂住他的嘴。

"不要这样，怎么能吃得了这么多菜。"

"今天准能吃光的。"

"真的吗？"

"让我替你点。我们从菜单的第一行点起，直到你满意为止。"

她仔细地琢磨着菜单。

"嗯，巧克力冰激凌？我从来没吃过。果仁小甜饼？奶油焦糖……我们能不能从下往上点呢？"

"朱莉，不行，这是违反定律的。"

"什么定律？"

"万有引力定律呀。还是让我们做个规规矩矩的葛兰赛人，从汤开始吧。"

"我能不能先吃一个冻无花果布丁……卡米耶，别生我的气。就按你说的做吧。"

"招待，给小姐来一份法国洋葱汤，再一起上一个冻无花果布丁。小姐有个特别的毛病，不吃甜食就喝不下汤。"

她的眼睛高兴得闪闪发光。

"一个足够的奖赏，"他想，"就为干了这件蠢事。但如果能让她高兴，又有什么关系呢？"

置身于一大群陌生人，特别是正在工作的画家中间，卡米耶变得沉默寡言。克劳德·莫奈尽管热情奔放，却也显得羞涩。他们的友谊救了他们俩，他们就像占领军一样冲进了斯维赛美术学校，与这里富有鉴赏力和善于交际的一些成员建立了私人关系。两个人在一起做了任何一个人都不敢单独尝试的事。正像柯罗预言的那样，对于卡米耶来说，斯维赛美术学校确实成了一个私人俱乐部，而从某种意义上说，皮柯特、达格南或勒芒画室的情况就并非如此。

卡米耶非常喜欢那个风格极为独特的 25 岁的美国人詹姆斯·麦克尼尔·惠斯勒。惠斯勒的父亲是个工程师，修建了第一条连接圣彼得堡和莫斯科的铁路，他自己却因为把硅定义为气体而被美国西点军事学校开除。他调皮、滑稽，在巴黎以他的两件古怪的服饰而著称：戴在浓密的黑色卷发上的硕大的软草帽和脚上的芭蕾舞演员穿的薄底便鞋。他机灵得怕人，喜欢装腔作势，追求过艺术家的浪漫生活，以此来娱乐自己和周围的人，他把整个世界都看作自己的舞台。他衣着考究，身穿一件紧身黑外衣，一件白衬衣和一个每晚清洗的白衣领。他花钱大手大脚，即使用光了伦敦家里寄来的钱也依然如此。有时候为了填饱他那瘦得像张尼罗河草纸一样、自信能终身保持舞蹈演员般优美的身躯，便只好去和饭店老板恶作剧。

"然而他又是那样的才华横溢，"克劳德·莫奈说，"几乎有些嫉妒他素描、制作版画和蚀版画，以及画水彩画的才能……"

"此外，他决不会放过那些傻瓜笨蛋。"卡米耶补充说，"他的舌头有时会是很尖刻的。"

在斯维赛美术学校，卡米耶第二喜欢的伙伴是安托尼·吉耶梅。吉耶梅也对服装有很高的鉴赏力，他的裁缝是巴黎最好的裁缝之一。他已显露出很强的实力。卡米耶喜欢安托尼的作品是因为他崇拜柯罗笔下的枫丹白露闪闪发光的黎明和山谷。卡米耶和莫奈都很喜欢生于格勒诺布尔，跟肖像画家的父亲学画的年轻人方丹－拉图尔。他有一个匀称的短鼻子，柔软的棕色头发在形状很好的头上梳得整整齐齐；他留着一缕稀疏的胡须，一双眼睛如果不是低着而是注视着你，定会令你眼花缭乱。他是个幻想家，这不是指他在幻想着世界的未来，而是说在他头脑中有很多神奇的想法，并正试图把这些想法在画布上表现出来：漂浮的灰色的云彩、大海和别人没有注意过的广袤无垠的大地。

和卡米耶结识以后，吉耶梅问道："我能为你画幅素描吗？我想为心灵写生。"

他被拉去临摹卢浮宫内威尼斯画派的作品，在那里遇见了同样在临摹的爱德华·马奈。

从来没有人看见方丹－拉图尔穿过画家们穿的工作服或是大衣，他总是穿着敞领的柔软白衬衣作画，即使天气寒冷。不论是在附近的咖啡馆，还是置身穿工作服朋友们的画室里，他的举止都绝无两样。

当卡米耶穿上阿尔弗雷德从南美洲寄来的全套牧人服装——宽大的白色马裤、黑色的牛仔上衣、阔边帽外带一条镶边花腰带——出现在同行们的面前时，大家都笑了。

方丹－拉图尔、卡米耶、克劳德·莫奈、詹姆斯·惠斯勒和安托尼·吉耶梅5个人在斯维赛老爹合上他的书之后，常常到殉道者啤酒店去，在那儿的角落里有一张专为画家和作家们保留的桌子。惠斯勒的画家朋友尚特尔依*和德斯布罗赛斯也参加了他们的行列，库尔贝、杜米埃和蒲鲁东偶然也来聚聚。他们把外衣挂在一块高处木板的钩子上，身穿深色上衣、胸前戴着黑领结、腰间紧紧地裹着拖到脚面的白围裙的招待在他们身旁走来走去，却从不打扰这些通常很穷的顾客，因为他们能够吸引那些喜欢有放荡不羁的艺术家在座的顾客。

不久，卡米耶就体会到了"话说多了总要扯到自己"这句古老谚语有多么正确。莫奈向他问起在热带岛屿上长大的滋味后，接着就谈起了自己的生活，自认它是富有戏剧性的和重要的。

"……确实如此。"卡米耶的脸上带着宽容的微笑，心想，"对于他来说是这样的。"

"家父希望我经商，"莫奈的声音富有诱惑性，就好像他是在推销什么东西，"可母亲鼓励我绘画。我生来散漫任性，所有的学校对我来说都是监狱。不错，我是被宠坏了，不过不这样我又怎么能免受勒阿弗尔资产阶级的影响呢。我有一个长处，那就是总会被优秀的作品所感动。"

莫奈告诉卡米耶，他没有自己的窝并为此而感到苦恼；在不安定的青春时期，他曾四处游荡，被人们称为衣着考究的街头流浪汉。卡米耶被他的自白迷住了。

"我在避难处，看不惯周围所有的人。作为补偿，我却有运用铅笔的天赋，能够熟练、准确地再现摆在我面前的任何玻璃、金属、皮革、木头和草做成的物体。"他还给勒阿弗尔妄自尊大的人们画漫画，把它们拿到布丹画框店的橱窗里陈列，并开始按每张几法郎的价格出售。起初莫奈看不起这个画框商，后来却慢慢发现布丹所作的几幅翁弗勒、勒阿弗尔和特鲁维尔的油画都是珍品。他之所以到巴黎来，是因为布丹使他确信走这一步是绝对必要的。

莫奈柔和的、棕色的眼睛和希腊运动员般的脸充满决心，容光焕发。"我期望自己能随着年龄的增长而变得更为敏感……除了与自然紧密地融合在一起外，我别无他求；我总想保持自己的好奇心。"

克劳德·莫奈还谈到了他母亲的死，当时他年仅12岁。他跑到姨妈家。她收留了他，还把家里的顶棚给他作了画室。他的姨妈一直给他寄钱，他便以此为生。

---

* 尚特尔依（1814—1873），法国画家。

"感谢上苍造就了这些富有同情心的女人。"他叫道，"没有她们，这个世界就无法生存。"

在斯维赛美术学校，卡米耶观察莫奈作画已经有些时候了。他发现这位较自己年轻的画家尚不能画出三维空间。

"这没什么。"他想，"他的羽翼尚未丰满。"

吕多维克·皮埃特·蒙特福考特却是个截然不同的朋友，大家都把他叫作皮埃特。他33岁，比卡米耶大4岁，来自巴黎西南140英里以外的马延省。他似乎天生有些孤僻，在斯维赛美术学校与任何人都不交往。由于卡米耶并未刻意赢得他的好感，他对卡米耶的信服就更令人吃惊。

卡米耶发现皮埃特正在注视着自己画的画。几经犹豫，皮埃特终于探过身来靠近卡米耶的画簿，问道："你是怎么得到这明暗对比效果的？我似乎就达不到。"

卡米耶向他解释了取得明暗对比效果的方法。皮埃特十分感激地低声说："我在波尔多的展览会上脱手过几幅画，近来却什么也卖不掉。我认为你的基本功很扎实。"

"你在恭维我。"

皮埃特身体结实，个子中等但相貌独特。他的头与脖子和身体相比较显得过大，向上卷曲的头发正是那种被他成功地运用在水彩画中的银灰色，十分引人注目。他的眼睛下面已经有了皱纹，尽管如此仍然显得很年轻，上面的髭须被修剪得整齐干净，与银灰色的头发对比之下显得乌黑发亮。他那双灰白色的眼睛经常保护性地半闭着。

皮埃特的衣着与画家们通常所穿沾满颜料的黑色工作服没有什么两样，却显得不协调；藏青色的上衣和浅色的裤子质地优良，然而剪裁得却极一般，好像他不愿在裁缝身上多花钱。他的衬衣和领子整齐干净，脚上却穿着双机械师工作时穿的软底鞋。

"他的态度这样含糊糊，一定是在掩饰什么。"卡米耶想。

"你的那个词'恭维'正是我一生中的大忌。"皮埃特叫道，"你明天晚上能与我的夫人和我一起用晚餐吗？这里有一家可爱的夫妻店，他们有罐焖鸡。"

皮埃特所说的饭店原来是个仅有8张桌子的饭馆，过去曾是家商店。夫妻俩既要采购、烹饪，又要招待顾客。他们十分善于装饰。在每张餐桌上都摆了一个细长的花瓶，里面插上一束鲜花。皮埃特一边喝着开胃酒，一边介绍了与他结婚几年的阿黛尔·莱维，后者用热情但是并不悦耳的声音说："皮埃特对我提起过您。他很少谈论周围的画家。毕沙罗先生，这是出于对您的敬意。"

"我可没做什么值得你称赞的事。"

皮埃特快乐地回答说："您的内心宁静，我在您身上发现了能够让我信赖的东西。"

"我正在探索能够创作出有深度和令人信服的作品的方法。"卡米耶有些发窘地回答。

阿黛尔揭开女招待摆在他们面前的罐焖鸡，一股蘑菇、米饭和去皮杏仁的香味扑面而来。

阿黛尔相貌平平，一头黑发剪得短短的，鼻子以很小的角度沿着脸垂下来，与卡米耶的很相似。她身材优美，臀部和乳房很丰满，又细又长的腿使身体的其他部分显得匀称。她的脸皮肤洁净，颜色略微发暗；她的眼睛间隔很宽，是像天鹅绒一般的深褐色的，深湛的眸子机灵传神，是她身上长得最好的部分。她来自一个中等收入的犹太店主家庭。皮埃特在一个犹太居民区见到她，被她半东方色彩的相貌迷住，因而劝说她为自己做模特儿。阿黛尔是他第一个，也是最后一个模特儿，除了在斯维赛美术学校画裸体素描时用的以外。没过多久，他就爱上了她。

皮埃特叫了一瓶波尔多干白葡萄酒。

"为你与我们同访蒙特福考特干杯。我们有一所带一套多余卧室的舒适房子，那儿的乡村以风景如画著称。水果丰收的季节到了，阿黛尔和我很快就要到那里去。从巴黎到马延有一趟火车，我们可以赶马车去接你，带你去 17 公里以外的蒙特福考特。我们可以一同到户外作画。"

"来吧。"阿黛尔劝道，"作为马延唯一的画家，皮埃特感到很孤独。他的家庭在马延已经有几百年的历史了，尽管邻居们并不公开评论，他们实际上都希望他能够继续当这个小村庄的村长。他们认为绘画不过是他作为一个有钱人的癖好。"

卡米耶惊奇地睁大了眼睛。除了邀请他吃的这顿花费不多的晚餐外，他简直看不出皮埃特是个有钱人。

"阿黛尔，你可泄露秘密了，"皮埃特激动地说，"不过让他知道了也好。我可不愿让人看成一个吝啬鬼，一个从鸡蛋上拔毛的人。"

作为一群以画谋生的画家中的一个富人，皮埃特不愿意受斯维赛美术学校里那帮家伙的剥削，或者对他来说更坏的，被视为游手好闲的玩客。同样，他也害怕受那些对他并不真正关心的人的影响。这便是他不愿让人知道自己出身马延省一个天主教世家，以及他在这家饭店附近拥有一幢寓所的原因。

"我租的画室离它很远。"

卡米耶平静地说："在斯维赛美术学校，我们大部分人都在为贫穷而烦恼，而你却为富有而烦恼。"

他们的友谊发展了。在美术学校关门以后，卡米耶劝皮埃特陪他去殉道者啤酒店。皮埃特第一次与克劳德·莫奈、詹姆斯·惠斯勒、吉耶梅和方丹-拉图尔友好相处，因为他们是卡米耶的朋友。

"我很长时间没见过皮埃特这么高兴了。"阿黛尔披露说，"他有两件事想请你帮忙，可又害怕强加于你。第一件，是评论他的画。他的目标不是为了卖画，但这关系到他的自尊心。如果卖得出去，说明他是个职业画家，否则只能说他是个业余爱好者。"

"我们当中几乎没有人能卖掉画。"

"第二件事，就是请你为他画幅肖像。"

卡米耶确实感到惊讶："皮埃特可以找到 100 个画技比我强的画家。"

"接受他的请求吧，他认为你能够把那种情感在画布上表现出来。"

卡米耶来到皮埃特舒适的公寓画室。阿黛尔端来了咖啡。在画室里，皮埃特让卡米耶坐在一个高凳上，然后把自己已经完成的水彩画挨个摆到画架上请他看，这些画都是用水磨的、调和了罗姆酒制剂配成的不透明颜料绘成的；此外还有版画、素描和油画。这是一批由一个刻苦奋斗的人创作的数量可观的油画。

"你的水粉画很好，皮埃特。"卡米耶轻声说，"你使用了白颜色，而没有让纸露出来……"

皮埃特高兴得脸都红了："那么其他的呢……"

皮埃特的力量就在于他的题材来源是自然而不是文学：在蒙特福考特附近绘制的风景画中的人物都是当地土生土长的人。他先粗略地画了素描并做详细笔记以标明该在哪儿使用何种确切的颜色和阴影。尽管如此，他的画却是由彼此各不相干的、独立的群体和人物组成的。它们显得杂乱无章，没有中心。

"皮埃特没有掌握如何在一个规定的空间内创造出一个有机的结构。"卡米耶思忖道。

他首先尽可能地赞扬了皮埃特：他对画面气氛的敏感，他笔下可爱的天空要比自己为梅尔比画的澄净；他非常欣赏他画面上蓝色的阴影。然后他又依次拿过皮埃特的画，指出使主题紧凑的必要性。皮埃特认真地听着，还做了笔记，由衷地对卡米耶表示感谢。

在讨论皮埃特应为他的肖像付给卡米耶多少钱的时候，两人开始了他们之间第一次，也是最后一次的争吵。皮埃特坚持认为卡米耶要的太少，卡米耶却认为皮埃特给的太多。

"你用不着给我什么施舍，皮埃特。这样会伤害我。"

"别说傻话了，这里的每一个苏都是你自己挣的。"

他们折中了，不过这笔钱对卡米耶来说仍然数目可观，足够他过几个月舒舒服服的日子。他急于开始，而皮埃特在付了谈好数目的钱之后，却要求卡米耶在访问过蒙特福考特之后再开始动笔。

"你对我了解得越多，你绘制的肖像就越逼真。"

应柯罗之邀，卡米耶带克劳德·莫奈和皮埃特到枫丹白露与他小住数日。柯罗安排他们住在阿弗雷镇他的老家里，他和自己的父母曾在那里一起住了很多年，而现在是他独自占有。这是一座用石头和灰泥盖成的结实的农舍，隐没在一堵石墙和高大的树后面。这所房子有一个铺了砖的院子和各式各样的仓库、车房，到处爬满了藤蔓。房子的四周为花园环绕，园中种满了鲜花、蔬菜和果树。

柯罗款待他们吃了一顿美味的晚餐：用园子里的菜做的沙拉、野鸡和附近酿制的酒，但是，"没有巴黎那道躲也躲不掉的汤"，卡米耶自言自语道。饭后，柯罗教他们玩他母亲打的一种牌戏，10点钟的时候送他们去各自的卧室就寝。上楼梯时，卡米耶对莫奈和皮埃特说："我感到自己好像闯入了他人的领地。这些森林是属于巴比松派画家的。在经过30多年的英勇奋斗之后，是他们使这些森林流芳百世……"

"你难道是说地理也有所有权吗？"莫奈问道。

"是的。谁还会在伦勃朗之后画16世纪的阿姆斯特丹？在委拉斯开兹之后画马德里菲利浦第四的宫廷？我们现在是用柯罗、卢梭、杜比尼和迪亚兹的眼光看这些森林的……我们必须寻找自己未开垦的处女地。"

"我们到哪里去找呢？"莫奈问。

"我不知道。总有一天会找到的。"

皮埃特是个情报的源泉，向大家报告了各种消息：奥斯曼的革命化排水新系统；贯穿全城的新的林荫大道；向血管里注射温热血液使病人起死回生的医生；以及把急件、电报和信件装在金属筒中进行传递的地下气动电缆，它能在最短的时间内把信件送到巴黎的各个中转站。他还提出动议：反对经销部门雇人向街上的行人散发广告。他的目的不在于取胜，而是要证明经销部门侵犯了私人权利并弄脏了街道。

皮埃特坐在书房的安乐椅上贪婪地阅读着各色各样的报纸，四周乱七八糟地堆放着六七本杂志。

"你不觉得它们的内容相互矛盾吗？"卡米耶问。

"当然，但生活就是由矛盾组成的。我拥有一大笔财产，可是蒲鲁东的很多无政府主义的观点我都赞同。我拥护君主，可不拥护拿破仑三世。"

卡米耶发现皮埃特是自己在弗里茨·梅尔比之后所交的友谊最深的朋友，尽管他的思想和观点像节拍器一样来回摇摆不停。他还发现皮埃特和阿黛尔具有迸发着内在力量的相同的人格、情感和理解力。甚至他们声音的音色和音调都有一些相像之处，尽管他们的出生地相隔3000英里之遥。

他的脑海中突然闪过一个有趣的想法："皮埃特喜欢我的原因也许就是因为我与他的妻子长得相像？"

皮埃特向卡米耶诉说了在与阿黛尔结婚的问题上自己与家庭产生的矛盾。

"他们反对我与一个非天主教的姑娘结婚，希望我娶邻近一个地主的女儿，以便把我们两家的地产连接在一起。从经济角度考虑，这样做是对的，但是与我一同长大的年轻女人没有一个能像阿黛尔那样使我的心感到如此快乐。不过，我在勒芒的既宠爱我又崇拜教会的富有姑妈，却并不像反对我娶一个模特儿那样反对我娶一个犹太姑娘（我知道她认为我会使阿黛尔改变宗教信仰）。模特儿这个词就像眼中的火炭一样令他们不能容忍。"

　　拿到皮埃特付的画像费，卡米耶十分兴奋，第二个星期六就邀请皮埃特夫妇与他和朱莉一道晚餐。朱莉和阿黛尔坚持要紧挨着坐在一起，热烈地交谈，两个人显然都非常渴望友谊，朱莉的皮肤仍然像在葛兰赛时一样黝黑发亮，如同被太阳灼晒了一般；浅褐色的头发从便帽中解放出来，一直垂到肩上，在后面系了一个发结。她的一双眼睛由于自己成了巴黎生活的一部分而露出讶然之色。阿黛尔短短的头发和内视的眼睛则显得自信，泰然自若。尽管两个人的背景极为不同，但是几乎从第一次交换目光起，她们就建立了和谐的友谊。卡米耶丝毫没有掩饰他和朱莉的亲密关系，因此阿黛尔对她说："哪天你一定要和卡米耶一同到蒙特福考特来。"

　　回家的路上，在向帝国广场的公共马车站走去时，朱莉兴奋地说："阿黛尔一下子就接受了我。"

　　"她为什么不呢？"

　　她不想回答。

　　皮埃特带卡米耶、朱莉和阿黛尔去看轰动一时的表演：吉姆纳斯上演的《新灰姑娘》和格亚蒂上演的《卡图什》；他还订购了音乐学院音乐会的票，带他们到卢浮宫观看了西班牙画家牟利罗*、苏巴朗**和老海尔拉的画，对他们的作品赞美备至。他总是用一辆租来的、一般很难找到的马车来载他所谓的"小家庭"。

　　"马和马车最能显露财富。"他宣布说，"我可不愿显示自己的财产。"

　　阿黛尔抬头望着阴云密布的天，小声说："它们有时也很解决问题。"

　　弗雷德里克回到了帕西。他办的第一件事就是坚持要卡米耶向 1859 年沙龙提交一幅作品。

　　"你看，我的孩子，我不过是要你交一幅画，并不要求它一定被接受。那得由上帝做主。难道其他初学者比你更强吗？"

　　"不一定，爸爸。"

　　"难道你比他们更骄傲？"

　　"我只是不想提交一幅如果我是评审团成员也会拒绝的画。"

　　"不过你是会送的。"

　　卡米耶去看安东·梅尔比。他下个星期终于要和妻子一起去哥本哈根画院任教了。

　　"有弗里茨的消息吗？"安东迫不及待地问，"他在哪儿？纽约、北京？我连他一

---

* 牟利罗（1617—1682），西班牙画家。

** 苏巴朗（1598—1664），西班牙画家。

个字也没有收到。我希望至少能得到地址，好给他寄钱。我的钱有富余，他却缺钱花。"

"弗里茨决心要独立。"卡米耶回答说。

"独立！呸！这不过是与造反相差无几的夸大之词。"

卡米耶接着说："我正在准备为1859年沙龙提供的画——《蒙莫朗西的风景》。我交画时能不能写上你是我的老师呢？你曾经对我说过初学者必须签上老师的名字，评审团往往认为自学的画家是幼稚的。"

安东高兴地把他的土耳其圆帽抛到空中。

"我总想当什么人的老师！现在你给了我这个荣誉。事实上我没教你什么。我教的全是我们这一行的小技巧。柯罗老爹对你的影响要大得多。"

"我没敢去问他，也许下一届沙龙等我画得好一点时再去吧。"

安东大笑着："哈！我就要当你的老师了，而你却半生不熟。不管怎么说，用我的名字吧。"

卡米耶画了许多蒙莫朗西不同形式的素描，直到他满意地认为自己对那儿的地理环境和人民已经熟悉。只有在这个时候，他才着手画一幅中型油画。他为准备提交美术评审团的第一幅画选择了一个有特色的农场。背景是缓缓下斜的耕地，一条窄小崎岖的土路和一个头戴草帽、身穿吊带裤的农民把观者引入画境。画的前景是一片绿色草地，一小块菜地和一个单薄的篱笆；在一片向山下延伸的正在变黄的干草地后面，一个由红顶石头小房构成的小村庄坐落在浅浅的谷底。近旁的山坡上，一个淡黄色的尖顶干草堆立在收割过的长方形的田里。远处山坡上的田野在被纷乱的灰色云彩搅动了的蓝天的衬托下，显示出各种不同程度的柔和的绿色，地里隐约可见穿着白衣服的农民。

在夏日酷热的笼罩下，这里一片宁静。除了走上小路来迎接丈夫的农妇和女儿外，一切都静止不动。然而这是一种有机的宁静，在高而笔直的大树的树荫下，一切都在活动着。这景象使人感到那富于生命力的大地和耕耘它的农民正是一对完美的搭档，它们彼此互相需要，互相尊重。

"也许有点神秘。"他边用粗大的笔触仔细地安排着画面边想，勾画出了把山谷两旁的大片山地前后分开的几道水平线，穿过峡谷的小路中的垂直线，以及向上延伸到远方地平线的有棱角的、优雅的线条。观画者一旦随着那个农民沿着崎岖的小路走入画境，就会被强烈地吸引住。这是一个衣食自给、自生自灭的、人与自然和谐一致的完整的世界。这是一个宁静的、永恒的家园。这小小的画面似乎包含了所有赏心悦目的绿色、棕黄色和蓝色。

"这样就和谐一致了。"他自言自语，"我希望这样。"这是很难达到的，但是他感到自己的技巧在长进。

他把《蒙莫朗西的风景》拿到老朋友柯罗、库尔贝和德拉克洛瓦那里去请教。柯罗提议加强天空的亮度，库尔贝谈到构图设计中空间的关系，德拉克洛瓦则认为应当加强画面的色彩和戏剧效果。雅各布森和皮埃特只有热情赞扬，没有提出意见。大家一致认为卡米耶应当把画提交沙龙评审团。

这将是一场严峻的考验。在 1859 年，这个 19 世纪 60 年代的最后一年中，将会有几千幅画提交评审团。在这滚滚洪流之中他能站得住脚吗？

即将挑选出来幸运之作的评审团由 40 个男人组成，他们是由画院成员在规模宏大的工业宫中秘密讨论一周之后委任和组成的，4 年前卡米耶曾在那里目睹了现代发明的奇迹。应选的作品被堆放在宫中冰冷的地下室里，直到"评审周"时才被挂置在工业宫的墙上。星期一午后一点钟主席摇响小铃后，评审团将观看用绳子拦起来的画，当场宣布："接受，拒绝，或是留待讨论。"

评审团成员们穿着暖和的衣服以抵御春天的寒气，他们将用两个小时在画廊转第一周。70 名身着白色上衣的招待搬走被拒绝的画，挂上新的作品，这时评审团中较富有的成员就到离香榭丽舍大街不远的饭馆雷多安去用午餐。其余的人就在餐厅里用些三明治、红葡萄酒或巧克力，餐厅就设在支撑楼厅的光秃的大梁下。

每天下午 4 点钟，他们聚集到一个舒适的房间，审查摆在十几个画架上的小型画，这些画就支在铺着绿呢子的平台上。同样，被拒绝的画立即被招待撤换下去。在最后一天的最后几个小时，这些画会被重新搬回，以便在皇帝和美术部长事先定好的数目达不到时作补充之用。接着就举行"慈善选举"，届时评审团所有成员都可以挑选一幅自己倒霉的朋友或信徒（他们通常都很贫困）的画。于是，40 多张被拒绝了的作品——"宴会桌上剩下的喂乞丐的面包屑"，就进了沙龙。然而，不论画家还是公众都永远不会知道，哪一幅是"慈善品"。

"凭这个就可以把他们终身监禁在巴士底狱。"德拉克洛瓦告诉卡米耶，"评审团怀有偏见，因循守旧，是顽固的学院派；但是他们决不愚蠢。被接受的大部分画都有些价值，遭到拒绝的也往往是些不成熟的作品。不过这里总有一个可以争夺的中间地带。比方说，四分之一被接受的画是平淡无味、重复老套、毫无价值的；而遭拒绝的画中也有四分之一是成功之作，应当展出。在我们这个畸形的世界里，这个比率不算坏了。"

这是一个漫长的星期。卡米耶时而充满希望，时而愁眉苦脸。

"几千幅画中选一幅？任何一个聪明的赌徒也不会喜欢这么低的机会率。"

雅各布森尽管自己也常常意气沮丧，却勇敢地承担起给卡米耶鼓气的工作："赌徒都不聪明。此外，你的机会比任何一个正在斯维赛美术学校作画的人都要好。"

卡米耶用双臂抱住雅各布森瘦骨伶仃的肩膀。

"大卫，你成为我们画室中的快乐的一员真是太好了。"

雅各布森喃喃地说："瞎子拉瞎子，一起跌进水沟。"

入选名单在工业宫的墙上宣布出来，画家们蜂拥而至，前去观看自己的命运。卡米耶看到自己的《蒙莫朗西的风景》已被接受，得了一个 A 时，感到他的心脏剧烈地跳动了一下。詹姆斯·惠斯勒的两幅蚀刻版画也被接受了。富有才华的爱德华·马奈的画却堆在一张短腿桌上边由两名工人抬回了他的画室。卡米耶曾在殉道者啤酒店见过马奈，但尚未结识。

美术学院是紧紧掌管着全国文化的法兰西研究院的一个重要部分。美术展览会的开幕是当年社会生活中的一件大事。那是美丽的 5 月中的一天，皇帝和他的皇室成员、他的大臣们，学者、科学家，还有声望甚高的法兰西学院的权威人士都出席了展览会。当然在这种场合总少不了上流社会那些穿着 4 层的装饰华贵的长袍、头戴插着白色羽毛无边帽的女人们，身带佩剑、头戴三色帽、胸前挂着奖章的军官们，以及身穿雅致的深色外套、背心上挂着金表链、吊带裤紧贴着闪亮的靴子跟的文官们。

坐在弗雷德里克专为那一天去工业宫租的马车上，卡米耶努力使他的家人做好思想准备。

"柯罗告诉我头几年他的画总是被放在地下室里，有的时候又挂得那么高，都挨着天花板。他让我不要失望，除非我的画被挂在厕所两边。那是个致命的位置。"

任何事情也吓不倒乐天的弗雷德里克。1859 年 2 月 26 日在圣托马斯的《时报》上，他宣布了一份将拍卖的货单：一大桶烟叶、小装饰品、猪肉、牛肉、黑麦、面粉和衣物。拥有一个谷类品商店的丹麦人冯·贝沃胡特一家买下了他的东西，同时还答应每月为德罗宁仁斯－盖德商店付 155 美元的租金，另外付给楼上的这一大套住房每月 55 美元的房租。加上法国债券的利息，弗雷德里克一家每月将有 2400 美元的收入。在 57 岁的年纪，日后的生活已有了稳定的财产保障。

他们用了很长时间挤过密密麻麻的人群，寻找《蒙莫朗西的风景》。人群中，人们扯着嗓子与自己的朋友们交谈着，却顾不上看画。他们终于在紧挨着高高的天花板的位置上发现了那幅画，它被摆在四幅向上撂起的画之上，很难看清它细微的色彩变化和画面上紧紧交织在一起的构思。

卡米耶努力克制着自己的情感，弗雷德里克则喜气洋洋。

"来，我们去吃顿晚餐庆祝一下。"他宣布说，"卡米耶，你的画挂在哪里并不重要，重要的是你的画是官方沙龙的一部分，已被美术权威们承认是有价值的。今后你的画一定能卖出去。"

卡米耶不想打破父亲美好的幻想，他知道这幅紧挨天花板挂着的画很难引起人们的注意，也不可能是打开黄金之门的敲门砖。然而他又不能对这个已取得的成绩说泄气话。

挤在熙熙攘攘的人群中，卡米耶看到了柯罗、库尔贝和德拉克洛瓦。从卡米耶与他们互相打趣的谈话中，拉舍尔和弗雷德里克得出了两个明确的结论：这些老一辈的画家衣着阔气，他们对卡米耶又尊重又友好。

毕沙罗一家到工业宫餐厅去用晚饭，选了一张面对花园的桌子。花园被狮子、老虎和骑在马背上被人遗忘的英雄雕像所环绕，笼罩在巨大的树荫之中。餐厅很像一个大洞穴，上面的楼板由一圈铁柱支撑着；桌子上摆着一盆盆的水果和鲜花，令人感到愉快。晚餐在一种节日的气氛中进行，由目光伶俐的女招待上菜侍候，有丰盛的餐前小吃，俄罗斯填馅蛋、馅饼和冷鲑鱼。卡米耶和爱玛要了鳟鱼，而他们的父母点了烤牛肉，所以他们要了红、白两种葡萄酒。在这喜庆的气氛中，他们都较平日多喝了几杯。拉舍尔喝了两杯产自都兰的冒着泡的红葡萄酒，卡米耶喝着他的白兰地，并不费心去算计。全家人为渡过了一个难关而举杯祝贺。弗雷德里克在拉舍尔肯定地向他点了点头之后，向儿子伸出了手："你妈和我认为你已经争到了获取一份补贴的权利。我们希望这份补贴既不会惯坏你，又不会让你沦为乞丐。我们达成协议，每年给你一千几百法郎，即30美元一个月，并且我们还将为你的画室支付房租。你可以用这笔钱买些绘画用品，剩下的还够你上咖啡馆的。"

卡米耶的呼吸停止了，耳朵也听不到外面的喧闹声。在感谢为他提供资助，使他能够自由工作时，他的声音由于激动而变得沙哑了："上帝保佑你们！保佑沙龙评审团！我不会辜负你们对我的慷慨帮助。"

什么事情也没有发生。席罗姆的《恺撒》得到了赞赏；皮维斯·德·夏凡纳*的风格受到好评，但他的画法和"稀薄的颜色"却遭到非难。人们认为风景画过于简单，"谁都画得出来"。

皮埃特悄声道："你听说过会作画的批评家吗？"

《蒙莫朗西的风景》挂在这样一个糟糕的位置，根本没有人注意到它，给它或褒或贬的评价。评论家扎沙利·阿斯特吕克在他的评论中提到目录上有这么一幅作品，沙龙的目录如此写道：

毕沙罗（卡米耶），生于圣托马斯（丹麦殖民地）
安东·梅尔比的学生。

他难道有过比这更高的期望吗？

---

* 夏凡纳（1824-1898），法国画家，成功地把学院派的线条与浪漫主义的色彩融为一体。

那年夏天，卡米耶和弗朗西斯科·奥勒——库尔贝介绍他认识的一个生在波多黎各的西班牙人，一起去他第一次遇到安托尼·吉耶梅的地方拉罗什－居庸。但是吉耶梅当时正在旅行，没有住在那里。他和奥勒在一家小旅店住下，黎明时分用过早餐后就分别去寻觅画题。奥勒是一个身材瘦削、皮肤黄褐色、性情活泼的人，他的作品从骑士雕像到人物画像，丰富多彩。

6月下旬的天气异常炎热，而且一直持续下去。7月份法国政府宣布了装点巴黎的计划，准备迎接从意大利和奥地利战场归来的战士。卡米耶不知道，如果自己留在城里会不会也被征去打仗。

他的时间都用来为拉罗什－居庸的河流和草地画素描和油画。

朱莉第一年的工期将满之际，拉舍尔给了她一个星期的假，于是她来到了卡米耶的身边。他们在草原上度过了美好的时光。卡米耶作画时，朱莉就在树下缝纫，或是脱掉鞋袜蹦蹦跳跳地为他们旅馆的房间采摘鲜花。重返乡村使她高兴得在牧场上跑来跑去，爬上果园边上遮阳的大树。卡米耶觉得她又苗条又可爱。她的头发蓬松地披在肩后，脸颊被太阳晒得红扑扑的，一双兴奋的眼睛快乐得转来转去。夜晚他们躺在窄小的床上，卡米耶感到她的胳膊和声音既温柔又多情。穿着一条自己缝制的棉布裙衣，她看上去顶多16岁，就像一头刚从黑暗谷仓的干草堆里放出来，跑到阳光普照、碧绿新鲜的辽阔草原上的小雌马一样，因为得到了几乎忘却的自由而高兴得欢蹦乱跳。

有她近在身旁，卡米耶的工作进展顺利。他为此而感到高兴，因为他过去不知道她是否会分散自己的注意力。这是他们第一次一连几天共同度过整个夜晚。

"真像是在度蜜月。"她喃喃地说，身子轻盈地一转，躺到床上。卡米耶睡眼蒙眬地表示同意，用一只胳膊搂着她丰满的胸脯。他们的性生活使他在沿着窄小的马车道四处游荡，为白垩纪峭壁、山洞和坐落在崖顶上的中世纪古堡的废墟画素描时，感到更强壮、更大胆。他们在后花园用简单的晚餐———一个鸡蛋卷和带甜黄油的小长面包时，奥勒和朱莉在一起玩笑逗乐。

爱玛每星期寄来一份巴黎杂志，因而卡米耶和奥勒能够读到新闻。8月20日，人们整夜聚集在街头，欢迎从意大利战场归来的战士。发生了一起牵扯到画家的法律纠纷，在这桩案子中顾主拒绝为他认为不满意的肖像付钱；还有一桩有关出卖复制品和油画照片的剽窃诉讼案。此外，有个重大的医学发现：石膏和煤焦油合剂能消毒伤口。

朱莉回帕西去了。夏天结束的时候，卡米耶已经画了一大批素描、水粉和水彩画。这些画使卡米耶觉得自己不但掌握了使用油画颜料的技巧，而且掌握了拉罗什－居庸的情况。到了该支付旅店账单的时候，他才发现自己欠了100法郎……并且无力偿还。弗雷德里克寄来了这笔钱，卡米耶为此深感不安，直到他收到爱玛的信，告诉他："爸爸把你的《蒙莫朗西的风景》挂到了客厅最显眼的地方。"

卡米耶一边打点行装准备回巴黎，一边对奥勒说："我父亲刚买回了我在沙龙展出的第一张画，花了 20 美元。我希望他永远不会觉得自己上当受骗。"

在他为数不多的朋友圈子之外，没有人谈论过他在沙龙展出的画和他参加画展一事，这使他感到有些失望。在拉菲特街上有几家小画店，但是他们不收无名之作。

他在画室发现了一封弗雷德里克的信："你母亲要我写信邀你今天与我们一同用晚餐，今天晚上我们要庆祝基普尔节。在这难得的时刻，我们全家应当欢聚在一起。明天是休息日，我们可以一同度过。"

卡米耶回到家的时候，餐桌上已经铺好了雪白的桌布。拉舍尔在碗橱上点燃了应时蜡烛，以纪念他们死去的双亲和孩子。她在餐桌上也摆了蜡烛，并放了一盆秋天的鲜花。朱莉身穿刚刚浆洗过的白色制服，端上传统的鱼、汤和鸡，清淡的食物不会给他们为赎清一年的罪过而斋戒时增添麻烦。弗雷德里克做了饭前祷告。拉舍尔穿上崭新的黑色长袍，容光焕发，她隔着桌子探身说道："祝你在新的一年里绘画顺利，卡米耶。"然后站起身来，吻了吻儿子的前额。

新年合家欢乐的日子并不长。

1860 年的第一个星期，朱莉的一句话结束了这种欢乐。卡米耶带她去听音乐会，发现她眼睛肿胀，沉默不语。后来，他们走进坐落在草坪上的美丽的圣·吉尔曼大教堂对面的咖啡馆，在一个单间里坐了下来。房间被燃烧得通红的火炉烤得暖暖的，提琴手和手风琴手奏着巴黎的民谣，这时他发现她把叉子在饭菜上拨来拨去，却没有吃。

"怎么啦，朱莉？"

"到底发生了。"

"发生什么了？"

"我怀孕了。"语调干枯毫无表情。

卡米耶对这个突如其来的声明所感到的惊讶更甚于它的内容。

"你确信吗？"

"是的，已经 5 个月了。"

"……5 个月？你不可能是刚知道的。"

"我知道已经 3 个月了。"

"为什么不告诉我？"

"我希望在帕西平静生活的时间尽可能长些。现在我的肚子就要显出来了。"

朱莉盘算过结婚、建立家庭，但幸运的是她并不知道形势是于她不利的。巴黎的用人中仅有三分之一结了婚，而其中，十分之八没有孩子。单身女仆的境况更加悲惨，每年大约有 4000 个女仆在城市医院里生孩子，但是更多的人是独自一人在自己住的顶楼小房间里生产。未婚女仆生孩子的紧急事态似乎使资产阶级深感不安，杂志上接连发表了有关这个问题的文章。怀孕的女仆是有理由害怕被解雇的。因此，这些不幸的女人想尽一切办法和手段来掩饰；勒紧紧身衣，坚持工作到最后一刻，还有自己接生。

他长吸了一口气。

"5 个月了，那就是说是在拉罗什－居庸怀上的。"

她把手插进他的手里，头靠在他的肩膀上。

"别生我的气，我是没法子。"

"我怎么会生气，我们俩都知道这事会发生的。"

"我没有不高兴，我亲爱的，我爱你，我爱孩子，只是我感到害怕。"

"害怕什么呢？"

"你们家。"

"上帝啊！我的父母，当然！我们害怕是有道理的。"

"他们会怎样对待我们呢？你母亲一定会发现的。"

"我想会把我们逐出家门。"

"我们？还是我？"

"都一样。"

她的声音颤抖着，哭了起来。

"啊，卡米耶。我从费利西那儿听到一些可怕的故事，我吓坏了。巴黎的这些女仆到了生产的时候自己接生，然后杀死婴儿。"

"朱莉，那会是真的吗？"

"费利西知道一些……她们把孩子剁成碎片，从厕所里冲下去。可是头太大……她们被抓住了。"

卡米耶战栗了。

"可怜的人们，她们一定是彻底绝望了。"他用胳膊紧紧地搂住她，深情地亲吻着她，然后紧紧地抓住她的肩膀。

"朱莉，你听我说。我们要一同渡过这个难关。我并不是随随便便占有你的，因为我知道我爱你。我要承担义务。孩子是你的，也是我的。"

她目不转睛地审视着他的脸。

"你可以告诉你的父母，孩子不是你的，那样我就会被赶到街上。我不能够回葛兰赛去，那儿家也搬了，房子也卖了。费利西她们不会让我进家的，她们为什么要让我进呢？"

他用力摇着她："朱莉，不要再说了。我永远不会背弃你的。"

她用手背擦了擦眼睛。

"3个月以来我一直担惊受怕……也许你不再想要我了……有了快出生的孩子。我相信你，可是一到夜晚各种可怕的念头就会钻进我的脑袋。"

他声音嘶哑地说："明天我就告诉父母。他们会严厉惩罚我，但是这件事非做不可。来把这小牛肉吃了，味道不错。我要把你带到皇家博物馆，送你坐上开往帕西的早车。你应当多睡觉，好好照顾自己。"

她洪亮的笑声盖过了音乐声，惹得很多人扭头张望。

冬天到了，已经降了头场雪。一家人在冰冷的饭厅里围坐在桃花心木桌前用迟开了的晚餐——面包、冷肉和茶。卡米耶端详着藤座、雕花桃花心木背的椅子、锃亮的三屉柜和玻璃高脚柜。他回避着爱玛的目光。他不能再拖延了。他必须告诉他们，但是要等朱莉收拾好桌子、消隐在饭厅顶端的厨房里以后。

"爸爸、妈妈，我想告诉你们，朱莉怀孕了。"

拉舍尔大吃一惊，眼睛睁得大大的，眼镜滑到了鼻梁上。

"怀孕了！我真不敢相信。这么腼腆、文静的姑娘，看起来挺正派的……我们得解雇她。"

这是难于启齿的。他并非不想正视自己的罪责，但是他知道这将给妈妈带来多么巨大的打击。

"妈妈，我就是孩子的父亲。"

拉舍尔发呆似的凝视着他，冷冰冰地问："这事发生多久了？"

"一年。"

"在我家里？你玷污了我的家！"

卡米耶迟疑了一会儿才回答说："爱情不会玷污任何东西。"

"爱情！"拉舍尔恼怒了，"一个性欲冲动的青年男子！勃起的阴茎是不会有良知的，也不会有头脑。"她尖刻地说："这些农民懂得所有的把戏和鬼点子。她用年轻的身体引你上了圈套。"

卡米耶知道，为了把这件突如其来的事讲清楚，他必须保持冷静。

"不是这样，妈妈。我们的确是产生了爱情。我们所做的一切都是两人一起干的，我们没有欺骗和愚弄对方。我们之间的爱情是逐渐产生的，是真诚的。我爱朱莉，已经爱了很长时间。"

拉舍尔站起身来，步履迟缓，就好像受了致命的打击。当她走进客厅，一下子倒在圣托马斯沙发上的时候，眼睛模糊了。这个沙发是近35年来她躲避痛苦和不幸的避风港。接着她用两只大手捂住了脸和眼镜，失声地抽泣起来。

卡米耶和弗雷德里克随后跟了过去，爱玛却不知去向。弗雷德里克也同样感到震惊。无缘无故地给父母增添麻烦，使卡米耶很痛苦，除了平静地度过晚年以结束他们多灾多难的一生外，他们别无他求。他看着妈妈徒劳地想弄清眼前发生的一切，心里替她一阵疼痛。拉舍尔最后压抑地叫道："怎么办呢？她不能再留在这里了，一天也不行。"

一直低头站立在一旁的弗雷德里克做了决定。

"我们会照顾她的，卡米耶。给她找一家私人医院，请一个助产士，给她足够的钱，直至她能重新工作养活自己。"

拉舍尔布满血丝的眼睛鄙夷地瞪了卡米耶一眼。

"难道巴黎的妓女还不够你睡觉的吗？"

"我不喜欢她们。"

"那有什么关系？"

"我喜欢朱莉。"

拉舍尔深深地吸了口气，斩钉截铁地说："好吧，你喜欢她，于是就出事了。但这不等于说应当生个非法的孩子。"

卡米耶又害怕、又焦虑，由于风吹日晒而发黑的脸变白了。他对自己嘶哑的声音感到惊讶。

"如果这是我的孩子，为什么是非法的？"他犹豫了一下，然后脱口而出，"你们有过非法的孩子吗？"

"我们是结了婚的人。"

他结巴了一阵。他过去从来没有提起过父母饱经风浪的恋爱和婚姻。难道她以为他不知道，当年整个圣托马斯是怎样到处传播着有关他们的谣言，就像往刚刚种过的地里撒肥料一样吗？他讲话的声音几乎让人听不见。

"怀约瑟夫的时候还没有结婚。"

拉舍尔像是被枪击中了似的蹦了起来。

"你在审判自己的母亲吗？"

他走到她的身旁，想用胳膊搂住她的肩膀。

"不！不！我只是不想让你审判我和朱莉！"

拉舍尔哭了，由于情绪激动而颤抖起来，对此她丝毫不想掩饰。弗雷德里克走到妻子身旁，想安慰一下她。他几次话到嘴边又咽了回去。卡米耶叫道："妈妈，同情同情我们吧。我爱朱莉。"

"同情你使自己陷入难以容忍的境地？或是同情那个女仆？30岁了还分文不挣，对你来说情况难道还不够糟？你知道爱情是什么！你爱我们家里的女仆！你们之间的爱情能够维持多久？6个月？一年？如果你把这就叫作爱情的话，那你就爱吧，但是请到别的地方去。"

"朱莉是个好人，你自己也说过。她能帮助我，我也需要她。她纯洁无瑕、稚气可爱……"

"……以前是。"

卡米耶退缩了："她给了我一种内在的力量。我们俩很和谐。我们会生一个漂亮的孩子，我们的婚姻将是持久的。"

房子里鸦雀无声。

卡米耶知道此时朱莉一定正坐在厨房的桌子旁，两眼迷茫地望着天空，为她生命的航船在帕西一个挤满了丹麦西印度家具的公寓里失事而痛苦万分。

拉舍尔站起身来，走到房间的另一头，身体挺得笔直，肩膀向后倾着。再开口讲话时，她的声音已经有了克制。

"你不能和一个仆人结婚。除了仆人外，没有人会和仆人结婚。你还有整整一辈子要过，我们永远不会同意，永远不！"

"她挣钱吃饭，这没有什么不好。有个孩子也不是什么灾难。"

"你降低了自己的身份，使自己脱离了上流社会，失去了所有与能够帮助你立业的富足家庭结亲的机会。难道就是为了这个，我们才鼓足勇气为让你受到良好教育而奋斗的吗？"

"我的工作进展得越来越好。"卡米耶坚决地说，"我的画会有销路的。"

"什么时候？靠什么办法？你怎么生活？住在哪里？"

"我将像所有的艺术家一样地奋斗。如果我有值得说的东西，我的声音会被听见的。"

"在荒野里吗？"

"求求你，妈妈。不要再折磨我们了。是命运让朱莉和我走到一起，互相爱慕的。这并不是我可以左右的。"

"无论怎么说，这纯粹是胡闹。"

"难道爱情不是一个理由吗？"

"它从来不是，也永远不会是。你在法国居住的时间已足以使你认识到婚姻是根据相互利益而安排的。我从来没有放弃要你缔结一个美满、合适婚姻的愿望。我们要阻止你。"

"怎么阻止？"

"我们要和你断绝关系。想想吧，如果你死了，我们一生辛勤劳动的积蓄都会属于那个乡下姑娘！我真受不了！"

"我知道你一直盘算着要我和一个有钱人家的姑娘结婚，在上流社会站住脚。我可不愿这样。我已经试图向你讲明白，我必须树立我自己的生活模式。"

"什么模式？教养、文化、社会地位、经济能力、共同的宗教信仰和家庭背景？难道这一切对你来说都不值得考虑吗？乡村残缺不全的、狭隘的教育，仅仅能读会写几个字，这就是你所谓的模式？她结婚能带来什么陪嫁？她的黑裙子、两篮内衣和亚麻衬衣？两个穷光蛋，既无工作又不实际。不要嗤之以鼻。陪嫁普遍盛行，因为它是有道理的。它能使一个男人挺起腰板来开创或扩大一个事业，使他的家庭生活得更好。"

"朱莉生气勃勃。我越来越渴望过乡村生活，想住在那里，在那里作画。但是那并不意味着过农民的生活。"

"你的信仰怎么办？朱莉可是个天主教徒。"

"你和犹太教进行的 8 年斗争使我对教会的等级制度厌倦了。"

"多么具有讽刺意味。这场斗争没有令我们失望，却使你背叛了我们的教派。你知道根据天主教教规，任何孩子都会自动成为其母亲所信仰的宗教的成员吗？你孩子的母亲在屋里走来走去唱圣歌，歌颂耶稣基督。"

"我们不沾教会。"

他嘴上虽然这么说，心里却想起朱莉把她的宗教视为生活中唯一的美好事物的看法，以及他第一次听她唱圣歌时的情景，他的声音颤抖了。

拉舍尔面色苍白，但没有失去自制。

"她必须离开我们家。"

"我要带她去雅各布森的画室和我住在一起。"

拉舍尔痛苦地一颤。

"我再也不想看见她了。"

"也不想见孩子？"

"不。"

"孩子是你的孙子。"

"不是我的。"

"你也不想再见到我了吗？"

"你是我们的孩子。你有义务来看望父母……星期五……独自来。我的心都要碎了。你的所作所为比其他几个儿子的死还令我伤心。这都是因为你是个画家。"

她直挺挺地、毫不妥协地转身离开房间。

"如果你和朱莉结婚，你的一切经济来源都将被切断。如果你放弃结婚，你父亲答应给你的钱还会像以前一样继续给你……"

拉舍尔穿过客厅回到自己的房间，锁上了卧室的门，就像在拉雪兹墓地举行的德尔芬的葬礼结束后一样悲痛万分。

卡米耶站在那里凝视着她，胸口剧烈地疼痛着。原来拉舍尔已经终于承认他是一个画家了，甚至为此而感到骄傲。然而现在，吃惊、憎恶和深受伤害使得她把他的绘画与朱莉联系在一起，一同诅咒。对于他来说，这个打击是最沉重的：他爱母亲……爱绘画……也爱朱莉。看来这些是无法调和在一起的了。

弗雷德里克长期以来一直是家庭矛盾的调解人。他对卡米耶说："孩子，再反复仔细想想。不要在一棵树上吊死。"

被父亲温和友爱的语调所感动，卡米耶说道："好吧，我暂且不提结婚的事。真对不起，爸爸。我并不想令大家伤心。"

弗雷德里克深深地叹了一口气。

"你们陷入了意想不到的境地，就像我大约 40 年前在圣托马斯时那样。朱莉是个好姑娘。经常来走走……一个人，这样妈妈就知道你爱她。"

"我会来的，我爱她。我也爱你，爸爸。"

"我知道，孩子。"

Chapter 05

渴望风流

卡米耶认为大卫·雅各布森一定是莎士比亚笔下性情忧郁的丹麦人的原型。他的画画得不错，善于自我约束；他完成每一幅作品，却并不为了什么。如果留在家庭和朋友所在的丹麦，他的具有丹麦特色的寓言画和历史画也许能卖得出去。他把卡米耶当作最亲密的朋友，两个人作为画室伙伴又相处得很好，因而卡米耶能够敦促他画一些更现代的题材。雅各布森完成了两幅作品，一幅画的是一个坐在拉亚尔桥旁石栏杆上的老人，他高高的黑帽子底下飘垂着一头白发，脖子上挂着一块要饭的白牌子；另一幅描绘了一只毛色黑白相间的猫正从一只碗里舐着牛奶。卡米耶觉得它们被表现得细致入微。雅各布森靠住在哥本哈根的兄弟每月寄来的一小笔钱过活，每天只吃一顿饭，5年前从哥本哈根买来的衣服已经捉襟见肘。他的胸脯比以往显得更加扁平，细长的椭圆形脸消瘦了。

卡米耶想象不出和雅各布森同居一室会出现什么情况：雅各布森干净、谦逊，这是好的一面；然而在这"L"形的房间里避免不受他周期性忧郁的影响是很困难的。他们那些年轻的朋友们谁也卖不出画，都不能参加展览会，也没有赞助人。卡米耶有一天看了雅各布森忘在饭桌上的一封写给他兄弟爱德华的信，才意识到了绝望：

……今年冬天粗糙的食物使我在夜晚几次感到不适。在冬天我没有比夏天更多的东西来遮掩身体。你知道我不愿欠债……我工作，但我因为饥饿而停下来。哦，我几乎对一切都厌倦了。我不得已才这样给你写信。但是另一方面，我简直可以肯定你会帮我一点忙，使我无忧无虑地度过10、11、12和1月这4个月。如果我有金色的画框，也许我能够卖掉一两张画……没有画框怎么也拿不出去，像这样受罪……

雅各布森曾分享拉舍尔丰盛的晚餐桌上的剩菜，那是拉舍尔坚持要卡米耶乘公共马车放在手提袋里带回家的。卡米耶偶然也邀请他一同去咖啡馆，如果雅各布森把它看作友谊之举。然而卡米耶拿不准。当他把一个怀了孕的年轻女人带进画室时，雅各布森会有什么反应。让朱莉住到这里他会不会反感呢？或者要求卡米耶支付大部分开销？他不愿和雅各布森争吵，同样他和朱莉也没有其他任何地方可去。

卡米耶打开房门，发现雅各布森在家，于是告诉他朱莉将要和他们住在一起，住在他那一半房里。他意外地看到雅各布森的脸上由于高兴而现出了一片红光。

"我的房间里又有了女人真是太好了，我离开哥本哈根后就一直没有过。"

"我保证不妨碍您。"朱莉谦恭地说。

他们在水泥墙上又钉了一个挂钩，卡米耶从自己的柜子中腾出一个抽屉为她盛内衣、围裙。他们买了一对雅各布森期望已久的窗帘，用色彩鲜艳的窗帘钩挂了起来。尽管很简陋，但这是朱莉第一次操持一个家，为自己建造一个窝。

用朱莉在毕沙罗家干活攒下的 800 法郎（160 美元）中的一部分，他们在自己的角落里安了一道隔板，这样就有了自己的天地。随后他们又买了一个黑铁炉，虽是旧货，但东西并不错。她还从街上的流动小贩那里买来了陶器。他们把东倒西歪的桌子支在炉子旁边，早晨卡米耶跑下 4 层楼梯从附近的面包店买来新鲜的羊角面包，然后雅各布森就愉快地同他们一道喝咖啡。有的时候他也同他们一起吃晚饭，当他有了几个法郎，就买一片肉放到朱莉的大锅菜里。她的存在似乎减轻了雅各布森的负担。

朱莉想找一份售货小姐的工作，但花店女老板不愿雇用一个怀了孕的女人。于是她成了巴黎 6000 名手工制花女中的一员，因为制作人造花是"巴黎最优秀的工业"。设在圣托马斯的毕沙罗商店总是进些人造花，而且销路甚好。法国的人造花不但工艺精美而且富于艺术感。朱莉进了一家用纸、塔夫绸和棉布制花的工厂。

"这不过是我在九号街顶头花园里种的鲜花的蹩脚仿制品，"她对卡米耶说，"但对它们要被运去的遥远国度来说，有花总比没有强。"

由于她手指灵巧，用不着像其他姑娘那样干够 11 个小时，每天便能挣两三个法郎。天黑前她就能赶回画室做晚饭。

"一点没问题。在葛兰赛，从葡萄园干活回来以后，我每晚都帮妈妈做饭或洗衣服。"

他们偶然到附近的家庭小餐馆去吃一顿便饭，要一块排骨或是一片炖鱼。由于身子越来越重，她更喜欢手头常备点原汁肉汤，加点青菜，有时是几片肉或鸡一道煮着吃。

他们的生活简单、朴素。卡米耶经常以几生丁而不是几法郎出手他的速写。他仍然继续到斯维赛美术学校去和那里的年轻画家一道作画，但很少与他们一同去咖啡馆或是库尔贝的安德勒啤酒店。他用了一整天时间思索着过去从未意识到其存在的问题。

"一个画家永远达不到完美的境地，他只是在追求完美。"他对朱莉解释说。

在这以前不论是夜晚在帕西的公寓里，还是在星期天，他们的约会都是私下偷偷进行的。但是现在他们不再偷偷摸摸了。年轻的恋人不惜一切代价彼此渴求本是必然的，然而他们过去每星期只能有两次待在一起，且相聚的时间甚短。现在一切都变了。像一切热恋中的情人一样，他们天天见、夜夜见，星期天和法国日历上频繁出现的每个节假日都见面；而这种热恋最后总要导致正式或非正式的结婚。他不能否认，这改变了他们之间的关系。画家朋友圈里的人都知道他有了情妇，还知道她已经怀了孕。柯罗和库尔贝认为这是一个错误，会损害他的前程；德拉克洛瓦警告他不要让孩子迫使他结婚；更多的人则把它看作一个过渡阶段，他们中的很多人过去也曾有过这样的事，而且还会发生。他不能让这种关系剥夺他晚上和朋友们在一起，以及去斯维赛美术学校的时间。朋友们都不认为这种关系是永久性的。

卡米耶习惯于把自己每天的素描钉到墙上进行研究。朱莉认为这是一个绝妙的主意。她一头扎进他的画纸堆里，在斑痕点点的、光秃的灰泥墙上贴满了他绘制的巴黎、蒙莫朗西、拉罗什－居庸和枫丹白露的风景画，其中有些是用色彩鲜艳的水彩绘成。他们在显要的地方挂上安东·梅尔比以及柯罗赠送的两幅画。待她装点完毕，雅各布森索然无味的画室俨然像个业余画廊，比原来漂亮了许多。"我们最好问问大卫对这件事的看法。"卡米耶劝告她，"我们已经侵占了他的画室。"

"我给他的素描留了地方。"朱莉回答说，"他的画从来留不过一二天。"

"朱莉说得对。"雅各布森表示赞同，"我晚上回到家总喜欢把作品挂起来，欣赏个把小时。但是不一会儿它们就现出缺陷，我开始看到粗糙的线条和种种不足。于是我就把它们撕下来。我从你的画中学到了一些基本原理。"

雅各布森对怀了孕的朱莉照顾得简直是无微不至。

"他就像是葛兰赛来的表兄。"她大声说，并从跳蚤市场买来的镜子中瞥了一眼自己，"肚子这么大了，我几乎能看到小宝宝在面前的街上行走了。"

一个多月后，卡米耶接到父亲的来信，说拉舍尔要他下星期五去吃午饭。想到有可能出现的场面，他心里十分恼火。然而当他走进拥挤不堪的前厅时，却出乎意料地看到拉舍尔目光敏锐地从摇椅上站起来迎接他。她已经雇了一个新厨师和一个每天来打扫卫生的女人。她向他谈起阿尔弗雷德在蒙得维的亚的买卖兴隆，他们的表兄欧仁负责照看他们在圣托马斯的财产，以及他对想购买毕沙罗家房产的人将立刻减收每月租金的事。还有菲尼阿斯终于通过 T·卡波公司卖掉了商店里的全部库存，回到伦敦斯特兰大街的艾萨克森公司，爱玛期望能带着 4 个孩子在那里与他会面。

餐桌上摆着家里最好的银餐具和瓷器。落座后，拉舍尔用一块浆过的餐巾盖住头，点燃了蜡烛，接着弗雷德里克做了饭前祷告。卡米耶吃了一顿记得从孩提时代就常吃的饭菜：带小饺子的汤，烤鸭配土豆，焖番茄，用干李脯和杏脯做成的什锦，还有喝汤时吃的一片油蛋糕，上面弯弯曲曲地挤着巧克力。

离家前拉舍尔要卡米耶常来玩，弗雷德里克则把他送到车站。卡米耶问起母亲何以能如此坦然。他的父亲深深地吸了一口气，就像婚后 35 年里常做的那样，回答说："你母亲已经把朱莉从心中抹去了。你并没有和朱莉生活在一起，因为她根本不存在。"

"她怎么办到的呢？"

弗雷德里克同情地回答说："这是她保护自己的一个办法。因为只有勾销不幸的往事，她才能够生活下去。我真希望自己也能这样。你听到她提起过德尔芬吗？"

"自从埋葬了她以后就没有提起。"

"从这个意义上讲，她也埋葬了朱莉。她还用同样的办法对待你的绘画，你已不再是个画家了。"

朱莉的产期临近了。细心周到的雅各布森外出去写生。一个职业助产士被请到了家里。孩子是个死胎。

包括助产士在内，没有人知道原因。卡米耶尽其所能来安慰朱莉。

"有的母亲第一个孩子没有活，"她坚强地告诉他，"有时候事情会这样的。可是后来她生了 3 个健康的女儿。我们会再有孩子的。"说罢随即睡着了。

卡米耶在街头徜徉。

"她真不幸。"他郁郁不乐地想，"拖着沉重不适的身体，还围绕着新生婴儿安排了自己的生活，到头来却两手空空。"

朱莉醒过来了，他用一块湿布为她擦脸，吻着她的前额。她的心思念着故乡葛兰赛。

"他们埋葬赫曼斯那孩子的时候，我们跟在年轻父母的身后随着棺材。木匠为小家伙做了一个'柳条摇篮'。我从自己的花园里采摘了雏菊和大丽花。用纸做成花环，还在上面装点了一个小小的十字架。家里人、朋友和邻里都加入了送葬的行列。这是二等葬礼，头等是为'先生们'举办的。为了支付费用，父母必须勒紧裤腰带。他们为爷爷举办第三等的葬礼，因为他已经度过了他的一生。我们不能浪费，在去墓地的路上，小铃铛一路响着，叮当，叮当，叮当。"

她唱了起来，声音低微，他几乎听不清歌词：

夜莺的欢歌将把她唤醒，
还有那鸣禽歌声婉转。
蝉儿，我的蝉，让我们去，我们一定要歌唱，
因为林中的月桂已经重新生长。

弗雷德里克前来探望，给她带来了一件夹长礼服，另一次带来了一盒巧克力。朱莉被他的良苦用心感动了。对于她来说，这就意味着毕沙罗先生已经接受了现实。

"当你熟睡时，幻想总是美好的，"有一次弗雷德里克对卡米耶说，"可在工作的时候，它却会破坏气氛。"

现在没有孩子迫使他们尽快改变生活方式，也不会有爬来爬去的婴儿来占据画室或是取代雅各布森黑白毛相间的肥猫。尽管如此，朱莉仍觉得他们应当单独生活。

"我们怎么能抛弃雅各布森呢？"他问道，"他需要我们来分担房租。同样，他也需要我们为他带来家庭气氛，可怜的人太孤独了。他的命运不会好起来。尽管我们谁也卖不出画去，但是他有病在身。"

"你不能劝说他回家吗？"

"他会认为这是我们拒绝和他同住。他必须自己说服自己。"卡米耶思索着。

"那样我们就得找一个大一点儿的地方，"朱莉建议说，"单用木板来隔开一间房是不行的。"

找房子颇费周折，在蒙马特南坡杜埃大街上，他们发现了一所护墙板已经剥落，微微倾斜，但尚不危险的房子。房子的周围杂草丛生，一小片园子也早已衰败凋零。从高处农场跑下来的鸡和羊在那里啄食吃草。这座很旧的建筑曾经是个农舍，自从巴黎市延伸到蒙马特陡峭的斜坡上使农耕成为不可能以后，这里便无人居住。建筑的中央有一个过道，把房子分为两半，每半有3间房，还有两间前厅可以作为画室。从这里走到巴蒂纽尔区仅需15分钟，房租也只比他们现在支付的略高一点。

"这是座被人遗弃的房子，"卡米耶评论道，"但不一定不可救药。朱莉，你能为我们的一半做点什么吗？"

"当然啦。可以把它油漆一新。艺术家先生，你知道怎么使用油漆刷吗？我们给破碎的窗户装上玻璃，我缝制窗帘。我们需要一张桌子、几把椅子、一小块地毯……我会帮助雅各布森布置他的房间。他早晨依旧可以来喝咖啡。"

雅各布森并不需要劝说。弗雷德里克答应为卡米耶付两年租金；雅各布森的一半则由他非常困窘的哥哥爱德华承担。

他们搬去少得可怜的家具，借来了水桶、拖把和斩除杂草用的长柄镰刀，给下垂的门廊垫上了木料。拉舍尔发现原先爱玛住的房间里少了圆桌和小地毯，但是她什么也没有说。他们还收到爱玛寄来的一系列包裹，花了几法郎到海关去领取：一套英国盘子，为他们买的被单，以及放置在床边的两块小棉毯。

"我可以买小鸡和兔子吗？"朱莉问，"我们可以盖个窝。"

"等我们真正到了农村再说吧。"

产后不久朱莉就回到了制花厂。她说老板已允许她把够做一个星期活的材料带回家，每星期六下午交活。

"反正我要缝、要编。"她劝说卡米耶。

她的脸颊恢复了红润，行动又变得像以前一样敏捷、优雅。乡村的气息令她兴奋，她确信这里就是她的家。他们亲密无间，恩爱欢愉，彼此感到不能分离。

美术学院规定每隔一年举办一次展览会，因而1860年将没有沙龙。巴黎的画家们认为阻止年轻的和新来的画家尽早站稳脚跟是不公正的，他们在饭店、咖啡馆和各自的画室里，向记者朋友和美术学校的伙伴们大发牢骚。

斯维赛美术学校在卡米耶的生活中占有非常重要的地位。因为他在那里结交了各式各样的朋友；他们为着一个强烈的愿望来自社会的各个角落。他们认为没有空气和阳光，只有幻象、寓言和闪烁其表的贵族人生观的传统绘画已经死去。他们要画城市街巷和乡村景致，要画普通人，而不是穿着几码长的昂贵丝绸的威严庄重的贵族。

"那么新绘画是什么呢？"詹姆斯·惠斯勒问道，当他们围在他正试图用几种不同的白颜色覆盖画面的画布旁。"这是一种从未听说过的画法。我们要创造它，尽管我们并不确切地知道它会是什么样子。"

惠斯勒时而财源丰富，时而一贫如洗，有一张左右逢源的嘴：对敌手讽刺挖苦，对战斗伙伴支持同情。卡米耶钦佩他，因为他快乐，充满了热情奔放的幽默。每晚掏裤兜时，不管是厚厚的支票，还是一无所有，他都毫不在乎。他本能地给那些极为需要把那生气勃勃的天性释放出来的人以帮助：保罗·塞尚和新近来的阿曼德·吉约曼，后者在政府部门做职员，晚上和星期天到斯维赛美术学校来。

吉约曼19岁，1841年生于穆兰，来到巴黎后在叔叔的一个铺子里干活。他看起来品质优良、安静、谦逊，比美术学校的任何学生都更随和、安分。他靠按周计算的工资勉强糊口、支付斯维赛美术学校每月的学费和买最低限度的必需品。他住在叔叔家的后房里，还要奉养祖父母。他和卡米耶之间立刻就产生了好感。

"我想做个职业画家，"当他们在斯维赛美术学校一起画角落里的裸体男模特儿时，他承认说，"但要等到我能卖画以后。"

卡米耶安慰他说："我们都得找买主。"

"对，可是克劳德·莫奈有他在勒阿弗尔的索菲姑妈；保罗·塞尚的父亲是埃克斯的银行家；爱德华·马奈出身富裕家庭；你有父亲的资助；惠斯勒喜欢装扮成缪尔叶的《艺术家生活》中的人物，但他却常常收到伦敦寄来的钱；吉耶梅也是富有的。而我，我只有一个办法。"

"什么办法？"看到吉约曼忽然兴奋起来，卡米耶不禁好奇地问。

吉约曼从口袋里掏出一张彩票放在手掌里，用另一只手的两个手指抚摸着。

"总有一天我会中彩，那时候我就会有足够的钱过独立生活。现在我每星期不过花几个苏，早晚有一天我的号码会出现的。"

"我诚心诚意地希望你成功。"卡米耶叫道，"你在同时进行两场赌博，而且都很吃力，一场就够受的了。还是集中精力作画吧。"

阿曼德·吉约曼笑了笑，琢磨道："安托尼·吉耶梅的名字中有一个e和一个t，他富有；我的名字有一个au和一个in，我却贫穷。为什么几个字母能造成这么大的差别？"

卡米耶知道阿曼德是在开玩笑，因而回答说：

"克劳德·莫奈和爱德华·马奈的名字也仅仅是o与a的一字之差。马奈由父母供养过着舒适的生活，莫奈却要依靠姑妈为数有限的施舍。"

卡米耶通过他的波多黎各朋友奥勒结识了保罗·塞尚，奥勒认识塞尚已经有些时间。塞尚来到斯维赛美术学校几个月，总是躲在角落里，除了简短的"是"与"不是"外，不与任何人交谈，显然不愿被人打搅。他来自南方离地中海不远的埃克斯－普罗旺斯，是个忧郁、别扭的人。除了一撮庄重的胡子外，他的脸刮得干干净净，留着鬓角齐耳的棕色短发。正是他那种"躲开我"的生硬态度使美术学校的学生们疏远了他。他们一方面取笑他带很多"s"，把"cours"念成"courss"的浓重的普罗旺斯口音，一方面又惧怕他带刺的个性。他画法笨拙，愤世嫉俗，怀疑所有的人和一切事物。尽管如此，他仍引人注目。

保罗·塞尚 1839 年生于埃克斯－普罗旺斯，较卡米耶年长 9 岁。他的父亲是个制帽商，赚了不少钱，后来成为银行家并积攒了一份家业，为他的家庭在埃克斯外建了一座叫查·德·布方的庄园。保罗和他的姐姐都是私生子，但他的父亲后来承认了他们，在他 4 岁的时候与他母亲结了婚。这也并非不寻常的举动。父亲尽量让儿子受当地最好的古典语文教育，送他上波旁语言学院。然而就在那个时候，保罗无法控制的火暴脾气就已显露出来，并伴他终身。5 岁时他就开始在家里的墙壁上熟练地作画，像克劳德·莫奈一样用画再现他周围的景物。卡米耶知道塞尚不相信并近乎憎恨所有的陌生人，是因为他确信他们都在企图引他"上钩"。

一天傍晚，卡米耶在去美术学校的路上遇到了塞尚。时间尚早，塞尚边走边告诉他自己是库尔贝和德拉克洛瓦的崇拜者，并常去他们的画室，尽管如此，他既不想模仿德拉克洛瓦强烈的色彩，也不想模仿库尔贝同样强烈的现实主义。

他们走过几条长长的街道，塞尚一直观察着卡米耶，试图判定他是不是自己潜在的敌人。显然他的嗅觉告诉他，卡米耶对他无意伤害。几天之后，塞尚邀请卡米耶到一个他不知晓的咖啡馆去喝啤酒。卡米耶猜想，除了在埃克斯上学时的同学爱弥尔·左拉以外，塞尚一个朋友都没有。塞尚和左拉曾一同漫游普罗旺斯的山岭和原野，发现树木茂密的峡谷和值得探寻的山洞；他们相伴游泳、读书，过了几年田园诗般的生活。尽管左拉曾给幼年时的好友巴蒂斯坦·贝尔写信说："劝说塞尚相信一件事就如同让圣母院的钟楼跳四对舞一样难。"但塞尚变得与人为敌、仇恨世界，对政治、社会正义和社会活动毫无兴趣却是后来的事情。对卡米耶来说，他好像是一个不顾一切地为躲避人们而斗争的忧郁、孤独的人，对人际交往有一种病态的恐惧。

"大多数父亲都希望儿子能继承自己的事业，"塞尚对卡米耶倾诉衷肠，"可到头来总不得不让他们走自己的路。我的情况不同，父亲是个花岗岩脑袋，他逼我在法学院念了两年。他们想让我成为一名律师。经过 3 年的苦苦煎熬，他算是把我折磨垮了。最后，我的母亲，上帝保佑她，和姐姐终于迫使他放松了对我的束缚，使我能到巴黎来作画。他给了我一笔少得可怜的津贴，足以把我饿回埃克斯。"

接着他又暴躁地问："为什么美术学校的一些学生要取笑我的画？"

塞尚的作品选择了与历史和宗教有关的题材，采用了波动、神秘的手法，交替地用调色刀涂抹上大块大块的颜色。他称自己的手法为大胆，但美术学校的其他人却认为这反映出他本人头脑的混乱。

虽然如此，卡米耶还是亲切地回答塞尚："他们真正不满的是你不参加大家的歌唱和玩笑。我认为他们知道你比大多数人画得都好，不过你的尸体解剖、墓地和葬礼都似乎使他们毛骨悚然；令人惊奇的是，这深暗的颜色却出自你这个普罗旺斯人之手，我听说那里骄阳似火。你的画结构坚实，这正是我所追求的。"

塞尚差不多微笑了。

"毕沙罗，你真与众不同。你并不想骗我、操纵我。"

两个人经常从美术学校相伴回家。卡米耶讲述了圣托马斯和他们的船上贸易的故事，评论他作为商人的父亲对儿子的绘画愿望立即让步、而母亲至今不肯妥协有多么可笑。他们常常停下来，肩并肩地坐在人行道旁小巧的大理石圆桌旁喝一杯咖啡。卡米耶有了一个不讨人喜欢的朋友。

家里的恩爱生活和在美术学校关于绘画的热烈讨论使卡米耶感到自己有所长进。在他曾经短期去过的其他被认可的画室里，周围作画的人都有一个目标：从政府、教会和私人那里谋到绘画的差事，让自己的生活过得富裕、体面。斯维塞美术学校里也有一些人怀有同样的雄心，但在他的小圈子里却没有这样的人。他们是一伙处于被戏迷们称为"延长彩排"中的青年画家，兴高采烈地试验着，把考验和犯错误的阶段作为训练不可避免的部分，渴望发现自我和找到表现方法。他们到博物馆重新研究和学习绘画大师们的杰出作品，但本能地知道，他们的基本主题和技巧必须来源于自己对自然和世界的观察。

每当卡米耶从美术学校或其他画家的画室回到布特·蒙马特街的家，朱莉一听到他的脚步声便打开房门跑来迎接。他紧紧地拥抱她、吻她，然而一看到家具寥寥无几的房间，他又不免畏缩了。

皮埃特离开了旧住所，开始寻找新的。卡米耶邀请他在安顿好之前就住在自己家的前室里。皮埃特十分高兴。房间虽小，但他们努力做到不打扰对方的工作。过了不久，皮埃特问道："我亲爱的朋友，这难道不是你给我画像的机会吗？"

卡米耶为身着体面黑上衣、浅色裤子和一双不协调的橡胶底鞋的皮埃特画像。他细致入微、充满感情地勾画着自己的朋友，活生生的皮埃特跃然纸上；漆黑的头发已经夹杂了几根灰发，短短的翘鼻子与他的性格毫不相符；又浓又黑的眉毛显得不协调，因为不论是他的脚步还是体态都并不沉重。他坐在他的大画架旁摆着姿势，两腿交叉，右臂以一个优美的弧度伸向画布，左手的拇指勾着涂满颜料的调色板。

他们谈论着当天报纸上的新闻，这些报纸办得既有趣又荒谬。4月，巴黎的报纸报道了美国北方占据的萨姆特要塞受到南方攻击的消息。美国内战爆发了。法国首次提出了义务教育的口号。斯维赛美术学校的学生出于认为"文盲不会欣赏艺术"这一狭隘原因，对此表示了热情的支持。报纸几乎每天报道双方战斗伤亡的消息，还报道了某些地区由于供水污染引起的健康恐慌。精神疾患也受到社会重视，比如像这类故事：住在公寓3层楼上的一个男人高声喊叫："有人要杀我了。"当邻居叫来了警察，他却认为这些人是来追他的，于是跳窗身亡。

这些新闻使皮埃特显得容光焕发，卡米耶发现这是观察并在画布上画下他兴奋表情的大好时机。有关工业事故的报道更为频繁：一个建筑工人从大楼的第五层跌下摔碎了头颅；另一个工人在构架地下室工作时被楼上掉下的石头砸死。一个在火柴厂工作的7岁孩子被圆锯弄断了胳膊；4个水道工在净水突然中断的情况下，险些窒息而死。

在美术学校，方丹－拉图尔一边往一束巨大的水仙花上大块大块地加米黄色，一边带着少有的并不神秘的表情说：

"我知道自己为什么做了画家，这是因为我不愿意在工厂里被杀死。"

间或也有些好消息。一个名叫路易·巴斯德的科学家开始研究以前一直不为人所知的发酵过程。英国发明家亨利·贝塞默完善了从铸铁中提炼钢的工艺。

经过几番苦苦的思索，卡米耶得出结论，当初没有接受临摹卢浮宫展出的艺术杰作的严格训练是错误的，当时的做法只是出于懒惰和粗心。他的大多数前辈都这样做了，有些人也劝告过他："卢浮宫是全世界的艺术学校。向那些艺术大师学习吧，他们的作品流传至今已经历了几百年，却仍像当初绘制时一样光彩夺目。"

他不得不向官方提出申请，请求在腓力二世1204年建造，7个世纪以来又经法国历代君主扩建和装修的旧城堡和宫中作画。需要地方陈列战利品的拿破仑把宫殿改成了美术馆。请求获准后，他走进一公里长的画廊。一位斯维赛美术学校的朋友对他说："画那些正在临摹的人吧，他们本人要比他们想要复制的画更为生动。"

这些人的确五花八门：来自美国、欧洲大部分国家和南美的男男女女穿着具有本国特色的服装，为了应付卢浮宫官员的视察，个个衣着整齐干净。通风的大厅里很冷，因而大家都穿着厚厚的衣服，为了暖和手指往手上呵着气。这条一眼望去无穷无尽的画廊，就像个卫兵持枪而立的军事哨所，百十来个临摹者一排排地围在火盆旁，他们的身体向前倾着，举着炭笔和油画笔像是要发动进攻一般。墙上宽绰地挂着的画是静止不动的，非常静，而临摹的男女们却在不停地运动着。他大声呻吟道："我的上帝，我为什么要加入这个行列？就像落水者抓住稻草一般？"

　　卡米耶仰慕地凝视着克劳德·洛兰的早期作品以及夏尔丹描绘的农舍厨房，凝视着伦勃朗、提香和鲁本斯的作品。最后，他支起画架，掏出颜料。他想忠实地临摹，尽管不论是 1855 年的万国博览会，还是 1859 年沙龙展出的雕塑，都未曾在他的心中引起共鸣。他坐在自己的凳子上，面对精美的雕像《萨莫色雷斯的胜利女神》和《米罗的维纳斯》，用炭笔把它们描在画簿上。大理石雕像的体内似乎流动着血液，似乎有生命在颤动。然而黄昏时分返回自己的画室时，他的心中却燃不起丝毫激情。他对雅各布森不满地说："我觉得一无所获。这些艺术大师的确技艺高超，但我永远不会像他们那样去画。"

　　雅各布森用手帕捂着嘴咳了几声："这是一种训练。你可以学习他们的态度、透视……"

　　卡米耶发现与朱莉一起生活很轻松、愉快。她一无所求，对卡米耶长时间离开家到巴黎或乡下素描，对他晚上时常去美术学校作画，都毫无怨言。他们仅买得起最起码的生活用品，不过在葛兰赛她已经习惯了俭省的生活。她身体强壮，简直不知道疲劳，因而做花并没有成为她的负担，反而还留给她很多时间操持自己的菜园。这菜园是她一锄一锹从一片被人遗忘的野草丛生的地里开出来的。对母亲和姐妹的爱，曾支持她度过了艰难困苦的岁月，那时她们住在 9 号街头泥洼里的一间小棚里；而现在对卡米耶的爱又成了她的支柱。他们的情欲伴随着柔情蜜语和友爱。

　　朱莉知道，对她的爱并不是卡米耶生活中至高无上的，只有绘画才是，并且永远是。她与他的画家朋友没有接触，也不需要接触，因为他们是他的工作伙伴。被一个自己所不敢追求的男人所爱，她已经十分满足，所以从未对自己只能占据第二位而感到失望。她忘不了自己的酒鬼父亲，每晚祈祷时都要感谢上帝给了她卡米耶·毕沙罗。

　　她每天挣 2 至 3 个苏，足够他们吃饭。卡米耶用一部分津贴购买绘画用品和付美术学校学费。为了省下足够的钱购买灯油、煤炭、蜡烛，付做饭和清洗用水费以及给朱莉买些内衣料，他严格控制自己的其他开销。他不能经常和其他人一道去饭馆吃饭，便在咖啡馆的平台上与他们一起喝杯咖啡。

　　朱莉在卡米耶和朋友们会面的格尔布阿咖啡馆里感到很不自在，那里也有年轻的女人在座，但她们大部分是模特儿。坐落在巴提纽尔大道 11 号的格尔布阿咖啡馆，既清静又安宁。进门靠左的地方摆着两张大理石的长桌子，是专门为作家、批评家、插图画家和摄影师们保留的。现在，年轻的画家们在星期天和平日 5 点钟以后也聚集在这里漫谈，从日本绘画谈到在奥德翁的公共马车上找个座如何困难，无所不包。当画家们活跃的谈话变得太专业，或涉及她所不懂的绘画时，朱莉就向卡米耶提出自己一人先走。根本说来，她认为那不是一个正派女人晚上该待的地方。她道德观念极强，以家庭主妇自居，有模特儿在场感到很不自在。卡米耶为她们辩解："她们都是好人，并不伤害任何人。她们为挣钱而努力工作。"

"在男人面前赤身裸体摆姿势？"

"朱莉，你这样就太没有同情心了。这是她们的谋生手段。"

门吱呀一声擦过地面上的沙子关上后，身穿无纽扣白衬衣的方丹－拉图尔把卡米耶介绍给爱德华·马奈。尽管比卡米耶年轻两岁，29岁的马奈已经是这个咖啡馆画家专桌公认的领袖。他请卡米耶坐在自己身旁的椅子上。

"我从很多画家那里都听说过你。他们说你有前途。"

"谢谢他们的好意。"

"'前途'是个可恶的词。他们也说我有前途。这个词更像是说我们患了早期癫痫症，不知将来什么时候就会突然发作。来杯酒。"

借着咖啡馆油灯的光亮。卡米耶看到爱德华·马奈是个肩宽肌瘦、身材优美的人，穿着一条近乎白色的裤子，在他的细腰间整齐地扣着扣子，他有一个高卢人的头，一张爽朗、生动的脸。一头差不多是黑颜色的光亮的头发已经开始从两边脱落，柔软的胡子修饰得很漂亮，他生来感情充沛，讲话时辅以很多手势。参加上流社会的社交活动时，他身着一身剪裁宽松的黑色长外套；作为独立自主的象征，里面穿上一件色彩鲜艳的方格背心，不戴传统的领结，却系一条质地厚实的长领带。

卡米耶觉得他是格尔布阿咖啡馆里最有吸引力的人。马奈大胆、自信，出身上流社会，一双敏锐的眼睛似乎在宣称："我了解自己，知道自己想成为什么样的人。"他不变化无常，也不焦虑、压抑；他热情、友善，从不评论他人的能力。然而对于他认为与众不同的几个人却很偏爱。不知是由于年轻、兴趣相同，还是因为作为画家已被排除在社会生活主流之外的这一事实，他们似乎为找到了一个共同点而感到庆幸，很快交谈起来。

卡米耶被他尖刻的幽默所逗笑。马奈讲到自己虽然是巴黎出生的为数不多的几个画家之一，实际上却是在圣热尔曼·德·普莱大教堂古代传统的气氛中受的洗礼。他的父亲是塞纳法庭的一名法官，出身富有的名门，母亲的家庭也同样高贵。讲到为了让他继承祖传的法律事业，他是如何被送到最好的学校去读书；他所继承的特有社会和道德品质是如何被塞进了他的头脑。他喜欢参加社会活动，经常出入沙龙，在那里他的活力和闪光的才智备受称赞。要想对这样一个殷实富足、门第高贵的家庭进行反抗，那是非叛逆不可的。

"我父亲说我任性。"马奈解释说，"父母都坚决反对我败坏家庭的名誉。"

最后，为了逃避家庭的压力，他上了航海学院，在往返于勒阿弗尔和里约热内卢之间的加德鲁普号货轮上服役。

"我唯一的一次奇遇，"他玩笑地接着说，"就是把画家先天的本能应用到实践中去。船上的货物中有一些因海水的浸湿而退了色的荷兰干酪。船长选中我负责解决这个问题。

我用一把刷子和一桶鲜艳的颜料，把干酪涂成尽可能满意的颜色。"

他的父母希望艰苦的海员生活能够使他们的儿子懂得在法国的统治集团中占有一席之地的必要，并重新渴望过豪华的生活。然而他们对自己孩子的判断是错误的，马奈却比以往任何时候都更坚决地要献身于绘画事业。18岁生日时，父母看到他的信念已不可改变，便不得不同意他做一名画家。

"但是，不是做一个穷困潦倒、饥肠辘辘的画家。"父亲教训说，"既然要做画家，就要做得像个富家子弟的样子。"

为了作画，马奈租了一间漂亮的画室，但仍然住在富丽堂皇、仆役成群的家里。他经常光顾最上等的饭店，钱袋里总装着富余的钱。他属于浪漫传统中的女性追求者。

他盼咐招待重新斟满酒杯，然后令卡米耶深感意外地说："我喜欢你在1859年沙龙中展出的那幅《蒙莫朗西的风景》。我怎么就什么也看不出呢。我可没有这么好的运气。我送了一幅油画，画的是一个喝苦艾酒的人和他的女伴坐在路边的桌子旁，可是落选了。我的画中有某种东西令评审团感到厌恶，尽管我从未想过要反对、推翻传统的绘画艺术，创立新的体系。"

库尔贝曾经说过："马奈是一个颇具现实感的人。"

卡米耶温和地说："据我所知你反对古退尔，他的画室是巴黎最有名望的。但是我们不反抗又怎么能摆脱过去的羁绊呢？"

马奈笑了，露出一口白色的大牙。

"说得不错，我花了6年时间在古退尔那儿学画，最后却与在沙龙获奖的那种历史画公开决裂而离去。古退尔对我大为恼火，他以为我会成为他终生的追随者。我离开的时候，他叫道：'你顶多成为你那个时代的杜米埃。简单地说，成为一个漫画家和讽刺画家。'"

"你向1861年沙龙提交画吗？我正在准备几幅画……"

"当然，沙龙是真正的战场，那里才是测试自己才能的地方。我画了一幅《西班牙吉他演奏者》。我被这些西班牙人迷住了：委拉斯开兹、戈雅*和艾尔·格列柯**。《西班牙吉他演奏者》会把评审团吓丢了魂，但出于害怕和恐慌，他们会接受它。"

在蒙马特高地回家的路上，卡米耶觉得马奈不可能比现在更友好了。有趣的是，马奈在画家当中最亲密的朋友却是深受贫困折磨、所有的人中最穷的一个——阿曼德·吉约曼。马奈还是一个左翼共和党人，拿破仑三世统治的第二帝国的死敌。

---

* 戈雅（1746—1828），西班牙画家，笔致豪放，构图大胆。

** 艾尔·格列柯（1541—1614），西班牙画家，原籍希腊。

尽管克劳德·莫奈认为自己被征兵的机会很小，当他不得不回勒阿弗尔参加兵役抽签（当时一定比例年满 20 岁的青年必须参加抽签，以决定在法国军队中服役 7 年的人选）时，爱德华·马奈还是为他举行了告别宴会。

"我的父亲不会把我赎回来的。"莫奈平稳地坐在爱德华的一只路易十四时期精美的金色长椅上叫道，"他们对我大为恼火，或许认为去军队对我是件好事。不过索菲姑妈会叫人顶替我，把我赎回来。她永远不会让我在阿尔及利亚服 7 年役的。"

马奈的宴会任大家随意就座，由两个身穿红条背心的侍者端送丰盛的食品和酒，一个 3 人乐队演奏着舞曲：他邀请画家们携带妻子、女友前来赴宴。这是一个盛大的集会，斯维赛美术学校的朋友、库尔贝和他的安德勒啤酒店的一伙人，以及他早先在古退尔画室结识的朋友和格尔布阿咖啡馆的常客均在被邀请之列。参加宴会的人们身着节日盛装，女人们穿着花色长袍，画家们则穿上最好的外衣和裤子，很多人还穿着绣花背心。

卡米耶坚持要朱莉陪他一同前往。看到爱德华·马奈用五光十色的彩带和讽刺克劳德·莫奈的漫画装饰起来的时髦画室，朱莉惊奇地睁大了眼睛。这些漫画中有一幅画的是莫奈身穿朱阿夫兵*的制服，半埋在荒野的沙土中；另一幅是他在阿尔及利亚式的后宫里被夹在一群妩媚的舞女中间。卡米耶劝朱莉去和莫奈跳舞。后来，他高兴地发现，她喝凉爽鸡尾酒的时候，对自己的画家朋友表现出好感。

宴会从傍晚一直持续到第二天清晨。卡米耶和朱莉微醉地回到家里。这次聚会非常成功，巴黎美术界成员的关系因此而更加亲密。然而它却无法改变克劳德·莫奈在勒阿弗尔抽签决定的命运。他的父亲坚定不移地反对儿子逃避服役获得去巴黎的自由，劝说他的姑妈不要赎他出来。4 月 29 日，克劳德·莫奈正式应征进入法国军队，开始 7 年的服役生活。

"这是个悲剧。"卡米耶哀叹道，"他们会毁了他的艺术生涯。"

"也许他能成为一名军队画家？"朱莉道。

"这不符合他的性格。"但是，过了一会儿，卡米耶的嘴角又露出一丝微笑，"不过他是一个足智多谋的年轻人，他会有办法的。"

1861 年 5 月，沙龙在工业宫举办。斯维赛美术学校的伙伴们决定在开幕式之后一同去看评审团的评选结果。

"不论谁获选，我们都要向他表示祝贺，落选的人决不嫉妒。"

---

* 法国原从阿尔及利亚征募来、穿阿拉伯式的华丽军装的一种轻步兵。

美术学校的每一个人都提交了几幅画，年轻的参加者认为即使得个"R"*被拒绝，也比不参加来个"O"强。他们这样想有明显的好处。因为按照巴黎人的习惯，新手们可以说"我向沙龙提交了画，但是目前尚不能接受我的新尝试"。

卡米耶选了 3 幅水粉画：《拉罗什－居庸的平原》《原野》和《蒙马特高地》，画的都是他所熟悉，他认为激动人心的地方。他认为这几幅画是他在过去的两年中所创作的最佳作品，优于他 1859 年提交的那幅油画。他自信能够入选，因为评审团总是偏爱那些已有作品展出的画家。因此，听到落选的消息，他不仅感到意外，而且感到失望。在密密麻麻的冷冷冰冰、令人不快的参展作品之中被忽视与接受后又被放置一旁完全是两回事。诚然，《蒙莫朗西的风景》既没能为他找到赞助人，也没有让他卖出一幅画，但是却稳固了他在同伴中的地位。1861 年的落选却似乎让人相信两年前的中选不过是出于偶然。

美术学校大部分人的画都遭到了拒绝。在他们称为的"纯真大屠杀"之后，空荡的画室里已经没有人作画。

正像马奈所预料的，他躲过了这场"大屠杀"。他父母的一幅肖像画和《西班牙吉他演奏者》被接受，后者还获得了荣誉提名，这对一个 29 岁的人来说的确是个了不起的胜利。

卡米耶开始擦洗他画框上"R"的印记，心情沮丧。朱莉用双臂搂着他，安慰他。

"这简直是又回到了过去被人遗忘的境地。"他叫道，"我就像屁股上插了火炮的驴一样生气。由于盲目乐观而失败，我算是泄了气。我以为只要评审团能够选中我两幅画，我就能开始卖出画去，咱们就能过得舒服些……"

她用手理着他蓬乱的头发以平息他的怒火，声音颤抖地说："我们还有时间。我们都有。"

她声音中的某种东西使卡米耶平静下来。他把她抱起来，双手抓住她结实的圆肩膀。

"我真没脑子。你遭到的拒绝要比我严厉得多。"

"我会有孩子，你的画也会在沙龙展出。"接着她又建议，"今天晚上到格尔布阿咖啡馆去会会你的朋友吧，这对你有好处。"

十几个年轻人在烟雾、啤酒和葡萄酒香以及高声谈话中围坐在角落的桌子旁。

"我们不要再互表同情了。"方丹－拉图尔说，"我们已经骂过了沙龙的鉴赏力和裁决。"

惠斯勒带着掩饰得并不好的嘲讽评论说："反对任何新生的和不同的事物是人类天性的一部分，在自然科学和人文科学领域也同样如此，特别是当一个人的饭碗受到威胁的时候。"

·　"R"即"拒绝"（Rejection）的首字母。

　　然而他们毕竟缺衣少食，并且再次面临着一个没有机会展出作品的两年。

　　令人快慰的是，居斯塔夫·库尔贝和让·弗朗索瓦·米勒脱颖而出，成为当年的艺术大师。此外，沙龙的一个更富洞察力的评论家是站在斯维赛美术学校候选人一边的：

　　当今绘画的最大过失就是缺少真诚。这是由于力量的缺乏，也就是说缺乏灵感、反思和勤奋……大众，这些普普通通的人，在任何地方都是至高无上的。按部就班、快速的机械手法和千篇一律的主题正趋于取代个性的力量、自然的表现和独创性。

　　弗雷德里克热爱他的退休生活，关注着近旁正在修建的作曲家罗西尼的寓所，每天去邻近的布阿散步。沙龙对儿子的拒绝令他不快，艺术的道路毕竟不是笔直平坦的。拉舍尔则佯作不知，毫不关心。卡米耶经常回家吃晚饭，足以不使父母生气。爱玛在伦敦与菲尼阿斯，还有她已有的5个孩子在一起生活得很愉快。她寄给卡米耶一些短信和家用礼品。帕西的家里没有了她似乎显得空旷起来。阿尔弗雷德在蒙得维的亚的买卖兴隆，经常出入歌舞剧院，不断地与上等人家的年轻女子恋爱又一一分手。有一次，在阿尔弗雷德的坚持下，卡米耶去看望了安托瓦内特。阿尔弗雷德给他写信说：

　　收到你的来信，我无限喜悦。从信中可以看出你仍是我的朋友，就像昨天那样。你没有告诉我你给了安托瓦内特钱，这很不好。她给我写了信，并告诉我她病得很厉害。我恳求你继续扮演助人为乐的角色，当然我是不胜感激的……

　　朱莉继续做一个制花工，还开垦了房子后面的地。她对娱乐活动要求不多，但是喜欢跳舞。因此卡米耶有时带她去参加露天舞会。他们坐在树下的小桌旁，一边听着乐队的演奏，一边注视着在身旁旋转的身穿鲜艳衣裙的女人和戴着黑帽子的男人，然后他们自己也跳起来。

　　她对他不加限制。那年夏天柯罗老爹邀请卡米耶去枫丹白露，还有他与阿曼德·吉约曼一道去巴黎北面的乡村进行几天写生，在离别时她都努力克制着自己的感情。晚上，他有时为她高声朗读龚古尔兄弟写的《查理·戴梅利》，或是乔治·桑的《敲钟人》。

　　卡米耶仍然专心练习素描，将其认为是整个绘画艺术的基础。

　　"没有素描哪儿有绘画？没有音符哪儿有音乐作品？没有对话又怎么会有戏剧？"他自问。他有的时候在灰色、浅棕色或淡蓝色的纸上用铅笔作画，用钢笔作影线。从柯罗那里，他学会了找到铅笔和宽大的炭笔或是浓重的粉笔笔触之间的对比效果。

　　他扎扎实实地提高着自己的绘画技巧，坚信自己一旦掌握了便永远不会忘记。

　　只要天气允许，他每天都到户外作画。他仍然坚持反对矫揉造作，对景致的描绘力求神似而不追求表面的形似。他体会到"学会了如何真实地观察一棵树，便懂得了如何看待人体"。在动笔作油画之前，他仍然要花费相当的时间在纸上打稿，并训练自己保持自然的形式，根据记忆把它们画下来。他练习快速写生，因而能够凭直觉把各种颜色糅合在一起。

他回到卢浮宫去学习法国早期风景画三大家的绘画：克洛德·洛兰*、让·巴提斯特·夏尔丹和尼古拉·普桑。柯罗、米勒、杜比尼和卢梭都是他们公认的继承人。他向这些过去的大师学习，尽管他决心不去模仿他们；忠于他们的传统而不抄袭他们。塞尚发表以下议论时，他点头称是："我们决不能成为食古不化的知识分子。"

他赞同柯罗的看法："对自然的观察是永无止境的。把你的印象在画布上描述出来，那就是你真正的声音——你想要表达的特有的声音。"

柯罗亦曾告诫说："画家不需要任何指导，除了这一条：至关重要的是你必须学习色调的变化。我们的眼光各不相同，你看作绿的颜色，我却认为是灰和淡黄色的。努力研究色调变化吧，它是绘画的基础。"

卡米耶请教道："用眼睛准确地辨别颜色，然后把握住它们相互之间的关系？"

柯罗点点他那苍白蓬乱的头。

"艺术的美是沉浸在自然印象中的真实。当我尽力模仿时，我一刻也不放松那紧紧抓住我的情感。在一切景物面前，必须使自己服从你的第一印象。如果你当真被感动，那么你就能够向他人转达你的真实情感。"

回到蒙马特的家中，他为自己安排了几项特殊任务：使笔触流畅，练习明暗对比，协调地面与深蓝色天空中飘浮不定的白云的色调。他陆陆续续地画起人物素描，有裸体的亦有着装的，这样他就能够在他的风景画中加进人物。几个小小的人物能够使一直伸向地平线的粮田、茂密的树林和布满石头房子的村庄的背景生动起来。

他有一种强烈的感觉，一种直觉，那就是他未来的方向。

1862 年 1 月，卡米耶第一次参加了抗议活动。起因是在卢浮宫临摹的画家们必须为他们的手杖和雨伞付一笔管理费，但不论是在沙龙还是在皇家图书馆中均无此项收费。画家们赢得了这场斗争。爱德华·马奈，这位官僚政治天生的敌人尖刻地说道："我希望所有反对专制的斗争都能像这次那样轻而易举地获胜。通常，要使一位官僚从桌子的一头走

_____

* 克洛德·洛兰（1600—1682），法国画家，久居意大利，擅长风景画。

到另一头总要花费几年的时间。"

"这是因为我们采取了一致行动。"卡米耶答道。

2月，出于对健康的考虑，为工人的孩子修建澡堂时兴起来。政府表决通过文学和艺术作品的版权为永久所有权。

"要是政府能通过一项法律，规定买画是人民应尽的义务就好了！"阿曼德·吉约曼说。

3月，《画报》发表了对盐、糖和豪华马车征收新税的新闻。此后，巴黎的报纸充满了有关美国内战中北方的"蒙尼特尔"号和南方的"梅里马克"号之间战斗的报道，这些铁甲舰已取代了旧式的木制战舰。4月，第一批古柯或称可卡因自秘鲁运抵法国。6月7日，维克多·雨果的《悲惨世界》出版，舆论为之大哗，褒贬两派的争论十分激烈。朱莉看到书中关于残忍和不公正的描写后很害怕，不论卡米耶怎样解释说这样的事只有被揭露出来才能根治也无济于事。

6月下旬天气转好时，卡米耶就用一整天的时间带朱莉到乡下游玩。他们包上午餐，乘坐公共马车和火车来到有节庆活动的偏远乡村。他们观看扎猛比赛、套腿比赛、男人们的爬油杆和女人们的铁环比赛，并随着乐队的伴奏翩翩起舞。只要经济允许，他们就买张便宜的票子去歌剧院，或是观看令人仰慕的法国芭蕾舞皇后爱玛·利芙丽的演出。当她的舞裙在一次彩排中被蜡烛引燃，几乎置她于死地时，整个巴黎都沉浸在悲痛之中。

皮埃特再次邀请卡米耶和朱莉去蒙特福考特玩，最后还把火车票寄到了他们家。

"7月的乡村景致甚佳，各种树木都已开花结果。"

"咱们去吧，卡米耶。"朱莉怂恿着。

乘火车向西南行去马延要走很长的路，中途停站很多。卡米耶的眼睛贪婪地盯着窗外的景致，如同7年前乘火车从布洛涅到巴黎时一样。马延是个古老的河港，马延河上架着拱形石桥，河的沿岸是用石头牢牢实实砌起的高高的河堤。这个城市是繁荣的农业和牛羊养殖业中心，在一个用石头铺成的广场中央有一眼泉水，河的沿岸还有一个废弃不用的市政厅和一个鲜花市场。河水平静蜿蜒地流过城市，帆船缓缓驶进平和的峡谷。用红砖建造的圣马丁教堂是城里的主要教堂，极需修理。

皮埃特满脸笑容，在火车车厢的最后一级踏板上接过他们的行李，把他们安置在一辆轮子摇摇晃晃的轻便马车上。阿黛尔伸出手来欢迎朱莉。

从马延驱车去蒙特福考特要走两个小时。一路上，但见苹果园和桃园果实累累，人们正在绿色的小山坡和平坦的原野上收割小麦和干草，羊、黑色的和白色的牛在树荫下吃着草。在山谷的斜坡上露出古老的石头房子、一片未砍伐的林地，远处山脉隐约可见。他们踏着蜿蜒的小路（常常是羊肠小道）穿过安布雷埃村、梅勒雷村和希内村，一路上风景如画。

"你说得对，皮埃特。这里的风景的确值得一画。"当他们在一个庄园前再次涉河，然后穿过一片荫凉的未开垦的森林时，卡米耶叫道。走进蒙特福考特村，卡米耶看见每一个主要的十字路口都有一个真人般大小的耶稣被钉在十字架上的木雕，钉痕下还涂了不少红颜色。这些高高的雕像居临着整个地区，包括站立在山坡上的乡村教堂上的雕像，它的基石上挂着芥末色的青苔。卡米耶从未在这么小的地区内看到过如此多的基督受难像。

"这些圣像使你感到不安吗？"他问阿黛尔。

"刚开始是这样。这地方的宗教气氛很浓。初来的我甚至梦见自己就是那个被钉死的人。但是皮埃特家是这里最古老的家族。他出身于由众多的教士、大学管理员、医生、市长和盐仓经理组成的一个大家族。我接受了。尽管如此，我还是庆幸能在巴黎住上半年。"

村里的一些房子轻巧地拔地而起，如同一只在架起的腿上刚刚摆平的茶杯。还有一些房子就好像被挤扁了似的，只有第二层露出地面。他们来到蒙特福考特庄园前，皮埃特拔出厚重大门的铁门闩时，卡米耶不禁赞叹道：

"好漂亮的房子！"

皮埃特冲他微微一笑："这得感谢我们的祖先，亲爱的朋友。愿这是你无数美好访问中的第一次。"

这所房子高大威严，用浅灰褐色的板石盖成，灰色的石板屋顶两边各有一个烟囱。底层楼高高的双层门两边各有一个大窗子，下半部由雕花木做成，上半部镶着玻璃。上层楼有4个同样大小的窗子。底楼的窗子上还安有白色的百叶窗，夏日遮阳，冬日挡风。

房子前面是一片绿色的草坪，一条小道从中穿过，3个长长的、互不相连的花坛里盛开着郁金香、蝴蝶花和百合花。房子的主建筑和后面的菜园为一道灰褐色的10米石板墙所环绕。在菜园里，皮埃特把一片片的莴苣、朝鲜蓟、洋葱、胡萝卜和青豆指给他们看。

"你有一个好管家啊，皮埃特。"

"是一家人。比恩从我祖父在世时就跟着我们。现在农场的状况可不比当年了。我不像父亲那样善于经营，当然也不像祖父那样精明强干。"

"一个人很难既做画家又当买卖人。"

"不可能。正因为如此，农场的收入才逐年减少。不过我们的收入还够维持一辈子的生活。既然没有迹象说我们会有孩子，我想二者相比之下重要的还是绘画。"

"你才36岁啊！"卡米耶说道，想使皮埃特从对钱的忧虑中摆脱出来，"你会丰收的。"

"绘画，是的；家畜，是的；粮食，也可能。孩子，我们只有祈求上苍了。"

他们从两旁立着粮仓，用石头漫地的大院子的后门走了进去。一道沉重的内门隔开了楼上的房间，墙上挂着一个枝角繁茂的硕大鹿头。门厅不大，它的一边通着天花板很高的客厅。客厅里有一个烧圆木的大壁炉和古怪地搭配在一起的三代人购置的长沙发、安乐椅、桌子和装有玻璃隔板的搁物架，里面摆着100年来的古玩。门厅的左面是个天花板同样很高的厨房。厨房的顶头，在一个临院的高窗户下有一个巨大的黑色炉灶和一个饭桌。

穿过厨房有一间不大不小的卧室，阿黛尔如果找到可心的厨子就让他住在里面，马延区的年轻女人是不喜欢在别人家当用人的。楼上是两间相当大的卧室，位于客厅之上的那一间有一个壁炉。房子另一头的厨房烟囱却没有通道连接第二个卧室。

"我一直搞不明白，"皮埃特眨着眼承认说，"难道是我的祖先想把家里的一部分成员冻死吗？"几代人中也没有任何一位想起在房子的前面或是后面修一个走廊。"这地方可没有这个习惯，"皮埃特解释说，"天气暖和时如果我们想到外面坐坐，我就把桌子和椅子搬出去。"

阿黛尔和朱莉一起做饭。她们试验着，品尝着，笑着。两个男人的品尝力均欠佳，而且沉浸在友谊之中的他们对此也无心留意。他们在乡间漫游，偶然对着同一个景致画上几笔。为了熟悉马延的风景，卡米耶把头两个星期的时间用来画速描；这里100多英里之内的地理变迁使得地貌和其基本特征发生了惊人的变化，与他所知晓的截然不同。然后他又开始画油画。他画蒙特福考特那些从小山坡上看去牢牢地戳在地面上的小房子，附近森林中属于皮埃特的小湖，还有周围庄稼正在成熟的田野，错综的小径，正在吃食的牲畜和载着货物的过往马车。

"这是个值得一画的村庄，"他对朱莉说，"没有任何渺小、庸俗的东西。"

"我过去从来没有朋友。"朱莉若有所思地说，"早先有妈妈、姐妹们，后来是你……我喜欢这儿的大床和厚厚的被子，蟋蟀的啾啾声和小池塘里的蛙鸣，还有树林里的野餐。哦，卡米耶，我在这儿太快活了。"

朱莉在原野中漫游，在小溪里蹚水，头发披散在肩后，像在拉罗什－居庸时那样。卡米耶觉得她依然像他在帕西的寓所里第一次看见时那样年轻、可爱。

他把她搂过来。

"总有一天我们会搬到乡下来的。但首先我必须再次进入沙龙，还得找一个肯展出我的画的经销商。"

阿黛尔在乡下感到很孤独，并且由于担心自己不能生育而几乎病倒。

"如果我有孩子，我就可以做些有用的事。我可以哺育他们；或者我能帮助管理农场，使它增加收益也好。可我不是个乡下姑娘。"

"我是个乡下姑娘。"朱莉说，"但我不知道怎样靠土地挣钱。"

黄昏时分，他们坐在前门外，靠近花园。面前摆着由冷肉、新烤的面包、甜奶油和用菜园里的新鲜蔬菜做的沙拉组成的晚餐。皮埃特打开一瓶冒着泡的葡萄酒，这酒曾放在篮子里吊在井中镇过凉。天完全黑了下来，他们点燃蜡烛。四周万籁俱寂。当他们碰着酒杯低声说"干杯！"的时候，每个人都意识到这样无拘无束的快乐时刻是不可多得的。

⁓

10 月的一个晚上，朱莉脸颊绯红地告诉卡米耶自己又怀孕了。他爱怜地亲吻着她的双颊。

"多久了？"

"3 个月。"

"7 月份！在蒙特福考特！我太高兴了，我亲爱的，我希望我们有一个家庭。我曾有过那么多兄弟姐妹，……但他们都离我而去，剩下的只有远在英格兰的爱玛和比她更远住在蒙德维的亚的阿尔弗雷德。"

她的眼睛闪烁着温柔的光芒。

"葛兰赛有这么一句话：'人多无好食'。"

他拍拍她依然扁平的肚子。

"我要养很多儿子和女儿，这样会使我感到自己属于这个世界。"

"它肯定听我指挥。"

他十分高兴。

"孩子生下后，我们要换一个更好的地方住。"

"到乡下去吧，"朱莉兴高采烈地说，"住到乡下花费少。我们自己可以有一所小房子，自己种菜……"

卡米耶的心早已向往着乡村生活。

"在巴黎我已经画了我所要画的一切，领略了学校、学院和咖啡馆。我渴望成为原野、农民和村庄，成为乡村的一部分。我所有的经历都表明，我天生是个风景画家。"

他们的房东却等不到孩子的降生，他自己现在就想占用这套整修过了的房子。他们在纳维－布莱达街找了一间画室，搬回坡下来；房子离洛蕾特圣母院更近了，但面积太小，不能与雅各布森同住。

11 月上旬的一天，天色灰暗，克劳德·莫奈走进斯维赛美术学校，年轻英俊的脸上挂着笑容。

所有的人都大吃一惊。

"你不是待在阿尔及利亚的军队里吗？"卡米耶叫道。

"不去了。我父亲把我赎回来了。我今年 5 月病假回到勒阿弗尔，一直在死亡线上挣扎！"

朋友们把他围起来，同他开玩笑。然而他却不在乎，回到朋友们的身边令他欣喜若狂。

惠斯勒一本正经地说："莫奈，我被迷住了。我向来喜欢打听朋友贵体欠安的情况。"

"除了梅毒和淋病之外，我什么病都得了。那儿没有巴黎模特儿，我又远远地躲开当地的妓院。"

"真糟糕。你早就应该被释放回来的。"

他们笑起来。莫奈把他那顽皮的头向后一仰。

"起先我得了肺炎，后来又转成肺结核。我的腿三处摔伤。我得了痢疾，病情不知不觉地加剧，使我瘦得皮包骨头。我浑身长满了一片片的疖，我的脑子也出了点毛病……"

"比平常更厉害？"这回是安托尼·吉耶梅问。

"严重得多。我想象自己成了要塞的指挥官，这时他们才决定让我告假回家。"

"这些想当然都记在你的档案里啦？"举止稳重的塞尚问。

"一点不错！除此之外，别无他法。不过这没什么。离开前的最后 6 个月我和琼坎德*一起作画。可怜的人有好几根神经崩溃了，他喝得不多，常有幻觉。他又高又瘦，走起路来摇摇晃晃像个海员，讲一口几乎听不懂的荷兰话……可是他一旦画起来！颜色层次清晰、主题激动人心、用色大胆……我认为他胜过布丹一筹。"

"不管怎么说，欢迎你回来。"卡米耶高声喊道。

莫奈喜笑颜开。

"我父亲给了我整两年的津贴，条件是我必须证明自己每天都在努力工作，也就是说我得到格莱尔的画室去，在那里格莱尔会监督我，给我写证明寄回家。这要花很多钱，入学费 30 法郎，还要预交 3 个月的指导费 30 法郎。不过我父亲认为值得，因为他坐镇勒阿弗尔便可监视我。"

卡米耶每天都要工作很长时间。虽然他仍像以往那样听取其他人的见解，特别是杜比尼的漫射气氛的画法，但与此同时他在寻求一种灵感。他保持着旺盛的精力，同时他又能察觉自己的不足。一天晚上，他从瓦兹河畔的奥维尔村回到家后，把白天作的油画抹掉了。

"你这是为什么？"朱莉问，"我从来没见你毁过任何东西。"

"我搞错了。基本色调不是这样的。要不然就是我站的角度不对。我的色调阴沉，而且运笔不当。"

他对自然风景的热忱却未得到法国天才诗人波德莱尔的赞同；后者的作品大部分不为人们所接受，而且要比大卫·雅各布森更为穷困。一个星期天下午，波德莱尔拜访了卡米耶的寓所。他由于药物过敏而两眼发红，V 字形的黑头发使他看起来像饥饿的撒旦。看了卡米耶的近作，他告诉他："毕沙罗，你知道当我受邀为一部关于巴比松－枫丹白露

---

* 琼坎德（1819—1891），荷兰画家，用印象派手法画风车、运河、船只等风景，尤长于水彩画。

画派的书写文章时，我是怎样回答的吗？一部描写森林、高大的橡树、青葱的草木、昆虫和太阳的书？我不能为这些草木所动，我永远不能相信神仙的灵魂会寄寓在植物草木之中。相反我倒常常想，在自然的繁衍生长过程中有某种令人忧伤的东西。茂密的树林使我想起我们令人惊讶的城市，想起那滚滚而来对于我就像是人类哀哭的音乐。"

卡米耶大为惊讶，同时又颇感兴趣。难道一个敏感的诗人会对自然无动于衷？幸亏世间存在着7种不同的艺术！

朱莉并不因为怀着孩子而感到不适。她很少提及自己体内有个正在成长的孩子。卡米耶从她的态度中得到暗示，也很少提及此事，但发现她已经举不起整桶的水、菜篮子和清洗的衣物。

"你用不着照……照顾我。"她抗议道，"怀孩子是女人的事，这是男人不会干，也永远干不了的。"

他从来没有见她反抗过。

"好吧，我要跟上你的步伐。我要完成为下次沙龙准备的3幅画：一幅风景画、一幅村景和一幅瓦兹河渡船的第三张习作。如果这几幅画能卖出去，我们就带着孩子住到乡下去。"

他放弃了晚上的讨论和咖啡馆里的娱乐，陪伴着她，为她高声朗诵新近出版的小说，慢慢地扩大她的视野，增加她的词语。朱莉领受了他的好意，勤奋地学习着。但是他却无法让她在给姐妹写信的时候加上标点。

"朱莉，我亲爱的，你应当学会使用逗号、句号和大写字母。你写的东西不论长短总是通篇没有句子、没有段落，一抹到底。你不用句号来表示一个想法或主题的完结，开始新句子时也不使用大写字母。"

"费利西能看懂我的信。"

"问题不在这里。我要教会你她们在葛兰赛没有教会你的东西。"

她吻了一下他的面颊说："你是个好老师。"然后突然恨恨地说："我改不了写的方法，我就是这样想的，不用句号也不用大写字母。要是那样写，只能让我困惑。"

卡米耶再也没有拿这个问题来打扰她。

1863年2月，正好在卡米耶完成他的风景油画《拉－瓦汉纳》时，朱莉生了一个儿子。一个有执照的接生婆为她接生了一个8磅重的儿子，当这个女人倒提着他、拍打他的屁股时，婴儿起劲地尖声叫着。他们给他起名叫吕西安，但俩人都说不清为什么要起这个名字。

朱莉为自己生了个儿子感到骄傲。她比她的母亲强多了。

"如果父亲有一个儿子而不是3个女儿，也许他就不会离家出走。"她沉思着。

卡米耶给弗雷德里克和拉舍尔写信，告诉他们有了孙子。信的段落清楚，还工整地点着逗号和句号。然而，没有收到回音。

一股充满活力的旋风席卷了美术界。卡米耶和他的画家伙伴们都被卷入其中。自1855年万国博览会开幕以来，8年的时间已经过去了。这个规模宏大的万国博览会曾经带来了几十个国家的艺术，并使人们认识到绘画和雕刻的重要性。这届博览会是个分水岭。从这艺术的高山之巅，艺术之河究竟要流向何方呢？是流向深深的、有时也是丰富多彩的过去的海洋呢，还是流向未来闪光的大海？他的大多数朋友自从那次博览会以后都在埋头苦干，很多人还打破了处理光的形式、传统的笔法和主题。大家都在狂热地工作着，赶着他们决心要在沙龙展出的作品。这些默默无闻的画家意识到，这是绘画艺术从古典的过去迈开巨大步伐的一年，因为画家们圆满地实现了他们完成色彩、主题和构图创新的诺言。他们——与卡米耶一起在美术学校或画室里作画和他通过年长的柯罗、德拉克洛瓦和库尔贝结识的那些人已不再是绘画新手了。

"我们有理由自信，"一位画家叫道，"我们掌握了绘画技巧，我们一直勤奋、诚挚……"

"唉，平庸之辈也这样做了。"保罗·塞尚尖刻地说。

"他们不敢拒绝我们。"克劳德·莫奈大声说，"我们已经走得太远了。"

"评审团不会喜欢我们的，"惠斯勒用他那惯有的顽皮语调说，"但他们得承认我们是一派……作为一个整体。"

1863年4月的最后一个星期，3000名候选人聚集在巴黎工业宫的门口。那一天，展览馆的库房成了整个巴黎的中心。画家们从右岸、左岸，从东边的夏龙和贝西、西边的奥特伊尔和格勒内尔郊区拥进巴黎。年龄不同、身材相貌各异的画家们用马车、手推车或用肩扛，送来了他们的画。在这个队伍中，画家们身着崭新的时髦服装或油迹斑斑的画袍，头戴高顶帽或羊毛帽，脚蹬锃亮的皮靴或拖着乡下木底鞋，留着长胡子或脸刮得干干净净，形形色色。卡米耶徒步拿着他的3幅体积不大的参展作品——乡村景致。莫奈带来了《草地上的午餐》；惠斯勒的是《白衣少女》；还有安东尼·尚特尔依的3幅风景画；德斯布罗赛斯兄弟的秋景和夜景习作；克劳德·莫奈的新老师琼坎德的3幅荷兰运河和乡村风景画，以及布拉克蒙和阿曼德·戈蒂耶精美的蚀版画。方丹－拉图尔提交的是一幅用薄薄的灰色颜料画成的梦幻般的天空。金边画框十分昂贵，但评审团很严格，没有画框是不予展出的。于是画家们便想方设法买或是借画框。卡米耶有3幅热切希望参展的画，因此他和朱莉连续几个月来节衣缩食，以便攒够买画框的钱。

在从四面八方把画靠在墙上、凳子、桌子和木工凳上的人群中，卡米耶看到了他在过去的8年中结识的很多人的脸。他记起了其中一些人的名字：卡赞、勒格洛、沃隆、容克、唐居伊、德希尔、卡尔斯、贝尔托、阿皮尼、拉维耶、圣·马尔塞和另外十几个人。到处可以听到欢呼声，人们高喊："今年是我们的成功年。我们会赢得奖励和荣誉，我们的画也会随之卖出去……"

卡米耶从未感到如此充满希望、如此镇定自若过，不论是 1859 年被沙龙接受，还是 1861 年被拒绝时，他既不害怕，也不担忧。他觉得每个人都干得很出色，作品的展出本是理所应当的。

"在这令人欢欣鼓舞的时刻，"惠斯勒应声说，"我们都会进入天堂，没有人会被罚入地狱。"

唯有波德莱尔是悲观的。作为一位诗人和记者，大部分被封锁的消息对他都是公开的。他已经非法收集了一份评审团人名单。

"人选没有变，"他告诉聚集在殉道者啤酒店里的画家们，"还是那些传统的伟大保护者，史前穴居人和旧石器时代的古人。他们将用史前的棍棒捣烂你们的画，使你们降服。"

离评审团最终做出判决还有 5 天的时间，在这几天里，画家们无所事事。巴黎像往常一样运转着。商店照旧开门，买卖人照旧卖货，银行扩大贷款，证券交易所的股票买进、卖出，一切如故。资产阶级们觉得一切正常，他们哪里知道画家们正在床上辗转反侧，做着美梦或是噩梦；哪里知道对于这些具有创造力的、满怀希望的人来说，地狱已经停止不动了。

这个集团所有画家的作品都被盖上了一个模糊不清的"R"字。他们带着自己的作品离去了，被惊呆了，陷入了形式各不相同的忧郁之中。卡米耶十分懊恼。

"波德莱尔是对的。"他说，"我们根本就没有机会……除了我们彼此讲的神话故事以外。"

他加入曾打赌获胜并自认受了骗的义愤填膺的人群中，他们的耻辱整个艺术界都能看到。什么词也不能恰如其分地表达这伙人对总监纽维尔柯克伯爵和评审团成员的愤恨。他们为总监起了很多外号，其中较文雅的有拉皮条的、狗崽子、寄生虫、废物、骗子、强盗、滑头、粗俗家伙，用这些从巴黎下层社会搜罗来的黑话来发泄他们心中强烈的不满。

第二天夜晚，卡米耶的朋友们安静些了，他们决心为自己绝望的处境寻找一条出路。爱德华·马奈用一种少有的严肃态度说："我父亲答应以一个法官的身份上书皇帝。"

"我要写篇文章谴责评审团的裁决，"波德莱尔说，"并劝说编辑登载它。"

"我要请求柯罗和库尔贝抗议我们的画遭到拒绝，尽管他们本人的画被接受了。"卡米耶自告奋勇。

另一个人认识财政大臣，他可以劝说他向政府提出请求。每个人的朋友都有一个朋友……几张落选的画中还有很多仍放在仓库里，被激怒了的画家们拒绝移动它们，这在美展史上还是第一次。

"要想成功只有一个办法。"惠斯勒讥讽地献计说，"我们把评审团和纽维尔柯克伯爵当作笨蛋来嘲笑，吵闹声大大的，让整个巴黎和凡尔赛都听到。”

　　就连身患重病、享有盛誉的德拉克洛瓦也参加了这场喧哗。巴黎社交界其他人的参加更助长了声势。标新立异的收藏家们的声音也成为这个大合唱的一部分，他们高呼："巴黎已不再是世界的美术之都，它已成为美术的外围。"

　　皇帝拿破仑三世听到了画家们的哀叹和强烈抗议。画家们厌恶他是因为他废除了法兰西共和制，复辟了君主制。他们说："他不会希望巴黎出现令人不快之事，这样对他的皇位绝无好处。"

　　"他什么也办不成。"方丹－拉图尔半睁半闭着他那双神秘的眼睛坚持说。

　　"他当然能办到！"阿曼德·吉约曼高叫，"他是皇帝，难道不是吗？"

　　拿破仑三世乘着他的4匹马拉的金马车来到沙龙。纽维尔柯克伯爵受命让管理人员将仍放在沙龙的落选作品挂起来，使皇帝能坐在他那专门带来的舒适宝座上观看。波德莱尔从一名画室工人那里搞到一份参展作品准确的清单。皇帝用了两个小时的时间观看了落选的画，在卢浮宫的一个房间用过午餐后，又返回画室观看入选作品。波德莱尔向大家报告了拿破仑三世与他的终身好友和最宠爱的人纽维尔柯克伯爵之间的对话，后者受到宠爱部分是由于他是拿破仑三世的一个堂妹倾慕热恋的人。

　　"伯爵先生，我看落选的作品与入选的作品同样好。"

　　"评审团并不这样看，陛下。"

　　"该死的评审团！他们就像丧家犬对跳蚤那样充满了偏见。"

　　"千真万确，陛下。不过他们是由学院挑选出来的，就像我们的办事机构决定……"

　　"胡说。你总能够干点什么吧，否则我指定你做美术总监干什么？"

　　"陛下，请原谅。不过画室里已没有房间容纳所有这些落选作品。"

　　"那就把它们挂在其他什么地方。就因为有几百个画家的作品被搁置一旁，我就要面临一场革命。"

　　纽维尔柯克伯爵这个圆滑的政客知道该在什么时候让步。

　　"工业宫对面有一个大楼，现在正空着。我们可以把所有的画都放在那里。"

　　"很好。我知道你有办法解决。"

　　"我们可以把它叫作落选者沙龙。"

　　画家们感到欢欣鼓舞，他们胜利了。皇帝颁布了一道于他们有利的命令，他们的画能够展出了，能够受到新闻界的评论了。

　　柯罗是对画家们的反抗唯一持反对意见的人。他把卡米耶叫来，严厉地对他说："不要参加任何一个团体。你被人贴上标签就跑不掉了。"

　　"柯罗老爹，你已经是一个集团的一部分了。你、米勒、卢梭、杜比尼、迪亚兹……组成了枫丹白露画派。"

"我们的情况不同，"柯罗大声说，"我们各自单独作画，只是在过了25年之后才被公众联系在一起，称为一个画派。我们都已开始受到承认，因此画派的名称不会影响我们。你才刚刚开始作画就有意识地让自己归属于前景再坏不过的一伙人——落选者。公众会顾名思义，像评审团一样拒绝你的作品。"

"但他们总要先看看我们的画吧！不让人看到我们的画，我们便不存在。把我们的画堆在墙边，也就不会有人来理睬我们。"

"记住我的话吧，毕沙罗，你会被毁掉的。"

"这是我们求生存的唯一机会。"

"我只管作画，其余的事留给上帝去管吧。"

卡米耶说："上帝要比我们更有耐心。"

柯罗笑了。

"我同意。我随时欢迎你来。你会需要身边有一个人帮你看画的。"

落选者沙龙预定在官方沙龙开幕两个星期后的5月15日开幕。《箴言报》上登出了通告，声明展览是自愿参加的，不愿参加者可通告当局，当局会立即将画退还。他们必须在5月7日以前撤回自己的作品，超过规定时间，作品就将在画廊展出。

将近100名落选画家聚集在一间所能找到的最宽敞的画室里，他们坐在搬来的椅子上、地毯上，或者干脆坐在地板上。显然他们不会有2法郎一份的官方印制的目录了。一位同情画家们的印刷商答应为他们印制目录，条件是除付款外还要加上一幅经抽签决定的油画。一些较有经验的画家尚特尔依、德斯布罗赛斯、容克和杜比尼表示愿意承担为现有的656幅绘画、27幅版画和4张建筑图编目的工作，并为每一位作者写一个简短的介绍。有人建议不将所有作品一股脑儿展出，坚持他们应有自己的评审团。这个建议在画家中引起了极大的分歧。

"我们必须有所选择。"一位画家高声叫道，"我们不能让恶劣作品混进来。"另一个喊："不论在什么时候，展览会上最引评论界注意的往往是那些最次的作品。"还有一位说："我们大家全会被当作一路货色。"

卡米耶倾听着大家的争论。虽然并不是这伙人的领袖，但此时他感到很有必要讲几句。

"由落选的人来当否决者？建立曾经限制了我们的同样的评审制度？这可不行！我们同是落选者。"

"不过，毕沙罗，"爱德华·马奈反驳说，"落选的画中有一些实在太糟糕。"

"还是让公众来裁决吧。难道你能让皇帝下令在这个落选者沙龙之外再建一个落选者沙龙吗？"

尽管有人不满、反对，但大多数人都认为毕沙罗是正确的：所有未撤走的落选作品不论优劣都应一并展出。会议休会时一些画家走过来与他握手，其中有些人于卡米耶而言只是点头之交；有几个人则转身走掉了。

虽然卡米耶本人对这类事并不十分关心，他对落选画的立场却已广为人知。还有消息说纽维尔柯克伯爵组织了一个特别委员会来管理落选者沙龙。整个巴黎都听说了拿破仑三世强加给纽维尔柯克伯爵另一个展览会。预计这个画展会有很多观众。卡米耶认识的画家当中只有皮埃特一人没有作品展出，他从蒙特福考特来信说陈列他作品的画商拒绝让他撤走任何一幅水粉画，除非沙龙正式请求……这个要求沙龙根本不会理睬。

1863 年 4 月 30 日官方美术沙龙的开幕式由宫廷小圈子里的人和几千名对美术展览的社交场面感兴趣的人出席。评审团以一个名叫塞缪尔的人为首，他给鲍德里的《珍珠与海浪》评了奖。这幅作品描绘的是一个年轻女郎躺在沙滩上接受海浪的拥抱。提索受到称赞；梅索尼埃的巨幅画《索尔菲里诺之战》赢得了一篇赞美文章。巴比松画派受到了特别的赞誉，柯罗和米勒的画被评审团称为"第一流"的作品。居斯塔夫·库尔贝则因自己被喻为"正在衰落和逝去"的画家而恼火。弗兰德兰的《皇帝肖像》被评为"本届展览最重要的作品"。

评论家保罗·曼茨写道："这是一个敦厚、沉稳、灵感平平的画派，它总的效果是令人昏昏欲睡。"

《费加罗报》的评论也对这届沙龙表示失望。

离落选者沙龙开幕的时间还有两个星期，时间不顾人们的焦急，慢慢地向前拖曳着。在开展的前两天，皇帝宣布他和皇后将观看不受欢迎者的展览，这就意味着整个宫廷的驾临。此事轰动了整个巴黎。所有参加了官方沙龙开幕式的人都将观看第二个沙龙，以便看望他们的陛下，同时也希望被人看见，当然还要见见那些酷爱这一类公开表演的人物，人们预料展览将门庭若市。

"我们将取得极大的成功！"热情奔放的克劳德·莫奈喊道。

卡米耶应声说："你看，落选并不等于被忽视。"

开幕的那天，卡米耶和同行们在临近开门之时聚集在连接工业宫和毗邻建筑之间的过道里。他们发现展览会装点得与官方沙龙一样的富丽堂皇：门厅里悬挂着古挂毯；四周的墙壁上覆盖了绿色的台面呢；长椅上放了红丝绒靠垫，十分舒适；天窗遮上了白色的窗帘以挡住阳光；众多的展览室一间接着一间。除了展出的作品以外，一切都与官方沙龙别无两样。这些作品的色彩明快、气氛浓郁、人物逼真，充满了清新的气氛，给人以青春活力和欢乐的感觉，是些大胆创新之作。

　　稍加留心便可以看出纽维尔柯克伯爵和官方展览委员会在令人不易觉察，但颇恶毒地进行报复：把他们公认为最荒谬的画挂在画室中最突出的地方，以便让观众一眼就看到这些作品，有一个先入为主的印象。

　　在他们定为"伤风败俗"的两个区域分挂着爱德华·马奈的《草地上的午餐》和詹姆斯·麦克尼尔·惠斯勒的《白衣少女》。前者画的是两个身穿背心和外衣、系着领带，服饰整洁的绅士与两个赤身裸体的女人。她们正坐着采摘鲜花，在她们身旁放着野餐用的饭篮，丰盛的食品漫散在画的前景。后者画的是一个铜色头发、身穿白裙衣的年轻女郎站在一副全白的帘子前，白色之上的一大块白，与那个时代的作品不同，它什么也不想表现。它们是这届展览会中的两幅最富独创力的作品，以往从未有过类似之作。

　　卡米耶的3幅画与以上两幅相去不远，对面的墙上挂着克劳德·莫奈、方丹－拉图尔、安托尼·吉约曼的作品，保罗·塞尚的油画则与它相对而挂。在后面的房间里展出了皇帝认为与评审团选中的同样好的其他上百个画家的作品。有许多作品或许会被认为索然无味，但它们决不荒谬。

　　展览中亦有少量圣经题材的作品：《基督与通奸的妇女》《耶洗别之死》，以及少量军事、古典神话、希腊和罗马题材的作品。

　　塞尚终年充满疑虑的脸上露出了最接近慈爱的表情，他注视着卡米耶说："毕沙罗，你吸引了所有的人。法兰西学院编纂圣人录时，我要选你！"

　　展览会洋溢着一种朝气蓬勃、果敢甚至带有异国情调的狂热气氛。画家们的脸上也同样充满了希望，他们笔下的人物敏捷、如箭在弦的姿态使展览室充满了活力。

　　在中午开展后的一段时间里，画家们大都比较清闲。塞尚的来自埃克斯－普罗旺斯的小学同窗好友爱弥尔·左拉在展览会转了一周并做了笔记。他渴望成为一名艺术评论家，在重要的杂志上发表文章。他写道：

　　墙上挂的画既有优秀之作又有拙劣之作。历史学派的最后挣扎者和年轻的现实主义狂热信徒的作品并排而立，索然寡味的平庸绘画紧挨着引人注目的独创之作。题材包罗万象，甚至连大量运用沥青绘制的中世纪题材也没有落下。表面看这不过是些互不相干的零乱作品，但其中的风景画有足够的真实感，大多数肖像画也不乏令人感兴趣的技巧，使这些画充满青春热烈的、朝气勃勃的健康气氛。

　　先来的人站在《草地上的午餐》和《白衣少女》前一言不发，脸上露出疑虑和困惑。3点钟以后，观众开始涌入展厅。皇帝驾到时，人群拥挤起来。马奈和惠斯勒的作品前人越来越多，他们互相推搡着、用胳膊肘排开他人，都想离画近一些。几乎没有人漏过第一画室，而这正是沙龙陈列委员会安排的重点。

　　室内的温度愈来愈高。卡米耶的鼻孔里塞满了从土地上扬起的灰尘。他被这不祥的沉默吓住了。然而不一会儿沉默被打破了：低语声、粗声呼吸声、感叹声，接着便是哈哈的笑声、捧腹大笑和嘲弄的喊叫声，女人们用手绢捂住嘴想要掩饰的大笑声，还有男人们屏住呼吸夹杂着狂笑喊出的诅咒声充满了大厅。马奈《草地上的午餐》前的笑声最强烈。

　　"这些娼妇……这个画家疯了……他道德败坏！我们被愚弄了。这幅画应该劈成碎片，怪不得它落选了……"

　　《白衣少女》前的笑声倒不是由于它的亵渎招致来的，因为画中的少女整齐地穿着衣服。这种嘲弄和轻蔑之中有更深刻的不祥的含义。他们害怕，不是害怕面对亵渎之物，而是害怕面对他们本来会知道和接受的关于绘画的挑战。如果马奈和惠斯勒是正确的，那么公众就错了。发现世界已经超过他们，他们的趣味过了时，的确是件可怕的事。

　　大厅里的谩骂声比尘土还要密集，那些歇斯底里的大笑者想要用嘲弄来使人们忘却这新生的艺术。吞没了《草地上的午餐》和《白衣少女》的嘲弄传遍了开始被称为"不名誉沙龙"的整个大厅，而被挫伤了感情、感到困惑不解的画家们则蜷缩在一旁。

　　卡米耶听到他的作品被称为"静物风景"。大卫·雅各布森却受到了一种不同于爱德华·马奈、詹姆斯·麦克尼尔·惠斯勒、甚至毕沙罗的打击，不知出于什么原因，他的作品根本没有与他们挂在一起，而是被高高地挂在后厅中的某个画室里。

　　卡米耶对无情地鞭笞着他们的公众突然产生了一种强烈的厌恶，他步履艰难地走回家，却不知是如何走回去的。他看到朱莉正在焦急地等待着他。

　　"告诉我出了什么事？"

　　"什么事也没有，我们被轰出了画展。"

　　"你们所有的人？"

　　"那些他们认为值得污辱的人。"

　　她把吕西安从小床上抱起来，将自己和儿子一同投入他的怀抱。感到孩子的温暖，想到自己与朱莉共同建立的幸福生活，卡米耶的心跳加快了。他冲她微微一笑。

　　"正像我对塞尚所说的，不要试图去说服你的老爷们，下一代人会理解你的。我们所要做的就是生存下去。"

Chapter 06

伟大的心情

这是拉－瓦汉纳的一所用粗糙的石头盖成的村舍，是建来作厨房和卧室两用的。现在厨房作了起居室，窗户旁的小凹室里放进了他们的饭桌。房间里有一个开式壁炉，在同一边有一个壁橱，朱莉用它来放盘子和罐子。房子的角落里有一口带沿和辘轳的井。卡米耶请来当地的木匠为他们在灶台上做了一个柜子，以便盛放他们的水罐、篮子、汤盆、模子和烛台。他们就坐在铺着灯芯草垫的矮凳子上吃饭看书和缝纫。他给破损的陶瓦上了一层蜡，又把光裸的墙壁刷成明亮的灰颜色。房子的其余部分包括两间鸽子窝似的卧室，中间有一道相通的门。墙皮剥落处的泥灰在不断往下掉，卡米耶把墙壁用砂纸打了一遍，然后涂上朱莉喜欢的浅颜色。

来到了乡村，不是一个月的旅行而是建起自己的家，他又恢复了早年在加拉加斯为田园里的当地人作画时所具有的那种青春活力，他告诉父母关于这所房子和农村的情况。拉－瓦汉纳在巴黎西南 15 英里，乘火车要走一个多小时。

"你非要像个农民一样生活吗？"拉舍尔问。

"不是的，妈妈。为了给农民画像，我不一定非要当一个农民，但我必须和他们生活在一起。我想了解土地和它的人民的基本真实情况。"

"任何一个有眼睛的人都可以观察风景。"

"不错，正像任何一个有头脑的人都可以看到人类发生的事情，然而只有维克多·雨果这样的人才能为社会描绘一幅完整的图像并揭示它的含义。"

拉舍尔走开了。弗雷德里克自愿为他们付房租，租金并不比蒙马特他们那半座住房的高。妻子离开房间后，他说道：

"住在乡下对朱莉可能更好些，而你也会被各式各样的创作主题所包围，不管它们意味着什么。你要继续经常回家吃饭，以便让你母亲知道你还没有退出这个家庭。和你所爱的人友好相处是最难的事。"

拉－瓦汉纳是一个有几家商店和六七条有名称的街道的村庄。他们的房子坐落在亚桑特路上。近年来这里已不像以往那样闭塞，几年前有两个画家曾在这里住过，现在画家们又从巴黎来到这略显粗犷的村庄里画素描。村民们知道有画家这个职业是很有用的，这样他们就不会问你："你是干什么的？靠什么生活？"几个巴黎家庭为了躲避城市的酷热已经开始到这里度夏。这是一个古老的村庄，但从未繁荣昌盛过，土地所有者能够养家糊口，如此而已。收成虽有保障，但不能让人们过上富裕的生活。卡米耶和朱莉对周围的环境感到很适应。

来到乡下，朱莉十分快乐，也不再为卡米耶的地位问题心烦了。他选择了自己的专业。

在这个村民都是世代祖居，很难建立新友谊的村庄里，尽管是勉强地，她已经被村里人和农民的妻子们接受了。他们承认她是一个来自遥远的勃艮第的葛兰赛年轻农妇，但并不知道她没有结婚。能够被接受，她已感到心满意足。

朱莉知道如何当好一个乡村家庭主妇。她花几个生丁买来了小鸡和小兔，盖起了兔窝；还在院子里种上了她在葛兰赛种过的蔬菜：胡萝卜、卷心菜、萝卜和青豆。

"我们一个星期可以花多少钱？"她问。

"4美元。"

"我们不会挨饿的。我们有鸡、兔、鸡蛋和青菜吃，过不了多久我们就会有足够的东西去换牛奶和水果。面包我们买便宜的，还可以买一点普通葡萄酒、一片肉来烧汤喝。"

乡村使卡米耶感到神秘，生活和自然景致每天都在向他展示着它的微妙和复杂。有两个题目使他着迷。他把第一个题目画成了一幅叫作《走进村庄》的画，背景是一个又长又矮的马棚和两匹马，通向村庄的泥路两旁是一片鲜明爽目的嫩绿色，一个身穿绿裙子和蓝外衣的农妇迎面走来，就好像在多云的灰茫茫的天空下迎接着观众一般。

他没有意识到，自从在圣托马斯开始作画以来，他所描绘的往往是一条向前伸展的大路或是小道，让观者循它前行；要不就是一两个背对观众，引得人想走上前去看个究竟的人物。

第二幅画叫作《乡村角落》，画的是拉－瓦汉纳的一个小小的社交场所：一个开阔的广场上有几只小鸡在咯咯地叫着，4个头戴白帽的女人坐在石墙下弯弯的长椅上谈天，背后是一所造型奇特的三角形小屋。这并不是一幅非常美的画，但描绘的却是每一个村庄都有的那么一个角落，妇女们正在享受着几乎是无休止的辛苦劳动中的一个间歇的片刻，这伙人使得乡村景致更有社会气氛、更和谐。

他先在户外利用外光画一幅油画，然后又回到厨房把画架支在窗台上修改。

"卡米耶，你发现我们的食物都有一股松油味了吗？"朱莉问他。

"我想我对它已经习以为常了，我自己鼻孔里就有这种气味。"

"难道我永远也成不了一个好厨师，只能做出松油味的鸡来吗？我要用早先我们在大卫画室里用的隔板把你和你的画架围起来。"

"如果幸运的话。我们的下一所房子会大些，我将有一个躲开厨房的画室。"

他参加了德拉克洛瓦的国葬。整个绘画界都到了，他们中没有一个人不曾从他的勇气、才能和贡献中获得极大的帮助。人们并不感到悲哀。欧仁·德拉克洛瓦完成了大量的作品，度过了极为充实的一生。画家们最钟爱的作品是《希阿岛的屠杀》和《阿尔及尔妇女》。他将永远活在人们心中。

8月，卡米耶收到了阿尔弗雷德自蒙德维的亚的来信，信上说他将回巴黎永久定居：

我必须乘坐下一班英国轮船返回，你能否帮我找一套小房子，价钱在500至600法郎之间，地点在市中心，圣拉扎尔路或蒙托隆路均可。你得立刻帮我置办些家具，我需要一间漂亮的卧室、一间小起居室和一些衣柜……

他还暗示卡米耶将在南安普敦见到一个人。卡米耶找到了一所在阿尔弗雷德提出的价格和地点范围内的房子。但此后那个人却没有再被提及。

几个星期来卡米耶一直在精心绘制他迄今所画过的最大的一幅作品——《拉－瓦汉纳的渡船》，完成后他非常渴望见到同伴们。于是，他乘早班火车回到巴黎，又乘公共马车来到帕西。看到他那被拉－瓦汉纳的骄阳晒得发红的健康的脸，拉舍尔非常高兴。

"到乡间旅行对你大有好处，卡米耶，"他的母亲说，"你应当经常去。"

卡米耶与弗雷德里克交换了一下眼光。他的母亲并没有接受他住在巴黎以外的现实。

午饭后他去找仍在格莱尔画室作画的克劳德·莫奈。他应当知道画界的新闻。

卡米耶在一座围起来的院子后面找到了格莱尔画室。他爬上了几段楼梯，来到了一个敞开的房门口，里面拥挤着将近40名学生，模糊不清的光线透过又大又脏的北窗射进屋内。四周的墙壁布满了知名人士的漫画，以及从几百块调色板上刮下来涂抹在墙上的废颜料。屋子的讲台上有一个裸体模特儿、一盆取暖用的火，大约50张矮凳子和一个打草稿用的画板和画架。格莱尔是一个年老体弱、戴眼镜的小个子男人，正在画架之间走来走去，给绘画者提出修改意见。尽管他的画在晚年成了名，他看上去却仍然那么安静、忧郁。他赞成他的学生们到户外画风景。他年轻时由于太穷无钱付学费被排斥在较好的画室之外，因此他现在的服务一律不收费，只是让他的管家收集付房租和模特儿所必需的钱，每个学生每月合两美元。

卡米耶看见莫奈叠腿坐在一个矮凳上，正在用炭笔在素描簿上大刀阔斧地画着。

"毕沙罗，真高兴见到你。"莫奈叫道，"你躲到哪里去了？"

"在一个你必须拜访并描绘一下的风景如画的地方，你怎么样？"

"过得去。我对这个霉臭的画室感到厌烦了，我们去喝杯啤酒吧。"

格尔布阿咖啡馆在狭窄、安静的便道上摆着大理石面的小桌，他们刚刚坐定，保罗·塞尚就伴同一个浅黄头发的大个子走了进来，这个人长得不像法国人，倒更像斯堪的纳维亚人，为了不让比他矮的同伴感到不适，他走路时弯着腰，塞尚生硬地介绍说："这是弗雷德里克·巴齐耶，一个兼学绘画的医学生。"

"不对！"巴齐耶用深沉的男低音叫道，"我是一个兼去医学院学习的画家，解剖课总是不及格。"

巴齐耶热情地同他们握了手，拉开一把折叠椅。

"我父亲坚持要我上医学院。我家住蒙彼利埃，我们房子对面的街上住着阿尔弗雷德·布鲁亚斯，就是 1855 年赞助居斯塔夫·库尔贝举办个人画展的那个人。他家里挂满了库尔贝和德拉克洛瓦的画。他是一个很有功力的老师，教我走出医学院开始学习绘画。"

"真幸运。"卡米耶低语道。

"确实如此，我上午在格莱尔画室作画，下午去医学院上课。如果我考试再不及格，我父亲也只好让步了。"

他们一边喝着酒，一边把头自然而然地聚拢在小桌的桌面上，兴致勃勃地谈论起外光与室内画，守旧的沙龙评审团，以及如何让画得到承认而又不去效仿那些临摹之作。一个建议在美术学院召开全体会议时炸掉学院大楼，另一个说要烧掉卢浮宫。塞尚则提议发给学院成员每人一枚军团荣誉勋章，在阿尔及利亚给 5 英亩土地令其退职。塞尚把巴齐耶认为少数知己中的一个，原因是巴齐耶来自法国南部，因而应该得到普罗旺斯人的信任。塞尚对卡米耶低声说："他很年轻，只有 21 岁，但他有一颗真诚的心。他的画没有我的那么生硬，他的天性也没有那么固执。"

卡米耶喜欢这个头发浅黄、嗓音深沉圆润的大个子。巴齐耶很钦佩风景画家，但他自己还想在室内多画些时间，大部分时间用来画群众，通过人物来表现时代。他是一个被文学理论、绘画、音乐和戏剧强烈吸引住了的知识分子。卡米耶看到他的新相识除了身材高大、有一双蓝眼睛和一把乱蓬蓬的胡子外，举止和观点都很朴实无华。他们兴高采烈地讨论了一个小时之后，巴齐耶叫道："我来付酒钱。到我美术路的画室去吧，这是我和一个与众不同的画家共用的。他是 22 岁的年轻画家皮埃尔·奥古斯特·雷诺阿。一个里摩日裁缝的儿子，13 岁起就以画彩瓷为生。你们会觉得他有趣的。"

克劳德·莫奈有事告辞不去，塞尚便和专程到巴黎来散心的卡米耶一同前往。

巴齐耶和雷诺阿合用的画室是巴提纽尔区的一间小房子。困难地登上 3 段又窄又黑的楼梯，巴齐耶"砰"地推开了门，他们看见一个身穿工作服的年轻人正安静地坐在画架旁。巴齐耶一口气大声喊道：

"我给你带来两个新成员。请允许我介绍圣托马斯岛的卡米耶·毕沙罗和埃克斯－普罗旺斯的保罗·塞尚。"

雷诺阿腼腆地问："什么新成员？"

弗雷德里克·巴齐耶答道："加入新绘画概念的行列。"

雷诺阿站起身来，带着满脸稚气的微笑边与他们握手边说："我不知道自己是否在经历一场战争，但如果是这样，我很高兴有全副武装的步兵和我并肩前进，尽管在逃避了 7 年的抽签服役之后，我觉得自己与军队无缘了。"

卡米耶颇有兴趣地注视着这个人。他有一张修长、优雅的脸，一头淡棕色的头发，一双并不聪明的眼睛，上了浆的衣领只能遮住颀长脖子的一半，身材则细长、柔软，肩膀微垂，一把黑胡子使他显得更加成熟。

有一笔丰厚津贴的巴齐耶拿出一瓶昂贵的白兰地，4 人便以酒代饭喝了起来……酒打开了他们的话题。卡米耶谈起他在加拉加斯画过两年素描；巴齐耶回忆起刚从沐浴在阳光之中的蒙彼利埃来到阴云密布的巴黎，第一天在格莱尔画室习画时是多么地思念故乡；塞尚则抱怨爱弥尔·左拉怎样用了几年的时间劝说他来巴黎，现在又批评他的作品；雷诺阿是 4 人中唯一在巴黎长大的，他诉说了乘公共马车从里摩日来巴黎如何走了两个星期，以及他们初到巴黎住的房子又怎么只有手帕大那么一块。卡米耶喜欢听他那劳动者的质朴的声音。

"我父亲是个好裁缝，他常架着腿坐在起居室的一个小柜台后面接待顾客，四周是一卷卷的布料样品、剪刀和一个扎满了针的红丝绒针扎，他的前臂上插满了大头针。到了晚上他就收拾好柜台，拿来床垫和睡衣，我和兄弟就睡在上面。"

"把它画下来！"塞尚嚷道，"我可以生动地看到它！"

"太俗了。"雷诺阿沉思着继续说，"我讨厌做我不喜欢的事情。我喜欢画瓷器，花瓶、盘子和塞夫勒－里摩日的仿制品。一开始我在白盘子上画玛丽·安托瓦内特的侧面像，每个挣 3 个苏。我想临摹瓦都和布歇*的画，但老板不同意。从 13 到 18 岁这 5 年，我挣着一份相当不错的薪水。工作很容易，我不受思维的干扰，对自己头脑中的想法并不感兴趣。我只想去感觉、去触摸、去观察。"

卡米耶缓缓地摇了摇头，他对自己头脑中的想法是极感兴趣的。

"卢梭认为人的知识与生俱来不过是文学家的幻想。"雷诺阿说，"我们发展的可能性是多种多样的。我用了很多年才发现了绘画，才知道去卢浮宫。我不过刚刚开始画，仍在不断地出错。"

雷诺阿把本应和伙伴们一同吃饭的时间用来参观卢浮宫。也就是在这个时候，他迷恋上了弗拉戈纳尔绘制的秉性善良的资产阶级妇女肖像。在他为陶瓷画装饰画的时候，瓷窑老板身穿袒胸露颈的紧身衣裙的妻子时常俯身观看他的作品。虽然他宣称自己尚不到受诱惑的年龄，但还是动了心。

"不要相信看到女人美丽的乳房而不激动的人。"他断言说。

他们喝光了白兰地，个个感情洋溢。33 岁的卡米耶是这伙人中的长者。

由于机器绘陶的竞争，雷诺阿失业了。

"后来我就画有大量云状图案的窗帘。一片云彩只需几笔便可画成。我赚了不少钱，然后就开始结交女人。人在年轻时候总会干蠢事。不过那时尚无关紧要，因为你无须承担任何责任。但以后你如果不以绘画自娱而去与下等女人周旋，那么你就是个傻瓜。"

他算了算积蓄，认为省吃俭用能够维持两年的生活，于是断然在阿特里尔·格莱尔

---

* 布歇（1703—1770），法国画家，洛可可风格的主要代表。

的画室注了册。在那里他与对他的画技钦佩之至的巴齐耶成了好朋友。不久他们就开始共同使用这间小画室。

卡米耶告诉他们，来到巴黎以后，他为巴黎的市井生活画了上百张速写，画它的建筑、市场、公园和人民，还有他如何为安东·梅尔比的巨幅海景描绘天空。

卡米耶乘末班车回到拉－瓦汉纳，由于喝了不习惯的白兰地而感到困倦，同时又为结识了弗雷德里克·巴齐耶和奥古斯特·雷诺阿，为他们的融洽友谊感到高兴。当然塞尚、莫奈、富有的安托尼·吉耶梅、贫穷的文职人员阿曼德·吉约曼、惠斯勒、皮埃特、雅各布森、爱德华·马奈和方丹－拉图尔这些有足够潜力对绘画界产生相当影响的朋友的友谊，也令他欢欣鼓舞。

炎热的夏天过后，全家人都精神焕发。大部分时间都在户外树荫下度过的吕西安苗壮地成长着。朱莉料理着她的菜园和家禽，在拉－瓦汉纳土豆收获季节来到时，她又和村里的妇女们一道在地里干活，挣的土豆足够一家人吃一冬。

"土豆要比葡萄难收，"她告诉卡米耶，"但我喜欢用自己的双手挖。此外，由于和她们一起干活，现在村里的女人对我比以前好了。"

卡米耶头戴一顶宽边草帽心满意足地画着。拉－瓦汉纳并不临河，但马恩河在它的周围留下了一环宽宽的水。他贪婪地画着河上粗糙简陋的渡船和单人独木舟，倒影映在水中的长方形白色公共马车和拉车的黑马和白马，在河边马车旁等待摆渡的最后一名乘客，还有远处长满深色树木的浅绿色小山和山顶上棕黄色的村舍。

其他的时候他就深入到圣那维耶去画宽广的马恩河和有人居住的河岸；顺流缓缓而下，观赏着一边是由石头砌成墙的农舍，另一边是密密麻麻盖着两层小楼的河岸，还有一排排的杨树和逐渐远去的绿色山坡。

"我希望马恩的风景永远不被遗忘。"他自言自语，"为什么？这样人们就可以回到它的身边，漫步在它的河畔，乘小舟沿河徐徐而下，感到他们在人生的道路上迈进就如同马恩河流淌过富饶的乡村一般。"

当他不能把眼睛清楚看到的东西表现在画布上，当颜料似乎自行其是，当画笔拒绝服从他的命令时，他便感到灰心丧气。此时他往往精疲力竭地回到家里，带着一幅没有表达出自己原意的未完成作品。

卡米耶和朱莉与村里的居民和农民们混在一起。这里大多数的农场规模都不大，所有者属于中产阶级。他们都雇农工来帮他们平整土地、施肥、播种、灌溉、修剪果树和收割。雇工们鸡鸣即起日落而归，长时间的连续劳作的确艰辛。但是这里没有贫困。人们有足够的食物，而衣服并不重要，因为这里不乏遮风避雨之处。除了穿过公共的道路以外，卡米耶很少进入私人的领地。他大部分时间是在大道、河堤和俯瞰河流的灌木林中作画。这些地方的主人并不认为他是在侵犯，只是困惑地望着他，不明白一个成年人怎么可以一整天不使用农具而是用一管管的颜料干活。

皮埃特和阿黛尔一直在敦请卡米耶一家访问蒙特福考特。皮埃特待在巴黎的时间越来越少。因为农场需要管理，而他对自己的室内作品和在纳伊和格勒内尔郊区绘制的速写又感到不满。他最后决定放弃巴黎的画室和住所，定居蒙特福考特。

9月底庄稼收割完毕后，朱莉说道："我们为什么不度一个月的假呢？吕西安不会惹什么麻烦，你又喜欢在马延附近作画。"

"那是一个饶有趣味的村庄。不过皮埃特的农场境况不佳，我们住在那里应当负担一些开支。"

皮埃特回信说："接受你们准备支付我部分家用开支的好意，如果这样你们会感到心安并能住得久些。为了避免流言蜚语，我必须相信你们已经结婚，而你们也必须让我相信这一点。这样做尽管愚蠢，但很必要。"

阿黛尔病了，较前显得更苍白、消瘦，但朱莉的到来使她缓了过来。皮埃特由于焦虑而增添了几丝白发，因为付不起最起码的工资，又失去了一些帮手。然而这些并没有破坏他们帮助收苹果的兴致，皮埃特坚持要把其中的一部分送往拉-瓦汉纳。

"土豆泥加苹果酱，"朱莉兴高采烈地说，"吕西安一定会喜欢。这要比玉米粥的味道好得多。"

"这会让我发胖的。"卡米耶咧嘴一笑，因为什么东西也不能使他匀称的身体增加一盎司肥肉。

朱莉帮助阿黛尔操持家务，两人一起干显然要有趣得多。

"我真希望你们能永远住下去。"阿黛尔大声说，"皮埃特只有一个姑妈住在勒芒，我们很少见到她。"

朱莉用阿黛尔多半已经知道的理由解释说："卡米耶必须去看望他的父母，还要去会他的画家朋友，托人卖画。"

苹果刚刚收获完毕，两个男人便背着画架每天出去作画。卡米耶再度抓住了马延的乡村景致。一日，天气极为恶劣，他在皮埃特家的门厅里为当地的花画了4幅小写生。他把其中的一幅赠予皮埃特，一幅送给了皮埃特父亲的朋友乔治·杜瓦纳，另两幅挂在了山上小教堂的前厅里。一起作画之际，卡米耶发现皮埃特尽管政治观点激进（比如渴望推翻拿破仑三世），却是个传统画家。卡米耶为他继续担任蒙特福考特的村长而感到高兴。

1863年的冬天在雨雪交加的寒潮中到来了。卡米耶和朱莉赶在冰雪封门之前收集了木柴，把它们劈成适当的长度以供做饭和取暖之用。做晚饭时她把砖块放在火中烧热，然后将它放在床下暖脚，就像她在帕西住在楼顶小屋时做的那样。与巴黎常常把他困在户内的严寒不同，卡米耶发现拉－瓦汉纳附近的冬景使人陶醉，令他流连忘返。他患了几次感冒，于是朱莉立下了规矩。

"下雨或下雪的时候你不能出去。你得了肺炎会传染给吕西安。"

"那景象真是太美了。"他抗议道，"大自然恼怒了，发狂了，它剥光了树叶，掩埋了大道和小路。"

风雪停息之后，他便穿裹好到村里和原野中去画白雪覆盖的大地、被雨水打湿的道路和房屋，还有几个蜷缩着身体去干一些无关紧要的杂活的人物。当他蹲在一所房子的门口，想要捕捉住居民们安静地在家围炉而坐、村庄里一片寂静的气氛时，一位店铺老板发问道："毕沙罗先生，天气可真糟啊，树木光秃了，大地也冻僵了。我们这儿过去也来过画家，但他们只在好天的时候才出门。你为什么要画我们这儿死一样的冬天呢？"

"它并没有死，阿兰先生。这是生命周期的另一部分，是与夏天相对的一面。它有它自己的美：光裸、冰凉、寒冷，但它富有生命力并且随时准备再生。"

春日来临，农民们挥锄提铲，推起手车，他们播种、爬坡、喂养牲口，孩子们也跟随父母一同在田间忙碌。姑娘们坐在镇里的长椅上谈天，在小溪里濯足；母亲们一边照看着大黑锅中烧着的饭菜，一边给怀中的婴儿喂奶。抽芽的树枝横着从流淌的小溪这边伸向那边。妇女们用石棒敲打着厚重的衣服，清除冬天积存的灰尘。牲畜悠然自得地在农舍、牲口棚、工具房和仓前空地上走来走去；河中小船荡漾，树枝随风摇曳，而树干则是千姿百态；在一大片耕翻的田地中，一个矮小的男人在几乎看不清的牲口后面扛着犁；有着古老石墙和参差不齐、杂乱无章的尖屋顶的一座座村庄静静伫立。好一幅终身绘制不完的画卷！

他画了日出和日落，画了蜿蜒于起伏的山峦之间的小径，空地上的干草堆，脱谷子的男人和扬谷子的女人，守卫村庄的高大成荫的树木，还有忙着盖房的木匠和石匠，以及吃着草或歇息在树下的牲口。

朱莉看到摞起来的几十幅、几百幅速写，又为难又气愤地说："这些画卖得出去吗？"

"他们不是为卖而作。"

"那是为了什么？"

"他们是画油画的习作。"

"你不能直接画油画吗？"

"这些画就是建房的基石。"

他弯下身来轻轻地吻了吻她正在给吕西安喂奶的乳房。

"吕西安和你在一起很幸福，看他吃得多好！我也是这样，尽管情况不同。我们头上有屋顶，身上有衣穿，肚子差不多填得满满的。我们还要求什么呢？"

他不停地画着：各种姿势的牛、羊和小羊羔，干草堆，脸颊红扑扑的年轻人和面孔扭曲不平的老人，穿着星期天盛装、拿着帽子和雨伞的农民，身穿条纹外套的少女和读书的少男，正在梳头和坐在矮板凳上挤牛奶的妇女，在河中饮水的牲畜，背上扛着包袱靠在树旁休息的妇女，以及一堆正在听别人讲话的人的脸庞。

他的绘画技巧是在年轻时代学习练就的：他在圣托马斯时能看到刊载优秀绘画的流行杂志。他曾师从弗里茨和安东·梅尔比，素描底子坚实的柯罗、库尔贝和德拉克洛瓦，在安德勒啤酒店初次会面的尚特尔依和德斯布罗赛斯，以及多年来在巴黎《漫画》和《喧嚣》杂志发表辛辣讽刺漫画的奥诺雷·杜米埃。画家必须永不停止地画，直至他不再是向画内窥视的旁观者，而成为朝外张望的画的整体的一部分。

他不再使用硬铅笔，而是用软粉笔和炭笔轻轻地涂抹。在蒙莫朗西和拉罗什－居庸作画时，他在自己的作品上标明：浅光，光，影子，深影。现在他却根据画的色调来决定。他的新作品要更为正规，技巧也更加纯熟。他十分注重油画家的基本功——素描，渴望绘制出于万变之中保持不变的、永恒的田园风光。

5月，皮埃特再次催促卡米耶去蒙特福考特做客："你想象不到一切都发生了什么样的变化，大自然展现出了怎样千变万化的、柔和的绿色。在最近的几天里，万物都变得辉煌灿烂。你能够创作出一幅完美的杰作和一些以色彩和柔美见长的习作……"

阿尔弗雷德因高烧而卧床不起，为此卡米耶延搁了行期，用了几天的时间去巴黎照料他，为他放冰袋、喂热水，夜晚就睡在帕西。但阿尔弗雷德的病情不见好转，于是卡米耶决定去请性情古怪的医生保罗·加谢，他稀奇古怪的装饰、染成黄颜色的头发，还有他相信健康病人的免疫力是一种最好的预防药物的新科学使得画家们都称他为"怪人"。卡米耶是在安德勒啤酒店初次遇到这位冬天戴着一顶俄罗斯式皮帽子的人的。据说他对于才能和疾病同样敏感。尽管他的画很糟糕，但他坚信正是自己以某种神奇的方式创作了这些优秀的绘画作品，因为是他挽救了那些比自己更有天才的画家们的生命。卡米耶在加谢医生福堡路圣·丹尼斯的诊所里找到了他，把他请到阿尔弗雷德的住所。加谢医生用草药和其他被人们夸大了作用的药为病人退了烧。阿尔弗雷德打听道："我怎么报答加谢医生呢？"卡米耶回答说加谢医生索取甚微，他也接受素描和水彩画。

"我已答应送他我的下一幅油画，他说我将使他流芳百世。"

1864年的画展评审团接受了卡米耶的两幅油画—— 一幅在拉－瓦汉纳附近画的写生

和一幅根据在拉罗什－居庸画的速写绘制的油画，使他一年的劳动得到了承认。去年被拿破仑三世指责为刻板排外的评审团，今年做了让步。一家杂志评论道："历届画展中从未出现过如此众多的男女农民。"爱德华·马奈、奥古斯特·雷诺阿、亨利·方丹－拉图尔的画也纷纷入选。保罗·塞尚与以往一样，依然落选。

一群更年轻、更激进的画家由于早先曾聚居巴提纽尔路附近，经常在那里的各个咖啡馆会面，而被人们称为"巴提纽尔"派。他们把格尔布阿咖啡馆变成了自己的活动场所。这是一家中产阶级经常光顾的咖啡馆，价格便宜。画家们把大衣挂在身后的挂钩上，却并不脱帽。客人们由身穿传统整身长围裙、留着胡须的男招待来招呼。这伙人与库尔贝在安德勒啤酒店聚集的人不同。他们的聚会并非大家在一起聚餐的社交活动，而是每人各付其账。他们各具特色，反对传统观念，个性强烈，每个人都有潜在的才能和力量，都喜欢为自己尚不成熟的观点争辩。但他们的仪表和性格却又迥然不同，有的文静，有的善于夸夸其谈。除了马奈、巴齐耶和吉耶梅外，他们都是钱花得快而画作得慢。很多圈外的画家被卷了进来，但由于不习惯在座者强烈的自我主义，又悄然离去。

入选的画家们聚集在一起庆祝他们的作品参展。他们喝着啤酒，喷烟吐雾，笑着，自我庆贺着，有些人相信他们会受到评论界的赞誉，画商和收藏家也会接踵而至。

保罗·塞尚缩着头、耸着双肩走了进来，满面怒容，浑身显露出敌意、屈辱和恼怒。在座的人对他深表同情。

"只有我一个人落选。"他用浓厚的普罗旺斯口音吼道，"我是咱们所有人中才能最低下的？我不懂得如何作画？难道我仍是一个毫无希望的业余画家？"

每一位画家都抓住他的手，对他被排斥在外表示愤慨。安托尼·吉耶梅把一杯酒塞到塞尚的手中。

"吞下一杯甜美的酒而不是咸涩的眼泪，就是你对评审团进行的报复。"

卡米耶则说："保罗，让我们到你的画室去看看为什么你的画不能入选，抑或是你的画比我们其他人的要优秀得多。"

并非所有的人都离开了庆祝会，但走的人相当不少。那些对塞尚漠不关心，认为他神经过敏、缺乏幽默感、脾气暴躁的人留下未去。只有塞尚曾有勇气提出参加美术学院的沙龙，然而他却通不过审查。此外，在格尔布阿咖啡馆听到令他气愤的观点时，他经常失去理智地勃然大怒，破坏大家的聚会。

塞尚住在一间没有遮挡的尖顶顶楼小屋里，房里只有一扇布满灰尘的天窗。他粗声粗气地说：

"家父是个银行家，银行家就要贷款，贷款就要有利润。然而他给我的津贴却赚不了利润，净赔钱。这正是令他恼怒之处。一个人为什么要让他唯一的儿子记恨一辈子呢？"

画家们立即着手翻着塞尚的速写和未完成的油画。画室里一片令人紧张的安静，赞许和否定的议论声在小屋里回荡着。掩饰不住的情感由于无法逃出密封起来的顶窗，有时竟在空中冲撞起来。一些无主题的素描和油画似乎是在一种疯狂的病态心理支配下胡乱划在纸或画布上的。塞尚用铅笔、炭笔和油画笔的炽热强烈的笔触表达着他对生活的愤恨。《人体解剖》《躺在坟墓中》和《丧服》几幅画阴森凄凉，其他很多画又都带有一种卡米耶所不能理解的神秘主义，使他看不出这些作品是源于自然，比如把油瓶人为地画得变了形。然而，塞尚的自画像、母亲和姊妹的画像，以及肖像《黑人西皮奥》却画得清晰、有力。他的静物画也是如此。摆着梨子、苹果和鲜花的桌子色彩丰富、质感强烈、朴素无华，充满了生命的美，差不多是被人充满感情地创造出来。还有一幅为油画准备的习作，题为《面包与鸡蛋》。

"他尚未想好自己要表达什么。"卡米耶思忖着。

"那么，"塞尚叫道，"你们做何感想？沙龙不要我的画是因为太好还是太坏呢？当一把胡萝卜被真实而有力地绘制出来之时，就是绘画艺术发生革命之日。"

屋里一片沉默。这沉默可以同时从两个方面去解释。

其他人都离去之后，卡米耶说。

"你现在对风景画尚不感兴趣，你的尝试并不是认真的。为什么不到乡下来跟我一起作画呢？我们可以画同一个景物，可以彼此互相学习。"

塞尚板起了脸，随之又意识到这是他的朋友、是对他坦诚相待的卡米耶·毕沙罗，于是说："谢谢你，毕沙罗。我们会有那么一天，不过我要先回埃克斯，去画爱斯塔克附近的乡村。"

此后的一个星期，巴黎仅有的几个画商之一，黎士里约路的卡达特－吕凯画店的阿尔弗雷德·卡达特通知卡米耶，他准备摆出卡米耶在沙龙展出的两幅画，并说起先他对画的印象并不深刻，但沙龙闭幕后这两幅画却不断在他的脑海中浮现。这个消息令卡米耶欣喜若狂。卡米耶只认识几个偶然将一幅画卖上几块钱的小画商，如马丁和卡达特，而那些知名的老画商却仅展出沙龙的宠儿、那些获奖画家的作品，且标价甚高。每次去拜访他们，只能受到店员的接待。有一次卡米耶竟被气得两眼冒火。

他告诉朱莉："卡达特－吕凯画店卖枫丹白露派的画行市很好，他认为我的作品与他们偏离得并不太远，不会引起顾客的反感。"

"他能找到买主吗？"朱莉问道，"那可太好了……我们马上就要抚养两个孩子了。"

卡米耶默默地望着她，然后把她搂到怀里。

"迟早会这样，不是吗？"他问道。

朱莉曾经听老太太们说，女人只要一停止给婴儿喂奶就会立即怀孕。除了服用一些药理不明的草药以外，哺乳是葛兰赛妇女控制生育的唯一方法。朱莉对这些话一直半信半疑，现在才体会到它们的正确。

"我为我们感到高兴,朱莉。"

"我来抚养他们,你教他们读书写字。"

卡达特把卡米耶在沙龙展出的两幅画挂在他的黎士里约路画店的橱窗里。毕沙罗和马奈是这伙人中唯一为画商接受的人。

"我们谈妥的价钱不高,每幅5至10美元。"

卡米耶带着朱莉乘坐喷着烟雾的火车,经过几小时的旅行来到巴黎。他们手拉着手伫立在橱窗前,端详着独自摆在画架上的毕沙罗的两幅画。它们具有坚实感、具有内在的力量,它们光彩夺目,美丽……至少对于卡米耶来说是如此,尽管他不能不注意到黎士里约路上的过客来去匆匆,去其他地方办事、赴约,根本没有注意到它们,甚至不愿停下来任意望上一眼这些雄辩地描绘了大自然之永恒、它的果实和它的人民的绘画。

"不足为奇,"卡达特告诉他,"百分之九十九的巴黎人从来就不看这些画,更谈不上买了,除非买沙龙的。"

卡达特是一个举止温和,说话时喜欢把手指交叉着放在大肚子上的中年人。他的画店又长又窄,除了挂着色彩鲜明的枫丹白露派油画的墙面之外,其他地方的光线不佳;这些画描绘了绿树成荫,散发着浪漫气息薄雾的山谷。

"让我们等待那造福于人的百分之一吧。"画商喃喃地说。

"他们款步走下林荫大道,然后停在橱窗前观看这些画,他们被吸引住了,兴奋起来,最后就买下了。这些人就是收藏家,是上帝创造的一类人,没有他们我们就都完了。剩下的还有什么呢?只有商业。人们买进、卖出,买食品、衣物,花钱,这就是他们的全部生活。啊,收藏家可不同。我们要为你找到他们。"

格尔布阿集团的大部分成员都来到黎士里约路,观看卡米耶从橱窗内向外注视着世界、勇敢地发出挑战的油画。他们都是些反对题材狭窄重复的、陈旧的学院派绘画的年轻画家。他们均非模仿者,他们感到自己对当代生活和躲在千篇一律的沙龙画感伤外表之后的价值有新的见解要表达,而沙龙画像教科书那样矫揉造作,几十年来一直在不断地重复自己。他们强烈地蔑视老掉牙的公式,反对关于现状的陈词滥调;一致认为历史和宗教画已经走上了绝路,目前他们所需要做的就是敏锐地观察世界固有的鲜明色彩和大地的真实结构,以及伫立其上的人和他们的创造物。而卡达特-吕凯画店橱窗中摆出的这两幅画就展现了这一切。

激进就意味着不带商业眼光的观察,意味着用明亮的颜料和由太阳投射在风景和室内静物上所产生、但过去为人们所忽视的彩色阴影来作画,情况确实如此。美存在于观赏者的眼中,真实存在于大胆和变化万千的想象之中。绘画领域中的激进派并不会因此而丧生,他们的革命只能破坏环绕在他们周围的陈腐的、缺乏勇气的说教气氛。

这伙画家每星期四下午在格尔布阿咖啡馆聚会。他们看见卡米耶和朱莉一同走进来都十分高兴，热情地与他握手，叫了酒庆贺他的胜利。克劳德·莫奈是其中最激动的。他说："首先是爱德华·马奈，接着是卡米耶·毕沙罗在画店摆出了画，很快就会有第三个、第四个，然后我们所有人的画都将展出。那伟大的一天很快就要来临了。"

但卡米耶的好景不长。到卡达特－吕凯画店来的人很多，看画的人也不少。性情温和、大腹便便的阿尔弗雷德·卡达特热情地、有时甚至是非常聪明地向他们介绍着画的质量。然而他没能使一个人认真地看看这两幅画。没有人愿意拿出 5 美元（尚不够画布、背衬、画框、颜料、画笔和上光油的开销），没有一个人肯把其中的一幅画拿回家去冒险。一个月之后，卡达特叫来了卡米耶。

"实在抱歉，"他说道，温和的眼中露出悲哀，"你有关自然实在性的观念过于尖锐，很难为人接受。不过也许明年行。我也曾惨遭失败，你不要灰心丧气。"

在回拉－瓦汉纳的路上，卡米耶仔细地研究着自己的作品。它们的色调不是枫丹白露画派的那种柔和的、浪漫的绿色，而更像是森林和云雾一般的颜色。画中有的是真实的气氛和逼真的种田者和行路人。也许它们不够美。

朱莉看到他腋下夹着画回到家里，禁不住哭了起来。

"如果我会丧失信心，"他对她说，"那我早就停止作画了。几个世纪以来，画家们都是这样说的。在黎士里约路受一个月的冷落丝毫也伤害不了这些画。它们会存在下去的。"

她用双臂搂住他。

"我们才是必须活下去的。"她抽泣着说。

克劳德·莫奈和弗雷德里克·巴齐耶成了亲密的朋友。每天工作完毕，他们一同从格莱尔画室到圣·雅克路的咖啡馆去喝咖啡。他们决定共同租用一套公寓，于是巴齐耶离开了与雷诺阿合用的画室。1865 年 1 月 15 日，卡米耶和朱莉应邀参加在福斯登堡路画室举办的晚会。公寓的四周都是高大的窗户，室内有木制镶板，花园里种着栗子树，还能望到迷人的福斯堡广场。这套房子有两个隔开的大房间和一个自用厕所，如此条件在美术界是独一无二的。卡米耶仅仅在拜访德拉克洛瓦或爱德华·马奈时才见过这样华丽的房间。他知道巴齐耶和他在蒙彼利埃种植葡萄的富有家庭能够支付这笔开销。而靠在勒阿弗尔的索菲姑妈接济度日的克劳德·莫奈当然无能为力。

朱莉并不太情愿参加的晚会整整持续了一夜，由一个手风琴手奏着舞曲。晚会备有食物和丰盛的饮料。格莱尔画室的全体成员、格尔布阿集团的人和来自整个巴黎的几十位画家出席了晚会。因此，第二天当卡米耶听到房东已请求巴齐耶和莫奈搬家的消息时并不感到吃惊。又瘦又高、行为古怪的巴齐耶用一个月的额外房租使房东的态度缓和了下来。

使参加晚会的人感到出乎意料的是克劳德·莫奈18岁的情妇卡米耶·莱奥尼·佟茜约的出现，她是一个富裕商人娇生惯养的女儿，在某个地方偶然遇到莫奈，便答应去画室看他的作品，于是从懵懂的童年梦幻中醒来，坠入了情网并很快就受到诱惑。她丝毫不掩饰对英俊、快活的莫奈的崇拜。卡米耶发现莫奈对她也是同样的倾倒。这位衣着华丽的姑娘长得十分美丽，高个儿、长腿，一头短发卷在年轻红润的脸颊下，嘴唇和迷人的眼睛露出谜一般的微笑。

那天晚上，安托尼·吉耶梅和卡米耶谈起拉－瓦汉纳的生活，问道："你来巴黎的时候有地方落脚吗？"

"我有时候到我在帕西的家中过夜。"

"在那儿能作画吗？"

"没有地方，而且我母亲也不准。"

"为什么不到我的画室来呢。那里很宽敞，我经常在尚蒂利的家里或是到海滨去写生。你愿意在那里画多久都行，把画存在那里，搬过来住吧，把朱莉和儿子也带来。"

安托尼·吉耶梅是真诚的。他的画室虽没有欧仁·德拉克洛瓦的那么宽大，却像爱德华·马奈的画室一样布置着沙发和松软的安乐椅，桌子上堆满了书籍和杂志，地板上还铺着东方地毯。

"这是有钱好的一面，"卡米耶对朱莉羡慕地评论说，"你可以买各种各样的东西，有了它们可以过得很舒适。"

"没有那些东西我们也能够生活。"生长在葛兰赛纳维街小巷深处的朱莉·韦莱咬着牙说，"我们只需要食物、衣服和住所。"

"我们也只有这些，但将来我们会有更多的东西。"

"将来，"朱莉平静地重复说，"那是人世上最美好的地方，每个人都拥有许多东西，不过它在大洋的对岸。"

"船只横过大洋。我穿过大西洋好几次了。"

那是在1864年的春末，他的父亲开始感觉不适。

"没有什么大病，"他向卡米耶保证说，"不过感到有些疲乏，在公园散步时路走得短一点，步子放得慢些罢了。"

弗雷德里克退休之后发了福，浓密的头发花白了。他在腮和下巴上留了一圈圆形的白胡子，但宽阔、粗犷的脸上却并无上了年纪的痕迹。

"会好的。"他说。

然而事实却并非如此。他慢慢地失去了胃口，在大读书椅中坐的时间越来越长，手捧报纸却读不进去。阿尔弗雷德请来了帕西有名望的医生巴尔图。医生十分认真，采用所知的一切器械和技术有条不紊地为弗雷德里克进行了检查，查过他的心、肺，试了胳膊和腿的反应，然后开了几个处方。

然而，处方既无效又不能说明病之所在，保罗·加谢医生的顺势疗法也无济于事。弗雷德里克变得愈加寡言、苍白。卡米耶每周回家两次，在那里陪他过夜，爱玛也从伦敦赶了回来。他们陪伴着他。拉舍尔吓坏了，她把头发攒成卷堆在耳边，似乎要借此挡住她不愿听到的声响。

疼痛开始折磨弗雷德里克。相继而来的医生们仍不能诊出病因，只能暂时缓解病人的痛苦。到了 11 月，弗雷德里克已不能下床，腹部右侧出现一个肿块，肿瘤开始长大。

他直至生命的最后一刻都始终保持着平静和清醒的头脑。1865 年 1 月 28 日，弗雷德里克溘然长逝。拉舍尔拒不接受这个事实，不过在她退让的那一瞬间，她指示阿尔弗雷德和卡米耶在拉雪兹神父公墓建一座毕沙罗家的墓穴，以便他们全家人有一天能够团聚在一起。弗雷德里克被一辆在四根柱顶上插着黑色大羽毛的灵车拉着穿过了巴黎全城。卡米耶和阿尔弗雷德紧紧地搀着拉舍尔坐在紧随其后的马车的后座上。

卡米耶对父亲的死深感悲痛。他曾是毕沙罗家里的调和力量，是唯一支持自己做画家的人，同时，看望他正是卡米耶回帕西的真正乐趣。

痛苦之余，卡米耶也想到自己可能会继承一笔遗产，至少使他往后若干年的生活有所保障。有一笔足够的钱，他就可以买一所更合适的房子和画室。他知道弗雷德里克曾立下遗嘱，证明他把拉舍尔的两个女儿——爱玛和德尔芬认作自己的女儿。然而在德尔芬死后，他修改了遗嘱。爱玛已提出只要一些纪念品。这样，拉舍尔就能够继承全部遗产的一半，阿尔弗雷德和卡米耶每人四分之一。

然而家庭律师宣布的遗嘱却令卡米耶瞠目结舌。他被剥夺了继承权。弗雷德里克的遗产一半留给了拉舍尔，另一半给了阿尔弗雷德，一笔数目可观的钱捐给了圣托马斯的犹太教堂和耶稣教堂，什么东西也没有给卡米耶留下。

他沿着塞纳河走了很远，跨过河上一座又一座的桥。一种越来越强烈的义愤压倒了他被父亲遗弃所感到的困惑。他忍受不了头脑中的混乱，于是回到拉舍尔的住所，用拉斯哈雷斯的小贩叫卖货物时的那种沙哑声音向她发问，请求解释。拉舍尔坐在桃花心木和藤条做成的摇椅中，摇晃着，不敢正视他的目光。

"为什么？为什么父亲要取消他留下的两个儿子中的一个的继承权？"

"因为他不愿意自己的钱被浪费掉。"

"浪费！"

"是的，花在卖不出去的画上。"

"一幅画的首要价值并不在于出售，它的美和含义要重要得多。"

"也许是这样。但是你知道，你父亲是信奉资本主义的。不错，资本主义的原则就是钱要生钱。你父亲留给阿尔弗雷德的钱能够投资，赚更多的钱。而钱留给你就会用来绘画，除了弄脏罩衫外，什么也挣不了。"

"我努力工作，献身绘画，为了取得成就而竭尽全力。"他高声喊道。

"你父亲对此并不怀疑。"

"他不相信我？"

"不相信你能靠绘画为生。不相信。"

拉舍尔的嘴唇颤抖着，双手紧握着摇椅把，第一次直视着儿子的眼睛。

"这是一个令你父亲心碎的决定，是他在长时间的苦苦思索后做出的。最后他感到必须迫使你……"

"放弃我的人生道路？"

"……变得实际些，要面对现实。你已经有了一个孩子，你现在已经……多大了？"

"35岁。"

"在遗产未用光之前你可能就40岁或45岁了，那时开始一项新事业已为时过晚。"

"现在还不太晚？"

"不晚。你的适应能力很强。"

"不对。我像头骡子一样顽固。"

"骡子不仅顽固而且愚蠢。你难道就不能挣钱养活自己吗？"

"会有那么一天的。"

"什么时候？"拉舍尔哭了，为她这文雅温和、但一涉及他的信念就像岩石一样顽固的儿子痛哭了。他相信自己天生具有绘画的才能。他要以毕生的精力绘制深刻的、独一无二的画卷。他要描绘其大部分被先前的画家们忽略了的世界，还要提出在一天中不同的时刻观察阳光、色彩、阴影和闪烁不定的结构的一个变化了的、无所不包的方式。

"我必须耐心。"

"你已经耐心等待10年了。还有没有头呢？"

"有，当人们听到我的声音之时。"

她用双手捧着头，感到疲倦不堪，再也无力抗争。

"你没有希望了。"

"一切具有献身精神的人都是没有希望，但同时又是充满希望的。当春天来临之时，野花就会顶出坚硬的土壤，用新鲜的绿叶装点大地。"

拉舍尔从椅子上站起来，把眼镜推到鼻子上。

"我现在只有一半财产了。我将继续给你津贴，不过只能给过去的一半，并且我不能替你付房租。"

他伸出双臂轻轻地搂住她，彼此都感到已经失去了对方。

阿尔弗雷德可能会同情他的。正是这个哥哥用自己的储蓄为他添置了衣物和绘画用品送到加拉加斯；在他初到巴黎时为他提供了一小笔钱和御寒的衣服；并企图在蒙得维的亚推销他的作品；也正是这个哥哥在患病期间卡米耶照看他时曾经说过："我永远不会忘记你的情谊。"

阿尔弗雷德正在卡米耶帮他租的公寓里。房子很普通，但挤满了过多的装饰品。

卡米耶心想："这种做法符合他喜欢戴高筒绸帽、穿褶边衬衣和礼服的习惯。"

卡米耶很快就感到一种冰冷的气氛。阿尔弗雷德在等待着他的到来，并已有所准备。他在一家与南美做生意的进出口商行里做事，薪水很高，但他入不敷出。而现在他可以自行开业赚取他过去曾帮别人获得的高额利润。

"我们的父母考虑到了一切。这份遗嘱是有效的。父亲从来都是公正的。"

"但是他剥夺了我的继承权。"

"这是为了事业，为了保护他的财产。钱留给我会被用来投资，带来好的收益；给你，就会被用来支付日常开销，消失掉。"

卡米耶坐进一把镶着金边的小椅子里。

"你认为我的作品毫无意义、一钱不值吗？"

"卡米耶，你知道我从来不会这样粗暴地下结论。它们满足了你的需要，但不是所有人的。我们不要争吵了。告诉我你现在急需什么，我借给你钱。不，不是贷款，而是给你，不过数目不大。我所继承的一切都将投入我的生意，抽出来将会造成严重损失。"

"你投入的钱能够获得利润，为什么我就不能享有其中的一部分利润呢？"

阿尔弗雷德把胳膊搭在弟弟的肩上，把他引到门口。

"你有作品准备在即将召开的展览会上展出吧？给我尺寸，我来付金漆画框的钱。"

卡米耶离开阿尔弗雷德的寓所，被一种沉重的悲哀所压倒。他觉得自己被家庭抛弃了，就像一个新生的婴儿被扔在岩石上喂狼一样。他被抛弃了，为了什么罪过呢？

他想到朱莉，不禁打了个冷战。他曾想为她买一所由大树环绕、有很多窗户的房子。难道把那份遗产分一部分给他，由他自由支配，真会给他们带来不可弥补的损失吗？

他走到远处的格奈尔桥上，凭栏眺望载着煤和粮食的驳船缓缓驶过，还有晾衬衣的女人和在船头玩代用玩具的小孩们。他突然醒悟过来，对原来的绝望产生了一种反感。

"我为什么要如此痛苦？什么也没有改变，不过是我的处境比以前糟了些。"

他生来不会仇恨，对父母一直有着深厚的感情。他们对如何履行父母的义务有自己的看法，已经尽力而为，而且对他一直十分慷慨。现在，当他认识到自己与父母的人生哲学相差得有多么远时，感受得就更深了。阿尔弗雷德也并非贪婪，他和他们属于同一个世界。

他不能让仇恨来破坏自己的精神，如果是这样，那么他的绘画事业就将毁在自己手中。

朱莉的身子越来越笨，卡米耶时常拍着她凸起的肚子说："这回是个女孩。"

"你怎么知道是个女孩呢？"

"我能摸到她美丽的腿，就像她母亲的一样。"

朱莉的日子并不难过，依然忙着她的日常家务：洗衣、烧饭，喂养兔子和小鸡，在菜园里为她亲手种的蔬菜浇水、除草，为晚饭采摘新鲜蔬菜。

这次果真生了一个女孩，由拉－瓦汉纳的一个产婆不慌不忙、三下两下地接了生。村里的一个姑娘来了几天，帮助做饭和清洗。卡米耶对他的让娜着了迷，这是一个从洗完澡包进襁褓的时刻起就十分可爱的婴儿，他立刻给她取了爱称，叫作米奈特。他得意非常，就好像是他在这个女婴身上创造了某种奇迹。米奈特出生刚刚几天，他就用有力的大手稳稳地托着她的背，把她的头靠在自己的肩上，为她唱他曾听朱莉唱给吕西安听的葛兰赛歌谣。

自卡米耶和朱莉住到乡下以后，大卫·雅各布森便搬进一个顶楼的单间，同时也从绘画界消失了。卡米耶四处寻找，最后终于在蒙马特的一间阴冷、空荡的房间里找到了他。房间里没有烧开水的炉灶，只有一张铺着毯子的帆布床、一个画架和一张堆放绘画用品的桌子。他们彼此亲切地问候着。雅各布森凹胸瘦肩、脸颊深陷、眼里冒着火，他的衣服变成了大自然丰富多彩的调色板上的一种令人不快的绿色。他只有在极偶然的情况下才能把画卖给住在巴黎的丹麦人，获得一点微薄的收入；穷得走投无路之时，就到他的叔父——格勒内尔的一个制桶工人家住上几天。

一个星期四的下午，卡米耶把雅各布森带到格尔布阿咖啡馆，希望他在那里能够结交上些朋友，找到支持者。然而在大家争论问题时雅各布森却一直保持沉默，情绪抵触。

"我不同意他们的观点。"离开咖啡馆时他对卡米耶大叫道，"我不能赞同他们关于色彩、漫射光和飘忽不定的图形的革新想法，也不支持他们对评审团和沙龙发起的斗争。我毕生的愿望就是进入沙龙……我与他们不是一类人。"

一阵难堪的缄默。

"你有才华，"卡米耶说，"你的妇女肖像十分成功。你需要伙伴，我的朋友们会欢迎你与他们展开讨论。"

"他们看不起历史画。你也如此，卡米耶。"

他咳嗽起来。

"我把加谢医生请来为你检查一下吧,他那儿能以画代款。"

"他不会接受我的画,他喜欢你们写实派的画。"接着他的眼睛亮了起来,"不过你用不着失望,我就要去意大利,到阳光普照的地方去了。从 1860 年起我就向哥本哈根美术学院申请去意大利的奖学金,今年看起来很有希望,安东·梅尔比正在同他们联系。"

卡米耶拉雅各布森去一家饭店吃晚饭,宣称自己饿了。他把自己点的浓味炖鱼中的海味不断地舀给雅各布森吃,直到满满的一大碗一扫而光。

现在一人独居的拉舍尔搬到了殉道者大道,那里离 10 年前的 1855 年 10 月卡米耶乘坐公共马车去的公寓不远。她把大卫·雅各布森为弗雷德里克画的肖像与卡米耶的《蒙莫朗西的风景》一起挂在客厅里。她答应卡米耶把他的一些作品存放在一个柜子里,但从不看一眼。没有镶画框的画对于她来说是不存在的。朱莉和她的两个孩子在拉舍尔的心目中也是如此。米奈特出生之后,卡米耶来到巴黎告诉她关于孩子的消息。

"她可爱极了,我能带她来见你吗?"

拉舍尔没有说"不行",而是改变了话题。

"爱玛要回来了,多好啊。"

他声音嘶哑地说:"真高兴能再见到她。"

爱玛果真回来了。她看望了卡米耶、朱莉和他们的两个孩子,还为孩子们买了衣服和玩具。她把小家伙们搂在怀里,像对待侄子和侄女一样爱抚他们。最重要的是,朱莉对爱玛把自己当作家庭成员一样亲切对待感到十分高兴。

卡米耶与性情暴躁的保罗·塞尚之间的友谊在不断加深着。每次沙龙落选,塞尚都要怒气冲冲地回到埃克斯,但在同父亲争吵了几个月之后他又会同样怒气冲冲地回到巴黎。1865 年初,卡米耶接到塞尚的信,邀请他去巴士底监狱附近的博特莱依路 22 号做客。信上说他有一些风景画想请朋友看看,都是在埃克斯 – 普罗旺斯和马赛附近 20 英里以外的乡村里画的写生。

卡米耶立刻就从他的画中认出了真正的普罗旺斯人的遒劲。画面上刺目的光和爱斯塔克的石山结构均不同于卡米耶和其他画家在塞纳和瓦兹河谷那较为亲切的环境中创作的作品。尽管这些画仍然表现了塞尚内心的混乱,但已经画出了他对这些景物的情感。

"毕沙罗,我喜欢埃克斯,只是我一到那儿就失去了自由。我真希望我的行动不受干涉。我很想去米迪作画,那儿可画的东西很多。"

接着他喊起来:"天啊!今晚是左拉在家招待朋友的日子。左拉穷,吃喝的东西不多,但那儿的谈话很有意思。如果我不去,他会觉得受了侮辱。他会欢迎你加入他的小圈子的。"

他们穿过巴士底广场,然后迂回地绕过西岸向左拉在沃里拉尔路的公寓走去。一路上塞尚谈起他那个来自埃克斯的朋友。

"他的母亲是法国人,父亲是出身威尼斯世家的意大利人。在巴维亚军事学院学了 5

年工程，他父亲最后在古老的城市埃克斯－普罗旺斯定居下来。这座城市有一堵又高又大的城墙，每到夜晚总要关闭起来。他发现城里的 3 个公共泉眼只有一个有水，而且味道欠佳。于是，他探查了城市四周的山脉，直到发现一个天然瀑布，并为把水引进埃克斯城设计了一条水渠。为获准修建水渠，他奋斗了 10 年，然而在 3 个月的现场施工中，他却在凛冽的寒风中患了感冒，不幸身亡，留下妻子和独子在贫困中挣扎。爱弥尔·左拉从小在贫困中长大，母亲为了让他在波旁学院读书而做出了巨大的牺牲。在学校里他是一个穷学生，比他在马赛和巴黎索尔邦大学上学时还要穷。"

塞尚深深地叹了一口气。

"我爱他，我们比亲兄弟还要亲。我们一起漫游普罗旺斯，一起念诗读小说，梦想着充满浪漫情趣的未来。其他的男孩子们却不喜欢爱弥尔。有一次他在校园里挨打时我救了他，从那以后我们就成了形影不离的好朋友。"

卡米耶一面听着塞尚的话，一面想：这两个人都是沉默寡言、多疑、腼腆，而且脾气粗暴，从气质上讲他们也无异于亲兄弟。左拉曾在拿破仑码头当过几个月的海关职员。度过若干年贫困窘迫的生活之后，他父亲的一位朋友在法国成功的出版商——哈谢特出版公司——那里为他谋到了一个货物管理员的位置。他被提升到广告部，因而有机会与作家和报纸编辑们接触，得以说服一家小公司出版了他的第一本书《为妮侬写的故事》。这部书得到人们的称赞，但销路不佳。他开始为《费加罗报》和《时事报》撰写文学小品和评论文章，时事报的编辑这样形容道："他好像一个性情多疑、嘀嘀咕咕的稻草人，一脸的倒霉相就如同一名管家。"

左拉爱上了他的房东的女儿亚历山德林。他和亚历山德林搬进一套新公寓，请来他的母亲同住。有的时候左拉不得不典当东西来维持这套小房子。

塞尚和卡米耶到达左拉家时，客厅和饭厅里已经挤满了年轻人，他们一边喝着葡萄酒、嚼着亚历山德林拿来的奶酪和饼干，一边热烈地争论着。两个人在门厅里静静地站了一会儿，塞尚评论他的朋友道："他只关心有多少人来参加他家的聚会。"

现在通过自己的观察，卡米耶认识到，塞尚的一双画家的眼睛是多么精确，他是这样描述左拉的："他的额头宽阔，一双眼睛又黑又亮，圆圆的脑袋向下逐渐变尖，形成一个分成两半的小下巴。他的下嘴唇很厚，尽管有两只敏感的鼻孔，小鼻子仍然显得好斗，好像一只短毛猎犬的一般……但五官合在一起显得很美。"

左拉为养活母亲、情妇，款待朋友和出人头地，一直在拼命努力。他每天工作 12 到 14 小时，每月撰写几百页报纸文章、无价值的连载小说和严肃的论文，累得面色苍白。

塞尚取笑地说："你看他，已经开始进行社会活动了，甚至买好了一套大礼服！"

左拉发现了塞尚，把两个人领到餐具柜旁，将卡米耶介绍给高个子、相貌引人注目的亚历山德林·梅斯莱。人们说梅斯莱的眼睛就像"一幅古老的西班牙油画中的一个男孩的眼睛一样具有某种奇特的黑颜色"。面对左拉动荡不安的命运，她表现出自己是个有勇气的年轻妇女。下午5点钟以后，当上流社会的人们在托托尼咖啡馆、英格兰咖啡馆和欧洲咖啡馆前的平台上散步时，她还准许左拉自由自在地去喝苦艾酒。

左拉对卡米耶说道："不要理睬塞尚对我的议论。保罗具有一个伟大画家的天才，但是永远没有使自己成为一个伟大画家的才能。"

"就像你成为一个伟大的作家一样？"卡米耶揶揄道。

"是的。我具有成为另一个巴尔扎克或福楼拜的内在力量。保罗说我在靠幻想度日。"

离开左拉的寓所，塞尚尖刻地说："我要回埃克斯去了。我受不了巴黎和这种谈话。"

➠

卡米耶向1865年沙龙送了两幅自认最好的油画，装在阿尔弗雷德提供的镀金画框中。《水边》入选，而《圣那维耶的马恩河畔》却遭到拒绝。他坐在沙龙附近的巴德咖啡馆里，试图搞明白为什么评审团接受了这一幅而不接受那一幅。他甚至认为《圣那维耶的马恩河畔》是两幅中画得更理想的，因而不能理解评审团是根据什么标准来选择他们这些人的作品的，尽管碰巧会有那么两幅画因与评审团心中的模式相吻合而被选中，或者一幅很特别的画侥幸蒙蔽了这些官员的眼睛。

夏尔·波德莱尔的一声大叫打断了他有趣的思索。

"注意，卡米耶。你的第二幅画——《圣那维耶的马恩河畔》挂出来了。"

卡米耶大为惊讶，连忙大声回了一句："但是评审团已经把它拒之门外了呀。"

波德莱尔在灿烂的阳光下穿过街道，走过来坐到他的身旁。

"每个评审团成员都可以行使一次所谓的'慈善权'，在落选的画中任意选一幅。杜比尼选中了你的。"

目瞪口呆的卡米耶喃喃低语道："如登天堂。我真是受宠若惊。我一向仰慕杜比尼的作品，只是没有机会认识他。如此说来，他选中我的画并非出于友谊。"

"正相反，杜比尼认为你是年轻画家中最好的一个。"

大约有10秒钟的光景，卡米耶屏住了呼吸，他的嘴角向上翘起，深棕色的眼睛好似天鹅绒一般。

阳光怜悯地照在波德莱尔憔悴的脸上。他的诗集《恶之花》增补版最近出版，他和他的出版商因被指控"践踏了公共道德"，而遭法庭传讯、罚款。他身心交瘁，一文不名，但仍极力维持纨绔子弟的形象。波德莱尔大声疾呼，说法庭肢解了他的诗。

"总的说来它只能引起人们对邪恶的厌恶。我在这部书中倾注了自己的全部心血、感情、宗教和仇恨！"

"为什么还有仇恨？"卡米耶认真地问。

"因为我经历了一系列的灾难，它们使我产生了一种可怕的要语出惊人的愿望。我可以向众神起誓，这是一部纯艺术的书，情感成熟，刻画细腻，但是我也可以像牙医那样骗人。不过，痛苦就要结束了，我活不了多久了。"

爱德华·马奈的确有理由庆贺一番，他的作品《奥林匹亚》被评审团选中了。画面上一个妓女赤身裸体地躺在床上，她的黑人女仆正把一位男客送来的鲜花捧给她看。然而，这幅画的命运比在落选者沙龙上展出的《草地上的午餐》还要悲惨。

在画展上，一个男人试图用小刀划破它，女人们则往上面吐唾沫。拥挤在画前的人们义愤填膺。人们不再观看其他作品，置众多的历史题材和圣经题材，甚至枫丹白露画派的画于不顾。愤怒的情绪愈来愈高涨。

克劳德·莫奈和卡米耶在一个喷泉后面找到了一个安静的角落，倒在铺着紫天鹅绒的长靠椅上。

"评审团接受《奥林匹亚》，你怎么看？"莫奈问道，"除了它是画展上最才华横溢的作品这个事实以外？还有它为什么会引起如此的反感？奥林匹亚不过是在巴黎开业的成千上万个高级妓女中的一个，这是众所周知的，就连那些最尊贵的主妇们也不例外，她们的丈夫正是拿这些妓女来消遣寻开心的。"

卡米耶犹豫不决地答道："以往所画的裸体女人都是用浪漫主义手法描绘的，背景往往是田园风光，她们的脸又是那么正直可爱；而奥林匹亚是个职业妓女，她的脸上表现出对自己不得不接待的男人们的厌恶。会不会是出于这个原因呢？在这幅画中，所有的温情都被一扫而光，尽管运用了明亮的粉红色。还加上了色彩鲜艳的花。从此，巴黎人再也不能把成千上万的妓女看作他们当中具有浪漫色彩的最风雅的人物了，所以他们恼怒了。"

爱德华·马奈穿过人群，观察着他们。他气愤了："我只是想通过《奥林匹亚》来表现皮肤颜色的强烈对比，而并不想制造丑闻。我从来就没有想过要抗议。"

爱德华·马奈比卡米耶小一岁半，是巴提纽尔集团中公认的领袖。他1863年在落选者沙龙展出的《草地上的午餐》目前正摆在意大利林荫道上马蒂内画廊的橱窗里，那里是整个巴黎嘲弄的中心。但是现在《奥林匹亚》已超过这幅画，成为巴黎人谈论最多的作品。然而他并不是由于这两幅画才成为这个集团的领袖。他是他们中最敏锐、最有趣的一个，关于绘画有很多发人深省的见解。

"我们必须取消中间色。"他在一次聚会时宣布说，"画家有权使用他想要的任何颜色和色调。我们所需要的就是异端的冲击。沙龙展出的作品似乎出自同一只巨人之手……然而却没有巨人的头脑。"

当格尔布阿的几位常客、严肃的画家勒格洛、方丹－拉图尔谈到了为了卖画有必要获得作品在沙龙展出的荣誉时，马奈答道：

"沙龙是我们的战场，但帝国授予的荣誉却一钱不值。"

"如果养家糊口不需要名誉的话。"卡米耶愤愤地想。

一天下午，卡米耶接受了马奈的邀请，去居约路的画室看他为创作《吹横笛者》准备的素描，这幅画是他准备参加 1866 年沙龙的。卡米耶正好进城购买短缺的、价格常常使人吓得目瞪口呆的绘画用品。马奈优雅的画室往往给人以假象，但这不是舒适的休息室而是工作的地方。每日清晨他来到画室，一直不间断地工作到下午 5 点，然后梳洗换装，变成了把一个又一个美貌妇人领进卧室的纨绔子弟。卡米耶知道他那些仅仅流传于绘画界的风流韵事。马奈爱上了请到家里教钢琴的荷兰年轻音乐家，一个迷人的姑娘，并引诱了她。苏珊·利恩霍夫为他生儿子的时候，他刚刚 20 岁。马奈为孩子登记时使用了假名，对外宣称孩子是苏珊的弟弟。1862 年马奈的父亲去世，使爱德华获得了独立和财富。葬礼结束后他承认了儿子并与苏珊结了婚。马奈的母亲现在独自一人居住在圣·彼得斯堡路的一所大房子里，她邀请儿子、苏珊和他们的孩子与她同住。

卡米耶看到马奈的画室里有两个衣着拘谨的女人——贝特·莫里索和她的姐姐爱德玛，很是失望。她们是在卢浮宫临摹戈雅和委拉斯开兹的作品时认识马奈的，那两位画家恰好也是马奈选中的老师。贝特·莫里索对绘画十分认真，终日作画。她的姐姐则是为了陪伴她，这对任何一位像贝特·莫里索那样出身于无懈可击的富裕家庭、遵守社交礼仪的小姐来说都是必要的。卡米耶打量着这个女人，她不属于他在画家朋友中经常遇到的那种女人。她大约 24 岁，高个，身穿剪裁精致的有图案的白色巴厘纱裙，纤细的腰间束着一条黑色的细带，脖颈上围着一根带花边的黑丝带，脚穿一双饰有绒球的黑色浅口无带皮鞋，白色的短袜略微露出。她浓密的黑发从前额向两边分开，长长的梳理整齐的卷发垂在白裙子的前襟上；她长着一双他从未见过的大眼睛，黑眼球占据了整个眼眶。她目光敏锐，脸上傲慢的表情与肉感的弓形嘴唇显得不协调。介绍时看到卡米耶破旧的衣服和磨损了的鞋，她的目光露出鄙视之意。

"一张好看的脸，但并不美。"卡米耶想，"如果惠斯勒没有回伦敦去，他能够把这黑色与白色艺术地协调在一起。看我时，她的表情盛气凌人、显得不耐烦，可她望着爱德华的时候却是那样含情脉脉。"

"承蒙贝特的一片好意说我可以教她一些东西。"马奈谦逊地说。

她虽有教养，但听到这暗讽时仍然红了脸。

她站起身来，严肃地说：

"您可以教我们所有的人绘画技巧，马奈先生。既然我们为此而来，您能否帮我改改新近画的速写？我画了几张有关母与子的习作，想捕捉到他们之间的关系。"

为她改画时，马奈变得认真起来。他们一起忙着，陪贝特前来的姐姐则坐在角落里一张路易十四时期的椅子里，翻阅时装杂志。望着他们，卡米耶暗自好笑。毫无疑问，马奈对这张美丽的贵族式的脸和高雅的举止大为倾倒，并想得到她，而她却认为他永远办不到。她过于拘谨、过于拿派。

马奈的男仆端来了咖啡和点心。带着浓厚的兴趣正在上课的贝特·莫里索想起了礼貌，转过身来热情地问卡米耶："您认识罗莎·彭娜吗？不认识？和我一样。我其他的熟人也不认识她。她的画早在1848年画展上就得了一等奖，现在她已成名，作品在英国和美国都很畅销。大家公认她是欧洲最好的动物画家。她有一间大画室，旁边有一个牲口棚，她画的动物就养在那里。真奇怪，我们对她知道得那么少。她是妇女能在绘画界出类拔萃的典范。每个世纪只出现几个女画家。"

"您也很有天赋，亲爱的贝特·莫里索小姐，"马奈应声说，"而且有一股冲劲。我想没有人能够阻挡您。"

卡米耶感到很不自在，便托词告退了。他一边走下马奈铺着地毯的楼梯一边想："这里就要展开一场生死搏斗。如果我有钱，一定押在莫里索小姐一边。我敢说，她有更多的骄傲而不是热情。马奈永远不能把她领上自己的床。她不会让自己同他的其他女人为伍。"

如果他没有应邀去观看、讨论马奈为下一届画展准备的作品，他就不会去仔细考虑马奈母亲接受儿子回家住的事。现在拉舍尔也是独居，也许她也能接受同样的安排，他心中升起了一线希望。再次去巴黎的时候，他便请拉舍尔去吃午饭。

"妈妈，您现在独自一人，难道您不想让我搬回与您同住吗？我不能离开乡下，但是在又长又冷的冬天……"

"啊，卡米耶。你能回来住吗？我多么渴望你的陪伴和安慰。"

"当然，包括朱莉和孩子们。得到您的同意，我们就结婚。"

他母亲的身体打了个冷战，好似一条小船被巨浪冲击了一下。

"不行。"

"爱德华·马奈的母亲接受了儿子以前的情妇和私生子，为什么您就不能妥协呢？"

"马奈的……伴侣……出身荷兰的上等人家。而你的……是个女仆。"

"她已经做了我7年的伴侣。我们会组织一个美满的家庭。"

丈夫去世，长子长年居住国外，女儿又在遥远的伦敦，即使在这种情况下，拉舍尔还是不能接受朱莉。卡米耶想起圣托马斯的人对母亲的评价："拉舍尔·毕沙罗具有种种美德，但她不能使自己快乐。"

他无可奈何地长叹一口气。

卡米耶到瓦兹河上的奥维尔去拜访夏尔·弗朗索瓦·杜比尼，向他表示谢意。杜比尼 49 岁，才华过人，嗜好旅游。他 25 岁结婚，现在有一女两子、一幢房子和一个画室。夏天他常和最亲密的朋友柯罗一道在画室里作画。1838 年他 21 岁时作品首次在沙龙展出，也就是在那时他进了德拉罗什画室，获得了沙龙授予的一等、二等和三等全部 3 个级别的奖章，并被授予荣誉骑士团成员的称号，美院当局也慷慨地委托他作画。他每次展出作品一般都有不少于 4 或 5 幅，大多是在枫丹白露创作的大幅油画，内容或是塞纳河和瓦兹河，或是诺曼底和庇卡底风光。

1857 年，他买了一条带有方形后舱的小船，舱里可容纳他的绘画用品和一张够两人睡的床。他常常独自一人连续几个星期沿着法国的河流顺水而下，在船板上做简单的饭菜和煮咖啡，夜晚则拴住小船睡觉。他捕捉住了黎明和黄昏时分水面上和岸边树叶上闪烁不定的光线，这是以往不曾有人做过的。美术学院认为他是一名革新家，但不是一个激进分子。

1857 年，法国政府购买了他的《塞纳河风光》，路易·拿破仑买下了《依里叶的池塘》，使他赢得了国际声誉。他经常到伦敦旅游，在皇家学院成功地展出了他的作品，并出版了一部题为《乘舟远游》的书，收集了他描绘法国河景的速写和习作。

卡米耶一边沿纤路而行，一边望着身旁终年受苦的马驮着沉重的货物艰难地向瓦兹河上游走去。他看到杜比尼的房子坐落在一片空地上，四周被高大的树木和由他朴素而庄重的妻子玛丽·索菲照料的花坛所环绕。

杜比尼的画室在房后很远的地方，有一扇敞开的门和可以照射进阳光的天窗。卡米耶端详着站在画架旁的杜比尼：前额和头两侧乱蓬蓬的头发向后梳着，自 25 岁以来就未曾长过一丝一毫的柔软的胡子参差不齐。整张脸上最突出的便是他那双无所不见而又不动声色的眼睛。他性情温和，从钢铁般的胸腔中迸发出柔和的声音。除了绘画以外，他认为任何事情都不值得为之一搏；当他为绘画而搏斗的时候，牙齿就像老虎一般锋利。他的表情显然是在说：不要表现得过分愚蠢。

他身着一条工人穿的肥大宽松的裤子和一件褪了色的衬衣，卡米耶做了自我介绍。杜比尼热情地抓着他的手："啊，毕沙罗，很高兴见到你。"

"我特此来感谢您把我的画《圣那维耶的马恩河畔》放进您的'慈善篮子'。"

杜比尼咧嘴笑了。

"我喜欢和亲朋好友和睦、平静地待在一起，可不愿意和评审团的那些家伙一道蹲在那里唠叨。"杜比尼迷人地挤了挤他那张平平常常的脸，"你们格尔布阿咖啡馆的那伙人全都很有前途，就像我们枫丹白露画派一样。顺便说一下，今年年初我在伦敦时去惠斯勒的家吃过午饭。他布置的房间就和他穿的衣服一样刺目，令你眼花缭乱。在那里，他用他咄咄逼人的机智和所有的人斗，不过他的绘画方式却是独具一格，冲破了条条框框，有独到的见解。他准备在泰晤士河上画一组画，就像我在瓦兹河上做的那样。

"走，看看我的船去。为了画河，你有一天可能也想要一只的。我有时带着妻子，偶然也带上一个朋友一起去作画，但大多数时间我都独自划着小船顺流而下，寻觅可画的景致。"

他们来到河边。在船上，杜比尼从一个大壶里倒出当地酿制的酒，两个人便喝起来。他举起杯子低声说："为年轻的画家们干杯！我已经站到了他们一边。"

卡米耶在拉－瓦汉纳的最新作品画的是一个四周为群山环绕的大牧场，右边是一条河，画的中央是一头小马驮着两个包裹得漂漂亮亮的小家伙，他们面对面地坐着，由衣着时髦的母亲照看着。画的背景处有一个男孩和一个女孩，他们衣衫褴褛，来自附近的农场或是村庄。卡米耶将这幅画命名为《拉罗什－居庸的骑马人》。卡米耶曾受到画面所描绘的对比强烈吸引。就是那个星期四，他在把画拿到吉耶梅那里存起来之前，先到格尔布阿咖啡馆暂停片刻，却被蒲鲁东的狂热信徒、一份无政府主义小报的编辑叫住："你终于认识到了阶级斗争！你的画表现了贫富之间的差距。有钱人家的孩子可以骑自己的马玩耍，而穷苦的孩子却一无所有，这是不文明的。世界的财富正是从这些穷人手中夺来的。"

"我并不想……"

爱弥尔·左拉插话道："不管你的原意如何，这是无产阶级的宣传。"

爱德华·马奈反驳说："毕沙罗想要表现的是一个画面，而且画得很好。光是作画麻烦就已经够多的了，我们可不愿让那些批评家对自己的主题评头论足。"

克劳德·莫奈喊道："我们应把主题抛在一边，画纯粹的光、色、形。"

编辑气愤地举起双手："你们为什么都要回避？是不是怕因为有革命思想而被当局送进监狱？画家不可能躲避社会不公平的现实，他们是社会的一部分。"

"并非如此。"安托尼·吉耶梅坚决地说，"那样会毁了我们，我们不能从某种思想出发来作画，而只能画我们认为应当画的东西。此外，认为无政府要比有个坏政府强，只能引起混乱。"

阿曼德·吉约曼，这位背景与蒲鲁东最相近的政府职员补充说："我们只画想画的东西，并不希望每幅画都引起一场争论。"

争论达到了顶峰，在这个联系紧密的圈子里还很少见。室内的烟雾越来越浓，啤酒下去的速度也越来越快。他们争论的声音如此之大，以至咖啡馆里的其他人都显得悄然无声了。

"真该死。"卡米耶喃喃自语道，"我在这里挑起了什么呢？光是试图捕捉大自然的静谧永恒遇到的麻烦就够多了，现在又加上什么阶级斗争。"

　　有时他感到自己和马奈一样属于这伙人中的长者，而且信仰不同。但这些不同并未影响他与热情激昂的年轻人之间的关系，他和他们已经有了密切的交往。这伙人中的某些人比其他人对他更具有吸引力。他感到自己与他们中的脾气古怪的人，比如说塞尚有着共鸣，不过所有这些人无不才华横溢、饶有见地，因而他以自己天生的热情，爽朗的性格和友爱、信任与他们交往，和所有的人都愉快相处。他畅所欲言，有的时候在聚会中被作为取笑的对象，不过他知道那也是出于友情。他从未陷入过导致爱德华·马奈向批评家丢朗提出决斗的那种粗鲁的争论。由于他生在圣托马斯，又在委内瑞拉度过数年，大家认为他对外面的事物有所了解。与同行们的首次会面令他兴奋，并盼望着能参加对利用户外光与利用画室从北面射来的固定光线的作画方法的讨论，而当他买不起去巴黎的火车票无法参加聚会时，则深感遗憾。

　　卡米耶从未打算在拉－瓦汉纳永久居住下去。住了两年半之后，他觉得那里已无物可画。他要沿塞纳河和瓦兹河谷而下仔细寻找适合自己的特殊眼光的地方。他按照朋友们提出的建议四处旅行考察，最后终于如愿以偿。这是一个充满了各种美好绘画主题的去处，目光所及，处处景致新鲜、独具特色，正是他所寻求的。他想不出有哪位画家曾把这个地区独一无二的美景搬上过画布。这里是属于他的，属于他一个人的，他将迷失其中，又将从中发现自己。作画时，他将远离对艺术的讨论，不同朋友们交往。这里将只有他自己和面前的景致。

　　1866年新年，卡米耶把家搬到维克辛区厄米塔兹村。村庄坐落在蓬图瓦兹城脚下，既是瓦兹河上的良港又是防守的好地段，由于具有上述优势，高卢人首先定居在这里，后来罗马人又征服了它，移居此地。高卢人和罗马人都使用着同一条沿河修建的通往城岛和巴黎的简陋大道。

　　搬家时正值冬季，农民的农具恰好闲置不用，因而卡米耶雇了一辆大车和一位车夫，经过一条条弯弯曲曲的土路，把他的家具从拉－瓦汉纳的住所运往坐落在芳·德－厄米塔兹路1号的新家。

　　这里的居民都是些园林工人、小农场主和为蓬图瓦兹葡萄酒市场种植葡萄的人，由于没有一条路与高于它的城镇相通，地势低洼的厄米塔兹几个月前还很闭塞。蓬图瓦兹人认为这是一个贫穷的、令人生厌的地方，住在那里有失身份。现在，从蓬图瓦兹延伸出的维克多·雨果路一直通到了厄米塔兹，使这个小村庄成了这座城市脚下的一个扩展了的郊区。屋顶颜色鲜亮的新房子拔地而起，带有临街仓库的旧房子则挤在一起。

　　卡米耶租的房子紧靠着山脚下，在通往维奥斯尼河的土路上，房子里没有城里点的那种煤气灯。这是一所方盒子形的房子，室内没有摆设，褪了色的墙皮有些地方已经脱落，但是它有6间屋子，颇为宽绰。

　　"我们真走运，这儿的房租也很便宜。"他告诉朱莉。

不等把他们那几件少得可怜的家具安排好，卡米耶就迫不及待地夹着速写簿和画架出门了。

他们再一次成了陌生人，没有一个熟人，街坊邻里中也没有一个画家。从小在邻里关系密切的环境中长大的朱莉对连续不断的搬迁很难适应。你穷，别人也穷是一回事，没有人与你同处困境，只有你独自过穷日子却是另一码事。卡米耶不喜欢她谈论他们近乎贫困的生活。本来他想到大多数画家都在贫困的边缘上挣扎，多少有点心安理得。朱莉一说，又打破了平衡。这就是他们的命运，画家们接受了它，很少抱怨，甚至也很少谈及。当他像往常那样不得不说"一个苏也没有了"的时候，他的语气中既无辛酸的味道，又无自责之意。因为还有比吃不饱更坏的事，比如被剥夺作画、雕塑、写作或作曲的权利。

然而这些安慰却不能解除朱莉的痛苦。她是一个喜欢热闹、喜欢与人交往的人。但她却无法与芳－德－厄米塔兹的邻居们来往。他们不信任生人，在他们眼里，毕沙罗一家人还不仅仅是生人，因为他们不去教堂、不参加宗教或爱国聚会，他们不靠卡米耶在粮仓、化学液体工厂或是租种城外的一片地过活；他们简直不值得尊敬，尽管他们有两个孩子而且给人以结过婚的印象，但是朱莉没有戴那种传统的厚厚的结婚绶带。在正式举行婚礼、拿到盖有司法部门印章的证书之前，她是不能够戴戒指的。

她忍着痛苦查看了房子周围的一小片土地，找到了一把铲子，于是便开始挖起来。她准备在这里种花和蔬菜，使这个令人不快的地方变得像个家。

卡米耶只要迈出家门，沿着弯曲的小径和邻近的田野走几步，便可找到极好的绘画题材。

爱德华·马奈给格尔布阿集团带来了一个新的成员——埃德加·德·加斯，他不喜欢这个名字，因此改为埃德加·德加。德加出身于一个富有的保守的家庭。他的祖父在1789 年大革命时逃到那波利（那不勒斯），在那里开设了一家银行并与一个意大利贵族女子结了婚。德加受贵族祖先和富有者的影响颇深，自认为高人一等。马奈曾在沙龙画展上遇到过他。他身材高大，长着一个强有力的头和一张孩子似的圆脸。他看起来和蔼可亲，实际上却善于开些尖刻的玩笑，很伤人。德加对在访问巴黎时像往常一样穿着奇装异服的詹姆斯·惠斯勒说："您的穿着就像平庸之辈。"

大家都以为他对于同样出身于富贵之家的贝特·莫里索的态度或许会文雅些，而他却低声说："您是把手插在口袋里作画。"

卡米耶仔细端详着这个人：他与自己年龄相仿，30 多岁，皮肤白净，长着一只挺拔的鼻子和一双相距甚远的眼睛，唇须和胡子又稀又薄，头戴一顶帽檐向上翻起的圆帽子，将脸暴露无遗之程度正像他的表情完全掩饰了他经常喜欢与人作对的天性；紧扣的上衣露出一道细细的白领边，如同他显露出的被禁锢的天性；弓形的大眼睛不停地闪动着，嘲笑着它所看见的一切；在这张脸后面是一个聪明敏锐的头脑。卡米耶觉得他是一个自认有才华而追求尽善尽美并且恃才傲物的人。

卡米耶曾经看过他描绘在跑道上奔跑的马和正在上芭蕾舞课的小姑娘们的作品。他隔着桌子向德加问道："你画得这么好是在哪里学的？"

"跟安格尔学的，我的上帝。我从一个不情愿出让的收藏家那里借来了他举办回顾展所需要的《浴女》，为此安格尔教导我说：'画线条，年轻的朋友，多画线条，不论是根据记忆还是写生，只要这样做去，你就会成为一个好画家。'我经常回我在意大利的家，在那里我研究了佛罗伦萨、罗马、那波利的绘画大师们的素描。幸运的是，我有画纯线条的天才。"

他是新来者，所以大家的注意力都集中到了他身上。克洛德问起他为什么不在户外作画，而是回到光线昏暗的画室作画时，他答道："在户外作画激不起我对自然的热情。我们热爱自然，但是却永远不能确知它是否同样爱我们。"

安托尼·吉耶梅反唇相讥："胡说，德加。如果我们一定要证实我们同样为自然所爱才能生存，人类早就死绝了。"

德加做了个鬼脸说道："别跟我提那些背着画架在田野里满处乱窜的家伙。我真希望宪兵开枪射击那些在户外写生的画家，用少量的鸟枪警告警告。我喜欢从钥匙孔里观察人生。"

服饰受到德加嘲弄的惠斯勒说："你是说不用眼睛而是用屁股看吗？"

大家沉默了片刻。

"您外表不错，惠斯勒先生。"德加向他转过脸来。惠斯勒长着一张敏感的脸，一双深陷的眼睛、一张向上噘起的肉感的嘴唇和一个刚毅的下巴，性格冷酷。"我笔下的动作和色彩都来自跑道、歌剧院和芭蕾舞台，劳动人民不吸引我，因此我不需要新鲜空气。"

"你把自己局限起来了。"爱德华·马奈有时会是一个不客气的对手。

"人人如此。"德加平静地回答他，"因为艺术就是痛苦的追求。我已经走进过好几个死胡同：历史画、战争画，有一个时期我甚至崇尚黄灰色的布格罗。在我绘画的现实主义时期，我被形式所禁锢。现在我已经转向日本版画，它们解放了我。"

他不加停顿地一口气讲下去。

"我喜欢艺术的艰难，也喜欢生活的艰难。没有谁的艺术像我的那样缺乏自发性。至于灵感和冲动则与我毫不相干。艺术是个娼妇，你不能通过合法的婚姻去拥抱她，而只能强奸她。"

与德加社会地位相当的弗雷德里克·巴齐耶敢于揶揄他："那就是你强奸的唯一东西。你的模特儿说她们在长沙发上为你摆完姿势之后，你从不打扰她们。对其他女人也是如此吧。"

"我恨女人。正因为如此，我才经常画她们。"

德加是个单身汉，又是个愤世嫉俗者。他手头有钱，却不去用它，起居工作都在一间狭窄的、堆满了画和书的画室里，由一个老妇人帮他料理生活。除了那些他认为与自己同样有才能和富有的画家外，他几乎没有朋友。马奈倾身向卡米耶悄悄说："别信他的自我描述，这是不真实的。他照顾他在意大利的画家朋友，说服家里去接济他们。如果你见过他的姑舅和堂姐妹们的画像，这些贝莱利家的成员个个意志坚强，落落寡合，你就会了解他心目中想象的贵族阶级所应有的举止仪表。他只有23岁，将来会冲破这些观念的。"

谈到购买不吸水的画布和貂毫画笔的最佳去处时，阿曼德·吉约曼提起一个花钱不多却能买到好东西的铺子。德加叫道："什么？难道你惠顾犹太人的商店吗？"

又是一个冷场。

在和巴黎画家的交往中，这是卡米耶第一次亲耳听到反犹太人的言论。他大吃一惊，一连串的思绪涌上心头。德加怎么会有这样丑恶的感情和可耻的偏见呢？他是个受过教育的人，应当知道犹太人丰富而开明的文化已有近5000年的历史，他们自己的基督教文化也源于此。难道他不知道犹太人具有巨大道德价值的伟大文学遗产《旧约全书》丰富了整个世界？不知道犹太教是自人类进化以来历史上最悠久、最开化的宗教之一吗？尽管他——卡米耶，没有参加过它的宗教仪式，但是他以一种不确切的方式知道自己有很深的犹太根，祖先的性格已溶化在他的头脑、气质和作品之中。他记得在很久以前，父亲曾给他背诵过《犹太法典》中的一句格言："所有人民之中的正义之人在未来世界中都将享有遗产。"

在法国文化的表层之下有着反犹太主义的基础，这一点是众所周知的；然而这句话竟出自一个画家之口，不禁令卡米耶恶心。

有几个人离去了，德加绕过桌子走过来坐在卡米耶身旁。

"真高兴终于见到你了。我与你有一种特殊的共鸣，你的观点和对风景的忠实令人愉快。我最欣赏《圣那维耶的马恩河畔》。"

卡米耶只能生气地说："……不过，德加先生，你说过要用枪射击我们这些在田野上跑来跑去作画的画家。"

德加笑了。

"我指的是用一只汤盘和3把刷子画风景画的业余画家。你是个真正的画家，为风景画开创了一条新的道路。让我们做朋友吧。"

"我是个犹太人。"

"我知道。"

"你怎么能一方面想和我交朋友，一方面又反犹太人呢？"

"哦，原来是这样。那不过是我随口说说而已。我从祖父母和父母那里继承了对犹太人的偏见。这不会影响我们的关系，你会成为我的一个作风景画的朋友。"

卡米耶想起了德加画的《戴菊花的女人》。

"他真好！我应该接受他的友谊。"他想。

蓬图瓦兹坐落在实际上是一座被大自然挖空的圆形凹地的山上，它本身对卡米耶并没有吸引力，尽管在这个大一点的社区里朱莉会感到便利些。在河的右岸，从石灰岩的山顶上，可以俯瞰瓦兹河，镇子里的大多数房屋都建在山坡上，从陡峭的堤岸能够看到他曾经作过画的蒙莫朗西，以及一直延伸到巴黎的圣·热尔曼森林。从这古老的高原上，驳船把小麦、谷类和黑麦下运到富庶的瓦兹粮仓，而沿维奥斯尼河和瓦兹河逆流而上的马拉驳船则把工业品从巴黎运到农业发达的乡村。

然而真正吸引卡米耶的是厄米塔兹。他对朱莉说："我觉得自己到了家。"

"家？又是一个陌生的房子、陌生的村子，没有说话……"

"厄米塔兹留给我的印象之深是我所知道的任何地方都不可及的。除我之外不会有人愿意在这里画画的，它太不开化、太无名了。想到要在这里开辟一个新天地，真令人激动。"

他搂着她在宽敞的前厅里旋转。

"朱莉，从咱们的房子向任何方向走出 100 米，你都会看到一个令人激动的景象。不是美、不是神圣，但是能深深地触动你的心弦。它使你意识到时间的流逝，同时又感到永恒。我必须抓住它的含义，在薄薄的画布上描绘出来，但是不像纳达尔先生那样用相片来表达，他是通过相机来观察的。我可以移动破坏我构图的房屋、树木和道路。我在路的对面种上树，画上一条小路和沿它行走的矮小的农民，尽管我看到的只是田野当中的一条小路，上面除了一只山羊外别无他物。为了表现一幅画面的内在含义，我深深地发掘……"

他知道他是在对自己讲话，但感到有一种冲动要继续讲下去。

"我从两个角度来观察事物。一是通过双眼，二是通过内在的想象力。我抛开地球过渡性的变化，深入我自己的根本实质。这就是画家的职责。有点自以为是，对吧？"

"我不懂。"

"你用不着懂。"他笑道，"我爱你。"

尽管生了 3 个孩子，朱莉的身材依然苗条，红润的脸上充满乐观和信任，她很少摘掉围裙，那正是他们在帕西坠入情网时她所穿的。她本来可以穿上一件剪裁得体的正规的裙衣在家里走来走去。他吻了吻她的嘴唇，紧紧地搂着她。

　　卡米耶用炭笔给自己画了一张素描，想用它与自己为弗里茨·梅尔比所作的肖像相比较。与年轻、充满了疑问的 27 岁时的自己相比，他变了。现在是 1866 年，他将近 36 岁，正是回顾在 10 年中所发生的一切的大好时机。那些在当时看来极为重要的事情，现在已经成为过去。他进过 4 个专业画室，每一次在绘画技巧上都有所长进。他的作品在沙龙展出了几次，落选了两次，没有卖出过。他找到了一个老师：柯罗老爹。父亲去世了，母亲为他与朱莉的关系和他非婚生的孩子而痛苦。他被剥夺了继承权。他结识了上百个画家，有年老、成功的艺术大师，也有像他一样正在奋斗的年轻画家；他们很多人都富有才智和创新精神，但也有的人毫无创造力。他们大批大批地来到巴黎，进入画室，其中大部分人很快就被人们所遗忘。

　　卡米耶成了美术界的一员，先是和库尔贝一起在安德勒啤酒店，接着在殉道者啤酒店，最后加入了格尔布阿咖啡馆。他喝着啤酒和葡萄酒，与他们当中最友好和最讨厌的人争论着人物、才能和绘画。他的朋友中有些是深交，有些不过是点头之交。在短暂的几个星期里，他甚至认识了一个经销商。

　　最重要的是，他找到了一群充满活力的画家。他们试图重新确立绘画的宗旨，是一群不为人们所接受、受人辱骂的叛逆者，而正是这个事实把他们牢牢地团结在一起。他们之间有一股友爱、忠诚、互助的精神，使得他们的斗争能够继续下去；集体的努力总有一天会取得结果，并证明他们认为浪漫主义的枫丹白露画派的情调已不能适应时代的信念是正确的，正如冷静的、赤裸裸的现实主义只能表明人与人之间的冷酷无情已不适应时代一样。他们认为在介乎两者之间的某个地方，存在着人与宇宙、与自然，以及人与同胞之间关系的真谛。在他们被人们拒之门外、遭受辱骂，大多数人都在为明天的面包、房租、画布和颜料发愁的艰难时期，是信念给了他们勇气。

　　卡米耶显得老了，自己也觉得老了。但作为补偿，他的画也至少成熟了 10 年。在厄米塔兹和古老的蓬图瓦兹，他也许能达到目的。

　　为了使黑色的胡须显得整齐，卡米耶曾把它从中间分开。但现在他决定不再修饰它，任它长去。当然嘴唇上的胡髭还要梳理整齐，因为人们不仅要听，而且要看他是怎样讲的，这样有利于清晰地理解。他并不害怕胡须会使他的脸显短，因为胡子越长，他那深褐色的眼睛就显得越大，酷似他母亲的微微隆起的、端正瘦削的鼻子就显得更有力。

　　"如果我要戴眼镜的话，"他向朱莉承认说，"它们会像拉舍尔的那样从鼻子上滑下去，我得不时地把它们推回去。"

卡米耶在维奥斯尼河的两岸漫步。维奥斯尼河和瓦兹河已在这里流淌了数千年，千万年。或许是河道不理想的缘故，两条河经过洪水、山崩、地震和自然堵塞不断改变着河道。早在有蓬图瓦兹之前，这里就已经有水了。维奥斯尼河畔的土地是在凯尔特还是在罗马时代开垦的？他为厄米塔兹所作的画将会怎样？它们再过10年以后还会存在吗？百年以后呢？人类能够创造永恒吗？

"简单而又是不可能回答的问题。人们尽了自己的义务，便应心安理得地睡大觉。"

他试图向自己说明为什么厄米塔兹如此深深地打动了自己的心，使他相信自己在这里能够创作出最好的作品；为什么他锐意要使这块貌不惊人的土地为人们所接受、所理解。他要通过自己的思考把厄米塔兹的力量和美表现出来。他将抓住它的实质而不是表面，深入到它固有的美。

他画河岸、在田里干活的农民、软砾石或石头建的房子、在房顶上扇动翅膀的鸽子，画房屋两旁绿色的地衣、山坡、人修的和自然形成的小路，以及远处的几个磨坊和孤独的烟囱，直至它们成为自己的一部分。

"也许是我成了它们的一部分？"他思忖着。"一个人可能确切无疑地成为他所归属的地方的一部分，就像路旁的石头一样吗？或是河边的树丛？是不是每个人都渴望在地球上找到一小块地方做他的落脚点，自问：'这是我的归宿吗？'"

巴黎！他从来没想过做个城市画家。然而，那里是他学习如何使用工具，如何分辨人们难以置信的千差万别，练习画人物——年轻的和年老的，劳累过度的和娇生惯养的，扩大他认为可画之物范围的极好地方……大街上各式各样的人物应有尽有，都摆在他的面前。他并不想把几百幅素描都画成油画，只是想把自己眼睛开始观察到的和心里领会的东西用钢笔、铅笔、炭笔或蜡笔记录在纸上。来自一个范围很有限的小岛的他，被巴黎众多的人群和不停的运动弄得兴奋不已。

在蒙莫朗西、拉罗什－居庸和拉－瓦汉纳时，他发现自己对土地和它的果实有着深刻的感受。长着干草的田野，鲜花盛开的果园，透过秋天的树叶看到的矮松林和红瓦顶的房屋，令他感到亲切。他更喜爱森林和脚下肥沃的土地，而不是铺着碎石的卡普西尼大道。他并不是在评论它们谁更重要，只是作为一个画家，乡村水塘中映出的天空的颜色和垂悬的树枝深深地打动了他的心。

在厄米塔兹附近苦苦地画了几个月之后，初来时的兴奋心情已经消失。当克劳德·莫奈邀请他与自己一起去枫丹白露的安东尼大妈客店作画时，他欣然应允了。同行的还有雷诺阿、阿尔弗雷德·西斯莱——一个新来的才华初露的年轻画家。这家客店是一所褪了色的建筑，背对着弯弯曲曲绕过马洛特村的土马路。值得庆幸的是，它周围环绕着挡风遮阳的大树。

他和画家们一起去作画时，朱莉可以邀请她的姐姐费利西和女儿妮妮一起到乡下去住。

卡米耶发现西斯莱天性愉快、讨人喜欢，为自己的英国祖先有一段强悍的经历而感到自豪。西斯莱比卡米耶小9岁，当时是26岁。他在格莱尔画室与莫奈、巴齐耶成了朋友，尽管有时也遇到卡米耶但两人却没有什么交情。现在，坐在安东尼太太小餐厅角落里的圆桌前，他们之间很容易就建立了亲密的友谊。西斯莱会讲两种语言，卡米耶鼓励他用英语交谈。可他却喜欢操着可笑的法语谈论自己。

"我的祖先在肯特郡的罗姆尼马什养羊，但实际上他们是靠把英国金币偷运到法国，再把法国花运回英国来赚钱。"

卡米耶注意到西斯莱是个高个青年，英俊漂亮，衣着华贵，一头棕色的卷发梳理得整整齐齐，十分吸引人。他的目光不像画家的那样热切，却如同彬彬有礼的冷眼旁观者的一样冷峻。

"我的曾祖父母对我颇关照。曾祖父入了法国籍，与一个法国女人结了婚，在共和国卫队中服役，后来成为一个销售丝绸和佩兹利细毛披巾的富有商人。我的祖母是个法国人，但父亲与一个英国女人结了婚。我是按法国人的习惯养大的。到了17岁，父亲把我送到英国去学习他的买卖。我不得不在那里待了5年，对透纳和康斯太布尔的了解超过了商业。回到巴黎后，父亲对我说：'你想绘画？那就画吧！高高兴兴地，但别给我找麻烦。'"

"他没要求你成名成家？"卡米耶问。

"哦！他制造、销售人造花已经发了财。"

卡米耶高兴得不由自主地叫了一声。人造花！正是朱莉做的那种，也许就是在西斯莱的工厂。在圣托马斯他们的商店里，他又卖过多少西斯莱父亲生产的人造花？他从来自法国的船上搬下过多少盒子，然后把它们装在沿铁路开往德罗宁仁斯－盖德的小火车上呀！世界真是太小了。

他问西斯莱："我遵循柯罗老爹的教导，在太阳升起之前就到树林里去作画。你愿意与我一同前往吗？"

"我到马洛特来就是为了这个。"

太阳未出、天色尚黑时，他们用过咖啡、面包、果酱和甜奶油，就一脚深一脚浅地穿过树林来到一块空地上。当天边露出第一线曙光时，他们便彼此拉开一点距离，支起画架。令卡米耶大为吃惊的是，身穿油迹斑斑的画袍的阿尔弗雷德·西斯莱与那位兴奋地讨论他的英国母亲费利西亚·塞尔的画家简直判若两人。西斯莱自认继承了母亲的身高和对艺术的酷爱，而他母亲则是从古老、有教养、热爱音乐和交际的伦敦老家继承来的。他画起画来保守得近乎胆怯。两小时之后，他们停下来喘口气，彼此观看一下同伴的作品。西斯莱说："目前我并不想向沙龙评审团提交作品或是找画商。从你、莫奈、雷诺阿和吉耶梅那里我还有很多东西要学。我希望能像你们一样作画。"

西斯莱似乎并不心急。出身于富裕家庭的其他画家：马奈、吉耶梅、德加和巴齐耶也不靠卖画为生，然而说笑终归是说笑，他们还是决心为自己争得一个画家的席位。他们聪明伶俐，爱说爱笑，喜欢结伙，但同时为了被人们所接受，他们的斗争精神又是坚韧不拔的。

卡米耶觉得西斯莱的内心没有严重的冲突，他身上似乎有一个防护层保护着自己不受世俗世界的侵害。

卡米耶从他的素描中品到了诗的味道，并对其色调之深感到惊奇。这幅风景画是用深褐、墨绿和刺目的蓝颜色作成的，完全不合适。

"你在模仿谁？"他问道。

西斯莱的脸红了，然后又笑了笑。

"那么好吧，库尔贝、格莱尔……"他玩弄着一根从树林地下拾起的树枝。

"每一个画家都应消化从师辈那里学来的东西。"卡米耶劝告说，"你必须把你的颜色提亮并使之与你活泼的性格相协调。"

回到安东尼太太的客店，阿尔弗雷德穿上他时髦的衣服，追求安东尼太太的女用人娜娜。她来自附近的一个农庄，有一张乡村姑娘的丰满的脸，一双深蓝色的大眼睛，皮肤光洁无瑕，身穿一件白领、白袖口浆洗过的黑制服。雷诺阿悄声说："她是个好姑娘。我画她时，她摆的姿势简直像个天使。不过西斯莱却不会只满足于画她。"

卡米耶在马洛特度过了轻松愉快的两个星期。白天，他与雷诺阿、莫奈和西斯莱一道作画，比较他们的作品；晚上则围坐在摆上盛玉米汤或炖羊肉的大盘就立不稳的矮脚小圆饭桌旁，度过一个愉快的夜晚。他们争论着理论问题，看着西斯莱与健美的娜娜之间感情的发展。安东尼大妈也和他们一道喝茶。她是一位相貌平平但很精明的中年妇女。她的头发服帖地梳向头后，用灰色的头巾牢牢地包住。这家客店确确实实是她的。早先这只是个农舍，后来她增加了几间简陋的卧室。她是个做家常便饭的好手，菜总是上得满满的，受到画家们的欢迎。卡米耶一直没搞清是否有安东尼先生的存在。当她的画家客人们情绪低落时，她就想法让他们欢快；病了，她又照料他们，但她并非多愁善感之人。她对其他房客收费甚高，对画家们却尽可能少要钱，他们付钱迟时也从不责备。为了报答她，画家们让她的墙上挂满了肖像、漫画、巴黎风光和风景画。

雷诺阿在他们住店期间画了《安东尼大妈的客店》，是画家们围坐在桌旁的一张写生：娜娜收理盘子，西斯莱穿着画袍，卡米耶身穿节日服装、头戴一顶不落俗的宽边草帽。在卡米耶的脚旁好奇地观看雷诺阿作画的是安东尼太太巨大的白色卷毛巴儿狗——图图。

这不是客店的旺季。

一个星期天的下午，卡米耶带朱莉在蓬图瓦兹散步。他们先走过沿维奥斯尼河新修
的大道，然后又爬上帝国大街通往圣·马克洛大教堂巨大的石阶。尽管作为中世纪古国维
克森都城的辉煌已经逝去，蓬图瓦兹并不土气。有着庄严塔楼的圣·马克洛教堂、圣母院
和加尔默罗修女院使它成为教会的重要领地。大革命前这个村镇曾被称作大修道院，革命
后教会失却了它的权力。教堂和土城堡无人管理，一大片房顶歪歪斜斜、互不相干的房子
像山羊一样攀缘上山。它的人口减少了一半，只剩下五六千人。它既是一个活着的，又是
一个早已死去的社区，生活小康，喋喋不休地念叨着过去的荣耀。15 世纪建造的市政厅
仍在矗立着，它前面的广场却已扩建成蓬图瓦兹的一个露天广场。奥斯曼下令凡是适于居
住的城市都必须有广场。广场上有理发店、奶品店和糕饼店这些较好的商店，以及几家公
证人的办公室。

过去令卡米耶着迷的是厄米塔兹，而现在他开始发现蓬图瓦兹也同样令人激动。

"这里没有富人，但也没有穷人。"他说道，"每个人在城外都有一小块可耕种的土地，
甚至商店老板也不例外。我们像其他人一样已经融在这个景致之中了。"

他们爬到瓦兹河上的岩石顶上，察看它是如何占据优势的：这是河道最宽的地方，
有可以停泊货轮的避风湾。在山边开垦过的土地后面是延伸数英里的肥沃的高原，就像河
边的田野一样。

"这片地易于耕种，"他说，"但它在画家眼中却极为复杂。他们不仅要知道如何看，
还必须学习，要分析这些复杂的因素是如何互相影响的。"

朱莉在空旷地的风中觉得冷，于是卡米耶把她带到车站广场角落里必不可少的咖啡
馆里。他一边喝着滚烫的奶咖啡，一边向她介绍这座城市的情况：13 世纪时它的权力如
何达到了高峰，随后又如何衰落成为一个生产粮食的村庄，它迂回曲折的迷宫，还有那些
没有设计图的弯弯曲曲的用河卵石铺成的街道。这并不是一个正在衰败而是度过了昌盛时
期的城市。但是巴黎人不愿意到这里来过夏。

"为什么？"

"也许这儿有点令人生畏吧。"

"我们为什么例外呢？"

"因为我感到这儿有东西可画，这是我见到的最有特点、最与众不同的地方。"

朱莉的好奇心压过了她的不满。

"我们要在适于画而不是适于居住的地方度过自己的一生吗？"

他用胳膊搂住她的腰，两人一起屈膝走下陡坡回到厄米塔兹。

卡米耶向 1866 年 4 月的沙龙提交了在拉－瓦汉纳就已着手画的早期作品《冬天的马恩河畔》，以及《加依安老爹的寓所》。在《冬天的马恩河畔》中，他抓住了冬天光秃、荒凉和清冷孤独的特点。观画者的左侧有一条引人入画的小径，使人似乎看到一个领着小孩子的女人；路旁是光秃秃的树木。画面上一个绿色的山坡就像种植得密密麻麻的田野一样缓缓地伸向小河，田野下面似乎有几百英里深的坚实土地。画面上唯一的住宅是一组紧凑在一起的房子和一个粮仓空着的一侧。在这里没有幻想，只有严冬和一种永恒的冷酷的美。

他带着画到巴黎去找柯罗，希望在目录中能把这位老人的名字作为自己的老师填上。他用了一些时间才爬上渔夫天堂路 54 号门的 4 层楼，来到柯罗空荡、宽绰的画室。画室中，几幅油画正摆在画架上等着干。柯罗穿着褪了色的蓝袍子，头戴蓝色的羊毛帽，一边抽着他的烟斗，一边哼着奥芬巴赫的歌剧《美丽的海伦》中的曲子。书架上摆着的书依然是《效法基督》和《波利耶克特》。他最中意的作品《纳尔尼河桥》照旧挂在凹室中床的上方。柯罗用粗哑的声音欢迎卡米耶的到来。

"啊，毕沙罗，你带来了今年提交沙龙的作品。"

"您怎么样，柯罗老爹？"

"不可思议地变老了。谢谢。我没有一天不画点什么或是往画布上涂点油彩的。这就是我永远保持活力的办法。"

"我相信，您脸上没添一道新皱纹。"

"怎么会有呢？我可不是个用理论的荆条鞭笞自己的悔罪者。我很早就学了如何去画并且从未改变过。"

他对卡米耶温和地笑了笑。

"我们不过是普普通通的容易犯错误的凡人，因此要听其他人的劝告，要坚定、要温顺，但是要遵循你自己的信念。跟着别人走的人，将永远落在后面……你想在目录中用我的名字吗？这有什么不可以！我了解你的作品已经整整 10 年了。"

卡米耶把《冬天的马恩河畔》递给了他。顷刻间画室中的空气似乎凝结了。柯罗放下他的海泡石烟斗，迈了一大步走到北面的大窗子旁。当他向卡米耶转过身时，脸上毫无表情。

"怎么画成这样？"他冷冰冰地问道。

"怎么了？"

"为什么如此干巴巴的？"

"这是一幅冬景。"

"难道冬天丑恶、令人反感吗？"

"它是美的。"

"你的画却并非如此。"

"在这幅画中它显得特别的美。"

"你的画既不柔和又不迷人。"

"冬天的马恩河畔没有这些东西。"

"那为什么要浪费时间去画它？"

"因为这个景具有浓郁的特色。"

"构图还不错，其他的我难以接受。你在使用库尔贝的粗犷色调。"

"我并非有意这样做。这幅画不是学别人的。"

"反正不是学我。"

柯罗走回靠着画架的凳子旁，重新点燃了烟斗。

"这幅画不会被接受的。你偏离得太远了。"

"偏离了什么？"

"和谐的光和愉快的印象。"

"我从绘画中得到了乐趣。"

"仅仅得到是不够的，你必须给别人愉快的享受。这是一个充满了黑暗的世界。啊，现代画家，上帝根本不喜欢这些。他向你展示出最美好的事物，让你看、让你描绘，你却改变了它们、破坏了它们。于是我的小朋友，上帝惩罚你，把你的心变得麻木不仁。"

说着，柯罗转向自己的画开始哼着曲子往画布上抹起颜色来。卡米耶明白他应该告辞了。

他胳膊底下夹着画，比上来时更慢地走下4层楼梯。至于能否在目录中使用柯罗的名字，是已经很明白的了。

《冬天的马恩河畔》被评审团拒绝了。他的画再一次由于杜比尼的"慈善"而获准展出。杜比尼也曾为接受雷诺阿和塞尚的作品而努力，结果由于票数少而失败。塞尚的画被拒绝了，理由是他在用手枪作画。杜比尼在最后无用的一击中说："我主张接受大胆的作品，而不要那些在任何一个沙龙中都能找到的毫无价值的东西。"

夏尔·弗朗索瓦·杜比尼，这位沉静多思的人成了巴黎青年画家心目中的英雄。

尽管卡米耶的画已经在沙龙展出过数次，但他从未受到舆论界的注意。然而这次却有两篇评论他的文章，一篇是《时事报》上爱弥尔·左拉的文章，另一篇是让·卢梭在《赫赫宇宙》上发表的。左拉写道：

……感谢你，（毕沙罗）先生，当我在沙龙大沙漠中旅行时，是你的冬景使我的精神整整清爽了半个小时。我知道你的作品几经周折方被接受，在此我向你表示祝贺。你应当知道你不讨人喜欢，人们认为你的画过于凄凉，过于阴暗。但为什么你竟然笨到这样去画，还画得如此实在，而且如此认真地研究自然！……你是一个伟大的愚人，先生——你是一个我喜爱的画家。

卢梭的赞誉之中也带有讽刺：

毫无疑问没有什么会比这幅画更粗俗了，然而我敢打赌你不会走过而不去注意它。它以一种与众不同的有力笔触展现了这些丑恶，并没有试图去掩盖，因而保持了事物的本来面貌。看得出来毕沙罗先生不是画不出美好景物的平庸之辈。恰恰相反，他具有一种揭露当今世界之粗鄙恶俗的巨大的、丰富的才智。

在为自己获得承认而感到高兴的同时，粗俗这个词令他感到震惊，像利剑一样刺透了他的心。在法语所有的贬义词中，他认为这是最不适于自己的词。他觉得自己是一个只崇拜美丽的大地、星星、河流、树木和田野，还有人类家园的很敏感的人。自然就是他的宗教。他决不会去亵渎自己最热爱的东西。下一个星期四，当他在格尔布阿咖啡馆与朋友们会面时，莫奈从衣袋里掏出卢梭的剪报，德加立即尖刻地大声说："别这样，克洛德，不要读它。垃圾是越掏越臭。"

他引起了一连串起哄的大笑。

他们赞赏卡米耶的作品，是因为他的画没有长期统治法国风景画的那种感伤。它们改变了深度，土地不再轻浮在薄薄的柜架上。卡米耶正像他们所做的那样，提亮了调色板上的颜色，以此来表现太阳照在水面、田野和房屋上的效果；一反沙龙学院派画家使用的黑色和棕色，他使用了多种色彩来画大自然中的阴影；他画出了在田野中干活的农民的尊严，但又未将其理想化；他们为卡米耶喝彩。他们对他描绘冬天的严酷并不反感，为了生存，人们必须适应它的严寒。

朋友们对这些评论的强烈反应使卡米耶感到欣慰。巴齐耶和吉耶梅请在座的人每人喝了一杯酒。

移居厄米塔兹和蓬图瓦兹对于卡米耶就好像一场不断发展的恋爱，现在最令他兴奋的已不再是这片土地的原始。寻觅到一个与自己的才能和气质相谐和的、独一无二的环境对于一个画家来说是至关重要的，这也是他毕生所追求的。甚至连枫丹白露画派也算万幸，他们在早期的贫困和被人忽视之时找到了一块自己热爱而且住得起的地方，使得他们不必四处艰难跋涉，而只消背上画架寻找令人产生表现欲望的景致。

朱莉意识到他的情感之深。

"你喜欢这儿。"

"我永远不想离开。"

"……更甚于我和孩子们吗？"

他搂住她，感到她在焦虑地颤抖着。

"我的小妻子，你是在把橄榄树和粮田相比较。我爱你和孩子，也爱我将要在这里画的所有作品。这两种感情并不矛盾。"

她喃喃地说："我的父亲是既不爱他的家也不爱他的工作。他只是在游荡。"

"不论好歹，我是个终身都将与你厮守在一起的傻画家。"他无声地笑着说。

"这些我都不怕，只要我们的生活所需摆在你的颜料和上光油之前。"

他的声音变得严肃起来。

"朱莉，这不是一场赛马，没有人能绝对地输或者赢。我知道自己前进得很慢，看起来似乎是在停滞不前。但并不是这样。"

钱，一直令人烦恼。比他更能干的人也在受穷，何况他还有孩子要抚养呢。爱玛经常把食品和衣物作为礼物送给孩子们，有时也给朱莉一点钱以解燃眉之急。卡米耶则靠着拉舍尔每月给的 16 元钱来支付房租和必需的开支。偶尔有朋友花几法郎买张素描或小油画。阿尔弗雷德仍然继续为他购买在沙龙展出作品所必须使用的昂贵的金漆画框。吕西安和米奈特生病时，加谢医生会愉快地收下几张画作为医疗费。

在不得不减少去巴黎的旅行之后，每天读报就成为卡米耶不肯抛弃的享受。报纸是每天早晨由火车运到蓬图瓦兹来的。他觉得自己应当了解外面世界发生的事情，有关战争和起义的国际新闻，以及科学和工业的动向、全人类的各种罪过。一种叫作种痘的健康措施正在巴黎风行；他们要不要带孩子去种，还是再等等看？从伦敦引进的理查森的局部麻醉法已在外科手术中应用。有人建议胃痛的人服用巧克力；他们也该试试。为了追踪了解奥－普战争的进展，他事先把别针和旗子插在欧洲地图上。口吃成为逃避兵役的流行办法。决斗的事越来越多。一位经验不足的律师为一个窃贼辩护无力，检察官起身宣布窃贼有罪，然后"立刻改变了腔调和姿势，激烈而雄辩地谈起如果他是律师将如何进行辩护"。结果是被告宣布无罪释放。

库尔贝的凹版画在卡达特的画店展出了。批评家评论道："多么好的气质！多大的气势！然而他却似乎在存心毁掉自己不可思议的绘画才能！"精神病人举办了第一次画展，整个首都均对这些画的含义表现了极大的好奇心！

"他们说我们才是发了疯的人。"卡米耶挖苦地说。

看到朱莉在白天稍有空闲或是夜晚孩子们入睡之后便拿起报纸阅读，卡米耶很高兴。

但他没能说服她去读一本书，因为她既无分析能力，也不爱好哲学，同时也没有集中精力所必需的时间。她喜欢让卡米耶读上一章龚古尔兄弟的新作《马奈特·沙乐蒙》，然后和自己讨论书中错综复杂的情节。他买来了爱弥尔·左拉的第二部小说《克劳德的忏悔》。朱莉对左拉抱有好感，因为他曾在家里举办的晚会上热情地招待过她。卡米耶把有关这部书的评论读给她听，使她大为恼火：

> 左拉先生是一位艺术家。我们喜爱他的风格，他的热情的天性。如果他寻求表达不健康的印象以外的主题，他的著作肯定会让他的朋友们和批评界满意。

"有的人认为左拉的运气在于已引起人们的注目。"

当冬天变得又冷又潮，他们的房子已不能抵御刺骨寒风和雨雪袭击时，卡米耶知道他必须在巴黎租一套房子来度过这最糟糕的几个月了。他不能长时间地依靠吉耶梅的热心帮助。几经周折，他终于在罗什舒阿尔大道找到了一套房间。尽管很拥挤，但他们在冬天最潮湿、最寒冷的时候有了一个暖和的家。

他们仅把床和桌椅运到巴黎。蓬图瓦兹的房东答应为他们免费保存其他的东西。卡米耶常常回家或是到朋友们的画室去作画，为朱莉和孩子们腾出活动的空间。他用调色刀给她的厨房画了一张静物画：墙上挂着两只上菜用的大勺，桌上摆着用园子里的青菜做的沙拉、半个长面包、一罐红葡萄酒、3 个熟透了的苹果和夹在其中的一只杯子。

凛冽的寒风既止，卡米耶便携家回到厄米塔兹。

1866 年是硕果累累的一年，他有 5 幅油画有可能入选沙龙。他在格尔布阿咖啡馆的同行们认为这些画完美地描绘了人与周围的环境。

画家们根本没有注意到复活节、7 月 14 日（法国国庆）、万圣节和新年。他们的日历是以官方沙龙的开幕为准的。为了迎接这一天的到来，他们修改着自己的画，争取它们被接受、参展，乃至荣获奖章。这项工作令他们忙碌，同时也激发了他们的创造力，并使他们的生活规律起来。

1867 年拿破仑三世宣布要举办一个万国博览会，比卡米耶 12 年前到达巴黎时开幕的博览会规模更加宏大。由于展厅面积的扩大，评审团将只好更多地展出在其镶头头钉的大门上敲门扰攘的那些画家们创作的作品。画家们充满了乐观情绪。没有多久，朱莉也感染上了这种满怀期待的情绪。她曾沮丧过。他们已身无分文，卡米耶迫不得已用父亲送的金表和爱玛早先送给朱莉的一个平底铜锅作押，到当铺去向架子十足的当铺老板借钱。朱莉时常转过脸去喂孩子，掩饰自己的眼泪。她和卡米耶只能分食孩子吃剩的饭菜。

卡米耶、莫奈、塞尚、西斯莱和惠斯勒又在巴黎住了一段时间；雷诺阿、德加、巴齐耶、吉耶梅和吉约曼也都选择了自己最得意的作品。围坐在格尔布阿咖啡馆的两个桌前的人中，又增加了评论家和雕塑家扎沙里·阿斯特律克，作家爱弥尔·左拉和莱昂·克洛代尔，评论家丢朗和阿曼德·西尔韦斯特，雕刻家布拉克蒙德和康斯坦丁·居伊斯，以及富裕的白兰地酒商的儿子、目光异常犀利的收藏家泰奥多尔·迪雷。他们结成了一个坚固的阵线来反对那些冷淡到甚至没有敌意的社会。卡米耶在这伙人中拥有一个稳固的地位。

召开万国博览会，评审团本该接受更多画家的作品，然而他们却异乎寻常地谨慎，选择的作品反而少于以往。只有方丹－拉图尔的肖像画《爱德华·马奈》和惠斯勒的《在钢琴前》入选。评审团显然是想让来访者看到一个稳健的、庄严的、令人尊重的法国。他们认为如果沙龙展出了那些粗野画家的作品，外国人就会觉得法国变得不可信赖，以至于会拒绝购买在工业宫展出的新机器。

卡米耶转向爱弥尔·左拉和夏尔·波德莱尔。

"情况要严重得多，对吗？他们认为我们根本就是不道德的。法国人一向被清教徒式的英国、德国和美国人看作性爱上的不道德分子。难道评审团害怕外国人看了这些画会觉得他们更加不道德吗？"

唯有保罗·塞尚为他成为迷途羔羊中的一员而感到高兴。

卡米耶虽然对此大为失望，但还是带朱莉参观了在练兵场举办的万国博览会。一段郊区铁路和一批往返于塞夫勒和圣·克鲁德之间运载乘客的小汽船被运进了巴黎。博览会的结构——用锌架和玻璃铺盖的屋顶以及它巨大的展览厅令维克多·雨果感慨道："它使人想起罗马圆形剧场，就像巴侬*的学生建的马戏场。"

每天有将近 20 万人成群结队地穿过大厅，分散到各个中央展览厅。他们来自不同的国家，其中包括俄国的沙皇，希腊和比利时的国王，埃及的总督，瑞典的奥克塔夫，还有被人群作为偶像崇拜的长着一张巴儿狗脸、头戴尖顶头盔的俾斯麦。他们仔细端详了被称为庞然大物的气球和来自普鲁士重达 500 吨的克鲁普大炮，围观了第一辆蒸汽汽车穿过了一个奥地利村庄、一个尖顶的清真寺以及一座突尼斯总督宫殿的模型。

"法兰西帝国达到了她的荣耀之巅。"新闻界洋洋得意地说。人们赞誉奥斯曼男爵建造了一个精美绝伦的宝石城，每个人都在唱着《美丽的海伦》。

沙龙展览厅分为两个部分：一部分在香榭丽舍大街，另一部则在练兵场。居斯塔夫·库尔贝在两者之间租了一块地，在塞纳河畔阿尔马桥附近建了一个画廊，准备用它存放自己日后的作品，他高声呼喊着："我再也不会把作品送到曾如此恶劣地对待我的官办沙龙去。"

建画廊用了一万美元，是库尔贝自己的钱。他分 9 部分展出的作品数目惊人，共计 115 幅。

---

* 巴侬（1810—1891），美著名的巴侬－巴莱马戏团创始人。

此次报界发表评论文章所占的篇幅比 1855 年他举办个人画展时的要少，这些评论往好了说是态度冷淡，往坏了讲算得上辛辣刻薄。公众也不感兴趣，几乎没有人来。有两幅画被人偷走并在伦敦拍卖。他的售票员，一名前朱阿夫兵，知道如何在转门前投机取巧，偷走了他 1000 美元。展览所得勉强够支付日常开支。他卖出了两幅画：《碎石工》3200美元，《村庄里的贫困》800 美元，但是他的投资大部分亏损。

爱德华·马奈也自费修建了一个私人画廊，这是一个尖顶形的建筑，比库尔贝的要简朴得多。他展出了 50 幅作品，但一幅也没有卖出。前来观看的人为的是娱乐自己，而不是品评作品。

巴提纽尔集团灰心丧气的画家们决定使用最后一着，恳求拿破仑三世准许举办第二个落选者沙龙。卡米耶、雷诺阿、西斯莱和巴齐耶按正规的格式写好了信，送到了凡尔赛宫。

拿破仑三世看不出画家们有什么理由再次聚众闹事。

居斯塔夫·库尔贝约画家们到安德勒啤酒店吃晚饭，那里有巴伐利亚桶装烈性黑啤酒和熏香肠。当客人们酒足饭饱后，他宣布说："我听说你们举办落选者沙龙的请求被拒绝了。没有关系，你们可以使用我的画廊。你们只消支付目录印刷费和看门人的工资。"

啤酒店内一片喧哗。库尔贝以他的慷慨大度挽救了画家们本年度的画展。

巴提纽尔集团的画家们计算，为举办一个月的落选者沙龙，他们将需要 1000 多美元。克劳德·莫奈、贝特·莫里索、方丹－拉图尔、巴齐耶、吉约曼、西斯莱和德加立即解囊。库尔贝同杜比尼一样送来一小笔钱。令卡米耶感到意外的是，柯罗也捐了钱。

他们征集的钱刚刚超过所需数目的一半，没有人能够拿出更多的钱来。他们当中的大部分人都无可奉献。举办第二届落选者沙龙的愿望落空了。这本来是个极好的机会。

居斯塔夫·库尔贝的画廊也很快废弃不用了。由于无人管理，它的屋顶已开始陷落，被巴黎市政府宣布为危险垃圾，下令拆毁。倚着阿尔马桥上的栏杆，望着工人们拆除库尔贝的"终身"画廊，卡米耶不禁想："也许我们都是些应当铲除的危险垃圾。"

安格尔逝去了，享年 67 岁，整个法兰西都向他表示了哀悼。然而 8 月份逝去的享年46 岁的波德莱尔，却只受到安德勒啤酒店和格尔布阿咖啡馆的画家朋友们的悼念。

卡米耶和他的同行们再次聚会时，两眼冒着怒火的弗雷德里克·巴齐耶抓住谈话中的一个空当提议说："我们的作品未被获准展出。如果我们想展览，只有依靠自己的力量。"

"你说什么？"塞尚叫道。

"我们需要共同努力。我们必须攒钱租一个合适的展览厅。"

马奈庄严地挥了挥手，表示反对。

"没有人会来。"

"他们会来的……等一段时间以后。如果我们年复一年地坚持下去。"

"沙龙会把我们的独立画展挤垮。"德加道。

"难道这比被他们拒之门外更糟吗？"

"是更糟。"马奈说，"如果我们被一届沙龙拒绝，下一年我们仍可送画去。如果我们成为对立面，就将终身被他们拒之门外。"

"他们的终身，但不是我们的。他们老了，而我们却年轻力壮。我们活得比他们长而且还要取而代之，这是自然发展规律。"

从巴齐耶的口中说出如此异端的建议，令人感到意外。

"我们将成为绘画界的权威。"他整个细长的身躯都异常激动，"既然沙龙拒绝接受我们，那么我们就有义务取代他们。"

吉耶梅叫道："凡尔赛会宣布我们非法。"

"只要我们付账、不煽动暴乱，就不会。"

吉约曼抱怨地说："看了我们的画，人们就想闹事。"

没有人认真对待巴齐耶的建议，甚至接受了蒲鲁东社区自治思想的卡米耶也是如此，他喃喃地说："沙龙是我们唯一的竞技场。总是把我们扔给狮子，评审团会厌倦的。"

巴齐耶鞠躬退出争论。

"显然你们尚未做好独立的准备，按照我们自己的要求办展览。"

Chapter 07

悲欢旋涡

蓬图瓦兹的生活陷入了困境，店老板纷纷要求付清债款。没有办法，卡米耶只得厚着脸皮向母亲求援。但拉舍尔拒绝了。尽管她在圣托马斯的事务有侄子照管，然而日益增长的开销不断威胁着她的租金收入。营业税、维修费以及五花八门的税款不断增加。弗雷德里克的一些法国债券已经贬值。对她剩下的债券，阿尔弗雷德也撒手不管了。

"就算我做了错误的选择，"阿尔弗雷德恳求说，"我决不会原谅自己。可是，我们必须信守爸爸的决定呀。"

"即使这些债券已经不那么有价值了？"他母亲问道，"你是个实业家。你能不能想出点办法来？"

"只有我挣得足够的钱来补偿您的损失罢了。"

拉舍尔必须缩减她的开销。

她的头发已经全白了，但还跟以前一样浓密，依旧从正中央分开。她想了个法儿，把眼镜拴紧，这样就不至于在紧张的时候再滑到鼻子上去了。她的眼角布满了皱纹；嘴两旁也满是深沟。然而，她的皮肤却依然光洁无疵。她那双长期忍受病痛的双眼大大地睁着，注视着自己身边的亲人在窘况中挣扎。

"要是她肯爱朱莉和孩子们，她会快活些的。"卡米耶总是这样想，"要是我能挣些钱就好了，不用多，只一点……"

拉舍尔现在只雇用一个什么活儿都干的女仆；为了减少开支，她自己去买东西，而且也不再去找她的私人裁缝了。

"妈妈，难道非要过得这么紧巴巴的吗？"

"我必须靠收息过日子；如果动用本钱，那才是傻瓜呢。我才70，还能再活10年。我无论如何也不想将来拖累爱玛和阿尔弗雷德。"

卡米耶的心一紧，痛苦地意识到母亲压根儿就没有指望他来供养。

"妈妈，在你最需要的时候，我还拿那笔钱，我心里很难过。"

"一开始我就把这笔钱存了起来，我不会让我的儿子挨饿的。"

毫无疑问，母亲爱他。母亲一直在为他做出奉献，她本来可以用那每年200元钱给自己添些衣服，到剧院或是餐馆享受一番的；然而她却每月拿出16元钱来接济卡米耶。她没有提朱莉和两个孩子。多亏了母亲这笔钱，他们才没有挨饿。

爱玛给卡米耶写信说："告诉我，你是不是常和妈妈一起吃饭；是不是有时也睡在家里；阿尔弗雷德是不是常回家陪妈妈；还有，妈妈的女仆怎么样？我非常为妈妈担忧，因为她不知道怎样使自己快活些。"

只要能勉强糊口，卡米耶就什么都不顾了。面对这样一个一意孤行的人，朱莉一直默默相随。可眼看他钻进了死胡同，朱莉沮丧不已。他的画毫无指望地越堆越高；一幅也没有卖出去。他的油画到处都有：巴黎拉舍尔的屋里，吉耶梅的工作室里以及蓬图瓦兹的房子里。画布、颜料、画笔、松节油、速写本把家里可怜的几个子儿席卷而去。朱莉指着靠在厨房墙根的那些厄米塔兹风光油画说："你又画了十几幅。几年以后你就要有上百幅了。到你死的时候，该有多少？1000幅？既然没人要，这些画还有什么用呢？它们会让一把火烧掉的。"

"总会有人要的。"他凄楚地答道，"优秀的作品迟早会得到赏识。总会得到的。音乐、绘画、雕塑……都是这样。"

"有的时候，我觉得非常没意思。"她喃喃着，几乎都听不清她在说什么。

"多亏你种了园子，我们能有东西吃。孩子们也都挺壮实。我们总算还有房子住，也不缺少衣服。"

听出了他话里的辛酸，朱莉轻轻伏到他的怀里，懊悔地说："我不该这么无情地责怪你。你从没向我许诺过什么……除了爱。"

"我非常爱你，朱莉。你一定要忍受住。有许多人和我们一样过着苦日子。"

朱莉焦虑不安的另一个原因是他们至今还没有结婚，而且已经有了两个孩子。尽管他们实际上并没有说假话，但是在蓬图瓦兹，他们还是像在蒙特福考特一样，装成一对已婚夫妇。这算不上什么不堪忍受的负担，巴黎许多艺术家都有情妇，而且也有孩子。可是，卡米耶怎么可能和朱莉结婚呢？拉舍尔倔强的脾气不容改变，没有她的接济，卡米耶是没有能力养活一家人的。难道要让朱莉生下其他孩子，他在市政厅宣布承认他们，可他们永远都还是私生子？难道要让朱莉熬到拉舍尔去世吗？葛兰赛的神父告诫过朱莉的父亲，然而，他还是娶了她的母亲，尽管他是个无赖。在卡米耶内心，他和朱莉是真正的夫妻，朱莉心里也明白。每次去巴黎，他给朱莉的信总是这样开头："我亲爱的小妻子。"最后结尾写："最最亲爱的朱莉，相信我永远是你的丈夫，永远爱你。"

她曾是个孤傲的女子，一向自谋生路。拉舍尔拒绝见她，拒绝和她讲话，拒绝探望孙子孙女，这使朱莉觉得心里像是堵了块热炭，火烧火燎地难受。即便在葛兰赛最难熬的年月里，她也没有像现在这样痛苦。有的时候，郁积在心底的苦水会暴风雨般迸流出来，连她自己都没有料到。

卡米耶默默地忍受着这些风暴的冲击，为朱莉感到内疚。然而，他的信念坚如磐石，他坚信自己的作品会卖出去，他俩会结为合法夫妻，他们会有一大群孩子，他的努力会为他在艺术界赢得一席位置，他是当之无愧的。他天生就是个画家，对于这一点，他深信不疑。

卡米耶有一种令人钦佩的充实感，不论每天工作多么繁杂，画题多么难以捉摸。他能靠自己的手艺运用那些工具，并且随着日月的流逝，感觉越来越敏锐，有了这些，他还有什么别的奢求呢？他领悟到了手艺人对生活特有的那种自足、充实的态度。铁匠、木匠、石匠还有皮革匠，这些精巧的工匠，面对自己精心制作的完美的作品，打心眼里感到畅快。在人生的旅途中，自然少不了荆棘险阻、不测风云。当船只转变航向，不在圣托马斯停泊、加燃料时，他们的船用杂货生意不是也萧条过吗？可是，卡米耶也偶有懊丧不振的时候，就像朱莉对他的画也偶尔有过理解的时刻。

　　大多数情况下，朱莉接受卡米耶影响，他满意，她也就满足。她把千恩万谢奉献给心中的上帝——她再也看不到、听不见、摸不着的上帝；因为她不去教堂了，就连祭奉上帝的圣香也闻不到。她非常怀念她的宗教，不仅因为她能从中得到慰藉，还因为宗教给了她无限欢乐。早些时候，朱莉问卡米耶，她向上帝祷告是否合适，因为她已经不再去做忏悔，也不去参加圣礼了。卡米耶引了一句古老的法国格言："身离教堂近，心离上帝远。"

　　朱莉童年时代最快活的时光都是在小山上的教堂里度过的。她喜欢那里的音乐、仪式还有自己也参加的唱诗班。为了聊以自慰，她对卡米耶说："那时我还是个孩子。现在我已经是成年妇女了。我是个母亲，而且，像你说的，我还是个妻子，这应当成为我的宗教。"

　　"这样，你会高兴吗？"

　　"你把绘画当作你新的宗教，你会高兴吗？"她模仿着他的口吻说。

　　他热烈地亲吻她。

　　"加拉加斯有句土话：不该用煎香蕉占卜生活好坏。"

　　1867年又是个丰产的年份，包括许多大幅油画。这真是令人心醉神迷的一年；他感到有点飘飘欲仙了：他、大自然、调色板、画布、画笔、颜料全都融为一体了。每画完一幅画，他都会惊叹："就是它！这就是我想要表达的。"他不相信灵感，不相信超乎人自身能力的那种奇妙而又毫无意义的神力。但是，如果真有所谓的神授创造力的话，卡米耶觉得他的《蓬图瓦兹的厄米塔兹》和《雅莱斯山坡》两幅画确实是这一创造力的结晶：结构和色彩处理得极其精细；整个画面栩栩如生，就跟真的一样。面对这样的作品，你不能不承认这是人在肥沃的乡村土地上所能做的最了不起的奉献。

　　现在展现在你面前的是这样一幅画面：一条影影绰绰的小路环绕在雅莱斯山腰，路上走来两位女子，一个身穿白衣，另一个撑着一把粉红色阳伞；远处有个熟悉的山谷，散落着一些石头房子。这里有一片片竖直的绿颜色，是以短笔触像点逗号那样一笔笔堆起来的。长块耕地一直爬到山顶，上面是淡蓝的天空，几朵白云在悠然飘浮。这是一片青翠苍绿的世界，是人的技艺达到炉火纯青时的杰作。视界尽头，一抹塞浦路斯树，使山显得更高，谷显得更深。

　　精疲力竭但却欣喜若狂的卡米耶觉得，仅仅这一幅画就能为他多年来的拼搏与磨难做最有力的辩解；多年的心血没有白白流淌。面对这一杰作，朱莉的反应却大大出乎卡米耶所料。她跪在放在椅子上的画布前面，双眼闪闪放光。

"多么神圣啊。"她低声喃语。

能有如此非凡的反应，卡米耶感到非常高兴。他故意逗她说："只有上帝才是神圣的。这幅画可是人画的呀。"

"上帝创造了人。"

"那么说是上帝画的这幅画喽？"

"是的，能把这画给我吗？"

"所有的画都是你的。"

"不，我的意思是说这幅画完全归我个人。我要把它挂在卧室的墙上，它使我……非常愉快，就像在葛兰赛唱诗班唱诗那样愉快。"

他兴奋地把她搂在怀里。

"这幅画归你了，朱莉。"

她拿起画，准备挂到卧室去。卡米耶惊异地摇了摇头。

"饥饿的肚子没有耳朵。不过，有眼力。"

她把画放下，又投进他的怀里。

"唉，卡米耶，为什么我们非要到处漂泊呢？"

他用灵巧的手指抚摸着朱莉的头发。

"朱莉，这是个残酷、缺少友爱的世界。所以我们相爱：你和我，为了在这个大旋涡里保存自己，不被吞没。"

她把脸紧贴在他的脸上。他感觉到她在流泪。

离他家不远的地方，是另一种形式的大自然的自画像：绵延起伏的小山，富饶肥沃的土地；山民和牲畜走的曲曲弯弯的小路，纵横交错，四通八达。这片山区尽管不像枫丹白露、蒙莫朗西或是拉－瓦汉纳那样优雅、有情趣，但也自有一番景致。在这里，你能看到小巧的农家花园和葡萄园，还有围着房子穿来绕去的土路，家家户户的后园子里都种着蔬菜。放眼望去，处处都可以入画；就看你有没有眼力找出其中的精华。然而，蓬图瓦兹却从来没有产生过一个画家，就连移居此地的人家里也没出来一个搞画的。巴黎那些画家在乡间四处漫游，居然没有人尝试着把这片景色捕捉下来。50 年代，巴比松画派的泰奥多尔·卢梭曾在蓬图瓦兹附近画了十几幅油画，不过，谁也没有见过这些画。爱德华·马奈的学生贝特·莫里索几年前来过蓬图瓦兹，但只待了几个星期就离开了。

　　从卡米耶家的前窗望出去，维奥斯尼河在缓缓流淌。河面上满载货物的大船穿梭往来；从北面来的顺流而下，南去的船只则要在岸上用老马拴着纤索拖拉。船长大声地发号施令，命令船员们排成一行，把船驶到河流最中央。

　　卡米耶曾经跟母亲说，到乡下来绘画，不一定非要像乡下人那样生活；但事实上，他确实成了个乡下人。他总是天一放亮就起身，背上帆布包，踏着晨曦走出家门。朱莉则成了地道的农妇。每天做好早饭，喂孩子们吃完、打发他们到外面玩耍以后，她就开始料理花园、喂鸡喂兔、清扫厨房，然后穿过街道，来到维奥斯尼河边，在冰冷的河水里捶打衣裳。他们俩辛勤地劳作，就跟周围的农民一样。当地人很少和朱莉搭话，但也没有瞧不起她。朱莉察觉到邻居们并不相信他们是结过婚的。卡米耶倒是能够时不时地跑到格尔布阿咖啡馆去会一会他那些知识分子朋友。有的时候，他到巴黎参加在爱弥尔·左拉家举行的星期四聚会，晚上到母亲那里过一夜。第二天，他就顺便走访一下拉菲特街上一位名叫马丁的画商。他是选举协会的成员，以他超然的鉴赏力以及对青年画家具有的敏锐的嗅觉而享有盛誉。此人小有诗人气质，曾独具慧眼发现了柯罗的天才。他还举荐过琼坎德；琼坎德在被公众承认为艺术大师前，曾在勒阿弗尔郊外的奥弗勒辅导过克劳德·莫奈。马丁出钱买画家们的作品，而不是以代销的方式接收下来，但他出价很低：小面幅的油画 4 美元，大面幅的 8 美元。

　　“我本该出高 3 倍的价儿，”马丁毫不掩饰地说，“可是，收价低才有可能卖出去。我买过几幅塞尚的画，价格还要低；但是，克劳德·莫奈的画，我就多加了几法郎，因为他已经负债累累了。”

　　卡米耶觉得接受这个价简直是耻辱。

　　“可是这几个钱连成本费都补不回来呀。”他争执着。

　　“只能付你这么多。阿尔弗雷德·西斯莱的画也是这个价。等找到了收藏家，我会再提价的。”

　　保罗·塞尚时常乘早班火车来看望他们。他和朱莉建立了异常亲密的关系。他也有个情妇，叫霍腾斯·菲凯，可是从不带她出来。塞尚觉得他可以和朱莉谈他的情妇，因为她总是富有同情心。卡米耶和塞尚肩并肩地在田间绘画。

　　克劳德·莫奈也常带上自己的女伴来拜访。她叫卡米耶·莱奥尼·佟茜约，但大家都叫她莱奥尼，避免和卡米耶弄混。她和朱莉很快就成了好朋友，尽管她们的文化背景及社会地位有很大差距。

　　其他的朋友也常来常往：阿尔弗雷德·西斯莱、安托尼·吉耶梅和阿曼德·吉约曼是在一个周末来的；还有逗人的弗雷德里克·巴齐耶，他的头发能扫着低低的天花板。雷诺阿也离开他心爱的巴黎，到卡米耶偏僻的住处来写生。朱莉为他们准备好午餐，使他们过得舒服。

"当你这些画友来看我们时，我觉得我们好像成了一家人。"

"他们就是我们一家人。"他说，"就连阿尔弗雷德都还没来看过我们呢。"

蓬图瓦兹是交通中枢，巴黎到维克辛乡村之间纵横交错的水道都汇聚在这里。这个镇每年要完成 1000 万浦式耳（浦式耳：计量谷物的定量单位，在英国等于 36.368 升，在美国等于 35.238 升。）小麦及 500 万吨谷物的运输。镇上有个甜菜加工厂，在维奥斯尼河边上；另外还有一个罐头食品厂和一个制造矿泉水的小厂子。蓬图瓦兹已经步入了 18 世纪，眼下正在拼命现代化。奥斯曼大规模改建巴黎市容的壮举也影响到了这个小镇；横七竖八缠裹在山腰上的穷街陋巷已发生了变化。一排排东倒西歪的房子被推倒，取而代之的是丛丛绿树。镇上唯一的医院"圣堂"前面修建了一个公园。刚刚竣工的帝国大街把新建成的火车站同圣·马科洛连接起来。

"从现代化的火车站走到中世纪的教堂，你可以在仅仅几分钟内跨越 4 个世纪。"卡米耶对来访的朋友们说，"蓬图瓦兹不久前还是个古老落后的小镇。铁路会把一切都改变的；不过，近两年还不会。这片原野是留给我画的，它自罗马时代起就是这个样子。工业发展会毁掉这里的一切。但是，在我有生之年不会。"

蓬图瓦兹就是一个繁荣的农村市场。一周有几次集市，星期二在大殉难广场，星期四在圣母院前面。最热闹的要算每周六都市饭店广场上的集市。农民、马车夫以及从巴黎中央菜市场赶来采购的人把嘈杂的广场挤得水泄不通。叫卖的小贩、家庭主妇还有农家妇女耐心地推销小牛肉和圆白菜，这是当地的特产。粗糙简陋的桌子上铺满了豌豆、蚕豆、土豆、胡萝卜和小麦。他们从自家的果园里运来梨和苹果，到集市上榨成果汁。每逢星期六，集市上还会演出木偶戏和杂耍；还有赛马。卡米耶常带着朱莉和孩子们来市场。经过一番讨价还价，朱莉买下值几个生丁的大米、面粉和鱼。

农民的货摊五花八门，布匹、鲜花、糖果、玩具、鸭、鹅、猪、肉，应有尽有。集市上人山人海，川流不息；点头招手的，讨价还价的，高声叫卖的；过秤、给钱、找钱，真是热闹。还有四处流浪的音乐师和穿宽松马裤的红鼻子小丑，真是个闹闹哄哄的大聚会。人们拂晓动身，匆匆往集市上赶；等到傍晚，集市上就人货两空了。

朱莉来到家庭手工业品的摊子前。他们向她兜售编织的碗垫、做装饰品用的茶巾，还有枕套、围巾、手套、短袜和男用手帕。她只花了几法郎就已经双手满满的了。剩下几个钱可以买一块鲜嫩的小牛肉，或是买条带肉的牛腿骨回家煮汤喝。

卡米耶一家在蓬图瓦兹离群索居，当地的农商生活与他们毫无干系。他们舍不得穿皮鞋，除非是进巴黎。平时孩子们都穿着被人笑话的木鞋。吕西安和米奈特的衣服都是朱莉自己缝的，她偶尔也为自己做件干活时穿的衣裳。她在炉子上坐几个水罐，把卡米耶的裤子和上衣放在上面，用蒸气熏一熏，好让它们显得新鲜些，尽量避免把每个月的 16 美元钱用完，使略有节余以备急需。

卡米耶在瓦兹河上发现了一块僻静的地方，岸上是一片沙滩。天气好的时候，他就带孩子们来玩，抱着他们下到水里，教他们游泳。当然了，这里比不上圣托马斯的夏洛特·阿马利亚港湾有意思。在家乡，他可以一年四季泡在温暖的莱塞－安的列斯河水里游泳。卡米耶和朱莉都是天一亮就起床，所以晚上从不熬夜。晚饭后，锅碗刷洗干净，厨房拾掇利索，他们就很快上床休息了。床很小，俩人拥抱着进入梦乡，享受着在帕西朱莉的小阁楼上开始尝到的身体相融的欢快。时光与磨难都没能消损他们的情爱和依恋，尽管有的时候，他们确实有些疲惫不支了。

他们决定严冬这几个月开厄米塔兹这所潮湿透风的房子。在罗什舒阿尔大道108号，他们租了一个朋友的一间不大的画室。前一年，卡米耶在这儿曾经租过一套公寓。1868年1月11日的《明晰报》报道：20年来塞纳河首次封冻，不能通航。整个河面银装素裹，船只被冰嵌住。人们在河中央、桥洞下搭起了饮料亭，挤在亭子前面的巴黎市民在清冷的阳光下观赏滑冰和拖雪橇的景象。到了夜晚，人影晃动，星星点点撒在这个白色世界里，就好像屏幕上面的黑色剪影。卡米耶带着朱莉和孩子们也来赏景。他们走到王太妃广场去看舍瓦利耶工程师做的寒暑表，想要知道到底有多冷。可是长管里的水银早就跌下去了，无法弄清有多少摄氏度。卡米耶借来冰鞋，把吕西安带到布洛涅林子边，教他怎样才能使脚腕不发抖；然后，又用邻居的雪橇拖上米奈特，绕着湖跑了几圈。

但是他们没玩多久。天越来越冷，他们都咳嗽起来。

"该给孩子们添些衣服了。"朱莉提醒说，"得把屋里的寒气赶一赶。壁炉太小了。"

"阿曼德·吉约曼昨天跟我说，有一个工厂主正在找画家为他装饰窗帘。他说我们可以随时开始。我明天就去找他。"

朱莉宽慰地舒了一口气，心想：如果价钱合理，他会干的。我们的日子就会好过些。

吉约曼在政府部门工作，眼下正在休假。他带着卡米耶来到了工厂区空落的大仓库。工厂主当即雇用了他们。他本来打算按日付钱，但是他们从雷诺阿那里得到启示，坚决要求计件工价。仓库的3个角落已经有几个美院的年轻学生和卢浮宫的临摹画家在干活儿了；卡米耶和吉约曼被安排在最后一个角落。库房中央放着一个内膛很大的炉子，一个男孩子正在往里面添干木柴。炉火很旺，可是他们还必须戴着帽子，穿着外套和笨重的裤子干活。最初，他们以为是孔槽板条的威尼斯式百叶窗，结果看到的却是结实的画布滚轴。他们首先得给画布涂上底色，然后就可以随意作画了、什么图案都可以。这对于一个满脑子画面的人来说实在是件轻而易举的小事。他们俩把各自的草图钉在墙上，这样画起来自在一些。另外几个合作者对他们非常尊重；卡米耶·毕沙罗毕竟在沙龙展出过作品！

他们技术娴熟，进展很快，而且效果很好。工厂主以前从没见过这么漂亮的画。他们每天画的也比其他人多，因为卡米耶念念不忘雷诺阿的告诫："多画云彩。又快又占面积。"

他小声对吉约曼说：“干这种活儿，就不妨耍些小把戏。假装你在为画展进行创作。把你的名字写在右下角。”

“我们会被解雇的。”

“不会的。只要主人看到我们的画，他就不会。”

现在是皆大欢喜，人人高兴。由于画得成功，工厂主收到的订货单越来越多；朱莉因为卡米耶正在挣钱；拉舍尔因为儿子在“工作”；卡米耶和吉约曼高兴，则是由于他们得到了些额外的报酬。他俩互相嘲讽对方的风景画，一天，吉约曼大声说：“毕沙罗，我打算给你画张你画窗帘的像。”

“你打算把它卖给这个工厂主吗？”

“我要把它给你，作为报答。要不是你，我简直不可能快快活活地干这单调乏味的活儿。”

他们一星期工作6天，每人都存下了一些钱。朱莉说：“你告诉过我，‘贪钱是一切罪恶的起点’，瞎说。钱是商店里一切好东西的起点。”

他们买来煤烤屋子，又为孩子们买来暖和的内衣和毛围巾，还买了咳嗽药。这些都是朱莉采购的；早年训练有素，她买东西很精明。完后，她又到中央菜市场买来肉和奶制品，给大家补养补养，以抵挡严寒的侵袭。

随着严寒的进逼，火灾又发生了。整个巴黎眼睁睁地看着贝勒维尔剧院烧成灰烬。乌尔姆街上的公共马车队，由于成堆的干草和饲料，火势凶猛。马厩一片火海，大约300匹惊马冲到街上，噼噼啪啪地敲击着路上的鹅卵石。

作为小小的娱乐，卡米耶带朱莉去听罗西尼的著名歌剧《威廉·退尔》的第500场演出。然后，他又领朱莉去看埃米尔·奥吉埃的《保罗·福雷斯捷》。这是1868年初最成功的剧目。然而，结果证明这是一大失策。剧中大肆渲染的是妻子和情妇各自不同的功绩，无疑这正触动了朱莉心中最敏感的一角。她说：“我希望再怀孕之前，我们能够结婚；3个孩子对情妇来说实在太多了；这些孩子本该是妻子生的。”

他对画窗帘的工作并不大尽心，柯罗已经指责说他的画毫无动人之处。现在卡米耶才发现“动人”也大有好处：其一，把画画得动人实在容易；其二，动人的画卖得快、销路大。他最近一次拿工资还是在圣托马斯自家商店干活的时候。对卡米耶来说，除了书和绘画用品以外，他没有什么好买的。于是，干完活，在回家的路上，算是犒劳自己，他买了本《农神集》。这是一位名叫保罗·韦莱纳的24岁青年诗人的集子。

严冬之际，街上又发生了暴动。拿破仑三世发布命令，进行严厉镇压。一切会议、特别是工党会议，都必须经过政府批准才可以召开。警察铺天盖地而来，搜查所谓的“颠覆破坏集团”，百姓叫苦不迭。17家自由报纸被指控犯有进行颠覆性宣传的罪行，任何投票人都有权选举自己的立法机关，然而，拿破仑三世却私下里秘密地结束了这些会议。

载有会议完整、准确的文件的报纸被查封了。大家坐在格尔布阿咖啡馆隐蔽的角落里，喝着啤酒，呷着咖啡。一个蒲鲁东的追随者声称："我能感到街上的鹅卵石都在往上蹿。"

坐在格尔布阿咖啡馆里的艺术家，对当今这个愚蠢的最高统治者深恶痛绝。他是那辉煌卓越的先祖传下的一个孬种，是腐化堕落的朝廷中的一条蛀虫。卡米耶满心好奇地来回打量他的画友：爱德华·马奈、吉耶梅、巴齐耶和埃德加·德加。他们每个人都有一笔数目可观的财产，动乱年代难保不失掉。卡米耶明白，不管他们脸上各有什么表情，他们也都期待着一个带点共和色彩的政府。

伦敦传来了噩耗：爱玛在安睡中死去了。这消息犹如当头一棒；卡米耶悲痛万分。前一天晚上入寝的时候，爱玛毫无不适的感觉；可是，夜里心脏就停止了跳动。她才48岁。卡米耶一直深爱着这位同母异父的姐姐。她在拉舍尔情绪发生危机的时候，总是忠诚地承担起母亲的职责。她一直支持他事业上的选择以及他和朱莉的关系。

"我必须去告诉母亲。"他对朱莉说。失去了毕沙罗家族中唯一的朋友，朱莉感到非常难过。

他给阿尔弗雷德发了封急信，约他到母亲家中见面。他需要哥哥在场，因为他害怕母亲会经受不住这意外的打击。听了这一噩耗，阿尔弗雷德倒是比较镇静，他和爱玛向来不太亲近。可是，当卡米耶哽咽着告诉母亲时，拉舍尔昏了过去。两个儿子把母亲抱起来，抬到她的卧室。母亲有8个孩子，现在就只剩下这一双了。卡米耶拿来加谢大夫治疗母亲常发性昏厥症的碳酸铵嗅盐，拉舍尔苏醒后，号啕大哭。

"为什么不让我去替她死啊？"她泣不成声地说，"我又老又不中用。她还年轻呀，还拖着一群孩子。她离开自己的丈夫，到巴黎来照料我和德尔芬。她是唯一惦记着我这个老太婆的人。现在再也没有人能安慰我了。"

阿尔弗雷德轻声说："哪里，妈妈，您知道不是这么回事儿。我不是每星期都来看您吗？"

拉舍尔一个劲儿地抽噎，一句话也说不出来。

"我们能算什么安慰？"卡米耶心里说，"爱玛是个孝女。儿子们总是忙自己的事。因为朱莉，我伤了母亲的心。对此，我感到很难过。可是，我不后悔。我毕竟有了自己的家。"

阿尔弗雷德待到很晚才走。卡米耶留下过了一夜。拉舍尔不停地哭泣。加谢大夫来了，给她服了镇静剂。然后，大夫轻声对卡米耶说："别担心。尽管你母亲的神经脆弱得像叶蝉翼，可身子骨却硬朗得很。"

中午，阿尔弗雷德一下班就赶回家来。拉舍尔说："你们俩必须去一个人参加葬礼。看着我最后一个女儿被埋葬，我受不了。"

阿尔弗雷德支吾着说："我的生意……最近这两天……大批的货要装船……"

拉舍尔满目凄凉地看着卡米耶说："你一定要去。爱玛那么疼爱你。"

"可我没钱……"

阿尔弗雷德插进来说："我给你一半，剩下的妈妈付。反正你也没什么事可干。"

卡米耶没把这句侮辱性的话放心里去。他只希望最后能守在爱玛的身边。

"我赶下一列车去布洛涅。"

卡米耶及时赶来。艾萨克森一家非常感激。但是，除了对爱玛进行一番颂扬外，他丝毫不能减轻他们的痛苦。孩子们全都吓坏了；菲尼阿斯则变得麻木呆滞，他企图用宗教信仰来消除深深的悲恸："上帝赐予的，上帝也要收回。"

卡米耶给朱莉写了封信：

我亲爱的小妻子：

我是在清早给你写这封信的，晚上恐怕就没时间了，我要陪爱玛的大儿子鲁道夫去犹太教堂。我不能不去。这里冷得让人受不了。不是那种干冷；而是这里的大雾，铺天盖野，钻心刺骨……我必须等到葬礼的前8天过去以后才能回到你身边。也许，爱玛的3个女儿会跟我一起回来……

再见，我的爱妻。1000次地拥抱你。吻我两个可爱的孩子。

两个星期以后，卡米耶带着几个女孩子回到巴黎。见到爱玛的孩子，拉舍尔高兴极了，于是又雇了一个仆人。她精力充沛，总是忙个不停。她给孩子们买来巴黎外套、围巾和鞋子，还带她们出去玩。卡米耶把母亲的外孙女带回来，拉舍尔非常感谢，竟把16元生活费提前两个星期给了他。

想到母亲对他自己那两个孩子的冷漠无情，卡米耶一阵心酸。

蓬图瓦兹的春天来得特别早。他们回来后发现麦地已经绿了，山上开满了野花。卡米耶的创作激情再一次迸发出新的火花。他不停地画着：蓬图瓦兹附近的昂奈尔风景、帕蒂斯磨坊、蓬图瓦兹街口、布吉瓦尔地方的塞纳河堤岸，还有一个小工厂厂景。所有这些油画逼真得恍如实景：五颜六色的房屋在蔚蓝的天空衬托下，就像一粒粒彩石；农家妇女弯腰俯身守在正发芽的白菜地里；弯弯曲曲的小径拖着嫩叶镶成的花边在山上蜿蜒蛇行；一家普普通通的农户，背后依着无尽的山峦，人和山都透露出一种生生不息的永恒感。

在一把大灰伞下，他从早画到晚。一连几个钟头地站着，丝毫没有察觉时间在一点一滴地流走。他关注着空白画布上缓缓显露的风景，俨然是这一切真正的创造者：他创造了大地以及地上万物、高山、深谷、茂密的森林和葱绿的菜园。一种与天地血肉相连的默契使他丰富的想象力光彩四溢。他展示的是大自然的永恒和节奏。他的满腔激情都活生生地留在了画面上。

面对这些作品，格尔布阿咖啡馆的朋友们全给慑住了。看着这些还没上框的画布，他们的眼里闪耀出惊喜的光芒。

画展开幕前作者修饰作品的那一天，卡米耶带着 1867 年创作的 4 幅画来到巴黎。数百名画家在大厅里转来转去，给自己的画涂上最后的几笔。卡米耶一切就绪，只等着"审判日"的到来了。他有两幅画入选了：《雅莱斯山坡》和《厄米塔兹风景》。不过，这全亏了杜比尼的努力。他又一次为卡米耶这些画家争辩，要求把他们的画作为正式作品展出，而不要像上次那样施舍给他们一次参展的机会。赖于杜比尼的权威和雄辩，评委会也接受了莫奈、雷诺阿、巴齐耶和德加的作品。可是，这一次他又没能使塞尚的作品入选。同样由于杜比尼的力争，这届沙龙画展比前一次多展出了近 1400 幅作品，其中大部分是年轻、没有名气的画家。评论家卡斯塔纳写道：

在这片自由绘画的汪洋大海中，官方作品显得相形见绌……杜比尼不仅是个伟大的艺术家，而且是个具有伟大品格的人。他没有忘记自己年轻时的艰难；他甘愿为他人解除自己曾经遭受过的痛苦。

卡米耶的两幅画被挂到了顶天花板的地方；然而它们自有一种内在的异彩，吸引着那些有心的观赏者。

绘画评论家雷东这样评述卡米耶：

……多么卓越的才华，大自然为之战栗。他对自然的处理，表面上看来幼稚粗率，但是，这一点恰恰表明了他的真挚。毕沙罗先生用简洁单纯的目光看待事物。这对于一个善于运用色彩的画家来说，无疑意味着他要做出牺牲。然而，正是这一牺牲才使他得以更生动地表现总体印象。这种印象格外强烈，因为它格外简洁。

爱弥尔·左拉在 1868 年 5 月 19 日的《时事评论》上写道：

从来没有过画家像他这样诚心诚意、严谨精确。他是个自然主义画家，敢于正视眼前的现实。不过，他的每一幅作品都有着他独特的韵味：基调简朴自然、画面雄伟壮阔。

这些画独辟蹊径，自成一格。

……这一独创性深深地植根于人类……你能听到大地凝重的呼吸；你能想象小树成长时挺拔的雄姿。

类似的赞美之辞还有许多。不可能有比这更美的颂扬了。卡米耶心花怒放。

"这些评论肯定能吹到收藏家的耳朵里。"他向朱莉保证说。

朱莉目睹了这年春天他奔放的创作迷狂。她一直悉心照料着他的一切，从不妨碍他的工作。

"我倒是愿意相信，"她抑郁地说，"可是咱们的食品橱已经空了。能不能先跟你那些有钱的朋友借一些？"

"不，朱莉，这是咱们自己的事。"

"在我们葛兰赛，什么都是大家的。今天这家有吃的，明天那家有吃的。"

"我又得去把手表当掉。"

到了星期天，他决定带两个讨人爱的孩子去见拉舍尔。吕西安5岁了，长得非常像朱莉，米奈特只有3岁，眼睛和肤色像他自己。

"只要一见到这两个孩子，她就再也不会丢下他们不管了。"他对朱莉说。

"会原谅他们吗？"

"原谅他们什么？"

"是我的孩子。"

"朱莉，你不要这样伤自己的心。他们不也是我的孩子吗？"

"在你母亲眼里可不是。"

卡米耶带着孩子们坐进公共马车，因为外边太冷了。他把女儿抱在怀里，吕西安坐在身边。到了殉道者大道母亲的住处，开门的是一位中年妇女。

"你母亲在卧室。"

"麻烦你跟她说一声我来了。"

拉舍尔卧室的门敞开着。听到从客厅传来一个孩子的声音，她赶紧把门关上并且从里面锁住。卡米耶敲了半天门，可她就是不答应。又试了几次以后，他带上两个孩子离开了。还是朱莉说对了。

日子捉襟见肘，只能勉强糊口，他们身无分文，全靠朱莉种的蔬菜、养的小鸡和兔子苦苦地挨着。卡米耶黎明动身前喝一杯淡淡的咖啡，一天只吃很少的一顿饭。他毫不在意，因为绘画的狂热仍在继续燃烧。大幅油画在一幅幅地诞生：摘苹果的人们，树影遮掩的村庄，昂奈尔乡野以及蓬图瓦兹的船闸。每完成一幅，晾干以后，卡米耶就把它带到巴黎。因为没钱乘车，他就一条街一条街地步行，从一个画商走到另一个画商。马丁已经收了他一些画，可是一幅也没有卖出去。卡米耶拖着疲惫的双腿到卖绘画用品的店里碰运气，试图能卖几元钱，或者，至少能把画放在那里展出。然而，每到一处，得到的回答都一样："时运不好啊。收藏家都不来买画了，即使他们来，也只要官方画家、那些有名望画家的作品。"

卡米耶怒不可遏："你不展我的画，是因为我没有名气。可是，画不展出来，又怎么能获得名气呢？"

"这倒是真的，"一位上了年纪的画商表示同意，"可是什么时候不是这样呢？要想卖一部手稿、一件雕塑、一个剧本、一份歌剧总谱，你必须先成名。可是，话又说回来了，你的作品不被接受，你又怎么成名呢？这实在是个两难问题，脖子上架两把刀。"

现在他连买份报纸的钱都没有了，随便在哪里发现一张旧报纸，拿来就看。国会终于以多数投票通过了自由集会的权利。20多年来第一次，工人们在皮洛大厅举行聚会，不过，6月4日的《明晰报》报道，到场的警察比工人还要多。同月，中央菜市场的大部分被大火烧掉。此后，制造动产信贷丑闻的佩雷尔兄弟受到审讯，被宣判犯有滥用公共投资罪。银行一直是法兰西国内外公共建设投资的财源。

8月下旬，塞纳河水位下降，各种船只都搁浅在码头；洗衣房和浴室也都断了水源。抢劫犯开始在泥沙里挖寻财宝。这一年还掀起了自行车热。报纸评论说，那些有着漂亮的大腿的女士们"都骑上自行车出来兜风，如同她们的祖母为了炫耀迷人的双臂，都操起了竖琴"。

10月的一天，刚过半夜，一颗流星划过巴黎上空，留下一条光道。《明晰报》报道："片刻间，整个城市光彩明亮，好像有一盏硕大无比的电灯在照射。"

卡米耶大声地念给朱莉听："过去，高雅的法国人拜倒在英国人脚下，如今，他们又开始追逐美国佬的足迹了。"

法国人对北美佩服得五体投地，到底钦佩他们什么呢？他们的活力？丰富的资源？还是平等的制度？

卡米耶在画商那里四处碰壁，一无所获。最后他把画都存放在吉耶梅的画室里，来到街上毫无目的地游荡。自从他第二次在巴黎街上闲逛，10年过去了，这里依然如故，没有什么变化，只是在市郊集中了一批工人的新住宅。他想起了《约翰福音》里的一句话"穷困时刻伴随着你"。难道人类中一些人注定要一辈子受穷吗？难道圣约翰说这是上帝的意旨吗？他无论如何也不相信。

"你应当对有产阶级寄予同样的怜悯。"一向爱嘲弄传统观念的塞尚评论道，"他们过着枯燥无味的日子，买进卖出，衣服啦，鞋子啦；要不，就掐着手指数银行里的存款，他们的日子有什么乐头儿？"

"可是人家有吃有住哇。"

"根西岛大乳牛 * 也同样有吃有住。"

随着孩子们一天天地长大，卡米耶越来越为他们操心。蓬图瓦兹有个公立学校，不属教堂管，所有 6 岁以上的孩子都可以入学。卡米耶向朱莉建议说：　"我们该送吕西安去上学了。"

"他将学会使用句号，重新开始一个新句子？"

"你别跟我开玩笑了。"

每逢星期天，如果天气好的话，就会有大批的人走出来，在市政厅前的花园里或是沿着迪厄旅馆在码头上散步。朱莉坚持全家人也出来走走，因为葛兰赛的周末散步曾给过她许多乐趣。她也开始阻止卡米耶在星期天作画了。

"《圣经》上说，第七天上帝完成了他的工作，开始休息。所以上帝赐福给第七天并把它视为圣日。"

朱莉自有办法。星期天下午 4 点左右，卡米耶就停下手里的活儿，清洗干净，吕西安和米奈特穿戴整洁。一家人沿着瓦兹河的镇上漫步，一路上打量着当地的居民。只有几位打过交道的店老板他们还算熟悉。卡米耶和朱莉非常疼爱两个孩子，视他们为掌上明珠。卡米耶喜欢听孩子们嘤嘤的娇声，喜欢亲他们柔嫩的小脸，还兴味盎然地和儿子一起玩"骑马"，结果两个人裤子的臀部和膝盖处都磨破了。他每天还给吕西安上一堂绘画课。

"别教他画得太好。"朱莉说，"家里有一个艺术家已经够了，等他长大以后，应该找个事儿干，给家里帮把手。"

"我要咱们所有的孩子都成为艺术家。"

朱莉无可奈何地摇了摇头。

吕西安是个活泼好动的孩子，总是在屋里不停地跑，从这头窜到那头。只要妹妹惹了他，准要挨他的揍。每当他打了小妹，朱莉就在他屁股上狠狠地给一巴掌。为了管住这个调皮鬼，卡米耶就用好东西引诱他，告诉他，如果他乖乖地听话，就给他买蛋糕。米奈特长得比较纤细，是爸爸的宝贝。晚饭时，卡米耶总把她抱在膝上喂她。他搂着小女儿，一遍遍地向她说她最听话，爸爸最爱她。

卡米耶一大早就出去作画，但从不走远，中午赶回来吃午饭，有时还小睡上一个钟头，然后再出去接着画。朱莉从早到晚辛勤地操持家务，从无半句怨言，除非家里缺少东西，她没法干活了，比方说没有肥皂洗衣服啦，衣服破啦，没有布做新的啦，或者是没有食品做饭什么的。卡米耶却只是注意到缺少了绘画用品，一支画笔仍需一美元，一张 6.4 英尺 ×4.4 英尺的画布要 6 美元多。阿尔弗雷德每年为他买画框大约要花 200 美元。

凛冽的寒风把冬天过早地吹来了。瓦兹和维奥斯尼河上湿漉漉的浓雾漫天而来。两

---

* 根西，英国岛名，处英法海峡中，该岛出产乳牛。

个孩子都患了重感冒，米奈特高烧不退。于是他们来到巴黎，在夏普街23号一位画友的住处避难。

"厄米塔兹离河太近，气候潮湿。"加谢大夫对卡米耶说，"孩子们会时不时地得病。你们应该找个干燥点儿的地方住，离河远一些。"

想到要离开心爱的厄米塔兹，卡米耶心里一阵凄楚。可是，孩子们的健康要紧。他决定找个离水远些的住处，直到两个孩子再大一点。在这期间，他根据蓬图瓦兹的写生，完成了几幅油画：马利森林之畔以及蓬图瓦兹的乡间雪景。

1869年的沙龙画展只接受了他一幅画。在目录册里，卡米耶填上了他的画商P.E.马丁的地址。当他去看沙龙预展时，他发现自己又一次受到冷遇，与柯罗的痛心经历有异曲同工之苦。柯罗曾哀叹："我的画给挂在了古墓穴里。"于是，他给美术学院写了封诙谐但又十分诚挚的短信：

先生们：

我想提醒诸位留心一下服务人员跟我开的一个玩笑。他们把我的画挂到了一个门框顶上，而且高不可及。我不能把这一安排归咎于管理部门，这些先生们会跟我一样地认为，这对于一个画家来说已经不错了——他能有幸受到无论什么样的评审委员会的恩惠，但不幸的是他仍须受那些负责挂画的小子们的摆布。

认识你们不胜荣幸！

卡·毕沙罗

阿尔弗雷德·毕沙罗娶了贝桑松一位阔家小姐，24岁的玛丽·梅。他曾长时间坚持不懈地向这位小姐求爱，最后终于在公证人面前签订了婚约，嫁妆也置办妥了。阿尔弗雷德没有邀请卡米耶参加婚礼，他解释说，他不能原谅朱莉，是她破坏了家庭的和睦。玛丽一家则是刻板追求道德的资产阶级家庭。在他们眼里，卡米耶是个被剥夺了继承权的流浪汉。而且，如果朱莉在场，拉舍尔就拒绝参加。

卡米耶非常痛苦，沉默了片刻说："祝你们幸福。我不告诉她你要结婚了。"

克劳德·莫奈住在巴黎郊区布吉瓦尔一所摇摇欲坠的破房子里。一天，他把卡米耶带到卢浮西安纳的凡尔赛街22号，让他看这套没人住的雷特罗宅邸。这个宅邸很宽敞、结实，最初是动用皇家专款为路易十四的禁卫军队长建造的，至今已有170年历史了。前门对面，鹅卵石铺成的入口处还有一间屋，以前是马车房。

　　"你可以用这房子做你的画室。"莫奈建议，"在这里你可以避开家庭的骚扰。"

　　卡米耶打量着这座建造精美的住宅，满脸艳羡之色。

　　"我可住不起。"

　　"只比你在蓬图瓦兹的房子贵一点。"

　　卡米耶大惑不解地问："为什么？"

　　"房子的主人奥利冯夫妇说，对那些在市里上班的人来说，这里离巴黎太远了；为度假的巴黎人作消夏小别墅，这房子又太大了。而且，这条大街很吵，公共马车和农场来的隆隆响的大车来往不断。还有，这房子已经不时髦了，一直这么空着。也许是命运特意为你留的吧。"

　　敞亮的客厅和餐间面向大街，从宽敞的厨房和最初作为图书室的小房间望出去是一个大花园，由一条荒废了的石砌水渠拦着。这水渠是14世纪修造的，凡尔赛的水就从这里流进去。这条石砌水渠截住了夏日炎热的气流，同时又堵住了从房子背后吹进林子里的热气。这里有足够的地方开一大片菜园，一个花园，也有地方放兔箱和鸡笼。楼上的4间卧室，卡米耶可以在其中一间摆一张书桌，教两个孩子读书写字。

　　这幅前景从脑子里一涌现出来，卡米耶就无论如何也摆脱不掉了。

　　"走，去找房子的主人。"卡米耶说，"我要去签租房契约，从5月1日开始。"

　　他们又一次搬动那几件可怜的家具。看到这么坚固的房子，朱莉心花怒放，她还是头一回见到这么大的厨房。卡米耶把他的小说、剧本、诗集和散文集摆到图书室里现成的书架上。他决定下次有了钱，要买一套便宜本的平装本古典名著：科尔那耶、拉西纳、莫里哀、封丹、罗什富科，这些民族骄子的传世之作。他把马车库里面的乱石块清理出来，把房子打扫干净。这回朱莉再也没有理由抱怨颜料和松节油的气味了。他满心欢喜地架起几块粗糙的板子放素描，搭好架子放完成的画布，还做了个工作台放颜料、调色板和盛画笔的罐子。

　　"总算有了个自己的窝儿。"他高兴地喊道，"夜里把门一锁，第二天早上回来，哈，一切都原封不动地摆着。"

　　他走出家门，到周围转悠看看。沿着大街走了半里路，他拐到马车道上。当年路易十四和他的朝臣们去那富丽堂皇的别墅勒马利宫，走的就是这条路。可是这座华美的宫殿却被它后来的主人彻底毁了。因为他曾经把这座别墅奉献给拿破仑，但遭到拒绝，于是，他就把别墅整个炸掉了，在废墟上开了个采石场，挖制手磨石砾。现在这里只剩下一个水池，一座四周围着石柱的喷泉，还有一堵精致的石墙，中间开着一个宽宽的门洞，皇家马匹就从这里进来饮水。广场上每星期天都有集市。人们从几里以外驾车来赶集，压着价钱采购一星期的日用品。大家一边喝冷饮，一边观赏传统的杂耍表演。以后，这里将成为吕西安和米奈特每周一次的娱乐场所。

这条褐色土道一直通向凡尔赛，沿途的景色与厄米塔兹的迥然不同。靠雷特罗宅这一边，都是些堂皇的高大房屋，对面的比较简朴、没什么气派。两排房子中间的这条路就是当年连接巴黎和传说中的皇宫的大道。整个看来，这地方既不像城镇，也不像村庄。商店都集中在卢浮西安纳以内，离这里还有一段距离。这片土地本和土地爷无亲无缘，但由于它的慷慨奉献，命运对它无比厚爱。于是，它拥有了大面积的森林，塞纳河在它身上缓缓淌过，两岸的村庄风景别致。它哺育的生灵享受着干燥气候的抚爱。还有通向巴黎的小火车，16英里一小时就到，格外方便。

这次搬家充满了离愁别绪，而红运则好像从开始就跟随了过来。附近住着一位名叫费利克斯·维耶弗鲁瓦的画家。以前卡米耶在格莱尔见过这人几次。搬来以后，这位画家就来登门拜访。他大腹便便，满头满脸长着火一样的头发和胡子。他说他刚接受了一件大活，为夏莱的巴尔贝先生装饰酒馆。但是活多，他不想一个人干。"我们得装饰一个酒吧、一个餐厅，还有一间起居室，要画田园风景，色彩要鲜艳，可以根据自己的素描随意选主题。报酬不低，100美元，活儿和钱我们对半分。"

卡米耶当下就接受了下来；50美元可是每月生活费的3倍呀。

"维耶弗鲁瓦先生，你真是位从天而降的天使。"

画家和蔼可亲，嘿嘿地笑着，大声说："多米尼克小姐可是说我是从地狱爬上来的魔鬼。"

他们一个房间一个房间地画，合作得非常愉快，画面色泽明艳，光彩夺目。两人并肩干了一个月多一点，终于完成了这项装饰工作。店老板非常满意，在自己的酒吧里请了他俩一顿啤酒，并且如数支付了工钱。

"以后常来。"分手的时候店老板说，"只要画不褪色，啤酒总在桌上。"

"没问题。"卡米耶向他保证说，"我是在马洛特的安东尼太太的旅馆里学会这种壁画技术的。"

有了存放在图书室抽屉里的这笔钱，卡米耶几个月都不用犯愁了。这种解脱又带来了一个创作高潮。整个炎炎暑日，他完成了十几幅卢浮西安纳的乡间风景画：白色的房屋、瓦莱里安山景以及盛夏风光。另外，他还画了一幅大的静物画：一束菊花插在一个中国花瓶里。

雷特罗宅多年来一直属于雷特罗一家，后来他们把它卖给奥利冯家，自己则搬进隔壁的一套房子，但雷特罗宅的名字一直保留了下来。现在只有一道篱笆把两家的前院分隔开来，院子里满是灌木丛和花草。

雷特罗夫妇非常友好。朱莉有时和雷特罗太太聊聊天，不过，在闲暇时，她更多的是和邻居家俊俏的小女仆一起说话。卡米耶为她们画了张像：她们站在临街的院子里，朱莉背朝大家，长长的黑袍一直拖到地面，腰部收拢，显出纤细的腰身，头发用一条蓝色发带束在一起。米奈特满头金发，戴着无边小草帽，穿了件有黄色领口的绿裙子。雷特罗家的女仆身上是浆得笔挺的灰色工作裙，头上戴了顶白色家用便帽。寂静的凡尔赛大道上走来一对夫妇，领着一个孩子，道上树影绰绰，斑斑驳驳，路旁是一排简陋的红砖小屋。这是一幅阳光明媚的田园风光，画面恬静、惬意，充满了诗情画意。在这之前，他曾为朱莉和米奈特画过不少草图，而且还不时地画了些室内素描，特别是朱莉在厨房准备饭菜的情景，或是两个孩子坐在桌子旁吃饭或玩骨牌的样子。他的双手几乎没有闲着的时候。朱莉无论是缝衣服，还是织毛活儿，他都要画下来。绘画就是他的生命，他离不开画笔就像离不开呼吸一样。

朱莉不再感到孤单寂寞了。凡尔赛大道两旁的居民比较文雅，而且友善健谈。卢浮西安纳的住房和商店老板也都非常和气。卢浮西安纳的居民好像被什么东西根植下了奇思怪想，认为凡是住在像路易十四的禁卫军队长住过的这种名声显赫的大房子里的人家都应当热情欢迎。手头有了这些宽裕的钱，朱莉和卡米耶生活这么多年来头一次有了一种安全感。

卡米耶时常在星期天带上朱莉步行两里路，来到格雷努莱尔船只密集的地点写生，莫奈和雷诺阿也都带上各自的情人来和他们会合。穿得花花绿绿的年轻人，摆脱了工作、烦恼和困苦，热热闹闹地来度周末。他们在一起嬉笑打闹，陶醉于天光水色交相辉映的美景中。

格雷努莱尔是从伊甸园流出来的塞纳河上最令画家神往的地方。河水缓缓流淌，晶莹透彻。背后是一带森林茂密的山脉，中间有一弯小岛，一条乡间大道穿插在河水与园林之间，沿岸长满了山茱萸、柳树和小栗树。住在附近的阿尔弗雷德·西斯莱感叹道："塞纳河在这里轻歌妙语。"

莫奈和雷诺阿描绘游人们在一个驳船似的餐馆雷尔内斯里进餐的情景，卡米耶则转到对岸，选择了一个比较宁静的风景点：一座小工厂，一缕白烟像雾一般地从烟囱里飘然而出。他没有把这幅画带到格尔布阿咖啡馆去，害怕会有人惊呼："啊，你又回到阶级斗争之中了。"

卡米耶不想做任何解释。笔直的烟囱，拖曳着一道烟雾。烟雾有时随着风势，会平躺下来，与地面拉成一线。卡米耶非常喜爱这景色，觉得这烟囱，这气团画起来意味无穷。

对朱莉来说，这样的星期天实在是一种享受。她喜欢与莱奥尼和雷诺阿的情妇莉斯在一起。阿尔弗雷德·西斯莱生性迷恋女色，后来他遇上了一位性格非常可爱的姑娘，秀雅文静的脸上，一双天真的大眼睛引人注目。他娶了这位姑娘，而且有了一双儿女。西斯莱也常来和卡米耶做伴。俩人在马洛特的安东尼太太的旅馆里第一次见面以来，西斯莱的绘画有了突飞猛进的发展。他从格尔布阿咖啡馆的每一位画家身上都吸收一些东西，然后融入自己奔放的情感，绘成一幅幅画面。1866 年和 1868 年的沙龙画展上，评论家评他的作品："和谐悦目，装饰性强，但略显胆怯。"

到了秋天，好运气再一次降临：卡米耶有了自己的第一位收藏家——与美术馆毫无关系的让·巴蒂斯特·富尔。他是巴黎歌剧院最受欢迎的歌唱家之一，因扮演哈姆雷特而著名，这是个英俊强健的形象，挥舞利剑的英姿光彩照人。卡米耶在沙龙展出的《厄米塔兹风景》给他留下了深刻的印象。他要求爱德华·马奈给他们引见一下，于是两人在格尔布阿咖啡馆见了面。

"非常荣幸见到您。"富尔用他那浑厚的男中音说道，"我希望您能赐一幅蓬图瓦兹的风景画。我见过的那幅给我的感触很深。"

卡米耶把他领到吉耶梅的画室。富尔仔仔细细地把这些画看了一遍，最后选中一幅。

"请告诉我，我该付多少钱？"他问。

卡米耶想了想。富尔在马丁那儿只要花 12 到 16 美元就可以买到一幅他的风景画。他把这些告诉了富尔，他并不想隐瞒。然后他接着说："那实在是给乞丐的价儿。我满意的是 40 美元。"

"好，我付 40 美元。"富尔说，"买你的画，不应该讨价还价。我希望咱们之间能以诚相待，这样，每次看你的画，我都会感到愉快。而且，我确信这笔投资是值得的。我还打算买一幅马奈的作品。"

卡米耶一时竟哑口无言。

令人难以置信的是，好消息纷至沓来。吉耶梅带卡米耶去居斯塔夫·阿罗沙家吃饭。这位银行家听说了富尔购画一事，而且在吉耶梅的画室里见过卡米耶的作品，他也选购了一幅。

"我兄弟阿希尔也会要一幅的，不过不是现在，也许明年吧。富尔跟我说了你认为合理的价钱，我也照付，我就要这幅卢浮西安纳的风景画。"

此外，卡米耶有一位从斯维赛学院毕业的画友，名叫莱克勒。他向自己家乡的人谈起过卡米耶在圣托马斯的绘画，引起了他们很大兴趣。于是他问卡米耶能否尽快带两幅板上油画到他的家乡利尔来。第二天他就乘早车赶到了这个紧靠比利时边境的城镇，发现莱克勒的推销工作做得异常成功。两幅油画当下就收到了现款。这两幅作品是 1855 年、1856 年创作的《海边椰树》和《海滩上交谈的女士》。

这些好消息以及装在信封里的钞票把朱莉惊呆了。

"我都不知道该用哪只脚跳舞了。你的画会总有人买吗？"

"加拉加斯有句俗话：好运同厄运一样有完结的时候。"

卡米耶现在是时来运转，格尔布阿咖啡馆他那些画友的日子可并不好过。克劳德·莫奈为了莱奥尼和儿子，整修了布吉瓦尔那所东倒西歪的破房，但是，他处境悲惨，几乎到了走投无路的地步，唯一的生活来源是弗雷德里克·巴齐耶提供的。巴齐耶出于好心，提出每月寄给莫奈 10 美元，交换他的《花园中的女士》。画中莫奈年轻可爱的情人依次穿着她那 4 件雍容华丽的长裙摆着不同的姿势。这些考究的、带条纹的衣服还是当初从娘家带过来的呢。莫奈向卡米耶承认他在不得已的情况下向巴齐耶写过求救信：

亲爱的朋友，你想知道我目前的处境吗？你知道在等你的信的这一星期我是怎样度日的吗？好吧，你去问雷诺阿，是他从他母亲家里给我们捎来了面包，所以我们才没被饿死。整整一个星期，没有面包，没有酒、没有火做饭，连灯都没有。真是糟糕透了。

但是，每当莫奈和卡米耶一起，把画架支在通往凡尔赛的大道上，这一切"被剥夺感"就都烟消云散了。两个人从不同的角度画着同一个景象。画布上色彩飞动，短小刚劲的笔触使他的画充满了神采奕奕的生机。

雷诺阿因入不敷出，一筹莫展，只好随他的模特儿莉莉斯到乡下她父母家去住。

卡米耶接到安东·梅尔比从汉堡来的信，得知弗里茨·梅尔比死在了上海，只有 43 岁。他一部分在中国和日本作的画已经运回了哥本哈根。不久，卡米耶又得知安东突然中风，几乎全身瘫痪。大卫·雅各布森也病倒了，是一位访问巴黎的丹麦医生筹款才把他送到气候比较温和的意大利，而哥本哈根画院却一毛不拔。卡米耶把他送到火车站。雅各布森膝盖患了病，脸色非常苍白，可是精神很好。

"到了佛罗伦萨、罗马、那不勒斯，我的病就会好的。在那儿，我将创作一些经典之作。"

分手的时候，卡米耶往雅各布森的衣袋里塞了几张钞票。那位丹麦医生筹的款额，支付了火车票以及一个月的食宿费用后，就将所剩无几了。

1870 年沙龙画展对评选委员会的选举做了新的规定：这一年的评委要由上一届参展的画家投票选举。这一消息在格尔布阿引起了轰动，大家雀跃欢呼，异常兴奋。没人知道这到底是谁的主意。选举一开始，格尔布阿的画家们争先恐后地投入了进去。

"如果我们自己选评委，"他们说，"我们所有的人都可以参加展出了。"

格尔布阿的画家努力争取使自己的朋友入选，他们列出了自己的评委人选。老一辈人有杜比尼、米勒、柯罗，年轻一些的有马奈、杜米埃、库尔贝和戈蒂耶。爱弥尔·左拉在报纸上发表了两篇文章，呼吁所有的沙龙画家投票选举格尔布阿的人选。

结果，这些人当中只有杜比尼和柯罗入选，因为他们也同样是美术学院推举的人选。但是不管怎么说，这届沙龙画展对格尔布阿或是巴提纽尔画派来说，是一次巨大的成功。卡米耶展出了两幅作品：《秋》和《风景》。德加只展出了一幅，但却惊人的美妙。巴齐耶展出了《夏日景色》和《浴女》。雷诺阿的是一幅诱人的人体像《浴女》。展出的还有西斯莱的《巴黎的圣马丁运河》，方丹－拉图尔的《一课》，贝特·莫里索的《画家的姐姐埃德玛和她们的母亲》。马奈展出的是他的学生兼情妇夏娃·龚扎列的一幅妩媚动人的肖像。这幅画使贝特·莫里索嫉妒得要命。

克劳德·莫奈和保罗·塞尚的作品遭到了断然拒绝。杜比尼为莫奈疾言争辩，费尽口舌，但仍没能使他的画入选。盛怒之下，杜比尼退出了评选委员会。他说："我欣赏这幅《戴红帽的莫奈夫人》，我不允许有人否认我的观点，这等于说我不识货。"

柯罗对莫奈的作品并不像对卡米耶的那样喜爱，然而，出于对杜比尼的忠诚，他也退出了评委会。

艺术评论家兼白兰地批发商泰奥多尔·迪雷，作为格尔布阿的老主顾，发表文章，谈了对卡米耶作品的观感：

……可以说毕沙罗是一位写实主义画家——力图准确无误地再现眼前的事物，但应该说他并不是一般意义上的写实主义者。他与其他写实画家并不相同：他们展现的是自然的外在形式，而从不深入发掘事物内在本质。毕沙罗则恰恰相反，他的每一幅作品都融注了他对生活最真切的感受。

泰奥多尔·迪雷身材修长、穿着入时，一张神经质的椭圆形脸上，蓄着一口漂亮的胡子。展览之后，他向卡米耶买下了两幅卢浮西安纳的作品。画展的成功，评论界的颂扬，作品的售出，还有画商马丹的未减的顾主之谊，这一切给卡米耶带来了一种能过好生活的感觉。

住在凡尔赛大街这所舒适的大房里，朱莉感到心满意足。她又怀上了孩子。

1870 年前几个月巴黎所有报纸充斥了即将和普鲁士发生战争的报道。摩擦早在 1861 年就发生了。当时法国站在波兰一边，支持它争取民族独立。但普鲁士的俾斯麦则伙同俄国沙皇镇压波兰人民，损毁法国的声誉。随后，普鲁士和奥地利侵占了丹麦的石勒苏益格、荷尔斯泰因两省。1866 年，普鲁士又征服了奥地利，成为整个欧洲的霸主。拿破仑三世要求俾斯麦把莱茵河左岸割让给法国，这可就冒犯了普鲁士人，于是，法国陷入了孤立无援的境地。1870 年，普鲁士俾斯麦企图把自己皇族中一位远房表兄拥上西班牙的御座，这下子把法国人激怒了，终于在 1870 年 7 月 19 日向普鲁士宣战。法国自信自己的军队定能所向披靡，一举获胜。

《宇宙报》报道：

我们即将卷入的这场战争，对法国来说，既不是某一党派的政务，也不是效忠君主的狂热冒险，而是全民族万众一心的正义之举。

《自由报》报道：

多少天来，我们一直都在要求宣战，我们竭诚地祈祷这场战争的来临。将来……我们会问心无愧。我们的灵智、良心告诉我们，只有投身这场战争、不计其他得失，我们才能履行自己的职责，才能拯救祖国的尊严和荣誉。

巴黎街上，人山人海，公共马车都无法正常行驶。咖啡馆里响彻着"马赛曲"的歌声。一位观察家声称：

不仅是首都，全国的每一个城市、每一个村庄，都充溢着战斗的激情。战争热浪席卷整个法国，很少有人袖手旁观。

德意志南部各州把法国视为侵略者，加入俾斯麦的阵营中；北部地区则把军队全盘托给军事天才冯·莫尔特克统率。尽管法国人民爱国热情高涨，但是军队既没有充分的准备，又没有完善的装备，根本经不住大的战事。8月4日，普军压过边境，占领了阿尔萨斯。维桑堡的法国军队全军覆没，接下来的色当一战，拿破仑三世和他的10万大军全部被俘。拿破仑三世的统治垮台了，取而代之的是一个人民政权。到8月中旬，普军包围了巴黎城。

直到这时，卡米耶才听到第一声炮火。马奈、德加和巴齐耶都应征入伍了，马奈和德加在国民警卫军里。阿尔弗雷德和妻子玛丽带着刚出生不久的儿子弗雷德里克逃到了伦敦。

"我们怎么办？难道我们不带孩子们躲一躲吗？"快要分娩的朱莉很焦急。

"也许，我们最好去蒙特福考特找皮埃特去。"

朱莉收拾好两个旅行包，卡米耶忙着整理画室，他把素描、水粉画、油画以及所有绘画用具都放好。这一切刚刚安顿停当，门外就响起了吱呀的马车声。克劳德·莫奈一步闯了进来，两只胳膊下各抱着一捆画布。

"毕沙罗，我能把这些画存在你这里吗？我要赶在普鲁士军队把铁路线切断之前离开这里。在部队里待了一年，已经够了。我可不想被抓去服兵役。我入伍的日子是11月1号，马上就要到了。"

卡米耶很快把这些新作看了一遍，画的是一个时髦的海滨旅游地，色彩鲜艳夺目。

"你在哪里画的？"

"在特鲁维尔。"

"那可是个花钱的地方啊。"

莫奈脸红了。

"7月份我和莱奥尼结婚的时候，她父亲把我们给耍了。我们没得到莱奥尼陪嫁的那笔钱，不过，这笔钱的利息我们拿到了，240美元。我们的蜜月过得跟神仙似的。"

"现在你打算去哪里？"

"去伦敦。我不能带莱奥尼或是儿子。我们的钱只够买一张票。我要把他们送到布列塔尼去，布丹住在附近，我已经请求他照顾他们。我走我的独木桥。伦敦举目无亲，恐怕连口饭都吃不上。他们的日子会比我好些。"

11年前，卡米耶在斯维赛学校头一次遇见克劳德·莫奈时，他是那帮青年画家中最英俊的。可是现在，他却一副丧魂落魄的样子，生活的重担对他那下垂的双肩是太沉重了。他的眼神在一瞬间显得傲慢无畏，但很快又变得畏缩卑微了。巴黎的人挖苦说，莫奈的原则就是不要原则。尽管胡子以上的脸颊还没有出现皱纹，可是，莫奈的精神却已经有了裂缝和口子了。

"把你的画堆放好。它们在这里会平安无事的，除非普鲁士人占领了这个地方。"

皮埃特到马延车站迎接他们。到了蒙特福考特，他们大吃一惊：农场和房屋都荒废了。战争期间，一切租金可以延期偿付，所以皮埃特在巴黎的房子收不到租款，也就没钱雇人来农场干活儿了。原来在农场干活的人有的去参军打仗，有的则跑去为有钱的雇主效劳去了。

"我被孤零零一个人丢在这农场上，本来这里需要半打的人手。我不会照料牲畜，更不用说收割地里的庄稼，摘园子里的果子了。现在仅有的一点钱还是从银行里借的。"

皮埃特显得可怜巴巴的。以往精心修剪的胡子，现在乱蓬蓬一团。额头上的卷发已经花白了。卡米耶还清楚地记得9年前他为自己画肖像的样子。现在，他已经44岁了，两眼黯淡无神，深深地陷进眼窝。

"你要想画画，就必须有一股内在的冲动，"皮埃特感慨道，"我长年累月像个农夫一样在农场上干活，看着它一天天走向地狱。难道说我是个劣等画家，就因为我不得不像个庄稼人一样地卖命？或者说，我是个不称职的农夫，就因为我想当一名画家？"

"你是我最亲密的朋友。"卡米耶回答说，拥抱了他。

"冲这一点，至少在我看来，就能使你在这个自取灭亡的世界上成为一个伟大人物。"

这几年好像把皮埃特的志气全磨光了。

"为什么我们不一起住在这里呢？阿黛尔可以做吕西安和米奈特的第二位母亲。我们可以一起画画，一起照料农场，只要能付账就行。这样，我也就不会再觉得愧对建立蒙特福考特的祖先了。"

阿黛尔卧床不起已经好几个星期，根本无法操持家务，客厅的桌子上落了一层灰尘。皮埃特笨手笨脚为俩人做饭的厨房里一片狼藉，像是刚打过仗的战场：锅碗都没有涮洗，发了绿霉的一罐果酱开着盖，炉子上到处是油污，脏乱不堪。卡米耶和朱莉随着皮埃特走进了阿黛尔的卧室，他们看到她脸色灰暗得呈橄榄色，眼中郁积着燥热的病火。一看到他俩，阿黛尔的泪水一下子涌了出来。他们也猜不透她是因为高兴呢，还是因为绝望。朱莉不顾自己怀着孩子，身子笨重，系上围裙就忙活起来。她把炉子擦净，把锅碗瓢盆涮洗干净，然后用引火物和干树枝把炉子点燃。她找来最大的盆，装满水，坐在火上。水开以后，她命令两个男人把盆抬到楼上去。

当她俩再次露面时，阿黛尔已经梳洗一新。"我用粗毛巾帮她擦洗。"朱莉偷偷地告诉卡米耶，"她就像个小姑娘似的。"她给阿黛尔洗了头，并梳理成很雅致的样式。阿黛尔穿戴整齐，脸上也有一点红晕。

"皮埃特，"她喊道，"去给我们杀只小母鸡来，再拿些水果和蔬菜，还有干酪。朱莉要帮我做饭，大家庆贺一番。"

晚上，当他们在皮埃特为他们烧得暖烘烘的房间睡觉时，卡米耶感谢朱莉为阿黛尔做的一切。

"到底是什么病使她不能下床呢？"她问。

"我猜想是因为太苦闷了，或许就像她跟你说的，太寂寞了；农场倒闭了，又不能生育，皮埃特也不能作画……"

"是这场可恶的战争把我们赶到了这里，不过，我想上帝知道他们需要我们。"

皮埃特站在清冷的阳光下，用树胶水彩为卡米耶画像，他身后的树上瑟瑟枯叶在纷扬飘落。卡米耶戴了顶质感松软的帽子，严严实实地把耳朵盖住了，脖子上系了条厚厚的毛围巾。他站在离画架几步远的地方，端详着眼前的乡间景色。皮埃特抓住了他最生动的一瞬间：两条健壮的腿叉开，右手把调色板平托到腹部，身子微微倾斜，正准备把画笔从调色板移到画布上。

皮埃特的这幅《画架前的毕沙罗》使4个人都陷入了狂喜。卡米耶说："太妙了，皮埃特，既有情致，又有格局，你抓住了我的灵魂。为什么你说你什么也不能画了呢？"

皮埃特的脸红了："有感而画，就什么都能画好。"

皮埃特迟早也要应征入伍，这是毫无疑问的。

"如果我现在离开农场，牲畜准要被人偷走，否则也要死掉，春天也没人种庄稼了。"

"种粮食当然重要，"卡米耶应和道，他不安地望着朱莉，"可是，我确实应该返回巴黎，报名参加国民警卫军，如果他们接受丹麦公民的话。"

朱莉焦灼地看着他："你不能在孩子马上就要出生的时候离开呀。"

到处都在传说巴黎正在受难：一切供应都已断绝，普鲁士人要求全城缴械投降。卡米耶给母亲写信说他打算等孩子一降生就报名参军。拉舍尔很快回了信：

"你无法想象我多么需要你。我不许你莽撞行事。"

去伦敦参加爱玛的葬礼之前，卡米耶就立下了遗嘱："把我在世上的一切财产留赠给朱莉·韦莱小姐。"其实，除了他的绘画外，他在世上一无所有。随着对法兰西新共和国的爱国热情一天天高涨，卡米耶意识到还有一件事他不能不完成，那就是和朱莉结婚，使他的3个孩子成为合法继承人。他谨慎而又热烈地给母亲写了封信，这恐怕是他有生以来写过的最具有感染力的信。信一定写得令人柔肠寸断，因为，拉舍尔在回信中，勉强地表示了她的应允：

我不赞同你们的婚姻，我永远也不赞同。但是，如果我必须有3个孙儿，那么他们就应该是合法的。那就结婚吧，如果你非这样不可。以后就不要再跟我提这事了。

卡米耶欣喜万分……等了整整12年！

"我是这儿的市长，"皮埃特告诉他们，"可我无权让人成婚。马延的市长是我父亲的一位老朋友，我可以求他主持婚礼。我们还可以请邻居乔治·图维耶尔来和我一起做证婚人。"

朱莉高兴得唱起歌来：

一个姑娘姓缅叫缅褒（面包），
黄油的宅第辉煌又荣耀，
面粉为墙，
饼干为地，
麦子做屋，
糕点当床：
多么甜蜜的美景良宵。

阿黛尔计划着这一天大家去郊游。

突然拉舍尔来了第二封信。

这封信是拉舍尔表示同意后的第二天清早写的。卡米耶双手颤抖着打开信，读了开头几行。他痛苦地叫道："哦，不！"一下子跌进了黄褐色的沙发里。

"我母亲变卦了。"他喊道。

朱莉的眼里涌出了泪水。阿黛尔扶她坐下，蹲在面前，不停地安慰她。这一打击对她就如利剑穿心。

卡米耶有气无力地读道：

> 作为母亲，为了让你高兴，我没加思索就同意了。然而，我为此整夜受尽了折磨。我决定写这封信告诉你，当时依从你，同意你们结婚使我非常痛苦。如果你能体谅我的话，就请把上封信退还给我吧，因为当时写信的时候，我没有把如此重大的事考虑周全。再等等吧，等这一切都过去了，你们可以去伦敦，在那里结婚，不必取得我的同意，那样也就无人知晓了。

皮埃特嗫嚅着建议，他们可以佯称第二封信没有收到。"现在正在打仗……等你们举行了婚礼，就成了既成事实了。"

卡米耶看到屋子那头的朱莉还在不停地抽搐。他转向皮埃特说："我们不能用欺骗把事情搞糟。"

他站起身，走到朱莉面前。

"等孩子出生，战争停止以后，我们就去伦敦结婚。"

1870 年 10 月 21 日，孩子降生了，是个女孩，他们给她起名叫阿黛尔·爱玛。朱莉这次难产。接生婆很有经验，但她还是病倒了，没有足够的奶水喂孩子。接到卡米耶的来信，拉舍尔非常慷慨，给婴儿寄来了全套用品以及 100 法郎。她在信中写道：

> 用这些钱给孩子雇一个最好的奶妈。一两个月以后，你们就可以用瓶子喂她牛奶了。

固执的拉舍尔第一次有了友好的表示。

皮埃特走遍了附近的农家，终于找到了一位年轻的母亲。她有足够的奶水喂养自己的孩子和阿黛尔·爱玛。婴儿贪婪地吸吮着，可是没过几天却生病了。皮埃特从马延请来了自己的家庭医生。大夫检查了孩子，又问了奶妈几个问题。然后他从朱莉的卧室走出来，生气而又无可奈何地摇着头。

"这个奶妈内脏有传染病，她很可能已经传染给孩子了。"

卡米耶惊呆了："那怎么办呢？"

医生万分懊丧地摇了摇头："我不知道。另外再找一个奶妈吧，如果不是太晚的话。"

但确实是太晚了。阿黛尔·爱玛只活了两个星期，朱莉伤心透了。

他们 4 个人把孩子埋在了屋后。皮埃特关切地问："你愿意我赶车送你去马延登记孩子的生死吗？"

"有什么用呢？"朱莉痛苦不已，"她来了，又走了，就好像从没出生过一样。"

卡米耶搂着她的肩膀，一起走回屋里。

"这是命运作怪。下次我们会好些。"

皮埃特赶着马车把卡米耶送到邻村拉塞市政府，在那里签了死亡证明书。

敌军疯狂轰击巴黎，整个城市炮火连天，国防军正在想方设法突围。皮埃特通过邮局收到一份《两个世界评论》，与以前的谣传大相径庭，报纸披露说巴黎自给自足已达一个半月了，然而：

我们的局势正日益变得奇特起来……巴黎被困锁在铁甲之中，夜眠昼醒，居然又恢复了正常的生活……它自己形成了一个国家、一个社会，一个暂时由圣·丹尼斯和克拉马、由圣·克洛德和樊尚掌管的世界。在这个世界的外围，面对着我们的堡垒，是披坚执锐，气势汹汹的普鲁士军队。

巴黎早就做好了对付围困的准备，尽管它的首相"随随便便"地宣布了战争。城里有大量牲畜可供宰杀，卢森堡园林里遍地是羊群，布洛涅内有4万头牛、25万只羊。北方车站内建起了一座磨粉厂，卢浮宫变成了军火制造库，奥尔良站改建成观测气球工厂，里昂火车站成了大炮工厂。

拉舍尔也逃到了伦敦。艾萨克森家为她在诺伍德找到一套房子和阿尔弗雷德一家合住。他们提出为卡米耶也找一处住所。

"我们全家都到了伦敦。"卡米耶告诉朱莉，"法国许多画家也都在那里。"

"他们都恨我。爱玛要是还活着就好了。我看过她女儿阿梅莉写给你的信，她从来就没提到过我的名字。"

"好了，朱莉，阿梅莉小的时候不是很喜欢你吗？"

她怜爱地看了他一眼，微微地耸了下肩膀。

"我们娘仨都是你的，你愿怎么办就怎么办吧。"

乘火车和横渡英吉利海峡需要不少钱。找接生婆、医生以及奶妈，已经花掉了他最后一块法郎。

"真遗憾，"皮埃特咕哝着，"我也没钱给你。"

第二天晚上，乔治·图维纳尔老人过来看望他们。当他得知卡米耶由于没钱，不能带家人去伦敦时，他问："卡米耶，你母亲说在伦敦你可以和朱莉结婚，是吧？"

"嗯。"

"这要花多少钱。"

"大约 60 美元。"

"好吧，我借钱给你，等再有了儿子，让他叫我的名字，这算是利息。"

从马延到勒阿弗尔的直线距离并不长，可是两个地方不通铁路。坐马车则要花几天的时间。圣·拉扎尔火车站仍然通行，于是，卡米耶带着全家先进入巴黎，然后搭头班火车到了勒阿弗尔。他们是中午到达的，结果发现当晚没有轮船过海。半夜将有一艘从迪耶普出发，于是他们又坐上马车赶到那里，登上了轮船。一家人蜷缩着挤在乌烟瘴气的船上酒吧厅里，熬过漫漫长夜，终于到了英国海岸。

爱玛的大儿子 21 岁的鲁道夫，坐马车来车站接他们。当年在蒙马特和帕西，住在毕沙罗家时，这个孩子就和卡米耶结下了友谊。后来，在爱玛下葬以及哀悼期间，他们俩一直在一起，加深了旧时的友谊。他不好意思地跟朱莉打了声招呼，然后赶着车慢慢地向伦敦的近郊下诺伍德驶去。

"我要把这片田野画下来。"卡米耶望着沿途的景色说，"朱莉，你不觉得这地方很美吗？"

朱莉没有回答，她在想马上就能结婚了——如果真是这样——那才叫美呢。

他们的房子在坎汉奶制品商店的楼上，房间很宽敞，冬季阴郁的日光能从窗户透进来。家具经过无数过路旅客的使用，已经磨损了。他们用图维纳尔老人的钱付了房租。

拉舍尔和阿尔弗雷德一家就住在附近，可是拉舍尔和玛丽都没有来看朱莉。卡米耶倒是可以带着孩子到拉舍尔的房间去，作为她的让步，但不能带朱莉去。阿尔弗雷德正通过艾萨克森在斯特兰德的委托商公司做生意，一周工作 6 天。卡米耶来看望母亲时，拉舍尔有时也买些水果让他带回去给孩子们。

朱莉说："我可不愿意在屁股上给人家烙一个'R'，就像你不愿意在作品背后贴个'R'一样。"

"等我们结了婚，你的结婚证上就会印一个'A'，表示'接受'。"

"什么时候？"

"等我卖出几幅画，我希望用自己挣的钱举行婚礼。我马上就开始画画，很快就会有一些值得卖的作品了。"

"任何东西都值得一卖，可你能拿出值得别人买的东西吗？"

为了不妨碍卡米耶，朱莉常常带孩子们离开家，到街上去散步，或者去公园。他们一句英语也不会说，在这片陌生的土地上，一家人相依为命，感到异常孤独。

"我本来就不应该把你带进这个冷漠无情的家里来。"卡米耶说，"当初，你如果走自己的路，恐怕会好一些。你本可以在巴黎找一个男人，就像你姐姐那样，和他结婚，没有忧愁。"

"大概也没有爱。"她热烈地亲吻卡米耶，"一个女人不能没有爱。"

弗雷德里克·巴齐耶在保内－拉－罗兰德一战中阵亡了。因为他拒绝剃掉自己的胡须，结果法国军队中只有朱阿夫军接收了他。这支轻步兵部队打仗异常激烈。巴齐耶的父亲在遍地尸体的战场上寻找了整整两天，才找到儿子的尸体，运回蒙彼利埃埋葬。和格尔布阿其他人一样，卡米耶非常喜欢这位又高又瘦、喜爱逗笑的年轻人。他慷慨大度，才华横溢。即使在艺术家的怪人圈里，巴齐耶也显得异常出众，他那些莫名其妙的癖好实在令人捉摸不透。对巴齐耶的死，卡米耶十分痛苦。一种负罪感咬噬着他的心：尽管他的许多朋友（年纪轻的法国公民）也都没有投身到战场上——莫奈、西斯莱、塞尚、左拉——可是所谓的良心却在不停地搅扰。他卡米耶·毕沙罗居然逃到英国，听任弗雷德里克·巴齐耶在战场上流血捐躯。

他蹬了双木鞋，把画架安置在住处所在的山麓。这是一条很短的小道，弯弯曲曲，盘旋上山，路面盖了一层薄冰，积雪沿着山坡一层层地堆上山顶。他喜爱小路，它们联结异域他方，载人跋涉迁徙。一个穿黑衣服的小个子男人正艰难地往山上爬，远处朦胧可见有两位裹得厚厚的女人正在下山。山前立着一棵光秃秃的树，两边凌乱地散布着一些房屋。在这死气沉沉的冬日，春天的气息正在悄悄酝酿。山路曲折隐含的生机，房屋里晃动的人们显出一种荒而不凉的景象。一缕轻烟从左边一所淡色水泥房上袅袅升起，屋里的人点着炉火，期待着蛰伏中的生命焕然苏醒。

圣诞节马上就要到了，但是卡米耶一家对此毫不理会。他们庆祝钱努卡，即"光明节"。请家里任何人来吃饭都是不可能的。卡米耶在花店买了一束冬青花，给孩子们买了一些玩具，另外，还买了只火鸡。朱莉在鸡肚子里填满新鲜的栗子和小牛肉。她还用葡萄干和其他水果做成黑黝黝的布丁。蒸好之后，卡米耶在上面洒了半杯阿尔弗雷德给的白兰地，然后点燃，吕西安和米奈特兴奋地"哇""啊"直叫。卡米耶大声说道："哈，我们现在过的是英国式的圣诞节。"

一家人欢聚在一起过节，朱莉非常快活，她笑着说："他们可要学着吞火了，就像集市那些玩魔术的。"

朱莉给两个孩子讲述耶稣诞生的故事，卡米耶则向他们描述被古罗马人毁坏的第一圣殿里面的长明灯的修复经过。两个孩子听得津津有味。朱莉依旧奉行天主教的教义，她默默地祈祷，静静地追忆葛兰赛的圣母谷教堂里举行的一切仪式。吕西安和米奈特都没有受过洗礼。如果把两个孩子作为天主教徒带大，小家伙和他们的祖母之间势必会出现更大的裂痕。对于这一点，朱莉从最初就非常清楚。她抱着和解的愿望，至少是为了孩子们。

在 1 月里，当《下诺伍德》和《雪景》两幅画晾干以后，卡米耶坐了一小时的火车把画带到伦敦。他径直来到新桥街 168 号保罗·丢朗·吕厄的日耳曼画廊。保罗·丢朗·吕厄的父亲当初在和平街开了一个画廊，在儿子的协助下，这个画廊成为巴黎最有声誉的画廊之一。老丢朗·吕厄在枫丹白露画派成名以前就开始出售他们的作品。1865 年，父亲去世后，儿子把画廊接管下来。据说保罗有一双异常精明的眼睛，能敏锐地鉴别出作品的优劣。战争刚一爆发，他就把老婆和 5 个孩子送到法国西南部佩里戈尔岳父母家。然后，他赶在铁路线切断以前，匆忙捆好他的收藏品，运到了伦敦。一到这里，他就想办法把这些画安置在日耳曼画廊里展出。

卡米耶之所以把他的画拿给保罗·丢朗·吕厄，是因为丢朗·吕厄曾在他 1867 年创办的《艺术与古玩的国际评论》杂志上对卡米耶在 1868 年沙龙展出的作品大加赞赏。日耳曼画廊比他在巴黎见到的任何美术馆都宽敞明亮。所有的作品都井然有序地挂在墙上，无论是在题材方面，还是在色彩方面，都非常协调统一。而且，这些画只上下挂两排，观赏起来非常舒服。

"天哪！"卡米耶倒吸了一口气，"丢朗·吕厄这里全是名画啊！"

他一幅画一幅画地欣赏，细细地琢磨这些名人的杰作：籍里柯、柯罗、米勒、库尔贝、杜比尼、迪亚兹、迪普雷，还有杜米埃和巴厘*的瑰丽动人的水彩画。巴厘是位雕塑家，他是在枫丹白露的圈子里长大的。使卡米耶大吃一惊的是，他居然在墙上看到了克劳德·莫奈的一幅画《特鲁维尔港口》。

"莫奈准是自己挟着画跑来了。可是，他怎么能够这么快就给挂出来呢？"

丢朗·吕厄不在。他的助手告诉卡米耶："是杜比尼先生把莫奈先生带来的，还有这幅画。"

"杜比尼！他也在伦敦？"

"他是在开战以前来的。你可以在法国居民区里找到他，在珀西街的金球旅馆，或在夏洛特街的奥迪内餐馆。"

"你有莫奈先生的地址吗？"

"没有，不过杜比尼先生会有的。干吗不把你的画留下来让丢朗·吕厄先生看一看呢？杜比尼先生对你的作品评价可高了。"

卡米耶很快就收到了丢朗·吕厄的便条："你给我送来了一幅美丽的画，没能在画廊里亲自表示敬意，深感遗憾。请告诉我你要的价钱。另外，如能送来其他作品，将不胜感激。

---

* 巴厘（1795—1875），法国动物雕塑家、画家。

在这里我一定能卖出你的大批作品。你的朋友莫奈向我问及你的地址，他住在肯辛顿。"

他马上就着手画另一幅雪景和一幅上诺伍德的风景画，同时他决定去肯辛顿找克劳德·莫奈。

两个朋友相见，高兴得拥抱在一起。莫奈住的是一间租来的小屋，墙角有一张窄小的帆布床，屋里有一个画架和一张桌子。他已经开始了几幅伦敦公园的风景画，但都还没有完成。

"我们那位不可战胜的朱莉好吗？"

"我们住在下诺伍德，她不大愉快。莱奥尼怎么样？"

"她很寂寞，我也是。我必须回到她身边去。这该死的战争！"他阴郁的脸色一瞬间又变了，就好像乌云背后闪出一道阳光。"保罗·丢朗·吕厄买了我带来的一幅画，给了我60美元，想不到吧？我寄了一半给莱奥尼。"

"我在丢朗·吕厄那里看到了你的画。我不知道他已经买下了。祝贺你。"

他紧紧握住莫奈的手。莫奈咧开嘴嘿嘿地笑起来。

"他还答应说，只要我一完成这些独具特色的英国公园风景画，他还要买一幅。"

"我也给丢朗·吕厄送去了一幅画。他来信问我要多少钱，还让我给他再送去一些。杜比尼为我的画说过不少好话。"

"杜比尼！我们的恩主。丢朗·吕厄的画廊是巴黎最进步的，可是我们竟没有人敢把画送到他那里去，真是见鬼。"

"我们太胆怯了。谁会想到这个专门经营伦勃朗、戈雅和德拉克洛瓦作品的画商肯赏脸垂青我们这些无名小辈呢？他在政治上好像是位君主制的虔诚捍卫者，但在艺术领域却又是个激进派。你能想象得出这样一种结合吗？"

他们来到一家小餐馆，这是一对流亡英国的法国夫妇经营的。两人为祭奠死去的朋友弗雷德里克·巴齐耶喝了一杯酒，然后开始商量在伦敦待下去的路子。

"我们应该把作品送到皇家艺术学院的画展去。"卡米耶提议，"他们马上就要评选了。"

星期天中午，克劳德·莫奈来下诺伍德拜访卡米耶一家。他深情地吻了朱莉的双颊，送给她一幅冬季绿叶植物的画。整整一个下午，他们都沉浸在往事的追忆中：巴黎、蓬图瓦兹还有卢浮西安纳。

"这可是个思乡怀旧的周末。"卡米耶说。

他建议去参观大不列颠和南肯辛顿博物馆。"在那里我们可以细细欣赏透纳、康斯太布尔和庚斯博罗*的作品。15年前，我从圣托马斯来这里的时候就一直想去看一看。可

---

* 庚斯博罗（1727—1788），英国肖像画和风景画家。

是当时我姐姐德尔芬快要死了。"

"透纳的威尼斯风景画色彩斑斓，"莫奈说，"要不是康斯太布尔把伦敦的雾画在画布上，谁会想到竟有这样的大雾。"

"莫奈喜欢你，朱莉。"莫奈离开后，卡米耶说，"他知道你对我来说有多么宝贵。"

朱莉背过身去，在胸前画着十字。

卡米耶完成了那幅上诺伍德的风景画。英国的乡间景象跟法国的大不相同，然而卡米耶觉得两者同样令人心驰神摇。画布干了以后，他给丢朗·吕厄写了封信，要求会面。当他来到日耳曼画廊时，他看到一个仪表堂堂的人正站在门口。

保罗·丢朗·吕厄40岁左右，长着一张长长的椭圆形的脸，一头茂盛的头发惹人注目。鬓角已开始泛白，脸上的胡须刮得干干净净，只在唇上留了一撮漂亮的小胡子，一双烟灰色的眼睛很动人。他穿了件黑色礼服外衣，由于肩宽体阔，衣服被撑得鼓鼓的，头上是一顶崭新的大礼帽。如果是在别的地方遇上这么一个人，卡米耶很可能会把他看成一名地方公证员或者是一个郊区的法务官：严谨而呆板。然而他的表情和人品与他给人的外部印象恰恰相反，他是个地地道道的法国人，身上的浪漫气息简直是扑面而来。

"是个讨人喜欢的人。"卡米耶心里说。

保罗·丢朗·吕厄还是个虔诚的天主教徒，每天早晨都去参加8点钟的弥撒，从不间断。他又是个刚直的道德家，从不对任何一个画家进行什么道德评价，也从不去探究画家之间的瓜葛与隐私。他到过许多地方：比利时、荷兰、德国和英国，竭力推崇枫丹白露画派的神笔绝技，同时对库尔贝和德拉克洛瓦大加赞赏。他用极高的价格出售这些大师的作品，从而使自己成为举世瞩目的著名画商。他用取得的利润购进伦勃朗、艾尔·格列柯、委拉斯开兹和戈雅等人的作品。在当时，这些人中间没有一个特别的时髦，也没有一个人的作品特别畅销。目前，他正在伺机推动绘画界的下一个浪潮，发掘一代能够取代柯罗、杜比尼、卢梭和朱尔斯·迪普雷的新画家。

"哦，毕沙罗先生，见到你真是太高兴了。你又给我带来了一幅油画，来，到我的办公室来，我们把画放到画架上去。"

把高高的缎帽摘掉以后，丢朗·吕厄看上去不那么令人生畏了，而且，当他说起话来，就越发显得和蔼可亲了。

"你的画是活生生的艺术，胜过了僵死的学院绘画。虽说不精巧也不细腻，但是自然真切。你是在刻意求新。"

"我的画能卖出去吗？丢朗·吕厄先生？"

"时髦的东西比较好卖，而大家还不大熟悉的画家就困难多了，特别是你们这些自成一格、与众不同的画家就更难了。不过，我这里有一批早年的老主顾，他们也许愿意买些新画派的作品。我会把你的作品挂上的……"

卡米耶的心突突地跳了几下。

"……画卖出以后,我每幅付你40美元。我想不会太久的。"

卡米耶的心蓦然缩紧了。

丢朗·吕厄伸手拿过帽子。他的家人最近刚从佩里戈尔来到伦敦。

"你愿意和我一起坐车回布朗普顿－克雷桑吗?就在南肯辛顿博物馆旁边。我租了一小套房子,还有一个花园。"

卡米耶急于把这个好消息告诉给朱莉,可是又不好拒绝这位画商的邀请。

丢朗·吕厄夫人看上去年轻、聪慧。她协助丈夫经商,帮他运筹谋划,满脑子远见卓识。他们3个大的孩子年龄不小了,可以坐在餐桌边吃饭了,他们都在一所耶稣教会办的学校里念书。丢朗·吕厄把他年迈的露易丝姨妈也带到了伦敦,帮助照看他的5个孩子。

"如果我丈夫说你和莫奈能够成功,你们就准能成功。"丢朗·吕厄夫人主动地说。

卡米耶轻声接着说:"他对我们格尔布阿的其他画家也很感兴趣。同其他的画商都不一样,丢朗·吕厄先生有一种洞察整个画派的才略,而不是只对一个时期的某些作品做浮面的评价。"

丢朗·吕厄先生踌躇满志地谈起了自己的生活经历。

"我年轻的时候,很想当一名传教士或是一名政府官吏,是我的长辈决定了我的前途。我父母结婚的时候,得到了一个价值2000美元的造纸厂,另外还有400美元现金。我父亲把造纸厂改成一个文具商店,兼营美术用品。他用颜料和画笔换来别人的画,然后把这些画租给美术学院供学生们临摹。1839年,我父亲把厂子卖掉了,在和平街开了一个真正的画廊,并且举办了他的第一次画展。那次他一共展出了25幅作品。父亲一生共买了泰奥多尔·卢梭70幅画,这对一个画商来说,也许是破天荒头一次,用他自己的话说,是出于对一个画家的信赖。"

"当我接管画廊时,我发现要想保持住作品的售价,需要大批资金,而且要敢下本钱。"他坦率地说,"最初一段时间,我干得很不错,可是,我的趣味有点激进超前,不太识时务。后来,我不得不经营一些比较容易脱手的作品。然而,我心里明白,一个画商应该为他推崇的画家撑腰,接受他所有的作品,就像画家们都承认的那样,他们亲如手足,必须同舟共济。

"来的路上你跟我说,1855年你到巴黎的时候,正赶上了万国博览会。米勒展出了一幅油画,画的是一个农民正在嫁接一株树苗。这幅作品遭到了报纸的大肆诋毁。当时米勒穷困潦倒,他的朋友及邻居卢梭恰巧得到了一点钱。他告诉米勒有位艺术爱好者托自己付80美元钱买下《嫁接树苗的农民》。卢梭明白,如果米勒得知真正的买主就是卢梭自己,他无论如何也不会接受这笔钱,因为卢梭和米勒的日子都是一样的捉襟见肘。这件事对我来说是一个伟大的启示,也许这就说明了为什么艺术家在这个冰冷的社会里能够顽强地生存下去。"

卡米耶在觉得合适的时候,赶快向丢朗·吕厄夫妇告辞回家。80美元!他可以把债务付清,可以给孩子们添些衣服和鞋子。

有了这笔钱,他就可以同朱莉举行婚礼了!

巴黎光荣地坚持到1871年1月28日,当时整个城市弹尽粮绝,药品告罄,敌众我寡。卡米耶从英国报纸以及法国杂志上获悉巴黎正在进行谈判。但是,法国现有两个政府:一个以梯也尔为最高执政者,企图恢复早期的共和制度;另一个政府是由一些对梯也尔不相信的人自愿组成的,他们对梯也尔以及他在凡尔赛的国民议会持怀疑态度,因为这个议会代表的主要是地方基层。他们确信国民议会要引狼入室,要把国家交给普鲁士,任其宰割;另外,他们认定是国民议会要废除欠债者的延期付款权。过去,他们反对君主政体,现在,他们反对凡尔赛的一切共和制度,尽管这是一个民选政府,他们把所有能找到的武器全部集中在市内公园里。当梯也尔企图夺回这些"从政府盗来的枪支炮弹"时,双方终于开战了。结果,巴黎人民取得了胜利,选举出一个市政府,起名为"巴黎公社",成为尽人皆知的巴黎公社社员。这个公社代表着巴黎各个阶层。他们要求建立一个巴黎共和国,同法国其他地区脱离。

卡米耶到伦敦去看望刚刚从法国回来的丢朗·吕厄,他显得异常激愤。

"我曾经托付给一个职员照看的画廊准是给变成了战地医院。我到巴黎的那天早晨,有两位将军在蒙马特被暗杀了。巴黎干吗非要与整个法国分裂不可呢?如果我们要想生存下去,就必须有一个联合一致的国家。"

卡米耶的两幅画还没有挂出来,但他依旧不停地画。他把家搬到了查塔姆高台街2号一所更宽敞的房子里。不远的地方就是从海德公园移来的建于1851年的伦敦水晶宫。朱莉带着孩子们去看那里陈列的工业品和供娱乐的物品。卡米耶刚开始画这个水晶建筑物。

他又完成了几幅油画:韦斯顿山上的教堂还有西顿纳姆近旁的一条路。后一张画中也有一个教堂,被翳郁的绿荫簇拥围绕,与绿树相应,他给小教堂铺了丰富的红色、蓝色和珍珠灰。之后,他又画了彭奇火车站,火车小得可怜,跟地里干活的人相差无几。画布中央是弯弯曲曲的轨道,看起来就好像是从天边自然地伸展过来的。

眼看着家里的钱快要用光了,吃饭和绘画都成了问题。卡米耶去找阿尔弗雷德,求他借一些钱,维持到丢朗·吕厄把画钱付给他。阿尔弗雷德说他非常抱歉,不能帮助他,因为他在艾萨克森公司挣的那点钱刚刚够维持自己家庭的开销。

卡米耶和克劳德·莫奈的作品都被皇家艺术学院拒绝了。法国画家当中，只有席罗姆和罗萨·博纳尔*得到英国人的青睐。对他们来说，柯罗以及枫丹白露画派并不存在。英国画家缺乏同情心，作品的销路很窄。

莫奈伤心透了。他和卡米耶一起来到菲茨罗伊街区的法国居民区，两个人借酒浇愁。

"我想离开这里，到荷兰去。那里的人比较友善。一停战我就回法国去看老婆孩子。"

积雪开始消融，太阳或隐或现地在云中穿行游移。卡米耶拿着画架和颜料来到达利奇学院，画那里的池塘、草坪以及主楼前的树丛。有一两棵树已经泛出了绿芽，天空是一抹淡蓝，校园内的楼房粉刷成一色的红砖颜色。池塘边上，隐隐露出一个女人的身影，暗示这并不是一个无人生息的空寂的所在。这幅画不是写实的，画布上呈现出来的是卡米耶对这一切的印象：早春闪烁的阳光下的楼房、树木、池塘以及晃动的人影。

卡米耶一直盼着詹姆斯·麦克尼尔·惠斯勒来看他，并给他介绍几位英国画家和收藏家。在巴黎的时候，惠斯勒和他们来往密切，可是现在谁也弄不清他的踪迹，反正是在乡下什么地方。阿尔弗雷德·西斯莱也到英国和家人团聚，可是同样地杳无音信。除了无所畏惧的杜比尼，所有的人都在孤军奋战，艰难地求生。

卡米耶感到非常沮丧，心情沉重地给泰奥多尔·迪雷写了封信："只有身处异国他乡，才能真正体会到祖国是多么的美丽、伟大和亲切……"

到2月底，普鲁士军队占领了卢浮西安纳。卡米耶收到一个名叫爱德华·贝利亚尔的年轻人写来的一封短信。这是个讨人喜欢的小伙子，住在巴黎拉舍尔房子的对面，时常为拉舍尔跑跑腿。为了表示谢意，卡米耶曾指导过他几次绘画。贝利亚尔在信中写道：

"你得为你的毯子、礼服、鞋子和内衣裤伤心落泪了。至于你的速写，我想已经用来装饰普鲁士人的客厅了，因为它们受到了普遍的赞赏。近在咫尺的森林，无疑救了你的家具。"

"可是，我担心的是那些画呀！"卡米耶喊道，"上百幅水彩、素描……我的油画。"

"可我更担心咱们的家具。"朱莉说。

邮件带来了更坏的消息。住在哥本哈根的雅各布森家人来信说雅各布森跳楼自尽了，是从佛罗伦萨他住的房子的窗口跳下去的。他的肺结核已到了晚期，而且还欠了一大笔房租。他把小火炉送给了一位意大利朋友，整个冬天的伙食费都是这个朋友代付的。他被葬在佛罗伦萨的犹太公墓里，他的信件以及所有的画都送回家里，交给了他的哥哥爱德华。

卡米耶悲痛万分，但是雅各布森的死是早在他意料之中的。

上街买东西对朱莉来说是一种折磨。她不会讲英语，更没法儿和小贩们论斤讨价。

"在英国，你根本就不必和他们还价，"卡米耶告诉朱莉，"所有的物品上都标有价钱。

---

* 博纳尔（1822—1899），法国女画家、雕塑家，多描绘动物和自然环境。

就用我给你的那个便士、英镑和生丁、法郎互换的表格，你只要看看标出的数字，然后再比较一下，就知道该买些什么了。"

"说得倒轻巧。你听他们嘴里怪声怪调的，那也是一种话吗？"

"当然，朱莉。世界上有许多种不同的语言，我们听起来都会觉得叽叽呱呱的，就跟他们听我们说话一样，也会觉得怪里怪气的。"

一次，他冒险把朱莉带到艾萨克森家去，心想拉舍尔对朱莉的敌意还不至于传染了爱玛全家吧。然而，他们那冷若冰霜的态度刺伤了朱莉，她哭着问：

"你干吗要带我去？我这辈子再也不去了。"

每当朱莉乡情难遏的时候，他们就到伦敦的金球饭店去吃午后茶点。在这里他们可以遇上流浪来的其他法国同胞：克劳德·莫奈，亚历山大·普雷沃斯特。普雷沃斯特曾在巴黎沙龙展出过作品。还有查尔斯·勒卡波，这是位对艺术家深寄同情的逃难者。有时，他们也去奥汀奈餐馆，和杜比尼以及他的朋友们一起吃饭。在这种场合，朱莉常常是什么也吃不下：被亲切的母语包围着，她实在是高兴极了。

"喂，卡米耶，我们什么时候能回家呀？"

"只要一停战，我们就回去。"

卡米耶带朱莉四处去散心，来到科文特花园，朱莉说这里像巴黎的中央菜市场，他们还看了一场法国巡回剧团演出的莫里哀的滑稽闹剧《多情的丈夫》。卡米耶带朱莉去勒德门山顶的圣保罗大教堂和伦敦的特拉法加广场。他们还游览了手工业工人聚居的街区，那里住着金饰工匠、镜片磨制工、装饰皮革匠、小五金商，还有亚麻布商人。他们沿着泰晤士河堤散步，观看这些和塞纳河景象迥然相异的船坞、帆船和轮船。

"我要懂英文就好了。"

"你就当是在巴黎的街上散步。人们谈的全都是家常。"

3月6日，丢朗·吕厄举办了第二次法国画展，其中有卡米耶的两幅画：《雪景》和《上诺伍德》。卡米耶应邀来找丢朗·吕厄，随身又带来几幅新作。这位画商端详片刻之后说：

"它们蕴含着一种内在的真情。把画放在我这里吧，我要竭尽全力把它们卖出去。"

过了一会儿他又说："我已经卖出了几幅，不幸没有你的，但我确实有了些进款。"他紧紧地盯着卡米耶的眼睛，"克劳德·莫奈实在是穷困不堪，所以我才当下付给他60美元现钱。你过得怎么样？"

"我也需要钱。"

"好吧，我现在就付给你前两幅画的80美元。如果在这里卖不出去的话，我就把它们带回巴黎，在那里再找收藏家。另外，如能再卖出两幅作品，我再付你40美元，你的画，我不会看错的。"

1871年3月10日，朱莉的姐姐费利西的来信给他们带来了令人心碎肠断的坏消息：

　　亲爱的朱莉：昨天我去了卢浮西安纳，看到了你们的房子和奥利冯先生，他是两天前回来的。铁路昨天刚刚通车，我是乘头一班车赶到的，可是火车只开到大桥就不走了，我步行走到卢浮西安纳……

　　那里的房屋都烧毁了，顶棚残缺不全。你家的前门、楼梯，还有地板——全都没了。

　　我到卢浮西安纳的时候，甚至都没认出你们的房子。奥利冯先生总算给你们存下几件东西：两张床，但没有床垫，还有衣柜、盥洗盆、书桌、大约40幅画以及一张小木床。普鲁士士兵在你们家里住了近4个月，糟蹋得不成样子，但是他们没有发现二楼楼梯下面的小储藏室。你们的房子现在根本没法儿住人，到处都是稻草，因为普鲁士士兵把马圈在一楼，自己住在二楼……

　　卡米耶惊呆了："40幅画！"

　　他们心神不宁地熬过了两个星期，房东太太来信，进一步证实了那些坏消息。奥利冯太太写道：

　　你询问你的"房子"，这个字眼儿可不合适，你应该说"马厩"。你家里的粪便足足可以装两大卡车。卧室旁边的那间小房间里圈着马，厨房和地下室成了羊圈，花园成了宰羊场……

　　差点忘了告诉你，我们完好地保存了你的一些画……另外还有一些，被那些怕弄脏脚的先生们当作地毯，铺在花园的地上，我丈夫把它们全捡回来、收好了。

　　后来，从房东的经理人雷特罗那里，卡米耶也得到了房屋被毁的消息。另外，雷特罗告诉他，共和政府颁布了一条新法令，普鲁士人占领卢浮西安纳期间，他必须依旧交付全部房租。

　　卡米耶在回信中写道："……你说我的一些东西被保存了下来，有大约40幅画，可我曾经有1200～1500幅画啊！素描、习作、油画，我整整20年的心血！如果说有什么神圣不可侵犯的财产，那就是我们用自己的双手、自己的智慧创造出来的成果。而且，我相信，凡尔赛的那些老爷们根本就想不到为这样一些人补偿损失。"

　　朱莉又怀孕了。卡米耶听说后，郑重地吻了她，然后说："我们到克罗伊登去，在登记处举行婚礼。"

　　"你家里会来人吗？"

　　"我会邀请他们的。"

　　但是他们拒绝了。

　　"没关系。"卡米耶说，"我会在金球饭店叫上几个法国同胞，他们会在我们的结婚证上签字的。"

　　朱莉低声喃语："就像你说的那样，煎香蕉算不了卦，我的两个孩子就要合法了，还有将要降生的这个小家伙，还有我。"

　　5 月 21 日，最高执政官梯也尔签了一份停战条约，同意付 100 万美元的赔偿费，同时割让阿尔萨斯和洛林给德国。巴黎全体市民奋起反抗，拒绝解除武器。蒙马特市市长乔治·克莱蒙梭试图出面调停，然而，忠于新诞生的共和国的梯也尔军队对巴黎采取了突然袭击，持续一周的内战爆发了。17000 名市民被杀死，其中有妇女和儿童。巴黎的运动被军队扼杀了。梯也尔取得了胜利，共和国在全法国被接受。到 5 月 28 日，坚持了近两个月的巴黎公社彻底销声匿迹了。

　　就在这时，居斯塔夫·库尔贝大祸临头。他是深深卷入巴黎政事的唯一一位艺术家。巴黎公社成立一个月后，库尔贝被选为这个新政府的委员，不久，他又当选为一个艺术团体的主席。这些艺术家筹划着恢复卢浮宫的部分画廊，并准备把七零八落的画重新运回宫去。他们废除了艺术学院，组成一个不受政府控制的艺术家联盟。库尔贝当选之前，巴黎公社的委员们下令销毁旺多姆柱，这是为了纪念拿破仑的胜利而修建的。巴黎市民对这个纪念柱深恶痛绝，认为它是拿破仑建立的又一个君主政体的象征。旺多姆柱很快被拆毁了，拿破仑塑像被砸碎。据伦敦《泰晤士报》报道，在国民自卫军小乐队演奏的《马赛曲》音乐声中，巴黎市民把塑像砸得粉碎，一只胳膊断了，脑袋也搬了家。

　　然而，库尔贝却被宣判为这次破坏活动的罪魁，被共和国投入监狱。在巴黎裁判所的附属监狱里等候审判。库尔贝在给他的英国朋友罗伯特·里德的信中说："我被指控犯有销毁旺多姆柱的罪行。记录表明毁掉纪念柱的法令是于 4 月 14 日投票通过的，而我于 20 日才当选为公社委员，过去了整整 6 天！"

　　朱莉在布店买了一块淡蓝色丝绸，缝制了一件结婚礼服。卡米耶到伦敦找来了他的法国朋友亚历山大·普雷沃斯特和查尔斯·勒卡波。克罗伊登登记处的英国职员埃德温·贝利主持了婚礼，程序非常简单，每个人都在结婚证上签了名。这一天是 1871 年 6 月 14 日。

　　"我们去奥汀奈餐馆喝杯兰斯香槟，庆祝庆祝。"卡米耶郑重地说。

　　朱莉·韦莱，如今的毕沙罗夫人，从此以后再也不必躲躲闪闪的了，无论是在蒙特福考特，还是在卢浮西安纳。她无限幸福地用手挽住丈夫的胳膊。

Chapter 08

困兽犹斗

丢朗·吕厄又付给卡米耶 80 美元，作为他另外两幅英国乡间风景画的报酬，尽管他的前两幅画一幅也没有卖出去。

"我想你一定需要钱把全家带回法国去。"丢朗·吕厄说。

巴黎的圣拉扎尔火车站人声鼎沸，挤满了前来迎接归国逃难者的亲朋。在这乱哄哄的吵闹声中，朱莉转向卡米耶，微笑着问：

"你听他们嘴里怪声怪调的，那也是一种话吗？"

费利西来车站接他们，把朱莉和两个孩子先带回自己家去。卡米耶则又坐上火车，沿着刚刚修复的轨道赶到卢浮西安纳。一路上，他心跳不止。到家的第一眼看到的是 4 个工人正在安置新的屋顶。头发花白、满脸皱纹的房东奥利冯先生以前担任过卢浮西安纳的镇议会议员，是个很有能力的人。

"啊，毕沙罗先生，你回来了，我真高兴。我们正在换你卧室天花板的主梁，那些士兵放火给烧坏了。政府打算为炮火和敌军毁坏的房屋赔偿一些损失费。另外，他们还打算为你丢失和损坏的家具付一小笔钱。"

奥利冯已经安上了一扇新的前门，重新铺了层地板，原来的已经被马蹄踏得稀烂。他还请来了木匠修理了通向卧室的楼梯。卡米耶很快地查看了一下家具，正如费利西和奥利冯太太信上说的那样，两张大床和一张小木床安然无恙，但是床垫全都不见了，书桌和饭桌被砍得乱七八糟，朱莉藏在储藏室里的大钟还好好的。起居室旁边的图书室里圈过马，但是架子上的书还原封不动地摆在那儿。难得歌德故土上的同胞兄弟如此爱护图书。

士兵们把起居室里的家具全都搬到楼上，堆在各个卧室里。朱莉的厨房被当作羊圈，里面的锅碗瓷器全部不见了，碟子和盘子没有一个完好的，墙上、地上一片狼藉。

"我会把墙壁和地板修好的，"奥利冯向他保证说，"至于夫人厨房里的器皿，你也许能在花园里或是周围的小树林里找到一些。想想看，你还算是幸运的，他们在花园里宰羊，没有直接在你的厨房动刀。哦，还有件事，也就是我的经理人写信告诉你的，你离开的这几个月的房租，你还得全部付清。"

卡米耶的脸色一下子变得煞白。

"那可是整整 8 个月呀！我没有钱。"

奥利冯先生是个通情达理的人。

"这我知道。钱你还得付。不过，你可以慢慢来，在这一两年内付清就行。"

卡米耶痛苦地哼了一声，把手头的钱交给了奥利冯先生，作为 7 月份的房租。这是丢朗·吕厄给的那 80 美元剩下的。

"眼前生活都没有保证，让我拿什么付旧债呀？"

卡米耶的心瑟瑟发抖，他踏着死去的草坪走到围墙内那间小石头屋前，这曾经是他的工作室，可也成了普鲁士大兵的马厩。地上的稻草和马粪足有两英尺厚，一股无法忍受的恶臭扑鼻而来。他的工作台一个都不见了，他做的那些低矮的画架也没有了，上面原来放着圣托马斯、加拉加斯和巴黎的无数张素描，还有许多铅笔画、炭笔画、水粉画、树胶水彩画以及油画。他的腿开始发软，极度的痛苦和哀伤咬噬着他的心。他想坐下来，可是连个坐的地方也没有。他走出来，慢慢踱到朱莉的小花园里，园里种的花和蔬菜全都被连根除掉了，只有那些树还活着，在花园的尽头，他瞧见斑斑点点一些颜色，看上去非常熟悉。从四周挖下去，他发现了一幅蓬图瓦兹的油画。在一阵狂喜中，卡米耶用手又挖出了不少油画，经历了无数双腿的践踏、雨水的浸泡和泥土的沤腐，这些画已经面目全非了。他把这捆画布紧紧地抱在胸前，向屋子跑去。

"我的许多画都埋在了花园里，"他冲奥利冯先生喊道，"烂得就像被什么捣过一样。"

奥利冯先生看都没看一眼这些又脏又湿的画布："那些当兵的用这些画布擦靴子。"

卡米耶跪在新铺好的地板上，泪水在眼眶里滚动。他把这些画一张张地展开铺平。

"有几幅还有挽救的可能，"他低声说，"还能修一修。巴黎有个叫阿尔芒·戈捷的，手艺高超。奥利冯太太信上说你收起一些弄坏了的画布，还有一些完好的。这些画在哪儿？"

"在我家里，放在一个干燥的地方，来，我们去看看，你会高兴起来的。"

卡米耶一幅幅地翻看这些画，心咚咚直跳。整理分类以后，他发现有7幅油画完好无损，几乎全是1863年画的。另外，1864年在拉－瓦汉纳和蒙特福考特画的12幅，1865年在拉－瓦汉纳和拉罗什－居庸画的6幅，1866年有两幅蓬图瓦兹油画，其中的《冬季的马恩河畔》导致了他和柯罗关系的破裂。1867年的共有8幅厄米塔兹油画，1868年的另外10幅蓬图瓦兹油画。最令他惊喜的是，战前刚刚完成的卢浮西安纳油画，竟有12幅完好地保存了下来。总共57幅！

就在这时，他突然想起了克劳德·莫奈逃往伦敦前托他保管的那些画。他赶紧跑回工作室。莫奈仔仔细细捆好的画布原封不动地放在一个高高的凹进去的架子上面，站在地上一点也看不见。和这捆画放在一起的还有他自己的一些画。这些画12英寸宽、20或30英寸长，正好能塞进这个孔里。数百幅水彩画和素描没有了，然而，当他蹲在起居室里光秃秃的地板上，一幅一幅地端看那些幸存下来的画时，他的心情又欢畅起来。

满满的两车粪便从一层楼里清除出来，倒进了园子里。卡米耶找了把铁锹，站在尺把深的马粪里，动手打扫他的工作室。他又找到了一些被血浸湿的画，是那些当兵的宰羊时当围裙用过的。当他走到河边小憩的时候，他看到一些洗衣服的妇女腰上也系着他的画布。他从她们面前走过，看看这些画坏到了什么程度；他一句话也没有说。所有的画都被水浸得透湿，涂胶已经脱落，颜料都褪了色。画布的角上系着绳子，被折得乱七八糟。这些洗衣妇抬头看着他，脸上毫无表情。她们当然知道自己正系着人家的画布，可是，她们并没有偷呀，这些画布是在街上或是在小树林里捡来的。当他穿过村子向家里走的时候，村里的人都伸头瞅着他，就好像他是个陌生人。他不在的这几个月，可给村里的人造福了，他们拿走了他屋里的东西，还享用了他的画布。

卡米耶把这些不愉快的事情告诉了奥利冯先生，后者说："这是战争的恶果。"

"她们干吗摆出一副嘲笑的样子，水池边的那些女人，还有街上、店里的人？"

"一方面是因为你逃到了远方独享清福，他们却不得不留在这里担惊受怕；另一方面呢，是因为他们压根儿就瞧不起一个靠画画混日子的人。"

卧室的墙壁被烟火熏得乌七八糟，起居室的墙也是脏兮兮的。卡米耶用白颜料把卧室、厨房和起居室粉刷一遍，然后把桌子擦洗干净，重新涂上一层油漆。颜料和刷子把最后的几个零钱花光了。用什么来买新的床垫呢？朱莉的厨房也不能空着吧？还要换毯子、台布、床单……

他从卢浮西安纳的画里挑出4幅最得意的作品，装上画框，拿到佩尔蒂埃街丢朗·吕厄的画廊。这里已经清理干净，重新布置一新。中央大厅里挂着大约50幅画，几张大师的作品，一大批枫丹白露画派的佳作，卡米耶在英国画的风景画以及莫奈在特鲁维尔的作品也挂在墙上。丢朗·吕厄在伦敦的画廊办得很成功，尽管他没能卖出一幅毕沙罗或是莫奈的作品，回到巴黎以后，他的那些收藏家又纷纷回到画廊。他们被战争骚扰了整整一年多，此刻，满心渴望着有些新的收获。丢朗·吕厄把卡米耶的4幅画轮流放在自己的画架上，看着这些恬美的作品，他欣喜地喊道："啊，太美了！"过了片刻，他轻声说："不过，我还是慎重些，只买两幅。我要这幅《凡尔赛大道》，还有这幅《卢浮西安纳的马车》。"

他的一只令人羡慕的手指在画布上移动。两匹白马拉着一辆大车，顶棚上隐隐约约显出一个赶车人坐着的身影，一男一女两个人正等着搭车，一截小道湿漉漉的，雨水从树尖上滴下来，溅在道上，黄黄绿绿地闪烁着，像是给小道铺上了一层鹅卵石。路的一边是一栋两层的小楼房，前面有一个小花园。另一边隐约可见一个女子的身影，走在一条小径上，撑着一把绿色雨伞。一个男人正朝她走去，他背对着观众，手里的伞紧紧地卷着。

"画面很平常。"丢朗·吕厄低声自语，"雨中的马车，湿漉漉的小道和白马、房子、树，还有几个人影，但是，这是一片静谧的世界。我亲爱的毕沙罗，看着你的画，我感到身心舒畅，你使我觉得这个世界是美好的。"

"那正是我画这幅画时的感受。"

"瞧这幅《凡尔赛大道》，那是你的妻子和女儿吧，在房前围着栅栏的花园里？"

"嗯。她们正在和隔壁雷特罗家的女仆聊天。"

"你有一种能使人完全沉浸到你的画中的本领，"这位画商评价道，"有一种天人合一的永恒感。你的作品蕴含着一股神力，这是上帝赐予的天赋，异常简朴，然而又异常深奥。"

卡米耶心花怒放，开玩笑说："丢朗·吕厄先生，你把我的心都说动了，我都要从你这儿把这两幅画买走了。"

丢朗·吕厄笑了起来。他的穿戴打扮像个保险统计员，清瘦俊美的脸上总带着律师的神态，他长着一个狮子般的脑袋，头发从高高的额头向后精心梳理。这是个倾心艺术的人物。

"每幅画 50 美元。怎么样？"他问。

一阵战栗传遍卡米耶全身。世上竟会有这样的好人，他该感谢谁呢？这下家里的烟火又能重新燃起了。

离开丢朗·吕厄的画廊，他来到蒙马特母亲的住处。这所房子丝毫没有遭到炮火的损坏。在母亲家中一个壁橱的背后，他找到 1861 年作的几幅画，一幅蒙马特圣·樊尚街的黑粉笔画，还有一些其他作品。母亲一直保存着 1856 年他为她画的铅笔肖像速写，以及同期的一幅《年轻时的自画像》。卡米耶告诉母亲他刚刚卖了两幅画，为了证实，他还拿出那 100 美元的支票给她看。拉舍尔向他表示了祝贺。

"这么说，你不再需要我的资助了。终于能够独立了，这种心情一定不错吧。"

卡米耶沉默不语，他没想到会得到这样的答复。

"确实不错。"他言不由衷地回答道，紧接着他又说，"朱莉又怀孕了，11 月份生。"

对于朱莉频频不断的怀孕，拉舍尔已经习以为常了。

"阿尔弗雷德忙着恢复他的买卖，抽不出身来吃午饭。我要你答应来吃饭。"

"那我也要您答应一件事才行。孩子生下以后，您要来看看我们。"

这回轮到他的母亲沉默不语了。

"那么说，这是你独立的要价喽！"

卡米耶用丢朗·吕厄给的这笔钱买来了床垫、床单还有毛巾。几年前爱玛送给他们的茶壶、茶杯、茶托还有桌布全都被毁掉了。他给了朱莉一些钱，让她去重新买一些碟子、煎锅、水壶、烤肉用的铁叉、陶罐、烛台、汤料和蔬菜。他们把凹凸不平的烧水锅和刀叉餐具锤平拉直。

朱莉干的头一件事就是把后菜园里的粪便清除出去，然后浇水清地——那么多粪肥会把种子和根茎烧坏的。她种上西红柿、玉米、西葫芦和南瓜。然后，又在花园里种上翠菊、菊花、百日草、金盏花还有球状大丽花。卡米耶瞧着她，怀疑地问："你能养活吗？"

"你能画画吗？"

"已经 7 月份了，也许还有几天凉爽的日子。可是到了 8 月，日子就不好过了。怪不得巴黎人到了 8 月都闭户不出了。"

　　"如果你见过新街尽头我的那小片糟透了的菜地，你就会相信我可以在任何地方、任何时间种活蔬菜。"

　　吕西安已经 8 岁了，他觉得把花园里的地整平，把里面堆积的粪便清除出去非常好玩。米奈特 6 岁，她一步不离妈妈，帮着拿菜籽、花茎和喷水壶。

　　卡米耶来到吉耶梅的画室，他有一些画存放在这里，1862 年的几幅，还有一两幅近期的。费利西仍然保存着他为朱莉画的两幅肖像画《缝补》和《读》。在阿尔弗雷德的箱子底部，有一些加拉加斯的速写。卡米耶为皮埃特画的肖像完好地存放在蒙特福考特，另外还有几幅蒙特福考特的乡间风景画。他卖给银行家阿罗沙、歌唱家富尔、迪雷以及马丹。画店里的那些画都在炮火中幸存了下来，丝毫没有损坏。他还找到了几张在各个画室学习时的习作，其中有一幅裸女像，卡米耶对她阴部的写真曾给他带来很大麻烦，受到了弗朗索瓦·皮柯特画室学生公共基金司库的刁难。另外还有一幅 1865 年作的朱莉给米奈特喂奶的画像。朱莉要求归她个人所有的 3 幅画也安好地藏在楼梯下小储藏室的大钟后面，一幅是《蓬图瓦兹旁边的雅莱斯小山坡》，另一幅是拉－瓦汉纳风景，还有一幅她和米奈特的画像。

　　把所有这些画加在一起，卡米耶发现共有整整 90 幅。但是 1857 年至 1861 年的作品却荡然无存：铅笔画、钢笔画、炭笔画、水粉画以及刚开始学油画时的习作，一张都没有留下。他感到非常伤心，不仅由于它们的失去，而且还由于对它们的回忆。这真是令人惊愕的损失。这也是他逃离法国的代价：他要到伦敦去同朱莉办结婚仪式，要保证孩子们的安全。可是他又能把这些画放在什么安全的地方呢？卡米耶为这无法弥补的损失而哀伤，正是这几年的心血奠定了他今日的成就。

　　然而，辛勤耕耘所取得的巨大收获是无论如何也抹不掉的。呕心沥血的 20 年，成了卡米耶未来之路的坚固基石。他只有 41 岁，身体健壮，家庭和睦，而且有一颗磐石般顽强的心。希望之光总会燃起，必须果敢而坚定地把这一损失彻底抛之脑后，随着一幅幅新作的问世，这一阴影将逐渐淡漠直至消失。

　　通过一名律师（他一直为这类事情忙碌着），卡米耶向政府提出了一万法郎损失费的要求，补偿他丢失的和被毁掉的作品。结果，他只得到 167 美元，平均每幅画的赔偿费刚刚够买一块亚麻手绢或是一双毛线袜。

　　空怀苦涩非明智之人。一切国家在战争中没有不抢不毁的。卢浮宫里不是挂满了拿破仑从意大利掠来的名画吗？还有埃及的塑像、古代雕刻的纪念碑。弗雷德里克·巴齐耶的父母失去了心爱的儿子，他卡米耶又有什么理由为失掉一些画而悲恸不已呢？

　　他不再怨天尤人了，创作的激情又开始迸发。他决心做出加倍的努力。

他去寻找他的朋友，这场战争把大家都拆散了。

爱德华·马奈在战时当了一名国民自卫军军官，现在又回到了巴提纽尔区的画室。他对卡米耶说，战争使他蒙受了耻辱，因为他不得不在梅索尼耶手下当差，这是个极为平庸而又刚愎自用的学院画派的追随者，他连枫丹白露画派都不知道，当然了，更没听说过什么巴提纽尔团体。战争丝毫没有损害马奈的财产，然而他的挥霍无度却在吞噬他的家当。

保罗·塞尚与这场战争没有半点瓜葛，他一直躲在埃克斯－普罗旺斯的家里，在爱斯塔克附近写生作画。爱弥尔·左拉则在波尔多当了一名政府大臣的秘书。吉约曼依旧在交通部门做事。吉耶梅报名参加了机动保安队。雷诺阿被抓到铁甲兵团，后来又被遣送到波尔多一个骑兵培训中心。德加报名参加步兵团，结果由于右眼有毛病，被安插到炮兵部队。皮埃特继续经营他的农场。克劳德·莫奈还在荷兰作画。

阿尔弗雷德·西斯莱从英国回到了卢浮西安纳。他带着他那位下巴丰腴的漂亮妻子和两个孩子依旧住在附近的房子里。他的父亲破产了，西斯莱陷入贫困，有生以来头一次要为生计操劳了。

巴齐耶是唯一在战场上拼杀的人。

卡米耶陪丢朗·吕厄和莫奈的指导教师布丹到监狱去探望居斯塔夫·库尔贝。多少年来，丢朗·吕厄一直成功地经销库尔贝的作品。当库尔贝来到他们面前时，卡米耶大吃一惊：他形容枯槁，头发都花白了。库尔贝依次拥抱了3位朋友，泪水涌出眼眶。

"你们瞧瞧我这个窝儿，"他喊道，"又脏，又黑，到处都是虱子。只要我能付得起钱，他们就允许我到供应伙食的自费单间牢房去吃饭，可是我的财产和绘画全给没收了，作为抵偿。而且痔疮还在折磨着我，我应该去医院治疗。"

卡米耶在狭窄的床上坐下，丢朗·吕厄和布丹蹲在摇摇晃晃的凳子上。

"我根本就没有下命令毁掉旺多姆广场的纪念柱。"库尔贝大声说，"我的职责是拯救巴黎的艺术品，而不是破坏它。"

"我们怎么才能把你转到医院去呢？"卡米耶问。

"给最高法院递函，把我的案子转到民事法庭去，千万别转到军事法庭。"

丢朗·吕厄平静地说："你进行辩护还需要一笔钱。如果你自己还藏着一些画的话，我可以用船把它们运到国外去卖。但愿这算不上是背叛行为吧。"

库尔贝一下子激动起来。

"我已经几个月没碰画笔了，我不知道以后是否还有机会。"

探狱时间到了，3个人心情沉重地离开牢房。他们能为这位天才艺术家做些什么呢？这位艺术大师曾经给了巴黎的青年画家多少雨露甘霖呀！

　　然而他们却无能为力。1871 年 7 月底，一个军事法庭审判库尔贝，罪名是"参与了企图颠覆政府、煽动市民内讧的反动活动；支持人们捣毁旺多姆纪念柱，故犯有同谋罪"。

　　法庭离卡米耶和西斯莱的住处很近，两人赶到凡尔赛去听最后的判决。除去已在监狱待的这 3 个月，库尔贝还要再蹲 6 个月监狱，外加重重的一笔罚款。他现在病得非常厉害。在从法庭返回监狱的路上，卡米耶和西斯莱得到允许和他再见道别。9 月底，卡米耶到修隐街古老的圣·佩拉热监狱看望库尔贝。这个监狱建于 1665 年，最初是为了收容那些老去的妓女修造的。库尔贝住在一间单人牢房里，里面有一张铁床，两张桌子和两把椅子。他穿着灰色的囚服，满脸厌恶的表情说，这个地方"就像是害了老年麻风病似的令人憎恶"。

　　"唉，卡米耶·毕沙罗，我的朋友，1855 年你在博览会上看到我的个人画馆的时候，还有你到安德勒啤酒馆加入我们的小集团的时候，你能想象我会作为一个囚犯在这里了结一生吗？"库尔贝微微一笑，"我的姐姐佐埃要把我转到一家私人疗养所去。刑满以后我打算去瑞士。他们威胁要我支付铸造新的纪念碑的经费，大约 10 万美元。你瞧，比我聪明的人都逃离了我们这个可爱的政府：伏尔泰、维克多·雨果……"

　　"目前我能为您做些什么吗？"

　　"给我送点颜料和几张画布来。"

　　卡米耶在凡尔赛街重新修复的房子里安顿下来，时间过得很快。一次，拉舍尔病倒了，他带着吕西安到巴黎探望母亲，这所房子第一次对吕西安敞开了大门。加谢大夫告诉卡米耶他母亲的病很快就会痊愈的。他说出了病名，但是卡米耶听都没听说过。既然医生这么诊断，拉舍尔也就放心了。

　　10 月份，他到蓬图瓦兹去作画，在那里逗留了几天。他给朱莉写信说他渴望能回到这里，蓬图瓦兹才是他的家园。"我非常喜爱这片土地，这是我梦牵魂绕的地方。"他打算在高处找一所离河远一些、干燥一些的房子。

　　在英国避难多时，重返卢浮西安纳，卡米耶对这片乡野萌生了新的感触。他把满腔激情洒在画布上：果园、马利的赛纳河岸、秋季曲折河道里喷着烟雾的驳船，撑着弯弯的鱼竿垂钓的身影，还有在浓荫重裹的小路上漫步的一对男女，脚下的小路蜿蜒曲折，一直通向远处的村庄。

　　真是幸运，一个偶然的机会使他结识了一位经验丰富的收藏家欧内斯特·霍希蒂，他是加涅珀蒂廉价百货商店的主人兼经理。他最初是从丢朗·吕厄的画廊里买进作品。这是个大腹便便的大块头儿，他对于艺术的渴求丝毫不亚于对佳肴和利润的贪恋。他的妻子爱丽丝体态丰腴，非常迷人。他们有一大群跟父亲一样热情奔放的孩子。夫妇俩现在也开始购买一些新画家的作品，因为他们忠实的朋友丢朗·吕厄向他们保证说他们正在为未来收购作品。

克劳德·莫奈也回到了巴黎，他把家安顿在伊斯利街一套带工作室的房子里。在他四处飘荡的漫长岁月里，柔弱的莱奥尼形影单影只，在寂寞中苦苦度日。现在，尽管有儿子的拖累，而且还要操持家务，她依旧为莫奈做模特儿。伦敦和荷兰之行，使莫奈明显地成熟起来。在卡米耶他们这群画家中，莫奈仍然是最英俊的，不过，他那胆大妄为的习性已经消失了。丢朗·吕厄另外又买了他两幅画，而他一直在找为人画肖像的差事。莱奥尼捎信给朱莉，说朱莉分娩的时候她将去陪伴她。

11月份，朱莉又生了一个儿子，起名叫乔治。莫奈一家陪他们住了一个星期，莱奥尼为大家准备饭菜。由于她的尽心陪伴，朱莉的心情非常好。莫奈他们4岁的儿子让和吕西安、米奈特一起在后花园玩耍。卡米耶和莫奈则每天外出绘画。他们画马利的森林、邻近的村庄瓦赞、塞纳河堤岸，还有通往凡尔赛的大道。两人把画架朝着不同的方向摆在一起，互相切磋。

"光线比光照下的物体更重要。"莫奈说。

"景色没有什么主次之分。"卡米耶反驳道，"如果你忽略了实在的物体，光线也就无从附丽了。"

阿尔弗雷德·毕沙罗也添了个儿子，同样起名为乔治。他在拉舍尔的房里遇上了卡米耶。他给母亲带来一个厨师和一个女仆，来照料这所房子。然后，兄弟俩一起来到新雅典咖啡馆。这个馆子位于皮加勒广场，自战争爆发以来，成了格尔布阿画家们最喜欢的地方。两兄弟多少年没在一起喝过咖啡了。阿尔弗雷德快活地说："为我们两人祝贺。我们又都添了个儿子，而且也都干出点名堂来了。法国许多厂家都在求我帮他们出口产品。妈妈告诉我说丢朗·吕厄买了你两幅画。"

"嗯，他答应以后还会买，只要我的水平能不断提高。"

"我非常乐意为你提供金漆画框，你千万不能拒绝呀。拿着，这是20美元，我的乔治给你的乔治的出生礼物。"他把一只手友好地搭在卡米耶的肩上，"你瞧，卡米耶，我没说错吧，我们俩都只能靠自己的本事发迹。现在你已经开始冒头了，我们还可以再成为好朋友。"

卡米耶勉强笑了笑。那魔影一般的贫困并不是这么容易就能摆脱的。为了全家人的生计，他还有操不完的心，而且他卡米耶一家不为阿尔弗雷德家人所容的状况依旧不会有什么改善。但是，不管怎么说，卡米耶希望的是和睦相处，从感情上讲，他从来就没能脱离对母亲和兄长的依附。

成为卡米耶·毕沙罗夫人，朱莉非常快活。小乔治长得很结实，吕西安和米奈特在当地的小学里念书，功课都不错。兄妹俩每天背着书包，穿着蓝色罩衣步行到村子里去。卡米耶找到了一位令人崇敬的画商，购买他的作品的收藏家也多了起来。生平头一次，朱莉开始相信卡米耶能够靠作画来养家糊口了。

11月中旬，成功的喜剧和悲剧继续登台表演。保罗·丢朗·吕厄带着妻子去听歌剧《浮士德》。戏演到一半，她突然旧病发作，这是怀孕期间留下的病根子，结果发展成肺炎。几天以后又出现了栓塞病状，于清晨两点死去了。临终仪式是在丈夫和孩子们的陪伴下进行的，他们最大的孩子只有9岁。

妻子的去世给画商的打击异常沉重。他们曾经是一对美满幸福的夫妻，丢朗·吕厄夫人是他生活中不可缺少的伴侣。丢朗·吕厄把年迈的露易丝姨妈请来料理家务，又从阿韦龙省请来一位优秀的牧师福纳尔教士做他儿子的家庭教师。

卡米耶认为该去参加在圣路易－当坦举行的葬礼，这是他们居住在拉斐特街的教区，笃信宗教的丢朗·吕厄的第一次圣餐仪式就是在这里举行的。前来参加吊丧的人很少。画家群中只有卡米耶和杜比尼参加了。丢朗·吕厄拥抱了卡米耶，但是他悲痛万分，一句话也说不出来。然而，一条新的纽带把两颗心系在了一起。

1872年元旦这一天是个令人愉快的日子。阿尔弗雷德·西斯莱带着他的两个孩子来吃饭。由于他的勤勉和画面的装饰性效果，加上他那温和的性格，西斯莱卖出的作品比其他画家任何一位都要多。这一天过得非常愉快，新年伊始，真是好兆头。

然而，命运难卜。刚刚3个月的小乔治突然发病，眼珠乱转，身体僵挺，脸上没有一点血色。大家都吓坏了。加谢大夫把听诊器放在孩子的胸上，检查了孩子的耳朵，耳鼓既不烫也不红。他捋着山羊胡子，眼睛盯着小乔治屋内糊墙纸上的花纹，然后诊断说是痉挛性热病，是一种传染病。他劝他们在当地找一位大夫，关键时刻可以及时赶到。然后他开了一服草药，每小时喝一次，另外，要不断地按摩全身，还要不时地喂一调羹茶。

朱莉和卡米耶感到一片茫然。他们一共生了5个孩子，头一个是个死胎，第四个由于奶妈有传染病，才活了两个星期。"难道我们也要遭受拉舍尔的噩运吗？"卡米耶痛苦地发问。

病情仍在恶化，小乔治的脑袋不停地颤抖，有的时候昏迷不醒。当地的大夫开了一服药方：蛋黄、食油和橘花水。孩子发作起来非常吓人，卡米耶和朱莉只好守在床边，寸步不离——除非是为吕西安和米奈特准备上学——两人只能轮换着睡几个钟头。

一个月后的一天，小乔治病情严重恶化，身体僵直，就好像死去一样。卡米耶陪医生走到屋外的马车边。

"医生，如果乔治能活下来，会不会变傻？"

"我真正担心的并不是他的生命，而是他有可能患羊痫风。"

"羊痫风！这些孩子到底犯了什么罪，要遭受如此残酷的惩罚？"卡米耶喊道。

医生使劲地摇了摇头。

"这是神经系统的毛病，与惩罚、奖赏毫无关系。你可以和你妻子一起祈祷，这起码能顶点事儿，就像蛋黄、食油和橘花水一样。"

病情发作渐渐减轻，最后彻底停息了。乔治又恢复了健康，他的肺又活跃起来，胃口也不错，什么都吃。

卡米耶在巴黎转车来到瓦兹河上的奥维尔。加谢大夫的妻子生下女儿后患了肺病，他在这个地方买下了一所房子。卡米耶给这位大夫带来两幅画，《日出》和《卢浮西安纳雪景》。

卡米耶随加谢大夫爬上一栋3层楼房。房子建在一座小山上，以前是个修道院，样子稀奇古怪，就跟加谢大夫身上的短外衣一样不同寻常：腰身紧束，长及臀部的下摆张开，绣花竖领，肩上顶着肩章似的饰物，宽大的皮带，一排金扣密密麻麻地从脖颈纵贯而下。楼房所在的地形杂乱无章，荒凉而美丽。爬上20级陡直的石阶，他们来到第一层，这是一个四四方方的厅，墙壁雪白，中间竖着9根柱子，顶上有4处高低不同的天花板。3层楼的一扇玻璃窗下牢固地钉着一块牌子：

女子住宿学校

加谢把卡米耶带到屋檐下的一间工作室，里面放着一架蚀刻印刷机，加谢用它来制金属印刷品以及版画。他曾尝试过绘画，但从师于许多杰出的年轻画家以后，他承认说："我是教不会的。"

然而在行医方面绝非如此。普法战争期间，他率先使用一种防腐剂，深受医学界以及病人们的赞赏。这些病人付的是硬通货而不是艺术作品。

加谢大夫把卡米耶的两幅画分别放在两个画架上。卡米耶解释说这画是送给医生的礼物，因为他总是随请随到，为全家人诊断病情，用顺势疗法治疗他们直到病人痊愈。加谢离开画架，往后退了几步，顿时狂喜万分，他挥舞着胳膊，闪动着眼珠，围着画架转来转去，手舞足蹈，赞美之辞滔滔不绝地涌出来。

"见鬼。"卡米耶在心里喊道，"他要发疯了。"

终于疲惫了，加谢大夫跌进一把有帆布撑背的椅子里，摘掉皮帽子擦去额头的汗珠。

"啊，不，这礼实在太重了。我出几次诊，根本配不上受这份重礼。画我收下了，真的，它们会丰富我的生活。不过，我一定要再回报些什么。"

"请收下吧，我尊敬的大夫，这样，我才能够安心。"

两位朋友拥抱在一起。

　　小儿子的病好了，卡米耶又一次燃起创作的激情，他一头扑进乡间，完成了9幅油画：卢浮西安纳的大道、雪景、马栗色的树、瓦赞村以及森林景色。尽管他觉得这里不如厄米塔兹和蓬图瓦兹那样激发灵感，但是，这片乡土依旧有俯拾即是的绝美景致可以入画。他发展了自己称为空间结构的画法，重新安排了画面布局。他不再像老一辈画家那样在画面四周画上呆板的边。他把黑颜色从调色板上排除掉，悉心钻研从马路对面的树丛中流泻出来的斑斓的色彩。他的画笔揭示的是大地以及地上生灵最真切的面貌。他开始创作大幅的油画：《马利的塞纳河》，17英寸×23英寸；《卢浮西安纳的栗树》，16英寸×21英寸。其他的都是24英寸×29英寸的。他利用光和阴影把画布塞满，使整个画面充实，没有落空感；同时，投光部分加强了画中的形体效果。他采用乳白色、淡褐色，以及自然界中出现的各种绿色，以不同的笔触来展现千姿百态的景色。他摸索出了风格与内容的平衡关系。面对一种景物，他的双眼会像解剖实验室里的仪器一样工作起来，分解、离析……然后，他把这些支离破碎的片段材料汇成一个有机整体，把大自然中时而出现的互不相容的因素在自己心中进行调节融合。

　　卡米耶和莫奈、西斯莱一起到室外作画时，他们互相指导、共同摸索如何把自然光再现到画布上，如何巧妙地调制颜料以保其色彩不变，以及如何用小笔触和贴补法来产生深邃的效果。他们在一起探究怎样用最少的笔墨来展示深广的意境，怎样在司空见惯的凡景琐物中挖掘诗一般的情趣，怎样简洁、熟练而又真实地揭示宇宙精神以及自己的内心世界。他们注意到了冬季光线的反射效果以及阴影部分无比丰富的色彩，迄今为止，其他画家对这些微妙之处却视而不见。

　　每当遇上不好的天气，卡米耶就在家为他最心爱的模特儿——他姣美的7岁小女儿——画像。米奈特非常乐意为父亲摆姿势，因为这意味着父亲对她格外偏爱。第一幅画中，她身穿校服，蓝色外衣罩着红色的衬衫，脚上是红色的短袜，脖子上有一条雪白的围巾，头发由一根黑丝带系在一起，双手交叠着放在身前；在另一幅画中，小米奈特穿着粉红色的有白条纹的棉布衣，一条带穗的蓝色绸带从草帽上飘下来，手里握着一束鲜花，放在膝上。她的脸集中了父母两人的长处：朱莉端正的五官，宽阔的双颊，以及卡米耶深棕色的大眼睛。卡米耶对肖像画兴趣不大，然而他画秀发披肩的小女儿却惟妙惟肖，神貌兼备。

　　朱莉淡淡地说："米奈特是爸爸的女儿，你们俩那么相通，一个句子用不着逗号句号。"

　　朱莉不愿意摆姿势，不过当她在屋里或是在菜园里忙碌的时候，她也不反对卡米耶为她作画。除了每天跟爸爸学画画的时间外，吕西安一分钟也坐不下来。

　　丢朗·吕厄现在每个月都买下卡米耶、莫奈和西斯莱的一幅作品。当大家在巴黎碰头的时候，卡米耶、莫奈把雷诺阿和德加也带到了丢朗·吕厄的画廊，同时捎去几张他们最新的作品。丢朗·吕厄每天都要拒绝五六个传统画家的作品，但他却看中了雷诺阿的《新桥》，付给他足够把圣·乔治街的一间画室租下来的钱。这是雷诺阿有生以来拥有的第一个自己的画室。德加从来就没有卖出过一幅画,这回丢朗·吕厄竟一下子买了他两幅作品:《歌剧院乐队》和《银行家》。画商对卡米耶说:"你做了件好事,把你这两位朋友给我带来,因为你觉得他们的作品值得买下。不过,这会压低你和莫奈的作品的价格。当初卢梭也是这样帮助米勒的。这是兄弟般的友爱。另外,我相信你们这个小团体不会像当今巴黎几个名画家那样沉入大海的。"

"我们必须共同抵达彼岸。"

"看来会这样的。"丢朗·吕厄点燃一支香烟。

现在是卡米耶的好时候。居斯塔夫·阿罗沙为装饰他在圣·克鲁德的住宅,求卡米耶画4幅画:《春》《夏》《秋》《冬》。他的弟弟阿希尔买了卡米耶一幅英国风景画。富尔又买了一幅卢浮西安纳的作品,欧内斯特·霍希蒂仍然不断地从丢朗·吕厄的画廊里购买卡米耶的作品。

1872年春季,巴黎美术学院沙龙又开始举行画展了。卡米耶、莫奈、西斯莱和德加决定这次依旧不向审查委员会呈交作品。"为什么我们非要把画交给他们不可?"莫奈说,"离开沙龙,我们不是也一样在卖画吗?"

贝特·莫里索、马奈、塞尚和雷诺阿则表示反对,他们4个人都交了作品,雷诺阿和塞尚的作品当下就被拒绝了。莫里索用奇异的色彩画的一幅杰出的母子像被接受了,同时,马奈的《基尔萨热-亚拉巴马战役》也被沙龙接受了。然而,谁的作品也没有卖出去。马奈急于使作品出手,于是把两幅画放到他的朋友阿尔弗雷德·史蒂文斯的画室里。这是个比利时人,在巴黎红极一时,他主要画富丽堂皇的居室里的贵妇人。史蒂文斯有一大批富有的朋友,莫奈希望他们中能有人买下他的作品,果然有一个人买了他的画,这就是保罗·丢朗·吕厄。

卡米耶在新雅典咖啡馆听说了这件事。这个馆子现在成了卡米耶和他的朋友们会聚的地方。据说当时丢朗·吕厄来到阿尔弗雷德·史蒂文斯时髦的画室拜访,在那里他看到了马奈的两幅作品,顿时被迷住了,当下就买了下来。第二天,他让史蒂文斯陪着来到马奈的画室,他以前从没见过这位画家。马奈的作品深深地吸引了丢朗·吕厄,结果他以7000美元的高价把墙上、画架上、地板上的画全部买了下来,总共23幅。这在他们这群画家当中是开天辟地头一回:一个人卖出了自己的全部作品,而且又是以最可观的价格出售的。大家欢呼雀跃,欣喜若狂。

卡米耶又给丢朗·吕厄送来两幅画,这是他们每月一次的交易。这位画商高声说:"对于买下的这些画,我有一种奇异的感觉。一个人只有占有一件艺术品,并和它朝夕相伴,他才能真正尽情地享受它。《草地上的午餐》《奥林匹亚》《露台》还有《西班牙吉他演奏者》,我现在觉得这些画越来越美妙了,我可以完全沉浸到画面里去。买了这一批画以后没几天,我又去拜访了马奈,又买下一批作品,这些画是他从许多地方收拢回来的。"

他把卡米耶的画放在办公室里的画架上。

"凡是要买杜比尼作品的收藏家都得来找我。我一直使他作品的可观的价格稳定不落。爱德华·马奈的作品也会这样。现在，我正在筹备在伦敦举办一次画展，我要展出11幅马奈的作品，7幅你的，4幅西斯莱的，还有几幅克劳德·莫奈的。战争期间，在英国举办的那次画展收效不大，这一回我要让英国的收藏家们饱饱眼福。一旦你们这些人的作品在巴黎和伦敦打开了销路，我就要把你的全部作品都买下来。早先，我和父亲的画廊被称为枫丹白露美术馆，现在我们要成为巴提纽尔美术馆了。"

卡米耶问丢朗·吕厄为什么阿尔弗雷德·西斯莱的作品比他的销路好，画商回答说："他的画几乎可以与你和莫奈的媲美，但是他的作品比较容易接受，而且画面比较抒情。"

卡米耶连续奋战了3个多月，伏在画室的桌子上一直画到深夜。丢朗·吕厄的支持使他深感鼓舞，甚至连吃饭、睡觉都顾不上了。朱莉都得把饭菜端到他的面前，半夜又要来催他睡觉。卡米耶非常感激她的一片苦心，但是他身不由己，就犹如波涛汹涌的海上颠簸摇摆的一叶小舟。根据以前的速写，卡米耶完成了他的隆冬风景画：冬雨，严寒，枯败的树丛以及树丛中冰冷惨淡的白光。他还画了一些静物：朱莉种的正在吐苞的牡丹，抹了一层嫩绿幼芽的深褐色田野……他画得精疲力尽。

卡米耶疲惫不堪，力不从心，连想象力都干涸了。然而，好像仅出于一种惯性，他依旧不停地画着。他抱着半打的画来找丢朗·吕厄。

"哦，毕沙罗，你又有一批产品了。来，放到架子上来。"

这位画商缄默不语，一丝失望的神情爬上嘴角。

"这些画可够不上一流水平呀！"他声称，"怎么回事？"

卡米耶结结巴巴地说："我太累了，不过，当时我想，我不应该停下来……"

"这就不对了，你必须在最佳状态下创作。"

"可我还是要想法子卖几个钱。"

"对此我不加评论。你应当拿出最能反映你自己的作品。"

那天夜里，他在母亲家里过夜，因为第二天上午他要去见一个叫拉图什的画商。他给朱莉写了封信，寄给她无数个亲吻，把和丢朗·吕厄见面的经过告诉了朱莉，他不打算把挨了几下批驳的事向她隐瞒。

拉图什的画廊门面很小。他用10美元钱买下一张农场风景。卡米耶明白丢朗·吕厄的劝告有理，可是，他不能两手空空地回去见朱莉。

他带着吕西安到树林里拾来一捆捆柴火。在给加谢大夫的信中，卡米耶写道，家里冷得要命，从孩子们的健康考虑，卢浮西安纳不比蓬图瓦兹好。然而，严寒并没有使他们的生活停滞下来。吕西安和米奈特照常上学，朱莉照看小乔治，操持家务，在菜地、花园里忙碌。卡米耶完成了一幅诗意盎然的作品《通往瓦赞村的大道》。朱莉的姐姐费利西常带着女儿妮妮来玩，她的妹妹约瑟芬也常来拜访，约瑟芬嫁给了一个姓多顿的人，定居在巴黎，他们有一个儿子叫朱尔斯，一个女儿叫玛丽。有姐姐、妹妹常来常往，朱莉感到称心如意。卡米耶也有自己的伙伴。阿曼德·吉约曼在工作闲暇的时候，或是周末，常来看望他们。

"我知道我的水平还不行，"他坦率地对卡米耶说，"那是因为工作的拖累。不过，我跟你学了不少。只要我抽彩中了奖，我就可以把工作辞掉，整天画画了。"

克劳德·莫奈带着莱奥尼和儿子从阿让特依（他们在这里租了一小套房子）赶来看望；雷诺阿也从父母的住处来找卡米耶一起作画；就连不喜欢乡村的德加也来看望他们，而且还买了卡米耶的一幅油画。卡米耶指给他看怎样在露天创作时变换色彩。

德加大笑起来："我在一个聚会上第一次见到你的时候，你穿着那套牧民式的衣服，白颜色的大马裤，还披着条大披巾，那副样子，就像是个犹太教士。"

皮埃特和阿黛尔从蒙特福考特农庄给他们带来果酱和乳酪。

有这么多画家不断地来到卢浮西安纳，而且其中一些人明显很有钱，于是小镇居民对卡米耶一家的敌意渐渐消失了。

到了7月，卡米耶完成了20幅油画，对于丢朗·吕厄来说，这些作品将是无懈可击的。

"这个地方我已经画厌了。"一天他对朱莉说。

朱莉问道："那我和孩子们怎么办？"

"我们都搬走。"

"搬哪儿去？"

"回蓬图瓦兹去，回我们的厄米塔兹。"

"还回那儿？"

"嗯，在那儿我还刚刚开始画呢。"

加谢大夫就住在附近的维尔，他帮他们在蓬图瓦兹找到一所房子。但是他们不太满意，这房子正当街面，地面太凹，而且不大方便。于是他们在瓦兹河码头边的一家旅馆里过了一夜。第二天，他们在马尔布朗谢街找到一小套房子。房间虽不很舒适，但却干净、宽敞，而且干燥。卡米耶先签了3个月的租约，他决心在高处再找更满意的房子，能避开河水的雾气。7月的最后一天，卡米耶和一个强壮的车夫一起把家具装进一辆大马车。他们天一亮就动身了，绕过巴黎郊区，沿着弯弯曲曲的乡间小道一直朝北驶去，中途经过圣热尔曼，马车走了整整一天，卡米耶坐在车上，守护着他的一捆捆画布。

他们把这处新居当作临时营地，所以无心装饰它。安顿下来以后，朱莉常带着孩子们去集市、公园里玩耍。朱莉坐在公园里的长凳上织毛活儿，乔治躺在他的小车里睡觉。吕西安和米奈特则和镇上的孩子们一起在草地上嬉戏。兄妹俩又回到蓬图瓦兹的学校里读书。

卡米耶又回到了心爱的家园。他并没有去四处溜达，重新熟悉一下这片久别的土地。厄米塔兹是个小地方，战争期间没有遭到炮击，一切都还是老样子。附近农场的农民们对于卡米耶已经很面熟了，小镇上的居民也常常看见他背着帆布包或是画架沿着蜿蜒起伏的山道踯躅漫游。他们没有表示对他的欢迎，对当地人来说，卡米耶并不是什么陌生人，他那与众不同的职业已不再引起他们的猜疑了。他们看着卡米耶，就好像他从来就没有离开过一样。卡米耶在附近画了几天，一切都一如既往。

时间悄无声息地流逝。卡米耶在这片他深爱的土地上勤奋耕耘：波蒂码头、蓬图瓦兹街道、瓦兹的日落……这是一个艰苦而又疲惫的时期，但又是一个丰收的季节，就好像他的精力和想象力都凝聚到了最高点。

1872年夏天，拉舍尔又病倒了。阿尔弗雷德生意兴隆，忙得不可开交，抽不出空来看望母亲。他的妻子玛丽则认为照料病中的婆婆并不是她儿媳分内的事。尽管拉舍尔的急信一封接一封地寄来，卡米耶也只能偶尔去趟巴黎。朱莉总是拿着这些急信到处寻找卡米耶，而他只得把手头的一切都搁下，搭下一班火车赶到巴黎。

卡米耶认为消怨言和的机会到来了。他不能总是一次次地跑到巴黎去安慰母亲，而且他再也不能容忍母亲对妻子不理不睬了。

他看到母亲穿着晨衣倚在床上，毯子上放着一本打开的书。她的头发梳得非常整齐，但是脸色苍白，两眼黯淡无神。

"不能总是这样把我召来唤去的了。"

泪水涌上拉舍尔的眼窝。

"你要抛下我不管了。"

"不，我要接你到蓬图瓦兹去。朱莉会照看你的，还有我，等我干完活儿的时候。"

"我不去。"

"不，你要去。要不，我就再也不来了。"

她马上警觉起来。

"要么你住到我们家去，要么你一个人住。"

拉舍尔紧盯着儿子的脸，上下打量，就好像在验收一堵刚刚粉刷过的墙。

"不管怎么说，你们总算是结婚了，而且你也能养家糊口了，这很不错。"

"我们为你腾了一间屋，乡村的空气对你会有好处的。"

拉舍尔看出卡米耶已打定了主意。

"好吧，我去……等病好以后再回来。"

"你愿住多久就住多久。"

她穿戴好，打了一个小包裹。他们坐上火车，一路上谁也没吭声。

朱莉自从14年前离开帕西卡米耶家以后，和拉舍尔一直没再见面，现在俩人都很不自在，朱莉温和得体地迎接了婆婆，把她的包裹拿到她的卧室。朱莉在这间屋里放了几盆花，墙上挂了几幅卡米耶的画，床上还铺了一条崭新的粉色床单，正好和一幅粉色牡丹的画相配。朱莉帮拉舍尔打开包裹，把东西取出来。当她把房门在身后关上时，朱莉低声道：

"听天由命吧，现在我们可是手掌上的两根指头——分不开了。"

然而，拉舍尔来蓬图瓦兹实在是出于无奈，完全是因为卡米耶的最后胁逼。她并不打算轻易妥协。

"你们的房子太空了……你们的蔬菜烧得太过火了……你们太娇惯孩子了……你们的日子过得跟农夫似的。"

"她干吗那副样子？"当他们单独在卧室的时候，朱莉问道，都快要哭了，"她跟我说话，就好像我依旧是个女用人，而我过去真正做女仆时，她对我还有点礼貌呢。"

母亲如此乖戾，卡米耶感到非常烦恼。

"这是她的抵触心理，因为我没有娶一个巴黎女子。"

拉舍尔只待了5天就回去了，因为她们无论如何也不可能像唇齿手足一样和睦相处。

9月的一天，保罗·塞尚和霍腾斯·菲凯带着他们1月4日才出生的儿子小保罗来拜访。孩子出生后，他们在区政府注册，塞尚签了自己的名字，承认是孩子的父亲，就跟33年前他父亲承认他一样。

"这事要是被我父亲发现了，准要断绝我的生活费，那我们可就要挨饿了。"塞尚说。

巴提纽尔这群画家中，只有卡米耶一个人相信塞尚具有独特的天赋。这些年来，他一直没有安定下来，他狂放不羁的性格使他实在无法和格尔布阿咖啡馆的画家们促膝相谈。即使在心平气和的时候，塞尚的怒火也可能一触即发。他的脑袋深深地埋在两肩之中，仿佛要躲避攻击似的。乌黑浓密的络腮胡须，就跟他那双乌黑的充满敌意的眼睛一样，看上去令人生畏。9岁的吕西安以绘画新手的目光打量塞尚："他戴着鸭舌帽，头发很长、又黑又乱地披在后面，从正面看却是秃顶。他走路的时候挂着一根尖头长棍，农民们见了都要吓一跳。"

在朱莉面前，塞尚总是很安静，甚至是很听话。

"我们都是乡下人。"他亲切地说，"这是我来看你们的原因之一。你很像我死去的母亲和姐姐玛丽。"

他在朱莉的面颊上吻了一下。

透过他那戒备森严的外表，朱莉看到了一颗渴求友爱的心。

"我讨厌巴黎，人那么多，乱哄哄的。我想回埃克斯去住一段时间，我可以在清新怡人的空气下作画。不过，我不敢把霍腾斯和孩子一起带去。"

大家都能看出保罗·塞尚对儿子的疼爱远远超过了对霍腾斯的爱。有霍腾斯陪伴，朱莉感到很快活。霍腾斯长着一张淡然、缺乏表情的面庞，高挺的鼻子，粗密的眉毛，宽大的下巴上一张小巧的嘴，皮肤光滑洁净，乌黑发亮的浓发扎在一起，高高地耸在脑后，就像眼镜蛇把头举起时的样子。她出生在一个叫萨利内尔的小村子里，不过，当她还是个小孩子的时候，全家就搬到了巴黎。她的父亲是个银行办事员，女儿能读书识字，全是他的功劳。霍腾斯醉心于浪漫言情小说。她靠给人家装订手制账簿来养活自己，但是没有嫁妆。她说，当时为了多挣点钱，就去当模特儿，于是就认识了塞尚，不过，关于这件事，塞尚却从没有提起过。他们完全是由于情趣相投才亲密起来的。塞尚不可能向霍腾斯讨好求爱，霍腾斯则又太呆板，不可能引人注目。她天生就是个过苦行僧生活的人，所以才能够忍受塞尚一次次的发作：他无休止地谴责世道不公，莫名其妙地狂发怒气。

霍腾斯问朱莉："你知道他们为什么画画吗？"

"不知道。你说呢？"

"他们是被迫的，可是被什么所迫呢？"

"我不知道。你说呢？"

"我也不知道，"霍腾斯回答说，"就连他们自己也不清楚。不过，他们也是没法儿。是他们自己选择了绘画，而我们选择了他们。我们都身不由己了，我们4个人。"

卡米耶想要说服塞尚直接到自然中去绘画，不过，他还不至于去告诉他该如何去画。可是，只要他们俩肩并肩地画了一段时间后，卡米耶的决心就要动摇。

"保罗，明天咱们带着画架到厄米塔兹去画吧。"

"你知道我从不在户外工作。我只画速写，然后回到画室在理想的非自然光线下作画。"

"为什么不在露天完成一幅画呢？那一定很激动人心。随着时间的推移，光线的不同，我们可以比较一下明暗生动的变化。"

最后，塞尚终于让步了。他们来到一条下坡路上，两边都是住家。他们把画架放在路的拐角，两个人相隔仅几步。卡米耶发现塞尚狂野地用调色刀把厚厚的黑色和褐色颜料往画布上刮。他简直不知道该跟这位朋友说什么好。

"保罗，你瞧我的画，光线多么柔和。再看看你自己的，那么昏暗、不吉利。现在阳光明媚，色彩鲜艳，可你却还用你在《尸体解剖》和《谋杀》中的手法来表现这种景色。

这周围可没有尸体，只有小树丛 *，你是在画你自己的感受，而不是出现在你眼前的这一派灿烂景色。"

塞尚怒气冲冲地争辩起来，过了片刻，他意识到卡米耶向他提建议并无他意。

"你是对的。"他大声喊道，"不过，要是别人这样对我说，我可不听。你画给我瞧瞧，看你是怎么把颜料和情感分开的。"

一个农民走了过来，站在他们背后看了一会儿，然后指着卡米耶说："一个在描画。"又指向塞尚："另一个在涂抹。"

两个人做了个鬼脸，然后大笑起来。

"他比巴黎报刊的评论家更具有洞察力。"塞尚说。

塞尚一家人搬进了瓦兹河桥对面的一家旅馆。于是，两位朋友肩并肩地在一起工作了好几个星期。塞尚完成了几幅油画，他用一种从未有过的感人的语调对卡米耶说："自从那次和爱弥尔·左拉漫游普罗旺斯的乡间以后，我还从没有像现在这样快活过。另外，和你在一起画的这些画，我是不打算毁掉的。"

"干吗要毁掉？这些画已经开始显露神采了。"

"我的绝大部分作品都毁掉了，我讨厌它们。"

一天，卡米耶带着塞尚沿拖船的纤路步行 4 英里，来到奥维尔。他们走进这个能俯瞰瓦兹河的宁静的小村庄。这里的房屋全是茅草顶。卡米耶把塞尚介绍给住在这里的加谢大夫。当得知塞尚想要住在奥维尔时，这位大夫就替他找了一套出租的房子。后来，塞尚从村庄沿纤路来看望朱莉，并且和卡米耶一起作画。他用一种炫耀的口吻说："你们信不信？加谢大夫居然喜欢我的画。而且，他还真的买了我最新的两幅画呢。"

他转向朱莉，脸上有一种她从未见过的表情。

"我从来就不相信会有人买我的画。但是，如果说我有过什么恩师的话，那就是卡米耶·毕沙罗。他是我心中的圣人。"

朱莉大声说："我的卡米耶只不过是个谦卑的手艺人，和你们没什么两样，只知埋头苦干。"

"别骗你自己了，我亲爱的朱莉。"塞尚回答说，"你的卡米耶具有大师的才能。"

卡米耶到巴黎去看望丢朗·吕厄，塞尚说好了要在那里碰头，结果卡米耶只接到一封短信：

此刻，我本应当坐在火车上奔向我的恩师，可我却拿起了吕西安的笔给你写信。怎么说呢，反正是我误了火车……那么，说声明天见也无济于事了。算了，反正事已如此。

· "尸体"（corpse）和"小树丛"（copse）发音相似，故卡米耶用来跟塞尚开玩笑。

你的夫人让你从巴黎给小乔治带回点奶粉，另外，从他姨妈费利西那里把吕西安的衬衫捎回来。

　　晚安

保罗·塞尚

　　到 1872 年底，丢朗·吕厄已经从卡米耶手中买了近一打的作品。这一天，卡米耶走进这座画廊，像往常一样，细细端详着意大利、西班牙以及荷兰的著名大师的作品，另外还有充满活力的枫丹白露画派的佳作。他发现只有自己的一幅画挂在墙上，卡米耶感到很纳闷。

　　"我的那些画呢？"他问，"在库房里？"

　　丢朗·吕厄把目光移向一旁。过了片刻，他下决心告诉卡米耶。

　　"那些画大部分都在爱德华先生的公寓里，他是地中海东部国家的一位银行家。"

　　"他不至于把所有的画都买了吧？"

　　"请坐下，我的朋友。点上你的烟斗。我这样做，完全是我们画商的策略。我觉得我可以信任你。"

　　卡米耶疑惑不解地吸着烟。

　　"我的朋友，你想没想过，我从哪里来的钱买你们这些人的作品？你知道，你们的画从没有卖出过。"

　　"没想过，先生。那是你个人的私事。"

　　"是呀！去年我结识了一位青铜雕刻家，马里纳克先生，他唤起了我的自信心。我告诉他说，我希望找个富豪来帮助我，我一直在苦苦保全我这些名画不在被迫的情况下出售。他把我介绍给这位外国银行家爱德华先生。他在君士坦丁堡赚了一大笔钱，而且他答应根据我的需要向我贷款。于是，我就从我个人能做主的一些画家中挑出一些作品，先寄放在他那里，抵还他的贷款。他在奥斯曼大道有一套宽敞的寓所，我们决定把这些画挂在他的大会客厅里，看上去就好像他已经买下了这些画。到一定的时候，我将以他的名义举办一次公开出售。这种销售一般总会大获成功，因为人们对商人总是不大放心的。还有许多枫丹白露画派的作品也挂在那里。这次拍卖，从我个人来说，是个小小的花招，但是，任何人都不会吃亏。"

　　卡米耶叼着烟斗问："你什么时候在爱德华先生的寓所举办这一拍卖呢？"

　　"一两年吧，等你们这派画家闯出点名声来。这样一次大拍卖以后，你们的地位就能稳定，你们的画价也就上去了。"

　　卡米耶心里隐隐有些不快，不过，他不懂得买卖。

　　"那么这一两年内，你的画廊里就不挂我们的作品了？"

　　"是这样。不过，你们每个人还会留一两幅的。当然了，你完全可以把画卖给其他收藏家。我知道你心里很乱，请平静一下吧，这种事情并不是独一无二的。"

　　面对这位真诚友好的画商，卡米耶只有一句话可说："对于你的判断，我深信不疑。"

　　住在拉舍尔房子对面的那个年轻画家目前成了蓬图瓦兹的常客，他最大的乐趣就是跟在卡米耶身边作画。尽管爱德华·贝利亚尔并没有多大进步，但是卡米耶非常喜爱这位热情的年轻人。

　　"学得慢不要紧。"朱莉说，"他对孩子们可好了，就像个小叔叔。"

　　另外又有两位画家，维克多·维尼翁和弗雷德里克·科尔迪，定居在蓬图瓦兹。他们先后上门自我介绍。现在，卡米耶的画友源源不断地从巴黎以及周围的村庄涌向这里，就好像卡米耶在蓬图瓦兹开辟了一片艺术家的根据地。蓬图瓦兹这片土地，多少世纪以来，无人注目，无人问津，现在却成了画家们宠爱的地方。他们在这块土地上，捕光觅景，创作出一幅幅情致各异的作品。朱莉满腔热情地迎接所有的客人，用自己园子里的水果和蔬菜款待他们。

　　有一次去巴黎，卡米耶急急忙忙给爱弥尔·左拉写了张便条，因为他不能如约去他家吃饭：

　　亲爱的左拉，我妻子要尊夫人来把我们为她准备好的母兔带回去。不要拖延，因为她马上就要下小崽了。如果尊夫人能来蓬图瓦兹，我们将万分高兴，两位女士可以商量如何把母兔接回去。

　　原定今日的拜访，恕不能如约。今早有急事离开了。

　　星期天，爱弥尔·左拉和亚历山德林坐早班车来拿他们的母兔。他们共同生活8年，一直没有孩子。左拉为此很痛苦，尽管他才只有33岁。他和卡米耶一样，喜欢家里人丁兴旺。8年的婚姻生活已经把亚历山德林这位昔日的美丽少女变成了楚楚动人的妇人。当卡米耶和左拉正要出去散步时，亚历山德林警告卡米耶说："我丈夫有个毛病，就是好为人师。可是，他自己却从不听从自己的教诲。"

　　左拉曾经为爱德华·马奈写过一篇漂亮的专题文章，为他的作品进行辩护。然而，这篇文章并没有给他俩任何一个人赢来声誉。左拉已经离开了生活豪放不羁的艺术家们聚集的左岸地区，搬到蒙马特体面的孔达米纳街上一所体面的房子里。然而，不管他如何埋头苦干，为报刊撰稿，所得的报酬都几乎不够养活妻子和老母的。有一次，为了糊口，他们把家具都当了出去；还有一次，他的老母亲不得不从床垫里抽出羽绒送进当铺换面包回来。然而，贫困只能使 3 人维系更紧，感情弥坚。亚历山德林勇敢地忍受着一切，因为她希望左拉能够幸福，还有他的母亲没有被儿子撇下不管已深感有幸，受点苦也不在乎。目前，左拉正在潜心写作他的"卢贡－马卡尔家族史"系列小说中的第三部。他一心扑在写作上，其余的一切都抛之脑后，难怪有人说左拉把自己囚禁了起来。

"出版商拉克洛瓦已与我签约，他答应在这 5 年内，每月付我 100 美元。我要生动地再现克洛德·贝尔纳的宿命观。我在追随英国哲学家泰纳，跟着他走进科学与自然主义的大门。"

"恶与善都是化合产物，如同白糖和硫酸。拉马克和达尔文说得好：一切事物的性质都由遗传而来。"

秋天的树林，渐渐褪去绿装，开始泛出一层玫瑰粉红色。

"请原谅，左拉，可是我不明白这与文学有什么关系。"

"这些理论引发了我小说的情节：卢贡家族中嫡生后代的自然史以及社会史，还有马卡尔家族非嫡生后代的盛衰兴亡史。这个故事发生在第二帝国时期。写这部家族史可是个巨大的工程，不过，我已胸有成竹，要一砖一瓦地把这座大厦完成。我要走巴尔扎克和福楼拜的道路。"

同时，左拉还在编辑他的散文集。他把已出版的散文收集成卷，这已经是第九卷了。另外，他正在把《泰雷兹·拉基》改编成剧本，而且还在为刊物《海盗》撰写文章。

"这种靠卖文为生的日子可把我折磨苦了。我浑身上下哪儿都疼，每天晚上呻吟着爬上床去睡觉。在梦中我都在害怕，担心自己活不到天亮。"

卡米耶苦笑着说："左拉，你听说过这样一句老话吗——鼻子擤多了要出血？"

卡米耶很快意识到这句格言同样适用于他自己。

住在阿让特伊的克劳德·莫奈给卡米耶来信，说他要来蓬图瓦兹，因为"有要事相告"。

32 岁的莫奈长着一张足以得到法兰西喜剧院推崇的脸庞：五官英俊，轮廓分明，双颊红润放光，两眼炯炯有神，卷发在宽额上遮住了眉毛，蓄着一圈巴黎大街上所能见到的最精巧、最迷人的络腮胡须。为了糊口和买颜料，他曾经惨淡度日。尽管他可以从父亲以及住在勒阿弗尔的索菲姑妈手里哄几个钱出来，可是他生来就大手大脚的，从无远虑，难怪大家都叫他"可怜的莫奈"。只要有钱维持一家三口前半周有饭吃，他就把其余的钱全部用来买绘画材料，然后如痴如醉地扑到他的画布上，对别的事置若罔闻。自然后半周全家人要挨饿了，于是他又得抹下脸来，向他所认识的人寄去哀怜动人的求援信。

莱奥尼越来越漂亮了，婀娜颀长的身材，娇媚的面容，比得上倾国倾城的特洛伊美女海伦。那些对莫奈有成见的人都说莫奈贪恋女色，诱骗了莱奥尼，还说他娶莱奥尼是因为看中了她的嫁妆。当然，由于莱奥尼父亲食言，他们并没有得到这份嫁妆。他们一起生活了已近 8 年，莱奥尼对莫奈的爱始终不渝，她像圣徒一样全心全意地崇拜他。她依旧为莫奈做模特儿，每天穿着陈旧的衣裳坐、立、行、卧，不停地摆姿势。只要莫奈对她说些温存的话，她就会感激不已。莫奈待她则有点屈尊俯就的味道。卡米耶深知克劳德·莫奈的一切弱点。他是个艺术家，但不是哲学家，对于自己置身的世界，他没有什么深邃的领悟，然而，他却能把这个世界绝妙地展现在画布上。

卡米耶对朱莉说：“就才华来说，莫奈超过了我们所有的人。”

看到莫奈最新的几幅画，塞尚惊呼：“他简直是一双神眼，哦，我的上帝，这是怎样的一双眼！”

晚饭吃的是炖兔肉。饭后，已是日落天昏。莫奈提议一起到起居室的炉边抽会儿烟。他们从卡米耶的烟罐里取出烟叶，把烟斗塞满。然后，在炉火里把烟点燃。莫奈郑重其事地说：“你还记得几年前，我想是1867年吧，那时我和弗雷德里克·巴齐耶合租一间画室？”

卡米耶记起了他们在那里举行的喧闹的庆祝会。

“那么你会想起巴齐耶的倡议。他说我们应该组织一个团体，就像蒲鲁东的那种小型的‘互助社’。我们应该自己举办画展，摆脱政府和美术学院的制约以及他们的偏见。”

“可是没人响应。”卡米耶说，“当时我们都争着要进入沙龙，渴望得到官方的青睐。当时我们想用库尔贝的大厅举办画展，可是连基金都没有凑齐。”

“巴齐耶断言，沙龙将永远把我们拒之门外，只要他们把持画坛，我们就永远不会有出头之日。”

“巴齐耶说对了。”

莫奈一下子把椅子移近卡米耶，振奋地说：“1871年由于战争，沙龙没有举办画展，1872年新上任的管沙龙的部长比纽维尔柯克伯爵还要保守顽固。即使我们有人向1873年的沙龙提交作品，也会遭到拒绝。与其被他们淘汰掉，何不把巴齐耶的想法付诸行动？”

卡米耶皱起眉头。

“一个巴提纽尔独立派的画展？”

“一点不错。”

卡米耶起身走到窗前，陷入了沉思。他参加过7次沙龙画展，他的画被挂在非常恶劣的地方，要不是杜比尼的力争，恐怕连一个旮旯也得不到。他的作品曾3次落选。实际上，他非常清楚新共和国的评委将会和拿破仑三世统治时期的一样，把他们的作品不加思索地统统地刷掉。他同样地清楚，如果他们举办一个独立画展，他们将永远蒙受沙龙的歧视，无法抬头。然而，他们当中没有一个人愿意彻底远离这个长存不衰、因循守旧的沙龙集团。过了一会儿，卡米耶坚定地回转身来：“看来时机确实到来了。丢朗·吕厄一直在收购我们的作品，我们还有几位热心的收藏家，而且，也租得起展厅。另外，丢朗·吕厄肯定会支持我们的，因为这次画展会使更多的人了解我们以及我们的作品。我们怎么着手呢？”

“现在我们不已经开始了吗？我们应该召集个会议，讨论一下基本的问题。我肯定其他人会响应的。"

卡米耶却没有这么自信。

"肯定会有人反对的，那些怕事的人。我们必须保证我们有充分的理由。我在蓬图瓦兹把愿意合作的人聚集起来，大家一致通过的章程，可以用来作为我们这个组织的基础。"

莫奈十分欣喜。他一跃而起，拍着卡米耶的肩膀说："太好了！所以我首先就来找你。你是我们的老大哥。你有坚定的性格。现在该开始'把月亮摘下来会*了'。"

卡米耶低声笑起来："把月亮摘下来吃？我怀疑你是不是能消化得了。那可像我们这里的岩石一样硬啊。"

莫奈扬起他那富有表情的眉毛，问道："那有什么？"

卡米耶很快就得到了保罗·塞尚和阿曼德·吉约曼的响应。在丢朗·吕厄的画廊里，他又见到了阿尔弗雷德·西斯莱，他也表示同意。丢朗·吕厄本人非常兴奋。

"这想法太妙了。"他大声喊道，那份热心劲儿一如平时对青年画家的支持，"这可是一次革命呀，不过，合情合理。这次画展会把你们这些人凝聚在一起，成为一个画派。你们可以相信我，这事对大家都有好处。"

德加去美国新奥尔良看望伯父一家，回来后就全身心地投入了这次活动，而且还说服了两位有才华、有名望的画家勒皮克和勒韦尔也参加。

为了劝说雷诺阿参加进来，莫奈着实费了不少唇舌。当时他们俩一起在阿尚特伊作画。最后，卡米耶答应让他在组织委员会中担任一职时，雷诺阿才同意。另外，莫奈又说服了布丹。

皮埃特从蒙特福考特来信说："……如果你们的核心力量肯定不参加1873年的沙龙画展，如果评选委员会依旧由那些老朽们把持，我也愿意参加你们的画展。"

当大家在爱德华·马奈的画室聚会的时候，他们第一次碰到了硬钉子。马奈脸上带着一丝嘲笑对他们说："公然违抗沙龙将无济于事，那是唯一能得到承认的途径。如果你们要力争，你们就应该到正经的场所去显显身手。除了沙龙，我不会参加任何别的画展。总之，我要维护我的尊严。"

"马奈，"卡米耶用一种调和的口吻说，"我们大家都曾跟你学了不少东西，你的才华和胆量使我们获益不浅。你的伟大杰作《草地上的午餐》和《奥林匹亚》震撼了整个

---

* 原文是一句法国谚语，比喻要干一场大事业。

巴黎。你几乎是单枪匹马，使观众目睹了现代艺术，使他们瞠目结舌。现在，你当然不会抛弃我们的哦！"

"当然不会！"马奈气恼地说，"是你们在抛弃我。你们在蛮干，在冒险。别人会嘲笑你们，弄得你们无地自容。那次'落选作品展'，我们不是被嘲弄过了吗？如果现在你们还要再举办一个独立画展，你们的命运肯定会比上次惨100倍。你们要遭罪的。"

"我们现在就已经很惨了。"雷诺阿说，"我们又能因此失掉什么呢？"

"你们的前途。"

说着话，他就解散了聚会。很显然，谁也无法使他改变主意。几天以后，一直四处漂游的安托尼·吉耶梅出人意外地来到蓬图瓦兹。他时不时地给卡米耶来封信，重叙两人的友谊，也常谈及对卡米耶作品的喜爱。但是他是否依旧保持着他15年前的绘画风格？当时他们俩是在拉罗什－居庸相识的。吉耶梅开始解释他来访的目的。

"我在巴黎听说你想见我，而且邀请我加入你们的组织。"他坐在沙发上，把剪裁考究的裤子提了提，以防破坏膝头的裤线。他已经长成了个仪表堂堂的汉子，高大魁梧，皮肤晒得黝黑，唇上留着一撮淡褐色胡须。

"毕沙罗，在这些画家中，你是我最早的朋友，是你把我介绍给格尔布阿……"

卡米耶站着，一句话也没有说。这些赞美之辞不是什么好征兆。

"……所以我觉得应该亲自来解释一下，我不想在你们下一次会上再提了。我不能参加你们这次活动。我认为这是不明智的。"

"为什么？"

"因为这是对权威的蔑视，是违反情理的，是与当局对抗。"

"我们并不对抗任何人；我们完全是为我们自己。"卡米耶反驳道。

这样的会面，吉耶梅感到不快。但是从他的眼神中，卡米耶看出他是决心已定了。

"毕沙罗，我劝你们就此罢休。爱德华·马奈是对的。对于你们这类作品，公众目前还接受不了，不要和沙龙分道扬镳。慢慢来，总能获得奖章，受到委托，作品总能卖出去。搞画就是这么回事。"

关于这一点，卡米耶不想再争辩了。失去安托尼·吉耶梅，他感到很伤心。然而，第二个星期听到的消息却令他惊愕不已：柯罗得知吉耶梅的坚定立场以后对他说：

"亲爱的吉耶梅，你同那一帮人分手做得太对了。"

为什么要称他们一帮呢？他、莫奈、西斯莱、德加、雷诺阿、塞尚、布丹、布拉克蒙……他们都是献身艺术的人。他们殚精竭虑地追求新的光色效果，新的绘画笔触，真诚地寻找美与现实的结合。这位伟大的柯罗到底是怎么想的？他不但轻蔑地否定了一个创见，而且轻蔑地否定了一批磊落诚挚的艺术家。当初他和枫丹白露画友们不也是激进的革命派？难道每个人都会泯灭他有过的革命热情吗？

莫里索邀请卡米耶再到巴黎时去吃午饭。一个穿红条衬衣的小伙子把他带到住宅后面的画室。这间工作室面对一个很大的花园。莫里索彬彬有礼地接待了卡米耶。他们只能说是相识，还谈不上朋友，因为好像没有机会使他们发展友谊。莫里索在真丝衬衣外罩了件长长的工作服。卡米耶又一次注意到这位31岁女士的美丽。她身材修长，体态迷人，两条乌黑的长辫垂在脸的两侧，目光灵敏锐利。马奈在他的《露台》群像画中，把她画得略显老些、僵硬些。在后来的《小憩》中，莫里索坐在铺设华丽的长沙发上，显得温柔可爱。

一幅明丽的油画放在她的画架上，画面是一个母亲带着孩子待在可远眺塞纳河及巴黎全景的阳台上。旁边一幅画的是洛里安码头。卡米耶断定，其色调明暗的精微巧妙堪与我们任何人的作品媲美。另外还有一幅正在角落里晾着，画上一个母亲痴爱地看着她摇篮里的婴儿。莫里索细腻的用笔简直是无法超越的。

"毕沙罗先生，我听说你和莫奈一些画家正在筹备一个画展。"

"是的，小姐。我们正盼着你能参加进来。"

一个穿白裙戴白帽的女仆来请他们上桌进餐。

"我正求之不得。"当他们坐定，贝特·莫里索热情地说，"我觉得这是一个绝妙的主意。让我们在一起展出，公众将会懂得我们所追求的东西。我请你到这里来，就是要向你明确表白我这份热情。"

卡米耶沉吟片刻，双方霎时有点面面相觑。毋庸置疑，她对自己视为恩师挚友的爱德华·马奈深怀恋意，尽管马奈跟夏娃·龚扎列的纠葛给她带来了很大痛苦。难道她不知道马奈多么疯狂地反对这次活动？到底该不该告诉她呢？

"爱德华·马奈告诉我，他觉得你们都在走邪门歪道。他列举了他的每一个反对理由，但他无法说服我。我认为走入歧途的是他。我坦率地向他表示了我的看法。请相信，毕沙罗先生，我是属于自己的。爱德华·马奈能教我作画，但不能左右我的行为。"

卡米耶详细讲述了现在的情势，巴提纽尔画派每个成员都带有强烈的个人观点和倾向。他们需要大约30人来出资，但只准备对有名望的行家发出邀请。

莫里索家的餐厅由路易十四时期的嵌金家具布置而成，里面还掺有爱德华·马奈弟弟的一部分家具。马奈弟弟欧仁是个体格健美、举止文雅的人，服饰比爱德华保守一些，而为人却较哥哥随和豁达。卡米耶推测，在他父亲死后，欧仁把自己应得财产做了巧妙的投资。他和贝特·莫里索关系一直很好，是他使这个雅室锦上添花。

在回蓬图瓦兹的归途上，卡米耶漫不经心地看着窗外的冬景，心里掠过愉快的思绪："她优越的社会地位能为我们增色。她可以说是当今巴黎最出色的女画家。来年，她会超过罗萨·博纳尔，更受大众的瞩目。"

他和同仁们的不定期聚会不仅没有打乱他的工作日程，相反，联合画展的设想激励着他更发奋地作画。1872 年的后 5 个月，由于回到了心爱的蓬图瓦兹，他完成了 47 幅竭尽心力之作，几乎全是油画。他为米奈特画的几幅肖像，以及在坏天气里作的一些静物画都蕴含一种内在的谐调。他还为居斯塔夫·阿罗沙完成了名为《四季》的屏风画，那简直是运行不息的大地的一幅光彩四溢的写照。阿罗沙付了他 100 美元。这一时期画的内容还有皑皑雪景，初融的寒冰，蓬图瓦兹集市，塞纳河风景，耕地边的小路以及林中小屋。这是一个丰收的时期。他的画商、收藏家和来访的画友见到他的作品，无一不肯定这些油画的妙笔深韵。泰奥多尔·迪雷对他说："毕沙罗，你的画里有一种非人间的宁静。无论我有多大的痛苦，只要看到你的《圣马丁集市》或《田间小路》，我就会感到一种安宁。我总觉得表现有动物生息的田园风光是你最杰出的天才所在。你不具备西斯莱的装饰风格，也没有莫奈奇诡的观察力；但你有对自然与生俱来的深厚感受力和一支无所不能的画笔。这使你的作品带有了一种绝对的永恒感。"

"你给了我在这条荆棘之路上继续探索的勇气。"卡米耶回答说。

"你并不需要更大的勇气，你需要的是画布、画框和颜料。我知道那些管装颜料很贵，以后我每个月寄给你一张支票，作为我买你画的付款，直到偿清为止。"

皮埃特和阿黛尔来看望他们。一天天地，卡米耶看着皮埃特的调色板上颜色日益生辉，笔触也逐渐干练起来。与孩子们在一起玩耍是阿黛尔最感快乐的事。她在蒙特福考特的妇女圈中是个外人，就如同朱莉在蓬图瓦兹一样。两个女人聊起天来笑声朗朗。她们各自在家的时候可没有这么活泼：阿黛尔在蒙特福考特庄园，朱莉在蓬图瓦兹陪着卡米耶以及他的画友们争论艺术理论，那可是另一回事。

卡米耶对皮埃特反对通力合作感到很意外，他并不是怕背叛了美术学院会对他们有所不利，而是对这些画家心存芥蒂，他不相信他们能同心协力干到底。

独立画派展览在继续吸收成员，但是除了他们几名同事以外，来参加的人寥寥无几。

"我承担不起费用……"

"我恐怕到时候拿不出画来……"

"我打算去波尔多展出。"

很少有人愿意承认他们是出于担心后患而不愿加入这种激进的越轨活动之列。其实，毋宁说是他们不相信如此离经叛道的展出会卖出什么东西。谁肯把钱花在这些画上面，假如没有任何官方标记打在上面来保证他们为之解囊的作品确有出路。

丢朗·吕厄态度仍然坚定不移，他鼓励他们继续干下去，不要顾忌那些反对者，巴提纽尔画派的出发点对保守的巴黎美术学院来说，不啻一次带政治意味的起义。但艺术毕竟是一种有机的血肉生命，发展变化才是它的本质。

为了能把阿曼德·吉约曼和保罗·塞尚吸收进来，卡米耶和他的同伴们发生了冲突。在新雅典咖啡馆的一次集会上，卡米耶提到吉约曼的名字时，受到满场冷遇。遭到这个唯一能与之发生些许往来的组织的反对，对吉约曼来说，无疑是一记沉重打击。他本来就自愧不如别的画家，因为他出身于劳动阶级，受教育很少，仅是政府部门的一个小职员。卡米耶站起身来，以便更好地直抒胸臆。

"我恳求你们，不要这样对待吉约曼。这将是一种毫不隐讳的轻视。他已经够不容易了。除了星期天和节假日，他根本无法作画，而且薪水少得可怜，几乎买不起画具。"

"毕沙罗，只不过他的画不够好。"德加说，"他将降低我们展览的档次。"

"他在不断长进，等到开展的时候，他就会画出一两张表现塞纳河边工人的好作品。我们组织这个团体，并无意给任何人前额上打一个'R'字印。当然，我们这些同仁也不会长聚不散的。"

所有的目光都转向德加，他耸耸肩表示了首肯。

"既然有你的担保，那我们就接受他；不过，你恐怕得为他单辟一小间了。"

为了使塞尚参展，卡米耶做了更艰苦的斡旋。大家有两点反对意见：一是塞尚作画太放荡不羁，这会给他们招来更多的嘲讽；二是他性情乖戾，跟谁都合不来。

"别跟我们说你打算辅导他作画！"一向随和的雷诺阿大声说。

"塞尚并不需要我的辅导。他正在向大家学习，开始使用鲜艳、明朗的颜色，而且已不再用调色刀涂抹了。我知道没有人会同意我的观点，不过，我坚信塞尚将会是一位了不起的画家。"

大家报之一种怀疑的沉默。没有人在这种事情上相信卡米耶，也没有人愿意相信他。

"他的歇斯底里恐怕会把我们的聚会搅浑。"其中最儒雅的西斯莱说，"我们邀请了他等于自找纷争。"

"他不会常来参加聚会。但是，他的《缢死者之屋》——我们大家在奥韦尔画过同样的画——不会逊色于我们任何将要展出的作品。"

没有人忍心使卡米耶在如此倾心的事上扫兴。随着爱德华·马奈的离去，巴提纽尔的画家们转而越来越把卡米耶视为领导者，他们深知卡米耶为他们的事业披肝沥胆。克劳德·莫奈说："好吧，但他的好歹都算在你的账上了！"

4月份在德鲁奥饭店举行了一次拍卖，为了帮助从德占区阿尔萨斯－洛林迁居阿尔及利亚的人们。卡米耶送去了他新近创作的《耕地》，这幅画被迪雷买下。后来德加迷上了这件作品，卡米耶不知是馈赠还是买卖，画转到了德加手中。不管怎么说，这是一个艺术家对另一个艺术家能做出的最高赞美。

使卡米耶同样欣喜的是，迪雷无法自制，以 100 美元买了他刚辍笔的《流经马利的塞纳河洪水》，他还说动他的朋友戈布莱夫人买了卡米耶一张画。当迪雷委托他为自己画一张阳光下生机勃勃的麦地时，卡米耶琢磨了一下："我将尽力去表现成熟的麦地。可是，没有什么比盛夏骄阳更缺乏色彩的了。与色彩家不同，大自然的色彩是冬季丰富而夏季枯涩，所以你得准备在我的画中看到苍白薄弱的东西。"

在卡米耶的建议下，泰奥多尔·迪雷买了克劳德·莫奈的一幅瓦兹河风景画，可是不久他对这张画的兴趣就淡漠了，甚至不顾莫奈的再三恳求。他想把画退回去，或者至少拒付 80 美元画价的另一半。当卡米耶在巴黎再次碰到迪雷时，他说："你放心，莫奈的才能不会辜负你的。照我看，这张画很下功夫，非常精到，在观察的基础上费尽心机，注进了一种全新的感觉，它在浑然统一的颜色里产生了一种诗情。"

迪雷不以为然。莫奈在万不得已的窘况下求卡米耶去索讨未付的 40 美元。

1873 年的沙龙画展开幕、闭展都过去了，巴提纽尔画展的准备工作还未就绪。他们大部分都没有向沙龙送交作品。爱德华·马奈学习弗兰斯·哈尔斯的作品《一杯啤酒》（弗兰斯·哈尔斯是荷兰肖像画家，马奈于 1872 年访问荷兰，受哈尔斯的启示画了《一杯啤酒》。——译者）入选了，这张画由于品味传统受到青睐。画中不是法国人，而是一个荷兰人：一个映着大肚子、叼着长烟斗的自由民，大脑袋上扣一顶大皮帽，憨痴地抓着一杯啤酒。有人说："这是地道的哈勒姆啤酒！"（哈尔斯曾长期在哈勒姆城工作，故此句在暗示哈尔斯作品对马奈的影响。——译者）马奈受到了评论家的一致喝彩，而他的画友们却称这是一幅"邀宠"之作。

就在沙龙画展开幕前，爱弥尔·左拉的学生保罗·亚历克西在 5 月 5 日的《未来》报上发表文章，说法国艺术家处于一群自封终身的评审团不容异己制度的禁锢之下，为此，"一些画家举办自己的画展，将有巨大收获"。文章中提到了莫奈、毕沙罗、西斯莱以及琼坎德的名字。

巴提纽尔画派终于在大众注目之下诞生了，犹如皇族的一个新生儿，被送进朝廷让大家指点评议。一些画家在报纸的宣传鼓动下投身到这个独立的阵营里，但也有一些人瞻前顾后，惶恐畏惧。

1872 年对这个新生的画派来说是个吉祥年份。丢朗·吕厄的鼎力维护产生了效果：他们的作品开始缓慢地出售。保罗以低廉但又不断上升的价格把他们的画出售给那些敢于冒险的收藏家。他付给莫奈 2700 美元，卡米耶 1200 美元，西斯莱 1000 美元多点，德加 1800 美元。雷诺阿的作品售出最晚，他只得到 100 美元，只好靠给人画肖像来勉强度日。

卡米耶每月可收到一笔固定的款项，到第二年 5 月，他已得了 600 美元。于是，日子开始宽裕了。他如数归还了 1870 年欠蒙特福考特庄园乔治·图维纳尔老人的 60 美元。当年，老人慷慨解囊，帮助卡米耶全家逃到伦敦，成全卡米耶和朱莉的婚事。朱莉买来了新的鞋子衣物和一大批食品。在最初的那些年里，入不敷出的家境把朱莉压迫得心衰神竭。为了孩子们，她和卡米耶省吃俭用，还总是忧心忡忡，担心十年八年以后，膝下孩子成群时仍不能完婚；又由于卡米耶的母亲拒绝承认她为毕沙罗家的一员，加之面对颜料和画布经常不断的开支，这一切使得朱莉只得用发脾气来发泄自己。卡米耶默默地忍受着朱莉一次次情感的爆发，因为他清楚，所有的不幸都是他的过错。生活没有保证，日子过得捉襟见肘，朱莉自然要忧心忡忡。

现在她觉得踏实了。孩子们有吃有穿，她也不必再去遭商店老板的白眼了。现在有了钱，米面不愁了。她爬上小山去买东西时，不禁挺直着腰，昂着头。

1873 年间，卡米耶共完成 39 幅油画。在室内，他画了一张生动的自画像和一束玫瑰花静物画。蓬图瓦兹的风景激起了他蓬勃的创造力：农村市场，女修道院以及山丘沟壑。春季，沿着瓦兹河畔，他撷取了沿岸粉红色的房屋，居民区里纤小的工厂，奥维尔的茅草屋，还有延伸到厄米塔兹附近村庄的土路。到了炎夏，他的画布上则是一派五谷丰登的盛景。战争中损失的作品终于得到了补偿。

左拉在为他的卢贡－马卡尔家族系列小说搜寻素材时曾对卡米耶说过，"一切都可以入书"，卡米耶回答，"处处都能够入画。"

他的作品很快就又堆满了屋子，大部分都收进丢朗·吕厄的画廊，或是卖给他日渐增多的收藏家。有一天，朱莉敞开心怀地对卡米耶说："你是对的，我们所需要的只是耐心等待，可是谁敢相信这一等就是 15 年呀！"对于朱莉的感慨，卡米耶似有同感：是啊，现在一切都好了，事业辉煌，生活稳定，他们已结为正式夫妻，孩子们健康活泼，而且拉舍尔也不时来蓬图瓦兹共度周末。

7 月初，卡米耶在蒙马特贝特街 21 号租了一间工作室，现在丢朗·吕厄每月付他100 美元，有了这笔固定收入，房租就不成问题了。然而，卡米耶并不在这里作画，也不打算把朱莉和孩子们接来，他把这房子作为陈列室，因为有的人不愿意搭火车到蓬图瓦兹去看他的作品。他向德加借来一个画架，又从丢朗·吕厄那里拿来两把椅子，供那些前来购画的顾客使用。卡米耶在客人面前，列出了他在卢浮西安纳、诺伍德和蓬图瓦兹的作品。迪雷的另一位表兄，一个叫艾蒂安·博德里的小个儿画商买了一幅蓬图瓦兹山腰风景画。戈布莱夫人又买了一张静谧的卢浮西安纳风光画。

一天，卡米耶正在殉道者啤酒店喝咖啡，莫奈和雷诺阿领着一位年轻人走了进来。他叫居斯塔夫·凯博特，身着得体考究的高档服装，中等个头，面容清秀，剃得光洁的脸上一双灰色的眼睛，头发是金棕色。这位 25 岁的青年人出身于一个靠经商致富的大资产阶级家庭，家境非常殷实。他自己是个颇有成绩的造船工程师及船只制造商。

"他怎么和你们掺和到一起了？"卡米耶带着揶揄的口气问。

"你算是问到点子上了，他可是个趣味广泛的人物。不单造船，他还喜好园艺、集邮和绘画。他通过了巴黎美术学院的考核，现在博纳的工作室作画。他的画将来会出色到什么程度，我还说不准，不过，他有一双鉴赏他人作品的好眼力。他一直向我和雷诺阿买画，要知道，都是我们的得意之作。"

凯博特握住卡米耶的手："见到您无比荣幸。"

他的声音很好听，"我非常欣赏您的大作，我早就想从丢朗·吕厄手中买您两幅作品，不过，我想还是先见见您，听听您的指教。"

"买两幅！"卡米耶喜出望外，"无论是绘画还是手稿，人们通常是一次只买一件的。"

凯博特脸红了："我了解你们这个画派，我认为你们才是当今正确的画家；传统的学院派已有一两百年的历史；枫丹白露画派已为人们接受。"

卡米耶用手捋着灰白的胡须，充满情感地说："我们实际上并没有一个组织，在官方眼里，我们都是单枪匹马，各干各的。战前人们管我们叫格尔布阿画派，因为我们常在那个咖啡馆会面；现在，人们又以我们居住的地区，称我们为巴提纽尔画派。"

"我已经从爱德华·马奈和西斯莱手中各买了一幅佳作，真的，毕沙罗先生，我被你们的作品迷住了，我非常希望能成为你们的一员，但是，我绝不会用钞票打开自己的门路，您明白吗？"

这位年轻人举止真诚坦荡，他那谦和的态度给卡米耶留下了深刻的印象。

"我并不敢奢望能跟你们一比高低，何况我也丢不掉我的造船事业，我是干这行的，而且喜欢这个职业。我听说你们计划举办一次联合画展，我受过正规的管理训练，希望能对你们有所帮助。"

"太好了，非常欢迎。我们永远不会过问你的动机，希望你也这样对待我们。"

"当然。请问我去哪里选您的画最合适，画廊还是您的工作室？"

卡米耶沉思了片刻。丢朗·吕厄画廊里的作品都已付了款，出售工作室里的画会得现钱。不过，如果丢朗·吕厄打算继续买的话，他也必须卖给他。

最后他说："明天我们在丢朗·吕厄的画廊会面好不好？我将非常乐意与您一起探讨我的作品。"

"好的。"

卡米耶发现，凯博特不仅举止高雅，而且慷慨豪爽。第二天，他买了卡米耶两幅作品，另外还买了德加、贝特·莫里索、塞尚各一幅画。除了画商马丁和加谢大夫，塞尚的作品还从没有人问津。不过，凯博特可绝不是个随随便便的买主，他趣味不凡，对于杰出作品有一种本能的敏感，而且谈吐诙谐。看着塞尚的画，他说："怎么？这幅画被抛弃了？没人要吗？好吧，我要了。"

在蓬图瓦兹，卡米耶找到一本当年面包师同业工会的组织章程，虽然这些条例并不适合一个初兴的艺术团体，但它毕竟有一些启示。大家聚集在皮加勒大街德加舒适的宅子里，楼下两层是住房，顶楼是工作室，里面散乱地堆满了报纸、书籍、早期画家的平版面和水彩画，还有几百张他自己的习作及已完成的作品。画家们济济一堂——毕沙罗、布丹、莫奈、西斯莱、雷诺阿、德加——屋里弥漫着烟雾酒香，他们在这习以为常的融洽气氛中畅所欲言。贝特·莫里索觉得她在场不太合适，所以就请卡米耶作了她的全权代表。当年面包师同业工会的一些条款当即就被否决了，比方说为下属组建分会，吸收会员要无记名投票等等。最后大家一致表示要齐心协力，同舟共济。每个人都要交纳60法郎，以一年为限，每月5法郎而且所有的人享有均等的权力。大家选举出15人组成执行委员会，其中三分之一的人选每年要更换一次。另外，画展收入的十分之一要归集体所有。

年近50岁的欧仁·布丹是这个团体里的年长者，他曾从师于米勒，擅长描绘多彩变幻的海天光色，以精巧细腻的风景画著称。他深知独立画展办得"太出色"的不堪后果。

"诸位，我们应该吸收至少20位在沙龙展过一两次作品的传统画家，这样，我们才能招架评论家及大众的攻击。"

阿尔弗雷德·西斯莱表示同意："这倒是个减少麻烦的好主意。"

雷诺阿略带挖苦地反驳道："为了减少麻烦，我们干脆就不办展览不是更好吗？"

参展作品不受主题限制，但是一切参加者都必须受过专业训练，技艺精湛。然而，具体标准该怎么确定呢？他们决定沿用当年杜比尼的话。1870年，杜比尼因为没能使莫奈的作品入选而辞去了当年沙龙画展评审委员会的职位。当时他说："如果说我不能鉴别作品的优劣，那么我就算白活了。"

现在的问题并不是"我们应该排除谁"，而是"我们应该如何吸收人来参展"。

他们四处宣传，告诉大家一切合格的画家都可以参加。他们到画室、学校以及美术学院的课堂里去招徕成员，可是，大多数有资历的画家都回绝了，只有寥寥几个人接受了他们的邀请。

曾遭沙龙冷遇的画家们又一次碰了钉子。

"到底为什么？"他们疑惑不解。

举办独立画展以前从来没有过。也许行不通。这是对巴黎美术学院的冒犯。他们将会被沙龙永远排斥在外。他们不想卷入这场激进的运动中，不想与巴提纽尔画派有任何瓜葛，不想被贴上标签。所有这些畏惧他们自己也曾经有过的，还有一些人也有过。

下一次聚会，莫奈邀请大家星期天去阿尔扎塔尔作画，那里有许多船只系泊在塞纳河畔，景色宜人。为了保住这座舒适的小农庄，爱德华·马奈一年就向莫奈贷款200美元，莫奈则靠丢朗·吕厄的画廊筹聚这笔钱，另外又巧动唇舌，向巴黎的收藏家售出一些画。莱奥尼在午后 4 点钟点燃了木柴炉，做饭款待客人们。他们的儿子让穿着一条马裤，骑一辆 3 个轱辘的脚踏车在园子里兜风玩。经过多年的拮据生活，莫奈家终于有了欢快的气氛。莫奈身着黄褐色裤子和棕色花呢夹克上衣，俨然一个乡村绅士。大家围坐在他的工作室里，煤油灯闪烁着照亮了一张张面孔。

大家继续讨论举办画展的事。

迄今为止，他们圈子内部有 8 人同意参展，另外又加上了布丹，以及惠斯勒的挚友布拉克蒙，共 10 个人。方丹－拉图尔还没有打定主意，他是位肖像画家，是这个小集团内至关重要的人物。他本来已经在大家的滔滔宏论中首肯了，可是最后还是拒绝了。此外，他们又失去了让·雅克·埃内，他曾经在沙龙展出过作品。圈外要求参展的人有：美术批评家阿斯特吕克、阿坦丢、贝利亚尔、布朗东、彪罗、卡尔、科兰、德布拉、拉图什（他曾卖出过卡米耶的一些画）、勒比克、利比内、勒韦尔、梅耶、德·莫林、缪洛－丢里瓦治、意大利人德·尼蒂斯、雕塑家奥丹、罗贝尔和鲁阿尔，一共 19 人，是个不小的团体。

下一步要做的是为这个组织起个名称。

“就叫弗雷德里克·巴齐耶协会吧。”卡米耶说，“这是对我们这位唯一参战阵亡的画友的最好纪念。”

克劳德·莫奈表示同意，但是其他人都不赞成：“这会把公众搞糊涂，人家没法明白我们的目的到底是什么。”

布丹提议以居斯塔夫·库尔贝的名义举办这次画展，因为他的大量作品曾对大家都有启示。库尔贝年仅 54 岁，可是监禁生活已将他身体摧垮，不可能再继续作画。1848—1868 年这 20 年间，他那杰出的创作才华已经熄灭，马上又要听候下一次审判，判决书很快就要下来了。

“我们不能用库尔贝的名字。”德加坚定地说，“他的罪名已经够他受的了，而且这还会招来警察的麻烦。”

奥古斯特·雷诺阿沉思片刻，然后他把胳膊一挥说：“我们不一定非要起个有具体意义的名字，如果我们叫某某人或谁和谁的画展，哪怕只称‘39 人画展’，评论家们会马上谈论一个‘新画派’。我提议就叫‘无名艺术家、画家、雕塑家和版画家协会’。”

“这么一长串，你可别指望人家能记住。”德加反驳说。

“雷诺阿也没指望人家记住这个名字。”卡米耶接着说，“他希望观众记住的是我们的作品。我们就采用这个名称吧。”

随后大家开始商讨作品的排列问题。谁该占最佳位置，谁又该被贬入“古代墓穴”？他们怎么能保证不偏重自己的作品呢？做不到。执行委员会常常不欢而散。他们应该相信谁的判断呢？最后，仍是雷诺阿说了话：“我父亲是个裁缝，我想我可以把 150 件作品合理地缝在一起。”

在这期间，丢朗·吕厄以相当可观的价格把爱德华·马奈的《一杯啤酒》卖给了富尔。随后的几个星期，马奈企图分解这个协会，他对贝特·莫里索、雷诺阿和克劳德·莫奈说："你们为什么不同我在一起？你们看得很清楚，我走的才是正道。"后来马奈又对德加强调："把作品送到沙龙来吧，还有可能得个奖呢。"

可是马奈在巴提纽尔的画家中，已失去了领导者的地位。

在殉道者啤酒店的又一次会议上，大家解决了展览会址的问题。到会者中有一位费利克斯·纳达尔先生，是巴黎最出色的肖像摄影师。普法战争期间，他勇敢地驾驶飞艇在敌后方飞行，名声大震。这次聚会是莫奈把他带来的。前不久，莫奈曾征得他的同意，在他的接待厅的前窗画过卡普辛街景。纳达尔的额头异常宽阔，长发遮耳，即使来喝咖啡，也穿着那身摄影时穿的夹克衫。他目光沉稳，悉心审视着眼前的一切，就好像是透过摄影机的毛玻璃看生活一样。他的面庞从宽额往下，越来越窄，直至一撮适中的小胡子和一个精巧圆润的下巴，整张脸像个倒金字塔。纳达尔对画家们说："何不用我在卡普辛大街的工作室举办画展？我在别处另外又租了一套更宽敞的房子，4月1号就搬走。"

极少参加会议的保罗·塞尚不大放心地问道："房租很贵吧？"

"房租我已经付到了5月底。房子一直会空着的，你们只需付煤气钱、清扫费和看门费用就行了。"

卡米耶乘公共马车来到纳达尔的照相馆。房子坐落在卡普辛和多努两条街的交叉处，正位于巴黎市中心，在马德莱娜区的中央，这里时髦的大商店和临街的咖啡厅鳞次栉比，行人如织，正如纳达尔所说："那是巴黎倾钱如水的奢侈街区。"

他顺着径直从卡普辛大街通向二楼夹层的宽大楼梯上去走进前厅。室内布置得很舒服，有沙发和躺椅，供顾客等候照相时用。屋里光线充足，太阳正好从朝街的窗子斜射进来，墙上可以挂六七幅中等尺寸的画。莫奈和德加正在那里等候。于是他们一起巡视了另外4间宽敞的摄像室，每一间都独具特色，背景迥异。棕红色墙面平滑完整，既没有突出物，也没有任何隔板，垂挂框饰画最理想。到目前为止，报名参展的已达30人，每人希望展出3至6幅作品。

"空间够吗？"卡米耶问，"我们可不能把画都挤在一起，也不要挂得太高或太低。"

3人计算了一下，认为4个房间外加一个接待厅足够了。

居斯塔夫·凯博特住在奥诺雷区，他把3位朋友请到自己雅致的住宅就餐，一起把剩下的几个问题落实妥当。

凯博特已经做了一些具体的准备工作：从警察署搞到了执照，雇了两名门卫和一个售票员并从工业厅借来自动旋转门，以防像当年库尔贝举办画展时那样被骗。另外，他还查清了纳达尔工作室的煤气及自来水的费用，这样，对于开支数目，大家心里就有谱了。

凯博特从葡萄佳酿的酒杯上望着卡米耶，思绪好像在多孔的筛网中穿来穿去。他比卡米耶年轻 18 岁。

"你们这个画家团体对我来说是一个新找到的兄弟团体。"

所有的人都非常高兴，对前景十分乐观。这个独立的画家协会将于 1874 年 4 月 15 日举办他们的首届画展，为期一个月。

按原计划，卡米耶在河的上游厄米塔兹街 26 号找到一所理想的房子。沿着弯曲的小道，爬上一座低矮的小山头就可以看到这房屋了。一楼没有铺设地板，露着泥土。楼上有 4 间卧室，木楼梯盘旋上升，各级之间距离不等，扶手是用各种不同的树干接起来的，整个楼梯摇摇晃晃。

看到朱莉斜眼打量这楼梯，卡米耶打趣道："这跟爬树没什么两样吧。"

与起居室和餐厅不同，厨房的地是石头铺的，里面有个大壁炉，可以在上面烤肉、煮汤。厨房很宽敞，朱莉可以把她的火炉、笨重的木桌以及盛锅碗瓢盆的墙柜都搬进来，还能腾出一个角落喂孩子们吃饭。后门外不远就有口井，土丘上有一片平地，可以种花、种菜、安置兔箱。房租也比较合理。卡米耶答应在冬季雨期来临前在起居室和餐厅装上木地板。

望着这旋转而上的楼梯，人们会感到纳闷：它是怎么悬在空中的呢？把床铺、衣柜、桌子等拖上楼去可真是费了九牛二虎之力。然而当一切安排停当，装饰完毕以后，窗明几净的房间显得非常惬意。所有家具都各得其位，卡米耶把书籍放在就餐处原来的陶器架上，又用卢浮西安纳的素描、水彩和油画把墙壁装饰起来。卡米耶还把其中的一间卧室挪用为工作室。

米奈特病了。卡米耶请来蓬图瓦兹的梅尼耶大夫，他诊断她得的是支气管炎，第二天又说恐怕是伤寒。卡米耶给加谢医生写了张条子："……米奈特病倒四五天了，我们才刚刚安顿下来，急得不知怎么办……"

加谢大夫在去奥维尔的途中赶到蓬图瓦兹。他仔仔细细做了一番检查，然后开了一剂清爽咽喉的草药，没有提伤寒的症状。几个星期过去了，米奈特仍不见好转，加谢大夫又开了一服碳酸钙。梅尼耶大夫依旧怀疑是伤寒。加谢大夫又来会诊过一次。

卡米耶和朱莉的心悬了整整一个月。他既没碰过画笔，也没进过巴黎。1873 年 10 月 30 日，卡米耶从报上得知佩尔捷街歌剧院被大火烧毁，值得庆幸的是近在咫尺的丢朗·吕厄画廊安然无恙。但是德鲁特拍卖厅旁边的商店都得搬空。这场大火使奥斯曼男爵在 1857 年筹划的在街区中心修建新歌剧院的设想得以实施。

到 11 中旬，米奈特的体温恢复了正常，虽说还很虚弱，但看上去精神不错。卡米耶又拿起了画笔，踏着 12 月的积雪，在白皑皑的旷野里寻觅苍茫之美。一天，泰奥多尔·迪雷来到蓬图瓦兹，带回了以前买的一幅油画《洪水》，要求换油画《春》，为此给了卡米耶 40 美元，另外又买了一幅作品。

"你这 3 头小驴和牧羊女在一起，就像米勒的画，可爱动人。"

卡米耶的两眼闪闪发亮。

"过奖了。我一直是米勒的崇拜者，他的《晚钟》和《拾麦穗的人》太美了。"

"你能指导我选幅塞尚的画吗？我越来越喜欢五腿绵羊这样的作品了。"

"那样的话，我相信塞尚能给你满足。他作过几幅画，真是奇而又奇。"

这位艺术评论家是第四位对塞尚另眼看待的收藏家。

卡米耶又一次进巴黎时，丢朗·吕厄告诉他法国出现了金融危机，巴黎首当其冲，证券交易所的股票骤然下跌。画廊虽然还没有遭受严重影响，不过，货币匮乏时，艺术品总是第一个被打入冷宫。然后他安慰卡米耶说："你有几幅画已经售出了，过了年，我付你 400 美元，分 3 次付清。"

小个子画商艾蒂安·博德里也以 100 美元的价格卖出一件作品，卡米耶十分高兴。

前景看来是光明的。尽管眼下的日子还比较吃紧，他的收入支付家庭开销、医疗费用以及绘画用品以后几乎所剩无几，随着他的作品被日益增多的大众所接受，他们的生活将越过越好。

卡米耶在独立美术家协会特许证上签了名。1874 年 1 月 17 日《艺术纪事》报道：

去年 12 月 27 日，一个为期 10 年的无名艺术家协会在巴黎诞生，它既没有固定的规模，也没有固定的资本。这个组织有画家、雕塑家、雕刻家和版画家，其目的有三：（一）举办自由画展，不设评委，不授奖，一切会员皆可参展；（二）展出作品一律出售；（三）如有可能，尽早出版美术专刊。

1 月底，廉价百货商店老板欧内斯特·霍希蒂由于经济窘迫，在德鲁奥饭店举行大拍卖。他以前从卡米耶他们新派画家手中买过一些作品。德鲁奥饭店是巴黎拍卖公司于 1852 年建造的，专门用来进行拍卖交易，来取代以往在证券交易所的拍卖市场。这栋造型精美的 3 层楼房位于德鲁奥街和罗西尼街转角处，斜角玻璃窗的门面正好把两条街交汇在一起。一楼大厅富丽堂皇，天花板很高，下面是又粗又大的柱子，宛如一座古老的寺庙。厅里的男人们都戴着高挺的丝帽，穿着条纹裤，女士们则拖着长及地面的荷叶边裙，外面披一件大领斗篷。

拍卖主厅设在一间挂有 3 组枝形煤气吊灯的大房间里，地上铺着地毯，正前方有个高台，上面为拍卖商安置了一把巨大的加垫靠椅。嘈杂的人群中供买者歇脚用的可移动的凳子，使房间更拥挤了，这些出价的人有的三五成群，有的仔细看绘画作品，还有一些人混在一堆古式家具中间，摸摸这个梳妆台，看看那个五斗橱。在主厅四周，还有一些略小的房间，拍卖陶瓷器和其他各式各样艺术品。整个拍卖场好似战场，吆喝声此起彼伏；然而，拍卖商却能耳听八方，知道每一个喊价来自何人之口，能及时在最后的出价上一锤定音。

大拍卖开幕那天，卡米耶和莫奈也赶来看他们的作品命运如何。尽管每次拍卖都不透漏物主姓名，但是大家都清楚这次是欧内斯特·霍希蒂。他们俩走进大厅时，刚刚敲响了第一声锤点。这一天巴黎天色阴沉昏暗，煤气灯在乳白色的大厅四壁闪闪烁烁。当雷诺阿和德加赶到时，厅里已经人满为患了，一种既紧张又兴奋的气氛笼罩全场。人们争先恐后地喊价、购进。卡米耶的油画以每幅 54 美元至近 200 美元不等的价格卖了出去，他感到非常欣慰。莫奈、西斯莱和德加的作品也都卖了同样高的价钱。卡米耶在给迪雷的信中写道：

从德鲁奥拍卖厅出来，我兴奋了整整一路。我有一幅画竟卖了近 200 美元，真是让人想不到。这里一位绅士说，仅仅一张风景画就卖这么高的价，确实不可思议！

这次拍卖最鼓舞人的是它坚定了大家的信心，它像个风向标，预示着独立画展的成功。他们的作品赢得了众人的尊敬，这是再好不过的好兆头。丢朗·吕厄说这次拍卖为他们的绘画定了价，即将开幕的画展将会同样尽如人意。展览以后，他准备在奥斯曼大街银行家爱德华的公寓里也举行一次大拍卖，结果会更令人满意。

一天卡米耶正在工作室作画，迪雷没有事先通知，径直乘早班车赶到蓬图瓦兹。他未刮胡子、衣冠不整地走进来，嘶哑着嗓子喊道："你不能这样！绝不能这样！"

卡米耶大吃一惊，迪雷一向沉着冷静。原来，他看到了《艺术纪事》上发表的文章，而且还听到一些人在那里飞短流长。

"我整夜没能入睡，"他大声说，"翻来覆去琢磨用什么话来说服你。现在你必须听我说。"

卡米耶把一只胳膊搭在迪雷的肩上说："你的话会句句在理。"

"你应该退出你们那个无名艺术家协会，"迪雷说道，"一定不要参加那个正在筹备中的画展，那样做太过火了，是对批评界的否定。你现在已经赢得了一些崇拜者和收藏家，评论家们也开始熟悉你了。德鲁奥大拍卖为你提供了成功的机会，使越来越多的观众认识你，了解你。德鲁奥拍卖行、正规美术馆以及官方沙龙才是你真正的出路。你不应该卷入一个自发的团体，参加什么独立画展……"

迪雷在石板地上踱来踱去。他是卡米耶作品最热心的收藏家，眼见自己的朋友在冒险，在和一群可怜的画家一起搞什么自由画展，迪雷非常担心。

迪雷的忧心忡忡搞得卡米耶心烦意乱。

"我们筹划的是个高水平的画展，肯定会吸引一大批人前来观看。"

迪雷狠狠地摇了摇头："霍希蒂的拍卖已经给你送来了大批稳定的观众，他们不会接受你们这次画展的。你必须退出来！"

"我的上帝！我是这个组织的发起人之一呀。我们一起努力了整整 15 个月了，你好像也同意过。"

"那是以前，现在我改主意了。"

卡米耶把迪雷拉近一些："好了，把衣服脱掉，你穿着它们折腾了一夜。睡几个钟头就会精神起来。你不知道我是多么感激你对我的关心。"

送走迪雷，卡米耶穿上最暖和的外衣、靴子，扣顶羊毛帽，独自走进冰雪覆盖的林子。迪雷一向温文尔雅，他来厄米塔兹前一定同自己反复做过斗争，难道他卡米耶真是在作茧自缚？马奈有那种看法，吉耶梅有那种看法，皮埃特有那种看法……还有其他许多拒绝参加的人都有那种看法，难道事态真的发生了变化？难道他误入了歧途，在一切刚刚有些起色的时候迷失了方向？难道他在拿朱莉和孩子们的安全冒险吗？

他在密林里闷头苦思，想借踏在松软泥土上的步履来排遣心头烦忧。他经常可以靠散步来驱散郁闷，尽管腊月寒霜凉透了他的脸和脚。

毫无疑问他的地位好像确实有所改善，迪雷的意见在协会初建时就已经考虑过，他们早就料到会遭到沙龙以及传统绘画收藏家的歧视。官方沙龙对他们从来就没正眼看过。纳达尔摄影厅是个好地方，朝街的大门将能吸引众多的观众，他们的作品将会冠冕堂皇地挂在厅里……

他在渐渐暗下来的林子里踱蹀思考了一个钟头，把心头的不安烦乱深深踏进泥土里，在回家路上又重新燃起了信心和勇气。

10月到卜一年2月份，朱莉确认自己又怀孕了。面对这一事实，他们也只能听之任之了。

"我倒无所谓。"朱莉说，"我想再有个女孩，咱们的孩子就男女各成一对了。"

没料到米奈特旧病复发，他俩及医生都弄不清病从何起。米奈特直唤腿疼，嘴也浮肿了。梅尼耶大夫初步诊断为猩红热，加谢大夫开了一味乌头属植物草药，每当孩子发烧，他们就喂她橘汁和鸡汤，用泥敷剂敷在她的肚子上，胸口涂上杏仁糊。

加谢大夫开始紧张了，米奈特的腿疼可能意味着是风湿病。他们按加谢大夫的方子，从药店买来阿魏胶治疗女儿的腿疼。

9 岁的米奈特体质每况愈下，在 4 月 6 日死去。她终究没能从猩红热这个致命的病魔手中逃生。

去往公墓途中，朱莉的思绪又飘向葛兰赛，飘到赫曼斯那孩子的葬礼。

"我们随着那对年轻夫妇跟在棺木后面,木匠为小孩做了一个柳条摇篮式的小棺材。我从自家花园摘了些雏菊和大丽花,我们还在摇篮上装饰了纸花环和小十字架。"

她哼起了一首歌:

夜莺的欢歌将把她唤醒,

还有那鸣禽歌声婉转。

蝉儿,我的蝉,让我们去,我们一定要歌唱,

因为林中的月桂已经重新生长。

卡米耶深受打击。他和女儿情深意笃,微妙的手势和表情变化就能使父女俩心领神会。她长期为父亲做模特儿,给她作画的时候,她总是矜持地坐着。每一幅画都凝聚着父亲对这个可爱的小姑娘的一片痴爱。他的天地里一旦失去了米奈特将显得荒如沙漠,他生活中一个重要部分被撕扯掉了,卡米耶陷入了对女儿痛心的怀念。

心神错乱的卡米耶无心到巴黎去了解展出的情况,通过为他代送作品的莫奈才知道了评选的消息。他决定强压哀伤去参加 4 月 15 日的开幕式,他必须去支持朋友们,特别是在迪雷反对之后。他告诉朱莉如果此行使她难抑悲痛,她就不必同去了。朱莉问是否其他画家的妻子也将出席。他们悄声商量着,似乎只怕惊扰了女儿的安眠。

"我想莱奥尼、霍腾斯·菲凯、西斯莱的玛丽都会去的,也许还有亚历山德林·左拉。你不会孤单的。"

尽管这是那种所谓的私人画展,丢朗·吕厄还是打算供应香槟和小吃,但是大家决定不提供这种服务,因为没有钱。他们也不准备安放凳子,他们希望人群能够不停地循序流动。

塞尚感叹:

"站在自己的画前等着收藏家来买你的作品,实在像站在断头台上等待皇家的缓刑令。"

他们一共展出 165 幅作品,每幅作品都在不起眼的位置上标了价格:40 美元至 100 美元不等。

数百人爬上楼梯,挤进展厅。一些人是沙龙的常客,另一些则是对绘画略知皮毛的爱好者,而绝大部分人是出于好奇而来。另外还有一些过路行人,他们被卡普辛大街成群拥上阶梯的人流所吸引,也随着穿过旋转门,走上楼。他们个个穿戴华贵,修饰整洁,这气派只有在邻近的马德莱娜区才能见到。卡米耶、莫奈、西斯莱、雷诺阿、德加和贝特·莫里索这 6 位中坚人物的作品都集中在纳达尔的前厅。这些作品光彩辉映,宛如圣夏佩勒教堂的玫瑰色彩窗。雷诺阿果真把作品排列得恰到好处,165 幅画井然有序地依次排开,颜色搭配得当,布局合理,小画放在大画的下面,但依然保持了足够的高度。卡米耶展出了《六

月晨》《蓬图瓦兹花园》《果园》和其他两幅作品；莫奈提供了9幅，其中有《早餐》和《卡普辛大街》；德加展出10幅，贝特·莫里索9幅，雷诺阿7幅，西斯莱5幅，布丹3幅，吉约曼2幅，布拉克蒙2幅，塞尚3幅；其他人也都挂出了一至两幅作品。

午后，卡米耶和朱莉赶到时，数百名观赏者使纳达尔展厅像过狂欢节一样热闹。4个陈列室里观众摩肩接踵，挤如涌潮。整个二层夹楼人声鼎沸。卡米耶领着朱莉在人海中艰难地穿行，从门厅挤到第一展厅。来看画的人们都撇开传统作品，争先恐后直奔巴提纽尔派的绘画。他们冷嘲热讽，控诉揶揄："荒唐！无耻！亵渎！"德加的《舞蹈课》，雷诺阿的《包厢》，莫奈的《印象·日出》，塞尚在奥韦尔作的《缢死者之屋》，西斯莱的《马利港塞纳河》，他自己的《白霜》，甚至贝特·莫里索的《摇篮》前都挤满了人。卡米耶试图在迎面劈来的嘈杂声中辨出点什么，然而，灌入耳畔的只有嘲笑、辱骂和奚落。呈现在眼前的好似一幕下流讽刺剧、一幕喧闹的滑稽戏。

对面走来脸色惨白、垂头丧气的阿尔弗雷德·西斯莱，卡米耶控制不住地对他喊道：

"他们干吗冲我们的画大吼大叫？我们画的不就是风景、剧院、芭蕾舞演员、洗衣女工，还有比赛跑道吗！他们对着我们的画又喊又骂，指手画脚，就好像我们画了什么见不得人的东西。"

西斯莱郁郁不乐地回答："又是一次'落选作品展'，而且更糟。"

朱莉和其他几位画家的妻子躲在一个较远的角落，只有贝特·莫里索一人勇敢地迎着冷风恶雨，她身穿漂亮的衣裙，在人群中走来走去，向女士们讲解这些新派绘画的技巧和价值。人声嘈杂，几乎没人能听清她在说什么。望着满堂抱怀疑态度的观众，卡米耶想他们最初还怕没几个人愿意爬上这二层楼来看画展呢。

"我没想到歇斯底里也犯传染。"他嘀咕。

画展第一天一幅画也没卖出。为了安慰大家，德加把朋友们请到新雅典咖啡馆。他说："这种印度式的寡妇自焚游戏，*一刻钟就够我们受的。不过，这才刚刚开始，结局还没定呢。今天来的人当中肯定会有人再返回来买画，他们今天不过是受了乌合之众的影响，被搞糊涂了。"

在作品的排列上，雷诺阿玩了个聪明把戏，他在每张可能引起争论的新派作品周围都挂上传统绘画，然而这一切都无济于事。雷诺阿非常丧气，聊以自慰地说："不管怎么说，他们每个人总还付了两角钱的入场费，我们今天可以得60美元，够整整一个星期的房屋管理费了。可是竟没有人肯花一角钱要我们一张画。"

"谁会要我们这些伟大的吉尼奥尔角色**？"塞尚自嘲地吼了一声。

---

* 印度旧时盛行一种风俗，寡妇在亡夫火葬堆上自焚。此处比喻受折磨。

** 吉尼奥尔是法国著名的木偶戏角色，以地方土语和娇揉造作的独特风格演出，此处有嘲弄的意味。

大街上，成群的人还在排着队往纳达尔的二层楼上爬。

卡米耶咬紧牙关，面容严峻地说："我同意德加的看法，以后人少清静的时候，会有严肃的收藏家来光临的。"

可是，如果报纸对他们说上两句话，就不会有什么人来了。一些经常光顾格尔布阿和新雅典的思想解放的记者发表了几篇赞赏的文章。阿尔芒·西尔韦斯特在《论坛报》上记下了他精辟的见解：

……风景画家莫奈、西斯莱和毕沙罗完全不同于以往的大师，他们的绘画虚中见实，极具装饰特性，是对印象的描绘。

菲利普·比尔蒂在《法兰西共和国报》上写道：

……人的感受瞬间即逝，比方说感受树林的清新、海湾吹来的和风、秋夜的静谧……我们必须感谢那些青年艺术家，是他们为我们捕捉到了这所有的感受。所以他们结合在一起，与旧时的大师对峙而立。

尽管有这样一些表示理解的文章，但卡米耶他们遭受最多的还是劈头盖脸而来的恶毒攻击和责骂。

"塞尚无疑是个疯子，绘画的时候发癔症……""西斯莱看大自然的眼光太狭窄……""德加笔下的芭蕾舞女长着和她们的纱裙一样软绵绵的腿……""毕沙罗用色粗野……作品幼稚拙劣……""那也叫白菜，哦，可怜的东西，你们被糟蹋成这样，我发誓这辈子再也不吃白菜了。"关于莫奈的《卡普辛大街》，他们责问"画的下边那些数不清的好像用舌头舔出来的小黑点代表什么？当然不可能是行人吧？"这幅画连同他的《早餐》被称为"那堆令人发笑的怪诞玩意儿中的两幅集大成之作"。"德加的《洗衣妇》被'洗'得一团糟……""贝特·莫里索根本不懂绘画，当她画一只手的时候，有多少只手指她就画多少笔。""莫奈、毕沙罗、贝特·莫里索似乎在向美进行挑战。"

巴提纽尔派全体得到的是"阴影部分的着色显示了他们对色调的无知……""他们是一群可怕的蹩脚货……""他们把颜料装进手枪，冲画布开火……""即使孩子们用纸和画笔游戏也会比他们强……""他们的出现只能是昙花一现"。

埃米尔·卡登在《新闻周刊》上写道：

人们想起10年前那个著名的"落选作品展"依旧还会捧腹大笑。在那里，我们看到了西班牙烟草肤色的女士，骑着黄色的马，走在满是蓝色树木的林子里。然而，与今天卡普辛大街上的画展相比，10年前的展览算得上是卢浮宫了。

贝特·莫里索以前的老师吉夏尔先生给了他们慈悲的一击，他从里昂写信给莫里索的母亲：

我去了纳达尔展厅，我急于坦率地向你表述我的感受。亲爱的夫人，我刚走进大厅，心就倏然收紧，因为我在这堆影响恶劣的绘画中看见了您女儿的作品。我对自己说："和这群疯子在一起，好人也会癫狂。"马奈是对的，他没有参加。如果认真观看、分析，也许会在这儿那儿出现一些佳作，但总的来说，都有些幼稚浅薄。

类似的评论文章不一而足。有位批评家抓住莫奈的《印象·日出》一画，说巴提纽尔画派画的仅仅是"印象"而已。莫奈的《卡普辛大街》被判定为一幅印象画。

《喧嚣》周刊记者路易斯·勒鲁瓦以"印象派画展"这个嘲讽意味十足的标题发表了一篇文章，佯称他协同一位巴黎美术学院的画家一起观看了这次汇展：

我怀着纯真的情感，把我的朋友静静地领到毕沙罗先生的《耕地·白霜》前面。望着这幅令人震惊的风景画，我的伙伴怀疑是他的眼镜片不干净。

"那上面到底画了些什么？"

"深耕的田地上有一层白霜。"

"那是耕地？那是白霜？那不过是在一张肮脏的画布上均匀地抹了一层从调色板上刮下来不要的颜料碎屑。这画没头没尾，没上没下，连前后都没有。"

"大概是这样。不过，印象是有的。"

"这是什么？"

"西斯莱先生的《果园》……右边是小树；它的印象……"

"那张画的是什么？"

"克劳德·莫奈的《印象·日出》"

"印象！我知道是印象。既然给我的印象如此深，它当然画了些印象。毛坯的糊墙纸都比这张海景画得完整。天哪，柯罗，柯罗，人们以你的名义犯下了多大的罪过。"

在这些尖刻的取笑中，一个新的名称诞生了：印象派。当初，坐在蓬图瓦兹卡米耶家的壁炉前，莫奈和卡米耶筹划组建了无名艺术家协会，他们应当为这次画展负责，为这个团体的新称号负责。

报纸、批评家、评论家、普通百姓，一切人都开始使用这个新的名称。

　　"印象派"，这个字眼儿谁说出来都要嘲弄笑话一番。巴提纽尔的画家对这个头衔也不高兴，他们不喜欢这个词，不喜欢被贴上标签。唯有卡米耶一个人认为它是可以接受的。一个星期以后，大家聚在殉道者啤酒店，互相安抚受伤的心灵。卡米耶大声宣布："我们掀起了一次运动。为了掩饰自己，我们把传统画家拉来一起搞展览的把戏并没有骗过任何人。评论界当即认出了我们，暴露了我们。"

　　"送给我们一个'印象派'的雅号。"德加忿忿不平地说道，"这是一个不体面的诽谤性的词。一根打狗的棍子。"

　　卡米耶心平气和地说："'印象派'不是很合适吗？描绘我们的印象。除此而外，我们还能找到其他更确切的名字吗？我头一次进柯罗的画室，他对我说，缪斯就在林子深处，我该做的就是把自己对所见事物的感受、印象，画下来。人家称我们是'印象派'画家？好吧，让我们把这个名称看作荣誉的奖赏。它是有意义的。"

　　有人轻声附和："好极了！说定啦！"

　　几位盟友围在桌子周围：莫奈、西斯莱、德加、雷诺阿、贝特·莫里索、吉约曼、布丹以及塞尚。大家举起玻璃杯、啤酒杯和咖啡杯互相祝福。

　　大家心照不宣，卡米耶·毕沙罗成了印象派的领导人。从此以后，卡米耶身负重任，要使"印象派"的名称赢得尊敬，使印象派画家得到接受，并兴旺起来。在他们成立团体、有了自己的名称以前，爱德华·马奈一直是他们的领导人。后来他拒绝了他们独立办画展的愿望。当他向1874年沙龙递交作品，两幅被淘汰，而第三幅《铁轨》又被指责为"用金钱剪成的可怕的劣等品"的时候，马奈觉得受了彻底的伤害，他又一次谴责印象派画家——他非常蔑视这个名字——背叛了他。

　　卡米耶声明："批评家们正在想方设法吞掉我们，他们指责我们不学无术。我现在就返回去工作，这可比在这里遭他们谩骂强得多。读他们的文章纯属浪费时间。"

　　他一直在做的是"给一头驴洗头"。

　　然而，到目前为止，即使一切都重新开始，他走的还将是这一条路。从10岁在圣托马斯拿起铅笔和炭笔的时候起，那时他别无选择，现在他仍别无选择。他必须生活下去，那就意味着绘画。他爱生活，爱他的家庭，爱这个活生生的真实的世界。

　　生命无涯。

　　只有绘画是不朽的。

Chapter 09

去意徊徨

举办了整整一个月之后，印象派画展闭幕了。就看得见的部分而言，展览相当成功，有 3500 人参观了画展，其中晚上的观众是 500 人。但画家们作品的销售情况不佳，一个比一个更糟糕：卡米耶的一幅油画卖了 26 美元，塞尚《缢死者之屋》卖给多利亚伯爵得了 20 美元。阿尔弗雷德·西斯莱是这届画展的明星，卖了价值 200 美元的画。莫奈和雷诺阿各卖掉一幅画，每幅 40 美元，德加和贝特·莫里索一张未卖。布丹和布拉克蒙以及那些在喧嚣之中被人们忽视了作品的传统画家的情况也是如此。画家们把被公众拒绝了的画用手推车运回家。社会对他们的攻击和谩骂反倒引起了收藏家们对这些被称作印象派画家的兴趣。毕沙罗自己的画商马丁也参加了攻击，公开说："我看错了毕沙罗。他对自然的执着追求毁了他。"

丢朗·吕厄依旧忠诚。他在自己经济每况愈下之时仍然设法在 4 月 17 日付给卡米耶 100 美元钱，作为他早些时候购买的一幅画的画款。5 月 19 日展览闭幕后他又拿来了 140 美元，这钱来自一位留下数目可观的钱准备购买一幅蓬图瓦兹风景画的收藏家。此外再没有什么该付的钱了。由于丢朗·吕厄对印象派画家们的热烈拥护，公众已不再信赖他。为了应付开销，他不得不以少得可怜的价钱卖掉了自己收藏的大部分枫丹白露画派的精美作品。来自君士坦丁堡的银行家爱德华要他用画来抵偿自己的贷款，在奥斯曼林荫道的寓所里挂上了丢朗·吕厄最优秀的藏画，并且宣布所有这些画现在归自己所有，丢朗·吕厄对它们已不再有任何权力。画家们只象征性地得到一点钱，不得不当作这些画已经丢失。

隔了相当长的时间，卡米耶和他的朋友们才再度在新雅典咖啡馆举行被德加称为"陪死尸"的聚会。

坐落在蒙马特的皮加勒广场上的新雅典咖啡馆是一幢涂了白漆的房子，它的玻璃门只要被推开，便会在铺了沙的地面上摩擦发出嘎嘎的响声。咖啡馆的前厅与玻璃隔板之间右手的两张大理石桌子是画家们的常座，在那里他们可以不受打扰；玻璃隔板圈出了一间很大的咖啡厅，正式的餐厅设在楼上。画家们时常在那里就绘画问题争论不休，高谈阔论，直至午夜窗板在他们的身后关上。乔治·穆尔，一位尖刻的英国作家对他们说："这家咖啡馆才是真正的法国美术学院，而不是报纸上读到的那个官方的愚蠢机构。还是那句老话：失败者才是真正的战胜者。"

穆尔"宁愿在新雅典咖啡馆而不是牛津或剑桥受教育"的高论并没有提高画家们的兴致。

"还有比不受人欢迎更糟糕的吗？"阿尔弗雷德·西斯莱羞怯地问。

"有的，没有能力。"雷诺阿抢白说。

居斯塔夫·凯博特试图说得富有哲理："柏拉图说一切事物都在不断变化。牛顿说凡是上升的东西也必得下降。下一回就该我们走运了。"

在座的画家一致认为不应再举办联合画展。克劳德·莫奈对着他的空啤酒杯子闷闷不乐。唯有卡米耶一人持有异议："攻击谩骂压不倒我们。我们必须训练观众的眼睛。"

他说服不了任何人，甚至也没有说服自己。

回到蓬图瓦兹，他发现自己的话不过是个空洞的保证。他的情绪日益低落。米奈特死去了，他无时无刻不在思念着她。而他们的组织到了这个地步也无异于僵死，成员们遭受了过于沉重的打击。他们曾经这样告诫过他，泰奥多尔·迪雷是个很精确的预言家。

卡米耶鼓起勇气去拜访丢朗·吕厄，发现他的画廊已经衰败得像个仓库，这位画商颓唐地坐在庄严的桌子后面。

"由于展览和捍卫你们的画，我已名誉扫地。我感到自己每况愈下，他们竟像对待疯子和没有信义的人那样对待我。人们已经不再信任我，连最好的主顾都开始对我表示怀疑。'你怎么能，'他们说，'在成为第一个欣赏 1830 年画派的人之后，又会向我们赞美这些毫无价值的作品呢？'我辛辛苦苦地干了这么多年，把业余画家们一个个地变成职业画家，而现在却不得不一切从头开始了。我现在是没有画、没有钱，也没有声望，甚至不能经过我的鉴定卖出一张列奥纳多·达·芬奇的作品。你们这伙人办画展受到的强烈指责也把我整垮了。"

卡米耶被丢朗·吕厄颓唐的语调震惊了，深感内疚。

"真对不起你，4 年来你一直支持我们，而我们给你带来的却是公众的谴责。"

丢朗·吕厄高贵的面容和声音变得柔和了。

"谁的错也不是。我全心全意地相信你们，而且永远相信。只是我不能再给你们什么帮助了，要过几年我才能够再向你们买画。你们得寻找其他的出路，但是到哪里去找，我也不知道。"

他转过脸去，不愿让卡米耶看见自己眼中的彻底绝望。给他们所有的人都带来活力的、无与伦比的保罗·丢朗·吕厄也要离去了。

回到家中，卡米耶垂头丧气地坐在画室里。他在碧绿阴凉的树林和空旷的原野中漫步，然而背上却没有画架和画布。每日从睡梦中醒来，他总感到头痛脑涨，他望着自己的作品。觉得其中的味道和意义已荡然无存。他把一些情况写信告诉阿曼德·吉约曼，后者第二个周末便前来拜访。他们在 6 月的阳光下的大路上散步，获得了新生的田野渐渐绿了。吉约曼三句话不离职员的本行，坚定地说：

"我知道时事艰难，不过极端无政府主义的状态在敌人的营垒中比比皆是。我们的敌人会垮台的。"

那个星期迪雷把卡米耶拉到蓬图瓦兹的一个小饭馆里，一边喝着与他在法国各地销售，只是由于目前国家正处于艰难时刻而销售量稍小的同样的酒，一边安慰着绝望的卡米耶："有鉴赏力的美术爱好者还是有的，不过可不是能出得起高价的老板，他们是能够出上60、80或是100美元的一类人。懂得你们的画又敢于冒险的人中很少有百万富翁。内行的判断固然重要，但是你也不能忽略其中有些是蠢人。"

不知是迪雷的话，还是他的白兰地的缘故，卡米耶觉得胸中涌起了一股暖流。

"这些日子我的生意不好，"迪雷接着说，"不过我还可以再买你一张画。就为了这张画，请你听我一句话。有人觉得你的风景画描绘的尽是些杳无人迹的地方，所以你应当画些风俗画，画些完整的动物、农民、画男女老少，而不是些象征性的形象。"

生活从小康的水平一下跌落下来，又有了几个月的身孕（第六个孩子），这对年已35岁的朱莉来说打击尤为沉重。过去的大部分时间她都以一种不以苦乐为意的态度对待他们的艰苦生活，只为家庭的吃穿操劳。她显然很喜欢过那种体面的、不愁吃穿的生活，并且幻想着他们未来的生活能够有所保障。然而她的乐观态度和生活安稳的错觉现在都已消失了。她恐惧而又清晰地看到，他们的生活就像是新发明的滑旱冰，能够把他们头朝地、臀部朝天摔出去。4月份，他们又从厄尔塔兹路26号搬到了18号。新居房子前门的对面有一间小石头房，可以给卡米耶作画室，而且比原来的那间稍宽敞一些。

7月末，他们的儿子费利克斯降生了。孩子的出世使卡米耶重新振作起来，他又开始天刚蒙蒙亮就外出作画。在生活比较富裕的时候，卡米耶设计了一个可以移动的画室，由当地的木匠制成：这是一个两轮车，顶端直立的木框上撑着一把灰色的大伞，在齐眉的地方可以摆画布；下面是一个两层的抽屉，上层装着他的颜料和画笔，下层存放多余的画布、碎布和松节油。每日清晨都可以在蓬图瓦兹附近秋收时节的山腰上看到他，然而情况却与以往有所不同。他不再像是被人驱赶，而是在内心重新涌起的一股和谐的力量的推动之下作画。他先完成了一幅精美的描绘绿色植物的风景画，接着又画了两个孩子坐在不对称的干草堆下，这个丰收的田野上最常见的几何图形。他完成的作品还有一幅花开得正茂的李子树，几幅瓦兹河畔的习作和一幅附近的采石场，还描绘了大草原和骄阳下的村庄。

他不再征求别人对他作品的意见，因为伙伴们都忙于解决自己的问题而无暇来做评判。塞尚回到埃克斯，把情妇和孩子藏在那里，自己则画爱斯塔克的村庄，意欲寻求安慰。莫奈带着妻子和孩子们住在阿让特侬，生活窘迫，不得不写信给他的画商求援。雷诺阿留在他巴黎的画室中身无分文，大部分时间待在莫奈的家里。凯博特也住在阿让特侬，尽可能地帮助画家们。西斯莱带着妻子和两个孩子去了英国，在汉普顿宫一带作画，从印象画派的失败中恢复了元气。

没有人到蓬图瓦兹来与卡米耶一同作画。

秋天，皮埃特来信说希望他"亲爱的毕沙罗"不像自己那样缺钱花。如果卡米耶同样境况不佳，就请到蒙特福考特来，他们可乘坐轻便马拉车去远足，在周围寻找新的题材。生完费利克斯刚刚恢复健康的朱莉急切想去。

卡米耶无法拒绝她的请求。迪雷付给的最后一笔钱能够支付火车费。在那里他能够有机会画迪雷所需要的风俗画、人物肖像和风景画中的动物。卡米耶告诉厄米塔兹路的房东，他可能要走3个月而且无钱预先支付这段时间的房租，并提出把自己的家具搬到仓库去。房东考虑一旦冬天来临，这所房租出的可能性便不大，因而允许他把东西原封不动地存在房间里。如果他租出了房子，就把卡米耶的东西移到附近的仓库去。

他们锁上了房门，把小婴儿放在一只篮子里，让男孩子们每人背着一个包袱，到巴黎换乘火车。一路上他们吃着从朱莉买东西用的大帆布包里拿出的煮老的鸡蛋和夹着火腿的厚厚的面包，把颠簸的火车旅行变成了一次家庭野餐。

皮埃特和阿黛尔在火车站迎接他们。毫无疑问，看到毕沙罗一家他们感到由衷的高兴。

"我们两个就像一对幽灵一样在这所大房子里走来走去。"阿黛尔高声说，"我希望男孩子们都是调皮鬼，弄出很多声响来。当然，也包括小费利克斯。我们房子的墙壁需要声音来帮助维持，否则就要塌了。"

阿黛尔再次把带有壁炉的房间让给他们住，房间里堆满了从农舍后面的森林里伐来的大量木材。朱莉把现已3个月的婴儿放在一个借来的小床里，安置在自己的床边。11岁的吕西安和3岁的乔治睡在楼下厨房旁边的一间小屋子里，厨房里的大炉子把房间烘得又干燥又暖和。皮埃特他们自己则睡在楼上的第二间卧室中，晚上早早地就点起火盆。添上短木块，火苗可以维持一夜不灭。

皮埃特巴黎的寓所在战争中被炸毁，只卖了一个地皮价。由于他的这份财产大部分已做了抵押，所以只得到很少一点现金。一个有两个年轻力壮的儿子但无活可干的农民家庭搬进了这座早先由皮埃特的监工居住的石头房子，负责耕种土地和喂养牲口。皮埃特卖东西的钱足够维持所有人的生活，虽然很不稳定。从体力劳动中摆脱出来，皮埃特得以每天随心所欲地同卡米耶一道作画。吕西安带着乔治在池塘边玩耍。阿黛尔成了小婴儿的姨妈。尽管是朱莉在给费利克斯喂奶，但是阿黛尔却担负起了照看孩子的任务，她把他当作自己的亲生儿子。她甚至无钱雇用一个农村姑娘帮助操持家务，现在是由这家房客的妻子帮她洗衣服，做繁重的清扫工作。朱莉在壁炉上烘烤圆面包；甚至连洗盘子也成了两个女人喜欢干的家务，她们的友谊使一切都变得那么有趣。

在境况最坏的时候，皮埃特也想尽办法不去卖他的土地。

"我倒不是要把这块地留给谁。"在他们朝天然池塘走去的时候，皮埃特向卡米耶解释说。池塘边牲口在饮水，鹅则排成一行摇摆而行。"我的曾祖父把地留给了他的儿子，儿子又传给了我父亲。这是一种信托财产。"

肩并肩地作画使卡米耶能够发现皮埃特的画中仍然缺少的东西：紧凑的结构和对自然形式的本质做更有力的描述。他可以帮助他改善构图，谐调色彩，然而每个人对宇宙的解释必须是他自己的。在马延独具特色的乡间，卡米耶得以把画展的失败和他人的攻击抛至脑后，这是令人忘却了时间和痛苦的几个月。

"为什么要回去？"皮埃特问，"这儿的壁炉永远不缺柴烧，牲口给我们牛奶、奶油、干酪和肉，菜园给我们供应蔬菜。我们一起生活得如此快活。"

卡米耶端详着他的朋友。

"我们必须回厄米塔兹和巴黎去。市场在那里，还有收藏家、画展……"

"你的画又卖不出去。"

"今天会变成明天的。在今后的日子里我必须设法让自己的画展出，此外，别无他路。"

孩子们有了丰盛的食物，身体长得很壮实，朱莉心中很欢喜。现在卡米耶每天都要作画，弥补了在郁郁不欢、无所事事的几个月中浪费掉的时间。听取了迪雷的劝告，他画了一个手持长树枝到池塘边放牧的小姑娘，池塘里6只鹅来回转圈游戏着。他以宽大的笔触来描绘周围的水面，用的是在色彩斑驳的调色板上由纯粉色和褪色蓝调成的几种深绿色。另一幅画描绘的是从皮埃特的后院望到的一幅景象：一个农妇在码柴捆，一群鹅从大路上向她引颈走来。这是一幅秋景，树叶变黄了，皮埃特八角形蓝屋顶的农舍后面下垂的树枝的叶子也已几乎落光。他画全身的村民，不过是作为他们生活在其中的风景的一部分，画在井边的和在树林里放置大块石头的人们，还用枫丹白露画派的手法描绘了纺羊毛的人。冬日来临，他就画雪景：冰一样的蓝天，光裸的树木和在戏剧性的睡眠中覆盖着大地和它的生长物的蓬松的白雪。

头几个星期他像客人一样过得舒舒服服，把自己剩下的几个零钱放进阿黛尔放在书架上的茶壶里，书架就立在黑色的火炉子旁。然而当钱用完之后，他便开始不安起来。他的骄傲从来不是一个能够很快克服的障碍。而且在这个远离巴黎的村庄，也不会有人来买画，他拿不准他的这些风俗画是否会成功，不过他确信留在这个与世隔绝的地方，只能一无所获。

当他告诉朱莉他们必须回家了的时候，她的脸拉长了。

"我得开始和画商、收藏家们周旋了，还得再准备组织一次我们的独立画展。"

"你不会把我们撇下独自过圣诞节吧。"阿黛尔听他这么说，于是问。

"不，我不会的。"他禁不住她们的恳求，软了下来，"我要到外面去画雪，直至它融化。"

他的确这样做了。他用短而急促有力的笔触在几层颜色上并列地涂上一层白色，得到了意想不到的效果。天气太恶劣不能到户外作画时，他就对着阿黛尔的厨房和她的邻居普雷尔太太作油画和水粉画。迪雷的来信给他们带来了好消息，他通知卡米耶自己又买下了一幅蓬图瓦兹的风景画，准备在付清年底的账目后立即寄钱给他。

12 月 11 日，卡米耶写信给泰奥多尔·迪雷："我把一幅小画《牧牛人》寄到马丁画廊，并请他们在你去的时候转给你。我现在正考虑回蓬图瓦兹去，所以请求你，如果不太麻烦的话，用挂号信寄给我 20 美元，也就是这幅画的价钱，因为我为全家人准备的旅费可能不够。你能帮我们解决这个困难……"

"我已开始画人物和动物，并且有了几个风俗画的题材。我小心翼翼地开始进入这个绘画流派，在那里第一流的画家们已经取得了辉煌的成绩。这真是一种冒险，我真害怕自己搞得一团糟。"

随后他又得知，1874 年底在圣·乔治路 35 号雷诺阿的画室里举行了一次美术家无名合作协会成员大会，在会上画家、雕塑家和雕刻家们被告知，鉴于该公司有 3713 法郎的债务和 278 法郎的现金，每个参展者欠公司大约 25 美元。他们中间只有少数的几个人能够支付得起。大家一致投票同意解散该公司，由雷诺阿和西斯莱监督执行情况。

这个消息终于使卡米耶的绝望达到了顶点。一头扎进皮埃特家后面的小树林里，他觉得自己好像已坠身大海，在淹死之前只有短暂的一瞬间可以回顾自己的一生。他现在已经 44 岁，在经过差不多 3 年使人产生黎明在即的错觉这样一段被人们所接受、能够以画谋生的时期之后，他又被推进了一个向他吐着毒液的爬满了毒蛇的坑中，一切乐观情绪都不复存在了。马奈、吉耶梅，以及为把他从前景暗淡的冒险道路上挽救出来而激动地赶到蓬图瓦兹来的迪雷都是对的。

他又回到了 15 年前踏上征程的老地方，那是在 1859 年，他的作品首次在沙龙展出，然而现在以画谋生的希望却较那时更为渺茫。情况或许更糟，因为他已失去了最好的机会。

整个 1 月份他都生活在一种充满家庭欢乐的气氛中，然而他知道这一切必须结束。蒙特福考特对于他的妻子和 3 个孩子来说是个很好的避风港，在这里他可以像马延人一样抚养孩子们，每日清晨赶着轻便马车把他们送到村里的学校去。但是这一切对于他来说都如同进修道院一般。他还不想退出社会生活。

他明白重返蓬图瓦兹和巴黎就意味着又回到情况不断恶化的战场。然而与敌人交手最终还是不可避免的，战争迟早要打出个结果来。俄国人曾用后退的办法打败了拿破仑，然而他却不能退却。4 年前为了躲避普法战争的蹂躏，他曾逃到了伦敦。这一次除了重返封锁区外，他无路可走。留在这个充满欢乐的真空地带，就等于被歼灭。

从迪雷寄的 20 美元中留下一些钱作为一个月的住宿费，他们回到了厄米塔兹。

卡米耶第一次去巴黎时胳膊底下夹了两幅在蒙特福考特创作的油画。为建造规模宏大的圣心教堂，蒙马特山顶上古老的教堂已被夷为平地。他穿过蒙马特高坡来到连接殉道者路和亨利－莫尼埃路的一条不长的死胡同中。胡同的一边是一排狭窄的商店，上面是装着白色百叶窗的公寓和一所女子小学；在胡同的另一边，卡米耶看到一个染成刺眼的钴蓝色的商店。商店的窗子上写着唐居伊三字，使他不禁想起这家商店的主人就是那个肩背油画颜料和画笔在枫丹白露森林中走来走去，向画家们兜售货物的小贩。他与莫奈、雷诺阿和西斯莱在马洛特的安东尼大妈的客店里停留时，曾经遇到过他。

唐居伊站在粗笨的柜台后面，身材矮小，长着一张圆脸，表情颇像一只摇尾乞怜的小狗。他一年四季都戴着一顶宽边草帽，拉到齐眉的地方。他的胳膊和手指短粗，左眼睁得有右眼的两个那么大。他的五官被随随便便地拼凑到一起，然而他这张多情的脸却令人感到亲切。

互相问候过，唐居伊便告诉卡米耶，在普法战争之后由于他与巴黎公社有关系，凡尔赛流放了他。刚刚从死神手中夺回一条命，而且也就是一个月前才被减刑，他就趁制作颜料的公司迁往更宽敞的厂房之际，用在流放中干了4年活攒下的钱租下了这个商店。

"我能看看你带来的两幅画吗？"唐居伊用令人愉快的声音问。卡米耶把《乡村砾石小景》和《蒙特福考特的池塘》拿给他看。

唐居伊兴奋不已，就好像一束巨大的光柱照到了他那充满渴望的脸上。他先是含糊不清地自言自语了几句，然后就开始大发赞美之词，嘴角边冒着唾沫泡。

"我想买它们。它们会给我的生活增添光彩。哎呀，我没有钱。我们就住在铺子的后面，我老婆每天煮一大锅韭葱土豆汤或是鱼汤……我可以把它们挂到橱窗里。"

卡米耶被唐居伊欣喜的表情感动了。

"你的橱窗可真小。"

"对不带框的画来说足够大了。"

卡米耶说道："我们对画不要估价过高吧。画如果卖出去，你拿一半钱。你可以用颜料和画笔来付我钱。"

"我一定尽我所能。你需要什么呢？"

卡米耶挑了暗绿、铅白、栎黄和马尔斯橙色的颜料，费了很大劲才克制住自己不再拿。现在他可以急切地赶回家去，继续描绘厄米塔兹、蓬图瓦兹和瓦兹河谷。

正当唐居伊用报纸包颜料时，唐居伊太太撩开垂地的布帘走了进来。她的腰间系着一条灰格围裙，一直拖到脚面。她站到两个男人中间，伸出胳膊护住已经包好的货物，向卡米耶转过脸去，用大拇指搓着食指。

"我没有钱，唐居伊太太。我留下两幅画作抵押。"

"抵押！什么样的抵押？谁会买它们？就算有人买，谁又来卖它们？唐居伊不是画商，他拿什么去付颜料钱？"

唐居伊太太是一个坚韧不拔、矮小瘦削的农村妇女，有棱角的脸上露出一种强烈的自卫表情，是个随着丈夫被迫走上了理想主义生活道路而侥幸活下来的女人。正是她在流放中攒下了开这个商店的钱。她是一个为了使丈夫在风云莫测的买卖生涯中能够生存下去而不惜拼上自己性命的不屈不挠的女人。安东·梅尔比真该让她站在一条眼见要触礁的破货船的驾驶台上，为她画幅肖像。

唐居伊轻声劝阻道："得了，太太，我们有制造商的信用贷款。*"

"如果我们不付钱，那能维持多久？"

"我们有了信用贷款，就可以转给毕沙罗先生，他的画会卖出去的。"

"不行，让他先卖。"

"太太，回厨房去吧。汤要烧焦了。"

"如果你再转给别人一些信用贷款，我们就连汤也喝不上了。"她最后又放了一炮，"你们这些画家都是笨蛋，羊毛出在羊身上。你们的贷款人可不是社会主义者，他们是资本家，他们是坚决要你还钱的。你干了多少年才开了这么个小商店，可现在你却要把什么都送掉，'自己往虎口里钻'**。"

唐居伊抱歉地说："当然，她说得对。我们是自己往虎口里钻。我缺乏商人的头脑。我要告诉她我拿了你两幅画，这虽然不能使她平静下来，但听起来更像是一笔交易。"

"我可不愿引起一场争吵。"

唐居伊亲切的脸上露出天使般的微笑。

"争吵，一切都会过去的。今天下午我能卖出点现金来。我太太每天早晨7点钟去市场，如果你没东西用了，就那个时间来吧。再多拿几幅画来。"

卡米耶在新雅典咖啡馆听说贝特·莫里索与爱德华·马奈的兄弟欧仁结了婚。既然爱德华对他美丽的情妇和他的结发妻子、儿子都那么衷情，那么莫里索在老师的生活中何以能保持一个永久的位置呢？卡米耶认为关于马奈和莫里索的关系是一个谣传。在莫里索家与贝特和欧仁一道用午餐时，他亲眼看到他们之间的关系是多么亲密、和谐。欧仁是个身体强壮、英俊的男人，受过教育，性格稳定并且富有。他和贝特都同样出身有教养、有文化的社会阶层。欧仁和爱德华长得如此相像，从某种意义上说，她就是同时与两兄弟结了婚而没有犯重婚罪。

他还听说米勒于1月20日去世了，那时他们正在蒙特福考特。虽然十分赞赏他的画，卡来尔却从未见过他。为了纪念米勒，卡米耶复制了一幅他描绘农民在地里干活的画。

柯罗在1874年的沙龙中展出了3张巨幅作品。上了年纪且身体状况极差的他渴望获

---

* 即先给货后付钱。

** 此句原文系法文。

得金质奖章，但是他只得了可怜的 3 票，而现实主义画派只会卖苦力的画家席罗姆却获得了金奖。美术界群情激愤，在马洛特的率领下，安格尔和德拉克洛瓦的朋友们委托雕刻家热弗鲁瓦·德肖姆制作一枚全巴黎奖章，准备于 12 月 27 日在培勒蒂尔路丢朗·吕厄的画廊举行仪式，将奖章授予柯罗。

出于对他作品的崇敬或是感激他的指导，卡米耶对柯罗依然感情如初。他一直不明白柯罗为什么把他拒之门外，难道友谊不比画法的不同更为重要吗？

画廊里挤满了柯罗的崇拜者。柯罗充满感情地大声说："我知道，我应当去了。我已经身体健康地度过了 78 年，热爱过自然，也画过。我的家属都挺不错，我有很好的朋友并因从未伤害过任何人而感到欣慰。我的命真好，我全心全意地希望在天堂中也有绘画艺术。"

让·巴蒂斯特·柯罗 1875 年 2 月 22 日与世长辞。

尽管没有消息说要举办第二次独立画展（他们自己喜欢这个称谓），像卡米耶一样窘迫的雷诺阿、莫奈和西斯莱还是准备于 3 月 24 日在德罗奥饭店举行一次拍卖。贝特·莫里索出于对朋友的忠诚也同意参加拍卖。由于保护印象派画家已经受到严重损害的性格坚强的丢朗·吕厄，自愿主持拍卖，不取报酬。他们凑了 72 幅作品：西斯莱 21 幅、莫奈 20 幅、雷诺阿 19 幅、莫里索 12 幅，对画家们持友好态度的批评家菲利普·布约蒂为他们的目录写了前言，指出这些沙龙落选者的作品理应受到严肃认真的关注和探讨。当莫奈邀请卡米耶参加拍卖时，他无可奈何地拒绝了，仅仅是因为他无钱支付开销。但他还是去德罗奥饭店为伙伴们助威。大厅里挤满了指手画脚、吵吵嚷嚷的人群，似乎整个官方美术界的人士都到场了。卡米耶拿不准这是不是一个好兆头。

的确不是。从莫奈在阿让特依，西斯莱在卢浮西安纳的创作和雷诺阿的一幅芭蕾舞彩排开价起，大厅里就充满了一片混乱。这个场面是无名协会举办的一次展览的翻版。观众到这里来的目的是给拍卖者起哄、捣乱。阿罗沙兄弟、富尔、迪雷和保罗·加谢医生严肃的出价更激怒了观众。于是争论四起，挥拳舞臂，厅内一片混乱。拍卖商在丢朗·吕厄的同意下叫了警察，以平息已经演变成的骚乱。

卡米耶低头坐在那里，不是为这再次演变成愚蠢骚乱的无法形容的行为，而是为他自己而感到羞耻，在同行们受到辱骂、他们的作品被人蔑视的时候，他本该和他们在一起的，但是他却当了逃兵。也就是在此时，他下定决心明年要组织第二次画展，尽管独立画家协会已经不存在了，他要一直坚持下去，直至他们获得承认。

贝特·莫里索虽然最不缺钱用，她的几幅粉笔和水彩画却平均卖到了 50 美元。莫奈的几幅作品每幅卖了 47 美元，西斯莱平均卖 22 美元。雷诺阿的一幅《新桥》令人满意地卖到了 60 美元，但他其余的 10 幅画却不得不再由丢朗·吕厄买回，因为它们的叫价已经低于 20 美元。这次拍卖每幅画的平均售价为 32 美元，仅仅是昌盛时期丢朗·吕厄卖价的四分之一。

卡米耶拖着沉重的脚步走到圣拉扎尔车站，在回蓬图瓦兹的路上他心情抑郁。当早春的瓦兹河谷的村庄于不知不觉中掠过之际，他看到眼前的道路要比他或是其他人所想象的都要漫长、艰难得多。

然而这是他们所能走的唯一的路。

🐟

4月底卡米耶用尽了最后一个法郎。朱莉的面粉、大米、豆子和燕麦也已吃光，而她种的蔬菜却刚刚冒出透明的绿芽。她有3个儿子要喂养，房东又在向他们讨房租。没有人到卡米耶那贝特街的小房子里来看他的画，而他却仍然保留着房子希望能吸引一些顾客。他不得不仔细地包起大幅新近创作的油画，带到巴黎去在他少得可怜的几个"业余爱好者"（画家们对收藏家不带贬义的称呼）中兜售。他产生了一种紧迫感。他唯一的收入是3月底迪雷寄来的10美元，附上的信写道：

请原谅只能寄上这儿点钱，我在这个月底有各种累积起来的债务需要偿还，因而手头窘迫。

卡米耶到雷诺阿的画室稍坐片刻，后者在冲出屋门前告诉他：
"我中午必须搞到8美元，可我手头只有6角。"
莫奈给欣赏他的爱德华·马奈写信：

情况愈来愈糟。自前天起便分文不剩，肉铺和面包房都不肯再赊账。尽管我对未来充满信心，但眼下的情况确实令人痛心。……你回信时能否寄给我20法郎？它将帮我维持片刻。

卡米耶继续做着努力，但是就连最热情的收藏家也拿不出钱再买他的任何一幅作品。他们好心地说："你的创作已经达到了高峰，不过我们要等有富余钱的时候才能买。"由于无钱乘车，他整日都在初春的细雨中徒步走着，浑身上下淋得湿透。整整一个星期，他按照丢朗·吕厄提供的有可能买画的画店名单，步履蹒跚地走街串巷，试着新的和小的画店，然而却一无所获。

他在母亲家中过夜，早出晚归。她要他回家吃午饭和晚饭，然而他拒绝了。他不愿意承认自己贫困潦倒。拉舍尔现已 80 岁，变得乖僻、沉默了。即使她发现他精疲力尽、垂头丧气，也佯作不知。她已经退出了儿子决心发起的对抗。

一个星期下来，他体重减轻，开始憔悴起来。他把画捆在背上，继续迈着沉重的脚步在街上徜徉着，渴望摆脱这种令人感到屈辱和极端痛苦的处境。他不能空着手回蓬图瓦兹去，他无法正视朱莉那近乎绝望的目光。

他走进一幢政府大楼时认出了海关官员维克多·舒盖，就在几个星期前他还在德罗奥饭店灾难性的拍卖会上与这个人讲过话，多年来舒盖一直用自己有限的薪水收集德拉克洛瓦和库尔贝的作品。在德罗奥饭店的拍卖中舒盖曾经说："我本来很想去参观你们印象派的画展并买点什么。你和所有其他人的作品迷住了我。不过那时一个朋友劝我不要去。"为了弥补失去的机会，他各买了雷诺阿、西斯莱和莫奈的一幅作品。

"走，到我常去的一家饭店吃饭去。"舒盖大声说，"我们坐在角落的桌子上，这样你就可以给我看你带来的画了。"

维克多·舒盖有一头夹着银丝的头发，一双睁得大大的、具有鉴赏力的眼睛和一张很有教养的、留着整齐的灰胡子的脸，整个头部修饰得很好。他没看菜单便点了菜，然后就仔细看起卡米耶的画来。一两幅蒙特福考特附近的池塘和原野，两幅厄米塔兹的房屋和花园，还有两幅描绘了蓬图瓦兹的田野。卡米耶望着他兴奋得亮亮的眼睛。

"真美，它们深深地打动了我的心。我感到一种彻底的宁静，就好像什么神圣的东西突然闯进了我的官僚生活。很难选择，不过我更喜欢这一幅。我可以买它吗？多少钱？"

卡米耶的头脑中乱糟糟的。上次拍卖雷诺阿的一些画开价不到 10 美元，莫奈的大部分作品只卖了 20 至 30 美元。舒盖当时也在场，他知道价钱。如果他的画参加拍卖也只能卖这么点儿，甚至更少，但现在不是在拍卖。他怎么能在绝望之中把一幅重要作品，以低于丢朗·吕厄在伦敦画廊第一次买他画时所付的价格出手呢？

"40 美元？"他试探地问。

"我买了。"舒盖说。

卡米耶宽慰地深深舒了一口气。

朱莉厨房里贮藏食物的箱子装满了。房东再一次拿到了两个月的房租。卡米耶再去巴黎的时候拿了一小笔现金偿还他的债务，安抚住了唐居伊太太……走的时候拿了更多的颜料。他又吃上了朱莉做的家常便饭。她用尽了各种方式来做兔子，而他却不敢承认自己几乎已无法再忍受。他的体重恢复了一些，以一种新的热情描绘着春夏之际的美丽的瓦兹河谷。他那稀薄然而强烈的色彩、他的笔触、他坚持使用的建筑式的结构和绘画题材，对于他那富有创造力的头脑和调色板来说都是新鲜的。丢朗·吕厄并没有随意恭维。看着这些新近创作的从 25 英寸 ×30 英寸至 45 英寸 ×60 英寸不等的油画，他把张开的手捂在胸膛上，做了一个表现力极丰富的姿态叫道："毕沙罗，我的朋友。这些画与你过去创作的所有作品都一样美丽动人。它们一定能卖出去。"

卡米耶心想："可我又到哪里去寻找买主呢？舒盖的钱已经用光了。我拿什么付下个月的房租、买番木鳖为吕西安治咳嗽、为朱莉买颠茄使她夜晚能够入睡呢？"

尽管百货商店和小铺在这个月里都关起百叶窗停了业，卡米耶仍然忍受着巴黎人行道上的酷热，每天汗流满面地在令人窒息的环境中走上几英里；他的衣服湿透了，就像早先被雨水浇湿了一样；他扛在背上的画就像负疚的心一样沉重。人们是否想买点什么来装饰墙壁呢？店主们走开了，在这没有顾客的8月份谁也不买东西。

在疲惫不堪而又无法入睡的情况下，卡米耶接受了拉舍尔的邀请，先在她的浴缸里洗个澡，然后再一道用晚饭。到了第二周的周末他依然什么也没有卖出去，于是把画放在画室里，用最后的几个硬币买了一张三等车票，回蓬图瓦兹去了。他已写信给朱莉坦白地述说了自己的失败，为的是她在看到自己灰心丧气的样子时不至于太吃惊。

朱莉独自一人几乎无望地坐在厨房的桌子旁，用围裙捂着脸来掩盖自己的痛苦，稍微提高了嗓门问道："我们现在怎么办呢？"

如果说卡米耶曾经信仰过上帝——他自己的耶和华或是朱莉的耶稣基督的话，那是在8月底的一天，当时埃德加·德加带着两位女士于星期天的下午来到了他的画室门前。其中的一位是玛丽·卡萨特，一位美国画家，她的画曾在沙龙展出过；另一位是卡萨特小姐年轻的朋友路易斯·埃尔德小姐，今年19岁，在法国的一所绘画学校里学完了她的课程。玛丽·卡萨特长时间以来出于崇敬一直收藏德加的作品。他们在一个晚餐会上相识了，而且不知出于什么样的原因，这位现年31岁，尽管生在匹兹堡，但是长在一个周游世界的、富裕的费城家庭的卡萨特小姐，打消了德加对与一个女人建立私人关系的恐惧。他们成了朋友。德加收卡萨特小姐做学生，但又拒绝承认是她的老师。他很难掩饰自己的感情，显然他喜欢卡萨特小姐的陪伴。

看到眼前的3张容光焕发的脸，卡米耶既惊奇又喜悦。德加介绍说，路易斯·埃尔德是一位美术爱好者，是由欣赏她的卡萨特小姐引进他们圈子里来的，又打趣地加上几句："这段故事有点自我吹嘘，不过能说明我们的来意。那是在1873年的一天，卡萨特小姐和她的朋友在一个小画廊的橱窗里看到了我的一幅粉笔画《芭蕾舞彩排》，于是埃尔德小姐冲进画廊，拿出她一个月全部的零花钱——100美元，买下了那幅画，去年她还在我们的展览会上买了一幅莫奈的作品。现在卡萨特小姐又建议她买一幅毕沙罗的作品。"

"啊，是的，我要买。"埃尔德小姐用一种令人吃惊的成熟嗓音叫道，"我喜欢您摆在纳达尔画店的作品，毕沙罗先生，但是我又不懂如何挑选。"

卡米耶让吕西安告诉朱莉穿上最好的衣服，为客人准备咖啡，然后领着他们穿过院子来到一个他作为画室的小屋里。一进屋，德加就担负起领着两位女士看画和向她们解释绘画技巧的任务。德加能让他尖刻的舌头休息一个礼拜天，带上两个可能的买主来蓬图瓦兹可真是太好了。他还私下里告诉卡米耶，卡萨特在 1874 年沙龙展出的肖像画《伊达》给他留下了深刻的印象，他感到她与自己是同路人。卡萨特小姐最钟爱德加的作品，同时也是卡米耶的崇拜者，正因为如此他们才能够站在晚夏午后的阳光下热情交谈。虽然不是一个肖像画家，卡米耶的眼睛还是把一个人的脸和身体分成绘画的几个因素：色彩、平面和各个部位与整体的关系。玛丽·卡萨特在宽大的裙撑上穿着一条垂地的长裙，头戴一顶装饰着红花的宽边女帽。她身材较高，一圈淡黄色的头发梳到耳后，长着丰满的胸脯和纤细的腰，卡米耶心想在当时流行的长裙下面一定还有两条又细又长的腿。她的皮肤光洁无瑕，椭圆形的脸上有一双不大但是充满活力的眼睛，露出一种渴望学习的表情，而事实上她的作品已经连续 4 次在沙龙展出。同时在另一方面，她又具有一种强烈的独立个性。没有人会说她美丽，但是她具有一种泰然自若的行动者的迷人风采。

卡萨特坦率地告诉卡米耶，父亲经营不动产赚了很多钱，于是早早退了休，带着全家在整个欧洲长期旅行。她曾在宾夕法尼亚美术学院学过 4 年绘画，直至 21 岁时在普法战争中回到费城，此后又定居巴黎。她的父亲宣称："女人缺乏判断力。"尽管如此他却尊重女儿的抉择，允许她独自生活在巴黎，并且给钱由她随意支配。卡米耶觉得具有讽刺意味的是，玛丽·卡萨特选择的良师益友竟是与她父亲同样不能容忍女性的人。另一个有趣的事，是德加从不画男人，他的芭蕾舞演员、洗衣工和裁缝都是女人，而玛丽·卡萨特也不画男人。

"我喜欢画孩子，或是和孩子在一起的母亲，也喜欢画喝茶、沐浴、梳理头发、缝纫、逗狗还有听歌剧的女人。我钦佩库尔贝，后来又接触了爱德华·马奈的作品和埃德加·德加色粉画令人惊奇的色彩，从此我的画便开始有了生气。我正在画一幅描绘年轻新娘的作品，不过那是模仿科勒乔的。"

德加对父亲对待母亲的态度很不以为然。可玛丽·卡萨特又为什么不愿画男人呢？她还宣称绘画即是她的生命，她永远不会结婚。路易斯·埃尔德在德加的帮助下选了《厄米塔兹的房屋和花园》。她无法掩饰心中的喜悦，声音颤抖地说："天哪，我希望我能买得起。我这里只有一个月的月钱。这幅画多少钱，毕沙罗先生？"

像往常一样，卡米耶犹豫不决了。他给舒盖的画开价 40 美元，不过这幅比那一幅大。在1874 年举办的独立画展和德罗奥饭店拍卖大减价以前，他最好的油画卖到100 美元一幅，现在他比那时更迫切地需要钱，因而生怕失去这个卖画的机会。没等他开口，玛丽·卡萨特接过了话茬："路易斯，两年前你花 100 美元买了德加的画。看不出你有什么理由不以同样的价钱买下毕沙罗这幅精美的作品。"

路易斯·埃尔德张开嘴，表示放心和接受。

"我就想着要付那么多。"

她打开小绣花钱包，递给卡米耶 100 美元带着清脆响声的新钞票。他的头脑晕眩了，仿佛看见自己在为朱莉买裙子、为男孩子们买结实的冬鞋。

"我们的生活就像走马灯似的。"卡米耶帮助朱莉清理饭厅桌子上的咖啡杯和糕点碟时对她说，"不断交替地处于贫穷和富裕状态。也许我该叫它雪橇滑雪？一会儿在这座山的山顶上，一会儿又冲到另一座山的山脚下。"

朱莉忍不住问："卡米耶，会这样吗？"

"显然会的。"

1875 年春，保罗·塞尚与霍腾斯及他们的儿子回到巴黎，带着一家人到蓬图瓦兹做客。塞尚的父亲把每月给 36 岁的儿子的补贴稍微提高了一点，他仍然不知道塞尚已经有了一个情妇和一个儿子。现在卡米耶和塞尚又在一起肩并肩地作画了，他们凭着直觉探讨光，以及光的变化对地面产生的影响，不断地互相学习着。有一段时间他们尝试着用调色刀作画，以便使油彩能够涂得很厚，但很快又放弃了这个想法，因为这种厚涂法会影响色彩的逐渐变化。

晚上大家围坐在饭桌前，塞尚为卡米耶白天给他画的一张铅笔肖像而感到高兴，但是朱莉却觉得把头防御似的缩进肩膀里的塞尚显得很好斗。不是第一次了，塞尚提议说：

"今年冬天为什么不来埃克斯－普罗旺斯呢？我们可以在太阳下作画。"

卡米耶迟疑地答道："我不了解普罗旺斯的太阳。瓦兹河谷这儿的光线对我的脾气。"

然而卡米耶接受了克劳德·莫奈要他和朱莉一起去阿让特依拜访和作画，并带几篮子食物去的邀请。他请费利西带着女儿住到蓬图瓦兹来，照看他们的儿子；然后又写信给迪雷，请他寄 10 美元给拉图什太太作为他买画布的钱，她的丈夫是一个靠卖绘画用品挣部分生活费的画家。

爱德华·马奈和雷诺阿正好也住在莫奈家里。看到卡米耶对他的在场感到吃惊的样子，马奈用他那温文尔雅的口吻说："你觉得我去年背弃了你们，其实情况并非如此。我仍然是巴提纽尔集团的成员。我认为你们都比以前画得好了，有气势并且比任何一位沙龙画家都更富有创见。我之所以那样做，是因为我感到沙龙的环境适合我，尽管评审团的成员十分讨厌。不应当为此把我排除在外。"

但是马奈忠诚和友善的对象并不包括雷诺阿，他认为后者的选题庸俗，而且技法与自己毫无相像之处。有一次当他与卡米耶和莫奈单独在一起的时候，低声说："你们这些与雷诺阿关系密切的人应当劝他画点别的，那种画根本不该他画的！"

卡米耶和莫奈为雷诺阿有很多是肉感的裸体肖像画，为他近期用蓝、绿和乳白作为结构色创作的风景画，以及他在亮与暗之间留一段很宽的对比带因而使画面显得飘忽不定的画法而辩护，认为这些只是和谐地表现了他的人格。

居斯塔夫·凯博特一家的住所就在附近，他正在帮助莫奈建造一个与杜比尼相似的船上画室，在船上搭起一个篷子遮住船的大部分，这样莫奈便可以从各个角度来画这条河。凯博特还为破了产的莫奈提供绘画用品，后者作起画来就像罗斯柴尔德一样多才多艺。

"我想捕捉的是光，而不是河水和河岸。"莫奈说。

卡米耶曾经耳闻莫奈由于醉心捕捉光的变幻效果，以至于开始忽视沉浸在光之中的主题。而塞尚的观点却不同，那年秋天他在蓬图瓦兹时说："我对光线须臾即逝的印象不感兴趣。我在探索事物的基本结构。地球表层下的土地有多坚固？地有多深？地底又是如何影响表层的？"

卡米耶来阿让特依主要是为说明他关于举办第二次独立画展的想法，并建议举办日期定在 1876 年 4 月官方沙龙开幕之前。1875 年之所以错过了时机，是因为他们当时被打得焦头烂额。他感到如果时间再拖得久些，他们就会被人们遗忘，即使是在漫骂声中。他坚信他们的唯一希望是年复一年地连续举办画展，使公众逐渐习惯他们的作品，并等待那些最恶毒的批评家死去。

"因为他们只能这样，你知道，"卡米耶在凯博特邀请他吃晚餐时对他说，"或是退休、被解雇，或是没有人再去买他们的评论，他们只能留下一股酸臭味，但艺术是不朽的。"

凯博特为卡米耶斟上一杯葡萄酒。他尚不到 30 岁，还没有结婚。他的面颊红润，胳膊和胸膛强壮有力，行动迅速敏捷。他多年来的情妇夏洛特·贝蒂埃是小让纳维耶别墅能干的女老板。凯博特喜欢招待他的同行和他的艺术家朋友，偶然还同时邀请他们，因为他同时属于这两个圈子。而夏洛特也同时和工业家和画家的女人们来往。她那慢吞吞的举止使大家觉得很有趣。

"我们观看《黑暗的力量》首场演出时的座位真是糟透了。"她说，"不过那还不算幸运吗？这戏让人厌烦得要死。"

"我完全同意你关于有必要在明年春天举办画展的想法。"凯博特隔着桃花心木圆桌说，"如果你要我的话，我也想展览一下作品。"

晚饭前卡米耶浏览了凯博特的画。他的作品是一种混合物，因为他从这个集团的每个画家那里都学了点东西，特别是莫奈；尽管如此，它们仍保留着他作为一个工程师的独特风格。在他的《阿让特依的广场》中，树木显得刻板，而色彩和树影的深度却显示了他的才华。

莫奈和雷诺阿同意参展，事实上莫奈曾经说过："我渴望展览，即使在旁厅里展览也行。"但是两个人都不愿花费时间和精力来做组织工作。像凯博特一样，德加也许还有其他一两个人也提出要帮忙。他们需要一个受到公众尊敬的画廊，而纳达尔画室却声望不高。

"当然，我们所指的是丢朗·吕厄的画廊，"卡米耶说，"但是他为我们受的苦还不够多吗？"

保罗·丢朗·吕厄仍然身着蝙蝠翅领和黑领带，然而却不像以往那样热情激昂。他面色阴沉地听着，在不可能碰着观众的画廊中踱着步子，出神地凝视着在经济不断恶化、证券交易所行市不稳情况下的那些没有人能够买得起的枫丹白露画派的绘画。他自己也不能按时付房租。

"房东没有撵我走的唯一原因，"他解释说，"就是没有找到替代我的合适主顾。"

他停顿片刻后说道："有一句老格言说得不错，不管小偷小摸还是杀人放火，横竖都是上绞架。第二次印象派画展就在我的画廊里举行吧。"

这是一个寒冷的冬天，但是卡米耶仍然冒着雨和雪到户外作画，去画树林深处的小桥、村庄的一角和从新的角度看到的亚莱山坡。所有参加独立画展的人都在扎扎实实地画着。路易斯·埃尔德的 100 美元钱都用来买了生活必需品。唐居伊老头仍然允许他赊账，并且为了不让妻子知道卡米耶·毕沙罗已欠了他几百美元而修改了账目。尽管每星期卡米耶都用一天的时间徘徊在巴黎街头，破旧的鞋拍打在湿漉漉的街道上，但是他一无所获。发现新的业余爱好者不大可能。他的老收藏家们的墙上又已经挂满了画，而且钱袋空空。在一个画廊里有人告诉他，尽管艺术品卖不出去，但是有钱的女人们仍然愿意买那些画着美丽的乡村风光或社会生活场景的扇子。每把扇子可卖 5 美元。

"为什么不画呢？"他自问。他过去画过窗帘，这样做虽收入微薄，却能使男孩子们腹中有食。

他回到蓬图瓦兹，在一把扇子上画了蒙特福考特一个农场的风景，他曾为这里的风景画过几幅素描拿回家，扇子立刻售出了，他还要再画些。

生活的窘迫和折磨对朱莉的脾气起不了好影响。她的愤怒刺痛了卡米耶的心。他有教养、有才能、受过训练，但他为什么不能像其他能力相当的男人一样养家糊口呢？没有人能够真正习惯那折磨人的贫困，它令你饥肠辘辘，它令你夜不成眠。然而卡米耶执拗地相信，能够毁灭一个有献身精神的艺术家的，不是权力的剥夺，不是攻击和忽视，而是他本人决心的动摇。

他既不计算已经过去的每一天，也不在日历上做标记，期待好运的降临。时间对于他来说就是安慰。即使在最困难的时候，他也没有答应朱莉的恳求，去向母亲求助。他听说阿尔弗雷德也在挣扎着，资金的短缺已经渗入进出口贸易领域。他们与家里已经没有联系。在他们生活富裕的 3 年里，拉舍尔一直在星期天偶然地去看看她的孙子们。有个乡下女孩在家里做帮手，朱莉勉强维持着一个岌岌可危的家庭的和睦。随着卡米耶收入的减少，拉舍尔就不再像以前那样忍让了。她内心深处又浮现出儿子因为娶了个女仆而毁了自己的想法，如果他没有掉进把绘画作为职业的陷坑，他也就不会对她一见钟情，这两件蠢事是联系在一起的。朱莉以一种从小养成的耐性忍受着拉舍尔在持家和培育孩子方面对自己的指责。卡米耶把母亲的行为归咎于上了年纪和身体不佳，尽管她走路时所持的手杖并非必不可少，不过起了支撑作用而已。有一次当她举起手杖，像是要打媳妇的时候，卡米耶走过来把手杖拿开，平静地说："妈妈，行了。我要送你到车站坐火车去了，或许情况好些的时候你会愿意再来看我们，让孩子们看到奶奶要打他们的母亲是不好的。"

从那以后，拉舍尔再也没有去过蓬图瓦兹。卡米耶写信告诉她孩子们的情况，当他不得已留在巴黎的时候就到城里看看她，但是夜晚睡在他在蒙马特租的一间小展览室里。他承认自己不擅于绘制迪雷所要的那种风俗画，并且放弃了这个尝试，重新画起风景画，遵循着迪雷早先的劝告："走你自己的路，沿着你描绘乡村自然风光的道路走下去。"

凯博特把卡米耶的两幅画送到法国南部的波城参加画展，然而一无所获。在巴黎，卡米耶听说已经完全抛弃了他们的安托尼·吉耶梅在沙龙卖了画，有了荣誉和政府的首肯，眼看就要获得令人渴望的、为绘画颁发的荣誉兵团勋章。画家们认为他的画与 17 年前他们首次见到的相比毫无进步。

1875 年 2 月 7 日卡米耶写信给泰奥多尔·迪雷：

这个月我没有挣到足够的钱来付我在巴黎的房租，因而不得不仰仗我们的友谊请你帮助。如果你能寄来 30 美元，这笔钱是你过去买画未付的，我将十分高兴。这个星期我要到巴黎去，请你帮我办了这件事。我能收回的只有这笔钱，不幸的是我卖画的钱不足以为生。

随后他的注意力转到了他们集团准备在丢朗·吕厄画廊举办的展览上。他们唯一不参展的密友是保罗·塞尚。卡米耶感到失望，因为他对塞尚的信心从未动摇过。但其他人却松了一口气，说："塞尚的画会招致最恶毒的攻击。"

凯博特拿来了两幅在阿让特依创作的精美河景。参加首次展览的一半"绿乡画家"，还有协会里那些希望能够平息公众对画展批评的画家都拒绝了再次参展的邀请，他们是：阿斯特律克、布拉克蒙、勃朗东、科兰、拉图什和其他几个人。为了填补空缺，他们找来了诸如勒格洛、T.B. 米勒、弗朗索瓦和卡尔斯这样的传统画家，直到凑够了 18 人，共收集了 255 幅作品。雷诺阿参展 15 幅、莫奈 18 幅、德加 24 幅、贝特·莫里索 17 幅，西斯莱则拿来了 8 幅风景画。忙于组织工作的卡米耶决定只参展 6 幅。迪雷在开幕前巡视了画展主厅后立即给卡米耶写信寄到蓬图瓦兹，因为他不知道卡米耶在巴黎。

莫奈的画无论数量还是尺寸在展览中都占据了压倒的地位。他超过了任何一个人，除了在他旁边占据了整整一面墙的雷诺阿。你仅有 6 幅作品，其中有一些并不能打动公众和资产阶级的心，给他们留下深刻的印象。

我预感这次画展将吸引更多的关注，将给我们的敌人决定性的打击。你应当到这里来，挑选你最优秀的作品（不论是在收藏家那里还是在其他什么地方），像雷诺阿和莫奈那样安排一组能够给人留下印象的画。你占据的空间太小了。

如果你需要属于我的什么画，它们由你调遣。但是你不能再耽搁了。

朱莉转来信时夹了个条子：

迪雷给了你很好的劝告，将来的一切都在此一举了，全力以赴吧！不能再浪费时间。

卡米耶认识到自己的失误。他从蓬图瓦兹和厄米塔兹拿来了 3 幅画，从丢朗·吕厄那里借来了两幅较早的作品，还借来了卖给舒盖的一幅画。

丢朗·吕厄的画廊里闪烁着光和色。在开展的前一天，卡米耶一面安排对他来说意味深远的 12 幅画，一面对把自己的收藏放进仓库去的丢朗·吕厄说："你在拿两年前深深伤害了你的同一个集团打赌。"

丢朗·吕厄叹了一口气，说道："年轻的时候我相信通往成功的路是笔直平坦的，但事实并非如此。这条路有的时候会陷进深深的峡谷，那时你或者与朋友一道熬过去，或者向传统势力投降，对于受过像我这样教育的人来说，忠诚比机会主义要更为可贵。"

卡米耶带朱莉去参加开幕式。对画家们和丢朗·吕厄来说，这次画展比两年前在纳达尔画廊举办的展览更令人振奋。

"如果我是个富翁，"他们提前走进展览厅时丢朗·吕厄自言自语道，"我就把这些画全部买下来。"

涌进展览厅的观众人数多于 1874 年。卡米耶觉得观众的嘲弄声也不及以往那样尖锐刺耳。没有发生打斗，因而没有必要像 1875 年在德罗奥饭店举行拍卖时那样去叫警察。他们为数不多的几个自由派的记者朋友试图向公众解释这些新派绘画的意义。而以权威人士阿尔贝·沃尔夫为首的大报却给了他们致命的一击。沃尔夫在《费加罗报》上发表文章，为他们敲响了丧钟：

培勒蒂尔路命运不济。继歌剧院大火之后，这个区又发生了一场势不可当的新灾难。在丢朗·吕厄画廊正在举办一个所谓的画展……参展人是五六个疯子——其中还有一名妇女。这是人类虚荣心达到疯狂程度的一个可怕景象，试让毕沙罗先生明白树木不是紫罗兰色的、天空不是新鲜黄油色、我们在乡下没有看到他所画的东西吧，明智之士决不会接受这些心理失常者的作品！真的，试让德加先生懂些道理吧，告诉他在美术中有所谓素描、色彩、技巧、调节……或者向雷诺阿先生解释，一个女人的躯体不是腐败过程中长着绿点子和紫点子，说明它已经彻底腐烂的一堆肉！……

这届画展举办了一个月，不得不说它是一次失败，甚至画家中的浪漫分子也如此认为。克劳德·莫奈交了个好运，他的《日本式艺术品》卖了400美元，这笔钱足以使他不至被人从阿让特侬的家中撵出来。卡米耶只卖了一幅画，收入不足50美元。德加、雷诺阿、贝特·莫里索每人出手一幅，卖画所得除去画框钱所剩无几。

难道他们的努力又付之东流了？居斯塔夫·凯博特并不如此认为，尽管他用了相当的时间和钱财来扶植这次展览。他请卡米耶和朱莉到普罗旺斯兄弟俱乐部——去吃午餐，要了一瓶上等干白葡萄酒。碰杯之际，凯博特信心十足地说："你看不到水滴在岩石上留下的任何痕迹吧？这是因为肉眼的视觉是有限的。我们明年还要展览，年年要办。我们的反对者这块岩石终有一天会被滴穿。"

朱莉低声地说："我也同样。"

若干星期后，官方沙龙在1876年春开幕时，批评家卡斯塔纳赫对印象派画家发表了如下评论：

……年轻的画家们一致地采用了朴素、率直的表现手法，而群众则不知不觉地认为这些创新者也有他们的道理。……光顾过丢朗·吕厄画廊，看过莫奈、毕沙罗和西斯莱先生如此真实、如此充满生命力作品的人，对此便不会置疑。

卡米耶通过克劳德·莫奈结识了医道高明的顺势疗法医生乔治·德·贝利奥。他是一个富有的罗马尼亚人，与其祖国的统治者毕柏斯科有亲戚关系。他长住巴黎，现在只为朋友和喜爱的艺术家看病。与脾气古怪的保罗·加谢医生不同，他十分讲究地穿着宽边翻领的黑色长外衣，配套的背心和裤子，领带一丝不苟地系在雪白的衣领下面。他上街的时候戴一顶黑色的圆帽，活像个教区牧师。殉道者街66号他的寓所里塞满了各个流派的雕塑和绘画、古玩家具、一盏荷兰枝形吊灯、意大利陶器和日本铜器，令人窒息。自从在德拉克洛瓦的画室买了两幅画以后，他便开始藏画，并且经常光顾德罗奥饭店的拍卖。现在他的视线又转向了印象派画家。1874年在协会举办的首次展览上，他买下了莫奈受到新闻界猛烈攻击、被人们嘲笑的作品《日出·印象》。1875年，他买下了雷诺阿的一张自画像。这幅画曾被雷诺阿抛弃，是由舒盖救下来给德·贝利奥送去的。他还买了一幅西斯莱的作品。他的藏画占据了家里所有的空间。

他开始照顾毕沙罗一家，把顺势疗法的药品带到蓬图瓦兹，和加谢医生一样，收张小画作诊费和药费。

1876年夏天，所有画家的妻子或情妇中最可爱、最热情的女人莱奥尼·莫奈怀孕了。她和克劳德·莫奈一致认为在前途叵测的情况下很难再抚养这第二个孩子，因而决定把胎儿打掉。1810年以来堕胎在法国成为非法，法律规定："凡堕胎妇女均处以单独监禁。自行堕胎或接受他人提供堕胎方法之妇女应受同样惩罚。为人堕胎的医生和药剂师判服苦役。"

有人把他们介绍给当地一个未受过医疗训练的骗子。莱奥尼受着子宫壁撕裂、伤口不愈合的煎熬。她的脸颊失去了血色，伤口剧痛。阿让特依当地的医生认为如不做大手术，她的伤口便不可能愈合。毕沙罗夫妇听到莱奥尼卧床不起的消息后，立刻赶到阿让特依去安慰她。朱莉坐在朋友的病榻旁，莫奈则带着卡米耶在他们的花园里转来转去，心情忧郁。

"我有罪。"他叫道，"我和小儿子让的生命都系在莱奥尼的身上。但是她害怕动手术，而且我们也没有钱住院或请医生。我们每天就是靠向我的作品爱好者乞讨过日子。"

卡米耶劝他向德·贝利奥医生求助，但莫奈却因为这个问题的非法性质而不敢向他提出。德·贝利奥医生立刻赶到阿让特依，不加任何评论，便开始用顺势疗法的药物给莱奥尼治疗。

夏季刚刚开始，卡米耶在昂尤码头找到了一间更小、也更便宜的房间存放和展览他的作品，那里离阿曼德·吉约曼和塞尚到巴黎来时用的画室不远。吉约曼答应在卡米耶不能进城时把他的画拿给可能的主顾看。然而建议虽好，他却无法帮卡米耶卖出哪怕一幅画。卡米耶很快就放弃了这间房，因为他付不起它微不足道的租金。

1876年的秋天和冬天，卡米耶以一种顽强的毅力工作着，完成了43幅作品。他画蓬图瓦兹附近的果园，鲜花盛开的梨树、街道、河堤和雨中的码头，所有这些都用他观察到的随季节变化的充满活力的色彩画成：黄绿色、屋瓦红、透明粉和透明蓝色。同行们告诉他，他的这些新作品生机盎然，是那种看后令人激动不已，令人对造物主的能力感到敬畏，发出由衷赞叹的作品。

然而没有人来买画。有些人认为他的这些描绘农民和劳动场所的乡村风景画不宜挂在收藏家们典雅的藏画室内。他们的负债日益增多，为了让3个孩子能吃饱肚子抵御冬日的严寒，让两个大孩子能够穿上暖和的衣服去上学，朱莉想尽了一切办法。卡米耶在附近奥斯尼的窑上找到了一份绘制陶砖的工作。与几年前绘制窗帘挣工资或是画扇面拿固定收入不同，他只有在作品卖出去的情况下才能拿到钱。他画了三四十块，卖价以便士计。

卡米耶盼望着第三次独立画展能够在春天尽早举行。1月，莫奈搬回巴黎，住在圣拉扎尔车站附近的爱丁堡路26号的一所公寓里。他在附近的蒙赛路有一个小画室，莱奥尼偶然到那里去为他当模特儿，尽管这对她来说并非易事。她的身体虽已度过最痛苦难熬的时期，但要彻底恢复仍需很长时间。卡米耶不可能从莫奈那里得到对举办第三次画展的鼓励。集团里的人反对举办画展，怕再次遭受以低价出售作品的打击。只有凯博特强调为了击垮敌人，有必要立即继续举办画展。丢朗·吕厄出于无奈，出租了他的部分展览室，这样他们就得另找一套地理位置好的空房。

"我们拿什么付房租呢？"其他人问道，"现在除了雷诺阿之外没人赚钱，他有一份为出版商夏庞蒂埃和他的妻子、小女儿画肖像的差事。"

凯博特在培勒蒂尔路6号的二楼找了一套宽敞的公寓，那里是被烧毁的歌剧院的旧址。他和德加准备支付租金。有了展览的地方，又有卡米耶和凯博特来安排目录，印象派画家的7个核心人物带着重被唤起的热情行动起来，并拿来了大量的作品。回避了一年之后，塞尚和吉约曼再度露面；布丹拒绝参加；卡米耶加上了皮埃特；雷诺阿邀请了他的朋友、优秀的沙龙画家弗朗克·拉米和科尔戴；德加带来了他的朋友、有小画廊可以展出其学院派作品的传统画家莫诺和提罗。最后他们共集合了18位画家，规模居3次展览之首。

卡米耶展出在蒙特福考特、蓬图瓦兹和在瓦兹河上的奥维尔创作的22幅作品，其中3幅是从凯博特那里借的。塞尚的参展作品为几幅风景画、3幅静物、1幅舒盖的肖像和3幅水彩画。德加的25幅作品包括色粉画，描绘了歌剧、芭蕾舞和咖啡馆音乐会的场面，以及沐浴的女人。莫奈的30幅作品中有8幅描绘圣拉扎尔车站，风景画中有11幅是从霍希蒂那里、3幅是从德·贝利奥医生那里借的。雷诺阿20幅，包括他为夏庞蒂埃夫人和她的小女儿绘制的索取报酬的精美肖像。西斯莱的17幅风景画中有《马利的水灾》和分别从霍希蒂及德·贝利奥医生那里各借的3幅作品。莫奈和雷诺阿负责悬挂展品，这一次是皮埃特抑制不住心头的怒火向卡米耶呼叫，要他立即赶到巴黎来看看他们的安排。莫奈和雷诺阿把最好的房间据为己用。

卡米耶来到巴黎，从造船厂办公室找来了凯博特，两人一起赶到培勒蒂尔路重新安排了展品，使每个人都能获得均等的机会。没有人对他们的安排提出抗议或表示不满。

开幕的前一天，卡米耶独自一人在中午来到展览会，观看他认为是法国历史上最激动人心的画展。他觉得这个展览开辟了人类生活的新视野，十分壮观；它是如此之感人，其极富生命力的作品的规模又是如此之大，因而使人不得不相信画展一定会取得惊人的成功。自他们在纳达尔画室第一次展出作品以来，3年已经过去了，他认为公众已有了足够的时间可以重新教育自己，为习惯各种各样的先进绘画方法做好准备。他们继承了柯罗和杜比尼的革命，并把德拉克洛瓦和库尔贝的传统发扬光大。

画展不可能失败。因为在世界任何地方的一所公寓里也不曾展出过如此富有灵感、如此色彩丰富和具有令人难以置信之新鲜感的作品。这些作品使用了大胆创新的迷雾般的光线，并且具有丰富多彩的新内容：音乐家、芭蕾舞、跑道、农场、正在工作或休息的工人，一个完整的充满了生命力的世界。在这里一切障碍都被凯博特所谓的"不妥协"的光辉所冲破，在这里响彻着赞美大地和它的累累果实，赞美人类和他们的个性与聪明才智之结晶的颂歌。

开展的第一天如同往常一样来了很多人。观众走进第一展览室看到的是莫奈、雷诺阿和凯博特的作品。第二展览室陈列着卡米耶的两幅风景画和西斯莱、吉约曼的作品。塞尚和贝特·莫里索的作品各自占据了公寓大客厅的一面墙，与他们摆在一起的还有卡米耶的一张大幅风景画和雷诺阿的《煎饼磨坊的舞蹈》。原来对塞尚有看法的印象画派同行们开始赞同卡米耶的看法，认为他具有惊人的才华。饭厅的墙壁面积大，因而由卡米耶、凯博特、莫奈、西斯莱和其他许多画家共同使用。公寓尽头的走廊上陈列的完全是德加的作品，使他想集中人们注意力的希望如愿以偿。

最后终于同意满足大家举办展览所需的泰奥多尔·迪雷，混杂在参观者中间。尽管展览厅里充满了嘲弄的笑声，他还是告诉卡米耶："绝大多数观众都认为这些参展画家并非缺少才华。如果他们肯像世界上其余的画家那样去作画，他们是能够创作出优秀作品的；但是他们的主要目的是引起公众的注意。"

卡米耶也发现观众的敌意和刻薄比前几次画展有所减轻。这里没有发生激烈的争论、没有脸红脖子粗的讽刺和奚落。但他发现敌意的减少却是出于一个错误的原因，并非这届画展在改变人对世界看法的革命性方面有所减弱，而是由于观众认为这些画家现在不过是些仅供人们娱乐的无害小丑。

举办展览的当月，这个集团出版了一本题为《印象画派》的小型美术杂志，主要撰稿人是同情他们的评论家乔治·里维埃。在这本小册子中，他解释并发扬了画家们的追求。但是除了那些已经改变了看法的人以外，并没有人理睬它。

漫画大师杜米埃的门徒卡姆在《喧嚣》杂志上发表了一幅讽刺漫画，题名为《印象派画展》。画面上一个宪兵正在厉声劝阻一位衣着讲究的年轻孕妇："太太，走进去是不明智的！"

另一位评论家写道：

把画立起，你看到的是塞纳河上的一条船，把画倒过来，呈现出的却是一个果园和一个庄稼汉。

保罗·曼茨在有声望的《时报》上发表的文章，给了画家们最沉重的一击：

……他们闭着双眼，手法笨拙，对绘画技巧表现出极大的轻蔑。对于这些认为别人会把他们的漫不经心视为风度，软弱无能误为正直的充满幻想的人物，我们没有必要讨论。

我们也没有理由担心无知会成为一种美德。

卡米耶在新雅典咖啡馆一边呷着咖啡一边说："如果这些评论家是对的，那么我们就是些毫无价值的人；如果他们错了，则说明美术评论已不复存在。"

几千名观众拥入培勒蒂尔路6号，不是来估画或是买画，仅仅是因为现在印象派运动已成为一项著名的事业，比法兰西喜剧院上演的滑稽戏更为可笑。

画展卖掉了沙龙画家的几张小静物画，而印象派画家却一无所获。

丢朗·吕厄招呼他们到自己在拉菲特路的寓所开会。这所房子虽然看起来不能赚钱，他还是千方百计把它保留了下来。他迫不得已卖掉了枫丹白露画派的许多作品，以及梅森、德罗斯顿、斯波德等他和妻子收藏了多年的艺术品。上了年纪的路易丝大妈端来了冷餐肉。丢朗·吕厄站在壁炉的空架子前说道："我把你们叫到这里来，是想建议你们在展览闭幕后在德罗奥饭店举行一次公开拍卖。卖不出画去你们就不能放弃这个努力。我已经安排我的朋友勒格朗来主持拍卖。"

激烈的反对之词立刻应声而起。贝特·莫里索说："与上一次一样，它一定会失败。"德加补充道："我们在这个短短的时间里已经丢尽了脸。"

"这些我都明白。"丢朗·吕厄沉着脸道，"也许你们只能挣回画框钱，但即便如此也比用小车把200张画沿街推回家强。"

一片尴尬的沉默。卡米耶觉得心里一阵难受。

"我的画算一份。"凯博特说。他的话扭转了争论的话题，谁都知道他并不缺钱花。

45幅画留下参加拍卖，其余的退出。德罗奥饭店发出布告，聚集了不少观众……他们对依次挂出的每幅画进行嘲弄。尽管如此，情况同样也与以往有所不同。人们不再把这些画视为敌视人民之作，而是逐渐将其归为无害的荒唐画之列。卡米耶的《春日将尽》卖了21美元；《休息的收割者》26美元；《小路》40美元；《鲜花盛开的梨树》46美元；《蒙特福考特的大梨树》26美元，总数为159美元。

雷诺阿作品的卖价在10至57美元之间；西斯莱的在10和33美元之间。凯博特较为安静的作品卖价最高。买画的几乎没有什么新的收藏家，大部分作品都卖给了他们的拥护者：德·贝利奥医生、加谢医生、迪雷、阿罗沙兄弟、舒盖、富尔和夏庞蒂埃，出版商、经纪人欧内斯特·梅和保罗·高更。大部分作品只卖出成本费，平均开价为34美元。勒格朗以他的机智战胜了那些故意刁难者，使这次拍卖的总收入达到1520美元。在德罗奥饭店收取它的佣金后，参展的5位画家拿到了现金而不是把作品运回家。凯博特用他的拍卖所得支付租金和杂志的开销，不论他还是德加都没有提出要其他人出钱填补亏空。印象派画家第三次展览得到的一个奖赏，就是阿莱维编写的以一名印象派画家为讽刺对象的剧本《蝉》。在乘坐哐当作响的火车返回厄米塔兹的路上，卡米耶想起了库尔贝几年前对他说的话："作为一出成功讽刺剧的攻击对象，我感到骄傲，它意味着我成功了，整个巴黎都在谈论我。"

　　　　　　　　　　　　　　　　🐟

　　卡米耶虽已给了蓬图瓦兹的商人们每人几块钱，并支付了过期的房租，但是到了 6 月份，这些人便又不肯通融了。经历了多年的艰难困苦，到了 47 岁上，卡米耶第一次濒临破产。他的债权人坚持要扣押他的财产，包括家具和画室中所有的画。而房东要他在月底之前腾出房间，因为他找到了一个能按月付钱的房客。

　　使情况变得更糟的是，吕西安生了病，而他们最小的儿子费利克斯又感冒发烧。出于无奈，卡米耶只好重返巴黎街头，虽然再去找那些曾支持过这次拍卖的老主顾们令他颇为踌躇。

　　5 天后，当他精疲力竭地回到蓬图瓦兹，不得不告诉朱莉，自己为了找到 20 来美元而东奔西跑但是却空手而归时，她那一双凄楚的眼睛足以说明一切。不论在巴黎还是在阿让特依都找不到凯博特，于是卡米耶写信给他，请他立即来厄米塔兹。

　　在毕沙罗家即将破产的前两天，凯博特赶到了，对他们的情况深表关切。

　　"我亲爱的朋友，出了什么事？"

　　卡米耶在简单叙述他负债累累的情景时努力克制着不使自己的声音发颤，并避免使用令人痛苦的词句。凯博特仔细地聆听着，然后问道："付清债务并使你度过这个夏天需要多少钱？"

　　"我算了算，需要 200 美元。"

　　他们坐在卡米耶建造的马车道旁的粗石头房里。凯博特不停地倒着脚，用手指抨着头发。忽然他的嘴角露出一丝微笑。

　　"我有办法了。"

　　卡米耶伸出双臂抱住了这位身材高大、脾气温和的人，努力抑制着自己的泪水。

　　"你一定得拿几张你喜欢的画回家。"

　　"当然！这是一项买卖合同。拿两幅你认为最难出手的画来。"

　　他选择了《蒙特福考特的冬天》和《日落印象，蓬图瓦兹》。朱莉赶到城里的糕点铺买来了点心，端到他们作为饭厅的窄小角落。卡米耶把凯博特价值 200 美元的汇票放进上衣左口袋里，感到它温暖了自己的心。朱莉则感激得不知如何是好。

　　凯博特边呷着咖啡边说："我一直在考虑我们独立画展的前途。为下一次展览筹集资金会十分困难，因此我写了一份遗嘱。"

　　卡米耶叫道："真见鬼！你才 28 岁呀。"

朱莉也插话道："我们的生死在天。"

凯博特平静地继续说："我无意去死。我喜欢设计船只，喜欢绘画，也喜欢与朋友们在一起。这样做仅仅是因为如果我突然死去，我希望我的藏画能归国家所有，条件是它们必须挂在卢浮宫内。"

"卢浮宫？我们连沙龙都进不去，你的遗嘱将会遭到激烈的反对，难以实行。"

凯博特递给卡米耶一张纸条，上面是他工整的手笔。卡米耶念道：

我要求从我的财产中拿出必要的数目，于1878年在最适宜的时机为那些被称为"强硬派"或"印象派"的画家们举办展览。我现在难以确定准确的数目，也许要花费3万或4万法郎，或者更多。参加这次展览的将有德加、莫奈、毕沙罗、雷诺阿、塞尚、西斯莱和贝特·莫里索。我列举这些名字并不意味着将其他人排除在外。

卡米耶端详着凯博特。

"你生病了吗？"

"没有。"

"作为一个船只设计师和科学家，你不应当相信预感。"

凯博特低声笑了。

"记住，这份遗嘱只放在我的公证人那里。"

卡米耶扛着两幅油画把凯博特送到火车站。回到家后他吻了吻朱莉，然后从衣袋中掏出汇票递给她。

"凯博特把我们从危难中解救了出来。他多么高尚！"

"我要为他祈祷。"朱莉应声说。

一切都好转了。吕西安的病好了，小婴儿也不再令他担心。朱莉在家里或是花园里一边干着活，一边唱着葛兰赛古老的民谣：

树林中的小夜莺，

无拘无束的小夜莺，

快把你的语言教给我：

教我如何诉说，

教我怎样说爱，

教我怎样谈情。

他们的家庭生活又恢复了常态。卡米耶和孩子们一道游戏，教他们绘画，在树林里野餐，一切又都变得那么和谐。他每日早晨天刚蒙蒙亮便推着自己的轮车出发，车上的大灰伞为他遮阳，同时也遮住了他的画布。他画瓦兹河畔和附近村庄的道路；为在窗旁做针线、在菜园中摘菜和喂兔子的朱莉画像；他画抱着鼓的小孩、花瓶中的玫瑰和饲养家禽的庭院，四处找寻着乡间生活充满诗情画意的景象；他为厄米塔兹、蓬图瓦兹和河谷画像，使它们无论将来发生了什么变迁都不会被人们遗忘。

他续订了《喧嚣》杂志，为的是欣赏里面攻击传统观念的漫画。其中，杜米埃攻击律师、法庭和立法机关，卡姆剖析最新消息；加尔瓦尼是描绘轻佻女裁缝和闺房趣事的天才；博蒙则专门讽刺年轻恋人的蠢态。一切事物都成了《喧嚣》杂志漫画家们的题材：天气、单身汉的过失、通奸、纠缠不清的父母、裁缝的账单、乡下的巴黎人、巴黎的乡下人、穿着裙撑的大惊小怪的太太们，甚至马路上的窟窿。这些漫画家们不仅才思敏锐，而且技法高超。每一期杂志都令卡米耶忍俊不禁。它揭穿了事物矫揉造作的假象，使他能够敏锐地观察外界事物。

夏日将尽，卡米耶依然没有卖出一幅画。收藏家们都出门在外，小画廊对新作品又不感兴趣。他手头的钱也已用光，拿不准自己是否有那种再次与破产威胁相抗衡的坚韧不拔的精神。

命运之神以饭店和糕点铺主人欧仁·米雷和他同父异母的妹妹、优秀的厨师玛丽的面貌出现了。米雷像巴黎诗人喜欢的那样在脖子后面留着又长又厚的头发，但是胡须却像画家那样修剪得整整齐齐，穿着画家常穿的灯芯绒外衣，领子洁白柔软，但不戴领饰。他的眼睛有两种颜色和神态：当他思考诗和画时，它们是暗色的，目光深沉；而他做买卖讨价还价时，双眼却闪闪发光、目光贪婪。他只因为缺少一种品质而不能成为波德莱尔或德拉克洛瓦，即：绝对没有天才。老天设下了一个残酷的骗局，仅仅让他的外表像一个有创造力的艺术家。

由于认识到了这一点，米雷和妹妹在伏尔泰大道上开了一家饭馆。仗着近便的地理位置、玛丽的烹调技术和那家糕点铺，米雷的买卖一开始便一帆风顺。

卡米耶通过经常光顾这家小饭馆的雷诺阿认识了欧仁·米雷。

"我在独立画展上看过你的画。"米雷告诉卡米耶，"你愿意为我的饭馆画幅壁画吗？雷诺阿已经装饰了柱子，莫奈为面包店的墙壁作了画。就画你在蒙莫朗西或蓬图瓦兹画的那种风景画？我付你20美元。"

卡米耶绘制的奥斯尼的塞纳河景给米雷的饭馆带来了生气，令他十分高兴。

"再画一幅壁饰怎么样？"米雷问道，"我无力再付钱给你，但我允许你来巴黎时在这里吃饭、买面包和糕点带回家，都可以记账。"

卡米耶的6位同行在墙壁上挥毫之后，米雷的饭馆便开始成为巴黎装饰最美的饭馆。除此之外，他还开始从所喜爱的印象派画家那里不偏不倚地挨个购买油画，用来装饰自己就在附近的大公寓。但是他付给画家们的钱却每幅不超过 10 至 20 美元，甚至最大的无框油画也是如此。那些用不着到米雷的饭馆吃饭、喝下午的咖啡或是晚上的热巧克力的人，就只好同意这个价钱。

饭馆的墙壁装饰就绪后，米雷举办了庆祝会，请画家们来吃饭，玛丽献上了她以香蕉条和松子作配料的拿手菜——鳗鱼。长着一双迷人的眼睛和一把连鬓胡子的雷诺阿姗姗来迟，衣衫不整。他不顾卡米耶和朱莉的在场，大声对米雷说："今天我胳膊下夹着一幅画去拜访一位收藏家，可是他对我说：'毕沙罗刚刚走，我已经买了他一幅画。这完全是出于人道，他得养活那么一大家人，可怜的家伙。'什么？难道我孤身一人又没有孩子就该饿死吗？我像毕沙罗一样走投无路，但大家谈起我时没有人说'那可怜的雷诺阿！'"

朱莉略微尖刻地说："雷诺阿先生，结婚吧，再生上几个孩子。那时人们就会为你感到难过，买你的画了。"

米雷的饭馆取代了新雅典咖啡馆。卡米耶偶然来巴黎时就在那里待上几小时，与大家叙叙友情，参加政治讨论或打听有可能买画的收藏家和画展的消息。他总是念念不忘促成另一次印象派画展的召开。玛丽·米雷仔细地记下画家们吃的或是拿回家的面包和糕点的数目，而欧仁却有同情之心，他从不拒绝让画家或他的家人填饱肚子，如果他欣赏他的作品……并能得到一幅画。

"米雷付钱为什么要拖这么长时间？"朱莉问，"从他那里拿到这最后的 4 美元要比让我们的乔治不发脾气还难。"

"为了拿《圣·安托尼的河谷》的每一笔小钱我都得跑上 10 次。但他是唯一肯买画的人。"

得知卡米耶如何迫切需要钱用，或许还因为自己付钱太少而感到有点不好意思，米雷想起了一个好办法。

"我们为什么不拿你的一张画作奖品来卖彩票呢？我可以印 100 张彩票，每张卖 2 角钱。卖掉这些彩票不成问题，也就是说你可以得到 20 美元，如果你愿意拿出 4 幅画卖就是 80 美元。你不会赔本，怎么样？"

卡米耶同意了。不论以什么令人痛苦的方式卖画都是件好事。

"我给你拿 4 幅画来。我们给它们装上便宜的框子，让它们拿得出手，然后多卖 50 张彩票来抵这笔开销。"

朱莉在蓬图瓦兹的商店里卖了几张彩票，费利西的丈夫卖了一些给他的商界同行。画家们则把彩票卖给朋友和为他们提供颜料、画布的商人。然而大多数彩票还是由米雷和玛丽卖给了伏尔泰大道附近的女佣们。他们一共卖掉了 100 张。从盛面箱子里抽到幸运号码的年轻姑娘冲到面包房前厅矗立在诱人的面包中间的画架前。她望着《骑驴的农民》皱了皱眉，又做了个怪脸，揉搓着手中的帽子，两只脚不停地来回倒着。

"如果你无所谓的话，我宁愿要个奶油面包。"

她大嚼着面包兴高采烈地走出了店门，留下的是一片尴尬的沉默。米雷无可奈何地说：

"好吧，人之所好各有不同。不管怎样，毕沙罗，这是你卖100张彩票的20美元。"

"我得把画也拿走。"

"那可不行。"米雷答道，一边从画架上摘下镶着单薄的画框的油画，"它属于我。我为它付出了一个月的劳动，还付了玛丽的奶油面包钱。别不高兴，我的朋友，20美元总比让骡子踢一脚强。"

朱莉拿过钱来低声道："回家吧，对于画了几百张画的人来说，少了一张又算得了什么？'快淹死的人连稻草也会抓住不放。'"

秋天，莱奥尼·莫奈开始发高烧、昏睡。莫奈试着担负起收拾房间、做饭和照顾儿子的工作，同时还要作画。朱莉建议莱奥尼和让住到厄米塔兹来，在那里她能比莫奈更好地看护莱奥尼，而且加谢医生在乘火车回奥维尔的路上还能停下来看望他们。

莱奥尼的眼里露出害怕的神色。

"我不愿离开克洛德，我要每天和他待在一起。"

他们离开莫奈公寓的时候，朱莉问道："这是为什么？"

"他就是她的整个生命。"卡米耶答道，"这就是爱，但是爱并不总是对人最有利的。"

朱莉瞪了他一下，睁大了的双眼显然是在说："你当然知道！"

几星期后，两个女人又见面时，莱奥尼向朱莉披露心扉："做这种事要使出比我所有的更大的力量和勇气，可是我有什么办法呢？尽管医生禁止，但我们仍旧同床。如果我不顾及这个家，不给他当模特儿，我会失去他的。"

朱莉以农民所具有的那种现实态度思忖："那也比毁掉你自己强啊。"

8月，莱奥尼又怀孕了。加谢医生和德、贝利奥医生都吓坏了。再怀孩子对她来说实在太危险，而上一次的非法堕胎又使她不能再做流产。

克劳德·莫奈的生活中出现了诱惑。诱惑他的是小加纳百货公司老板欧内斯特·霍希蒂的妻子爱丽丝·霍希蒂。霍希蒂仍然是巴黎印象派作品唯一的热情收藏者，尽管他有两次出现经济危机，不得不拍卖自己的收藏。他现在仍藏有卡米耶、莫奈、马奈、雷诺阿、德加、西斯莱和莫里索最优秀的作品。

爱丽丝·霍希蒂是一个胸脯丰满的中年妇女。她大方、快活、感情丰富，已经有了6个孩子，对身体发胖的丈夫感到失望。她决心证明自己仍然年轻、温柔、迷人，疯狂地爱上了克劳德·莫奈，而且对自己的感情丝毫不加掩饰。莫奈经常当着儿子和莱奥尼的面与她相会，并单独地与她谨慎来往。霍希蒂家在巴黎有一处高级寓所。莫奈有的时候到他们的乡间别墅住上几个星期，在那里作画。爱丽丝·霍希蒂经常与莱奥尼和小让，以及她自己的小孩子们一起度过炎热的下午，带他们出去吃晚饭，或是在家里安慰莱奥尼，她还带来食品，帮助料理家务，向莫奈家伸出了友谊之手。

"我讨厌这样。"把这个情况立即告诉卡米耶的塞尚说。他带着霍腾斯和小保罗从埃克斯来到蓬图瓦兹，一家人准备在毕沙罗家小住几日，两个男人要一起作画。"霍希蒂会跟我们算账的，停止购买，甚至为了替自己报仇会拍卖我们的作品。"

他们靠着卡米耶求米雷买画和后者偿还以前购画所欠的几美元，勉强度过了 1877 年的秋天和冬天。现在米雷已经有了巴提纽尔集团所有成员的作品，有了第一流的藏画。

"他在建筑自己的卢浮宫。"德加愤怒地说。

"他从来就不付够我们钱。"卡米耶补充道，"但是没有他，我们怎么办呢？"

1877 年的最后一天，卡米耶听说 58 岁的居斯塔夫·库尔贝在流亡中死于瑞士的伯恩-波特。由于法国政府指控他欠了巨款，他受了 6 年的罪。这几年他是在家庭的谴责、孤独、酗酒、病魔缠身和对巴黎的思念中度过的。

失去了他，卡米耶深感悲痛，是库尔贝把他引进了巴黎美术界，在安德勒啤酒店热情地款待他，手把手地教他作画，直到逃离这个国家的那一天还在为他改画。库尔贝的这些恩情，他都尚未报答。那些对库尔贝有恩未报的画家们举行了一个非正式的追悼会。

"残酷的命运，"莫奈严肃地说，"难道这不就是命运的本质吗？啊，但是库尔贝大量的优秀作品，在旺多姆纪念柱的故事已成为笑柄之后仍然不会被人们遗忘。"

新年伊始，卡米耶便着手准备下一届印象派画展。凯博特再次提出只要找到合适房间他愿意付房租，但建议把展览会延至 6 月份举行。因为在官方沙龙闭幕后开展，观众也许能体会到两者之间的不同。

克劳德·莫奈接着说："我们应等到 10 月份世界博览会开幕时举办，届时将有百万来自世界各地的参观者，而不只是巴黎的这些尖酸刻薄之辈。"

雷诺阿对他们的话全然不加理会，食指在鼻子下面习惯性地来回搓着。

"能够欣赏得不到沙龙认可作品的人在全巴黎不会超过 15 人。如果这位画家的作品不在沙龙展出，那么就有 8 万人不会买他哪怕是一英寸的画。我不愿意在怨恨中浪费自己的时间。我认为一个人应竭尽全力创作出最好的作品。我在沙龙展出作品纯粹出于商业考虑。"

尖刻的德加后来议论说："他过去与我们一道展览的唯一原因是因为他遭到沙龙评审团的拒绝。但他现在已经得到暗示，他今年很有可能入选。"

"他不参加我深感遗憾。"卡米耶沮丧地说，"他是我们当中的佼佼者。"

　　夏尔·弗朗索瓦·杜比尼于 2 月去世，终年 61 岁。由于他为独立沙龙所做的激烈辩护和对古板守旧的评审团的严厉指责，官方没有为他举行葬礼。美术学院也对他的去世置之不理。画家们聚集在墓地旁，赞扬了他面对不可避免的报复和打击所表现出的远见、勇气和忠诚，宣称他的作品将永远为全世界人民所喜爱，并使他们充满力量。

　　柯罗、库尔贝和杜比尼相继辞世了。画家们紧紧地依偎在一起，沉痛地意识到人生之苦短，意识到他们阵营受到的损失。

　　泰奥多尔·迪雷邀请卡米耶到他双亲的家科纳访问，在那里他可以在附近的乡村无拘无束地作画。他还付给卡米耶 20 美元作为买《洗衣服的小个女人》的钱。

　　卡米耶不清楚这个邀请是否包括朱莉和孩子们，但他知道没有必要去打听，因为他身无分文，根本买不起火车票。他再次徘徊在巴黎街头，就像中世纪沿街叫卖的小贩一样。一个叫帕提的商人以 10 美元的价格买下了一张板面油画，卡米耶去收钱时，他的伙计却说他已度蜜月去了。他穿过城市来到伏尔泰大道米雷的饭馆和面包店。

　　"我就像沙漠中盼望下雨的旅客一样，"他痛心地对米雷说，"你能预付我这笔钱吗？"

　　米雷借给了他 10 美元。卡米耶对邀请他在新雅典咖啡馆平台上喝啤酒的吉约曼说："艺术是一个饥肠辘辘、囊空如洗的倒霉蛋。但我不是为自己，而是为家人感到痛心。我使他们陷入困境，你无法想象我是多么痛苦。"

　　吉约曼选择了这个不利的时机坦露心怀。

　　"毕沙罗，我不再指望靠买彩票发财了。我已经在桥梁公路部虚度了 15 年，我也不想再做个只能星期天作画的业余画家。我打算放弃目前的工作，结婚，并且做个职业画家。"

　　卡米耶端详着他的这位 37 岁的老朋友和学生坦诚的脸，然后向走过皮加勒广场的人群，穿着工作服的男人和紧紧地抓着她们的线网袋上市场去的家庭主妇们望去。吉约曼在与卡米耶并肩作画之际对他有了深刻的了解，知道他是一颗新星。但是在独立沙龙最好的画家都难以糊口之际，他有成功的希望吗？卡米耶又会怎么说呢？

　　"吉约曼，我赞成你的想法。对于一个工作了 15 年但有其他机会去从事绘画的画家来说，他已经浪费了 7 年。还是让城市见鬼去吧。但是这样做需要有点性格。我去加拉加斯，为的是割断把我和资产阶级生活联系在一起的绳索。我受的苦无与伦比，但是我活过来了。"

　　吉约曼闷闷不乐地盯着怀中剩余的啤酒。

　　"我想我还是得买更多的彩票。"

　　第二天上午，卡米耶通过巴黎地下气压传送信件装置，寄给了米雷一封快信，一个骑自行车的男孩在两小时内会把信送到。

　　"昨天晚上我向你提到我在蓬图瓦兹所作的一幅画。你知道这幅画，它描绘的是一个身穿砖红色衣服的小个子农妇，头上包着一块黄色的围巾。如果你喜欢，我将很高兴把它卖给你。急等钱用,请送到蓬图瓦兹……我已经不顾一切了,这些习作对我来说十分珍贵。

"这两张小画各付 10 美元我便出手。《布列塔尼人》必须付 20 美元。"

米雷买下了画,但一次只能付 2 美元。

"足够阻止我去自杀了。"卡米耶听见朱莉抱怨地说。

后来米雷决定请卡米耶为自己画像,并已向他暗示。他的面包房买卖兴隆,而且他又是个收藏家。

"画肖像你要多少钱?"米雷问。

卡米耶考虑片刻。

"30 美元。"

米雷惊呆了:"30 美元……可是雷诺阿为玛丽画的肖像我只付 20 美元。"

卡米耶下定决心不让步。

"这幅画至少要画 12 次。在敲定价格之前我想告诉你,我已和我的朋友雷诺阿商量过并定下了这个价,我认为这是合理的。再少了不行。"

米雷非常想要一幅画像,于是让步了。

"可我还得坐那么多次。"

在各种幻想的鼓舞下,他把米雷预付的钱带回家拿给朱莉,对自己近日的恶劣心情表示歉意。朱莉打断了他的话,惨淡地笑了笑,拿起了钱。

"现在我又敢进商店了,他们已经开始讨厌我了。"

卡米耶紧紧地搂住她,尽情地吻着。

"多么可爱的脸。初次相见时我这样想,现在我还是这样想。"

Chapter 10

焦
灼
难
忍

居斯塔夫·阿罗沙在他圣·克鲁德街的寓所里收藏着德拉克洛瓦、库尔贝以及杜米埃看起来尚未完成的精美作品。这些作品深深地打动了卡米耶的心。拜访阿罗沙时，他遇到了一位高个子、相貌惊人、身着考究的黑衣服的男子。阿罗沙介绍了他的教子——保罗·高更，他的母亲是阿罗沙家的朋友。在她去世前，他们曾答应照料当时尚年幼的高更。高更脖子粗壮，身体结实，讲究的衣着显示出一种不加掩饰的自信，一副放荡不羁的派头。他的头硕大而窄长，前额狭窄，一只受过伤的瘦骨伶仃的鼻子斜横在脸上。他有一双蓝绿色的鼓泡眼，一头黑发，惹人注目的高颧骨和棕褐色的胡子，一个结实的长下巴显示出他有些爱吹牛，然而这一切或许都体现着他果断的性格。卡米耶对他产生了好奇心。

"关于我嘛，"保罗·高更用很重的喉音说，"我告诉你我出身于阿拉贡的博戈亚斯或是秘鲁总督家庭，你会说我在吹牛；如果我告诉你高更家的人是一群清道夫，你又会鄙视我。"

"就请如实说吧。"

他咧嘴笑了："关于我的家庭，我一无所知。我曾在南美轮船上当了6年的司炉和海员。海员的生活使我成为一个男子汉。阿罗沙说你从圣托马斯来，当然我们的船也在那里停靠过。在到达你们港口的几个星期之前，我们就开始梦想着夏洛特·阿马利亚那些漂亮的、棕色皮肤的姑娘。我想讲给你听我如何征服女人，不过我可是个糟糕的扯谎人！"

卡米耶仰头大笑起来。高更走起路来摇摇晃晃的姿势的确像个海员。

普法战争中高更结束在热罗姆·拿破仑舰上的服役时是23岁，他需要找份工作。居斯塔夫·阿罗沙通过他在贝尔坦股票行做经理的女婿给他找了份工作。他们安排他在拉菲特路的事务所任职。他的大胆和那种吸引人的自信使他很适于做个经纪人。高更的工作方式虽然有些粗鲁，但其中不乏富于感染力的随和。他立刻就有了收入。

高更告诉卡米耶，5年前他与一位年轻的丹麦姑娘梅特·盖德结了婚。他们是在梅特初次在巴黎度假时下塌的一所极好的提供膳食的寓所中相识的。她与高更同龄，是个活泼迷人的高个子、白肤金发、长着一双普蓝色眼睛的姑娘。她的父亲是丹麦政府的文职人员。高更带她游览了巴黎的名胜。他们相爱了。现在他已是一个成功的股票经纪人，能够使她摆脱中产阶级的文职人员的生活。梅特身材高大，看起来能成为一个能干的贤妻良母。一对迷人的年轻夫妇还能再要求什么呢？他们现在已有了两个孩子，埃米尔和阿林。

"我参观过你们印象派的画展并像其他乡巴佬一样嘲笑过你们。"高更声音局促地告诉卡米耶，"但经过几个不眠之夜，我认识到自己是个傻瓜。我要以买画来弥补自己的过失。我为什么不从你开始呢？我有钱，从证券交易所搞到钱并非难事。我要告诉妻子绘画是最安全稳妥的投资，它们的确是。"

第二个星期天，保罗·高更来到蓬图瓦兹。他选中了一幅小画《卢浮西安纳的雪景》，画中描绘了覆盖着皑皑白雪的田野；还有一幅 26 英寸 ×32 英寸的大些的油画《丰收的蓬图瓦兹》，画的是果园里的果农。

"你选得真不错，高更。"

听到称赞，高更被太阳晒红的皮肤激动得变成了紫色。他承认他一直在利用业余时间绘画并认真地研究了阿罗沙的藏画。

"我在贝尔坦交易所的同行舒凡·奈克，大家都叫他舒凡。"高更继续说，"他是个酷爱绘画的业余画家。他领着我走遍了卢浮宫和卢森堡宫。第一次独立画展时他把我带到纳达尔的画室。他教我如何欣赏绘画并坚持要我每星期到科拉罗西画院去画两个晚上。我在家一直坚持画素描。"

卡米耶被这个释放着一股磁力的丰富多彩的人物吸引住了。

"我不得不欺骗我的妻子，告诉她我与女朋友出去了。她宁愿如此也不愿让我去上素描课，因为她害怕这个嗜好会破坏我的前程。"

卡米耶暗自发笑："会这样，会这样的。"

"我还不得不把曾在 1876 年沙龙展出过的一幅小画藏起来。只有人们遗忘了它，才能保证我的安全。"

高更在蓬图瓦兹度过了几个星期天，与卡米耶一同作画。尽管他开始画得很笨拙，但卡米耶感到他已经显露出了才华。

"你是唯一肯牺牲时间教我作画的专业画家。"瓦兹河中飘浮着的几个绿色小岛被潮水冲击着，当他们在河畔一同作画时高更说道。

"教也同样是学习。"卡米耶回答这位年已 30 岁，又如同小学生一般，对启迪他如何改进学习的人感激不尽的成功经纪人，这位不敢公开的画家。卡米耶为改进高更的绘画技巧提了些建议，向他解释如何使用没有光泽的自然色，如何不用棕色或黑色来画阴影以提高亮度。高更坚持带朱莉和孩子们一起去蓬图瓦兹饭店吃午饭，在法国的这个地区这顿饭算得上是非常丰盛的一餐了。

高更还提出帮助卡米耶卖几张画。

"交易所的一个职员要买两幅油画，我自然建议他买毕沙罗的。别介意我的话，我是想让这位年轻人尽可能买两张最漂亮、最迷人的画。他是一个一无所知，但对已经成功的东西也不装懂的人。"

画卖成了。卡米耶和朱莉都为得到这笔钱而高兴。朱莉发现卡米耶越来越欣赏这位比他年轻、热情奔放但有时爱吵吵嚷嚷的年轻人，她自己却有所保留。这个人不具备那种内在的温文尔雅，像卡米耶吸引她的那样；事实上，她还有些怕他。对具有农民心理的她来说，在他身上的那种被股票商们认为可靠的果敢中有某种野性的东西。

卡米耶带高更去新雅典咖啡馆会见聚在那里的画家们。高更的直言不讳立即使德加与他亲近起来。爱德华·马奈粗略地翻看了一下他的活面画夹……在科拉罗西画院画的几幅裸体素描，在圣·克鲁德的阿罗沙家画的习作以及一幅阴沉的冬景《巴黎的塞纳河》，然后说："有几幅画得不错。"

"我只是个业余画家。"高更低声说。

"不对。"马奈答道，"那些画不出好画的人才是业余画家。"

但克劳德·莫奈和雷诺阿并不喜欢高更，认为他既是个经纪人，就必是个浅薄的业余画家。他们感谢他购买自己的作品，却不想与他建立友谊，甚至怀疑他想用钱来收买人心。然而这并未阻碍保罗·高更与他们接近，他不断购买卡米耶、莫奈、马奈、西斯莱、塞尚、琼坎德、雷诺阿和吉约曼的作品，直至他花费了近3000美元，开始有了一份不错的收藏。

通过卡米耶的介绍，高更被接受加入了画家们的圈子。

莱奥尼和克劳德·莫奈的第二个儿子米歇尔·雅克1878年3月17日出世了。医生曾反对莱奥尼怀这个孩子。朱莉在他们的寓所里住了几天，照看莫奈的大儿子并料理家务。当朱莉不得不回自己家后，爱丽丝·霍希蒂接替了她的工作。

卡米耶这几年收到的有限的几封电报带来的尽是些坏消息。他双手颤抖地打开4月17日的电报念给朱莉听：

皮埃特昨天突然去世。悲痛欲绝。

阿黛尔

这个消息使他们一时惊呆了，随之而来的是一种不可名状的悲哀。皮埃特是卡米耶最热烈的崇拜者，他和阿黛尔毫无保留地接受了朱莉。几年来，卡米耶、朱莉和孩子们在大门总是向他们敞开的蒙特福考特度过了几个月丰富多彩的生活。他们不仅失去了一个最亲密的朋友，而且还失去了一个避难所和第二个家。

究竟出了什么事？的确，由于经营不善而无法获利的农场、卖不出作品和不能去巴黎作画都令皮埃特心情沮丧。但尽管如此，他的生活还是充实的，头脑中充满了相互矛盾的政治观点。他身体如此强壮，根本不可能憔悴而死。卡米耶仔细地看了三遍电文，大概是在从蒙特福考特到马延经巴黎至蓬图瓦兹的路线上耽搁了，电报整整迟了一天多。

"我得赶早班火车去马延。"他说。

朱莉用指尖擦拭着眼泪。

"把阿黛尔带回来，让她成为我们家的一员。她爱孩子们。"

卡米耶去村里的邮局给阿黛尔发了一份电报，说他第二天下午到并请她推迟举行葬礼，因为他希望能参加。皮埃特不来接他这还是头一次。他在马延火车站租了一辆单匹马拉车，不很熟练地赶到蒙特福考特。皮埃特的姑妈是勒芒人，她又高又瘦，有一头铁灰色的白发和酷似皮埃特的眼睛，正在和一位来自马延的律师忙着。她神情悲哀但有礼貌地问候了卡米耶。

"真抱歉，毕沙罗先生。我们昨天已埋葬了皮埃特，我们不知道您要来。"

"我的电报呢？"

老太太摇了摇头："也许躺在邮局等着明天邮差来吧。"

"阿黛尔呢？我可以和她谈谈吗？"

姑妈困惑地摇了摇头。

"阿黛尔走了。葬礼一结束她就走了。"

"去巴黎了？"

"我不知道。她拿了自己的衣服和一些个人用品走了。没有留下地址。"

卡米耶惊讶地望着这个女人，觉得自己一定是张大了嘴。

"不过您一定知道她父母亲是否还健在？我一定要找到她，把她带回蓬图瓦兹去。"

姑妈无可奈何地叹了口气，把卡米耶领到正在看皮埃特遗嘱的律师身旁。

"这位是皮埃特的律师。事情比我想象的要糟得多。他一直不愿出卖他的土地，然而却以此作抵押借了很多钱。现在银行要钱就不得不把地卖掉。"

卡米耶心情沉重。"阿黛尔的生活费够用吗？"他问。

律师的眼睛离开遗嘱，冷冷地说："我们卖了东西都不够还银行的债。家具和他们的画都得拍卖。前景暗淡。"

卡米耶绝望地垂下头。皮埃特，这个在斯维赛学院时为了避免那些虚伪朋友的阿谀奉承而隐瞒财产的年轻人……最后竟破了产，留下阿黛尔一人无依无靠。

姑妈安慰卡米耶说："阿黛尔拿走了皮埃特两幅她最喜欢的画。他们答应我把另一幅带回勒芒去。"

在返回巴黎的火车上，卡米耶背诵着他本该发出的唁电：亲爱的乐于助人而不幸的皮埃特，他自知不是经营农场和做生意的好手。他在某些方面是个很有才能的画家，然而却过早地离开了这个他本来有可能得到发展的领域。假如他有儿子能够继承农场，假如他在巴黎的房子不在普法战争中被炸毁……他对卡米耶友爱至深，但现在他去了。现在对他已不能做什么，只有帮助阿黛尔，给她一个家。

卡米耶找不到阿黛尔。她消失了。他找遍了所有的地方：到皮埃特初次见到她并被她半东方人的美所吸引的犹太人居住区，到当地的犹太教堂。他到商店，询问阿黛尔和她家人的下落；他敲开了几十家寓所的房门，查问了他们有可能存款的多少家银行。然而没有人记得任何有关莱维家的事情，他们离开得太久了。他找不到任何线索。她已躲到一个秘密角落里去痛苦地熬度余年。

"她总有一天会回到我们身旁吧？"当卡米耶不得不放弃找寻时，朱莉问。

他们生活中的和过去的一个重要部分消失了。

卡米耶花了不少精力在巴黎寻找收藏家，但他的大部分时间还是用来在乡下收集创作素材。他现在要到更远的田野里去作画，所以不再回家吃午饭。朱莉又怀孕了。她每天清晨为他准备一顿丰盛的早餐，给他带上夹了干酪的厚厚的面包和时鲜水果做午饭。他提上一罐清凉的井水，把它靠在大树下。他不大抽烟，然而每当纠缠不清的难题充满了头脑，他就装满那只褪了色的陶制烟斗，让忧愁而不是他的工作沉浸在烟雾之中。不论是冷天还是下雨天，他都站在画架前不停地画着，不到几乎病倒的程度决不回家到火炉旁取暖。在炎热的天气里，他有时在画车旁的树荫下睡上一觉，等热气散去。天气温暖宜人之时他则早出晚归，日落时分用晚餐，用两三个小时教吕西安学画，帮助乔治做作业，以及和4岁的费利克斯一起玩耍。

不论是厄米塔兹还是蓬图瓦兹的人都不再认为他古怪，因为他在那里已住得够久且工作得如此勤勉。然而除了店铺老板和房东并没有人知道他经济拮据。其他的人只知道他有时卖掉自己的画，有一次他的一张风景画卖了200来美元，这笔钱不是除了地主外与他们一年的收入一样多吗？如果村里的人知道他们负债累累，便不会因此与他们过不去。有谁不欠债呢？

卡米耶每天穿过厄米塔兹的村庄到瓦莱梅尔去，经过勒舒，沿着瓦兹河一直走到奥维尔，把画架支在惬意之处，观察着周围的田野和人物，描绘着。当他把画装到自己制作的现在称为惠斯勒的白色画框中时，画面鲜艳的颜色便顿时像火花一样放出异彩。

不论工作的时间长短，他都无暇去幻想或是缅怀往事。绘画要求人对手头的工作全神贯注。他随身不带表，时间对他来说如同流水一样快。除了午间的短暂休息，他对时间一无所知，而且也不关心。他小心地运用颜料和画笔，毫不溅落；他不与任何人甚至是过往的农民交谈，除了他所要画的景物外，他对一切都视若无睹，认为风景便是人类现已发明的一种不老之药。镇里和村里的过路人看不到一点动静，他和他的画布已结成一体，像路边的一棵树一样纹丝不动。他深有感受，但他感受的不是语言和理智的概念，而是眼前风景所激起的情绪以及他对风景清澈内涵的反应。

回到家时他已精疲力尽，因为他把心中的一切都倾泻到了画布上。晚上八九点钟孩子们入睡时，他和朱莉便也睡了。清晨则是鸡啼即起。

　　这是一个难熬的春天，尽管孩子们在节衣缩食的情况下身体还健康，在春意渐浓的瓦兹河谷生活也很快活。卡米耶从来也不认为金钱是好东西；在最坏的情况下，来买画的只有米雷、凯博特、迪雷和舒盖，偶然还有保罗·高更或股票经纪人欧内斯特·梅；唐居伊老头有时能卖出一张塞尚的画，可毕沙罗的不行；除这些人之外，他唯一的画商拉图什太太以 20 美元一幅大油画的价格竟未卖出他的作品，使卡米耶和朱莉觉得自己像个打零工的用人。朱莉再去巴黎做人造花或是去蓬图瓦兹给商人做刺绣都已太迟了。现在繁重的家务已令她力所不及。卡米耶不得不挑起养活全家的重担。

　　卡米耶想起了但丁的诗句：

　　回身望那隘口，
　　再也见不到一个生灵。

　　这个圈子里没人预料到的一件戏剧性的事情发生了。欧内斯特·霍希蒂，小加纳画店的主人破产了。1878 年 6 月 5 日至 6 日，他再次在德罗奥饭店拍卖收藏的印象派作品。霍希蒂和妻子之间的矛盾很深。在莫奈的寓所看看几乎卧床不起的莱奥尼并为他们购买东西，使爱丽丝·霍希蒂太太与克劳德·莫奈频繁会面，最后竟浪漫地爱上他。传说在克劳德·莫奈成为鳏夫之后，她将成为他妻子的后补人选。

　　还有人说这才是霍希蒂不在意他买下的这些画究竟能卖多少钱的真正原因。

　　卡米耶的 9 幅油画和水彩画总共卖了 80 美元；一幅小油画卖了 2 美元，一幅水粉画卖了 1 元 4 角。莫奈的 12 幅画平均卖到 37 美元。贝特·莫里索、雷诺阿和西斯莱的情况也好不了多少。爱德华·马奈的 5 幅重要作品中只有一幅卖到 160 美元。

　　卡米耶的精神垮了。他几幅最好作品的卖价不过相当于一件手工缝制的衬衣或是一双靴子的价钱。在其后的几个星期里，迪雷或是米雷把一位可能的买主介绍给他时，他被告知："我可以在德罗奥饭店花更少的钱买你的作品。"

　　米雷请他去饭店吃晚饭。玛丽给他端来了饭菜，但他心情沮丧得难以下咽。米雷在他身旁坐下。

　　"如果你给我的肖像标价 30 美元，那你还赚 2 元 4 角。我并不是说它不值那么多，如果我再争价钱就不够朋友了。"

　　卡米耶拿出烟斗，想起没带烟丝，声音压抑地说："我一直在巴黎徒劳地奔波，企图找到一个需要购买印象派画的人，我本来兴致勃勃，但霍希蒂的拍卖把我搞垮了。"

　　他把米雷给的 2 元 4 角给朱莉带回家，坐在三等车厢的木椅上回到蓬图瓦兹，周围坐满了杜米埃笔下给婴儿喂奶或是吃着厚厚的硬面包夹肥火腿晚餐的肥胖农妇。

　　伴随着车轮撞击不平滑的轨道所发出的声音的节奏，卡米耶反复思索着："我必须保持镇静，只要我们不屈服，任何事情都无法击垮我们……我现在所感受的是任何一个养活不起家庭的人都会感到的那种内疚……我要告诉朱莉，我为又要有个孩子而感到高兴……坚韧不拔能够使绝望的人振作起来。"

他不能让这次可怕的失败泯灭自己对绘画的热爱，放弃他对自然以及自然赋予的生命内涵的看法。这样只会使他的作品变得支离破碎，而将来的情况也会更糟，因为他只能表现一些残缺不全的观念。

下了火车来了个长距离散步，沿着轨道走回厄米塔兹使他感到好受多了。

欧内斯特·霍希蒂放弃了小加纳画店，离开妻子、儿女到布鲁塞尔定居，以此结束了这场浪漫事件。他在那里又开设了一个比原来小些的画店。

曾经主持过1877年德罗奥饭店大拍卖的勒格朗是丢朗·吕厄过去的熟人。他认为如果法国不接受印象派绘画的话，也许美国会乐于接受。美国人不是崇尚自由精神、喜欢冒险、对新思想反应敏锐的人民吗？他的热情赢得了卡米耶和他的同行们的信任，特别是他答应支付所有开支。

为在纽约举办画展，勒格朗选了卡米耶在蒙莫朗西、厄米塔兹和蒙特福考特绘制的6幅作品，莫奈的阿让特依风景；德加的咖啡馆音乐会；雷诺阿的塞纳河中的沐浴人；西斯莱在马利附近画的村景；以及莫里索描绘富有个性的少女们的油画。

朱莉起早摸黑，整日忙着做饭、打扫房间、洗烫衣物、种菜，还要照料孩子们，有的时候她把卡米耶也当作孩子。幸运的是，他们在经济较宽裕的时候买了一头奶牛，因而能够喝上牛奶，男孩子们还自己制作奶油。每当出发去干一天的工作之前，卡米耶都反复默想着："朱莉整日忙碌的是孩子们的吃饭、穿衣，绘画并未给她带来圆满的生活。我想象不出这一天天她是如何度过的。她会怨恨我的，也许她有的时候的确在恨我，是我使她失望了。"

唐居伊老头经过努力又卖掉了他橱窗里的一件展品，把20美元钱给卡米耶送去而没有用来抵债。米雷和舒盖买了几张小粉笔画，每幅几美元；凯博特买了大幅油画《花束》；玛丽·卡萨特邀请他参加家里星期天下午的聚会，他在那里碰到她的几个美国朋友，偶然以5美元或10美元卖掉一张素描，因为他们并不认识他。朱莉菜园里的菜长势喜人，果树硕果累累，喂养的兔子、鸡和鸽子大量繁殖，她把其中的一些拿到市场上去卖。为了保住他们的房子，卡米耶把挣来的所有钱都交给了房东。他一连好几天泡在巴黎，试图让一些人，或者任何人对他的作品发生兴趣。回到蓬图瓦兹，总是看见妻子正在精心地摆弄她的花或是在厨房里准备一家的晚饭。她直挺着身子，尽管怀着孩子却仍显得强壮、美丽。

田野在夏日阳光下闪闪发光。

秋天，世界博览会在练兵场开幕，那里是一个被军事学校和夏约山环绕的巨大花园。会上展出了新型机械和材料，比 1867 年在工业宫举办的规模还要宏大，它加速了这座城市的经济发展，提高了它的士气。

丢朗·吕厄经过努力保住了他在培勒蒂尔路的画廊。他还借资办了一个 1830 年画派或被称为巴比松画派和枫丹白露画派的展览，展品的作者们均已去世或被人们完全遗忘。他展出了 300 多幅作品。卡米耶走进展览会去看他的老朋友丢朗·吕厄，自 4 年前他们集团的画展失败以后，他就未展出或销售过一幅印象派的画。丢朗·吕厄依然与画家们保持着友谊，等待着时来运转。柯罗、杜比尼和卢梭作品的优美和透彻再次使卡米耶感到震惊。

"这是一批我所见过的最令人满意的作品，"他对这位画商说，"一定得把它们卖出去。美术作品中没有任何东西能够与之媲美。"

"但愿如此。"丢朗·吕厄恳切地说，"否则我又要欠债，无法偿还。新闻界没有理由对这些画进行非难，它们是法国最杰出的艺术作品。"

无人攻击这次画展，也没有人表示感兴趣。新闻界显得无精打采，有些人来了，但几乎什么都未买。

此后不久，卡米耶收到画家马塞兰·德斯布丹的来信，询问他能否把尊敬的意大利美术史学家和评论家迭戈·马泰利带到蓬图瓦兹去，这位意大利人正在为即将在佛罗伦萨举办的画展收集作品。马泰利要求看看各个时期的代表作，"研究绘画的进步与发展"。

渴望得到严肃关注的卡米耶，把画架周围打扫得干干净净，挂起了他在蒙莫朗西、卢浮西安纳、厄米塔兹和蓬图瓦兹绘制的作品。好心的保罗·加谢医生挥动着双臂围着画看来看去，兴奋地咯咯笑着。与他不同，马泰利平静地坐在画前，除了脸颊泛红、眉毛挑起外，一言不发，把他的评论写在从上衣口袋里掏出的一个皮面本子上。

过了一个小时，在看完 50 来幅代表作之后，卡米耶让吕西安端来了咖啡，自己则坐在马泰利对面的长凳上等待着他的评论。这位意大利人站起身来，把一只手的手指轻轻地放在卡米耶的肩膀上，用带着口音但很流利的法语说："我的朋友，这些画令我着迷，它们是欧洲最精美的作品。"他把卡米耶的作品与他所资助的意大利马奇奥利画派相提并论："你的色调令我着迷，你的作品转达了大自然自身所造成的全部效果；全部感受都是画家内心的体验。"

卡米耶用一种询问的目光望着德斯布丹，后者平静地说道："他走遍欧洲找寻各种绘画作品，他知道自己在讲什么。"

"你能否同意我把厄米塔兹和蓬图瓦兹这两幅带到佛罗伦萨去？当然一切费用由我支付并保证两幅画都能销售出去。"

卡米耶颤抖了。到文艺复兴的发祥地佛罗伦萨去展览！那里是米开朗基罗的故乡，他曾在杜阿摩的场院里完成了雕塑《大卫》，在圣母教堂的大厅里创作了壁画《沐浴者》与列奥纳多·达·芬奇的画竞相媲美。他的画在佛罗伦萨和纽约展出，不正能说明巴黎画商们的麻木不仁吗？迭戈·马泰利带着选好的两幅画离去后，卡米耶给欧仁·米雷写信说：

> 我已收到你通过我儿子吕西安送来的20法郎，非常感谢……我在等待着能使我摆脱这种无所事事状况的机会。卡萨特小姐、德斯布丹和那位耍笔杆子的意大利人都来看过我。他对我的画给予那样高的评价，简直使我受宠若惊，几乎不敢相信他的话……

让·巴蒂斯特·富尔刚刚结束他的歌剧巡回演出。他嗓门大、眼睛大、头大，而且进项颇丰，正渴望购买一些新的绘画。毕沙罗的画得救了。富尔选中了两幅厄米塔兹的风景，每幅付款340美元。挺着大肚子的朱莉望着钱呆呆地说："仁慈的基督啊。"

如今去巴黎，卡米耶已经有几个钱可花了。他时常在忙完了一天的工作之后到新雅典咖啡馆去消遣一番。在那里他很可能见到莫奈、马奈、德加或是为德加令人惊叹的《喝苦艾酒的人》做模特儿的画家德斯布丹，还有同情他们，为他们编写过1877年沙龙目录册的保罗·亚历克西和乔治·里维埃，詹姆斯·麦克内尔，惠斯勒的朋友英国作家乔治·穆尔——他古怪的服装、举止和诸如《排列》与《夜景》之类的装饰画在伦敦正引起许多非议。

乔治·穆尔揶揄说："毕沙罗，你长着白发和飘垂的胡子活像摩西。"德加添了一句："胳膊下夹着的画板就像是十诫板。"

他们难得开怀大笑。那天还发生了音乐家卡巴纳买复制维纳斯雕像的趣事。维纳斯像送到卡巴纳家之后，他才发现高大的雕像根本进不去门。于是为了让她舒舒服服地立在书房的角落里，他砍掉了她的头。莫奈抗议说："可是她的头部很美呀！"卡巴纳却自卫道："我更喜欢头以外的其他部分。"

格尔布阿咖啡馆的那个亲密无间的集团已不复存在了。爱德华·马奈拒绝与他们一起参加展览；雷诺阿不知去向；德加尖刻的幽默得罪了几个天性敏感的人，克劳德·莫奈也变得越来越不情愿："我们已经失败3次了。我或许还能够再承受一次失败，但再多可不行。我们彼此泡在一起不一定比各干各的好。也许我们每个人都必须自己寻找闯出这泥潭的路。"

又是留下卡米耶和凯博特为举办一次新的画展而奋斗。

"我来找地方，"凯博特自告奋勇，"租金也由我付。你负责召集画家们。"

尽管他们做了努力，但是把画家们组织起来举办1878年印象派画展的愿望还是落了空。卡米耶感到若有所失。这次画展是可以展出他们一年中全部作品的唯一机会。展出作品会遭到批评界刻薄的攻击，即便如此，也比把画撂起来靠在画室的墙上或堆放在书架上不让人看见要好得多。凯博特安慰他说："不要泄气，毕沙罗。我们明年再干。"

"我们最好现在就开始筹备。"卡米耶十分坚决地说，"如果我们连续两年不举办画展，印象派运动就算是终结了。"

他已经48岁，再学新东西已为时过晚。可悲的事实是，他除了绘画外一无所长。如果能找到一份工作，不论什么样的工作，生活也许会更有保障，但是他会累得半死。要一个半死不活的丈夫和爸爸有什么意思呢？

朱莉尽管已年近40岁而且已开始发胖，但仍是个很有吸引力的女人。她黑色的秀发编成一条长辫子垂在右肩上，一双眼睛富于表情，皮肤洁白光亮。卡米耶始终一往情深地爱着她。他们仍然经常享受性生活的愉悦。两个人即使发生争吵也并非由于感情不和，而往往是外部原因引发的：第一次展览的失败，丢朗·吕厄的退出；除了一小笔收入外几乎不可能卖出任何画，而这笔钱往往只能支付画布和颜料的一半开支，或是干脆什么也卖不出去。卡米耶要继续画下去，而朱莉也将继续怀孩子，直至这个生理过程自动停止。在他们各自的内心深处都有着未能满足的愿望。朱莉渴望开个花店以显示她的才能和对花的热爱，卡米耶则希望不再默默无闻，得到人们的承认，找到一个立足之地。他们认为只有这样才能证明自己的时间并没有在空虚和自暴自弃中白白浪费。

泰奥多尔·迪雷自己写、自己出版的小册子《印象派画家》，为画家们继续生存下去鼓了一把劲。迪雷指出，印象派画家直接继承了自然主义画家柯罗和库尔贝的绘画艺术，其更早的先驱是令人赞叹的夏尔丹和瓦都。他分别介绍了莫奈、西斯莱和莫里索，然后转到卡米耶·毕沙罗：

毕沙罗是印象派画家中一位纯自然主义的画家。他以简单化的方式观察自然，只看到其永恒的方面。作为一个乡村风景画家，他用单纯的色彩来描绘耕耘收获过的庄稼地，鲜花怒放或是严冬中光裸的树木，排列着修剪得整整齐齐的榆树和灌木的大路以及密林深处的小径。他热爱花园环绕的村舍、鸡鸭成群的农家院落和有鸭鹅嬉耍的池塘。他的画极大限度地表现了空间感和孤独感。

迪雷写信到蓬图瓦兹，告诉卡米耶他已将其作品《风暴》推荐给收藏家铎东；还说他读过的《时代报》上刊登的鞭挞卡米耶的那篇专题文章。"……足以使人得霍乱和黄热病。目前我尚无能力增加收藏，可我一旦有多余的钱就会想到你的。"

卡米耶在巴黎度过了这个月中的大部分时间，寻找那些小画商。他找了一个新的经销商波蒂埃，此人住在勒皮克路。他还拜访了已经上了年纪的拉舍尔。朱莉在迪雷信的背面写了几行字：

我把迪雷的信寄给你他现在的运气不佳 15 天过去了一无所获你还是没钱卖不出画也没有工作我真弄不懂冬天马上就要到了你却整个夏天都泡在巴黎你自己告诉我所有认识的人都已走了你还在那里干什么你至少应告诉我这样我才知道你不是在偷懒我真的厌烦这种生活吕西安好些了他每天早晨吃药你没有告诉我他是不是应该把药放在汤里喝下去我希望你挣到一点钱就马上回来。

10 月，卡米耶又租了一套小房子，地点是在三兄弟路 18 号，一来为了在那里展览他的画，二来准备让朱莉和孩子们在那里过冬，躲避厄米塔兹的严寒。以他们的挚友皮埃特的名字命名的吕多维克·罗道尔夫 11 月 21 日降生了。德·贝利奥大夫为朱莉接了生。她刚刚能够走动，就下决心要做出决断。

"卡米耶。吕西安已经 15 岁了。我们现在又有了第四个孩子，他应该帮助养家了。"

卡米耶明白这一时刻迟早会来到的，而且朱莉是对的。他咽了口吐沫，鼓起勇气反驳说："我们不能让他去做下人。让我们的大儿子去干体力活太残酷不公了。他需要受教育。至少再等两年，让他读完中学……"

她打断他的话："等你挣的钱够养活我们全家人的时候，他还可以继续受教育，但我们现在需要他挣点钱。"

"……我们会毁了他……"

她用手捂住耳朵："饿急了的胃是不长眼睛的。"

她不再争论，而是给他家的成员阿尔弗雷德写了一封信，问他能否立即到他们三兄弟路的寓所来一下。这在他们俩的关系中还是从来没有过的。阿尔弗雷德变得强壮了，头顶上有一撮很神气的灰发，浓密的连腮胡子掩饰了他开始脱发的前额。他飞快地、一物不落地扫了一眼这个小小的没有摆设的房间，对兄弟的经济状况便已心中有数。朱莉当着卡米耶的面告诉阿尔弗雷德她对吕西安的安排，她不会背着他做这件事。朱莉讲完后，阿尔弗雷德态度坚决地对卡米耶说："朱莉说得对，你也知道这一点。吕西安应该帮助养家。我要在一个和我做生意的商人那里为他找份工作。"

卡米耶难过地垂下头。

阿尔弗雷德仅用了几天时间便为吕西安在一家布店里找到了当学徒的差事，每星期两法郎。数目虽小，却足以使朱莉感到宽慰。至少这点钱能够为 3 个弟弟添点什么，他们其中的两个冬天就要上学了。卡米耶发誓他无论如何要画得更好，卖出更多的画。

然而为吕西安担心是多余的，两个星期之后，他便回到家里，被解雇了。阿尔弗雷德也随后赶到，十分激动，用手来回捋着胸前的金锁链。

"这是吕西安自找的！他希望被人开除。"

"不是这样！"吕西安叫道，"我就是太笨了。没有人教我如何捆包。我把绳子系得过紧，勒皱了布。顾客因此而抱怨我。"

　　阿尔弗雷德离去，吕西安也躲进一间卧室里去以后，卡米耶说："是我的过错。我过去想把他培养成一个艺术家，而不是让他去捆包。"

　　"是你让他注定要受穷，这就是你干的好事。"朱莉哭道，"他什么也干不了，只能成为我们的累赘。"她的眼中冒着怒火，"你对其他孩子也会这样做的。我们真该死。"

　　她屈膝跪下，胸口一起一伏。

　　"你赢了。我回纳维街去。"

　　随着 1879 年的到来，卡米耶看不出印象派画家会为人接受或收藏他们作品的人数会有所增加的迹象。克劳德·莫奈一贫如洗，靠马奈的资助或写信恳求来的一点钱度日。他在给丢朗·吕厄的信中写道："我不得不请求帮助，差不多是靠别人的施舍过日子。我没有一点钱可以用来买画布和颜料……"

　　雷诺阿，在夏庞蒂埃家给他带来的短暂的兴旺之后，又失去了他的崇拜者。塞尚和霍腾斯以及他的儿子一道住在埃克斯－普罗旺斯，没有人观看他的作品。德加为挽救在新奥尔良棉花市场濒于破产的兄弟所出的钱只收回了一小部分。他和玛丽·卡萨特之间的友谊令他愉快，然而却出于无奈去画些自己并不喜欢的畅销画。吉约曼在政府中勤奋工作并购买了一些彩票。西斯莱在巴黎深居简出，为下一届沙龙准备作品。

　　尽管时值深冬、大雪纷飞，但为了完成手头的一系列工作，卡米耶还是回到蓬图瓦兹。他要画蓬图瓦兹的林荫大道、厄米塔兹的街道和自己家后花园中的兔窝。雪停之后，他画了圣·安托尼的洼地，附近昂纳里的风景，奥维尔的村庄和一个骑着驴的农民，还为临时的邻居或农村姑娘们画了肖像。他不肯放过这里的任何一部分，不论是土地还是生活。除了去看望姐妹费利西或是约瑟芬，或偶然到米雷的面包店里吃顿晚餐以外，朱莉在巴黎的生活同在蓬图瓦兹时一样孤独，只是来这里看望她丈夫的有偏执狂的画家们。

　　"我知道你对'耐心'这个词很不以为然，"卡米耶告诉她，"但这是我们能采取的唯一态度。我已经开始在为四五月举办的下一届独立画展做准备了。"

　　"这是第四次。画展已经失败了 3 次。"

　　如果说去画巴黎报亭上比比皆是的，诸如为贝尔热游乐场或大使音乐会做广告的招贴画那样的通俗画，卡米耶的确没有天才。他画了 6 个或者是 8 个扇子，可以挣几法郎。这是他所能画的唯一的糊口之作。

　　"我知道你在尽最大努力。"她说，有些心软了，用胳膊搂住他，"不过我算了一下账单，我们马上就需要一大笔钱。"

每当朱莉冲他发火时，他就躲到一边冷静地克制自己；但当她态度温和时，他却往往感情冲动。他提出了一个改变他们这种穷困状况的计划。

"我可以请凯博特和迪雷不论大小每人选 5 幅画，甚至于 35 英寸 × 46 英寸的。每幅画卖 20 法郎或是每个人付 100 法郎。"

朱莉的眼睛一下子亮了起来，期待地问："他们能同意吗？"

"对于 100 块钱来说这可是一笔财富。"

接到卡米耶的邀请信后，凯博特在一两天之内赶到了蓬图瓦兹。离开办公室前他清点了自己的财产。因为他推想卡米耶是在寻求帮助。他爱卡米耶，而且知道他如无紧急情况是不会向自己求援的。

黄昏时分，凯博特选好了几幅乡村风景画，给了卡米耶不止 100 法郎，兴高采烈地带着其中的两幅画乘最后一班火车返回巴黎。其余的画则由卡米耶寄去。

迪雷也赶到了厄米塔兹。尽管不甚情愿，还是同意从卡米耶丰富的作品中挑选 5 幅，然后解释说："我无法一次付给你 100 法郎的现金，不过我可以先付给你 20 美元，其余的我一旦有钱就付给你。"

朱莉伸出双臂搂住卡米耶的脖子，用一种既痛苦又如释重负的声调叫道："你可是救了急。"

"我们肚子里的急可不那么容易解决。不过我们至少可以挨到下次展览会了。"

凯博特为举办第四次画展寻找画廊或空闲的公寓。他猜想在召集参加者的时候他们将遇到更大的困难。有些画家的态度相当坚决。雷诺阿劝说不动，尽管他被前三届沙龙拒之门外。塞尚表示不愿再让那些下流的诋毁玷污自己的作品。西斯莱的态度比较温和，但犹豫不决："我深表歉意，毕沙罗。我这样做并不是因为没有脊梁骨或是害怕《费加罗报》和《时报》的攻击。只是因为这样我无法养活妻子和两个孩子。只有屈服于沙龙并在那里寻找出路，我在英国的家人才可能帮助我。他们认为印象派运动毫无希望，并且永远如此。"接着又恳求地问："你理解我，对吗？"

贝特·莫里索告诉他："今年我确实没有值得展出的画。我并不是要抛弃你们，只是想休息一下。我画不好也许是因为我怀孕了。"

卡米耶为失去他们唯一的女画家而感到忧虑。

"我们能否展出几幅你以前的作品呢？"

贝特·莫里索态度坚决。

"我已经展览过的？我想不行。不过明年我一定给你几幅好画。"

和卡米耶一同操办第一次画展的克劳德·莫奈疲惫不堪，负债累累，而且为莱奥尼每况愈下的身体闷闷不乐，根本谈不上同意什么事情。

"我只是无法应付这次画展，我甚至没有精力去选画。"

卡米耶眼见又要失去举办第四次画展的机会。

"能让我帮你选吗？我可以挑选那些已经装好画框的作品，这样你就不必破费了。"

"我已经筋疲力尽，经受不住再次打击。我卖画的钱不够养家糊口。马已经死了，毕沙罗，不要再抽打它让它去拉车吧。"

吉约曼也情有可原，他已经病了好几个月。卡米耶到他阴暗的房间里去看望他，给他带去了埃德蒙·德·龚石尔新近出版的《少女埃丽沙》。吉约曼微薄的薪水都用来支付医药费了。他体重下降，皮肤发青，却没有人来照看他。

"我真应该结婚，"这位 38 岁的男人喃喃低语着，"这样至少会有个妻子来照顾我。别人告诉我妻子都照顾她们的丈夫，是这样吗？"

卡米耶安慰着他的朋友，但由于有过痛苦的经历，心中又不禁想道："还是没有的好。柯罗说得对，永远不要结婚。这样你就用不着为填饱孩子们饥肠辘辘的肚子而发愁了。"

他立刻又为自己的这个想法感到羞愧，觉得对不起自己的 4 个儿子。

埃德加·德加挽救了这次画展。他说："我当然要和你们一道参加展览，玛丽·卡萨特夫人也参加。我已经挑好了她的几幅精品。当我们听说贝特·莫里索想休息一年的时候就决定了。"

玛丽·卡萨特冲德加把眉毛一扬，抢着说："我自己选画。"

玛丽·卡萨特 34 岁，德加 44 岁。他贵族派头十足，走在巴黎的林荫大道上总是炫耀着他的丝制礼帽。他的浅颜色的裤子剪裁合体，3 英寸高的蝙蝠形衣领上结着一条正式场合佩戴的领带。他仍然戴着一副蓝眼镜，而且无论天气好坏总是随身携带一把雨伞。他是一个脾气古怪、过于讲究的人，甚至不能容忍衣服上有一个面包渣。对于他来说穿上艺术家们常穿的那种宽大的衬衫、天鹅绒外衣或是工作服似乎有辱他银行家的祖先，因而在画室里作画时，他就穿件浆洗过的白大褂。而玛丽·卡萨特即使在操作德加新近购买的版画印刷机时也穿着一件精裁细制的长袍。

他们俩都住在皮加勒广场和新雅典咖啡馆附近，卡萨特家住蒙马特高坡上特鲁戴纳街的寓所里。她独自一人在布洛涅森林中骑马。

出于敬畏或是由于赞美，卡萨特从她的印象派画家朋友那里购买他们的作品。在费城受过严格科班训练的她，能够转向他们的运动，受到印象派画家们的高度赞赏。1878年初，她的双亲和未婚的姐姐在结束了长期旅行之后，就住进了卡萨特坐落在蒙马特高坡上的寓所，那里有一个能俯瞰巴黎全景的阳台。

没有人确切知道女人般腼腆的德加与性格豪放独立、才华出众的玛丽·卡萨特之间的关系究竟如何，他以前从未和女画家一道作过画或是称赞过她们。至于贝特·莫里索，她也是德加的好朋友，他这样评论她："她的画有点虚无缥缈，掩盖了一些确切的线条。"

毫无疑问，玛丽·卡萨特和德加相互敬慕。这是爱情吗？"可能是，"画家们说，"然而却困难重重。家庭的宠爱令玛丽·卡萨特感到窒息，出于关心和爱护，他们不论黑夜还是白天都要知道她每时每刻的确切所在。"

为了避免父母的盘问，她仅仅在一次社交活动中把他请到家里。玛丽·卡萨特经常到德加的画室去求教，因为她认为德加是唯一的大师，尽管不是她的老师。

"我们俩和你一起干，毕沙罗。"德加真心诚意地说，"你的不懈努力赢得了我们的支持。"

机智灵活的居斯塔夫·凯博特在歌剧院大街28号一楼找到了一套房子。那里交通便利，还有几间可以从玻璃窗采光的大屋子。他极为得意。

"这里可以容纳上千名观众。"他告诉卡米耶，"我已经付了4月和5月份的房租，书面的租约就在我口袋里。到我们的老地方去，告诉诸位我们已经有了展览作品的好地方，并且把他们带来吧。"

克劳德·莫奈悲哀地说："我已经到了不顾一切地想要卖画的地步，情愿在奥斯曼大道的公厕里展出作品。"

在1874年被称为印象画派的最初的几个人中只有德加、莫奈和卡米耶愿意参加画展。凯博特请他们去吃晚饭，一边喝着杜波奈酒一边说："既然我们只有5个人，那就不得不请回你们第一次展览会的保护者：布拉克蒙、卡尔斯、勒布尔和鲁阿尔。这样就有9个人了，但还不够。我们还得在城里再找几个至少与我们意见部分相同的画家。"

德加带来了他的朋友提罗和一个新来的叫赞多蒙奈的人，还有他作为印画工培养的27岁的让·路易·弗兰。卡米耶拿出了两幅皮埃特的蒙特福考特风景和一位出色的画匠索姆的作品。加上第一次参加画展的布拉克蒙太太，他们现在一共有15人。在悬挂展品的时候，卡米耶听到凯博特在一旁对德加说："毕沙罗的信念和热情令人感到鼓舞。"

卡米耶和德加把1879年的展品安排在公寓的8间大房子里，凯博特和他办公室里的一位体格健壮的设计师帮他们干些体力活。卡米耶展出了38幅作品，其中包括高更所有的3幅和凯博特买下的几幅，为的是向公众表明毕沙罗的画已被一位可敬的船舶设计师和一位颇有名望的股票商买下。他还展出了12幅扇面和4幅彩色粉笔画。他开始使用类似彩色铅笔样的棍状浅色粉笔，这种笔在粉笔内加入颜料，画出的效果更像是色彩画而不是素描。

前来参观的人很多。凯博特的收票员统计人数达15400人。每天用一个小时的时间混在观众中看画的丢朗·吕厄对卡米耶说："你们吸引的人与第一次画展一样多，但也不过是再次引起一场侮辱和嘲弄罢了，其愚蠢程度比上一回有过之而无不及。"

卡米耶的看法则不同，他认为展览会上粗俗下流的语言有所减少。而且他发现参加这届沙龙的展品无论在题材、笔触还是在写实方面都发生了微妙的变化，这些画说明了印象派画家们言之有物，尽管它们从学院派的眼光看都是未入流的。

"目前观众并不一定能理解我们作品的流动的形式、炫目的光线和阴影，以及它们非正统的颜色，但是我认为他们是头一回抱着极大的热情在观看。《费加罗报》和《时报》的尖酸刻薄有所收敛。其他杂志也开始用新的词来解释我们的作品。"

第四次画展收入了 2100 美元，除去各项开销仍剩下 1200 美元。卡米耶的几把扇子、两幅水彩画和一幅为玛丽·卡萨特所作的肖像卖了将近 90 美元。卡萨特的作品受到了热烈的欢迎，此事令德加大为高兴，他本人也卖掉了几幅画。值得庆幸的是被人们称为"保护色"的提罗、弗兰和画家凯博特也分别卖出了一两幅作品。每个人都得到了一些钱，他们都向这次展览的精神领袖卡米耶表示祝贺。而卡米耶坚持与德加和凯博特共同享有这个荣誉，后者对偿还自己为租房垫出的押金只字不提。

"我想说一件事，"画展闭幕后卡米耶在新雅典咖啡馆的聚会上说，"1880 年我们将举办一次规模更大、战果更加辉煌的展览会。"

大家心满意足地吸着烟斗，品尝着凯博特为了庆贺买来的酒。

🐟

那年夏天保罗·高更携同妻子和 3 个孩子来到蓬图瓦兹。他们在毕沙罗家住了一个月。梅特对丈夫把假期都用来和卡米耶一同作画大为不满，她希望把孩子和保罗一起带回她哥本哈根的老家。然而她最关心的还是保罗在证券交易所的事业能够继续获得成功。

"他真是个了不起的商人。"她对朱莉说，"我们可不能让他毁了自己。他的生意做得很出色，得到大家的赞赏。"

高个子、碧眼金发的梅特是个可爱的伴侣，尽管她比其他的妻子们更庄重，而且不苟言笑。她今年 29 岁，朱莉 40 岁，但她们都有一个很重要的共同点：两人都认为绘画应是在余暇时间从事的业余爱好。至于卡米耶，朱莉只能说他是着了魔。

"可你丈夫为什么把自己往虎口里送呢？"她问梅特，"贫困就是虎口。你丈夫能够挣钱养家的。"

尽管依然自认是一名业余画家，高更还是搬进了原来为画家诺贝·杜瓦尔所有的，位于东岸卡赛尔路的一所更大的房子里。这所房子有一个与其他房间分开的大画室，他可以在那里作画而不受干扰。高更从一位邻居那里学会了如何雕塑，表现出摆弄木块和陶土的富有生命力的才华。他认为付给卡米耶膳宿费不是个明智的办法，于是又额外买了卡米耶两幅画：一幅厄米塔兹的花园，另一幅是蓬图瓦兹村庄的日落。朱莉现在有足够的钱可供大家吃饭，还有剩余的钱留作他用。她可以自如地接待高更一家的来访。

卡米耶和高更每日破晓便离家外出。卡米耶用7年前教保罗·塞尚的方法来训练高更。高更也像小学生尊敬老师一样对待卡米耶，以往满不在乎、高傲自大和自我表现的态度都全然不见了。他学得很快，如饥似渴地听取卡米耶的一切指教。

"我妨碍你的工作吗？"他问卡米耶，"当我请教如何获得树叶上光的某种效果，或是你花时间用炭笔为我改素描的时候？"

卡米耶耸了耸肩，使高更放下心来。与塞尚、贝利亚尔、吉约曼和雷诺阿一同作画时，他从给他们的指导中得到了极大的乐趣。"不过我得承认，"他告诉高更，"我从莫奈和雷诺阿那里学到的东西同他们从我这里得到的一样多。塞尚也是如此。很多艺术家都是教师。如果我不能成为一名画家，我很愿意做一名中学教师。在帕西的萨瓦里寄宿学校中有很多这样的教师，他们丰富了我的生活。"

1876年高更把《维罗佛莱的风景》提交沙龙。或许是由于很难把它与周围的几百幅画区别开来，这幅画入选了。尽管如此，他却认为美术学院派是死路一条，他把在新雅典咖啡馆听到的爱德华·马奈的一番话重复给卡米耶听："色彩取决于人的趣味和感觉，尽管如此，它必须表达一定的内容。如果言之无物，那就完了。只有热爱绘画超过一切的人才是真正的画家。"

高更的3个孩子年龄都在5岁以下，因此带他们到花园里做游戏就成了毕沙罗3个年龄大些的孩子——吕西安、乔治和费利克斯的责任。他们之间偶然也会因为玩具发生争执、哭闹、喊叫，这时两个母亲就立即跑过去照看；但总的来说7个孩子相得很好。梅特是个严格的家庭主妇，虽然朱莉雇了一位邻居的姑娘来洗衣、刷碗，她总是不放心地跟在后面擦洗，朱莉见梅特如此注意细节觉得很有趣。

"我的这种习惯是从小在哥本哈根养成的。"梅特解释说，"我母亲是个有洁癖的人。保罗说我不论走到哪里都要带上放大镜，急切地寻找需要擦拭的东西。"

朱莉很感激梅特的陪伴，她甚至同意梅特给炉子上烹调的食物加调料。梅特对卡米耶不大注意，他不修边幅的旧衣服、长长的胡子使她迷惑不解，但是能与他讲几句丹麦话还是使她感到高兴。卡米耶的词语量本来就不够大，如今更是生疏了，然而在圣托马斯居住的那几年打下的底子足够他进行一般对话。当她得知他至今仍是丹麦公民时，甚至对他引导自己丈夫绘画的事也稍稍原谅一些了。

卡米耶·莱奥尼·莫奈1879年9月去世，被安葬在维托依尔村。卡米耶和朱莉与印象画派的其他成员参加了葬礼。这是一个令人悲痛的日子。所有的画家、他们的妻子和女友们都爱戴她，她总是那么兴高采烈，就如同她身上穿的五彩缤纷的长裙。她心地善良，为了克劳德·莫奈动荡不安的生涯而放弃了自己舒适安逸的生活。她曾经是巴黎真正公认的最美丽、最受欢迎的模特儿。

教区神父主持了葬礼。平日不易动感情的爱德华·马奈致了悼词："她没有死。她永远不会消失。莫奈以其不朽的绘画使她秀丽的容貌和优雅的身姿永世长存。她永远安息了。"

秋天，卡米耶画了一幅《蓬图瓦兹的街景》，一幅永恒的田园风光：一个身穿褐色长裙、蓝色短衫和围裙的农妇提着从市场上买回的满满一篮子食物，她背对观众；一匹棕色的马拉着一辆大轮车，前座上坐着一对农家夫妇，他们也同样是背对观众。道路两旁是顶着深褐色屋顶和红色烟囱的灰色农舍，画的最后面是一座绿色的小山丘。平坦的土路用十几种细微的逐渐变化的颜色组成，房屋周围的树木和阴影也是用同样的手法来表现。从画面左边的一座两层楼的墙上射出煤气灯光。

《蓬图瓦兹附近的山边小路》描绘了一条沿着山坡蜿蜒而下的小路，一对男女拿着几捆刚刚采摘的青菜从山上走下。在他们的右侧，山坡陡然升高，他们脚下一簇簇的草木丛中是由石头房子组成的村庄，头顶上笼罩着广漠无垠的灰蓝色天空。他的笔触又短又轻，把大地、树木、农人和天空模糊地交织在一起。

1879年即将结束时，卡米耶收到丢朗·吕厄的来信，请他下次去巴黎时到他的画店逗留片刻。丢朗·吕厄卖出的画不多，卡米耶和美术界的人对他靠了什么样的神奇办法来维持画店一直迷惑不解。

走进大门，卡米耶立即感到画店又恢复了生机。售货台上堆满了涂抹着字迹的便条和看起来十分重要的文件。丢朗·吕厄那富于表情的眼睛由于兴奋而睁得大大的。

"时来运转了。"丢朗·吕厄喊道，"最近我遇到了著名的大通联合银行的董事长费德尔先生，这家公共银行拥有2500万法郎的资产和2000多个股东。他们在马尔干半岛各国、奥地利和西班牙均有投资。费德尔先生是个美术爱好者，他将拨一部分款由我支配，用来购买各种美术作品。"

"天哪！"卡米耶兴奋地叫道，"我们的画是否包括在'各种美术作品'之中呢？"

这位画商的脸上露出了慈父般的微笑："当然包括，而且首先是印象派画家。我并未忘记1874年自己迫于无奈而遗弃的那些可怜的画家们。我计划在瓦伦汀诺音乐厅的旧址圣·奥诺雷路举办一次大型印象派画展，其中大部分作品我准备从你们这伙人中买，再加上我过去积攒的一些画。"

卡米耶如释重负，因为过去5年那种极端痛苦的生活可能会有转机。他为此而深深地感谢这位画商。

"结果会令人满意的。"丢朗·吕厄一边捆起桌上的纸，一边向卡米耶担保说，似乎又成了一个精明能干的买卖人，"我们还要继续执行早先的计划：我每个月买一幅画，价钱要高于以往。你们忧心忡忡的日子就要结束了。"

卡米耶觉得自己的前额由于激动而涨红了："我们过去一直四处碰壁。我得赶快回家告诉朱莉，她不必再焦虑忧愁了。"

　　丢朗·吕厄把手亲切地放在卡米耶的肩上："这些年来，我辜负了大家的期望，你不知道我心里是何等难过。不过现在一切都过去了。新年过后你立即拿些画来让我挑选，我支付你第一笔钱。"

　　卡米耶跳上开往蓬图瓦兹的火车，按捺不住心中的喜悦。

🐟

　　卡米耶打开来信，看到是德加询问自己能否抽出一天时间去看他。

　　卡米耶来到德加坐落在皮加勒路上的高大狭长的漂亮寓所。上了年纪但仍精神饱满的女仆领他走上了3层楼梯，但在画室门前止了步，那里是禁止她入内的。德加对其他上了年纪的女仆也同样如此要求，他只雇佣上了年纪的人。

　　来到画室门口，卡米耶便领悟到德加禁止仆人入内的原因：这是一间堆满了艺术精品的宽敞房间，地板上整整齐齐地码着一摞大约1000张杜米埃的平版画和一摞德加所能支付得起的安格尔的所有油印画，以及几摞不甚整洁的旧杂志、报纸、广告画和小册子；在房间深处的一个角落里，一张书桌上堆满了几百封信件、笔记和通知，大部分都尚未整理和答复。房间里颜料、画笔、速写簿，画了一半的油画和衣物比比皆是。只有德加一个人掌握这些杂乱无章的东西的逻辑，可以用飞鸟一般的速度找到他所需要的东西。在一面墙的书架上放着书，对面是玛丽·卡萨特新近完成的她母亲和兄弟亚历山大的孩子们的油画肖像。卡米耶认识这位工程师亚历山大·卡萨特，因为玛丽曾说服他买下了卡米耶的几幅画作为现代画收藏的开端。在房间角落里的一张结实的木桌上放着版画印刷机，它的6个滚子被涂成了鲜红色。面朝北的一个山墙窗下放着墨水瓶架和几打布满灰尘的画片，下面塞着几打过期的《喧嚣》杂志和《费加罗报》。在第二个窗户下面是一张绘画用的桌子，下面堆着盖得严严实实的对开本的素描和水彩画。朝墙而立的一个画架上摆着一幅未完成的油画。

　　德加正在画一个体态丰满的裸体模特。看到卡米耶，便招呼道："欢迎，我一直在等候你。"接着又对模特儿说："你可以走了，星期四再来。你是个少有的品种。你的臀部就像只熟透了的梨子，像乔康达*一样。"

　　这个年轻的女人得意地红了脸，在屏风后穿好衣服离去了。她刚刚离去，德加便打趣道："现在她就要在全巴黎到处显示她的臀部了。"

　　他们来到二楼餐厅里用午饭。餐厅里家具之井井有条同德加画室之杂乱无章成鲜明

---

* 即达·芬奇的著名肖像画《蒙娜丽莎》。

对比。德加就是在这里和门厅中陈设他的印象派藏画：马奈、雷诺阿、西斯莱和毕沙罗的作品。他开口解释道："玛丽·卡萨特和我准备出版一份叫作《日与夜》的画册。每月出几幅立意独特的版画，另外加一些用来卖钱的画。第一期由我们出钱经办，以后由卖画册的所得支付开销；股票商欧内斯特·梅已经答应帮助我们。我们打算邀请布拉克蒙——他是个行家，以及一些够资格的人参加。我们以为你是帮助我们把印象派作品印制出来的最好人选。你意下如何？"

卡米耶十分高兴，一边吃着萨比娜做的嫩牛排一边说："我很喜欢摆弄印刷机，我曾在加谢医生的印刷机上印过塞尚和我儿子吕西安的习作。"

"好，那就一言为定。"德加又继续聊起来，主要是讲他曾允许自己有过的唯一的一次恋爱。

"我邀请卡萨特小姐与我们共进午餐，但她如果不与家人一起吃午饭，他们会生气的。这就成了问题。金锁链比铜锁链也好不了多少。她在乡间作的画放到画室的光线下效果非常好，比去年的作品要有力、气派得多。她将在我们下一次印象派画展展出她的作品。"

卡米耶抬头望着对面墙上挂着的玛丽·卡萨特绘制的《坐在沙发上的女人》，觉得它相当出色。

德加的父亲是个美术收藏家，家中经常聚集着画家和美术史学家。然而当德加宣称他要做一名画家时，父亲却扬言要将儿子赶出家门。

"什么？"这位颇有教养的父亲厉声说，"你要在无所事事之中虚度一生吗？"

德加一边呷着咖啡一边说："你是一个天真的无政府主义者，而我是一个顽固的银行家庭的保守派，同时我们两个又是独立画展中素描最好的人。我是个深居简出的人，而你是个敏感的心胸坦率的人。没有谁的艺术比我的更缺乏自发性，然而我相信我们共同合作能够把版画提高到一个新的水平。我不喜欢风景画，但我更痛恨让工厂的灰烟笼罩在我们田园之上的工业发展。你的乡村风景是我们曾经优美典雅的法国乡村风光的最好写照。"

他们离开餐厅时，德加叫住了管家："我今晚有客人在家吃饭。"

老妇人回答道："对不起，先生，你请客人到饭店用餐吧。今天下午我要做果酱。"

卡米耶猜想德加一定会火冒三丈，没想到他却满意地低语道："她做的果酱是法国第一流的。"

玛丽·卡萨特3点钟到达，身穿一件领子和袖口上镶了花边、裙边齐地的米色长袍。她带来一个叠得整整齐齐的外罩，穿上它能把自己从头到脚盖起来。他们来到画室径直走向大房间的后端，德加开始转动滚子，上面正在印着他的试样。在他左边的架子上放着盛有制版原料的容器：抗酸蜡、沥青、胶脂，以及在腐蚀铜锌版时用来遮版的沥青。他在画室的一端盖了一间小屋，在那里用酸液浸泡腐蚀版。在南面墙的中央有一个水池和一根水管，但是没有龙头，因而萨比娜每天必须要提上3加仑水；不过水管和室外的一个下水道相通，可以把脏水排到院子里。画室里充满了一种混合着煤油、挥发油、酒精、木炭、浮石和优质白蚀版纸的味道，沁人心脾，十分美妙。房间里很暖和，德加在门口的小壁炉上又放了一个烧得通红的火盆，说是在低温的房间里无法制作蚀版画。

德加和卡萨特每人准备制作一张，并请卡米耶与他们一同干。卡米耶对印刷的程序所知甚少，不过德加准备教授给他。

德加从金属商那里买来了供他们3人使用的铜版。于是大家开始用金刚砂和浮石将其表面磨光，用蛇石和木炭块打平上面划得很深的道子。然后在这种厚重的金属版背面涂上一层树脂，使它在浸泡时能免受酸液的腐蚀。德加将板夹到铺着旧报纸的粗制桌子上，准备工作便就绪了。

德加决定把玛丽·卡萨特早先在卢浮宫画的素描制成蚀版；卡萨特准备使用一张在歌剧院包厢里为姐姐利迪亚绘制的素描；卡米耶则从他带来的活页画夹中挑选了一张描绘厄米塔兹树林和灌木丛的风景画。他先用能够变干的抗酸树胶液盖住拟画的天空轮廓线以下的部分，然后在上半部轻轻地撒上蚀版粉，再把铜版从桌子移到炭盆上烘烤，使蚀版粉溶化并粘到版上。结果版上未遮盖的裸露部分就现出了一个撒满了粉末的天空。

卡米耶随玛丽·卡萨特进行蚀版，将铜版浸泡在装有盐酸溶液的盘子里，等候几分钟直至撒有蚀版粉的部分慢慢地被腐蚀掉。他轻轻地用羽毛擦掉由于化学作用在铜版上产生的气泡，然后把铜版从盘子中取出，又用水冲洗在操作过程中发黄的手指，去掉上面的酸溶液。用松节油清除涂在下半部的胶脂后，第一次浸泡的效果便显现出来。他用棉纱把黑色油墨拍进版面的凹进部分，然后小心地擦净表面的墨迹，只留下天空那部分凹进处的墨。于是他为第一次试印所做的准备就算完成了。

卡米耶把版放到印刷机的平板上，从德加放在近旁的一大堆纸中抽出一张厚厚的试印纸，将纸打湿铺在铜版上，又在上面盖上一块厚重的垫毯，然后用红色的滚子从上面滚过压紧，滚子的压力就将打湿了的纸贴在凹处涂了油墨的地方，于是画面就被印到了纸上。检查了试印的效果，他觉得整个蚀版印刷的过程尚不够精确，天空过亮，于是又把整个过程反复操作了几遍，变换着蚀版粉的使用量和铜版浸泡在酸溶液中的时间。他每次加工都加强了天空的效果。

德加为他准备了一套现成的雕刻工具，玛丽·卡萨特则使用她自己的铁尖笔。鉴于是在做试验，卡米耶先处理粗线，将其泡在酸溶液中腐蚀，然后再刮细线和阴影部分，同样也打出样子来观察。他感到如果使用锋利一些的针便能得到更清晰的线条。

他又一点一点地加上了树木、人物和房屋，由于对操作过程已经熟悉，他还能够不断地改变使用蚀版粉和油墨的分量。随着蚀版效果的不断细腻和结构的逐渐清晰，卡米耶的情绪越来越高涨。作为一个版画制作者，不仅要有能力绘制精美的画面，而且还要具备高超的技术。

夜幕降临，画室的光线模糊起来，3位画家盖好铜版准备就寝了。

卡米耶草草地给朱莉写了一封信，告诉她在与德加一起为他的新杂志制作蚀版画期间，他将住在拉舍尔那里，然后到邮局买了邮票，看着那里的职员将信扔进一只标着"瓦兹"的邮袋中。

第二天清早8点卡米耶便来到德加的寓所，卡萨特也随后赶到，3个人立即开始工作。卡米耶用树脂液圈出已经完成的部分，在其他部分盖上软软的一屋蜂蜡和沥青，再次把他的画铺在铜版上。他先用手指甲，后来又用一只尖铅笔在铜版上把需要深刻的画面反复刻画，以使画面更加清晰，加深阴影部分的色调。在前一天完成部分的基础上，他把铜版在酸液中浸泡了20分钟。

"现在最令人激动的时刻到了。"当卡米耶对最后一张粗样表示满意时，他们宣布说，"整个版面的第一个印张就要出来了！"印刷机的滚子再次从版和白纸上压过。卡米耶拿开垫毯，揭下印好的画，德加和卡萨特围拢过来，大家都极为高兴。

画室中充满了勇于探索、勤于试验和大胆创新的气氛。3个人同样有才华、有魄力、富有想象力。他们互相尊重，互相钦佩。这间屋里不仅有艺术创作的气氛，而且还洋溢着一种温暖的情谊，洋溢着共同劳作，以及在制出成功作品后相互间的批评、赞美和建议给他们带来的喜悦。卡米耶在加谢医生的印刷机上印制的两幅肖像画效果很像是铅笔素描。这是一幅完全的蚀版画，是一个新的令人鼓舞的尝试。

他们以自信的动作麻利地工作着，彼此衔接，互不妨碍，为《日与夜》第一期的出版做着准备。同时卡米耶看着德加和卡萨特一起工作时之和谐、亲密，两人之间的紧张情绪随着蚀版过程完成而消失，也感到惊奇。他们是极为般配的一对，遗憾的是两个人都拒不承认这一点，彼此都被对方的吸引力吓坏了，害怕关系发展过于密切的共同恐惧使两个人都努力克制着自己。

玛丽·卡萨特回自己家去后，德加拿出他和玛丽·卡萨特互相画的肖像给卡米耶看，并评论说："卡萨特小姐和我有你在场能合作得更好，因为我们都感到随便些。在第一期杂志准备就绪之前，你有空就来好吗？"

卡米耶用了一个月的时间在绘画的间隙到巴黎制作为杂志准备的蚀版画，完成了6块版，并在印刷机上印了数张。他把两块打好底子的锌版带回蓬图瓦兹，在自己的画室继续制作。时值寒冬，他把自己在房里关了几个星期之后，将锌版寄给德加。后者将锌版在印刷机上打过样后来信说："我拿着你的包裹赶到卡萨特小姐家，和我一样，她也向你表示祝贺。这是给你的样板。在油乎乎而且还粘着黑色油墨的锌版上现出了占据了大部分版面的浅黑或浅灰色的阴影……你是怎么把背景的色调加深成深褐色的？这颜色太漂亮了。"

"用一块好版再作一幅大些的画吧。"

1880 年 1 月是一个新的 10 年的开端。画家们充满了新的希望。

由于制作版画无法赚钱，卡米耶和德加开始绘制女人用的扇面，尽管他们鄙视这种通俗美术。商店里出售的扇子上画的一般都是装饰性主题，而卡米耶和德加装饰扇面的构思却选自他们严肃的素描，卡米耶选择了风景，德加选择了芭蕾舞彩排，因为他们尊重自己的才华。这批在巴黎市场上首次出现的由职业画家绘制的扇子销路甚好，每把能卖到 5 至 8 美元。

在巴提纽尔这群画家中似乎最幸运的爱德华·马奈去年秋天起腿部开始剧烈疼痛、软弱无力。他走出画室时不慎摔倒，接着走路开始跛得很厉害。一位医生诊断为中枢神经麻痹，而另一位认为是血管疾患。

"到了爱生病的年龄。"他们解释说，尽管爱德华·马奈只有 48 岁。

马奈的医生们会诊之后认为他的病症已无法医治。虽然行走相当费力，但大部分时间他每天还是艰难地挪到画室。当卡米耶放下手中的工作去看望马奈时，发现他正在绘制一幅大油画——《弗里－贝热酒吧间》。卡米耶认为这幅画的水平在他的《草地上的午餐》或者《奥林匹亚》之上。马奈不愿谈及他的病。当他们谈论起法国已难以维持共和的政治局势时，他的头脑完全清醒。尽管如此，他的身体日益衰弱，初时尚能坐在轮椅上，后来就只能躺在床上画些素描和粉笔画。马奈的妻子苏珊、兄弟欧仁和欧仁的妻子贝特·莫里索无微不至地照顾着他。疾病中断了他和夏娃·龚扎列的关系，后者与雕刻家亨利·盖拉尔结了婚。

卡米耶开始使用更短的笔触作画，以使画面生动活泼，并用更柔和的颜色来增强透过画面的光线的效果。过去他画中的人物只是些模糊不清的、在周围的景物中隐约可见的象征性的人形。现在占据他画面的是用清晰的线条勾勒出的摘苹果、豌豆和挖土豆的男男女女，有他儿子乔治的肖像，还描绘了邻家的纺织妇、田野里的收割者，以及市场上的农妇。他的人物与米勒在《晚钟》和《收割者》中描绘的农民完全不同，他略掉了浪漫的东西，而去表现他们的现实生活和耕耘土地的艰辛。这并非因为他厌倦了自己的主题，而是他需要重新充满青春的活力。

他还开始用速干颜料和浅颜色的色粉笔作画，这种色粉笔无须使用缓干油便可互相覆盖，这种办法使画面的色调更加明快。这些作品画得很快，因而他卖得也就便宜些。现在卡米耶已将近 50 岁，到了幻想开始逝去、希望难以实现的年龄。

1880 年他创作了 7 幅蚀版画，用了数不清的时间。他整日待在德加的画室里，尽管他们印制的版画并不多。然而就是这为数不多的几张也卖不出去。毫无疑问，让人们接受印象派版画所需的时间会像接受油画同样长。但真正的问题并不是时间，而是生存。

在德加的画室里作画使卡米耶和玛丽·卡萨特之间建立了一种有趣的友谊。她把他的作品挂在家里，并对自己的美国朋友们称赞他的画，偶然还能卖出一两张。他来到巴黎时两个人就一同去参观画廊。他们显得很不协调，他留着白色的长胡子，穿着皱皱巴巴的衣服，而她穿戴着巴黎裁缝制作的雅致的时髦帽子和长袍。卡萨特的父母接受了女儿和与他们同属一个阶层的德加的友谊，可她与这位农民画家之间又有什么共同语言呢？人们看到他们一起在林荫道上散步，亲切地交谈着，显然相处得很愉快。

埃德加·德加为他们之间的友谊感到高兴。如果他必须有一个崇拜她的竞争对手的话，那么卡米耶·毕沙罗正是合适的人选。这是个十足的三角关系。卡米耶完成了一幅描绘蓬图瓦兹繁忙、热闹的市场景象的油画，画面上买东西的妇女和商贩站在挂着的牛肉和猪肉中间。德加对这幅画赞赏地审视一番，然后问道："这些女人是不是有些理想化了？"

"没有。而且也不是赤裸裸的现实主义者。"

"啊！"德加风趣地说，"她们是来逛市场的天使。"

卡米耶把描绘瓦莱梅尔的山岗，它的村庄、果园、农舍和日落的几幅画拿给丢朗·吕厄看。这位画商十分热心，但仍然没钱支付他每月准备买的那一张画。

"资金没有问题。"他重申，"费德尔先生和大通联合银行已经起草了合同并签了字，只是我目前尚未拿到现金。"

卡米耶在已经山穷水尽的情况下如何度过这几个月呢？他欠的钱大部分是唐居伊老头的，尽管后者仍然肯收他的画作为抵押。他每星期能给朱莉的钱只有他卖扇子和水粉画的几个法郎。

"丢朗·吕厄说我们的钱是有保证的。"卡米耶告诉朱莉。

"你能让他写个单据，证明他买我们的画，证明钱就要来了，让我给店铺老板看行吗？"她问。

丢朗·吕厄的来信减轻了他们的一些心理负担。

第五次印象派画展即将在 1880 年 4 月 1 日举行。高更送来的 3 幅蓬图瓦兹的风景画立刻给卡米耶带来了麻烦。克劳德·莫奈对他所谓的"令人无法容忍的业余画家"的参加感到很恼火："这个'小教堂'变成了见人就收的大众学校。"

卡米耶安慰高更说："当我第一次推荐保罗·塞尚的作品时，人们也说过同样的话。但是他现在已经被接受了。"

德加坚持让他的几位不属于印象派的朋友参加画展；凯博特反对卡米耶欣赏的拉法

里*加入；而卡米耶则反对一个名叫罗柏特的画家参展，此人1874年曾与他们一道举办过展览，但拒绝为其后的几次画展提供作品。

分歧越来越大，凯博特写信给卡米耶：

> 我们的画展会成为什么样子？我们只能向纯艺术的方向发展，这也是对我们所有人都有利的唯一方向。因而，我要求参加画展的人必须对这个目标真正感兴趣，也就是说参加者有你、莫奈、雷诺阿、西斯莱、莫里索夫人、卡萨特小姐、塞尚和吉约曼，如果你愿意再加上高更，也许科尔戴和我也参加。既然德加拒绝参加在这个基础上组织的展览会，这就是全部人选。我很想知道公众会对我们个人争论的什么地方感兴趣……难道我们没有责任互相支持，原谅彼此的弱点，不去拆自己人的台吗？

卡米耶到德加的画室去劝说他不要退出，德加同意了。那天他情绪甚佳，为画展找来了7幅油画和一批素描、版画，此外还有一尊叫作《年方十四的小舞女》的雕塑。

"你认为我该不该展出雕塑呢？"德加突然谦虚地问，"我还没有把握。"

接着他要女管家拿来一罐自制果酱送给朱莉作礼物。

卡米耶赞赏地用手摸了摸这尊舞女雕像"小耗子"。

"她很粗糙，但是你把她做活了。"

雷诺阿和西斯莱投奔了官方沙龙。克劳德·莫奈不参加。贝特·莫里索和玛丽·卡萨特拿出了她们去年最好的作品，她们个人家庭和朋友独具特色的肖像画，以及描绘停留在流淌的塞纳河畔、凝视着巴黎的屋顶或是带着孩子在公园里漫步的妇女的作品。塞尚拒绝了卡米耶要他把画从埃克斯运来的请求。

在金字塔路10号的展览会上，卡米耶的10幅油画和由他、德加与卡萨特创作的蚀版画占了绝对优势。卡米耶将版画的木框漆成黄色和蓝紫色，以衬托出阳光和阴影的效果。丢朗·吕厄对他们展出的蚀版画、水粉画和水彩画深感不安，称它们是"贫困的慰藉"。后来他表示理解但又痛心地告诉卡米耶："你是为了谋生，为了能够继续创作才不得不画些迎合大众口味的画，但遗憾的是水平下降了。"

卡米耶克制着自己才未脱口说出："如果你从1875至1880年一直出售我的作品，我就无须去画这些扇面和色粉画。"他也没有问这些糊口之作如何会伤害自己。

他卖了一幅画和一个扇面，其他人也多少卖了点东西。版画没有赚钱，杂志《日与夜》仅仅卖出了几份。包括一向很大方的凯博特和欧内斯特·梅在内，没有人愿意预约第二版。失望之余，德加决定不再继续出版。

---

* 拉法里（1850—1924），法国平民画家，彩色版画和色粉画与油画混合技法的发明者。

这次画展他们又是入不敷出。

前几届画展所具有的那种精神消失了，以往那种勇于冒险的热忱也不复存在了。第五次印象派画展受到的不是辱骂和嘲弄，而是冷漠。人们已对印象派画家们失去了好奇心，于是画家们又回到阴暗的角落里去创作那些无人肯接受的作品。

大失所望的卡米耶对凯博特说："我们必须继续举办展览。"

然而参加了展览的画家们一个接一个地通知卡米耶，他们准备离开这条特殊的道路，不愿再以印象派画家的身份联合举办画展。

只剩下卡米耶独自一人。

Chapter 11

荣誉的根基

保罗·高更来到蓬图瓦兹度暑假，当时股票市场不景气。从他与同事埃米尔·舒芬纳克开始参加美术学院夜校学习绘画入门，后来向卡米耶学画油画以来，已有 6 年。卡米耶不怀疑高更的才能，他对颜色很有眼力。然而，一个深层次的问题提上了日程。

"我要撕成两半了。"高更嚷道，"我在卖证券时想着画画。我在画画的时候再也不想见到交易所了。"

卡米耶早就注意到了高更的两难问题。

"你能不能请求批准一个假期？"

高更哼着鼻子说："我赚了不少钱，可是赚多少花多少。那算是正常吗？"

卡米耶叹气："对我来说，是另一种样子：还没有赚到的钱我已经花了。我猜是梅特不愿意吧？"

"从她的立场来看她是对的。她嫁给了一个野心勃勃、正在发达的股票经纪人。她出身于政府官僚家庭，收入是有保证的。这么多年来，我们生活得很好。现在她害怕财源断了。"

"是会这样的，要是你工作懈怠的话。"

"我打算放弃差事，全力绘画。可是梅特说我总该让她和孩子们过上富裕生活。"

卡米耶沉默了。在一条两旁都是住房的弯曲街道以及树丛掩盖的牲口棚前工作了一天之后，卡米耶瞥了一眼高更的明确的线条和浓烈的色彩。两个人装满了烟斗，休憩着。卡米耶平静地问道："你能不能在贝尔坦股票交易所再干一两年，赚足了钱，存……"

高更使劲摸了下他的高鼻子，手指从眼角抹到嘴角。

"必须这样。可是，这只能推迟'最后的审判日'。梅特必须学会靠一个画家的收入过日子。她和孩子们从来不知道什么叫贫困。"

那天晚上，吃了顿便餐后，高更同卡米耶一道察看毕沙罗 4 个男孩子的图画。卡米耶教育他的儿子们一天都不随意放过。吕西安已相当不错了，才 17 岁，已经在照管两岁的吕多维克·罗道尔夫做最初级的练习了。卡米耶集中精力教 9 岁的乔治和 6 岁的费利克斯。4 个孩子对把餐桌变成课堂已经习以为常，别的事他们都不管。还会有哪一个做父亲的，在忙完一天后还要教他的子女绘画、调色？他们所画的，如卡米耶形容的，是"奇奇怪怪的风景，面孔可怖的马夫，可怕的大砍大杀，而你所见到的战士竟是没有脑袋的，总之是一整个从未听说过的霍夫曼幻想世界"。

孩子们上了床，朱莉干完了一整天家务活也去休息之后，两个男人坐在后花园乘凉，周围是一片虫鸣蛙叫。高更边抽烟边说："一场争吵是不可避免的。原谅我这么说。梅特见到你和朱莉这样拼死拼活可吓坏了。她说她是干不了的。她遵守了对我的诺言，我一个男子汉大丈夫怎么能不遵守对她的诺言呢？"

他们只能在烟斗忽明忽灭的亮光中见到彼此的脸。卡米耶柔声说："这是一个痛苦的僵局。你必须按照你自己的性格去解决。"

高更火了，半站起身。

"我是见鬼的什么性格，继承阿拉贡的资产阶级，以他的名义做事，卖几张纸给陌生人，市场上涨就赚钱，市场下跌就赔钱。我的一生就是绘画，我绝不能再浪费我的时间了。"

"别急，别急。这可是艰难生活。高更老友。"

"我不怕。我有勇气。"他抻了抻二头肌，"摸摸看它们多结实。我头上的肌肉也同样有劲。"

卡米耶在椅子背后磕了磕烟斗灰。

"这么得意，那么我们都去睡吧。早睡早起，高更，天一亮我们就得把画架支在繁花似锦的果园里。以后，到了秋天，我们再画年轻的妇女们摘果子。"

毕沙罗一家几乎要断炊了。卡米耶给丢朗·吕厄的画廊送去10来幅油画。目前还不能拿钱。朱莉对此毫无信心。

"要是你的画那么好，为什么他不当时卖了它们给我们一些法郎？"

卡米耶摇摇头，自己也感到困惑。

他画得很好。他知道，如果他不是那么常常精神沮丧，他还能画得好些。他装出一副无所畏惧的样子，但有时在蓬图瓦兹或附近的瓦莱梅尔村作画时，常常被忧郁压倒，把画刷放在一边，问自己："已经有了100张没人要的画靠在墙边，为什么还要再画一张呢？"

这是一个不该提的问题。他的一生从开始已经注定。他生来就是为了绘画，如同贝多芬生来就是制作交响曲，陀思妥耶夫斯基生来就是为写《罪与罚》（卡米耶刚读完此书）一样。

夏季晚些时候，唯一令人喜悦之事是卡米耶亲爱的姊姊爱玛的女儿埃斯特·艾萨克森的来访。她是在蒙马特拉舍尔的公寓里诞生的，卡米耶当时正住在那里，她现在已23岁了。她简直就是她母亲的惊人复制品：光滑的栗棕色头发，白里透红的脸，淡褐色的眼睛含情脉脉。爱玛死时她才10岁，但那已足够使她吸取她母亲的精华，卡米耶以为那就是对家庭的爱与忠诚。爱玛的丈夫此后没有再娶，菲尼阿斯使他女儿得到伦敦年轻妇女所能受到的教育。她照管毕沙罗的4个男孩子，花几个钟头给他们讲故事，带他们出去野餐。她有一种特殊力量能使乔治安静下来，乔治老跟弟兄们淘气，只要埃斯特看看他，他就像天使一样乖。她喜欢在卡米耶的画室中翻检架子上、箱子中各种各样的作品或草图。

一天下午，在一场暴雨之后，她说："你对我说过，没有人对你的巴黎风景水彩画感兴趣。为什么不让我带一些回伦敦？在英国，水彩画很好卖。"

卡米耶惊讶得摇头。

"你的样子和声音太像你妈妈了，以致我以为是爱玛站到了我眼前。她老说：'我想帮助你。'很好，我送你一些。"

埃斯特哑着嗓子问："卡米耶舅舅，为什么外婆不在这里和你和朱莉舅妈同住？她在那座公寓里多寂寞。"

卡米耶拿起他外甥女的手。

"亲爱的埃斯特，我请妈妈来同我们住，说过 10 来遍了。她对 4 个孩子还是喜欢的。大多数祖母都那样。"他噎住了。这个题目对他除了痛苦没有别的。"妈妈不愿意同你的朱莉舅妈在一起……她永不原谅她所说的'套住'我。也不原谅我娶了一个女用人，她一直把她看作来自葛兰赛的一个无知小姑娘。并且还是个天主教徒。妈妈曾希望我娶一个有嫁妆的犹太姑娘。我背叛了她。"

"可是那已经是 20 年前的事了……朱莉一直是个好妻子、好母亲。"

"我所要的唯一的人。"

埃斯特站了起来："我去做外祖母的工作。她已经 85 岁了，这是她告诉我的。她在这里会快活的。"

"我会去替她搬家具的，楼上一间房重新油漆一下……"

"那将是件'好事'*。"

卡米耶咯咯笑："是的，那将是件幸事。要靠你，埃斯特。"

但是，当埃斯特建议他们同阿尔弗雷德和玛丽和解时，卡米耶委屈地回答说：

"阿尔弗雷德一家对我们视同路人已经 10 年了。为了什么？我们名誉扫地了吗？我想没有吧。是因为我们属于一个受到社会谴责的世界吗？弄成那样很可惜，不过我们倒并不强求。"

朱莉和孩子们坐公共马车把多余的蔬菜和鲜花拿到基索的市场上出卖或交换白糖、面粉、大米、黄豆、调味品。卡米耶则用几句话打发了房东："你现在把我撵出去，你会失去 3 个月的欠租。让我留下，什么也不会欠你的。"

房东说："不能这样无限期地拖下去。我让你到年底。"

孩子们的鞋又破了。吕西安设法把他的鞋钉上了，乔治和费利克斯却穿着木鞋回家，受到同学的耻笑。尽管吃得很单调，朱莉还是以英雄般的努力喂养了他们，但是他们怎么

---

* 原文是希伯来语 mitzvab。

去买灯油、读书用品、替换的衬衣和药品呀？她的母牛掉进河里去了，现在她只能用蔬菜来同一位邻居换牛奶和奶酪。

"生活这么不安定，真要叫人发疯！"她抱怨道。

"大通联合银行的钱就会来的。我们坚持一下就行了。"

出于对她可怜的丈夫的安慰，她低语道："我想，我们总要比冷藏在地下室煮来当晚饭吃的苦萝卜要好吧。"

朋友们使他不至于无尽无休地受苦。泰奥多尔·迪雷介绍来一位收藏家，买了一幅他在1880年展出的《纺羊毛工》。这笔钱用完后，玛丽·卡萨特卖出两张厄米塔兹小水彩画给一位她曾在费城美术学院共过事的美术家。随后，欧仁·米雷带一个人到蓬图瓦兹买了《田里的农夫》。实在卖不出去时，德加或高更或贝特·莫里索来买几张他们所喜欢的画。卡米耶对他们犹如父兄，他们不会让他走投无路的。他们不让买画掺入怜悯的意味，他们爱这个人：品格高尚，有容忍之心，富于牺牲精神；他们尊崇他的作品，识得它们的价值。安托尼·吉耶梅是例外，他现在赢得沙龙的荣誉与奖章，从政府得到大笔订金，他的家庭因土地和葡萄园收入大增，但他不再去新雅典咖啡馆，他在赶浪潮，而这会使他走上绝路。谁能谴责他同一群对现实政治不满的社会人士脱离关系呢？

"他想得荣誉军团奖，"德加语带讽刺，"纽扣孔挂一条红绶带。这比优秀绘画对他更重要。他所不懂的是，那条纽扣孔中的小小的红绶带将随同他在棺材中腐烂，而优秀的美术品是不可摧毁的。"

卡米耶对失去吉耶梅感到遗憾，他们同在拉罗什－居庸时，他曾喜爱过这个年轻人；吉耶梅出国期间，曾让他和朱莉与孩子们占用他在巴黎的舒适画室。

"吉耶梅有生之年会享福的。"卡米耶以一丝伤感的心情回应德加，"我们死后还有我们自己的东西。算了吧！"

20来张大尺寸的新油画还未上框、售出，其中有些是瓦莱梅尔的风景，有些是蓬图瓦兹的。他还有新添的忧虑：右眼有了麻烦，模糊不清，有一层云翳，开始眨眼。有一段时间他未加理会，但情况越来越坏。他是否该去巴黎，腋下夹着油画，用油画去换取眼药？他无法如此做。有时这些干扰又消失了。也许能不治自愈？许多事情都是这样的。

吕西安已成为卡米耶的助手，省去他许多杂事，包括去巴黎送画，购买用品。他对吕西安讲了绘画的压力、快乐与价值。对父亲所讲解的艺术和资产阶级世界，吕西安大部分能理解。卡米耶无法同朱莉讨论那些艺术的和社会的题目，朱莉厌恶蒲鲁东的无政府主义，她认为无政府主义会使人不知不觉地上当受骗。吕西安则是他父亲的信徒。

"有一个能理解你的儿子真好。"卡米耶欣喜道，"吕西安有天才，他接受训练很不错，他会成为一名好画家。"

卡米耶的一幅49英寸×64英寸的大油画，在画廊外随意出售的话，不会超过20美元，他的画似乎就定在那个价格了。然而，他还不能当时从经销商手里拿到 20 美元，要到年底再说。

他向埃斯特发去一批水彩画。现今，他又收到泰奥多尔·迪雷的若干来信，后者正在伦敦担任《美术杂志》的评论员。迪雷认为，巴黎不识卡米耶的画的价值，甚至连曾在第五次画展中展出的《厄米塔兹树丛》也不认，不如送到伦敦去。迪雷写道：

你可以带给我一整套版画。我需要去见那个孩子，看看我们能做些什么……今天上午我同惠斯勒先生共进午餐，他让我看了一套在威尼斯绘制的水彩粉画，非常迷人，明快，新颖。那个人是真正伟大的艺术家。

德加曾想建立一个版画家协会，来支持《日与夜》，但这个想法同杂志一起告吹。在一次和平咖啡馆的安慰性的午餐上，他问大家："你们是否知道有这么一句至理名言：'100 次失败加起来就是最后的成功'？"

玛丽·卡萨特微笑说："你阐明了艺术家的普遍信条。"

11 月中旬，卡米耶把在三兄弟街 18 号公寓内的房子换成了一间套的套房，那是不必预交房租的。他带过去一些油画、水彩画、色粉画，希望能吸引顾客。可是很少人愿意爬蒙马特的大陡坡。巴黎多雨、寒冷，常常是多云的阴天，使可能来的观光者更加不愿出门。结果一幅都未售出。他不想把朱莉和孩子们带进城里住。没有东西供他们吃。在家，他们还能吃朱莉养的鸡、兔、蔬菜和水果。他每天在拉舍尔那里吃一顿饭，她总是乐于供他吃饭。除此以外，当他需要驱一驱寒冷，借一点光亮时便到室内咖啡座喝一杯咖啡。

他母亲行走已经用杖。她拒绝别人有关迁往蓬图瓦兹的建议。"我不想麻烦人。我一直是独立生活。阿尔弗雷德每周来一次，给我带来药，我需要女用人时他给我送来女用人。那是常事。我不知道这些年乡下姑娘会变成什么样子。"

将近 12 月底，因丢朗·吕厄尚未从大通联合银行收到钱，也未卖出任何作品，卡米耶出于无奈，只好同意让丢朗·吕厄从前的一个店员波蒂埃（现在开着一个小铺）走街串巷并去百货商店、旅馆、高级公寓兜售他的未安框架的油画和水彩画。卡米耶原考虑这种"巡回展出"也许有些希望，但很快发现波蒂埃不善于做生意，一幅都没有卖掉。

从丢朗·吕厄保证会繁荣以来，已过去整整一年。朱莉因悲伤双眼下陷。埃斯特在伦敦找不到一家愿意寄售的哪怕是最小的画店。德加正在进攻拉斐特路 10 号的经销商阿德里安·布格涅。卡米耶画了一系列的瓦兹河风景水彩画去试探布格涅，他向在伦敦的迪雷写信说：

我希望会成功。希望找到一个出路，使我能安静生活。我们是在火山口工作。什么样的事业啊！

12月30日，屋子里像朱丽叶*在佛罗纳的坟墓那么安静，卡米耶在他又冷又暗的画室里萎靡不振。这时，丢朗·吕厄出现了，他穿着一件漂漂亮亮的外衣、条纹裤，系着公证人常系的黑色宽领带，发式入时，满面笑容。

"啊，我亲爱的毕沙罗，你见到我很惊讶，其实，不该如此。我答应过你年底付你1880年的画款。好了，这儿是200美元，我只敢带这么多。如果你明天去巴黎，我还在保险柜里给你放着150美元。"

卡米耶感到口干，舌头也大了。他捏丢朗·吕厄的肩头那么使劲，以致把他捏疼了。

"……来啊……告诉朱莉。我们已经半死不活了……"

他们离开画室，穿过走廊来到大门。

"毕沙罗，你不相信自己的上帝。他对傻子、孩子和艺术家总有特殊照顾。"

卡米耶的表情就像是从伦敦式的浓雾变成了酷热的阳光。

1881年元旦，有了丢朗·吕厄第二笔款子，卡米耶和朱莉便去看望孩子们称呼的拉舍尔祖母。头一天，他们为她买了一条苏格兰佩斯莱妇女织的明亮柔色的开司米披巾。送了礼之后，他们强邀她一起去海德咖啡馆吃新年饭。拉舍尔感动得目瞪口呆。她低声问："你从哪里弄来的钱？卡米耶。"

"丢朗·吕厄先生两天前到我的画室来，给了我一大笔他欠我的钱。我今后画的东西他都要，包括我交给埃斯特的水彩画，他主动给了我一张按月付的250美元银行支票，抵我的画。我们来庆祝一下。"

拉舍尔惊讶得双目大睁。她直了直腰。她说话的声音也显得年轻了："值得庆祝！阿尔弗雷德和玛丽也在就好了。明天上午我要给孩子们买些礼物，带他们坐火车。"

朱莉喃喃地说："但愿奇迹不要消失。"

卡米耶是唯一想在1881年举办第六次印象派画展的人，他坚信印象派必须继续展出，继续使人看到，使人讨论，以便形成一个求生存的运动。他设法使凯博特转变从前的拒绝态度，并热情邀请莫奈、雷诺阿和西斯莱参加展出。德加抗议道："他们是变节者。我拒绝同他们一起展出。他们离开了我们去沙龙展出……也没有成功。"

---

* 莎士比亚名剧《罗密欧与朱丽叶》中的女主角。

"那么我就拒绝同德加一起展出。"凯博特嚷道。

丢朗·吕厄的银行汇票定期来到。卡米耶付清了拖欠的房租，预付唐居伊老爹相当一笔款子。朱莉在蓬图瓦兹的一些店铺里花了不少钱。他们给孩子们买了衣裳、读书用品，口袋里还有几个苏的零花钱，这在毕沙罗家里是罕有之事。朱莉也能同姊妹们去巴黎观光，同卡米耶一道听音乐会或看戏剧，甚至自从新年聚会后在拉舍尔那里每月的周末看望也有了一些乐趣了。她同婆婆头一次和平相处。朱莉还雇了一名年轻的女佣做帮手，一个洗衣妇每隔一星期来一次把他们的衣服拿去河边洗涤。由于有了新的安全感，朱莉也不担心会再次怀孕了。

在寒冷的冬天，卡米耶能为屋子提供一些热气，能在画室里悠然作画了。他按高更所一再怂恿的，把一些年轻的农妇画进了10来幅油画。天气好的时候，他一早同朱莉出门去到基索市场，给一个卖猪肉的女贩作素描，后来把在一排小摊间众多的摊贩和顾客画进了一幅油画，一大群人生动地出现，这对他来说是一个不平常的发展。

他同莫奈、雷诺阿、西斯莱商量办第六次画展收效甚微。他们不理睬他的团结呼吁。德加、莫里索、吉约曼、鲁阿尔仍在作学院式的画，然而忠诚地参加每年的画展；曾参加第四次、第五次画展的弗兰同意参加；高更送来了蓬图瓦兹油画。德加的恩师拉法里再次参加，还有一些前年参展的如提罗、维达尔、维尼翁、赞多蒙奈都仍来参加。参展者将分摊费用。

作为这一群中作品最多的人，卡米耶对这次展出最为兴奋。展览地点是卡普西尼大道35号，7年前，纳达尔曾借此处作为他的摄影室。卡米耶挂了28幅题材迥然不同的画，包括风景，农民，朱莉和孩子们的逼真的肖像，他们的围着围裙的漂亮年轻的女用人荡秋千、吃早点，拥挤热闹的基索市场。

从观众和出售来说，第六次画展的成功属于中等。对卡米耶来说，J.K.于伊斯芒斯（他已成为一位可敬的艺术评论家）的评论，就是一个大胜利。他写道：

毕沙罗的《小径》是一幅风景画，画中一片天空无限延伸，只是被树的尖梢所打破；一条流淌的河流近旁，工厂烟囱冒出的烟和小径同林地相交叉。这幅风景画出自一位色彩大师之手，他终于掌握了、克服了对强烈阳光下的开阔地的极难的描绘……真正的乡村最终因妙手着色而呈现在人们面前，浑然天成的景色沐浴在空气之中，一片彻底的宁静……如果他能保持住他的感觉灵敏、细致入微的眼力，他必将成为我们时代最有天才的风景画家。

阿尔贝·沃尔夫感觉不同，在《费加罗报》上写道：

雷诺阿、克劳德·莫奈、西斯莱，凯博特或毕沙罗的作品，都是同样的东西，那些闹独立的人所最奇特的是他们都喜欢平淡无奇，他们彼此雷同。谁要是看过一幅"独立者"的画，那么他就把他们所有人的画都看过了。

从于勒·费德尔及其大通联合银行源源而来的画款使丢朗·吕厄能铺上新地毯，购置长凳，墙上装着光线柔和的玻璃灯。画廊几乎变得时髦了。从来没有听说过它的人们也来看画展了。他约请了两位从前的画廊主作为他的代表照顾底层，他们知识渊博，认真负责。观众获得深刻印象，甚至被慑服。在丢朗·吕厄的店里买一幅以前被蔑视的美术家的"多彩而微醉"的油画，已成为一件得体的事。一批新的"业余爱好者"出现。甚至一幅印象派画家的画挂在某人的奢华的客厅里还将开一次庆祝宴会，这些画包括：雷诺阿的妖冶的粉色裸女，德加的洗衣妇或芭蕾舞景，莫奈的微湿的圣拉扎尔火车站，毕沙罗的泉边休憩的农村姑娘，西斯莱的喷泉上的石桥，吉约曼的路易·菲利普大桥旁边的牲畜木围栏等。新老收藏家们都自信买到了好画。那年年末，丢朗·吕厄在降低佣金比例的情况下，付给他喜爱的印象派画家 71000 法郎之后，仍得到约 14200 美元的佣金。

"恐怕不会这么好下去的。"卡米耶对朱莉说。

她把头别转过来强烈地抗议道："别那么说。出你的口，进魔鬼的耳。"

丢朗·吕厄重新推动印象派的成功，成为一股推进的力量，冲刷了所有的争吵，以及过去的失败与非议。艺术家们在托托尼咖啡馆的同志情谊中再次联合起来。

对卡米耶和朱莉来说，1863 年落选者沙龙以来的 18 年，是受折磨的 18 年。同他们一道的还有克劳德·莫奈和他已故的莱奥尼，阿尔弗雷德·西斯莱，他的玛丽及两个孩子；政府书记官员阿曼德·吉约曼；奥古斯特·雷诺阿（最近同他长期倾慕的阿林·夏利戈生活在一起）。其余人有家庭支持，还未受过大苦，但他们都深受循环出现的 R 字之害，这个字已烙在他们的皮肤之上。

保罗·塞尚对卡米耶请求他把画从埃克斯送去参加第六次画展装聋作哑。印象派画家中唯有他没有分享到丢朗·吕厄的照顾和资助，部分原因是丢朗·吕厄从不喜爱他的作品，也不喜欢他的怪脾气；另一个原因是巴黎见到他的作品的人太少了。塞尚还遭到另一个打击：他的一个朋友维克多·肖凯写给他的信寄到了他父母的家（埃克斯郊外的查德波芳），说他在马赛去看望了霍腾斯·菲凯和塞尚的儿子保罗。塞尚的父亲拆开信，对儿子的长期隐瞒大为震怒。塞尚矢口否认也没有用。他的父亲大喊："好极了。我把你的津贴从每月 40 法郎减到 20 法郎。一个单身汉过生活足够了。"

爱弥尔·左拉因《卢贡－马卡尔家族》系列小说已大大出名，他曾支持霍腾斯和小保罗几个月的生活费。现在到了初夏时节，塞尚离开埃克斯，携带霍腾斯和儿子去了蓬图瓦兹。他们来到波都兹河滨路 85 号毕沙罗家中避难。朱莉很高兴。她同霍腾斯一直很合得来。卡米耶同塞尚在附近画同样的题材。塞尚用薄的透明画法。色彩从钴蓝、赭红到明黄、银白和煤黑。他是随着土地的深度，村庄，山谷，大海，使用不同程度的色彩，来把表面的变化描画出来。

卡米耶懂得了，为什么塞尚的一个朋友在普罗旺斯的埃克斯访问他以后报道说，塞尚画了一整天后，他的双手、面颊和工作服上沾满了10多种不同的颜料。那是因为他研究了地球的硬度和它的等高线。他不再是卡米耶的学生了，他在观念与技巧方面已不同于他以前的老师。

两个人黎明时去到瓦兹河上的奥维尔，在加谢大夫殷切又惊喜的观望下画僻静的山村，这位大夫是唯一至今仍在买塞尚的画的收藏家。两三个星期后，塞尚一家搬进附近相隔几个门户的新租公寓去了。

一个蓬图瓦兹小学派正在形成。塞尚长时期的朋友吉约曼周末常来此度假。他还在继续买轮盘赌的票，这是塞尚所不赞成的。保罗·高更参加了进来。塞尚和高更不可避免地要碰撞：塞尚多疑，玩世不恭；高更活跃，大大咧咧。谁也不像谁，作品也不像。他们共同出去作画时，各有天地，但相安无事。

"高更没有才华。"塞尚对卡米耶讲过几次，"他本该在交易所待着，卖他的掉价的股票。"

"10年前，"卡米耶客气地反驳道，"我是会赞同你的看法的。你难道不应该有些耐心吗？"

"像你这样的圣人才有耐心。"塞尚嘟哝道。很重的普罗旺斯口音。

"《旧约》*里面没有圣人。只有先知。"

"那么你就是先知……讲到高更，那就是个假先知了。"

在高更看来，塞尚的画只是一套技巧性的公式。

卡米耶的9岁儿子乔治在一幅画里把蓬图瓦兹画派活生生地画了下来：中午，室外，塞尚在画架上作画；卡米耶和吉约曼在切奶酪和面包，高更在一旁看着；霍腾斯在柴火上一个平底锅里煎鸡蛋；年轻的乔治自己则是长发披肩，在火面前的地上懒散地坐着。还有两副画架上有未完成的画，景色是同样的：小山边一个山洞，前面有一片森林，山下一条小河，河对岸一家工厂有一个大烟囱；大肚子的朱莉同梅特在室内，还有毕沙罗和高更的各个孩子们。

---

* 《圣经》包括《旧约全书》《新约全书》两个部分。

🐟

朱莉于 8 月 27 日生下孩子。客人们考虑周到，前几日离去了。一位蓬图瓦兹接生婆来接生，使他们最最高兴的是，是一个女儿。他们给她命名让娜，取的是头一个不幸夭折的女孩子的名字。头一个让娜的小名叫米奈特（意即小猫），他们很快把第二个让娜叫柯柯特*。柯柯特一生下来就很强壮，4 个男孩子围着她站着，手足无措，不知该怎么去带妹妹。

这会儿生孩子正是时候，丢朗·吕厄的银行汇票每月月初寄来，使生活稳定。秋天天高气爽，卡米耶作画顺利，他画农民收获、拾麦穗、堆干草堆，还有年轻姑娘坐在泉边树下放羊时窃窃私语；他在自然强烈光亮下捕捉人物的现实的肖像，用了以前从未用过的颜色：紫罗兰色、淡黄、粉红，基本上是真实的色彩。画中正在劳动的人们安详、沉静，听天由命。英国画家沃尔特·西克特曾就这些画评论道："毕沙罗可怜农民比农民可怜他自己更多。"

毕沙罗同情在现代化工厂中做工的工人，他们整日处于烦人的机器转动声中。他认为农民干活也同样艰苦，但比较自由。他教导他的孩子们不要把田地、草地、森林和小河，以及使他们赖以生存的各类劳动人民的形象戏剧化，而是要有同情心，所有这些组成和谐的农村生活，奏出了农村劳动的节奏。

他作画一帆风顺，已完成 24 幅大油画，还有一大摞水彩、色粉画、蚀版画，许多是从以前的画样移植来的。夏天的暑热过去后，天气有了寒意。柯柯特觉得冬天很好玩。卡米耶在屋里置了火钵，使屋子里暖和和地，朱莉把婴儿抱给他。他踌躇满志地把写生画转画成油画的时候，婴儿在小床上睡觉，或吮手指头。家里又有了一个孩子了，朱莉说："吕西安现在已经 18 岁了，他受的教育同你在萨瓦里寄宿学校学到的一样多，你有没有想过，他该去工作了？"

"他正在工作……为我。只不过老得由我来纠正错误。"

"可是他必须有一个职业，他自己的职业。能养活自己，且不要说帮助家里了。"

阿尔弗雷德再次为吕西安找到一份职业，在尼尔兄弟公司，这家公司以卖鲁贝纺织品出名。他将住巴黎的费利西姨妈家。朱莉的临别赠言是："别那么可怜巴巴地，让人开除了你。"

吕西安做鬼脸："也许过些时候他们会叫我设计花样。"

4 岁的吕多维克患了肺炎，卡米耶在加谢大夫奥维尔的信箱里放了一张便条："要是您能来蓬图瓦兹玩一下，我将不胜感激。"

---

* 双关语，作宝贝、心肝讲，又作母鸡讲。

加谢大夫第二天就来了，为孩子们开了处方。7 岁的费利克斯鼻子有了毛病：有黏液，有肿块，呼吸困难。德·贝利奥大夫带着装满药的黑提箱从巴黎来到。卡米耶不是一个天生的战士，孩子身上的病痛使他五内俱焚。爱女米奈特 7 年前夭逝仍是他心灵上未愈的创伤。他对加谢大夫和德·贝利奥大夫的感激是无边无际的。他把素描、版画、水彩画送到他们家去；他请他们从丢朗·吕厄可能售出的大幅油画中挑选他们所喜爱的。卡米耶对拿到丢朗·吕厄画廊的画按自己的估值标价。两幅小的《林中休憩》和《皇家宫殿－蓬图瓦兹》各 80 美元，两幅大的各 140 美元，《波蒂埃斯码头》160 美元。

"我不是要发财。"他对一个朋友说，"我只享受正常卖出的成果。我只要求这种状况继续下去。我实在惧怕回到从前。"

尽管印象派在丢朗·吕厄的画廊里继续成功，在咖啡馆里友好相处，但 1882 年年初卡米耶发现，要组织起第七次画展仍有一番争吵。被卡米耶标为独立分子的高更从巴黎写信给他：

> 昨天，德加愤怒地对我说，如果撇开拉法里，他将很快递交告别书。我冷眼看你的处境，从你承担组织那些画展以来已 10 年，我看到印象派的人数增多了，他们的才能增长了，影响也扩大了。而德加这边恰恰相反，他一个人干，情况愈来愈坏。每年都有一名印象派画家离开这个学派。再过两年，你也会离开的……

丢朗·吕厄在奥诺雷大街 251 号租了一些房间。未来 3 年内每年租用一个月，共付租金 1200 美元。当务之急是邀请所有的人参加画展。

高更同意参展。雷诺阿患肺炎正同塞尚住在法国南方的爱斯塔克，他再次拒绝加入。丢朗·吕厄说了些讨好他的话，但他口述一封信给他的弟弟，他弟弟在巴黎传开了：

> 同毕沙罗、高更和吉约曼一同展出，就像是同某种社会主义团体合展。再走下去，毕沙罗就会邀请俄国的无政府主义者彼埃尔·拉甫洛夫，或其他某个革命党人了。公众不喜欢那种政治味道，而我肯定不愿意在我这样的年龄去成为一名革命党。继续同犹太人在一起吧，毕沙罗——那才是革命……

卡米耶听到这封信的内容，大为震惊。从落选者沙龙以来，雷诺阿一直是一位朋友，他也知道毕沙罗从不把政治引入绘画，也从未引入他们之间的活动，"犹太人"这个词会不会成为一场爆发的核心？

终年屋顶漏雨的法国经济随同大通联合银行的倒闭而更不景气。大通联合银行在海外投资失利，损失了数百万法郎。董事长于勒·费德尔眼见他的全部财产化为乌有，他对丢朗·吕厄画廊的支持也烟消云散。丢朗·吕厄欠费德尔一大笔钱，这笔钱是预付画家们的画款。但当卡米耶走进他的办公室去安慰他时，这位经销商还是挺镇静的。

"这是一大打击，但我会挺住。"他说。"因为你和你们一伙的作品是卖得出去的。大通联合银行的破产并没有影响到美术品市场。当然会有些影响的，但眼下我还能保证按月预付你画款。"

第七次印象派画展经历了一段乱哄哄的日子。主要靠卡米耶在不倦地工作。尽管德加因拉法里的作品被拒绝而坚决不参加展出，高更还是参加了；丢朗·吕厄还勉强得到雷诺阿同意展出他的已归丢朗·吕厄画廊所有的几幅绘画。西斯莱、莫里索、凯博特、吉约曼，都有好作品展出。还有维尼翁，他正受到他的朋友们如鲁奥和弗兰在小说探讨方面的影响。五六名当陪衬的画家，即早年卡米耶、雷诺阿、莫奈和德加曾希望有了他们会使批评缓和的几位画家，则拒绝了邀请。卡米耶展出 9 幅风景、家属肖像、厄米塔兹周围的农民、年轻姑娘等画作。他最受称赞的画是掺乳剂调料的《丰收》，系 26 英寸 ×47 英寸。前面是 4 名披着色彩绚丽的方围巾，穿着罩衫、裙子的妇女，后面有 4 名穿白衬衫和蓝衬衫的男人在捆扎麦秆，准备堆到附近的麦秆堆上去，8 个人都显得健壮、有活力。远处是缓缓下倾的地垄。底部有五六座农舍。卡米耶曾雇佣一些农民，男的女的，为他摆姿势。因此，面孔、形象、眼装、特征、有些农活的动作等，都惟妙惟肖。田地、草垛、人物，都将世世代代存在下去。这是一首挽歌。然而，也带来了责难。一些人把他同米勒相比较，指责他即使不算复制也是在模仿他。他去到泰奥多尔·迪雷那里，朝他撒了一通气，迪雷现在已成了他的"哭墙"[*]：

> 他们把米勒扔到我头上，可是米勒根据的是《圣经》！作为一个犹太人，我头脑中可没有那么多的《圣经》。

乔里斯·卡尔·赫斯曼斯来救助他、鼓励他，他在《现代美术》上写道：

> 毕沙罗先生彻底摆脱了米勒的痕迹，他画他的农民毫无矫饰，就只是按他所见来画。

第七届印象派画展应看作一次成功：这是印象派紧密联合的一次展出，是没有对立派或美术学院阻挠的一次，是没有起保护作用的保守画家参加的一次。丢朗·吕厄组织了展览，出售颇丰，支付费用有余。评论界不再那么敌对。他们是否疲劳了，还是他们的眼

---

[*] 哭墙原名威灵墙 Wailing Wall，指耶路撒冷城中一所犹太教庙宇的残壁，该庙相传于公元 70 年前后被罗马人灭犹太国时所毁，犹太人每星期五在此墙前相聚做祈祷及哀悼。

光也逐渐习惯于不同风格了？

最坏的看法见于《时报》上朱尔斯·克拉里蒂写的评论：

这一集团是由观念正确而色彩错误的人们所组成。他们想得不错，但眼力不佳。他们显现出儿童的天真和改革家的热情。而我想到的是那些头发已灰白的人，例如毕沙罗先生。人们也许会受诱惑而去赞美他们——那些幼稚的人物！

卡米耶写信给在伦敦的埃斯特：

我们的声望在继续上升，我们肯定已在一场伟大的美术现代化运动中立足。

他们锁上房门，带上小女，来到第戎附近、乌许河上的科多尔度假。因有包膳，朱莉无须操厨、洗涮。卡米耶也未带画具，像回到在夏洛特·阿玛利亚的那些日子，他教小儿子游泳、划船。朱莉在葛兰赛时从未听说过"度假"这个词，这个概念原先像一个人在空中飞那么神秘，而现在她在门廊上一架微锈的秋千上休憩，同女儿柯柯特玩耍，同卡米耶在凉爽的夜晚中在河岸边散步，而孩子们在广场音乐会结束后已上床睡觉。她的眼睛闪闪发亮，她的强健的身体更有吸引力，她的面孔惹人喜爱。当卡米耶跟她这么讲的时候，她兴奋得脸红。

"那是因为我们在度蜜月，"她低语道，"有 5 个孩子的夫妇还能度蜜月吗？"

他吻了她，把她抱得更紧。

夏天余下来的日子，卡米耶同高更作了两幅油画，梅特和他们的孩子也常来卡米耶家里做客。头一幅画是一位妇人在一口井边，慈祥的光线笼罩一切，井沿是一圈红石，同妇人红润的脸颊和孩子的红发很配称，果园里叶子浓密，远处有些屋顶依稀可见。妇人同小孩的距离恰到好处，仿佛正要开口讲话；着色的精巧以及妇人和孩子的关系，创造出一种生活的可爱的感觉。

另一幅画是一位乡下小女仆，年轻漂亮，随意而轻松地在擦拭毕沙罗的餐厅。吕多维克独自一人坐在桌子的近端，桌上铺着白桌布，桌上有茶壶、茶杯、碟子。墙上有一幅印版画和一幅卡米耶画的油画，地上有一张多色彩的地毯，一边有两张有弹簧垫的椅子，橘黄色的靠背和扶手同小男孩的头发颜色相同。相当旧的餐厅空间里有一种内在的和谐，反映了家庭日常生活的连续性。

在同一个夏季，丢朗·吕厄再一次鼓起勇气在伦敦国王大街 15 号布置了一次印象派画展。他送过去五六幅卡米耶新近作的风景画和农家姑娘肖像画。英国的报纸仍然不友好，说他们不文明。

4年前，一位美术和建筑学权威、牛津大学教授约翰·拉斯金曾在一份杂志上写到詹姆斯·麦克尼尔·惠斯勒在伦敦格罗夫纳画廊的画展：

在此以前，我曾见到、听到许多伦敦佬的厚颜无耻，但从未料到会听到一名纨绔子弟要求给他两百个畿尼*，只是为了朝公众的脸上抛洒一罐颜料。

拉斯金的恶意诽谤的论文引发了一桩最恶劣的丑闻，阿尔贝·沃尔夫在《费加罗报》上进行报道。惠斯勒果断地向法院控诉拉斯金。埃斯特知道那位脾气执拗、经常吸引人的惠斯勒是印象派一个长期的朋友，为此给卡米耶寄来了伦敦的报纸，上面登载着那起有时很可笑的诉讼。卡米耶把剪报带到里什咖啡馆，和朋友们一道劲头十足地跟踪这一案件。结局是惠斯勒胜诉，得到一点点赔偿金，不是因为他的绘画受到诋毁，而是他被不适当地称为一名伦敦佬、一名纨绔子弟。惠斯勒对结果还表示满意。

9月末，房子已嫌潮湿，1882年—1883年的冬天看来是严寒的一冬。卡米耶在蓬图瓦兹寻找较好的房子但都嫌房租太高。他写信给莫奈说非常遗憾不得不离开蓬图瓦兹。12月，他们在离蓬图瓦兹大约两英里半的一个名叫奥斯尼的小村庄一所租金不怎么贵的房子里安顿下来。尽管房子比较小，没有后院，房间挤在一起，厨房也不适用，但总算是干燥的、暖和的，周围也还有可以入画的景色。

"考虑这是暂时的逗留，"他安慰朱莉说，"明年我们再找一座好一点的房子。"

吕西安仍住在巴黎费利西姨妈家，在尼尔兄弟公司工作。工资微薄，能带回蓬图瓦兹家来的钱极少。他服务得不错，但他不快乐。

"我在浪费我的时间，爸爸。任何傻瓜都能把那些布轴从架上拿下来送到柜台上再放回去。"

卡米耶感到痛苦。

"我自己曾经答应你过一种有创造性的生活，我也在想着这件事，让我去对你妈妈说说。"

他认为比较聪明的办法是等他同朱莉能去巴黎吃饭的时候，这样会有一点节日的气氛。吃完最后一道牛排，等着上带火焰的甜点时，他认为说话的时机到了："朱莉，我希望你考虑一下吕西安继续在英国上学的可能性。艾萨克森一家邀请他读英文时住他们家。从菲尼阿斯到泰奥多尔·迪雷，我敢肯定他们都可以替他找件事做，赚出他自己的费用。除了火车票和海峡渡轮费，也没有多少花销。他在这儿，我们也得不了多少帮助，会说两种语言能使他得一个好职位和可观的薪水。你怎么想？"

———————————

*旧英国货币。

朱莉喝了最后一滴酒，看了看四周拥挤的餐桌，然后把眼光收回到卡米耶身上。

"好吧，咱们的大儿子能做比拆鲁贝布轴更好些的工作。"

他带着做父亲的通常的嘱咐和所有节省下来的钱到圣拉扎尔火车站为他的儿子送行。吕西安已是一个结结实实的好看的孩子，头发短短的，已长出一些髭须。

"要像一个教养良好的哥哥对待艾萨克森家的表弟妹。"卡米耶闷闷气地说，"机灵点，尽可能讲英语。"

"好的，爸爸。"吕西安伸长脖子盯着火车。

"想法在伦敦找一家顺势疗法的药房。"

"好的，爸爸。"他走了。

1882 年画展之前的严重意见分歧，难以把人拢在一起，甚至连卡米耶也认为，至少目前如此，印象派不必出展了。凯博特表示同意。9 年中 7 次展出了他们的作品，似乎并未得到持久的影响。两个人都感到必须有所作为，否则仅有的一些声誉也会消失。

他们带着问题去见丢朗·吕厄。

"我一直在设想一个计划。"他回答说，"你们印象派有许多共同的东西，放到了一起，一次展出 100 多幅，就会淹没了保守的观众。我所想试的是把你们的画分散地展出。"

"你是说办个人画展？"卡米耶惊讶起来。

"是的，我知道从前只作为回顾展办过，我相信，为活着的美术家办回顾展的时刻已经到来。你，莫奈，德加，西斯莱，雷诺阿。比方说，一个画家展出 50 幅油画，包含的题材很广泛，时期也各不相同，将会使人认识到，这不是一瞬即逝的现象。评论家会称它有商业动机，但是我们庞大的国际性大展览不也是为了推销最好的科学和工业产品吗？证明机器将决定我们的未来吗？那么艺术也这样，而且更广泛。你说怎么样？"

卡米耶想象着最喜爱的绘画——在眼前闪过，如同在一盏魔灯上。他嗫嚅道："这对我们是一场及时雨。上帝降福于你。"

经过在迪耶贝、勒阿弗尔、波埃西、埃特里特等地小住、作画，莫奈带着两个孩子在靠近毕沙罗在奥斯尼的住处的吉弗尼镇租了一座小农舍，和霍希蒂夫人及她的 5 个小的孩子同住。他们想结婚，但信奉天主教的霍希蒂家族不可能离婚。在莫奈的邀请下，卡米耶去看了看他们的住处，他大为震惊地发现吉弗尼是一个荒凉的所在，屋子面对铁路，后面是沼泽地。周围的农舍使人感到非常沉闷。他穿过那些小房间，没有自来水，水管在屋外，有一座摇摇欲坠的游廊，靠下面一些，有一间从前放马车的屋子。卡米耶问道："你为什么选上这么一座蹩脚的屋子？土地太贫瘠，你连花都没法栽，蔬菜也没法种。"

"这是我们所能找到的够我们9个人住的最便宜的房子。"莫奈的漂亮面孔坚韧不拔，"我们不得不退出波埃西的房子。你一定会吃惊，爱丽丝·霍希蒂的4个女儿穿这么多衣服。我们合起来的家具……我曾请求保罗·丢朗·吕厄分两次预付我400美金。爱丽丝和姑娘们都能干，她们会把这个地方收拾好的。"

第一次个人画展是莫奈的画展。丢朗·吕厄在玛达雷纳大道9号租了一套底楼与二层之间的夹层楼面，画展于1883年3月开幕。卡米耶见到克劳德·莫奈把短暂的自然面貌转换成令人目眩的光亮，使所有的物体都飘浮起来了：大海、塞纳河河谷、山坡、干草堆、圣拉扎尔火车站、阿让特依桥，土地变成使人眼花缭乱的透明的织物。有豪华的静物，彩色斑斓；盛开的菊花，正在生气勃勃地随风摇摆；从河对岸看过去的多姿多彩的维德伊景色，是用他的貂毛画笔用短笔触画出来的。他不是在画风景，而是在画光的跳动。卡米耶写信给吕西安说：

> 莫奈作品的展出是一次伟大的美术家的成功，组织得非常好。油画不是很多，放置得很好。他展出了一些奇妙的东西。我们试看公众是否会对他的展出喝彩。

画廊里几乎是空空的，莫奈精神沮丧。他对经销商说："展览是昙花一现，不要以为我追求在报纸上见到我的名字。我对此很超脱，也不在乎报纸的意见，还有那些自封的评论家的评论，我知道自己的价值。只是从商业观点来看，我们必须看到这些事情。不承认画展准备得不好，开幕搞得不好，那就没有看到事实真相。"

丢朗·吕厄因受到侮辱，气得脸色苍白。他的头低垂下来。他对卡米耶和德加说："这是莫奈的风格。先前，他以他的指控把我切成碎条，然后又来巴结我，说：'我怕来给你找麻烦，我来向你要钱，是你的一个负担。我知道你对我们的事业所做的全部贡献。'"丢朗·吕厄走了几步，又转回来："事情这么发展真惊人。所有我去请求帮忙的人都叫我等待。画廊使我特别忙，而我所得的只是麻烦。我要是能自由自在地住在沙漠里就好了。"

随后他走进办公室，又走出来，锁上门。

德加戏谑地说："让我们离开这里吧。那些水中的倒影伤了我的眼睛。莫奈的画对我来说总是气流太大。要是再大了，我得把上衣领子竖起来。"

"德加，不要在鸡毛蒜皮的小事情上争论不休。"卡米耶立即反驳。

"我不是吹毛求疵，开个玩笑而已。"

"别跟那些画展开玩笑。也许举办个人画展的主意不好。报纸知道背后有个经销商，就一声不吭。"

第二次个人画展是雷诺阿。雷诺阿同丢朗·吕厄打算筹够钱在开幕头一天为报界和名为"艺术之友"的团体举行一次招待会。为了推动一下，卡米耶向阿尔弗雷德发去一份邀请。阿尔弗雷德受宠若惊，来参加了招待会，还特地会晤了几位"艺术之友"的知名人士。他邀请卡米耶第二天同他一起去餐馆吃午饭并在夏特莱听科隆音乐会。使卡米耶大为惊讶的是，阿尔弗雷德还邀请他去帕蒂埃库里大街42号他的豪华寓所去喝一杯开胃酒。玛丽冷冷地然而有礼貌地同他打了招呼就走开了。卡米耶告辞时对阿尔弗雷德说："这又像我们从前那些在一起的快乐日子了。我很喜欢音乐会，柏辽兹的《罗密欧与朱丽叶》真叫我着迷。那是德拉克洛瓦，那是莎士比亚，那音乐有这些人的天才标记。所有的艺术都是相通的。"

阿尔弗雷德说："送我一份你自己的画展的请帖。我不理解雷诺阿的作品。也许我也不能很好地理解你的作品。你们这一帮都是走极端。不过，只要我在巴黎，我一定来。"

雷诺阿的画展使卡米耶感到震惊。尽管雷诺阿也展出了一些穿着整齐的画像，但卡米耶感到，情欲是雷诺阿的驱动力量。站在雷诺阿的《浴女》面前：大乳房，大屁股，修长的腿。他发现雷诺阿画出了对女人强健、丰满肉体的爱，渴望生育出茁壮的孩子。

雷诺阿走到卡米耶身边，带着歉意说到在给他哥哥的信中不该使用"犹太人"一词，他解释说是由于生病，情绪不好。他见到卡米耶在《浴女》前显露出喜悦之情，他用带卷舌音r的口音说："乳房是圆圆的，温暖的。如果上帝没有给女人造了乳房，我不知道我还会不会成为一个画家。"

"你的肉体的色调确实比安格尔的优美的裸体更有生气。"卡米耶评论道，"你对肉体具有强烈的感受，而你的敏感对你的艺术有益。但我发现你的《加勒蒂磨坊》和《蛙塘午餐》都是普普通通的野外风景，可也一样迷人。"

"我画花是在看着裸体模特儿时画的。"雷诺阿露齿而笑，"奇特，是不是，毕沙罗？"他做出要搂住卡米耶肩膀的姿势，卡米耶下意识地躲开了。

卡米耶自己的画展于5月1日开幕。他决定仿效莫奈和雷诺阿，展出的作品不超过50幅油画，这样才便于在墙上布置得更好。已经没有地方陈列他所谓的"小玩意儿"：小的素描、色粉画、印版画。他像一位溺爱的父亲，总想把所有的孩子都展出来。他从家里拿来油画，从朱莉的收藏品中借出来，从拉舍尔收藏品中借出来，还从其他收藏家手中借过来。他是如此热心，以致破坏了自己的规定，挂了70幅油画。彼此靠得很近。他用他喜爱的白色框架。由于有煤气灯和反射器，画被照得很亮，使他的精巧的薄涂色彩产生了较好的效果。

开幕的日子正好遇上官方沙龙的开幕。许多观众在观看了长达几英里的官方油画之后，不顾疲劳，又来到丢朗·吕厄的画廊。

德加评论道："我为你的作品变得越来越纯洁而感到高兴。"

进入画廊，朱莉惊呼："真美丽！你应当快活！"

《不妥协者》评论道：

印象派继续把他们的作品拿给我们。在莫奈之后，在雷诺阿之后，又轮到了毕沙罗先生。毕沙罗先生是印象派创始人之一，他毫不退缩，他具有不放弃一寸领土的名声。现在你来吧，你将被惊得发呆——即使不完全惊呆。

论文还进一步惊呼他们可能受到震动，也可能神魂颠倒。

《现代美术》也发现了油画中的那种既普通纯朴又与众不同的独立、自由的表现手法，并说卡米耶找到了对自然的感觉，以深厚的感情爱它，把印象转为一种"非常伟大的真实和准确，在飞逝的时光中的一种不易捕捉的质量"。

尽管一半油画是可出售的，但很少卖出。前两次个人画展也是如此。出售美术品也受到了大通联合银行垮台的影响。

卡米耶无法再见到爱德华·马奈戴着高绸帽，穿着格子纹背心和礼服，在热闹的大街上高视阔步，经常光顾他喜爱的饭店了。他因医生诊断出患糖尿病而卧床。这一病症还不知如何治疗，有何药物。他仍顽强地画素描和色粉画。后来，据他的弟弟欧仁说，他的身体已生了坏疽，医生说要截去一条腿。欧仁表示："他决不会允许截肢。他说他生下来是完整的，也要完整地去死。"

一条腿截去了。18天后，爱德华·马奈在始终未恢复知觉下死去。"落选者"中第一位逝去了。

卡米耶参加了在圣路易·德昂坦举行的葬礼。教堂墙壁上盖满了有M字缩写的黑幔，棺材上面满满一层鲜花。教堂座位上坐着爱德华·马奈的友人：德加、雷诺阿、莫奈、吉耶梅、爱弥尔·左拉、阿尔弗雷德·司蒂文斯（丢朗·吕厄就是在他家里发现了爱德华·马奈的作品），还有诗人和政界人士。

教区副主教马多教士做了弥撒，唱了圣歌，向死者致了悼词后，送葬行列缓慢地经过奥斯曼大道，波埃蒂街，玛布夫街，到了特罗卡德洛，然后又走不多远到了帕西公墓，卡米耶和拉舍尔在公墓新开时曾去过。致了悼词后，欧仁·马奈把卡米耶拉到一边。

"爱德华让我捎给你一个口信。"他说，"他要我告诉你，他错了，他应该参加你们印象派画展。他完全有权利参加那些失败的活动，受那些冷落。他欠你的情。或许也欠他自己的情。这是他知道死亡不远时表示的唯一憾事。"

这一口信带来了毒药，或许也是解药。

春天姗姗来迟。乔治和费利克斯都感冒卧床。在伦敦,泰奥多尔·迪雷为吕西安找到一家音乐出版公司——斯坦莉·卢卡斯·韦伯公司。后来,来了使人震惊的消息:没有工资。卡米耶要吕西安放心,每月会给他几个法郎以便使他不致在艾萨克森家中因身无分文而受窘。朱莉也同意这样比较适当。然而,吕西安认为艾萨克森家住得太远,他需要离工作地点近一些,为此给他父亲写信要求增加津贴以便租房、吃饭。这就破坏了他们之间的协议。没有人比卡米耶更了解他了。

"那么,我能怎么办?"他问自己,"他需要独立。我应当给他机会。"

他要求丢朗·吕厄从他的所得中每月给吕西安 150 法郎。

朱莉从吕西安的感谢信中获悉此事后,大为恼火。当时他们在厨房里,她围着一个围裙,正在自来水龙头下准备洗蔬菜。

"你真的给了吕西安 30 美元,还答应他多给吗?"她的嘴唇紧抿着。

卡米耶脸红了。他不是想瞒过她,只是想避免一场口角。

"他先搬出去了,后来才告诉我的。"

"你怎么能这样?我们需要有些积蓄。"她的舌头也发涩了,"他必须回他姑夫家去住。他有床睡,有饭吃。他答应过的。我们还得养活乔治、费利克斯、吕多维克、柯柯特。"

"还有我。"他狡黠地一笑,"你是对的,朱莉。不过将来总要这样的。"

"今天是现实。"她声称,"将来总是同今天一样的,什么也不会变化……"

"这倒不假。我们的圈子转来转去,总是出不了头。可是吕西安需要学会第二种语言。在英国一年,说那边的语言,会使他回国来很有用的。"

朱莉带着嘲笑的口吻说:"你培养他的路子不对。成为一个画家,还会使我们受着穷。"

"我的父母帮助过我。现在该我们来给吕西安创造机会。"

"你的母亲是对的:你应该娶个有钱的女人。"她斜着眼看了他一会儿,然后把围裙从头上套出来捂住了脸,就像当年她父亲遗弃她们时,她母亲所做的那样。

"你喜欢吕西安比我们其余几个人加在一起还多。"她抽泣了。

他不再踱步,把围裙从她脸上拿开。

"我们要教育所有的孩子。大家一样。"

她把头倚在他肩上,喃喃道:"你想做一个好爸爸。给他的钱本可以帮助我们的。我们 6 个人对他一个人。"

"不,朱莉。我们合起来是一个人。那才是家庭。"

朱莉画了个十字,过去在他面前她是很少这样做的。一种放弃争论的表示。

"求上帝保护我们。再没有别人。"

10月，卡米耶短期去鲁昂作画，部分原因是他想找一些新的画题。部分原因是从前的伏尔泰大道上的面包房和餐馆老板欧仁·米雷和他的姊妹玛丽买了西班牙王子饭店的一部分，邀他去作画。朱莉的妹妹约瑟芬将带费利西的20岁女儿妮妮来奥斯尼看望，陪伴朱莉。丢朗·吕厄送给她100美元，这样，卡米耶外出期间她可以生活得很舒服了。

饭店外面有一个大告示："印象派绘画珍藏品每日10—18时免费展出。"

卡米耶步入前厅，穿过客厅，进入可吸烟的酒吧和餐厅，见到米雷收藏的莫奈、雷诺阿、德加、西斯莱、吉约曼以及五六幅他自己的作品，所有这些都是米雷用几个苏或几个羊角面包、几份摊鸡蛋换来的。米雷拍拍他的肩膀，拥抱了他。他尽管是个有钱人，但仍穿得像个巴黎的波希米亚人，一件丝绒外衣，飘拂的领带，戴贝雷帽，修剪得很好的范戴克式的络腮胡子。

卡米耶呼喊道："米雷，你在鲁昂建立起一所小陈列馆来了。"

"如果老天爷不让我做一名美术家，至少我可以有画廊！鲁昂能理解或喜欢这些画吗？并不。算了！每个人都听说有所谓的'印象派'美术，都想懂一点。"

米雷在第二层给了他一间大房，可以看到莱茵河的河水，塞纳河的沿河大道，鲁昂的主要大街，成行的榆树；可以俯瞰码头，船只载着货物和旅客来来往往。屋里有一只棕色的马海毛沙发、一只躺椅，墙纸是棕色和灰色条纹。米雷收他每月房租、饭费总共30美元。"一项真诚的交易。"鲁昂正值多雨季节，卡米耶可以画窗外的风景。

在一张有粗柱子的木床上舒舒服服地睡了一夜，卡米耶出发去察看这个城市。风光是有刺激性的，塞纳河充满着活力，拉克鲁瓦岛和几座桥梁历历可见，河水向北同奥贝蒂河在山脚下会合。鲁昂是个古老的集散地，在凯尔特人、罗马人时代，大约公元前260年，此地曾设大主教管区，并因此闻名。它曾被诺曼底人、英国人先后占领过，因签订汉萨同盟而得以繁荣。伟大的圣韦恩大教堂矗立在德维尔旅馆广场上。广场对面是市政厅，就在这大广场上，1431年贞德在这里受审、被烧死。城市的一处迷人的建筑是英国占领期间盖的伊丽莎白式建筑；棕褐色石膏的墙壁被黑漆木柱子分隔成几个长方块。鲁昂是一个重要的造船、织染、葡萄酒和烈性酒以及牲畜、煤炭、木材、沙石贸易的中心。

"可画的景色太多了！"他在城里走了一圈后惊叹道。米雷是对的。

他的头一幅画是莱茵河水，英国画家透纳很早以前画过。然后他画了一幅格罗斯·奥洛热大街的素描。后来，他发现透纳的同胞波宁顿在半个世纪前有一幅平版画，画的是同样的景色。

"英国人比我们早到这里。"他苦笑着对米雷说，"不过我可以用不同的角度来捕捉这个城市。"

出太阳的日子，他就到户外去继续画他的快完成的油画。他自信他的捕捉力是有把握的，他的笔触是有把握的。有雾的日子，他在窗口作画，一片灰蒙蒙的颜色：圣保罗教堂那边的一段河岸，沿河马路上的房子有接近中午的阳光得以照亮，背景是石桥，左面是小岛与工厂，几条小船，还有双桅船……各种各样的颜色。他的眼睛所能看到的每一件东西，他的手指都能把它们再现出来。他画了有着有轨电车的广场，还有来来往往的行人。10月中的一个晚上，他写信给吕西安："你须知道：要取得成功必须工作努力。你在伦敦闲暇时，应记住这一真理：尽可能多画。我们怎能知道，这一段自由能维持多久？如果你想临摹，国家博物馆中有足够的绘画，有埃及画家的，有霍尔班父子*的。要画人物，不要原谅不敢当众画人物的弱点。"

一个星期下来，他发现他在画着 9 幅油画，全都或多或少地有了提高。次日，他又找到另一个迷人的画题——从一个咖啡馆的阳台上眺望莱茵河。那是一幅小油画，只有 18×21 英寸。他知道在天气变化无常的日子外出作画的困难，他不得不只在一段时间里体会画题。而大多数油画都需要在出现好天气后再一次去体会，以便搞得更加确切。

晚上无法再画，他就阅读在鲁昂买到的左拉的小说《女士的天堂》。此书因讲开放的性生活而出名，读者甚多。卡米耶不认为它是色情的，那是左拉的自然主义的作风。他相信这完全是人类生活的真实写照。

他还买了尚弗勒里的《漫画艺术史》，一本由杜米埃注释的非常宝贵的书。从杜米埃的画中可以看出他是一位坚定的、真诚的共和主义者。卡米耶感到一个人的伟大之处被抹杀了：这个人曾大步向他的目标前进，并从不停止做一个最广泛意义上的艺术家，他的画摆脱了传统，反映了他的政治信念和讽刺的意义。

下雨使他着了凉。仅在两个星期内，他就完成了 11 幅油画中的 6 幅。在 5 幅未完成的作品中，有两幅还算满意。

一个星期以后，保罗·高更来到，他决定摆脱巴黎，使自己完全沉浸在绘画之中。他把家眷都带来了，计划住足够长的时间，使他能把这个城市全部吃透。

"这里有不少有钱人。我要卖、卖、卖！"他呼喊道。

卡米耶帮他租了一座房，不过高更有关鲁昂的画出售的可能性开始令人不安。卡米耶对在这个美丽然而因循守旧的城市中售画并不抱有幻想。何况连巴黎这样的地方大部分人还不接受印象派呢。而离开贝尔坦公司不久、过惯奢华生活的高更，仍坚持认为鲁昂会出高价买他的画，那他就必须施展他在股票交易所大获成功的商业才能。

两周多来，受到以前的学生、现已羽毛丰满正在追求成功的高更在感情方面的连续撞击，卡米耶感到两人不好相处。卡米耶考虑到这种状况不仅有害，而且浪费时间。一个人忘记了自己的艺术才能，而夸大了自己的价值。卡米耶和丢朗·吕厄都曾鼓励高更到鲁

---

* 汉斯·霍尔班（又译荷尔拜因）（约 1465—约 1526），德国画家。其子亦名汉斯，习惯称小霍尔班（1497—1543），擅长肖像画、版画。

昂来，但关系开始破裂。高更不再仿卡米耶的画，担心画得太相像。他们在一起的时候，不谈绘画，而是谈法国的外交政策、突尼斯的入侵，以及法国军队、战舰入侵河内的事。

高更坚持说："我们的外交部部长是对的，在那些遥远的国家，应当有我们的保护国，这样我们才能开发他们的天然资源。"卡米耶不由得加一句："还有那些当地人，他们会按我们的利益搜刮他们土地上的财富。"

"不要感情用事。"高更回答说，"那些本地人什么也没有。我们给他们点东西就比他们原有的还多。反对我们的占领是愚蠢的、无意义的。"

丢朗·吕厄在柏林举办印象派画展的消息转移了他们的视线。这次画展证明有被接受的意义。唯一对画展持异议者是一位德国画家阿道夫·门泽尔，他宣称送展作品的绘画技术是糟糕的。这些年来已成为"独立人士"的眼中钉的《费加罗报》出来为他们辩护，回答说在这些画家中，有些是绘画大师，在巴黎非常出名，没有任何理由再去贬低他们。"无疑，那位伟大的门泽尔是全然错了。"

卡米耶读完这篇论文后说："也许民族主义还有点好处。"

丢朗·吕厄在信中写道，希望他再次在伦敦举办印象派画展。吕西安建议他只把最好的作品送展。卡米耶并未为此光火，但他却陷入沉思。他从门厅要了文具，给吕西安写了回信。"你对我说，如果我在伦敦展出，我应当送去最好的作品。那样说很简单，但是当我反复思忖，并问我自己哪些是我最好的作品，我老实说是极大地困惑了。难道我没有向伦敦送过我的《喝咖啡的农家姑娘》，以及我的《拿着树枝的农家姑娘》？啊！我不会再做得更小心、更周到了，然而，那些画在伦敦被看作是粗野的。记得吧，我有一种农民的气质。匆匆走过的人只能看见表面。无论谁，只要是匆忙走过去的人，是不会因我而停下来的。"

朱莉带着两岁的柯柯特来看望卡米耶。卡米耶带朱莉在城中观光时，他们在旅馆中找来一位妇女照顾柯柯特。他们走过大广场，游览了教堂，闲逛沿靠莱茵河的大街，欣赏老城中的伊丽莎白式建筑。使他惊奇的是，她是如此喜爱这个城市。一天中午回旅馆吃饭，在吃浓味炖鱼时，她说："卡米耶，我爱这个地方，那么可爱，而且对人很友好。我们能不能像高更那样租一所房？我们不喜欢奥斯尼。"

"不。朱莉。我已经画完它了。"

他脸红了。跟她说同高更关系有裂痕有什么用？高更曾是那么好的一个伙伴，一位在蓬图瓦兹那么受欢迎的客人，同毕沙罗的孩子们那么亲近过，同他们一道画画、读书、开玩笑。

他默默地吃了一会儿。

"给我一点时间，我会在我自己的乡村里为我们找一座好房子。"

朱莉回到奥斯尼。卡米耶需要大晴天来完成他的油画。因为老下雨，他去了小达拉斯，带回两张大幅的写生画。

后来，他得到了足够的太阳光，完成了鲁昂系列作品共 15 幅。他经常看着它们，但只有很少的时刻，在那些忽然自我怜悯起来的时刻，才感到有了理解。有时，他犹犹豫豫，不敢贸然把反堆在墙脚下的画翻过来，生怕他相信应当有珍宝的地方跑出妖怪来。而在审看其他作品时，他急切地想知道，这些画是否把自己作画当时的独特理解画出来了，它们是否真像他自己在作画时心想的那样好。在那样的时刻，他才懂得什么叫巨大安慰。他给吕西安写信说："绘画，概括地说艺术，使我心醉。这就是我的生命。别的事都无所谓。当你把整个心投入一件作品，把你内心所有高尚的东西投于其中时，你一定能找到一个能理解你的声气相通的人，你无须找一大群这样的人。"

他于 1883 年 12 月 1 日回到奥斯尼。他打开了油画和写生画的箱子，除了两张堤岸风光的画，看来全都干净无垢。那些画的激动人心的主题是船和岸坡，但他感到有点酷似安东·梅尔比的作品。他安顿下来，把几幅素描转成油画。那些天的晚上，他读了波德莱尔的《恶之花》和韦莱纳的《农神诗》。他不相信带着资产阶级偏见的人会喜欢这些作品。居伊·德·莫泊桑的《保罗和维吉尼》也感动了他。同左拉一样，莫泊桑的作品也有把性活动引入文学的倾向。

他为费利西的独生女妮妮画了肖像，她来奥斯尼看望他们。爱玛的女儿爱丽丝来看望时，他们利用她来到的机会共同去巴黎度假，去圣马丁门剧院看琼·里希平的情节剧《娜娜先生》（法语本），其中由萨拉·伯恩哈特演佳马。卡米耶认为布置太华丽。朱莉听不懂词句，两人对这位年近 40 岁的大明星的热情洋溢的表演反应不错，法国人称她为"神圣的萨拉"。

卡米耶继续在乡村寻找一座舒适些的房屋。他在基索待了 3 天，这是位于巴黎西北的一个繁荣的城镇。但镇上的房租他们付不起。附近一个名叫利勒艾顿的小村镇，有一座房租不贵的房子，附带一个大花园，房东还答应给他建一间画室。但不幸的是，它与一座公墓相邻。这正是房租低的原因。卡米耶判断从前窗可看到墓地一定会使朱莉和孩子们不舒服。

"我，也一样不喜欢。"他最后对朱莉说。

3 月初，他找到了一座他一直在找的房屋。在埃拉尼，一座只有几百居民的小村镇，只有一条两旁栽树的大道，一头通巴黎，一头通迪贝，跨过不宽的埃普特河距基索只有两英里。这个村镇只有一条土路，两旁有 10 来座房子，大多数是农户，少数是基索的商人。

只有一家商店，朱莉急需物品时可去买。店主人埃尔比夫人储存着多种商品、调味品、麦芽糖。屠户驾着马车每周两次上门卖肉。朱莉要买东西大都去基索，可以坐公共马车去。村镇上没有邮局，信件也要到基索去取。这一任务由公共马车的车夫承担。但村镇上有一座美丽的教堂，还有一个很小的像铅笔一样的尖顶。教堂的花园原本是一块墓地，只有两块难以察觉的墓碑仍在那里立着。小小的砖砌的镇公所几乎就在教堂的对面，挨着一座红砖房子，主人是名叫卡龙的农户，养着几匹能小跑的马。

从巴黎到埃拉尼，卡米耶须在德拉克火车站乘火车到基索换车。不幸的是两家铁路公司是对头，不让两条路连上便利乘客。公共马车不能保证经常有。不想久等的话，只好雇一辆马车去基索或离开基索。不管怎么走，这一旅程都需要两个小时。

房子的后面有个苹果园，有一个屋外的阳台可供眺望。菜园内有 7 行树、5 道沟。除苹果树外，大多是桃树、栗子树，周围有铁锈的栅栏，有极好的草地。沿着果园，有一座废弃的双层谷仓。长花园的另一头有一道水泉，泉边有截了梢的柳树。此处是洗衣很方便的地方。

房子的进口同卢浮西安纳的房子一样，是向里开的双重木门，台阶上端有一个设计得很好的门廊通向大门。两层楼的建筑用长短不一的红砖砌成，倾斜的屋顶下有一扇屋顶窗，两个烟囱，前后墙各有 4 扇大窗，一扇比一扇高，两面墙互相对称。他同朱莉都被吸引住了。

"噢，卡米耶，这太好了。屋子里空气流通房子稍有点倾斜，不过我也习惯了，后花园对我来说太大了。不管怎么说，我喜爱它。"

房主人达尔马涅要求一年租金 200 美元。

"卡米耶，我们能不能租整年的？"她建议道，"我们一直是按月付的，有时拖欠着，受到威胁。我一直梦想有个家，不必每个月都受苦了。"

卡米耶说他要找丢朗·吕厄去要 200 美元，朱莉高兴得发抖。

春天在春雨中苏醒，田地变绿，远处好看的巴津柯特村剪影在地平线上涌现。屋子同谷仓之间，原先的房客盖了一座养鸡场，朱莉说要保留的，一个猪圈她已拆除改成兔窝。农户还留下来一个粪池。卡米耶和男孩子们把它移往一旁，为朱莉匀出两块地，一块种菜，一块种花。

从丢朗·吕厄那里找来了钱，卡米耶签了一年租约。卡米耶同朱莉去巴黎买回一块卧室用的土耳其地毯，价钱虽贵，花色喜人。楼下，她挂上金丝织花窗帘。墙上有足够的地方挂他们从画友们处交换来的画。

屋子甚至比卢浮西安纳时的房子还宽敞。楼上有 4 间大卧室。卡米耶和朱莉占用可以俯瞰果园的最大的一间。还不到 3 岁的柯柯特同常换的女用人住在隔壁房间，新雇的女用人是卡米耶从巴黎物色来的。朱莉老跟她们过不来，一个嫌她喝酒，另一个太年轻不会做事，第三个不能忍受埃拉尼的平静；她们都干不满 4 个月。新房子的一桩好处是天气好的时候一家人可以在阳台上吃饭，俯看着朱莉新种的西红柿、萝卜、胡椒、豆、玉米和南瓜。

当朱莉听说为爱尔兰独立而战的芬尼党人在维多利亚火车站制造了一起爆炸后，她感到恐慌，要求吕西安回家。吕西安回来后，再次成为他父亲的助手，他还教弟妹们说英语。他从未在英国找到一个有工资的差事，无法维持生活。每月给他的津贴如今可以归入家用了。他对未来的计划是模糊的。他曾想搞儿童读物的木刻插图。朱莉答应他学英语的计划已经实现，现在希望他能找到工作，发挥他的双语才能，以增加全家的收入。

"我要我所有的儿子都成为艺术家。"卡米耶宣布道，"那才是他们所能做出的最伟大的贡献。"

1884 年 8 月 8 日，又一个儿子出生，卡米耶将他命名为保罗·埃米尔。朱莉现已 45 岁。加谢大夫告知她，从各种迹象看，她不会再生育了。

卡米耶获悉丢朗·吕厄遇到了竞争：一位名叫乔治·珀蒂的经销商已攒了足够的资金开一家吸引上层社会的高级画廊。卡米耶建议丢朗·吕厄同他联合举办印象派画展，丢朗·吕厄拒绝了。然而，到了出售爱德华·马奈的一大批作品时，经销商们友好地联合起来展出马奈的 200 件油画、色粉画和素描。展销所得超过 23000 美元，在巴黎经济不景气的状况下是一笔可观的数目了。由于不景气，丢朗·吕厄不得不停止每月预付的做法。卡米耶找到一位曾在美术店做事的店员阿希尔·海曼，他有一家在小街上的小铺子。卡米耶建议用 3 幅大号油画换取每月 35 美元的预付金；下一步他将展出五六幅素描，每幅超过 2 美元即可。海曼以微不足道的价钱买了一幅油画《采撷苹果者，写生》。卡米耶还以便宜的价格让其他一些无孔不钻的经销商如克洛泽、拉图什等买了几张油画。

粗暴的反应迅速来到。他从未见过丢朗·吕厄这样发脾气。丢朗·吕厄再也不像是一位面容慈祥的贵族了，平静的善解人意的眼神不见了。他把卡米耶召到公寓去，这座公寓比从前的小，因一些孩子已长大从家中迁出了。他的语声中带有怒气。

"再不要给这个畜生或别的把你的画不加框架摆在又小又脏的店里的人任何东西了。他们这么做，就是为了取笑这些画。你这么做错得不能再错了……那些人就是要作践你，他们用最坏的话来骂我，以便降低你的画的价格。"

卡米耶试图做一点解释。丢朗·吕厄摆手不让他说。

"我已经订了一个新画廊，有几个支持者。信封里有 60 美元。努力工作，给我画几张美丽的风景画。找一些漂亮的画题，这是成功的巨大因素。离那些家伙远点，至少把他们摆在附属的地位。"

卡米耶从海曼处收回他的作品，还了他 35 美元，也从拉图什和克洛泽处撤回了画。他回到自己的画架旁，使自己沉浸在埃拉尼、苹果园、小村镇及周围的田地之中。

一天，吕西安带回家一个年轻人路易·海特，是在附近绘画时遇上的。海特一头长发，

样子讨人喜欢，尤其会讲话。他的眼窝似乎高低不平。卡米耶看了看这个年轻人的画，大
呼道："我太吃惊了！"

"您为什么吃惊？毕沙罗先生？"

海特的画布上既没有刷上的颜料，又没有画面处理，只能从无数的色点看出河、人、
树、房屋。

"这是一种新技术，叫作扦插法*。"年轻人急切地说，"您读过谢弗里的《色彩和
谐与对比的原则》吗？"

"没有。告诉我。"

海特深深吸了一口气。

"谢弗里把原色限定为蓝、红、黄三色。二级颜色为绿、紫、橙黄。原色只能有强
度的变化，不能有色彩的变化……"他又吸了一口气，"谢
弗里利用棱镜，能分析出不同的颜色，那就是纯净的颜色。"

卡米耶听年轻人在炫耀理论，觉得很好玩。

"尊敬的毕沙罗先生，与其说是理论不如说是现实。调色过程中，每一滴蓝色色素
中也包含着一些红色或黄色色素；每一滴黄色色素中包含着一些蓝色或红色色素；而每一
滴红色色素中包含着一些蓝色或黄色色素……"

好心的朱莉招呼他们3人去餐室喝咖啡，吃苹果馅饼。海特离去后，吕西安问道：

"你怎么想，爸爸？他说的还有点意思吗？"

"我不感兴趣，吕西安。如果这个理论打动了他，那么，各人有各人的爱好。"

法国经济萧条加重，许多人失业，成千的妇女在街头徘徊，老弱病残者被弃之不顾。
农村歉收，城里工厂开工不足。绘画的出售全部停止了。丢朗·吕厄在要求资助的人们面
前仍显得不慌不忙。他同印象派画家休戚与共。他们是他的孩子。自从1870年—1871年
战争以来，他已成为他们的支柱和保护人、他们创造出来的建筑的帐篷柱。他决心保证他
们的生活和工作。如果没有他，他们也许已在绝望和崩溃之中挣扎。他对自己和他们一样
定量供应，在他们快揭不开锅时送去几美元，决不让任何一个人活不下去。画家们猜测他
为了维持画廊，大概经常得去向人乞讨或出卖财产。他不停地积累资金，不仅在巴黎甚至
到海外去举办画展。他从不放弃希望，他几乎不能提供足够的财力，但决不放弃。他不担
心有家庭收入或工资的人。而必须依靠他的是：毕沙罗、雷诺阿、西斯莱和莫奈。他对卡
米耶说："先不管蒲鲁东那些反对私有财产的雄辩，可是，没有富裕的父母，我们又怎能
支持他们发挥艺术天才呢？那些有钱的业余爱好者倒在收藏画。哎呀！一半的印象派在我

---

* Divisionism，原意是农业技术中的扦插，画家把各种颜色的点子密密层层地点在画布上，显出各种事物的外形，
即所谓的"点彩派"或"新印象派"。

的背上，我们将一起沉没。"

卡米耶向经销商为了他们而过苦生活致歉，并紧紧地握住他的双手。

"我感到惭愧，但我们仍须为钱给你找麻烦。怎么办呢？我需要 120 美元才能兜得转，而我现在只有 60 美元。你能不能在月底前添上这数？对不起，我求你了，请你相信我不得不这样。"

他陷入了焦虑。第一次，在 54 岁的年纪上，他处于丧失信心的低谷。

橙黄色头发的加谢大夫戴着硬草帽，穿着带铜纽扣的海军上将紧身短上衣，设法来缓解他的对健康担忧的心情。

"毕沙罗，所有的男人，54 岁都是一个怀疑自己的时期。他们的身体内有了变化，因此影响他们的头脑：他们不再相信预期的成功名声，不再相信财产和灵感；成功的幻梦变为暗淡。"

"那我怎么办哪？"卡米耶木然问道。

"度过这一阶段。重新得到新的风力。"

"你能给我点顺势疗法的草药吗？"他微微一笑。

"可以。有种药叫勇气。在这个没有多大意思的世界上生存下去是艰难的。"

卡米耶的小小的艺术世界的马达运转不坏。他统算 1884 年的收入。丢朗·吕厄总共付了他 1800 美元——一个可观的数目。莫奈住进了吉弗尼的房子多少舒适了些：因房租降低了，霍希蒂夫人又把她去做时装设计师所得的微薄工资加了进去。塞尚和霍腾斯和孩子们在埃克斯－普罗旺斯过着只绘画不展出、与世隔绝的隐居生活。没有人能帮助不幸的西斯莱这位杰出的印象派画家（虽然有点不那么顽强、执着）；西斯莱从未学会应付拒绝和贫困。德加说他"太客气、太凑合"。莫奈说他"进攻性不够"。雷诺阿说他过于英国绅士派不肯去乞求、借贷、偷骗，如他的肯特祖先所做的那样。卡米耶感到他的与世无争的天性在他的作品中清楚地反映了出来。要是命运不济了，那么就该挨饿，这是安拉* 的意愿。朱莉每次去巴黎看望她的姊妹，都带上她在埃拉尼果园中生产的蔬菜和水果。

德加和玛丽·卡萨特在经济方面没有困难。他们是工作中的伴侣，谨慎的模范。贝特·莫里索因她的老师和情人——爱德华·马奈的逝世而悼伤不已，现同爱德华的弟弟欧仁相处很好；她还同她的女儿住在一起，她从女儿婴孩时起就给她画肖像画。

---

* 安拉，即真主，伊斯兰教所信奉的主神。

卡米耶不顾嗜眠症的发展，去基索的家禽市场捕捉无限生动的景象：人们在那里挑挑拣拣，讨价还价，比他们烹制或吃它们的时候认真多了。市场是不同阶级不同程度的饥饿、欲望、能力在一个共同社会的生活表面最清楚地反映出来的缩影，是最逼真的肖像画。他曾在 1884 年因新鲜画题的刺激，很好地画过埃拉尼。最初出现"自疑"，是在鲁昂时，他怕发现他的画缺乏独创性而不敢把靠在墙脚的画翻过来。"自疑"在缓慢地发展。每一个使他感兴趣的画题他都画过。现在，他只能重复，这是一种力量衰落的表现。一个艺术家的心和手必须经常有它的意识，相信可察觉的新世界中有新的东西可说，把眼见不到的东西使人们见到。心和脑看来都变得幻灭、关闭了。对有创造性的艺术家来说，这是根本性的悲剧：他必须离开中心舞台，在舞台两侧萎谢了。公众会对他冷漠、忽视吗？是否他追求富裕的小小努力以及简单地满足于安定生活已使他的力量和信念耗竭，这一局面是否必然来到？他一直感到他还有的是时间。果真如此吗？

他是否越来越忧虑，30 年前开始的绘画的革命能否使人类的眼光具有新的活力？或者他是否已走到他和同伴们用指甲抠出的石头路的尽头？印象派是否仍符合它的本意，并成为人在表现自己的永恒的需要中的另一个方面？

最愉快的时间是在读新出版的《萌芽》，那是越来越成功的爱弥尔·左拉送给他的。他写信给左拉："我细嚼慢咽地读。它非常美丽、伟大而可怕，它自然出自一颗伟大的心。谢谢你。"

有点儿走下坡路：坡陡，他的闸又不灵了。他有生以来是乐观的，一系列的失败并未压倒他。现在在他步履蹒跚，撕裂了膝盖的软组织，柔软的手掌碰上了疑惑、腻烦、又不甘心的隆起的石块。还有他的右眼又在给他找麻烦了。他对丢朗·吕厄说："我想我不会再看见更多的东西了。我的眼睛坏了。"

他羞于经常去丢朗·吕厄处要求资助。一年前，他在巴黎一家裁缝铺定制一套衣服，想把逐渐破旧的一套换下来。裁缝不肯少要钱。唐居伊老爹已在 1883 年 1 月付了一大笔款。但那几乎已是两年前的事了，当时他的作品也多。现在，唐居伊夫人要求还钱付她自己的账单。而最根本的是他不满意自己的作品，他在画布上得到的是什么？是不是有生命力？是否他的目光对自然的多方面性的感觉已经迟钝了？或者，有一种神秘主义？

他写信给丢朗·吕厄：

我的目标是创造出清澈的、光线充足的、流畅的风景画。我寻找，还未找到。真使我难过！我甚至为尚未完成那些基索的写生画而心烦意乱。我处于转变之中，我在不耐烦地等待着某种结果。我请你相信，它使我痛苦。很明显，这是一场危机。

1885 年头几个月，他画了 10 来幅埃拉尼和巴津柯特的冬天和春天的油画。1885 年夏季在不知不觉中过去了。7月，吕西安受伯父阿尔弗雷德和伯母玛丽之邀，去维勒维尔假日别墅度假。这是玛丽头一次显示了大方。费利西的女儿来和他们同住，因她父亲失业后已变成一个酒鬼。整个8月，卡米耶感到什么作品也完不成。更糟的是，他有了画意之后却捕捉不到景色了。朱莉因被蜂蜇头肿了。卡米耶管家务。吕西安带着他的读大学预科的学音乐的朋友去蓬图瓦兹住了一段。到9月底他还未回家。丢朗·吕厄曾答应给160美元而只送来20美元。到了10月，因吕西安仍未回家，他们对他实在恼怒了。朱莉的表情似乎是："你活该！"

当卡米耶在跟跄挣扎时，1885年正在逝去，保罗·丢朗·吕厄落入比前几次更接近破产的境况。这是从开办所谓"国际展览"的豪华画廊的店主乔治·珀蒂开始的。珀蒂由于大肆渲染的商业成就，已把莫奈和雷诺阿引诱了过去。雷诺阿的情妇阿林·夏里戈不久前给他生了个儿子。丢朗·吕厄是世界上收藏杜比尼作品的权威。一位收藏家在珀蒂的画廊里见到一幅杜比尼的作品，在购买前请求丢朗·吕厄鉴定其真伪。经过仔细研究其构架、笔触和河岸景色的气氛，丢朗·吕厄宣称它同杜比尼的本质不符。

"自然而然，它是赝品，"他宣布，"出自一个模仿者之手。"

乔治·珀蒂大概要失去一个漂亮的出售机会了。他发誓说他是从杜比尼手中买来的。丢朗·吕厄无法驳倒这种盟誓的证词，也不愿意把一位同行称为骗子，为此撤销了他的意见。顾客买走了这幅画。不久，一位受尊敬的卢浮宫博物馆长仔细审看了这幅画，公开宣称丢朗·吕厄的最初判断是正确的。这是一件仿杜比尼的赝品。

这件丑闻传遍了巴黎艺术界。杜比尼的伟大权威丢朗·吕厄受了珀蒂的骗，自愿改变了初衷。报纸发现有新闻价值，向读者含沙射影地宣传保罗·丢朗·吕厄已不可信。

卡米耶长途跋涉去到画廊表明他的忠诚。如同前几次一样，他发现此人凄凄凉凉地坐在办公桌后面。

"那么，毕沙罗，欢迎你再次来参加葬礼。"

"丢朗·吕厄先生，难道你不能揭发珀蒂，公布他的盟誓证词是假的？"

经销商把搁在交叉的双手上的脸抬起来。

"我不能。这会使他永远被撵出这一行。我受到伤害只是暂时的。这些年来从我手中买画的收藏家从未受到误导或欺骗。他们信赖我。"

他在皮椅中转动身躯，打开椅后的壁柜，拿出一瓶迪雷的白兰地，用大肚酒杯为他们各斟了一杯，说："我们曾数次碰杯并喊'干杯！'那些时刻有好有坏。我唯一的遗憾是在一个有限的时期内，也许不能为那些仍对我忠诚的印象派画家们说话。"他再次举起酒杯："干杯！"

卡米耶带着吕西安来到吉约曼的空荡荡的画室。虽然他仍在政府部门供职，只在星期天或假日里作画，但他的作品已相当地好。

吉约曼露齿而笑:"我被那个该死的衙门缠住了。我看桥梁和堤岸比任何活着的人都看得多。但愿它们都掉进塞纳河去,然后我的差事就会消失,我就有全部时间作画了。要是这样的话,只有全法国的河流都干涸了才能救我。"

"你忘了你会赢几百万法郎的轮盘赌。"卡米耶这些日子来头一次微笑。

"'你把我当傻瓜'!*你嘲笑我。不过我从孩提时起就有一个感觉。我会得大奖的。这样一个与生俱来的预感是不会错的。"

门开了。一位和吕西安同龄的画家保罗·西涅克**进来,亲切地喊道:"毕沙罗先生,我是唯一享有被你们的一次印象派画展拒之门外殊荣的。"

"你在做什么呢?学猫头鹰叫吗?"

"相反。我在用功地模仿你的作品,还有莫奈的,塞尚的。可是莫奈先生通知我要我停止。研究印象派是不允许的。"

"我们当然要受到青年画家的研究。"卡米耶宣称,"这是画界传统不可缺少的部分。"他看着这个发育良好的 22 岁年轻人,由于若干年来在地中海航行,肌肉发达,皮肤晒得黑黑的。他在地中海圣特罗普兹有一座避暑小屋,据说他的嗜好就是航海和钓鱼。

"你想成为一名印象派画家吗?"他问。

"我正在向乔治·修拉***学习点彩派。"

事实上,他曾协助起草修拉领导的新点彩派集团独立者协会的章程。保罗·西涅克是个爱挑别的人,坚守他的绘画成规。他穿着随便:戴便帽,穿手工织布做的衣裳。但他是一个英俊的小伙子,双目炯炯有神,尖削的鼻子,双耳紧贴,脸刮得干干净净,只有一点微髭。

"毕沙罗先生,我非常希望您见见乔治·修拉。他的房子就在附近。您能随我来吗?"

毕沙罗和吕西安走向修拉的房屋途中,西涅克为他的老师吹嘘说:"乔治·修拉的点彩派是一种新的绘画技法。它将使整个概念发生革命性的变化……"

卡米耶觉得有趣。以前他在什么地方听到过类似的说法。

"……把颜色分隔到基本的组成部分上去,"西涅克继续说,"用纯色的小点,直接置于画布之上,而不在调色板上调色。"

"视觉上的调色代替颜料的调色。"卡米耶不无怀疑地品评道。

"确实如此。用那样的方法,观众的眼睛可以分辨出每一个单独的色点,得到强烈

---

* 原文为法语。

** 保罗·西涅克(1863—1935)法国新印象派(点彩派)画家,修拉的继承者,用各种颜色点子组成形似镶嵌画的画面,多画海岸风光和风俗画。

*** 乔治·修拉(1859—1891),法国画家,新印象派(点彩派)创始人。画法机械呆板,单纯追求形式。

的光辉。您读过尼古拉·鲁德的《现代色彩学》吗？"西涅克问。

卡米耶想起了吕西安带回过家的那个小伙子。

"没有。也没读过谢弗里。"

"毕沙罗先生，我是您的作品的崇拜者。不过，让我告诉您鲁德的色彩三要素：纯洁、光辉和色素……"

修拉的家在克里歇大道 128 号。他母亲出来迎接他们，做了介绍。她低语道："所有的艺术家在这里都受欢迎。这是乔治的全部生活。保罗，你能带你的朋友上楼去吗？我一直在试图强迫乔治吃一顿饭，睡上一觉。他说他的一罐罐颜料比食物或睡觉还给他更多的营养。"

西涅克带他们上了 3 楼修拉的画室，一间很大的屋子，同整个房子一样长、一样宽，因为分隔的墙被拆掉了。卡米耶在门口处见修拉高高地站在一个脚手架上，在画一幅未完成的大油画。挂在墙上的有用黑色龚戴色粉笔*画的华丽的素描；角落里一台画架上有一幅他还在用探索性画技画的有里程碑意义的大油画《大碗岛上的一天下午》。脚手架的木板上小心地置放着一圈大约 20 个各色颜料的陶瓷罐。修拉左手拿着一把小刷子，在点到画布上以前，每把画刷都小心翼翼地伸到罐里去蘸上一点颜料。

"他在空出地方以便画一个橘黄色头发拿橘黄色阳伞的妇人，"西涅克轻声轻气地说，"旁边还有一个穿一身白的女儿。他没有察觉我们在这里。"

修拉画完了方块块，转过身来，见到下面有人就下来了。西涅克做了介绍。修拉热情地同他们握手。他是个细高条，长长的椭圆形脸，头发卷曲，眉毛高耸，有平滑的髭和边髯。即使在工作，他也穿着一件宽松的纽扣系到脖领的外衣，高高的白领，蓝色阔领带。有个同时代的人形容他是"一位高高的年轻人，整洁无瑕，他的精力同他的羞涩一样多。他属于那些喜爱平静然而又十分顽强的人，那些人你原以为什么事情都能把他们吓倒而实际上任何事情也不能阻止他们"。

还有谣传说他有个极有吸引力的情妇和孩子，被安置在附近一套舒适的公寓里，他每天下午散步后去看望她们。修拉的夫人知道这事，但不以为忤，只要乔治不把女孩子带回家，只要不打算解除婚姻就行。

"真奇怪你会在这个特殊时刻来访问。"修拉声调抑扬地对卡米耶说，"就在那天，高更还指控我在模仿你的画。这当然不是真的；我研究过你的短笔触，也许我比其他任何人从你那学到的更多，但是点彩法是我自己的。几年来我一直在钻研这种方法的每一个细节。"

卡米耶凝视着这幅大油画，画面上有 30 多个不同年纪、形状、衣着、姿势的人物，

---

* 以最早生产者法国人龚戴命名的色粉笔。此外，还有制成铅笔形状的色粉笔叫龚戴铅笔。

在大树荫下、绿草铺盖的河岸上闲荡，有些站在那里注视着河上的航船。没有移动的东西，所有的人物、船只，甚至狗，都在无气流的空间中像雕塑一样。但卡米耶觉得《大碗岛上的一天下午》有精心的创造，而且富有感情。

"不，修拉先生，你没有从我这儿取走任何东西。如你说的点彩法，当然是你自己的。你发明了这些成千的点、点、点，全幅画都是点。本来是无活力、无气息的静物，却在呼吸，特别活跃。"

修拉快活得脸红。除从他的崇拜者保罗·西涅克听到的以外，他还不习惯听赞美之词。不同于印象派，他还未受到过贬损。一年前在独立者协会展出过的《埃斯尼埃的浴景》没有受到注意。他既没有波德莱尔或左拉去称赞他，也没有沃尔夫去谴责他。

"总之，"他对卡米耶说，"我还没有到达巴黎画家的舞台。"

"如果你愿意的话，我们在下次印象派画展时，展出你的《大碗岛上的一天下午》，你会得到巨大的成功。"

"我很感谢，毕沙罗先生，不过我不是印象派。我是一个新印象派。"

"莎士比亚说过：'一个名字算什么。'不管用什么名字，《大碗岛上的一天下午》将会成功。现在，请你向我解释一下你的技法是怎样的，以及为何你要用点、点、点？"

修拉深深吸了口气。他的眼睛亮起来。他希望能使卡米耶理解。

"我知道我在试验不可能的事情，把艺术转向沉默。人们本以为它们是互相排斥的。而用我的技法，我能使他们和谐共存。"

他几乎花了一个小时来解释：用一定数量的白色亮光混入任何颜色，就会达到纯净。光辉是一个光度学的问题。他所需决定的是，反映光亮的脆弱的波浪应截取何种长度。

"现在，"卡米耶回答说，"请解释，点彩派或点彩系统，如何能使你的理论付诸实践？"

修拉由于有一个内行的听众而兴高采烈。

"笔触不能反映纯净的颜色，它们扭曲了周围所有阴影的强度。甚至大面积的薄涂，因色素各不相同，效果也不完美。点子是从我的纯色颜料罐得来的：白色，朱红色，黑色，红色，蓝色，黄色。紫罗兰色，用不掺杂的刷尖点出全部独立的点子，这就产生了我需要的绝对纯净的颜色天地。"

从巴黎去拉舍尔公寓的路上，卡米耶有两个想法。他从未如此高兴地听过乔治·修拉和保罗·西涅克热心阐述理论……他和印象派朋友们开始斗争25年以来，从来没有像现在那样感到自己老了。

"这两个人我都很喜欢。"他对吕西安说，"我也许永远不会理解修拉让我们看的那些色彩的图形，但没有关系。他是我这几年来遇到的最优秀的设计师。"

他带给拉舍尔一件礼物以祝贺她90岁生日：一件能在冬天御寒的袍子。一个女佣让他们吃了一顿冷菜便晚餐，餐后，卡米耶把拉舍尔抱上床，吻了她的眉毛。他睡在客房一张桃花心木床上，床旁小桌上点着油灯，拿起了修拉提供给他的书，即1802年出版的扬的论文。他翻到修拉做记号的地方：

> 视网膜的每一个基本部分可以接收并转为三种不同的感觉。第一组神经。受作用于长的亮波，产生红色感觉。第二组神经，受作用于中长度波，产生绿色感觉，第三组神经，受作用于短波，产生紫罗兰色的感觉。

他停顿了一会儿。把自己带回修拉的画室，重新见到了大画布，见到了分割的色彩，以及缄口不语的人物和自然景色。大多数画室中，都有相似的油渍，有树胶颜料的油腻味，新画布的气味，用来揩抹的废布料的强烈气味，洗刷子和画框用的去除剂的味道。可是修拉的异常整洁的画室里却是绝无这些东西的。毫无疑问，这是一位艺术家的工作室。

"他是一个迷人的年轻人，"他判断说，"是一个长时期以来我曾遇到的最有趣的人。他不准备出售那些大型油画。这又有什么关系？一定有足够的家产够修拉生活一辈子的。"

他叹了口气："啊！家产！我奇怪上帝怎么决定哪些艺术家生在富人家，而哪些艺术家将去向骡子要羊毛？"

找不到任何解答。他睡着了。

他同乔治·修拉进行哲学对话持续了数月之久，其中有10来次艰深的讨论。他被修拉的纯真的惊喜与热心所吸引，修拉相信他将使艺术世界大变样。这使卡米耶感到年轻了，又有活力了。卡米耶认为他已经走到他自己的来之不易的技法的尽头，公众对印象派已缺少兴趣，而修拉的活跃的个性和自信正好来填补了真空。他受到《大碗岛上的一天下午》的刺激，这幅画给人的印象很深。修拉的议论，认为巨大的绘画比讲道理更有说服力，这是正确的。修拉是一位优秀的技师，既来自传统的训练，又来自自己的直觉。他不打算进入静态的点彩体系，他不用笔刷，但即便如此，他也能用他的无可置疑的技能来抓住他的无空气的形象。

"难道你从来没有学过描绘空气？"卡米耶和蔼地问道。

"相反，"修拉回答道，"我起初画空气，后来把它排除了，使船只、树木、阳伞、人物更实在，从不起波浪。"

卡米耶必须承认，画面是真实的。

这是一场年轻人的运动，一场有道理的运动。去年，他曾多次问自己："我是不是需要新的推动力？一个新的开始？一种更加激动人心的方法？"

有一种不祥的预感：向点彩派剧变会不会白白浪费他的时间？白白地否定早期的作品？修拉热心于成为新印象派，他宣称："绘画决不是要改善人类的命运，现在是转向抽象的时候了。我们让作家去揭露不公正。像巴尔扎克在《高老头》，福楼拜在《包法利夫人》，左拉在《萌芽》中所写的那样。我们要攀登的是另一座山。"

卡米耶问自己："会不会是修拉被一位富有而溺爱的母亲把他同外在的世界隔离开了？"

不论怎么说，他的作品之美丝毫也没有减弱。

一名经销商把卡米耶的两个扇面各卖了40美元。他的油画的售价没有上升，他画的扇面倒涨价了。卡米耶把钱送回家交给了朱莉，只留下10美元支持他在巴黎逗留时的生活，他想在巴黎出售他最好的基索系列画，其中一张是明亮的太阳光，其余的是灰色的云。他不认为那些是使人看了高兴的画，也许他已变得对自己不满意。

印象派画家正决定接下来要不要再冒一次举办画展的风险。卡米耶拜访了玛丽·卡萨特，用对付克劳德·莫奈一样的办法来打动她："危机继续存在：不办画展，我们要冒使我们处于比去年夏天更加糟糕的处境的风险。需要思索，因为我们得离开丢朗·吕厄来售画了。我们分散行动吗？也许有些人会成功，有一群崇拜者。让别人空无所得？难道我们可以无所事事，光等着崇拜者来向我们要我们未向他们提供的画？这将是一个灾难。"

朱莉感觉到巴黎将有一场新的动荡和骚乱。卡米耶进城次数更多了，尽管从埃拉尼去巴黎要两个小时，这使他在巴黎逗留的时间缩短了。

卡米耶在新雅典咖啡馆向人展示他的第一幅点彩派油画时，人们以一种不约而同的沉默来迎接它。但当他拿着最初的两幅试作进丢朗·吕厄画廊时（画面上有许多颜料点，还有空白的区域，他称之为"呼吸空间"），他见到丢朗·吕厄脸上闪过痛苦的怀疑，他认识到他是走了极端。丢朗·吕厄听说卡米耶被修拉的点彩派吸引住了。他用一种介乎愤怒和遗憾的声调说："这就是你的新鲜画法的观念？"

"会更好些的。丢朗·吕厄先生，我会使技法完善起来。"

"想更好些，只会更坏些。这是修拉一个人的闹剧。你不必非陷进去不可。"

"我能使它更有价值的。请你耐心。"

"我有耐心，14年了。"丢朗·吕厄语气冰冷，"你正在离开你那巨大的才能。"

"那么你不展出我的新画？"

"没有可展出的东西。"

丢朗·吕厄从桌后站起来，一只手按在卡米耶的肩上。

"这是一次脱轨，会过去的。只要我能够，一定会售出你以前的作品的。包括莫奈和德加的作品在内，你的画是我们时代最优秀的。依我看来，他们不会因为你干蠢事而减少创作的。有一天你会发现你使自己落进一口井里去了。你将会成为一只寄生在另一个动物硬壳里的寄生蟹。"

卡米耶垂头丧气地走出画廊，对过路的行人视而不见。

他没有向朱莉去复述一遍坏消息，而是立即着手组织 1886 年的第八届印象派画展。他将强邀修拉和西涅克参展。《大碗岛上的一天下午》须准备好。它将使美术界大为惊奇，并受到影响。

Chapter 12

厄运重重

1886 年 1 月中旬，卡米耶在巴黎收到吕西安从埃拉尼寄来的一张便条，由此便可预见未来之一年：

> 他们来要房租，妈妈找了个借口，要是您有钱付房租，就请回来。妈妈说，您待在巴黎毫无意义，她还说，您求人家替您卖画只能给人家找麻烦。妈妈非常忧虑……

吕西安本来计划为儿童读物制木刻插图的，但作家一直没有把书写出来。吕西安试图为报纸画速写也未成功。他同修拉和西涅克的交往使他飘飘然起来，自以为不只是卡米耶·毕沙罗的儿子了。另一方面，卡米耶发现对他越来越重要的是，必须把吕西安留在家里，这是他唯一能信任的人。

1 月底，丢朗·吕厄为一幅早期的水彩画付卡米耶 40 美元。卡米耶送家 30 美元。他答应修拉的母亲画一幅树胶水彩画。朱莉为急需修理家具，把她最后一个铜板付给了埃拉尼的一个木匠。修拉的一位画家朋友杜布瓦·皮耶借给卡米耶 10 美元，尽管这个年轻人自己也没有富余的钱。阿尔贝·杜布瓦·皮耶灰绿色的眼睛，金棕色刷形短发，椭圆脸，尖下巴，毕业于圣西尔大学，是一名法国陆军军官。30 岁时，他厌倦了枯燥的军队生活，逃避到美术之中。西涅克帮助他改变了学院派的格调，学会了捕捉光亮。人们常见他穿着巴黎保安警察队的上尉制服，有武装带和一支羽毛，戴单片眼镜；作画时则穿一件宽大的罩衫，系一条特别宽的大领带以显示他的独立性。卡米耶发现同他做伴画画非常愉快。

修拉、西涅克、马克西米连·吕斯、杜布瓦·皮耶这一群年龄同吕西安相仿的年轻人的风格也在变新。吕斯是个巴黎人，比卡米耶年轻大约 30 岁，曾在美术学院和斯维赛美术学院学过，后专攻木刻，因他父亲坚持要他学一门手艺。他戴一顶顶上有褶沟的帽子，红胡子，热情而沉郁的金色眼珠，厚嘴唇，非常之穷。修拉使他转为点彩派。他利用他的专长，画工业风景画。他自认为是个革命派，然而朋友们认为他内心里只是一个信天主教的资产阶级。他经常同他有吸引力的、有哀怨眼神的妻子来埃拉尼看望毕沙罗。

吕西安常常陪同卡米耶在巴黎，他们常有激烈的争论，但不同于卡米耶在格尔布阿咖啡馆时代同印象派画家们的争论。

保罗·西涅克曾说："您同我们交往需要巨大勇气。您的非自私的行动给您找来多大麻烦！对我们这些年轻人来说，有您的真诚的、巨大的支持，率领我们战斗，是我们最大的幸运。"

卡米耶窘住了。他没有兴趣指挥任何运动，只是再次迸发了表现自己的热情而已。

两个集团：印象派画家和标榜为新印象派的画家，经常在新雅典咖啡馆分坐两张相邻的桌子。卡米耶和修拉同坐，还有年轻的美术评论家费利克斯·费奈隆，他和理论家西涅克，同是巴黎点彩派的发言人。两张桌子之间相互存在着恶意，如相隔一个大陆。卡米耶很为难：他愿意为他长期以来的朋友提出探索新技法的可能性；但印象派对点彩毫不感兴趣，认为是荒谬可笑的、昙花一现的玩意儿。每当卡米耶宣传点彩法时，有些人耻笑，有些人发怒。

雷诺阿见到卡米耶进咖啡馆时就喊他："早安，修拉先生。"

高更激烈反对让修拉和西涅克进入他们的圈子。卡米耶回驳他说："我为你斗争才过去几年。你为什么不为我斗争？"

高更猛擦他的鼻子。

"那些年轻的药剂师只会堆颜料点。你的麻烦是，毕沙罗，你老想当先锋。你在发动一场新的运动，不顾它是否有价值。"

"修拉是有才能的。"

"他是个在玩颜料点子的孩子。哦，够了，我想去同德加谈谈。他在我们之中是最有才能的。"

"他一开始可是轻视你的。"

"那是由于我的天才，使我们化敌为友了。"

卡米耶望着他："你同别人都在恼我想搞一点变化。这不近情理。"

老一些的人们坐在一桌，怨恨另一桌年轻人，这一景象也确实不合情理。他们不是不愿像从前德拉克洛瓦、柯罗、杜比尼那样善待青年人，但他们坚持他们自己的传统。是不是他们失去了才华而嫉妒那些年轻人呢？

卡米耶受到伤害但毫不沮丧。他发现，"分散"——点彩的同义词——使他的工作进度要慢得多；但他还是成功了——成千个不掺其他颜料的纯净的色点，集聚成形而产生了感觉。他把旧的画刷搁在一边，向唐居伊老爹买了新的；把调色板也换成了修拉的一套颜料罐。他仍在画同样的农家景色、果园、采撷苹果的年轻姑娘，仍有许多平面和陪衬，但都是静止的。他的点比修拉的点大些，色彩更利于集聚，但仍显易见属于点彩法，他自认为已经毕业。呈锯齿状的干草束，正在拾穗的妇女，靠着堆积起来的色彩点子和四周的空间，创造出纯真的光亮，起伏不平的田地，以及出现在地平线上的山丘。没有一点运动的感觉；但由彩点堆成的景物都有着真实的本质。披着明亮的头巾，穿着明亮的罩衫和长裙的农妇显出了劳动的本质，而不是使自己痛苦的活动。

爱弥尔·左拉因《小酒店》《娜娜》《萌芽》等小说而更加出名。现在又写了一本新书《杰作》，是有关当代艺术家的。在《吉尔·布拉斯》上连载。书评家对该书的评论是谨慎的。

那年，最出名的书是皮埃尔·洛蒂的《冰岛渔夫》。《杰作》可说是对印象派的一次曝光和贬损。印象派画家觉得他根本不懂行，因此未认真对待，只是有时争论一下左拉书中的主人公克修德·朗蒂埃，是影射保罗·塞尚，还是爱德华·马奈？左拉孩提时的好友塞尚从此再不跟他讲话。克劳德·莫奈觉得受了侮辱，因为他同莱奥尼的关系被残酷地描写出来了。一帆风顺的安托尼·吉耶梅狂怒，因为他认为书中一名画家放弃了热爱的艺术去迁就奖金丰厚的沙龙，就是在影射他。卡米耶发现书中有他的影子，但纳阁为什么当爱弥尔·左拉贫困不知名的时候能深刻理解他们是在试图创新，而现在富有知名后，几乎失去了画家的全部概念。左拉书中的朗蒂埃，为了寻找一幅完美的油画，结果毁了自己。这同曾与卡米耶共同工作或共同展出的人毫无相似之处。

"独立美术家"同他日益对抗，但这一局面并未阻碍他经过 4 年的中断，仍然决心把印象派联合起来于 1886 年春季举办画展。这一次将更加困难，因为人们认为他变了节。他曾先访问玛丽·卡萨特，因为她总是好商量的。卡萨特小姐把她的棕发盘在头顶上，穿着一条极长的长裙，外罩一件洁净无瑕的灰色保姆围裙。卡米耶被请进她的画室时，她正坐在一张矮草垫上端详她的新油画《在花园中缝纫的少妇》。她对此事斟酌了几分钟，然后说道："我有几张已完工的油画，愿意展出。我们为什么不去德加的画室呢？你会需要他的。"

一位上年纪的管家引他们进了德加的东西堆得乱七八糟的房间。卡米耶对德加不许在作画时打扰他的规定是一个例外。玛丽·卡萨特永远不会是打扰者，他们的关系越来越好。德加兴味索然地听着卡米耶陈述举办第八次画展的理由，谨慎地表示同意参加。这对他来说事情不大，他的画有销路，但也很勉强。他现在所考虑的是他的油画还没有全部完成，现在不愿意拿出去。无论如何，他坚持在 5 月或 6 月展出。

"可是那是官方沙龙的展览日子。"卡米耶大声说。

德加耸耸肩。玛丽·卡萨特平静地说："按他说的办吧。你是唯一竭力想把大家拢在一起的人。"

就这样定下来了。德加将参加。

现在，距落选者沙龙已有 23 年了，而印象派同巴黎美术迷的关系改善甚少，美术迷还只把他们看作暂时的插曲。莫奈已走到经销商珀蒂一边去了，他盼望说服收藏家对印象派绘画不仅仅是丢朗·吕厄一时的兴致。雷诺阿也在同样背景下离开了，使丢朗·吕厄失去两名优秀画家。卡米耶并不放弃他，只是把一些作品放在一些不是丢朗·吕厄最嫌恶的小经销商或较小的画廊里。唐居伊老爹偶尔售出一张水彩画以抵销卡米耶的账单。

卡米耶、玛丽·卡萨特和德加认为，只要贝特·莫里索、高更、凯博特和吉约曼参加，就有了代表性，他们并同意接受修拉、西涅克和杜布瓦·皮耶。他们几乎总要延揽圈外的画家参加并充实他们的画展。这一次延请的画家已不是较保守的画家，而是更极端的。卡米耶考虑这次画展将是两代人的团结，表现出一种联合起来的力量。

吸引莫奈的希望不大，他的画有销路，尽管也平常。雷诺阿和西斯莱已有几年不参展了。

丢朗·吕厄不能来做后盾：他还在偿付 1884 年以来的 5 万美元债务。卡米耶患牙齿松动的病症时去到丢朗·吕厄的家里向他借点付牙医的钱，经销商表示歉意说他连 4 美元都拿不出来。牙医师保林博士是一位热心的收藏家，他拔去了卡米耶的溃脓的臼齿，对他说，他送一张水彩画来就可以了。

贝特·莫里索和欧仁·马奈有共同财产。莫里索有同情心，她丈夫则态度对立。

"要求我妻子同点彩派一同展出？决不！我早些时候看过修拉的《大碗岛上的一天下午》。这不是绘画！"

卡米耶深吸了口气。他佩服欧仁·马奈买卖精明，但同有先见之明的贝特·莫里索结婚数年后他仍对绘画一无所知。

"修拉有一些新的贡献。我个人信服他的艺术有进步性，我确信到时候它会产生卓越的结果。"

"为什么不能每个集团在分开的房间展出？"莫里索建议，"那样的话，我们可以向公众宣布我们属于不同的运动。"

卡米耶犹疑不决。这是一个折中的办法。欧仁·马奈耸耸肩。

"如果马奈夫人希望这么办，我将资助第八届画展，但必须使大家了解，尽管点彩派说他们是从印象派衍生出来的，他们是在走他们自己的路，印象派不为他们的标新立异负责。"

卡米耶试图压制内心的激动，回答说："还必须使大家谅解，我也在新印象派的房间里展出。"

"那是你愚蠢的选择。"马奈冷漠地回应说。

使人失望的是，凯博特拒绝参加，并不是因为他反对修拉，他们是朋友，他们一起游览过大碗岛，修拉就是这时候构思出他的油画的；凯博特也称赞过这幅画独具匠心。他不参加只因为太沉溺于他的造船事业了。

"原谅我，毕沙罗。"他请求道。

他送给卡米耶 4 张音乐会门票，说他要出城，卡米耶就邀请雷诺阿和阿林同他和朱莉去听音乐会。尽管对雷诺阿暗暗不满，卡米耶仍非常希望雷诺阿展出他称之为"安格尔时期"的裸体女人画。

"他们演奏什么？"雷诺阿问。

"莫扎特。"卡米耶回答。

"这我就放心了，原来我还以为是低能的贝多芬。贝多芬向我们表现他自己的方法肯定是不适当的，他发泄他心中的或胃中的痛苦从不怜惜我们，我经常想我要是能这么对他说就好了：'你给我的是什么，你是聋子吗？'反正对一名音乐家来说，他最好是聋子。"

雷诺阿听了莫扎特的作品很开心，但还是没有同意参加卡米耶的第八次画展。

两对夫妇在音乐厅隔壁一家咖啡馆里喝咖啡时，卡米耶问他："为什么不参加呢？"

"因为你把艺术同理论扯得太近了，自然最有力量。事实是：没有一种可以放进一个公式的单一的方法。"

西斯莱也礼貌地拒绝了。

"我们不再是一种运动了。"他宣称。

莫奈没有那么客气。他对卡米耶暴躁地说："我已经厌倦听你把印象派搞成一门科学了，这两个东西是矛盾的。如果你继续在这个题目上唠唠叨叨，我就拒绝参加。"

卡米耶想做些改变的愿望反倒使他们之间产生了隔阂。

欧仁·马奈和贝特·莫里索在拉斐特街与意大利大道的交叉处在一家有名的多丽餐馆楼上找到一套公寓，付了一个月的房租。卡米耶造了一份17名画家的花名册，包括老的同伴和一位新画家奥迪隆·雷东*，这是一位实验主义者，寻找内在的真实，画他自己的梦幻世界。他的非凡的平版画被形容为"从无垠的黑色走向耀眼的白色"，在他的作品中，外在的真实被弃于不顾。他仰慕印象派画家。

有几个月的时间来做准备。

丢朗·吕厄收到美国美术家协会的詹姆斯·F.萨顿邀请，要他带300幅有代表性的法国印象派的画去纽约市麦迪逊广场花园该协会的画廊中展出。他把印象派画家找到了一起。

"这是一个好机会——"他开始说。

"1883年你把我们的画送波士顿展出过，毫无结果。"德加打断他的话。

"那次只有几幅。比比看——这次是300幅，你们的最佳作品，这么一个大数量。它们会震动纽约的。"

"这件事开销很大。"克劳德·莫奈评论说，"你想要我们出一部分费用吗？"

"肯定不要。我已开始在筹集资金。需要花费数千美元，可是我已下了决心。"

卡米耶问："如果拿走我们300幅画，还给巴黎的第八次画展剩下多少呢？"

"你们可以有新作。"丢朗·吕厄的表情既欣喜雀跃又坚韧不拔，"你们这些人都是辛勤多产的。"

对丢朗·吕厄来说，这是一件要把人忙死的事：要收集油画、水彩、树胶水彩画，

---

* 奥迪隆·雷东（1840—1916），法国画家，属于野兽派的浪漫主义者，画风神秘。

装上画框，用板条箱安全地装好，上船运到勒阿弗尔转装到去纽约的船上。他是足智多谋、不知疲倦的人。到1886年3月，他带着值钱的一船货出发了，他估计这船货价值在40万美元左右。他带走莫奈40幅，毕沙罗各有特色的39幅，雷诺阿35幅，布丹18幅，德加18幅，莫里索8幅，马奈9幅，凯博特8幅，吉约曼5幅，修拉的向点彩法过渡的作品《浴池》，还有几位保守派画家的作品以便缓减震惊。出发前，他送了卡米耶120美元预付未完成的《乡村母牛》，此画是他自己要的。这笔钱够毕沙罗一家在他回来以前用的了。

卡米耶在克洛泽画廊留了几幅水彩画，克洛泽同他约了几次时间，结果又让他白等。一个远房表兄弟阿尔弗雷德·农内卖出一幅扇面，但卡米耶须在数周内几次催他付钱。他在用一串串色点来画河上的帆船时，尽力压下一种羞耻的心情。

他留起了脑后浓密的长发，蓬松的头发用一顶宽边毡帽压下去。他给自己画了一张自画像，发现眼睛比弗里茨·梅尔比29年前替他画的像已有了变化：深褐色，顺从，执着，但仍温和，忘掉所受的和所造成的全部痛苦。眉毛仍然粗浓、黑色，髭须已白。他知道他的面孔和天性包含着矛盾，也许是不一致性，而他感到他的高大身躯除了一往直前已无法变动了。

纽约画展于4月10日开幕，比第八次巴黎画展早一个月。同印象派一起成长并在这些年来曾积极捍卫他们的泰奥多尔·迪雷为画展目录写了一个字字珠玑的介绍。美国报刊上的评论五花八门。卡米耶被他们的野蛮态度所震惊。《商业咨询》诋毁为"彩色梦魇的画廊。集畸形怪物之大成"。纽约《时报》诋毁说：

巴黎印象派的300幅油画和水粉画属于艺术为艺术之作，它们所激起的只有人们的强笑而不是想拥有的愿望……一下子碰上了拙劣的色彩和涂鸦，那就是雷诺阿和毕沙罗的作品中的正面的和负面的特点，人们惊讶得喘不过气来。这难道是艺术吗？

纽约《每日论坛》装作绝对正确的样子：

那些主要从事保守的投资如收藏布格罗、卡巴奈、梅索尼埃和席罗姆的作品的人透露说，印象派的绘画带有某种"胡乱绗缝"的性质，他们的拿手好戏只是像古怪的蓝色的草、强烈的绿色的天空和彩虹色的水。总之，据说，这一派的绘画绝对毫无价值。

《太阳报》贬损道："毕沙罗的风景画是滑稽可笑的；有时他自己也不知道为什么要这么画。"《美术时代》的评论，指责印象派绘画是"大胆地展示了无法无天的暴力"；然后又显示公正，说毕沙罗、莫奈和西斯莱的风景画"充满了天上的宁静和全部的可爱"；德加的艺术显示对生活的深刻的体验；雷诺阿的作品是雄浑有力、充满活力的……

卡米耶自言自语道："如果我在寻找宁静，我应当做甜点心去，而不是绘画。"

在偶尔出现的赞美之词中，有纽约《信使》报称赞卡米耶对色彩有眼力，修拉的《浴池》是印象派的有力声明。

同美术评论相反，受过美术协会8年训练的美国收藏家的回答，却都是一个真心的"好！"据纽约《每日论坛》报道，在最初两周中，丢朗·吕厄售出8幅画；协会的詹姆斯·萨顿和托马斯·柯比有信心将更多的画售出。到月底，莫奈和雷诺阿领先，各售出4幅；德加和一位有名的美国画家约翰·刘易斯·布朗占第二位各售出3幅。贝特·莫里索（在目录中成了摩里卓）售出两幅；一位卡米耶不认识的画家休格特也售出两幅。

卡米耶对朱莉说："两个星期内卖了七八幅！在美国是个好开头。"

朱莉问："买走的画给钱吗？钱会平分吗？"

违反卡米耶的意愿，巴黎画展只叫作"第八次画展"，同伴们抛弃了遭人辱骂的词"印象派"。多丽餐馆楼上的公寓有好几个房间，地方很宽敞。卡米耶同修拉、西涅克、杜布瓦·皮耶和吕西安蛰守在两间屋内。修拉的《大碗岛上的一天下午》占据了一面整墙，它是如此巨大，以至于卡米耶的9幅油画、3幅水彩、1幅扇面、6幅水粉（家妇）、5幅蚀刻画，（所有这些画中只有很少几幅是新作）都成了侏儒了。雅布洛可夫公司给安上了电灯。作为试验以便改进他们的新发明。电灯光极大地改善了下午的照明，但油画被照耀得不和谐。

开幕前一天下午，画都挂好以后，卡米耶在这座临时凑成的画廊里遇到德加。德加展出两幅水粉画，画的是玛丽·卡萨特在女帽商店；还有一套组画，他题名为"裸体妇女沐浴、洗衣、拧干、擦身、梳头"，为此，他曾把浴盆、水盆搬进画室。卡米耶把德加引进另一间房间看修拉的《大碗岛上的一天下午》，然后委婉地说："我发现修拉的作品很有意思。"

德加眼睛狡黠地一眨，回答道："我自己已经注意到了，毕沙罗，但这幅画太大了。"

"我亲爱的朋友，如果你没有看到《大碗岛上的一天下午》的伟大之处，那说明某些宝贵的东西逃开了你的眼光。"

德加微嘲道："好东西总想躲过我的眼光。"

高更带来了他在诺曼底、布列塔尼和丹麦作的画。当目录正在准备时，贝特·莫里索（她展出10来幅油画和一些水彩）问卡米耶："我们是不是该委托你成为点彩派的保护人？"

卡米耶惊呆了："哦，老天，不！修拉是很敏感的。那样会得罪他的。"

凯博特最初参加了挂画，但当他见毕沙罗同点彩派在另一个屋内联展时，他心情激动了。

"毕沙罗，把你自己同那些分裂者紧密连在一起，是一个错误。这会使你逐渐抛弃你的老同行。你无须同过去完全割开。"

乔治·穆尔从英国跨过海峡来看他老朋友的第八次画展。他特别仔细地研究了点彩派的新因素：

10 幅游艇正在航行的油画挂在低处，所以我跪在地上细看署名修拉的点画和署名毕沙罗的点画。经过严格审查，我能区分出若干不同之处。由于我同毕沙罗及其作品长期相识，我可以区分他和修拉的作品，但对于普通的观众来说，他们的画是一样的。

然后，见到卡米耶的《摘苹果者》，是他改变风格前最后一幅油画，穆尔讲了一些听起来刺耳的话：

人物像是在梦中游动：我们是在生活的彼岸，在一个安静的色彩和快乐的灵感的世界之中。那些苹果永远不会从枝上落下来；那些把苹果往篮子里装的姑娘永远不会把篮子装满；那个果园就是果园……画家把它置于一个紫罗兰色和灰色的永恒之梦中。

尽管多丽餐馆很出名，意大利大道上车水马龙，但观众寥寥无几。报刊对这帮上了年纪的、粗野的、无希望的极端分子没完没了的"展出热"已经厌烦了。只有几个评论家去看画。修拉的油画是最新的创作，受到了一些注意，但也只是受一番奚落而已。老顾客从印象派的房间买去很少几幅画；点彩派的画一幅也未售出。欧仁·马奈只得自掏腰包付了一个月的房租；只因贝特·莫里索对集体的忠诚，他才显示了大方，朱莉就不会那么慷慨，丢朗·吕厄临去纽约前留下的 120 美元用得光光了，她评论说："你要是有几张画搁在印象派的屋子也许能卖出一点。从前你都卖出过，一张两张。也多少有点现钱换一只打碎的咖啡杯。"

"一分钱都没有，你怎么办？"他嗫嚅道。

"我们一家 8 口人。我们要不要把孩子们重新命名弗朗西斯？告诉他们，会有鸟来喂他们的！"

"我有明天的火车票钱。我要在街上走走，总要卖出点。"

她深深叹了口气。她因给 7 个孩子哺乳把乳房弄大了。她望着眼前这个男子，他一动不动地坐在一张椅子里，把头埋进手里，同她过去热爱过的年轻男子完全不同了。胡子使他显老。但那双棕色的大眼仍有光彩，含情脉脉。她知道他不是在睡觉，他是在农村中无目的地失望地漫步，这勾起她一片怜悯。

"我不知道什么事情更坏：你在这里可是挨饿，还是你不在这里可又孤独。"

丢朗·吕厄 7 月 18 日回到巴黎，外出共 4 个月。因画廊须让给另一个展览之用，美术家协会的展出结束，位于 23 街的国家设计学院邀请他去该处展出。国家设计学院允许他把已售出的油画待展览结束后再取下，总共售出 27 幅。

卡米耶听到这一消息欣喜若狂。

"售出 27 幅！今年后半年我们生活不成问题了。"

他去到画廊。经销商心情愉快，漂亮的脸庞高高扬起，白胡髭修剪过，银灰色的头发很俏地朝后梳。他郑重其事地让卡米耶坐在他的大办公桌旁边，自己站在一旁说话。卡米耶再次看清他是多么矮小。

"美国人对我的看法有两种版本，两种都是同样地夸张。我不寄希望于奇迹般的命运。我也不实行纽约某些画廊主人的精明的惯例。我真高兴我去了，我对可能的发展抱着巨大希望，感谢美国的收藏家和美术家协会买了这些画，目的是要显示出美国的地位。在美国美术家协会没有售出你的作品，可是在国家设计学院我把你早期在埃拉尼画的写生画《干草堆》卖给了一位斯宾塞先生。他出价不高。你说过你明年要照这一幅画大一些的。"

这是卡米耶头一次听到他也有画售出。他勉强感到一些轻松，内心想："39 幅重要作品中只售出一幅！"

"请原谅我一个粗鲁的问题，我能得多少？"

丢朗·吕厄走向办公桌后坐下，朝几张纸瞥了一眼，以一种使他的艺术家们对他充分信任的语调说话。他从不欺骗他们，尽管有时他答应了付款然而无法实现。

"你得清楚，我必须扣除借款。钉箱、船运、横渡大西洋，以及我在纽约逗留 4 个月的费用是很高的。我将给你们每个人 200 美元。我留了几千美元以备今年秋天在麦迪逊花园举行第二次画展。美国美术家协会邀请我们再去。现在我们已经打破了美国的坚冰了，我没有负债也不需要付利息，我也许能卖出 4 倍，给你们每个人带回来更大的一笔数目。"

莫奈和雷诺阿各售出 4 幅画，但都感到失望。丢朗·吕厄未提起每幅画的不同卖价，因为它们在尺寸大小上是相同的；另外，他把它看作集体收入。他不拿他的账本给任何人看。他不是为保密，他认为把细节报告给艺术家是无用的。作为一个严格的教徒，他在欺骗他们之中的任何人以前就会把自己的手剁去。他们都不得意，特别是那些除了靠卖画别无收入的人；但他们从来不会怀疑他的话。甚至那些训练有素的买卖人欧仁·马奈和居斯塔夫·凯博特，也都认为丢朗·吕厄是实诚人，也都认为数千元存在银行里获利以对付第二次纽约画展，是一次最好的机会。丢朗·吕厄迅速投入搜集不同于上次的新的绘画中。

他组织了一次激动人心的第二次展览。画搜集起来准备装船时，他碰上一个致命的障碍。纽约的经销商们抱怨说，那批售价 8000 美元的画应经由他们售出，有个叫诺伊德勒的先生领导这场运动。丢朗·吕厄认为这样就将使美国美术家协会变成一个商业性机构，而且协会还拿不到佣金而必须自己出一大笔钱来作为教育性的展览费用。经销商们迫使重要的华盛顿特区政界友人通过一条法律：丢朗·吕厄在纽约不能出售绘画，除非他的船只进港时缴纳整船画的关税。如果他拒绝付税，每件作品必须退回法国，即使已有买主的，也要退回法国后再重新运到美国，照卖价纳税。这种局面令人无法忍耐。没有人会买一件可能需数月之久运回法国再运来的绘画，而且在来回装运过程中可能损坏；然后，还得付一笔关税。

丢朗·吕厄召集了一次美术家的集会，他们聚拢到他的画廊，围成一圈坐在观众用的长凳和硬椅上，抽烟，喝咖啡，听丢朗·吕厄讲事情的首尾。

"尽管如此，我们必须举办第二次画展。我们已经开始了。我们必须尽快推进。耽搁已经使我们失去协会预约的一个月时间了。不过国家设计学院将于春天接待我们。这不是个出售的好季节。我在第一次画展留下的钱够开销。我只在一个月的展出时间留在那里，把费用降到最低限度。"

"如果春天售出很少，我们能得些什么呢？"莫奈发问。

丢朗·吕厄的皮肤光滑的脸上又出现永恒的乐观主义者的光辉。

"我不指望春天。我在为未来谋划。到纽约，我将在那里物色一套公寓，把它变成一座画廊。我的两个儿子将负责管理。我们装船时不要画框，没有标价，这样只消付最低的关税。然后我们再装上画框，展出，售出，带回给你们每幅画售价的三分之二。"

"这样做行吗？"

"行。如果顺利的话。有支持我们的收藏家。如果我们有了足够的钱，我们要进入竞争者中间，成为另一个美国艺术画廊。我们可以在纽约出售，我向你们保证。也许需要几年，但我们都有生存的能力。"

卡米耶画得很好，只是慢一些，想在今年剩下的几个月中寻找出他的路子。早些时候，他完成了 4 幅油画，都是用很短的笔触画的，比修拉的点子稍长些。他运用谢弗里和鲁德的色彩理论以及修拉的理论：橘色的影子从明到暗；深黑色对比刺目的白色；淡的灰绿色画草地和树；淡粉红、紫罗兰和黄色画脸孔、衣服、河床，在从前的油画上从未见过如此纯真的色彩。他画巴津柯特的大草原和山丘。他带着画架穿越他喜爱的乡村，在一片片的草地、树林和耕地之间逡巡。他的解答对周围这一切是清楚的；他画的是埃拉尼风景的田园诗，不仅是这块地方的画像，而是时代的画像。他还像从前那样全身心地绘画，但作品产量大不如前。运用小笔触是一个费时费力的过程，是一种比较讲究的手法，而不像从前那样是出于直觉的自然感情的发挥。虽然他在颜料中掺进些微清漆以便快干，但这仍是一件麻烦的事——必须保证新点上去的颜料点不致撞上周围还未干的颜料点。

与此同时，丢朗·吕厄以每幅 60 美元的价格售出两张蓬图瓦兹和厄米塔兹的油画。卡米耶不想假充会计员，但当他把 1886 年从丢朗·吕厄拿到的进账加起来时，发现只有 640 美元。这个经销商 1880 年曾付给他 2000 美元；1881 年超过 2800 美元。又有两个孩子出生：柯柯特和保罗·埃米尔，而他每年的进账已减为 1880 年的三分之一，1881 年的四分之一！

他愤怒地向丢朗·吕厄大喊起来："莫奈红红火火，而我在挨饿。他就比我强得多吗？"他从前就嚷过这些话。他拒绝承认、也不想去记住：农田和农民对巴黎的收藏家不如莫奈的迷人的、光亮柔和的景物吸引人。

经销商咬咬牙，试图平息他的怒气。他再次回答说："莫奈是哗众取宠。圣拉扎尔火车站组画就是那样，他也吸引一部分崇拜者，他们喜欢去吉弗尼受到招待，买他的画。"

卡米耶常问自己："让朱莉怎么办呢？"他很清楚她的负担。她比从前干活更艰苦，需要有更多的蔬菜和家禽来喂他们的众多的儿女。她抱怨他不尽责是不公平的。告诉她，他工作也一样艰苦是没有用的。他曾尽量用爱、关心、奉献来培养他们。他们在埃拉尼是一个快乐的家庭，在一起作画，写他们有关小过失的故事，对他们的困难一笑置之。事实上，当母亲发火的时候，孩子们总是保护他们的父亲。

从他来到巴黎以绘画为职业已有 31 年了。他简直不能相信，混过这么长的时间，做出那么多的奉献之后，他还养不起一家人。

所幸孩子们还是心情愉快的。盘子里食物充足时，他们狼吞虎咽一扫光。餐量少的时候，他们有什么吃什么，吃完就跑出去玩耍。食物充足也好，少也好，他们从不说这说那。多亏朱莉在葛兰赛的艰苦的孩提时代就学会了种菜、种水果、养鸡养兔，她从早忙到晚，才能把他们养大。他对朱莉深为感激。

他在埃拉尼并不孤独。保罗·西涅克经常来访，像从前的吉约曼、塞尚和高更那样，同他一道作画。西涅克不仅是一名优秀画家，还是一位点彩派的卓越的理论家。他天生慷慨，又有兴旺的商人家庭做后盾，每次来都不空着手，常常送朱莉一只腌火腿、一盒糕点或一瓶勃艮第红葡萄酒。朱莉喜欢这个 23 岁的年轻人。卡米耶每次去巴黎卖新作的画或至少放在经销商那里展出，总要同修拉、西涅克、杜布瓦·皮耶、吕斯或年轻的美术评论家费利克斯·费奈隆（他写的文章很有利于点彩派）一道吃饭。他同那些聪明、纯洁的年轻人在一道非常快乐，这些年轻人重现了年轻时的他自己。但唯一的不足是，对卡米耶过到点彩派这边来曾兴高采烈的乔治·修拉不知道为什么经常情绪不高？

西涅克挠挠他的短髯。

"我的最可靠的猜测是修拉害怕失去对点彩派的全部掌握。他对点彩法是他发明的这一点非常敏感。现在看来他怕这种技术传播太快，跟从的人太多，会减弱它的影响。"他端详了一会儿卡米耶的面孔，判断他是个诚实君子，"我有一种感觉，他不需要门徒。"

"包括我？"卡米耶也弄不清这种年轻人的愚蠢想法是使他受了伤害还是只让他好笑。

"不！他崇拜你。他不害怕你取代他。因为他认为对你来说只是一个转变阶段。"

"修拉是对的。我并没有像他那样绑在木柱上，等待被烧。"

塞尚已在1886年4月同霍腾斯·菲凯结婚，他父亲也欢迎她和她的儿子保罗回到家中，家庭重归和睦。6个月后，老塞尚体面地死去。塞尚成了庄园的主人，在埃克斯郊外谢德波芳为自己造了一座舒适的画室，放置了他一生的绘画，既不需要展出也不需要出售。

天气变了。卡米耶得了伤风。出于无奈，他找到一家不出名的小经销商，提供了他近两年的作品。这家经销商开着一个狭小的、几乎不易使人们看到的铺面。

"我看你的绘画卖不出去。"他说，"它们太做作，也不够有趣。不管怎么说，你儿子费利克斯肖像画这一幅我可以付 12 美元，包括画框在内。"

卡米耶气得发抖。

"这么低不行。每幅 30 美元，如果 4 幅都要，可以每幅 20 美元。"

"不行。不过我对你早期印象派油画倒感兴趣。"

"什么都不要？"

他收拾起作品，走了出来。朱莉恼怒了。不管什么时候，他总带回家几个法郎……至少答应要给。

"我不能凭希望烧出汤来，要有肉和蒜。"

他耸了耸肩膀。

"事实是我经常追在经销商后面，不放过任何一次机会。我得侍候他们，为了一次约会，我得损失 5 天或 6 天时间。他们该到却未到：他们忘记了。你不知道我感到多么羞耻。人家怎么说我就得怎么听；荒谬的评论我只好忍着。只要有什么结果就好。可是，不，什么结果也没有。真叫人伤透了心。"

当他在巴黎的时候，他住在拉舍尔那里。她越来越衰弱了。阿尔弗雷德提供她医药和一名管家。卡米耶回来晚了，疲劳不堪，她为卡米耶弄一些热食。拉舍尔总是喜欢他来家。她害怕一个人孤独地死去。吕西安到巴黎时，也常来陪拉舍尔，拉舍尔有时把吕西安认作年轻时的卡米耶。

吕西安的木刻头一次被《画报月刊》选用时，他欣喜若狂。跑回家来，用稿费还了已欠了一个月的房租。朱莉有时也把他认作年轻时的卡米耶。她已经得出结论，也就是拉舍尔在30年前就说过的话："这是没指望的。还是找一个有工资的差事，像别人那样挣钱过活。"

所有的画廊似乎都要关门。卡米耶把他新近完成的《灰色天气》带给丢朗·吕厄。经销商和他不久前回画廊的儿子约瑟夫都不喜欢。他们不喜欢红屋顶和砖砌的房子，这些恰好是激起卡米耶画意的部分；也不喜欢画中的后院，而卡米耶正好认为它有特色。他疲劳不堪、两手空空地回到埃拉尼。几个年少的孩子正在骑卡龙先生的马，在地里玩，在埃普特河中洗澡。夜晚寂静，他们6个人围着餐室的长桌看书，讲故事，玩游戏。所有的孩子都会画画，这是他们的生活道路。他们是跟着一群画家长大的，每个画家教他们一点，还留给他们速写、水彩让他们贴在墙上。塞尚曾慷慨地把自己和霍腾斯的画像，以及一幅油画《酒市》送给卡米耶一家，都挂在起居室，与一幅克劳德·莫奈的《雪景》还有经常在他们家住的吉约曼和高更送的几幅画挂在一起。在餐室墙上，有一幅德加的《舞蹈者》和玛丽·卡萨特和西斯莱送的一些小油画。分散在各卧室的，是卡米耶的许多习作，大多数是彩色的，其间，点缀着修拉的或西涅克的一幅油画或素描，一幅德拉克洛瓦的油画是用他一幅最好的蓬图瓦兹风景交换来的。走廊的墙上，是卡米耶的蚀版画，还有德加、卡萨特和布拉克蒙的蚀版画。

卡米耶最近带着年轻的费利克斯、乔治和吕多维克旅行去参观卢浮宫。费利克斯评论道："我们有我们自己的博物馆。"

孩子们还把埃拉尼的屋子布置起来：乔治画各种各样的鸟；费利克斯喜欢啮齿动物，他把它们画在楼上的门上。柯柯特是5个精力旺盛的、顽皮的男孩子之外唯一的女孩子。卡米耶带她在田间散步，教给她自己的画中花、树等植物的名字。朱莉教她缝纫，还让她学会自己做玩具娃娃。晚饭后，洗净了碟子，柯柯特跟妈妈在煤油灯下坐着，男孩子们则在画有趣的漫画，谁也不做功课。安静的村庄，乡村，埃普特河，提供了无穷的乐趣。

谁也不理发。费利克斯的浓密的棕发朝前蓬松着，遮没了耳朵、肩头。吕多维克的发色较淡，中间分开，发卷围住了脸，像个女孩子。最小的保罗·埃米尔头发蓬乱。柯柯特有长长的发卷拖过肩膀。没有人说他们很美，但他们确实惹人喜爱，天生有自己的个性。乔治是吕西安下面最大的一个，出生时产钳造成的外伤始终未使他完全康复，因此常爱吵架、同别人作对。别人在他发脾气的时候，都赶紧跑开。

一次，他满脸怒色，气势汹汹，同朱莉吵架，因为他找不到事做，也不想去工作。他朝她叫嚷："你在这儿算什么？只是一个女用人；爸爸的情妇。"

朱莉脸孔一下子煞白。

后来，他又可怜巴巴地表示歉意："你不是一个用人。你是我的好妈妈，我爱你。"

其余的孩子，是一群吵吵闹闹的忙忙碌碌的小家伙，爱他们的父母，整天动个不停。卡米耶宠爱他们。

马克西米连·吕斯来为他们一家画速写：卡米耶戴着眼镜和贝雷帽；乔治在读一本书；柯柯特在缝纫，其余的男孩子在画画或懒散地闲荡。朱莉在做饭，未进入集体画，为了寻开心，她略带讽刺地评论说：

"总要有人来喂你们这些画家。不然，你们怎么会进了历史？"她斜瞥了卡米耶一眼，卡米耶正在通过眼镜的下端看他长得很宽的边髯，她说："我还能把菜做得更有味道些，只要有钱买芥末、白糖或黄油。我怎么不能生一个精明的买卖人？他会支持这个家的。"

举办第九次印象派画展是毫无希望了。卡米耶很苦恼，他曾在一开始相信，印象派的画展（大多数已失败，还糟蹋了钱）是一个不可摧毁的基础，在这基础之上，他们最终可以达到30年代巴比松画派的高度。为了补偿，他接近一个名叫勒斯温特的比利时组织的领导人奥大维·莫斯，该组织是一个高层集团，每年邀请若干外国画家去布鲁塞尔展出。修拉、西涅克、杜布瓦·皮耶也受到了邀请。据说，比利时人不像法国人那样对变化和新观念那么抵触。卡米耶从朱莉手里借来几幅油画。朱莉不喜欢他改变风格，但对他的《画家在埃拉尼的窗外景色》的点彩画还是很欣赏的。杜布瓦·皮耶建议他只送展新作。

"公众对两种手法会感到迷惑不解的。"

卡米耶不相信这点。对他来说，一种风格是从早先的风格中生长起来的，这是可以清楚地分辨出来的。但他为了同新朋友和谐相处，便同意了。

他被称为"浪漫主义的印象派"，反映出评论界的敌意加深了。"我不属于浪漫主义！"他对自己说，"我如果找不到一个能容我自由表现自己的技法，我就没有存在的理由了。"

虽然印象派集团还在新雅典咖啡馆经常碰头，但他们不再邀请他同他们在一起。使他惊讶的是，高更同德加成了亲近的朋友。高更经常去德加的画室看望，而卡米耶对德加的画室现在感到不舒服了。有人告诉拉法里（他曾两次参加印象派画展），卡米耶对老集团很恼火。卡米耶回答他说："看起来好像是我得罪了他们，其实只是因为我曾厚着脸皮去接受一个观念而他们不屑理睬。那些权威是固执的，难对付的。不过他们的确都是些天才！"

一次在咖啡馆，吉约曼走过来同他握手，并问他能否在星期四同他们一起吃饭。这是头一次他听见吃饭这个词。他口袋里只有6角钱，他当然不想为一顿他不受欢迎的午饭去猎取两个美元。

所以，他去了杜布瓦·皮耶的家。修拉、西涅克、费奈隆也在。那些人成了他的伙伴，取代了印象派。他对他们说，正如他曾对老伙伴所说的："我们会强大起来。"

他从巴黎写给他儿子的信说："我不相信，我亲爱的吕西安，为了求得理解，我必须长久地等待，像从前我最初出名那样等那么长时间……一次成功的画展，我们就会达到目的。"

但是，他脑后响起了一个小的争论的声音，以前从来没有过的："我是不是耽溺在幻想中了？"

丢朗·吕厄终于发慈悲接受了两幅小的点彩画，但抱怨说画的正面缺少实感。卡米耶解释说，这是在夜晚，他是借煤气灯的光亮画的，灯光把橘黄色的色调中性化了。经销商说以后等卖了点东西再付他钱。卡米耶不敢跟朱莉说，但写信告诉了吕西安："我在这里身无分文。解决办法难乎其难。即使我想回家，不借钱也不行。我情愿失去一些时间，现在白天已短，油画容易干燥，可是眼下的日子真难过啊。1887年新年卖不出价高的东西，人们如今只买些糖果做礼物，只消花费几个法郎，而且也便于赠送。"

他再次感到有吕西安这样一个知己是非常幸运的。再没有别人可以让他倾诉，而没有一个人能常年生活在自己头脑的樊笼之中而不让野兽逃逸出来。话都憋在心里，他就会成为一名囚徒。

杜布瓦·皮耶主动借给他几个美元。他回到埃拉尼，为布鲁塞尔画展又完成一幅画。他像牛套上轭，花了15天画一幅巴津柯特田野油画，他相信这幅画有许多进步，光线更好，尽管总因有许许多多彩色点使人感到有些怪。

他作了一幅圣马丁猪市的钢笔素描。画出来的人物就像有麻点的花岗岩像。这就是丢朗·吕厄曾经警告过的：生命跑掉了。他必须更加小心。

天气变坏，没法在户外工作。他完成了数幅点画，然后根据早期的习作画了两幅钢笔素描。他喜欢素描，希望能卖掉几幅，以便一家度过可怕的元月。

倒是丢朗·吕厄写信来说他卖了一幅早期的油画给歌剧演唱家富尔。吕西安又卖了一幅木刻给《画报月刊》，一张素描登在了《时尚》，使母亲的嘴唇露出微笑，那帮小家伙更是欢声震耳。遇到晴朗的天气，卡米耶把画架支在地上，注意力集中在眼前一条弯路，远处是小山丘。他已经调整了他的装备，只带最必需的少量颜料罐。

相交 30 年的老朋友的孤立和遗弃，开始侵蚀他天性中基本的东西，搞乱了他的判断。他看莫奈一年前完成的数幅油画，其中一幅，有明亮的太阳光，是用白色掺和宝石翠绿和黄色颜料的许多大斑点来表现的，他觉得无法理解，认为完全失败了。他又看他自己的《埃拉尼》，有一种宁静的味道，可使人看出利用了未经调和的色彩，看出明显的、坚实的画技。他毫不迟疑地向丢朗·吕厄指出这两幅画的不同之处，丢朗·吕厄回答说，莫奈为卡米耶感到可惜是因为他采用的手法不对。

修拉的母亲听说卡米耶没有钱买去巴黎的公共马车票后，她传话出来说想买一幅他的点画（一幅小尺寸的油画），大约值 20 美元的。

卡米耶为此很受感动。他送去一幅日落的小油画《秋天》，大约 16 英寸。

他给了朱莉 16 美元，留下 4 美元自用。于是他去见丢朗·吕厄要求他买他画室中的画，除了水粉画和素描，别的都可以。丢朗·吕厄沉默不语。他又去见另一位经销商。如果他能（即使做出牺牲）得到几千法郎，他也就能踏踏实实地工作一阵子了。他可以出售所有的画，除了已送给朱莉的，或他最喜爱的挂在餐室的油画。

他找不到一个感兴趣的人。

1886 年这一年似乎比哪一年都更长。到了 1887 年 1 月中旬，天气变坏，而吕西安带给他一个谣传说经销商珀蒂急于收购几幅他早期的作品。他近来已有悲观的想法，害怕莫奈或雷诺阿可能会同珀蒂联合起来反对他，但他随即告诫自己，并双手拍着脑袋：

"我怎么了？我怎么陷入如此绝望的境地以致诽谤起我的那些决不会伤害我的老朋友来了。"

他见到珀蒂，发现这个经销商没有多大吸引力。

他在金字塔街一家姓埃诺特的小经销商处留下一幅油画。他给保林大夫留下一个扇面，大夫说试着卖卖看。这位牙医还有个朋友也许要一幅值 60 美元的油画。阿罗沙兄弟已不见影了。米雷还在鲁昂的旅馆里，但已有了一整间印象派画廊了。卡米耶写信回家：

> 我设法找一条出路，但是每天法德打仗的威胁阻碍了所有的事情；尽管绘画是最佳的投资。

从布鲁塞尔的勒斯温特那边，卡米耶听说他受到一位比利时诗人在《现代生活》上的赞扬，但绘画未售出。比利时报纸把修拉的《大碗岛上的一天下午》称为丑恶的画。

面对四周的石墙，他决定只有一件事可做：出卖德加送给他的水粉画，那是属于他的珍藏，曾给他不断带来喜悦。这样做将是痛苦的，但德加的作品能卖得出去，这幅画能使他拿到 100 到 160 美元。德加会不高兴，但家里的负担将减轻。牺牲就像是最近新发明的火柴，永远不会用完。

他不再去看望印象派同伴，只除了玛丽·卡萨特。德加如此看不上点彩派，卡米耶不想送上去挨一通讽刺。高更已移住布列塔尼的波塔温，他在那里的寄宿学校领导一个画派。吉约曼同他的德国表妹（一位文学教授）结婚了，他同经销商克洛泽签订了合同，已不能自找买主了。高更、吉约曼在毕沙罗家里学习作画的那些日日夜夜，一去不复返了，就好像从来没有过似的。莫奈、雷诺阿和西斯莱忙于绘画，出售给珀蒂画廊。想到他同那些曾共同工作、成长、战斗过的同行完全切断的联系，他悲伤之至。连德·贝利奥大夫（曾于 2 月底写信给他）来看望他的时候，也说他不相信对色彩和光线的本质做科学的探索会无助于艺术；视觉的规律对艺术也无作用。卡米耶抗驳说："谢弗里和其他科学家的发现使他能细辨色彩和光亮。"对此，德·贝利奥大夫回答说："卡米耶总是本能地重视那些事情；其实艺术同科学是两回事。"他们俩各持己见，不欢而散，大夫连一幅小油画也未买。

卡米耶想给朱莉写信，但连 3 美分邮票也买不起。

毫无希望。

他把德加的画卖了 220 美元。

朱莉花几个法郎雇了一个农村姑娘帮她照顾 4 个小孩。这使她有个喘息的机会。自从 3 年前生下保罗·埃米尔以来，日益繁重的家务使她过于劳累了。但小女佣只待了几个星期。农村姑娘曾把自己的两个孩子托付给一个亲戚，此人事先不打招呼，就突然来到，把两个孩子放在毕沙罗家的门阶上。

3 月初，马奇·海曼售出 3 幅水彩。他付给卡米耶 12 美元，并说大概还可售出一幅大尺寸的树胶水彩画。卡米耶带着 3 幅点彩派的油画去到豪华的乔治·珀蒂画廊，画廊将于 5 月第一周办一个国际性的展销。莫奈和雷诺阿邀请珀蒂的委员会接纳卡米耶的作品。

"运气坏透了。"卡米耶对朱莉说，"要不是我牵扯进一笔生意，我就能留在埃拉尼，充分利用好天气和阳光了。"

"我们有活下去的办法，就是出太阳的好天气。"朱莉干巴巴地说。

为了珀蒂画展，他从最近的风景画中选出 5 幅装上框，衬上白底。3 月中，他遇到了刚从伦敦回来的泰奥多尔·迪雷，迪雷冲他喊："啊！你要去展出，可是你知道，你应当把这一次看作纯粹的商业活动。这是最乏味的背景。乏味！实在没有办法了，甚至左拉也得为几个小钱降低身份。我亲爱的朋友，我现在都不再写艺术评论文章了。报纸非常害怕不平庸、不乏味的文章。我在科涅克安静地生活倒是心满意足了。"

迪雷大模大样地走了。卡米耶自言自语道："你不需要钱的时候，'商业性'这个词有一种不同的味道。"

如果像迪雷所说，珀蒂画展有资产阶级价值观的气味，那么他看到他的新作"同那些获胜的印象派带头人的作品挂在一起"，也是一个不坏的经历。为了试验，他判断至少要有15幅油画。莫奈、雷诺阿、西斯莱、莫里索、拉法里、惠斯勒的作品都是按人集中挂置的，那么他的作品也不应该分散。当珀蒂为了讨好一位外国画家，把卡米耶的《埃拉尼平原》换下来，挂在一幅莫奈的较小的油画下面时，他很恼火。他顽强地交涉，画才得以重新挂好。

他深深地陷入一种不以为然的心情。莫奈的油画太缺乏光亮，洗浴者的身体好像在阴影中，太阳也一样。雷诺阿没有素描的天才，也失去了从前对美丽色彩的直觉。西斯莱很机敏、灵巧，但不真实。他喜欢惠斯勒的一些好速写。莫里索有一些出色的东西。新雕塑家罗丹*是一位伟大的艺术家，虽然有点矫揉造作。几名外国画家精得使人不能相信。

朱莉完全出乎意外地来到巴黎看珀蒂国际展览，事先不通知卡米耶。她独自一人从画廊穿过，浏览一遍未做评论。

在珀蒂的展览会上，他一幅也未售出，也没有挨骂，只是得到评论家于勒·德斯克洛佐的一些好话：

卡米耶·毕沙罗画了一块沐浴在阳光下的田地，其形式、色彩和反射，极妙地结合起来。这块田地比我们看到过的任何田地都更加田地。

正是在珀蒂的画廊里，卡米耶遇见了提奥**和文森特·梵高***。他曾听说这两兄弟，但从未谋面。提奥个子不高，隆鼻，细致修剪过的髭须，眉毛高耸，浓密的卷发梳得整整齐齐；眼神友好而严肃，皮肤白而平滑。他们兄弟俩是荷兰布拉邦特一位牧师的孩子。提奥受过良好教育，性情开朗，穿一件面料很好的黑色上衣，一个像牧师常用的高高的白领。他受过叔叔梵高的训练，成了一名艺术经销商。他叔叔梵高在阿姆斯特丹、伦敦和巴黎开设高皮尔画廊。

这兄弟俩终其一生都是极亲密的朋友，但俩人的特点再也不能更相左了。文森特来

---

* 奥古斯特·罗丹（1840—1917），法国雕塑家，采用现实主义创作方法，以丰富多样的绘画性手法塑造神态生动有力的艺术形象，对欧洲近代雕塑的发展有较大的影响。

** 提奥·梵高（1857—1891），即文森特·梵高的弟弟，开一家小画店，经常销售印象派绘画，在精神上、物质上全力支持其兄；兄弟死后合葬。

*** 文森特·梵高（1853—1890），荷兰画家，后期印象派代表人物，受印象派和日本浮世绘的影响，先用点彩法，后变为强烈而响亮的色调。

巴黎不久，是个脾气暴躁的传统观念挑战者。他一头红发，留着参差不齐的红胡子，穿粗料衣裳、方头靴。在感情冲动的时候，话说出来非常快。他曾在阿姆斯特丹他叔叔斯特里克牧师的指导下读拉丁文和神学，但不成功；他自愿去贫穷不堪的比利时的博里纳日煤矿区当福音传教士。在一次煤矿爆炸后，他贫病交加，要不是提奥的相救，几乎死去。他读了许许多多的世界文学名著，具有一个诗人和哲学家的头脑。他的绘画，被学院派讥评为头脑发热。他在海牙和布拉邦特和父母同住时画过几年，在提奥的坚持下来到了巴黎。

兄弟俩认识到善于画速写的文森特准备将其一生贡献给美术事业后，两个人达成了协议：提奥将以他作为前巴黎高皮尔画廊现名布索德－凡拉东画廊经理的薪水来支持文森特的生活；作为回报，文森特的所有作品都由提奥的画廊经销。

提奥是一位成功的经销商，在布索德－凡拉东的一楼高价出售易售的绘画。然而，他不大关心支持其画廊的那些大路货绘画；他的心在一楼和二楼中间夹层里的莫奈、德加、雷诺阿、西斯莱的作品身上，可惜展销未获成功。提奥在文森特头一天到巴黎即带他到蒙马特大道的夹层，让他看那些印象派绘画，文森特喊了起来："我是在疯人院吗？这样的色彩是怎么来的？"

如今，兄弟俩站在珀蒂画廊遇见卡米耶，提奥说："毕沙罗先生，我在丢朗·吕厄画廊见过您的作品，当然，也在印象派画展中见过。我不想侵犯丢朗·吕厄的全部……"

"他对我不是全部经销。"卡米耶打断他，"他不再买我的全部作品，也不再多展出我的作品。"

提奥热情地微笑。

"那么，如果您有什么作品愿意在我的夹层展出，就请带来。我尽我所能为您卖个好价钱。"

文森特说："毕沙罗先生，我能不能去您的画室，学习您的画？既学印象派的，又学点彩派的技法？"

"任何时候都行，我会到基索去迎候你的火车。"

卡米耶送去几幅他早期的风景画放在了提奥·梵高的布索德－凡拉东画廊。经销商去向收藏家兜售，引起他们一些兴趣但未成交。他并没有失望。朱莉欢迎文森特·梵高，他在她们家住了几天，睡在吕西安屋内的帆布床上。卡米耶介绍说："朱莉对每个人都很宽厚。"

的确，她对卡米耶一长串的穷画家朋友都殷勤招待。她感到文森特有点颓丧，似乎生活给了他不少磨难。然而他对孩子们非常温和，教他们画吃土豆的德国人，给他们讲布拉邦特和博里纳日的故事。

提奥·梵高很快实现了他的诺言，卖出一幅树胶水彩画，卡米耶模糊地记得卖给一个名叫内拉东的年轻人。卡米耶非常高兴，大声说道："我真他妈的幸运。那幅树胶水彩卖了 60 美元。'不幸夫人'那个恶魔哪里去了？会不会她忘了我了？"

暮春好天气，卡米耶带文森特去埃拉尼周围的田野，谈论着自然的赋予，画题的寻找，新耕过并已栽种的牧草地和麦地，小山群的斜坡，田间保护田埂的小灌木丛，盛开的桃花和梨花。他们看到延伸到小山丘脚下河岸的菜园各种色彩的变化，头顶上，在蓝天的穹盖里，白云在轻快地跳动。

"你所说的都是真实的。"文森特宣称，"你必定是大胆地夸张了色彩所产生的既和谐又不和谐的效果。"

在夜晚，他们轻松愉快地探讨美术理论，谈论没有美术的庸俗生活，以及欧洲的政局。

卡米耶激励文森特，如同柯罗曾锤炼他自己那样，使他避免外界的影响，发掘自己的本性和表现手法。当他们并肩作画时，卡米耶很快发现，他不需要教这个 34 岁的文森特绘画基本功，只需加一点："镜中反映出的现实，如果能捕捉到，就是一幅画，比照相一点不多一点不少。"

卡米耶审视文森特的作品，朝他的留着短髭的红脸和炽热的眼睛锐利地瞥了一眼，然后建议道："我不认为巴黎是最适合你的地方。你已经在巴黎吸收了印象派的技法。给你自己找一处乡村。你会造就你自己。"

文森特回到巴黎的第二天，就到画廊去请提奥把他的钢笔素描拿给卡米耶看，提奥问："毕沙罗对你的《播种者》说了什么了吗？我看重他的意见。"

丢朗·吕厄把卡米耶找了去，质问他道："你给提奥·梵高的布索德－凡拉东画廊什么东西了吗？"

"是的，我给了。"

"你决不应该把画给那种人。"经销商反驳道，"把那些画带给我。让梵高拿着那些画对我的买卖不利。"

"可是，丢朗·吕厄先生，你不能售出我的全部作品。我绝对地需要用钱。提奥·梵高是位正人君子，是一位有奉献精神的经销商。"

丢朗·吕厄脸红了。他镇静下来，说："你是对的。梵高的确是那样的人。"

卡米耶在珀蒂遇见梵高兄弟的同时，还经介绍认识了戏剧评论家、小说家奥克塔夫·米尔博，他曾是一位印象派的严厉贬损者。他还是反犹太出版物《鬼脸》中恶毒的《犹太剧院》一文的作者。使卡米耶大为惊讶的是，他读了米尔博于 1887 年 5 月间在《吉尔布拉斯》发表的两篇论文，讲到卡米耶在乔治·珀蒂画展中的 8 幅绘画时，说，重要的不在技法特殊，而是手法的完美，以及它所激起的感情。

接下来几个月，卡米耶知道了许多有关奥克塔夫·米尔博的事，包括他的彻底转向，开始受"独立者"绘画的吸引，并抛弃了他的宗教偏见。米尔博 37 岁，比卡米耶年轻 20 岁，有一张圆圆的脸，向上弯的眉毛和髭须，使卡米耶想起弗里茨·梅尔比。他的棕色头发局部微秃。他的高耸的白领碰着了颔骨。这是一张坚强的脸，并有聪明睿智的眼神。卡米耶对他说："我非常高兴你现在成为一名同情我们的保护人了。你给我包扎了许多伤口。缓解了许多痛苦。"

米尔博的洁净无瑕的脸上绽开了含有悲意的微笑："我自己感到有些悔恨。"

波蒂埃售出一幅蓬图瓦兹风景画卖了 50 美元。5 月，卡米耶以中等价格售出 4 幅树胶水彩画。他开始画一幅 21 英寸 ×18 英寸的油画，用镉红、白色和宝石翠绿的点彩。他开始在阴天作画，出太阳以后则无法继续下去。加之过了 5 天，由于用错了绿色点子，画布已变成黑色的了。为了安慰自己，他画了 4 幅树胶水彩。然后开始一幅较大的村庄油画。画面是有生气的春天景色，进展顺利。他对孩子们说："如果我没有那么些要担心的事，画很快自己就画好了。"

15 岁的乔治说："闭上你的眼睛。你就见不到麻烦事了。你的手就会摸着黑画画。"

1887 年 7 月中旬，他从家用中拿出一美元，以便买去巴黎的来回火车票。他还完成了一幅采撷香豌豆的大尺寸树胶水彩画。巴士底日 *，他在家干坐着，身无分文。距离他问"不幸夫人"是否已忘记他，只有数月。阿尔弗雷德主动为吕西安找了一份差事，其条件是：即使吕西安有机会展出他的画，也要留在公司里，不得辞职。朱莉坚持阿尔弗雷德是对的，她对吕西安不专心做事以致被解职，早已感到苦恼。吕西安对他伯伯说："我愿意接受一个商业职位只因为眼下我需要一些钱。但是我要强调，我不想成为一个店员。我认为，放弃我的展出计划是短视的举动。这将使我的未来受到损害。"

朱莉说服了他。吕西安在一家印刷公司找到一件差事，每天工资不到 3 法郎。他在巴黎住姨妈费利西家。

他们把一些不值钱的财物拿到巴黎市立当铺去当，当来的钱每月计算利息。当铺不收画，因无法计价，所以他们一件一件地放弃了卡米耶的手表，朱莉从她母亲那儿得来的项链，几件银餐具、铜水壶，卡米耶的一套较新的衣服和大衣，几本皮面的书。每月需付的利息虽仅几个法郎但也难以应付，以致当铺不肯再收他们的东西。卡米耶不再进城去办事。朱莉说："也许我能干得比你好些。你上回去什么也没有卖出去。"她稳稳当当地站在餐室地上说。

卡米耶被说服了。第二天，他同乔治把朱莉送到车站，把两个鼓鼓囊囊的公文包搁在她身旁的座上。她带着柯柯特做伴。

她住在她妹妹家，两天后回来了。来到巴黎的米雷对她说，卡米耶迷失方向了，人们谈话中提到他时，都嘲笑他。其他人也感到悲观，认为卡米耶因为错误地追求点彩画而落伍了。朱莉不仅两手空空回来，而且精神沮丧，骂他自私自利，不顾别人。

---

*·7 月 14 日，法国国庆日。1789 年 7 月 14 日，法国革命群众攻克巴士底监狱。

爱弥尔·左拉名气大升，从前，1878年，他只能在巴黎25英里外买一座农舍。"躲进青翠的小巢，"他写道，"用一长列树木来同麦兰小村庄分隔开来。"不久前，他盖了一座房子，比先头的那座大许多倍，有一个大花园，一间大书房能俯瞰塞纳河。他目前已是全国最出名、最富有的小说家。他继续举办星期四社交晚会，招待当代的文学界人物如福楼拜、居伊·德·莫泊桑、J.K.于伊斯芒斯、德·龚古尔兄弟，以及年轻一些的有上进心的人。毕沙罗夫妇很少出席，去一趟很麻烦。他们不常有车票钱。但两家仍很友好。

朱莉冒着7月酷暑，在两个火车站之间走了很长的路，去麦兰借一小笔钱。她到了那里已精疲力竭，但女用人拒绝让她进屋。亚历山德林拒绝见她，说是事先未写信来。她在门阶上转回身，感到被压垮了。她所想到的是她曾把左拉夫人非常想要的母兔送给了她。她感到丢脸，使人伤痕累累的贫穷还不肯结束。

朱莉的失败，在她摇摇晃晃的生活之桶的底上又凿了个洞。她写信给和卡米耶同住在巴黎的吕西安：

我们怎么办一家8口人每天都得喂到了午饭时间我不能对他们说等着这句蠢话你爸爸说了又说说了又说能用的东西都用光了我只好丢开不管了我实在没办法了更坏的是我没有勇气了我已决定把3个男孩送去巴黎然后带2个小的走到河边去以后的事你们会想得出每个人都会认为是件事故不过我准备要去又缺少勇气我为什么在这最后时刻这么胆小我可怜的儿子我怕让你伤心我怕你悔恨我可怜的吕西安我太不幸了再见吧我还会见你吗天啊

吕西安吓得半死，把卡米耶喊到拉舍尔家一间屋子里关上了门把信交给他。卡米耶开始读，当他读到自杀的威胁时，瘫倒在桃花心木的椅子中。

卡米耶被压倒了。

他双手捂脸哭泣起来。吕西安吓坏了，自从13年前米奈特死后，他从未见过他父亲哭泣。他抱住他父亲的肩膀，嘶哑着喉咙说："不要哭，爸爸。"

卡米耶抬起满是泪痕的脸。

"吕西安，我们必须把我们一家都拢在一起。有些人比我们还穷。"

他颤抖，浑身难受。头脑因悔恨、自责、渴望、恐惧而火烧火燎。朱莉真的会带着柯柯特和保罗·埃米尔自杀吗？一个6岁的女儿、一个3岁的儿子？恐怖不断在脑中翻滚。那会毁掉他和留下的4个孩子。要是真的发现她死在河里，他也会死的。那就不会再有生活或工作了。一切都将悲剧性地一场空。

回家的旅程显得太长太远。当他奔进屋子，跑过房间进入厨房时，发现朱莉正在无可奈何地削土豆。谢天谢地！他拥抱住她，因宽心而哭了，断断续续地说他是如何地爱她、需要她。她替他擦去眼泪，要他放心，她决不会再这么想不开要去自杀。她给了他一杯咖啡，他拿上咖啡跌跌撞撞地到隔壁餐室，瘫倒在一把椅子上。从开着的门他可以听见吕西安在厨房里说："妈妈，要是你们俩都绝望了，什么都完了。"

那就是结束作为点彩派的开始，尽管他被折磨了几个月才找到了回头的路。他向他儿子吐露："我不断地设想不用点彩画画的几种方法。我希望找到办法，但我至今还解决不了不用刺目的光来分开纯真的色调。一个人怎么能把彩点的纯真和朴素同我们印象派绘画的充实和流畅结合到一起？点是瘦小的，缺少躯体，精致，然而更单调些，修拉也这样——特别是修拉。"

给他添麻烦的是，由于点彩法使视力高度集中于成千上万个小点，使他得了严重的眼疲劳。他去看加谢大夫推荐的医生。帕朗托大夫的诊室设在一座中等公寓，是他住所的前屋。卡米耶见到了讲究的家具和新添的盥洗盆；木架上有不少书，最上层放着赫姆霍尔兹的《眼科学》；一盏可调节的煤气灯。帕朗托大夫裹着一件未扣扣的、长及膝盖的白色外衣。他让卡米耶坐到一张像理发馆里那种可升降的椅子上，用一台有亮灯的放大镜检查他的眼睛，然后用一台新近发明的眼压计来量他的眼压，并检查了有无青光眼。

"你的右眼的泪腺发炎。"他最后宣布道，"我给你一些药丸，你要多休息，大概你用眼过度。"

接近1887年9月，提奥·梵高售出了《摘香豌豆》，在这幅画中，他是把彩点拉长成细小的笔触，使采撷者的活生生的动作更好地表现。这一笔交易把他从水深火热之中救了出来。

10月间，连下了一周的雨，天气阴冷。他正在朝笔刷画法转回来，但每幅画都费了很长时间。

他在米雷处吃午饭。雷诺阿一家坐同一节火车来。米雷说："你现在清楚知道了，点是没有用的。"雷诺阿加了一句："你放弃了点，但你无须承认是错误。"

卡米耶回到家，详细审视他的点彩画。经过一场灵魂深处的思索后，他朝着无反应的墙说道："点彩法把生命和动作从画布上拿开了。丢朗·吕厄从一开始就是对的：这不是静物，这是死物。"

他能不能走出死胡同，回到他最佳的表现手法？他是否学到了任何有关颜料的用法，能使他的新油画更美？对于使用颜料的科学探索，是否意味着他丧失了同自然的交流，丧失了他感觉世上的生命的最丰富的源泉？他能否修改一些油画，把其余的扔掉？

他是否走了 30 个月的弯路？

他还只有 57 岁。他还感到强健、有信心。还有许多年可以有更深的体会并把那些体会放入绘画。

他能做到吗？

Chapter 13

辉煌初现

提奥·梵高回了一次荷兰。卡米耶送他，他对卡米耶说："你的鲁昂系列已几乎售光了。这位收藏家很喜欢它，可惜他不富。"

卡米耶叹了一口气："总是身无分文的人倒更有些眼光。"

提奥·梵高一只手按在卡米耶肩上："你的蚀版画很有意境。有个搞评论的老人把我们骂得狗血喷头，并预言我们要完蛋了。他就想把你撕碎。可是所有那些以复兴艺术为己任的报纸用连发子弹回答了他。他们热情地支持你。"

卡米耶还为吕西安的木刻常被接受而感激报纸。他再次去培勒蒂尔路，丢朗·吕厄以一种勉为其难的表情在那里审看卡米耶最近的一组树胶水彩画。

"我不喜欢这幅《有母牛的风景》。色太黄，没有诗意。大自然不是如你所夸张的那样。这幅《采药草的孩子们》，那个低头弯腰的姑娘表现得不够充分，她的身体的韵味感觉不出来。我喜欢《两个站着的女孩》。"

卡米耶似乎感到挨了一鞭。

"我们艺术家难道不懂绘画？"

丢朗·吕厄沉重地落进他的皮椅。

"你是在说我像一个商人，在有意贬低想买的商品，以便得个好价钱吗？"

卡米耶发觉对方受到伤害了。

"绝对不是，丢朗·吕厄先生。不过你说的，对我来说，恰好是与去年在纽约国家设计学院展出的那些树胶水彩和油画同样的东西。那些还是你的成功展出。"

丢朗·吕厄不耐烦地说："不管它们吧。我尽力去出售。收藏家口味也不同。"

经销商挂心的是他的纽约画廊的开张。卡米耶把五六幅他新近完成的油画送到提奥·梵高那里，后者非常喜欢它们的生动色彩和交错的笔触。提奥把它们挂在夹层里，摆得很醒目，但一幅未售出。理由之一是克劳德·莫奈的作品的出现，把其余人置于阴影之中了。

"收藏家同社会其他任何组成部分一样，都有自己一时的爱好。"提奥解释说，"这一阵也许是海弗马戏团的某个空中飞人演员吃香，过一阵也许又是法兰西喜剧院的某个女明星吃香了。全巴黎今天都在谈莫奈，谁又能说明天怎么样呢？"

莫奈的油画在美国卖到每幅 800 美元至 1200 美元。德加说莫奈除了创造些美丽的装饰品外什么都不是。评论家费奈隆认为那些油画比以前粗糙得多。雷诺阿认为它们退步了。丢朗·吕厄也说它们质量低劣，卡米耶怀疑他之所以有这个判断，乃是因为莫奈把这些画都拿到提奥·梵高处去出售了。

　　莫奈把吉弗尼的房子扩大了，现已足够使他自己的两个孩子和霍希蒂夫人的5个孩子住得舒舒服服。他们雇了一对夫妇做饭、洗衣；3个花匠来管一个大花园。

　　3个星期后，卡米耶坐火车到巴黎，从火车站走到布索德－凡拉东画廊。提奥·梵高热情地接待他。他们走到夹层时，卡米耶见他的全部画仍都挂在墙上。

　　"还是卖不出去吗？"他问，垂头丧气。

　　"现在还没有卖出。有个人对《巴津柯特风光》感兴趣，一个名叫迪皮伊的新收藏家。他答允年底前付我80美元。"

　　卡米耶结结巴巴地说："我不想使你为难，不过，你有两幅实际上出售了，你能不能预付我200美元？我的生活确实难以为继。"

　　提奥脸色发白。他知道他不是个好买卖人，他只是对印象派有副热心肠。布索德－凡拉东画廊的夹层里有没有使人憎恶的油画无所谓，他们还允许他在那里展览，反正画廊能卖出莫奈的画。

　　"我去拿给你。"他果断地说。

　　这位荷兰经销商为卡米耶的《鲁昂》付了价。11月，《巴津柯特风光》被迪皮伊买去，卡米耶拿到80美元卖价中的60美元。提奥实现了一个奇迹，他不让布索德－凡拉东画廊从中扣除已预付的款。卡米耶很感激。1888年年底，吕西安25岁了，乔治17岁，费利克斯14岁，谁都没有挣钱。吕多维克·罗道尔夫10岁，柯柯特7岁，保罗·埃米尔4岁，养家的费用呈几何级数上升。

　　从阿尔（文森特·梵高在那边寻找自己的乡村）传来不幸消息。由于工作劳累，法国南部海岸的普罗旺斯凛冽北风的劲吹，以及同住的保罗·高更的刺激，文森特患了癫痫病，他拿着一把打开的剃须刀追逐高更，后来又用它割掉了自己的右耳，声称这是为了不再听到折磨人的声音。提奥·梵高被吓坏了，立刻动身去阿尔，发现文森特正在当地医院费利克斯·雷伊大夫的诊治下逐渐康复。提奥在唐居伊老爹那里租得一个小地方，展出文森特的几幅扣人心弦的油画，但唐居伊的顾客们认为它们像恶魔，甚至《向日葵》《黄屋子》也一样。卡米耶对这些画印象极深。

　　他继续每月两次去巴黎见经销商，要是兜里还有几个法郎，就去里什咖啡馆参加星期四晚的聚餐，那里越来越成为巴黎的记者、评论家、作家的出名的聚会场所。常去的有：泰奥多尔·迪雷，奥克塔夫·米尔博，斯蒂芬·马拉梅，居斯塔夫·热弗鲁瓦。有时候，某位印象派画家也在那个烟草味、啤酒沫、咖啡和友谊交织的愉快的烟雾中参加每周一次吵吵嚷嚷、热热闹闹的争论和知识分子肆无忌惮的高谈阔论。卡米耶曾带乔治和费利克斯跟他一道去，14岁的费利克斯听不懂妙语连珠，竟睡着了。

　　他们住在拉舍尔那里。拉舍尔欢迎他们去。她有一些感伤：她不肯接受头一个儿媳朱莉；而第二个儿媳玛丽不喜欢她。

　　到了 1889 年，画家们的聚会停止了。保罗·塞尚现在已是埃克斯的谢德波芳美术学院的院长，同妻子、母亲、姊妹过着适合他的隐居的生活。莫奈在南方画克勒兹山谷的组画。埃德加·德加像塞尚一样在巴黎隐居，他变得越来越性情暴躁，也许是一只眼失明的缘故。保罗·高更已经身无分文地从马提尼岛*回来，因患了痢疾割了一段肠子。他在布列塔尼的阿旺桥画了几幅成功的画。受到他从前交易所的朋友舒凡·奈克的支持。阿尔弗雷德·西斯莱已迁往莫雷的一个小村庄。他通过珀蒂已售出不少画足够他继续作画，妻子儿女有得饭吃。玛丽·卡萨特仍同德加住在一起，画母亲同孩子的亲切的富于生命力的肖像画；画年轻妇女们在缝纫、沐浴；创造出鲜明的水彩画。尽管卡萨特管德加叫"我最亲爱的朋友"，但她不怎么常去他的画室；当卡米耶见他们在一起时，他感觉到他们之间有一点紧张。

　　贝特·莫里索画技更加成熟，但卡米耶认为也如同玛丽·卡萨特陷入那样"女人气"，她经常画年轻姑娘的肖像画，穿着红袍子，身旁有只天鹅或一只狗、一只篮子。她、她丈夫欧仁和女儿朱莉在靠近梅兹的一座乡间房屋度夏。阿曼德·吉约曼估计仍在政府部门工作，把每一个富余的苏都去赌巴黎轮盘赌。

　　奥古斯特·雷诺阿也在巴黎，但很少走动。他最近一次展览失败了。当卡米耶在拉舍尔的公寓附近的大街上遇见他时，他戴一顶草色圆帽，围着一条围了几圈的白围巾；髭须变黄，蓬松的短髯更近盐色而非胡椒粉色。他面颊红润，眼神憔悴。他滔滔不绝地大讲他的伤心事。他说："每一个人，丢朗·吕厄和所有的从前的经销商都攻击我。我不再画任何肖像画了。他们痛惜我已走完了浪漫主义阶段。我已变得过分敏感。他们说我在模仿安格尔……"

　　卡米耶从未原谅雷诺阿的反犹攻击，但他对不被允许改变个人技法的两难问题能充分理解。这个人的表情又是如此悲伤，因此他请雷诺阿在里什咖啡馆喝了一杯咖啡。多时不见，这时也无暇去唠叨往事了；当然，要唠叨几句还是可以的。

　　喝咖啡时，他对雷诺阿说："我们每一个人都在寻找能创造出人物实体同劳动环境和谐一致的统一性。你在这方面有所成就，只有德加的画在这点上能同你相比。要是评论家都会画，他们去画好了，但那是一种天才。我们也许有重大失误，但是我们的天性和自身的价值要求我们更加勤奋，更艺术地前进。"

　　雷诺阿"砰"的一声，把拳头击在了大理石面的圆桌上，使杯子在碟上蹦了一下，他凝望着溅出杯外的咖啡，把它重新弄到杯中去，羞愧地抬起头来："我还欠你一次道歉。"

　　卡米耶发现展出机会不缺，但一幅未能售出。1 月，他有 7 幅油画和 22 幅蚀版画在

―――――――――

* 属拉丁美洲。

丢朗·吕厄的画廊里同其他画家共同展出。2月初，他往布鲁塞尔的勒斯温特送去10幅油画和一些速写画，后来又将12幅鲁昂水彩画放在一家小经销商处。一位美国旅游客建议240美元买走那套组画，折合每幅16美元，卡米耶接受了。此外，他须画一张自画像（尽管只是一张速写），给这个买主。他把钱给了朱莉，只把零碎的法郎留下来印他的版画的样张。杂志出版人通常不给蚀版画较多的稿费，他们以及收藏家们喜欢等待拍卖，那就可以以每张60到80美元的价格买到杰出的版画。

丢朗·吕厄在4月份又试办了一次集体展览，卡米耶得到60美元，这是这位经销商1889年所付给他的全部款数。

拉舍尔已是94岁高龄，大部分时间卧床，或痛苦地四处蹒跚，穿一件厚厚的长袍，戴一顶紧紧箍在头上的羊毛帽。阿尔弗雷德患了一种时好时发的病痛，医生也说不上是什么病，他仍雇了一名仆人照顾拉舍尔。

一天下午，卡米耶来到拉舍尔的床前看望她，她的眼睁得很大但已不能看人；嘴也张着；又瘦又白的脸孔好像是一副死亡的面具。卡米耶大惊。他一只手放在她额上，另一只手去摸她手腕的脉，还有脉。他找来女用人，要她准备一碗肉汤，然后轻柔地摩擦拉舍尔的前额和双手。肉汤煮好后，他慢慢地喂拉舍尔喝。她看来有了点力气。

他坐在一把椅子上对着她，作一幅他最初进屋时他母亲的素描，当时她床前有巨大的床幔，一条厚厚的床毯裹着她，小桌上燃着蜡烛，还有一个圆柱体的茶叶罐。从客厅搬来的一张桃花心木圈椅放在桌前。当他痛苦地画着素描时，一种愤怒的感情攫住了他。他想到儿时的图景，他所出生的赤道小岛；在夏洛特·阿马利亚湾煦暖的海水中嬉戏；环绕这座小城市的树林；德罗宁仁斯－盖德街杂货零售商店楼上的舒适的家；由于她的坚持，他很早就进了私立学校；她忍受牺牲把他送到帕西的寄宿学校读高中。作为持家谨严的女人，拉舍尔对孩子们倒是非常宠爱的，男孩子们可以自由自在地在岛上跑来跑去。

他有两次伤了她的心。然而他认为这两次都是对他自己的生活道路至关重要的。第一次，22岁那年，出于本性的驱使，他决心成为画家，偷偷地跟着弗里茨·梅尔比离开圣托马斯岛去加拉加斯学画一年多。6年以后，爱上了他家信天主教的女用人，使她怀了孕，同她一起搬到了大卫·雅各布森的小画室，成了一个家。他心中怀着悔恨想道："也许到时候妈妈会仍旧把我看作一个不切实际的画家，但她绝无可能原谅我娶了朱莉做妻子。"

"原谅我吧，妈妈。"他嗫嚅道，"原谅我造成的痛苦。"

4月间，一次严重的发炎，使他的右眼肿大、疼痛。帕朗托大夫宣称是泪管发炎造成肿大。

"你想不想知道为什么是你的右眼而不是左眼？因为你是一个右手画家。所以你的右眼是起支配作用的、调节焦距的眼睛。看着画布、握着画刷、准备调色的时候，你一定是眯起左眼，所以，右眼用得多，容易得病。"

他探查了泪管，解释道，眼泪从眼腺沿着两条细小的通道滴入一个小囊，这个小囊是在鼻子里由骨质组织包围着。泪滴如果不能适当地处理掉，就会积聚。

帕朗托大夫说："我要使你的鼻内骨质组织自己恢复。但必须注意避免吹风和灰尘。"

卡米耶心烦意乱。

"对一个画家来说太难了，他必须面对自然环境。"

炎症消退，卡米耶又去田野，直到春天带来了狂风，风中夹着种子、花粉和尘土。5月中，他再次眼鼻肿大，非常痛苦。他的右眼几乎流泪不止。帕朗托大夫感到不安。

"你现在又受到感染了。"

他微微捅开把下面的泪管通到总泪管的通道，清除了堵塞物，眼上搁一块眼罩，用绷带从头顶上缠下来绑好。

"你也可能丧失一些景深观测力。我们主要关心的是不要形成脓肿。"

"那么我就要试着用一只眼睛工作了。德加就这么做，结果很好。"

绑着绷带的可怕样子刚使一家人习惯下来，他就买了一副眼镜，乘着5月的温暖明媚天气又外出作画。由于画布只是平面而非立体的，缺了右眼的视力并无明显影响。他完成了一幅油画《小径》，放在画架上，拿出一幅早些时候画的同样题材的油画，他喊了起来："毫无疑问！我分不出任何差别。"

两周后，他去掉了绷带。这些日子里，他睡觉时也绑着，严格地躲开刮风的天气，戴着保护性的眼镜。

拉舍尔于5月末平静地解脱了风风雨雨的一生，距弗雷德里克·毕沙罗去世已有24年。卡米耶和阿尔弗雷德都未及送终。举行了葬礼后，拉舍尔被安葬在拉雪兹神父公墓内家族墓地她丈夫的墓旁。家中空出了房间足可容卡米耶、朱莉和孩子们以及阿尔弗雷德、玛丽和两个儿子住的。埃斯特·艾萨克森从伦敦赶来墓地参加简短的安葬仪式。吕西安随同卡米耶参加。阿尔弗雷德是一个人来的。葬礼结束后，阿尔弗雷德邀请卡米耶、吕西安和埃斯特·艾萨克森去他家。玛丽为他们送上了咖啡。

拉舍尔从她日益减少的存款中给卡米耶每月16美元的津贴曾在不少的岁月中给了他很大帮助。她看不起他成为一名画家。她不懂加谢大夫和德·贝利奥大夫为什么肯接受她儿子的画以抵偿医药费；对她儿子某些时候获得成功也无动于衷。她认为大多数人的命运都如此。她从不知道有这样的法典，说一个人活在世上必定快乐。拉舍尔有过的快乐总要比悲伤多。在她的一生中，他曾是一个无法解决的两难问题。他曾被她驱赶出来。

他们在一种痛苦的状况下互相爱过。无法隐藏的不同意愿造成了撞击。拉舍尔尽管神经系统屡受严重的刺激，即使不喜欢他的妻子、他所选择的职业，但对他仍保留着爱。母子关系是割不断的，但在活着的时候，在琐碎细事中，未必总能显示出来。如今她已远去，他感到了空寂，好像大地的一部分没入了海中。多关心一些，多陪伴一些，多爱一些，都已太晚了。每一代人都会痛惜不可挽回的损失。

➳

生活在继续。

莫奈和罗丹在珀蒂画廊举办了一次回顾展，以展示他们的作品从 1864 到 1889 年是如何创始和发展的。卡米耶去看了展出。他仍不能接受莫奈使物体在耀眼的光亮中出现的观念，总感到不对劲，同他从前跟从点彩派的错误一样。他在巴黎有一段空闲时间，便去殉道者大街 8 号《社会主义评论》杂志社，参加艺术家社交俱乐部每周一次在那里召开的关于法国政治和经济局势的讨论。他在那里结识了属于自由派的作家阿道夫·塔巴朗、法国著名妇女激进派路易丝·米歇尔、雕塑家奥古斯特·罗丹（受米开朗基罗在佛罗伦萨和罗马的作品的鼓舞，以自己的努力，使雕塑又成为一种主要的艺术）、《愤慨》的编辑让·格拉夫，他们都认为需要采取严厉措施来纠正腐败的司法制度中的不公正现象，纠正使工人阶级处于失业、饥饿、寒冷、患病、绝望边缘的经济体系。他作为思想温和分子，反对报纸杂志上提出来的用武力推翻政府、推翻工业统治集团的主张。他知道，任何起义都将导致可怕的暴力对抗。

他去格里奈尔大街参观一次有趣的画展，包括一些新画家如图卢兹 - 劳特累克 *、安桂廷，有一幅由海辛提·波吉尔画的惊人的画，用稻草和涂清漆的木框作画框。吕西安的《路》挂在修拉和西涅克的画的当中，形成尖锐的、试验性的对比。

鉴于帕朗托大夫曾建议他避免夏季的强烈日光，卡米耶在能俯瞰朱莉的菜园的画室中一张从基索买来的二手货桌子上从事平版画。他用锌和铜作底版，使用拒酸的蜡、沥青、树胶胶粘剂、沥青混合料。他喜欢化学物质咬蚀金属产生的气味，只可惜没有德加的有罩的、有红漆轮辐的转轮印刷机，否则他就可以自己印刷了。他把朱莉的厨房里的洗菜池当洗酸盆。她一抱怨，他就说："总比瓦莱梅尔那时食品里掺着松节油味好些。"

他拿一些蚀版画到丢朗·吕厄画廊的刻版协会。根据尺寸大小、质量和印刷的张数，标价从 3 至 28 美元不等。尽管标价这么低，也只售出很少几张。

---

* 亨利·图卢兹 - 劳特累克（1864—1901），法国画家，受德加影响，并吸收日本浮世绘技法，自成一格。

他失去了同老伙伴的来往，但他同子女之间逐渐发展起来的亲近和团结，成了新的补偿。他为他们搜集来速写本、钢笔、铅笔、蜡笔、水彩。有爸爸在鼓励他们，为他们修改线条，调整透视，重新安排花园、果园和河流的构架，他们的画更有创造性、想象力了。

一门艺术家！这是他所希望的，现在实现了。

他同几个男孩子创办了一份名叫《木偶戏》的杂志，是一套连续的幽默速写画，嘲讽家庭中的日常生活，以及他们经常遇到的危机状态。屋子里什么都瞒不住，所有的吵架、冲突，每个人都听得见。卡米耶教会孩子们嘲笑所遇的困难；现在，年轻人在讽刺父母亲的口角和偏执。他们学习有杜米埃作插图的谢弗里的《漫画史》。他们非常喜欢这本书，常为准确、逼真的夸张而大叫大笑：一个长鼻子，一张扭曲的嘴，一个奇形怪状的脑袋像拿破仑三世的"梨形头"。朱莉感到生活里没有一刻的安静。可是她要是朝她丈夫嚷嚷，又难免让孩子们极高兴地把这一幕画进《木偶戏》。

卡米耶拿出素描来投稿，并设计装帧。乔治把每月的投稿集拢成册，用屋里能找到的最漂亮的布头做封面。他们的努力成果是一种补救办法：自己做主的自豪感替代了家庭困难生活产生的受罪感。

吕西安有一幅木刻刊登在英国刊物《罗盘》上，这使他能进入手工艺学徒的威廉·莫里斯组织。乔治这只17岁的暴风雨中的海燕，制造的混乱比其他几个孩子加在一起还要多，现已完成了在埃拉尼的学习。他干什么好呢？

"他逐渐有一种设计的才能。"卡米耶说，"他木刻很行。他可以，比如说，制作特殊的家具。"

"在巴黎有这样的学校吗？"朱莉问。

"伦敦有托因比学校，威廉·莫里斯的门徒在经管。他们教年轻人设计、制造家具，漆有色玻璃窗，制造地毯、墙纸和所有能把过分矫饰的维多利亚式装饰简化一些的东西。这些经过训练的年轻人，最好的厂家都抢着要。"

朱莉开心地笑了。她的第二个儿子的前途是一个能养活人的职业而不是变化莫测的艺术家世界，这是个最好的消息。他们把他送去英国住在姑父菲尼阿斯·艾萨克森家，那里有3个表姊妹埃斯特、艾丽斯和埃米利，现已把家搬到贝斯沃特的科尔维尔广场旁的一座供膳的寄宿处来了，因为菲尼阿斯的经济状况越来越不佳。

那年夏天相当热，晴朗、无风。卡米耶可以自由地画那些埃拉尼的大草原，基索的半融的雪，田间的小径，带着篮子、扶着犁、收集谷物的农夫，深深感动人的弗克辛人们，他们周围的事物以及日常生活中的各种琐事……所有他曾发掘、曾热爱并已画过的画题。他没有去巴黎，没有事可去。提奥·梵高是唯一愿挂他的画的经销商，但仍卖不出去。从当铺赎回来的一些值钱的东西又得送去当几个法郎，还是那些银餐具、雨衣、书籍，任何当铺肯收的东西，为了要赎当，他们不得不为付利息苦苦挣扎。

他在夏日阳光下颜料易干的条件下完成了《收获者》《堆干草堆的人们》《拾麦穗者》（多少使人想起米勒的画）等画。在家，他以给孩子们画速写为乐，有时也画朱莉和他自己的简单的画像。

他很为内心不断增长的紧张而忧虑。他已 59 岁，还在不断遭受拒绝，没指望挣钱。还有被接受的机会吗？在英国、美国也卖不出去，所以不只是法国瞎了眼。他的一生是不是"一个白痴在说故事，只有声音，只见狂怒，可就是毫无意义"？他工作得发狂，艰苦奋斗，然而，30 年来的奋斗结果并未使他稍稍安心。如何才能获得功成名就的奇迹？他记起了《旧约全书》中乔布的诗句：

> 苦恼从不来自尘土，
> 麻烦也不从地上发芽，
> 而人是生来受苦，
> 就像火星朝上迸发。

他们接到上诺伍德正在度假的雅各布·本苏曾一家来的便函。卡米耶是在爱玛死的前后认识他们的，后来，1871 年在普法战争中短暂的逃难时期又见过他们。卡米耶并不很喜欢雅各布·本苏曾，此人一头浓密的赤铜色头发，手上长着赤铜色的汗毛。他已是一名知名的音乐家，但在宗教和政治方面仍紧紧地受着东正教的约束。

"他们同我们家有联系。"卡米耶对朱莉解释道，"所以我们应该邀请他们。你能弄一顿晚饭吗？"

"我炖一只鸡好了。"

本苏曾夫妇请求原谅，说他们要去乘汽船游览塞纳河。然而，他们的女儿为显示独立性，向他们宣告说她将自己乘早上 6 点 10 分的火车从巴黎去埃拉尼。

"一次反叛行动！"卡米耶宣称。他察觉到雅各布·本苏曾控制他的被抚养者的专制手段，"吕西安，你得早上 8 点半到车站去接她。"

吕西安做了个鬼脸："我在艾萨克森家见她的时候，她还是个大约 12 岁的细长腿小家伙。"

他从小火车站回来时，眼睛里有一种异样的神采。卡米耶很快见到埃斯特·本苏曾（他们叫她斯特比，以区别埃斯特·艾萨克森，斯特比的意思是"像只蜜蜂"），现已 18 岁，身材不高但很匀称。她的棕色眼睛热情、多情，眉毛弯弯，栗色秀发在脑后扎成一个结。脑袋常常傲然抬起，就像是安格尔的画中人。卡米耶从未见过他 26 岁的儿子被一位年轻女子如此迷住。她也似乎被毕沙罗一门艺术家所吸引。

"父亲带我去听音乐会，"她看了画室中卡米耶的许多作品后吐露说，"可是除此以外，我老是被困在家里。一天做 4 次宗教仪式，再就是读书。你们一家看起来很自由。"

吕西安顺势强调说："我们的确自由。不过我们还必须使我们的作品为人所接受。"

"每个人都这样。"她回答道。

她喜欢吕西安的素描和木刻。她喜欢朱莉煮的童子鸡。她同每一个孩子欢快地交谈。吕西安为之倾倒；朱莉也不去拦阻，她也为这位可爱的好心肠姑娘同他们这么快乐地交往而大受感动。

中午饭后，吕西安带斯特比坐公共马车去基索游览布朗歇女王城堡的遗迹，有大树并可望见远处教堂尖塔的花园。斯特比吻别卡米耶时，在他耳根低语道："我在 12 岁时就喜欢上吕西安了。"

卡米耶许诺做一本"一门艺术家"的画册送她作为 19 岁生日礼物。

"爱情像闪电。"朱莉低语道。但下次吕西安在巴黎时，她写信给他：

你必要靠做事生活不要浪费你的时间让那些有钱存在银行里的人去搞艺术吧……

卡米耶不知道该如何去减轻朱莉的焦虑。只有作画、求经销商和收藏家多买吧。卡米耶和朱莉在给儿子的信中各说各的理。朱莉给在伦敦的乔治表达了她对未来的恐惧；卡米耶则写信给他的二儿子（他对自己的才能缺乏自信）："对妈妈来说，什么事情只有成功了才算解决。她不懂各人的方法是不同的。唯一的事情是让年轻人尽可能地依照自己的感觉去做……如同蜜蜂，它知道去何处寻觅它赖以生存的花蜜。"

他也许是在说拉舍尔。

拉舍尔在遗嘱中把所有东西都留给了阿尔弗雷德及其家属。24 年前卡米耶被父亲剥夺了继承权，现在又被母亲剥夺了继承权。他始终未受到宽恕。

朱莉坚持要坐火车去巴黎申诉他们的权利。这是一个不幸的决策。阿尔弗雷德病着，他妻子玛丽让他们去见她的律师。卡米耶的律师是他的表兄弟阿尔弗雷德·农纳，他只要求卡米耶送一幅画就答应照顾他的利益。

"这是一个律师的时代。"卡米耶评论道，"可惜埃拉尼的店主不肯拿水彩画换大米、猪肉。"

沉重的、有美丽雕花的桃花心木家具从圣托马斯岛运到德鲁奥饭店拍卖，只除了床、五斗橱，还有拉舍尔送给卡米耶带到雅各布森的画室里去，后来放在楼上孩子们卧室的床头桌。毕沙罗一家吃饭的桌子，碗橱，衣柜，睡过的床，所有他孩童时代用过的东西都已抛弃，孩童时代还能去何处寻觅？

提奥·梵高把《拾穗者》卖了 160 美元。卡米耶 9 月末去画廊收钱时，提奥告诉说，他哥哥文森特在圣雷米附近田野作画。他在阿尔受到打击后，曾在该地住了一段时间医院。

然而，医院大楼的浓厚的宗教气氛使他感到不悦。文森特·梵高在圣雷米住了3个月医院，年轻的院方负责人佩隆医生允许他回阿尔。在那里，痛苦的回忆太多了。他是在塔拉孔同圣雷米之间被发现的，当时已无知觉；3个月后，他完成了一幅橄榄树丛的油画后，在一丛柏树丛中被人们发现了。两次都是丧失知觉的状态。他现在感觉好些，想回北方去。

提奥·梵高从上衣里面的口袋里掏出一封揉皱了的信，折平些，然后说："从9月以来我一直装着这封信。我犹豫要不要拿给你看，因为你母亲刚去世，你眼睛又有病。这是文森特所要求我的。是来年春天的事。"

卡米耶接过信读了起来：

那样，老毕沙罗一下子被两起不幸事件残酷地击倒。我一听到那些事，我就想问他，是否有什么办法去和他同住。如果你能按付我的钱同样付他，他会发现他是有价值的。我不需要多余的钱，只要能工作就行……非常奇怪，已经有两三次了，我都产生了去毕沙罗那里的念头；这次，你告诉了我他最近的不幸之后，我不再犹豫去请他同意。

卡米耶把全部情况都告诉了朱莉，并说："我有一种不好的感觉，文森特的毛病又发作了。"

他的双眼因恐惧而张大，眼泪随之而来。

我真为他难过，他不该有负担。我的上帝，我们还多少可以想些办法，可是，卡米耶家中还有4个孩子……"（文森特·梵高信中的话）

"我要在邻近为他找一所舒适的供膳公寓。"

朱莉眉毛皱起打成一个结。

"他难道不需要医药方面的照顾吗……"

"也许！加谢大夫就在奥维尔！他喜爱所有的好画家。他会监视文森特的病情的。"

通过一位有才能的、知名的肖像画画家约翰·辛格·萨金特（出身美国名门）的努力，克劳德·莫奈在一家美国画廊中售出了他的《克雷斯山谷》组画，其中一幅卖到1800美元的惊人价格。这比卡米耶好几年的总收入还多。提奥·梵高安慰他说："我发现你的绘画非常美丽。我的一位买主想买《提篮的妇女》。我已把它装在一个金色的框架里，不久我们就会得到莫奈那样的价钱。"

卡米耶捏捏提奥的手臂，有这么一位经销商真好。并不是因为丢朗·吕厄遗弃了他，而是提奥对印象派绘画更赏识。

圣诞节前几天，提奥·梵高带着他妻子乔来到基索，卡米耶雇了马车迎接他们。乔快到产期了，为此他们缓缓行进。他们离去时，卡米耶送她一幅画得很漂亮的扇面《出虹景色》，作为新年礼物。

爱德华·马奈的遗孀不得不放弃马奈的《奥林匹亚》，将它售出。此画于 1865 年在沙龙几乎引起一场骚乱：一名裸体妓女躺在床上，脸上表情苦涩，一名女佣正把一束顾客送的花束递给她。一名美国人很快要求买它。莫奈和萨金特征得马奈夫人的同意，筹集一笔资金为卢浮宫买下它。结果筹到 4000 美元，莫奈、萨金特、德·贝利奥大夫和泰奥多尔·迪雷各捐了数百美元。卡米耶和雷诺阿尽其所能各捐 10 美元。仅在 24 年前，一帮乌合之众曾对之诽谤中伤，朝画上吐唾沫，而现在，它被卢浮宫接受了！

19 世纪 80 年代在欣慰的情调中来到。提奥·梵高着手在布索德－凡拉东为卡米耶筹办一次大型的个人画展。他甚至强求画主允许他把几幅他称为"精美风景"的画置于窗中。他已开始命人装上白色或灰色的木头或橡木框架。他还考虑印制一份目录，写有前言（也许请卡恩，热弗鲁瓦或米尔博写），以便使观众理解，包括画的质量和技巧，而不受从前的不公正评论的影响。

提奥·梵高举办的展览，共展出卡米耶的 26 幅油画和树胶水彩画，其中 18 幅从收藏者借来，包括乔治·克莱蒙梭———位上升的全国性的政治家，以及出版家加利马尔·迪皮伊。展示出这样一些地位显赫的收藏家的藏画，将对观众产生影响。

居斯塔夫·热弗鲁瓦是一位作家，早期曾这样讲过印象派革命："再前进一步，他们的画将交给行刑队。"现在由他来写展览会介绍。他说："毕沙罗的作品喜获丰收，包括令人爱看的诺曼底田野风光，他是一位乡村中熙来攘往的人们的忠实的观察者。""任何地方，在画面上，在半明半暗中，在阴影中，他力求找出流畅的、穿透的光亮，没有一个隐藏的角落，世界就沐浴在这片永恒的而又不断变化的光亮之中。"

提奥·梵高调动起收藏家们的热心，传出话去，说卡米耶不仅是印象派画展之父，而且确确实实是他在组织历次的画展。开幕第一周内，观众拥挤，售出 5 幅油画，售价 750 美元。他对收藏家说："毕沙罗改变了我们看世界的方法。他给了我们新的眼光去看大自然，对我们的大地以及在它之上生活和工作的人们以新鲜的理解。毕沙罗在那些画布上所创造的美是不朽的。"

没有人怀疑他的忠实。在一个短时期内，他又售出留下的 3 幅本准备售高价的油画，带来了一笔高达 1500 美元的收入——一笔横财。提奥·梵高还告诉他："我还没有放弃搞得更好的希望，在任何情况下我都把安排你的画展作为一项光荣的事业。我每次见到你，你都给了我坚持下去的勇气。"

卡米耶和朱莉欢欣鼓舞。这比任何一次丢朗·吕厄所达到的成功都大。他以新的热诚回家工作，画埃拉尼最后的雪景，然后画春天的苏醒。朱莉再次雇佣一名乡村姑娘，减轻了劳累。他们给8岁的柯柯特买了一件后面带裙撑的衣服，柯柯特喜欢得要命。

一家人送了一册祝贺生日的书给斯特比·本苏曾：其中有吕西安用漂亮的书法写的9首古老法国民歌，用朱莉的碎布装订起来。封面是卡米耶画的，由几个年纪小的男孩子贡献出水彩颜料。卡米耶写道，埃拉尼的艺术家们很愿意赠送这本纪念册，因为能了解他们的人太难得了。吕西安决定回伦敦去向这位姑娘求爱。

卡米耶的右眼又开始流泪，他去找帕朗托大夫请他弄干泪管。每隔几周，大夫都要在他头上缠一次绷带，以保护眼睛，这成了他在画廊所在的街道和埃拉尼大道上常见的形象，仿佛是从战场上退下来的伤兵。有时他认为这是一个循环的过程，尽管他不掌握循环的规律；有时他以为是在路上吹进了风沙偶尔造成的。帕朗托大夫屡次指出大概有必要动手术，但适当的时间从未来到。他继续坚毅地作画，在饭桌上问他的家人："为什么人有两只眼而不是像西克洛普斯那样只有一只在当中的眼？一只眼照样管用。大自然给了我们两只眼，就为了一只眼会坏。这是天意，对不对？"

费利克斯说："爸爸，你应当做索尔邦大学的哲学教授。你对每件不好的事情都另有解释。"

4月底他哥哥阿尔弗雷德去世，他无法再做出哲学上的解释。阿尔弗雷德病了一年多，卡米耶不知道病的严重程度。更使他悲伤的是，同辈人除了他都已去世。拉舍尔同艾萨克·贝迪生的4个孩子，2个男孩夭逝；他来到巴黎不久就参加了德尔芬的葬礼；爱玛20多年前又去世。拉舍尔同弗雷德里克·毕沙罗生的4个男孩中，一个夭折，第二个是卡米耶在加拉加斯时死的，现在，阿尔弗雷德在61岁的年纪又去世了，幸好拉舍尔未经历这次打击。阿尔弗雷德只比他大一岁，他们性情相近，阿尔弗雷德最大的愿望是当一名音乐家，带着他珍贵的提琴到处寻找合作者演出四重奏。只是替他父亲经管店铺得到的经验使他成为一名成功的商人，能同贝藏松的玛丽·梅结婚，得到可观的嫁妆，使他们过上舒适的生活。

卡米耶发现这也是天意。阿尔弗雷德顺从天意成为一名进出口商，快活地看着两个儿子成长。事业兴旺发达后，他们迁入一座更加宽敞的公寓。早些年，他对卡米耶很慷慨，送给他绘画用品和衣服到加拉加斯，在卡米耶有困难时寄去钱。他曾长时期为卡米耶的画出钱配金色画框。他拒绝兄弟俩分享父亲的产业，对俩人之间的关系是致命的一击；但阿尔弗雷德也仅仅是实行他父亲的死板的商人的信条，认为只有那些有资金的人才能使买卖发达。他曾为卡米耶的儿子找过几次工作，尽管吕西安未能保住工作。

阿尔弗雷德去世后过了些日子，他的大儿子弗雷德里克来到埃拉尼，提议友好地执行拉舍尔的遗嘱。

"父亲曾经希望一家人和平相处。"他说。

卡米耶他们得到的数额不大。但朱莉还是很感激，因为她和孩子们现在能合法地继承毕沙罗的姓氏了。

文森特·梵高从圣雷米到巴黎来时，卡米耶同朱莉去他弟弟的寓所探望了他。寓所在皮加勒居民区8号，在一条死胡同里，有一个种花的庭院在后面挡住，门前有一棵大树。文森特深情地张开双臂拥抱他们，使他们立刻放了心。他看起来不错，眼睛中有开朗的笑容。自从他割去一只耳朵以来已有17个月，那只耳朵只留着一点耳根。在起居室的沙发底下，在餐室的桌底下，在卧室的床底下，进门处斜靠着墙，甚至在厨房里，满是他在阿尔和圣雷米数年间完成的数百幅油画和素描。他的弟弟曾在去年9月的画展中挂过他的两幅画，《鸢尾花》《星光灿烂夜》，卡米耶认为极佳。他还在唐居伊处挂过几幅，挨着唐居伊喜欢的塞尚的画（没有人要他的画）。几乎这位多产画家剩下的所有作品都在这座朴素的公寓里，几乎没有落脚的地方，但大家都非常高兴。见到朱莉看到这些画时所显出来的喜悦表情，乔说："它们好像是珍宝：金刚钻，绿宝石，红宝石，充满了我们家的每一寸地。"

文森特住在一家名为"拉伍之家"的朴素旅馆一间靠后的小房间，这家旅馆在瓦兹河上奥维尔的市政厅对面。文森特带着一个介乎怪相和露齿而笑之间的表情，自我介绍说："每天我完成一幅油画后，喜欢去加谢大夫家。他把画放在画架上，然后开始围着转，甩着胳膊，唾沫四溅。他那么欣喜若狂，好像画是他自己画的。"

加谢大夫的花园既安静又美丽，但文森特情愿漫步去田野，在奥维尔周围作画。

5月底，卡米耶渡过海峡去英国，同去的有吕西安和卡米耶在画点彩画时的画友马克西米连·吕斯，吕斯因妻子离开了他而心情不好。卡米耶想让吕西安在伦敦开一个画室，以便他在那里招几个学生，同时看看乔治在那里怎么样了，再就是想再画几幅伦敦的画，他喜爱这个城市。他写信给朱莉："看了一座又一座博物馆，任何想在这里学习的人都有材料可学。夏天，公园极美，一个人在那里作画毫无干扰，伦敦的郊区也是极美的。今天上午我就在切尔西作画。"

他们在一家简陋的旅馆租到了房间。乔治在托因比职业学校中苦读。卡米耶画了查林克洛斯桥，汉普敦宫廷花园和肯辛顿花园。他在贝斯沃特的菲尼阿斯·艾萨克森家同这位接近破产、爱发牢骚的菲尼阿斯待了一小会儿。菲尼阿斯留在家里尚未出嫁的女儿们热情地招待了卡米耶。

把吕西安安置在艾萨克森家，勉励乔治勤奋学习之后，他回到了埃拉尼。

证券经纪人欧内斯特·梅在数年内积攒了5幅毕沙罗的画。卡米耶在伦敦时，梅正遇上严重的财务损失，要拍卖他的收藏品。丢朗·吕厄买进了这批画。最初，卡米耶对这个经销商未拿这笔钱购买他的5幅新画而感到失望，继而发现经销商还是为他做了好事，使每幅画的售价继续维持在布索德－凡拉东画廊出的高价上，并且，他还在蒙马特大道

19 号开了一个小分店，可供印象派画家的画在大厅展出而不再是在夹层上。卡米耶送去了伦敦的画。提奥·梵高交给他一个装钞票的信封，是最近两幅画的售款。

夏季来得较早，卡米耶的眼睛仍干燥。提奥·梵高很喜欢英国的画。卡米耶既带劲又高兴地作画，他的眼睛和手都准确无误：几名在推独轮车的妇女，沐浴在阳光中的埃拉尼平原，巴津柯特附近的日落。

打击来到时，好景被吹散。7 月底，文森特·梵高去田野画玉米地上的乌鸦，旧病复发，向自己开了枪。他回到室内空空的旅馆房内，直等到他弟弟提奥到来，握着他的手，临终前嗫嚅道："啊，好了。我的作品，我为它们付出了生命……我的理智也差不多丧失了。"

文森特·梵高被安葬在奥维尔的小山丘上的玉米地间的一座小公墓里。十分沮丧的提奥·梵高回到布索德－凡拉东画廊，他鼓起勇气积极出售莫奈和毕沙罗的作品，他向毕沙罗提议，愿立即以 500 美元来收购他的 3 幅画：《查林克洛斯桥》《种土豆的农民》《大雾笼罩着蛇形物》。但他受着精神崩溃的折磨，不能在失去哥哥的世上生活。乔带他去一家乌德勒支医院，不久他即在那里逝世，留下妻子和一个儿子，一贫如洗。后来，乔在念《圣经》以安慰自己时，读到了《撒母耳记》中的一行：

他们在死后也不分开。

她把提奥的遗体送到奥维尔，葬在他哥哥的墓旁。

卡米耶受到沉重的打击。他失去了文森特·梵高和提奥·梵高两个朋友，提奥是在巴黎唯一一心一意出售他的作品的经销商。

一位富家子莫里斯·乔安被任命来经管蒙马特的布索德－凡拉东画廊。布索德先生对乔安说："提奥·梵高积累了那么多可怕的现代画。你会发现相当一部分属于一个名叫克劳德·莫奈的风景画家，他的作品开始能在美国卖出一点。至于其余的，都是些可怕的东西。把它们找出来，不用再问我，也许我们该关掉这间店铺。"

莫里斯·乔安对卡米耶的画毫不关心。提奥·梵高提议的 500 美元的交易也告吹。卡米耶喃喃道："冲刷海滩和岩壁的，不只是海潮。"他记起莎士比亚的《朱利叶斯·恺撒》中的诗句：

在人们的事业中有一种海潮，
它应运而生，引向幸福。

"还有一种像潮一样的海浪。"他忧伤地说。

卡米耶从一张 11 月的报纸上读到，纽约和伦敦发生了财政上的风波。法兰西银行已借给英国 7500 万法郎以遏阻一场欧洲的灾难。

"当然啰！"他愤世嫉俗地说，"3000 英里以外的纽约发生经济危机，巴黎的画廊就该成为陈尸所了。"

他画了 5 个风景扇面，卖给一位爱用扇子的妇女。保罗·高更曾说："有毒药就有解毒药。"一位朋友菲利普·比蒂说服了美术学院的一位牧师购买卡米耶的 3 幅蚀版画。卡米耶定价 30 美元，牧师以 16 美元买去两幅，而第三幅"被放错了地方"。卡米耶给美术学院的院长写了一封表示愤慨的信，但他的信也同样"被放错了地方"。

吕西安在克伦威尔大道租了一间较大的房间以便教课。斯特比是他头一个付费的学生，还有几个时来时不来。他曾在艾萨克森家里住了一段，在那里吃饭，直到菲尼阿斯把他轰出门。除了画室房租每周 10 先令外，卡米耶还得为吕西安的膳宿每周付一镑给德波维尔夫人。雅各布·本苏曾获悉他的女儿在吕西安的画室里学画，就适时地把她弄开。两个人曾在不列颠博物馆会面，本苏曾听说后，就禁止女儿再同吕西安见面。他宣布反对的理由是：吕西安没有钱，没有职业，没有前途，此外，他还信仰社会主义和无政府主义（本苏曾认为二者是同一种东西）。父女俩从此不再说话。卡米耶写信给吕西安，要他谨慎；他发了信并为朱莉买了东西，从基索回来，苦笑说："我是不是谨慎呢？"

吕西安感到前途暗淡无光，写了几封垂头丧气的信回家，每封信都在卡米耶和朱莉之间引起一场口角。朱莉继续主张儿子应当找一份适当的工作。卡米耶很晚了还在那里写信对他儿子讲哲学，以替代他无法再提供的英镑："我们每个人都有几副面孔，表面经常显得比内里更重要，为此人们常因不小心而判断错误。我遇到这种情况不知有多少次！……一个人不应该只看到表面现象，而更应看重内在的东西。"

"一门艺术家"遇到了麻烦。

乔治没有认真学到什么东西。他回到埃拉尼。朱莉和这个 19 岁的孩子开始争吵，他有些令人不愉快的架势激怒了朱莉。他什么也没学到手这一事实使她骨鲠在喉，使已打上贫穷印记的家庭似再无希望好转。她成功地说服卡米耶让 16 岁的费利克斯去巴黎寻找一项职业。卡米耶喜爱他的温文尔雅的、眼睛含情的三儿子，他从不爱读书，只喜欢画画。但他除了在一家工厂里做工得一份微薄的工资外，别的都不行。卡米耶只得把他领回埃拉尼。

"为什么要把孩子放进工厂里，除了糊口外什么都得不到？"他问朱莉，"让他跟我工作，等待时来运转吧。"

乔治和费利克斯开始惹事。他们脾气不好，同周围每一个人吵架。卡米耶竭尽所能去平息事态，但惹到朱莉身上就难办了，朱莉不能控制住任性的唠叨。卡米耶曾相信，在一个可爱的大家庭内，团结产生力量，现在他的信念动摇了。

他继续顽强地进军：3 幅英国风景画送往布鲁塞尔展出。一套用透视法画的素描名叫《在地上工作》，原要给吕西安让他制成木刻的；5 幅 21 英寸×18 英寸的和 18 英寸×15 英寸的油画则由他带到巴黎。卡米耶自认为他的小油画是很好的作品。8 天前，他给丢朗·吕厄送去 5 个扇面，丢朗·吕厄尚未回话。圣诞节前 4 天，莫里斯·乔安通知他，他的一位最好的收藏家之一、年轻的迪皮伊先生因破产自杀了。

1890 年是守护门户的两面神之年，一张面孔显示慈祥宽厚，另一张面孔则是凶神恶煞。

丢朗·吕厄如同 1880 年最末一天带着一袋钱从大通联合银行来到蓬图瓦兹一样，这次买了 3 个扇面，还向卡米耶保证说，他将买 3 幅卡米耶认为更自由、更多空气的小油画。《时尚》的编辑居斯塔夫·卡恩买了一幅小油画。丢朗·吕厄还通知他，奥克塔夫·米尔博将在《两个世界的艺术》1891 年 1 月号上发表一篇评论他的文章，对他的作品的主体部分做出评价，新年将因此事而更有生气。

严寒使他的右眼肿大。他去了巴黎。帕朗托大夫怕是丹毒，对他说："这是一件严重的事，你必须在附近医院住院，我才能每天去看你。"

帕朗托大夫把卡米耶的泪袋洗干净，用一些硝酸、干燥性油脂和丹宁酸来给他治疗。他切开脓肿，把泪袋弄干。

卡米耶在医院里住了一星期，又一个脓肿起来了，医院劝他再住一星期。朱莉、乔治和费利克斯经常来使这种乏味单调的"罪恶日子"有所改变。

一天早上，丢朗·吕厄带着一篮子热腾腾的羊角面包和一皮包卡米耶的绘画的复制品来到医院。

卡米耶提醒道："丢朗·吕厄先生，这些复制品不能使你赚钱，也不会使我赢得尊敬。我可以画出覆盖任何市场都用不了的原件。"

丢朗·吕厄垂下他的狮子样的头，困难地做出了一种悲伤的叹气同睿智的微笑相结合的表情。

"我的一生中没有一天不在设法售出一件毕沙罗的原件。"

卡米耶感到了后悔。

那天晚些时候，曾让卡米耶头一次看到点彩画的那个年轻人路易·海特来到医院，提议他领头办一次新印象派画展，展出应包括一些新的画家。卡米耶拒绝了，说："我已经没有影响。你有领导品质的话，当你睡着的时候，这个角色就会扎在你身上。"

最后，他缠着绷带回到了埃拉尼。

卡米耶和玛丽·卡萨特被排除在画家雕刻家协会之外，因为他们是外国人，尽管他们被邀请作为会外成员参加过展出。卡米耶制作平版画已占据他生活的相当大的部分，蚀版画的销路不好。把这几年所画的水彩画放在一起，他发现已有 160 件。他把它们贴在精致的彩色的衬纸上，装订成册。他确信，这是能销售出去的。他极想展出这些画册，但是白衬纸版就将花费他 40 美元，尽管如此，他还是买下长卷的白衬纸版，裁成不同尺码的小张，他不能浪费这 40 美元。

命运在地狱边缘作弄他。他售出两幅未完工的油画：一幅是蒙特福考特的雪景；一幅是埃拉尼冬天的柳树。他还受到奥克塔夫·米尔博一篇颂扬文章的支持，该文宣称，很少有这样的作品如此迷人并征服了他；很少有这样的作品存在着如此完美地把人同工作统一起来的难得的道德和谐："毕沙罗先生不仅在绘画，而且他懂得为什么要画，画的是什么，他像一名技师或哲学家那样在阐述他的道理。艺术家的眼光，就像他的思想，发现了各种事物的伟大所在……"

到了 2 月，他才能除去可诅咒的绷带。他有 15 天美好的日子使他能把已售出未完工的油画加工画成。

脓肿又出现，他回到帕朗托大夫那里，重新缠上了绷带。

在那些无法行动的日子里，感情方面的影响使他出现了软弱无能的感觉和难以抑制的愤怒。他一直满怀激情地深信他已有了大量的、多种多样的作品，足以证明他是一位艺术家。而现在已 60 开外的他方感觉到失败，感到不能充分表现自己是一种耻辱。他的眼病像火车时刻表那样有规律地发作。帕朗托大夫对他说，他应当在春天就做手术。

克劳德·莫奈听说卡米耶有病，介绍他去见出版商夏庞蒂埃，夏庞蒂埃早年曾为了鼓励雷诺阿，给雷诺阿预付画款，让他画夏庞蒂埃妻子和女儿的大幅肖像。夏庞蒂埃买了卡米耶一幅大尺寸的油画，德加也送出口信说他喜爱卡米耶的《土地和磨坊》。卡米耶用夏庞蒂埃付的画款，买了一台二手的蚀版印刷机，运到了埃拉尼。朱莉大为恼火。

他的眼睛能看清东西了。他做了 4 幅蚀版画的钢模。这台小机器很破旧，部分零件也已丢失。这一行的老手布拉克蒙告诉他，一张蚀版画在巴黎卖不到 4 美分。但卡米耶对钻研这方面的技术仍乐此不疲。

2 月初，他同修拉、西斯莱、高更、吉约曼一起在布鲁塞尔的勒斯温特展出（还有几幅梵高的油画），仍是一幅都未售出。与此同时，梅特·高更来信问他是否知道高更现在何处，她怀疑她丈夫已把她和孩子们抛弃了。

2 月中旬，英国杂志《公文包》的编辑 P.G. 哈默顿来信要几幅素描刊登在他的杂志及《妇女缝纫》上。后来，卡米耶惊讶地读道：

有一位卡米耶·毕沙罗先生，他有一些非常热心的崇拜者，但对我来说很陌生。似乎他喜欢采用一位严谨的老手会避免或想法替代的线条和块面；他的画面中包含的东西，一位更审慎的艺术家是会拒绝的……

"厚颜无耻！"卡米耶嗤之以鼻。

他以一幅小画的售款做了 42 张蚀版画的样张，装订成册，寄给了一家英国画廊，但只卖出两个样张。他把最好的样张集中起来送给卢森堡博物馆，希望他们陈列展出，但未听到回音。吕西安想在伦敦展出也未成功。

华盖运*罩住了他，使他无处躲藏。杜布瓦·皮耶死了。卡米耶记得：这位点彩派画家如何主动地从一个小钱包里拿出一点点钱借给他，让他能回蓬图瓦兹去。他真是个好人，但不具备成为一名大画家的才能，这是件不幸的事。卡米耶和杜布瓦·皮耶的艺术家朋友们为他举行了一个衷心的葬礼。

声名狼藉的欧内斯特·霍希蒂死于比利时。克劳德·莫奈和爱丽丝·霍希蒂以及他们两家的子女，在吉弗尼共同生活了 11 年之后，两人终于在 9 个月的哀悼期满后结了婚。莫奈把霍希蒂的尸体运到吉弗尼，葬在附近的教堂墓地，为他树了一块漂亮的墓碑。

"戴绿帽子的奖赏"，笑话不胫而走。

3 月底，乔治·修拉去世。他因喉病只在床上躺了几天，病情发展极其迅速。德·贝利奥大夫（并非他的家庭医师）诊断为白喉。就在几天前，卡米耶还看了他的画展：一些用棕黄色和橘黄色画的精致的海生动物；一幅大油画《马戏》组合得很美，画的中前部是一名小丑，他用了点彩画所有的架构。他的门徒西涅克为这个悲剧哀恸最深。他在致悼词中说，随着修拉的逝世，点彩派也死亡了。从墓地回来的路上，卡米耶挽着他的手臂，说："点彩派还将继续存在下去，它对我们所有的人都有重要意义。修拉扩大了我们使用颜料的概念。"

他的眼睛比过去好多了，他完成了 3 幅油画、2 幅树胶水彩以及几幅蚀版画，但都无人问津。丢朗·吕厄在他的沙龙中布置了一次画家雕刻家协会的展览。作为一位志诚君子，他在大画廊外面找了一间小而整洁的房间让卡米耶和玛丽·卡萨特展出他们的印版画。卡米耶展出 24 件作品，包括最新的《市场，布雷顿农妇在井边》。玛丽·卡萨特制作了几种彩色的雕刻画，少见而精美，卡米耶认为同已进入巴黎美术界的日本彩印画一样美丽。由于卡米耶和玛丽·卡萨特不是参加正式展出的，他们一张画也未能售出。

---

* 原文直译是"多事之伞"（an umbrella of happenings），此处系意译。

　　吕西安的两个伦敦的美术家朋友买了《共和广场》和《拉克鲁瓦岛》，说："我们非常喜欢你父亲的某些蚀版画，比惠斯勒的要好，再要找一位蚀版画家，那就数伦勃朗了。"

　　吕西安非常高兴地把这讯息写在信中寄回来。他在伦敦同斯特比仍有不断的麻烦。

　　丢朗·吕厄拒收卡米耶的新油画《休憩中的刈割者》和《日落与大雾》，认为无法出售。卡米耶只好把它们拿到不太出名的经销商波蒂埃处。他为此感到不悦，但艺术家过着与此完全不同的生活的唯一时代是文艺复兴时期，当时他们被雇佣为手艺人，类似石匠，为教堂或王室或政府工作，挣工资。即使受苦受到这个地步，他也不愿拿他的地位去同那时的人们交换，他们在那个时代是要听从刺耳的音调跳舞的。

　　他拿后来完成的 3 幅画到蒙泰尼亚克先生的画廊。蒙泰尼亚克在经管珀蒂画廊的数年中，被认为有评估价值的好眼光而受到尊重，但当他看了卡米耶的 3 幅油画后，他的语声尖狭，从一张由金翅雀的鼻子和两片大红嘴唇所主宰的脸孔中挤出来。

　　"坦白说，我不理解它们。"他用高八度音宣布说。

　　沿着大道蹒跚回家，卡米耶嘲讽他说："他用帕朗托大夫的绷带蒙住了两只眼睛。"

　　使蒙泰尼亚克惊奇的是，有一幅售出了。布索德－凡拉东画廊的莫里斯·乔安同出版商加利马尔成功地销售了《大雾笼罩着蛇形物》。这两个画廊的两次出售使卡米耶他们的日子好过了些。他又开始去户外绘画，"画自然，画我的同伴和我的盟友"。

　　隔了若干年后，他又在巴黎租到一间房，在蒙马特区德拉布洛瓦大街 12 号，这样就可以贮存他的作品，并可带有指望的收藏家去参观。他到丢朗·吕厄画廊去看莫奈新画的日落组画。他发现这些画有极妙的光亮，极高的技巧，进入超脱的和谐。在他获悉丢朗·吕厄出售克劳德·莫奈的作品十分顺利，一套吉弗尼后面的干草堆组画卖到 13000 美元时，没有丝毫妒忌的意思。人们除了莫奈不要别的，似乎他的画供不应求。更糟的是，人们都要《日落时的干草堆》！他所有的画都去了美国，平均每幅 1000 美元。丢朗·吕厄指出："所有这些成功都来自不使收藏家感到震惊。你为什么不把你的农民和农庄景色暂时放到一边，去巴黎，在热闹的大街上画画人们丰富的生活？"

　　莫奈打算买下吉弗尼的房子和周围的土地。朱莉受到这一想法的吸引，也想买下埃拉尼的房屋。卡米耶惊呆了。

　　"这只会使我们债台高筑。此外，埃拉尼离巴黎太远。"

　　朱莉不听。她坚守她的信条，以沉默来表示蔑视。卡米耶只好带着两幅春耕的油画去巴黎，要求丢朗·吕厄付 100 美元。丢朗·吕厄拒绝了。一家较小的画廊只肯出 40 美元，他不得不拒绝。返回埃拉尼，口袋里没有一个法郎，坐在三等车厢的硬木凳上。从落选者沙龙以来已过去 28 年了，原来一伙中其他人的生活都能过得去，唯独他被剔了出来。

　　他同玛丽·卡萨特商议，一起退出丢朗·吕厄的画廊。丢朗·吕厄现在除了莫奈，别的人都不卖。他已经存了大量的毕沙罗、德加、雷诺阿和西斯莱的作品，他无法强求收藏家收购。他不卖出一些老的作品就无法购进新作品，他无法支持他们所有人的生活。可是，上哪里去呢？布索德－凡拉东没有同情心。波蒂埃、帕蒂这些小经销商即使能小额施舍给画家，能卖出这么大量的存货吗？那么，去什么地方呢？

他的眼又痛了，帕朗托大夫往泪槽注射亚硝酸银，以消退炎肿，加速治疗。他很难使绷带保持得像他的白须那么干净。他的一把长髯在微风中稍向右飘，朱莉为他提供肥皂每天洗涤。然而，他个人的问题要撇在一边了，一天，消息传到埃拉尼，法国军队在福米镇开枪打死了 10 个人，因为他们参加了该地矿工为争取 8 小时工作而举行的游行。

"从来没有听说过，士兵竟然允许他们自己去做那些最卑怯的臭名昭著的行动，"他向他的孩子们宣称，"毕竟，他们也是劳动者！"

马克西米连·吕斯提议他们创办一份杂志，传播无政府主义思想，他认为艺术家可以在创建一个公正社会中发挥作用。卡米耶有礼貌地拒绝了朋友的建议，说："这种思想是乌托邦，我亲爱的朋友。对于政治，我是门外汉，我不能让灰尘钻进我的眼睛。"

他去到巴黎看丢朗·吕厄主持的阿罗沙拍卖会，其中有自己 20 年前为银行家圣·克劳德画的油画。4 幅油画得到 220 美元，第五幅《卢浮西安纳的街道》卖了 75 美元。丢朗·吕厄很高兴把画卖出去了。拍卖结束，他找到卡米耶，满脸堆笑："毕沙罗先生，这会儿该你来办一次成功的展览了。"

这是这位经销商若干年来头一次说的鼓励话。

"你是当真的吗，丢朗·吕厄先生？"他问，声音有一点颤抖。

"以我的名誉担保。明年早些时候。全部画廊。"

有节奏的循环周而复始：春天去了，夏天来了。每两个月出现一次新的眼肿，然后就去找帕朗托大夫。缠绷带的日子无法画，撤了绷带就使劲画……他从富裕的克劳德·莫奈处借钱，莫奈自己也曾经多年向人写求情的信。40 美元给了朱莉，一笔账还了帕朗托大夫，其余的修了漏房和地板，几美元用作去巴黎的花销。

朱莉病倒了。她让人请来基索的阿弗内尔大夫，诊断是子宫或子宫颈肿瘤。他让她卧床，不能累着。一层阴影笼罩在全家头上。朱莉只顺从了几天，又忙碌起来，做饭，侍弄园子。

修拉夫人把儿子的几幅画送给卡米耶作为纪念物。卡米耶把它们挂在埃拉尼房屋的墙上。当时正打算做一些他所谓的"人物素描版画"，他在不能工作的那些日子里，已反复思考了很久，而实行起来却不需要多少时间。一天的工作结束后，他从画桌上清走各种物品，拿出纸、钢笔、墨水，写道："在铁匠铺中，一个人靠工作才成为铁匠。无可争辩的是，在画室中的工作与户外工作同样艰难，但从要求、方法和结果的角度来看，是截然不同的。"

4 月中旬，朱莉建议卡米耶把乔治送进画家路易·海特的画室去工作，把费利克斯送到装配工孔泰那里去当学徒。可是海特、孔泰都不需要助手。卡米耶把两个孩子带回埃拉尼，还把马克西米连·吕斯带来劝慰朱莉。叫他怎么办？他不能把他们留在巴黎身无分文。

乔治的行为有好转，他画了一些好的速写。卡米耶想把他送去伦敦，但每次都接到吕西安来信说一些新的失望或失败。卡米耶认识到，错误是他造成的。他决定把儿子们培养成艺术家，但缺乏必要的财力去追求如此模糊不清的前途。乔治不愿去普通的工厂或当店员。费利克斯除了手工活以外，别的事情都不行。他已经错了，这种错误是从他自己的性格而来的，他不知道该如何去把包袱放下来。

《巴黎回声报》上一篇评论文章唤起大家对高更绘画拍卖（由德·贝利奥大夫支持）的注意。德加买了两幅油画。拍卖共收入 2000 美元。高更去了塔希提 *，抛弃了梅特和孩子，正如梅特所预料的。

"或许可以说，我们每个人都有自己的塔希提。"卡米耶沉思道，"我的塔希提是法国的乡村、河流、山谷、土地和果园，男人和女人在田地上劳作。"

玛丽·卡萨特想知道他是否愿意给几位美国姑娘讲课？他婉言谢绝，说他不愿被绑住，因为不小心的话，他的眼病会加重。年轻姑娘们因此未能来埃拉尼。

"骄傲呗！"朱莉评论道，"你不愿教书收费，她们不愿来听课不交费。世界上尽是些傻子。"

巴黎的年轻画家（似乎每一条船、每一列火车都把他们带进来）聚在一起，寻找一个立足点。他们讨论使他们的组织为公众知晓的方法，官方人士称他们是"晚来早走"的组织。德加对他们努力在杂志上挤上一席大为不满，他说："我最恨青年人吹嘘自己。"卡米耶头脑中闪过一个微笑。印象派自己在这些年来是如何地艰苦奋斗，为了使公众注意，他们举办了 8 次画展。

在画两个农村姑娘在树下谈话的那幅画时，他知道这不是快乐的人物肖像，但他得出结论，美貌是比奇特更大的陷阱，一个时代认为丑的到了下一时代会成为可爱的了。

"因此，"他在活动车上站在画架前自言自语道，"对我们来说，不应该只画当今时代的风格。"正如他曾对塞尚说过的："我们的同代人是眼瞎的，留给下一代去发现吧！"

好啦！出售的事情也那样吧！

城市里的居民会买农田和农民劳作的图画吗？丢朗·吕厄所说的那些老于世故的收藏家和他们的装饰豪华的起居室难道不对吗？

6 月份的下半月，因怕不能在热气和灰尘中支持，他不敢直接在大自然中作画。然而，

---

* 塔希提岛在太平洋。

他还算满意于送往波蒂埃一幅《多云天气的春光》，因丢朗·吕厄在明年办回顾展以前不要任何绘画。一位纽约画廊的肯尼迪先生从已送去伦敦的大量蚀版画中买去一批印制品，售价 60 美元。吕西安正需要，所以卡米耶告诉他可以拿着用。朱莉获悉此事后大发脾气。

"我要钱用！一个月前你说'运气真糟，收藏家来回考虑就是不买'。你欺骗年纪小的，反给了 28 岁的，他应该挣钱养活自己了。"

他无法回答。他拣起最近一份《巴黎回声报》，朗读查尔斯·亨利写的一篇文章，文章作者说他相信未来决定于神秘主义。

"那不是未来，"他嘟囔说，"那是向后倒退。"

他惊慌失措地获悉丢朗·吕厄必须取回一定数量的画，那些画是以一大笔价钱卖给一位收藏家的，此人现已破产。所幸的是，他的画只有几幅。后来，在炎夏中突然起了一阵风。两天之内，他的眼睛又起了脓肿并破了。他在巴黎一家小医院里住了烦人的两周。他写信给家里说需要动手术。他正在接受治疗以确保手术成功。

更重要的"治疗"是乔安和波蒂埃向一些新的收藏者出售了几幅画，使他能还给莫奈所借的钱，付清拖欠的房租，并付给基索的商人，他付给画框装配人克洛泽一幅大油画以代替欠他的法郎。帕朗托大夫用软麻布包扎伤口，他教费利克斯学会一天两次换绷带。费利克斯把他送回埃拉尼。

接近 8 月底，他又出门了。丢朗·吕厄不是答允过他 1892 年年初办一个大展览吗？

❧

整个 9 月份他满怀激情地作画。埃普特河谷和周围的饲草田，繁花似锦的苹果花和梨花，多姿多彩。奥克塔夫·米尔博写了一系列文章评介他的作品。朱莉看到了不愁吃穿的美好未来。

10 月初，米尔博以便宜的价格买去了《抱鹅姑娘》和《年轻的农夫》，卡米耶有了钱，为乔治买了去伦敦的船票，并让他带着给约翰·辛格·萨金特的介绍信。

他继续保有德拉布洛瓦大街的展览室，偶尔能售出一两幅水彩。朱莉在阅读梅特林克的剧本《盲人》，她问卡米耶，他们能不能去看一次演出？

幸运，同不幸一样，是像朱莉曾工作过的葛兰赛葡萄园的葡萄那样一串串地成熟的。波蒂埃将《年纪小的堆干草者》卖了 90 美元，一位新的经销商谢拉米先生以开拓事业的热情卖出几幅水彩和一幅果园景色的油画。卡米耶带着重又回来的乐观情绪说："如果钱来得像我希望的那么快，今年我的收入要超过 2000 美元。"

他需要这种确认。因为丢朗·吕厄并没有为春天画展定下日期，而且经管此事的琼坎德已经死了。琼坎德的卖价在上升。这个可怜人在活着的时候没有卖出多少。

将近 10 月底，卡米耶决定离开埃拉尼与世隔离的状况，住得靠巴黎近一些。他写信给一位经常来埃拉尼做客的年轻画家莱奥·戈森，问他是否能找到一所房子，也许就在他自己住的一带。他需要一座较大的房子并带花园……尽可能离火车站近一些，他付每年 200~260 美元的房租。然后，因为房东达尔马涅先生对他早些时候要求修房的信件未做回答，他即要求取消租约（本来是还有一年才到期）。达尔马涅仍未回答，朱莉对此表示高兴，因为她不愿搬走。卡米耶解释说："一个人拿不出东西来吸引群众，他就必须同群众靠近些。再者，如果我们住得离巴黎近些，我就能来来去去，不必在巴黎住这么久。"

这一解释未能说服朱莉。

"我喜欢这座房，不修我也能住。每一只鸟都要有个窝。克劳德·莫奈买下了吉弗尼。我也要座永久性的房子。"

卡米耶有次对吕西安说："我未能使你妈妈快活，为此感到内疚。"她真受够了。多年来在贫困和不安定中挣扎，还要忍受卡米耶把 5 个儿子都训练成艺术家的疯狂行为。一家人为儿子们祈祷，求上帝免除他们因父母年老而产生的负担，朱莉感谢上帝有了那么多的子女，但她看得很清楚，只要卡米耶活一天，他们就得供养子女一天。

朱莉除了邻居基米尔老爹、弗雷大妈，和几个愿把自己封闭起来和卡米耶共同作画的画家以外，很少见人。为此，为了喘一口气，她带着柯柯特和保罗·埃米尔，同一个姊妹去巴黎度假，把费利克斯和吕多维克留在家里同爸爸生活。一位邻居农妇将每天来为他们做一顿热饭。卡米耶把手头所有的钱都给了她。她给女儿和保罗·埃米尔做了新衣裳，领他们去看 32 年前他们的爸爸带她去看过的巴黎风光：香榭丽舍大道上的木偶戏、卢森堡花园、巴黎圣母院、塞纳河左岸的圣日耳曼·德·普莱大教堂。卡米耶得到一段和平的喘息时光，几乎同朱莉一样快乐。

如果说，朱莉是在自愿地过奴隶生活，那么，他也是——被迫作画。他疯狂地工作，一幅放牛妇女的画提前完成了，还加工完成了早些时候画的《田地上的农妇》，还有 3 幅小油画。他从波蒂埃得到一个信息，说收藏家不喜欢他的小油画，小油画卖不出去。在此期间，米尔博买走另两幅画，其中一幅是为卢森堡博物馆的新馆长（他的老朋友）买的。米尔博还写信给卡米耶说奥古斯特·罗丹已成为巴黎有名的雕刻家，他是卡米耶油画的热情崇拜者，希望有一幅他的画。罗丹要卡米耶自己选一幅，但卡米耶对米尔博说："我本想送罗丹点东西，但他愿意付钱。这幅画很美，但还是让他按自己的口味来挑选吧。我见到这幅画中有些老的东西我把它们忘了，我就更加溺爱它。我看着它，就像是在欣赏别人的作品。我发现了其中的精粹，我为未能很好地把这些保持下来而深感惋惜。"

他然后给罗丹写信说，他让波蒂埃带给他一幅油画：日落时刻，大草原上升起一层浓雾。他在挑选时颇费踌躇，因为艺术家都是敝帚自珍。画价，鉴于罗丹曾坚持，就算 100 美元。

罗丹对卡米耶说，他的《有大雾的风景》实在是美极了。

经销商伯恩海姆·儒纳在拍卖会上买了 4 幅卡米耶的油画，陈列在他的拉斐特路寓所中的窗台上。他也告诉卡米耶，下次拍卖会上，将会有五六位经销商愿出高价，并提议为他举办一次画展。卡米耶接受了他的好意。卡米耶去到罗丹的高得像谷仓的工作室吃午饭，四周都是罗丹的习作，包括《地狱之门》《吻》《思想者》。他的厨子在一张宽大结实的工作台上铺了一张红白格子桌布，端来一顿热情的、用小牛肉做的、带浓奶酪酱和苹果烧酒的诺曼底午餐。他们面对面坐着。罗丹有一个特别宽的脑袋，双眼距离较远，头发修剪得较短，以突出圆圆的前额，眉毛舒展，灰白胡须排除了戴衣领、围巾甚至穿衬衫的任何需要。他的语声轻柔而眼光犀利。他领着卡米耶在工作室内转，介绍他的作品时，活像卡米耶最初到巴黎，柯罗领他在画室转一样。罗丹说，他不像米开朗基罗，他认为不需要去刻大理石，用泥塑作模型就足够了。看起来罗丹要比卡米耶年轻大约 10 岁。罗丹浑身迸发出来的带有无穷力量的火花，使卡米耶回想起自己早年探索运算量方法的情景。

"雕刻只是一种凹进去凸出来的艺术。头一项原则是结构方面的，无论模型是人、动物，或树木花草。任何形象是内在质量的外表形迹。模型的真实是从内部发出来的，是不是这样，毕沙罗先生？"他的忧郁的眼光中泛起一丝微笑，抹平了眼神中的紧张线条。"我们想的相似，是不是？你的眼睛，嫁接在你的心上，才能深刻地认识到大自然的胸臆。我一定得有你更多的画，来为我的墙壁增添光彩，这样我才能在台上做模型的时候置身于你的乡间。"

卡米耶兴高采烈地离开了罗丹的工作室。

12 月初，布索德－凡拉东画廊的莫里斯·乔安来到埃拉尼看卡米耶的新作。

"我想买几幅共值 200 美元的画。"

卡米耶皱起了眉头："这么点钱你不能希望多了。"

"你出台的时刻到了。我请求你同我们的画廊合作，我们既要旧作也要新作。给我们办画展的优先权吧，让我拿走五六幅画，我们保证按你的价格购买其中的两三幅。"

卡米耶沉思了："背后一定有事。"

的确如此。在琼坎德拍卖会上，丢朗·吕厄第一天收入 60000 美元，第二天 20000 美元！有了这些钱在手，他把答应过的卡米耶个人画展定在 1892 年 1 月 23 日，并付了一大笔钱作订金。卡米耶给了乔安 30 幅水彩去展出。

即将来临的成功的风势吹向四处，触到了其他人。善的势力同恶的势力一样影响到他们彼此。当卡米耶在巴黎遇到吉约曼时，使他大为惊讶的是吉约曼衣冠楚楚地穿着一套崭新的套服、衬衫、领带，新帽新靴。

他们拥抱了。卡米耶喊道："吉约曼，你交了好运了！是不是有人把你的画室买空了？"

吉约曼爆发出一阵歇斯底里的大笑。他的鼻子比起嘴唇来动得更欢。在失望沮丧的时候，鼻子看来下垂；平常时候，是笔直的；在欢欣的时刻就变短了。现在，在他狂喜的时候，一双鼻孔在颤动。

"没有更实际的了。上星期我赢了轮盘赌！20000美元！贫穷再见吧！我妻子和我搬进一所漂亮的公寓，买了新衣裳，余下来的钱放在坚固的保险柜里。我的余生可以靠这笔收入和绘画过活了！你总以为我是一个没有希望的梦想者。"

吉约曼欢快地沿着大道走去。卡米耶站在那里凝望着他的背影，僵住了。

"20000美元！比我35年来绘画所得还多。"

卡米耶把吕西安从伦敦召回来帮他选配画框，并搜集画展所需的大量油画。然后他从埃拉尼的窗口开始画一系列的习作。冬天正是理想的好天气：干燥、寒冷，有白霜，有光辉灿烂的阳光。他在架子上放上3块不同的画布。他只有两个星期的时间去完成5幅或6幅新油画。圣诞节后第二天，他欢呼雀跃："非常肯定，我表现出了我的技法。我画完了它们，我就有一套美丽的巴津柯特组画了。我曾害怕画题重复使人厌倦，可是效果变化很大，所有的东西都已完全转型了。"

丢朗·吕厄画廊因办回顾展重新做了装饰。这次回顾展将是卡米耶绘画的一次梗概介绍，展示他这些年来的发展、转变与变化。吕西安显示出搜集绘画的巨大本事。丢朗·吕厄允许画的陈列既要有秩序又要使人有连续性的爆炸感。他甚至同意为一些画框付款。这座大画廊里包括了卢浮西安纳、蓬图瓦兹、埃拉尼、伦敦、鲁昂各时代的画，成了他第一次生前最具权威性的展出。在筹备期间那些红火日子里，任何人走进画廊都感到惊喜，都充满了乐观情绪，吕西安告诉在家的母亲："你能舒舒服服地休息，买你的漂亮衣裳的日子很快就要到了。"

卡米耶对朱莉说："会有这一天，这次一定是真的。"

朱莉现出了惨淡的微笑。她默默地祈祷，她在头脑中用平滑的手势画了个十字。

到了1月中旬，卡米耶已完成了数幅根据普法战争前在蒙特福考特和卢浮西安纳的习作画出的油画。除了旧作外，他已能向丢朗·吕厄交出25幅新作。

"目前已是如何在狼群前保护我自己的问题。"他如此宣称。

丢朗·吕厄所希望的大型画展共有71幅作品，包括油画和树胶水彩画，覆盖前后20年时间，把沙龙塞得满满的。有11幅是70年代的，24幅是80年代的，8幅是1891年画的，5幅是1892年后画的。其中属于朱莉的有10幅，还有一部分借自各个收藏家。卡米耶自

已定了价：从较小的一幅《德拉富瓦大厦》160 美元，到《繁花似锦的苹果树》200 美元，
到《法院小径，蓬图瓦兹》240 美元不等。

奥克塔夫·米尔博为《费加罗报》写了一篇报道，再次大肆宣扬：

画展向我们展示了这位大师在他的全部艺术生涯中是一位不停的探索者。因此，对
我们来说，这不仅是一次宝贵的美学上的欣赏，而且是阅读一篇珍贵的传记……没有人解
析得比这再细致的了。我不知道还有什么作品比卡米耶·毕沙罗先生的画更美、更动人的
了。毕沙罗先生即使有了白须也仍很年轻，保持了年轻人的朝气，他远离小集团与陪审团
的喧闹声，远离可怕的嫉妒与纠缠，他怀着昨日的艰辛，给我们带来了当今时代最美丽、
最值得重视的作品。

开幕日观众很多，一周内都挤得满满的。作品陆续售出。朱莉患流行感冒痊愈后，
带着最小的儿子保罗·埃米尔来到巴黎。她被这么大量的绘画惊呆了。她慢慢地看了一幅
幅油画，每一幅画都勾起了对那段时期或欢乐或悲伤的回忆，她深坐在画廊中央的环形皮
沙发上，百感交集。最后，她向卡米耶耳语道："我很吃惊。一幅挨着一幅，每幅画好像
是一间小屋，所有加起来，就像是一座大城堡。"

她环顾周围，特别注视着画上"已售出"的标签。

"你的画，我们一张也不卖，朱莉，尽管我们还会有。"他在环形皮沙发上坐下来
倚傍着她，"真奇怪，我亲爱的妻子，在那些我卖不出画去的年头里，你反对我画画，可
你拿去的 10 幅是我最好的画。"

好事再次来临。2 月 6 日，阿尔弗雷德·德洛斯泰洛特在《艺术纪年》中写道：

毕沙罗先生将成为目前尚未确定的美术公式的先驱者，其影响已经可以在法国画派
的大部分作品中感觉出来。

公众涌入丢朗·吕厄的画廊，画价进一步提高。这次画展是一次极大的成功。费利
克斯·费奈隆为布鲁塞尔的《现代美术》写道："他把自然从偶然中解放了出来……"

画展于 2 月 20 日闭幕时，丢朗·吕厄买下了所有未售出的画。朱莉撤回了她的 10 幅画，
她解释说："那些画是我偿付一个空肚子和一颗沉重的心的。"

2 月 26 日，吕西安帮着包装好他妈妈的画，运回到埃拉尼。朱莉领着卡米耶去廉价市场，
她买了一件时髦的云纹黑绉纱裙服，使她的皮肤、体形更好看，还买了漂亮的黑丝绒外衣
和帽子。第二天，他们应奥克塔夫·米尔博邀请去吃午饭。他们来到米尔博的巴黎市内住

所，米尔博开门迎接他们时，惊呼道："啊，您真漂亮！"

朱莉高兴得脸红。

卡米耶动情地用手臂搂住她的肩。

"是她，使我们得以活下来。"

他曾在 70 年代被人们所接受过。当时，丢朗·吕厄尽力把画卖给一些热心的业余爱好者，但随后的年代他却被忽略而陷入羞愧的贫穷。

他们仍须相依为命。尽量享受今天的时刻吧。

Chapter 14

苹果园之梦

他从二楼画室窗户俯瞰李花盛开的花园并作画，又把以前一幅牧羊人和巴津柯特山谷风景的习作改成油画。他腋下夹着画到了波蒂埃的画廊。波蒂埃欣喜若狂，他让两个新来的小伙计把他的两位最热心的巴黎顾客找来。两幅画都售出，《牧羊人》卖了200美元，较小的《巴津柯特》100美元。

《起义》和《悠闲老头》等杂志的无政府主义者鼓吹摧毁压迫人的法国政府。圣日耳曼大道136号楼内住着的一位曾参加审判无政府主义者的政府官员被炸死。数天后，一颗炸弹在洛包兵营爆炸。月底，一颗炸弹摧毁了克里谢大街的一座楼房。尽管没有人丧生，但巴黎还是陷入了恐怖。

憎恶任何形式的暴力的卡米耶心情沮丧，对几次爆炸感到非常遗憾，相信那类行动对先驱者和无辜受害者同样是灾难性的。他捐助资金以救援被关在巴黎狱中的人们的子女。

他的英国风景画在法国畅销，为此决定再赴英国作画。此外，他想同雅各布·本苏曾商量吕西安的事。吕西安向斯特比提出结婚建议，信是装在吕西安自己雕刻、上漆的木盒里的。斯特比把信拿给她父亲看了。她父亲说，她结婚那天他就出国去不理他们了。本苏曾对文化有兴趣，卡米耶打算通过这个渠道同他接近。朱莉拒绝了同他做伴前去的邀请，她宁可留在埃拉尼，她至少还懂语言，还有两位友好的邻居。此外，房东已通知卡米耶，他必须把房出售。一家新房主也许会赶他们出去。

"我已经给一个朋友写信让他替我们找一座离巴黎近点的房子，也许就在圣日耳曼－莱耶附近。"

朱莉耸耸肩膀。

"我们在葛兰赛那么穷，也有我们自己的石房和花园。"

他把调色板、画刷、颜料和炭笔都装进一个狭长的木盒子，把可折叠的画架收拾进画架箱，里面还塞了几张空白的画布。画架箱即使是空着也够重的了，装满东西后死沉死沉的。然后他又卷起3幅打算在英国出售的画，放在小轱辘车上。手提箱里装着衣服和书，也很重。这些东西加在一起，他试着举举，举不起来。必须有一部分东西办托运。

在伦敦，他住在丘氏园林格劳赛斯特巷1号一家供床铺和早餐的膳宿公寓，吕西安和乔治就租住在那里。对面是花园和一家面包房。他们在一家小法国餐馆共同吃晚饭。卡米耶写信给本苏曾，问下星期天他能不能去梅尔顿公馆拜访。本苏曾回信邀请他在星期天去吃午饭。

本苏曾的住宅位于豪华的维多利亚郊区，那是一座屋外有常青灌木丛的大房子，卡米耶从未来过。这是温暖的6月初，他走过达利奇学院，他早年逗留伦敦期间曾画过这个学院。小丘的半山腰上就是他画过的水晶室，是万国博览会后从海德公园移来此地的，还画过的有上诺伍德、下诺伍德和西德纳姆，大多数都由丢朗·吕厄出售了。

梅尔顿公馆是一座二层楼结构的房子，有尖尖的屋顶窗。一翼有曲线的凸窗，一个下马车的入口，有铸铁栏杆。他拉了正门的铃，应门人引他沿着一条两边都是鲜花的通道走进后花园。红发怒立、大鼻子、胡须修剪入时的雅各布·本苏曾像一名英国上校那样笔直站着。他要了两杯苏打水，侍者送到后，他用一种调解的语调说："我不反对吕西安，只是反对他的观点，最主要的是反对他的社会主义观念。我是一个有前途的事业家，我对那种极端的胡言乱语没有胃口……"

卡米耶观察到本苏曾大腹便便，上面盖着一件厚背心，一根金表链，这么大的一个肚子足以容纳各种各样稀奇古怪的观念。

"……然而，我不担心这点。时间和生活的实际会改变他。我反感的是他的无神论。我在罗希·哈沙纳的犹太教堂，在约姆·基普尔日（赎罪日），在约姆·哈丁日（上帝的最后审判日），都不能有一个女婿同我在一起了。斯特比再也不会为我点燃主日（犹太教为星期六）蜡烛了。她和她丈夫不会同我一起在逾越节首夜仪式上感谢上帝把我们从埃及的奴役中解放出来，她不再是我的孩子，我会把她当作死了一样。"

"我理解。"卡米耶说，深深被感动了，"错误在我。在我的培养下，吕西安把艺术当宗教了。"

本苏曾皱起眉毛以示不赞同。

"犹太教对人类文明做出过伟大贡献，即信仰上帝。正直生活的规范来自犹太教，密兹沃思*——就是要人做好事的训诫。"

"正直生活来自一个人的道德价值观。"卡米耶回应说，"你的价值观来自东正教。我的和吕西安的来自大自然的美，我们力图把它描绘出来让大家看到，我们都是正确的。鉴于你爱你的女儿，你能否稍稍放宽一点，不必如此严厉？"

女用人从后门出来通告午饭已准备好。本苏曾站起了身。

"让我们和和平平地掰面包吧！"

他带卡米耶沿着小路去到屋子的前部，引他进入一间家具都有厚厚缎垫的客厅，然后进入餐室。一张长长的桃花心木餐桌，一套国王用的银餐具，柄上刻有一个B字。饭菜是汤面、烤鸡。在座的只有本苏曾温柔的、胖乎乎的妻子，她吃饭期间默默无语，因为在东正教家庭里，是没有她的声音的。斯特比、鲁斯和她们的兄弟萨缪尔，是在楼上起居室里用星期日午餐。

"孩子们在相爱，也很般配。你还要求些什么呢？"卡米耶问。

---

* mitzvoth，希伯来语。

"在犹太教堂结婚，由我们的拉比教诲后，孩子们按犹太人的习俗培养长大，男孩子要行割礼。要等 6 个月，才能重新考虑吕西安。如果他那时同意，我愿为他们俩祝福，并给斯特比一份可观的嫁妆。"

"如果在经过 6 个月以后，吕西安不同意呢？"

本苏曾的眼内闪过惊恐的神色。

"那我就剥夺他的继承权。"

卡米耶认识到本苏曾的要求不是无理由的。难道他自己的父亲、母亲没有剥夺他的继承权吗？遗弃他们喜爱的儿子，乃是因为囿于家教和社会的偏见。有没有办法去推进历史？同自然生活在一起，是否就可以超脱人为的宗教和社会的习俗？在代代相传的进程中，是否有一个折腾人的基本模式在起着主宰作用？

"我愿尽力说服吕西安照办。"他说。

卡米耶发现吕西安在他们住所前面的大街上踱步，髭须未刮，从头发、衣着可以看出曾有过长时间的焦虑。

两人在窗旁硬邦邦的木椅上靠近坐着，卡米耶对儿子讲了本苏曾的严峻性格以及为接纳吕西安所规定的严格条件。

"以前我就听他讲过了。"吕西安抗议道，"他并不怀疑我们相爱，而且他知道我并不追求斯特比的嫁妆。他只是要等半年来说服我在他的定约上签字，并遵照那些仪式。你并没有改善我的处境。斯特比和我一旦安排好就马上结婚。"

卡米耶倒在椅子里沉默了。他理解吕西安的急迫性，他们分开已一年多了。他所害怕的是吕西安还无法谋生，也没有创造出大量作品以显示将来可保生活无虞。他将支持吕西安和斯特比的生活如同拉舍尔和弗雷德里克支持他一样。他脑子里充满了冷嘲，与其说是对他儿子的不如说是对他自己的。

朱莉来信说了一件大出意外之事。房东达尔马涅通知她，他已将房屋拍卖。朱莉赶头一趟火车去了吉弗尼，向克劳德·莫奈借了 3000 美元。买房修房的全部费用将超过 6000 美元。房主可接受抵押，欠款付 4.5% 的利息，在 5 年之内还清。朱莉来的是挂号信，因其中附来了经过公证的买房契约。她的信无逗号，无大写，无句点，也没有不确定的用词，她要卡米耶去信给莫奈确认承担借款的责任，并将他签了字的买房契约用挂号信寄回给她。

他跌进一把椅子里。朱莉已经买下了埃拉尼的房子！他不想要那个苹果园，也不想背上几千美元的债。

朱莉固执地宣称："无论如何，在蛀虫吃葡萄根以前，我们得竭力维持住局面。"

吕西安进屋发现卡米耶双手抱着头。

"出了什么事，爸爸？"

卡米耶把朱莉的来信递给他。

　　"她买下了房，那座房子已经倾斜了，再说她照管这个园子也太大了。"

　　吕西安轻声说："她一直想有一座自己的房。"

　　卡米耶站起来，从水罐里往一个盒里倒出一些水，捧起水拍在脸上。擦干后，他在屋内踱来踱去，一幅庄园尽头一座废弃的两层谷仓的图景闪入他的脑海。他一直想把它改成他的工作室，一间是有充足空间和光亮的永久性的画室，可以安静地作画，可是钱从哪里来？

　　无论如何，必须做出某种决定。如果他们能买得起房子，他们就能修得起画室。"上帝会照顾他的子民，"他嗫嚅道，"特别是艺术家。他把智者放到世界上来还会有别的什么理由呢？难道是把庄稼先收割到手再把它们扔掉？伟大的创造可不是为了这个。"

　　克劳德·莫奈这位"可怜的乞丐"自己早年同莱奥尼过着如此贫穷的生活，却不要他们付利息。卡米耶拿着纸和铅笔计算出每年固定的付款大约要 250 美元，第 5 年还须连本带利全部付清。未来售画款的一部分需派此用场。朱莉如此渴望要一座永久性的住房就必须承受这么一大笔债务，他实在为朱莉的鲁莽而畏惧。也许是明智的？要等 5 年以后才能见分晓。

　　也别无他法了，他欠朱莉的太多了。

　　他找到一名公证人的住址，在契约上签了字，盖了章，装进大信封作挂号信寄了出去，决心把抵押的问题以及同雅各布·本苏曾间的不愉快事置之脑后。当他面对他的画架，他的思想完全集中在眼前的景色上，这才是无法估价的礼物，除了工作一辈子以外，一个人还要什么呢？

　　天一亮他就去到宏伟的丘氏园林，它是皇室于 1840 年向公众开放的，经过植物学家威廉·胡克和约瑟夫·胡克父子两人的经管才得以完善。开阔的草地、绿色的小灌木林、温室、园艺博物馆，用花和灌木丛建起来的迷宫小径长达数英里。对卡米耶来说，每一种颜色都是珍贵的发现，这些颜色形成了色谱。杜鹃花，多年生草本植物筑成了花园沿边；花园后部是蓝色羽扇豆属植物，黄色的雏菊花、粉红色的石竹花、玫瑰花、钟形花瓣的杜鹃花、牡丹花种在高脚盆里。茉莉花在绿叶当中，碎砾石铺的人行道，雪松和山毛榉交织成疏而不密的树荫。他把它们全画了下来。他不顾年老，把画架支在花园的每一个不同的区域，觉得他的画刷和颜料得心应手。他戴着一顶宽边草帽，用一个粗陋的水壶喝凉水，工作了一整天。6 月的天气带着它的凉爽的微风，使鼻孔很舒服。到了 7 月，太阳透过草帽，他感到热了。

　　1892 年 8 月 11 日，埃斯特·本苏曾同吕西安在里奇蒙一个登记处结婚，如同朱莉和卡米耶在克罗伊登一样。吕西安邀请两位艺术家朋友代替法国证人在结婚证书上签了名。卡米耶站在一旁，快乐又惊惶。雅各布·本苏曾打发一名他办公室的书记员来弄清楚仪式是否合法，别的话一句未说。第二天，新婚夫妇渡过英吉利海峡去鲁昂度蜜月。后来，他们去埃拉尼住，朱莉打算把斯特比调教成一位能干的家庭主妇。卡米耶收拾起他的画具，坐火车和船，从多佛尔渡海到加来。他在英国两个半月的逗留结果不坏。伦敦再次激发他用最大努力去捕捉不仅限于郊区的景色，而且还有查林克洛斯、普里姆罗斯山和摄政公园，还有草地、教堂、小川、落日，这在过去并不是那么轻易做到的。

"好成绩！"他自许道，"现在，只要法国人继续欣赏我对伦敦的感受就好了。"

🐟

卡米耶在埃拉尼主街上散步，街的一边是市政府，教堂的尖塔刺破 8 月中的蓝天。前头就是他的家，已经不是他、朱莉和孩子们曾暂时落脚的随随便便的建筑物了。现在，房产已属于他们，看上去就觉得不一样了，应当取个名。房子看起来比以前狭长一些，可是不能叫它"埃拉尼瘦塔"。他凝视开着的大门和朱莉的大园子，也不能叫"带一个太大的花园的屋子"。当他见到树上结满了闪光、甘美的苹果时，忽然悟到有了房子的名字了："苹果园。"似乎命中注定，现在房子同苹果园已是一个统一体了，已完完全全属于他个人了。一种喜悦的快感像海潮将他淹没。他冲进前门大喊："朱莉！"把奔跑出来的朱莉拥抱在怀里。

一次快乐的团聚：吕多维克·罗道尔夫、柯柯特和保罗·埃米尔，像蜂群一样围住他，亲热地搂他、吻他，他把他的新作拿给他们看。朱莉高兴得脸发红。

"哦，卡米耶，这些画这么讨人喜爱。它们会找到收藏家的。他们会为我们付买房钱的。"

她的脸因在户外劳动晒得黑黑的，比早年更体宽更丰满了，虽缺乏线条，已不是卡米耶当年爱画的好模特儿，但看起来仍令人愉快。眉毛高耸，有光泽的头发梳成辫子盘在头顶上，一双深绿色的眼睛相当好看，牙齿整整齐齐。多年来不断的焦虑和丢脸的贫困并未摧毁她内在的品质。

朱莉给吕西安和斯特比一间朝马路的大卧室，为他们缝了一张新床罩，挂上新的窗帘。卡米耶把塞尚、莫奈、西斯莱、凯博特、高更早年的速写和水彩挂在他们墙上。他们高高兴兴地在一起待了些日子。斯特比对这一家有很深的感情，她也很想学会做饭、洗涮、缝纫。可是，她没有管家的才能，她对此也不怎么认真，时间掌握不准，肉好了的时候蔬菜还比较生，而浇肉的汁还没有开始做。牛油经常成了棕色，地还没有扫呢就先揩家具。她娘家是有许多用人的，斯特比觉得做这些活是在浪费时间，也没有用。

朱莉开始不耐烦了。当挺值钱的肉烧煳了，或者衣服到中午了还四处散着的时候，她就很不高兴了。

"吕西安找的这个妻子不能再糟了。"她向卡米耶抱怨说。

"得给她时间。"他回答说。

斯特比哭了起来。一天早上，吕西安要赶第一班去巴黎的火车，5点钟朱莉重重的敲门声把她惊醒："斯特比，起床。你得送吕西安去火车站。"

斯特比回家的路上挺不是滋味。要跟婆婆过一辈子什么样的生活啊？朱莉在厨房里炉灶旁。她拣起一件吕西安的衬衫扔在桌上。

"需要补了。"

"对不起，妈妈。我从没学过补衣服。"

朱莉变温和些了："我做给你看。"

吕西安回来后，卡米耶带着这两个年轻人在日落的紫红色余晖中，沿着两岸柳树成行的埃普特河边散步。

"爸爸"，斯特比说，"我想回英国家乡去，找一所房子，吕西安和我就可以单独住。"

"我同意。我会帮助你们的。"

卡米耶把这项决定告诉朱莉时，她问："吕西安怎么能过活？她对他能帮上什么忙？既不会做饭又不会收拾屋子，她拿什么来支持这个家庭？"

卡米耶伸出双臂，揽住他妻子的双肩。

"热爱中的丈夫习惯穿未缝补的衬衫，习惯他们的妻子做的饭。没有一个男人会因为妻子不会做饭要离婚的。"

9月初，奥克塔夫·米尔博邀请卡米耶到他勒斯丹普的家（在拉谢桥附近）中住几天，趁花未凋谢前作画。卡米耶在客房安置好后即走进多姿多彩的花园，开始画4幅风景画，他认为这几幅画有极佳的画意和效果。他从容不迫地画了两周，当刮来一场强风时，还未画完3幅。他离开勒斯丹普前，米尔博向他吐露说，他觉得自己的文章写得越来越不行了。卡米耶在鼓舞别人勇气方面是个老手，他对米尔博说："你感到泄气是因为你没能作为一名作家达到你工作的顶峰，可是不管一名艺术家有多大才能，他永远不会达到他梦想的最高峰。所以，就这么干下去。当你觉得泄气的时候，你恰恰完成了最好的作品。"他还相信，希望是自我实现的，理想主义者不同意这点，但这恰好是拯救他们的出路。

回家不久，卡米耶去到唐居伊老爹处补充绘画用品。外面漆成钴蓝色的这间小铺受到巴黎凛冽的冬风和夏日骄阳的侵蚀，但铺内墙壁仍是光鲜明亮，墙上挂着塞尚的画，画中是桌上的苹果，爱斯塔克山以及半山腰黄瓦顶石屋小村。还有梵高的阿尔和圣雷米的风景画。唐居伊，这位上了年纪的战士，瘦弱、肤色发青，躺在珠帘后的床上，同样年纪但精神蛮好的妻子坐在炉子旁，只隔了几步远。她认为所有的艺术家都会成为欠债人，这些人欠她丈夫的债务使她陷入一辈子的贫穷。卡米耶在丢朗·吕厄为他办画展后，已在去年春天还清了唐居伊的债。为此她给他送上了一碗汤。

卡米耶拉过一把藤垫椅坐到唐居伊旁边。唐居伊夫人在他的身后嘟哝："他一生的野心就是死于债务。"

唐居伊从被单下举起一只手。卡米耶动情地握着它——一只瘦骨嶙峋的手。他弯下身去贴近唐居伊的耳朵，柔声说："要不是你为我们提供颜料，我们就没法工作。我们的画里有一部分是你的创造。"

唐居伊黯淡的眼睛又有了生气。

"啊！要是真是这样，我会快乐地死去。"

卡米耶在伦敦的时候，克劳德·莫奈同爱丽丝·霍希蒂举行了婚礼，这是在同居 12 年后办的婚礼。莫奈在他的吉弗尼庄园中开始建造温室，并继续扩展他的花园，雇了 6 名花匠种满了他所要画的花。卡米耶看望了他，感谢他答应朱莉的借款请求，并向他们表示祝贺。

他还看望了德加，他已有些时候没见到他的四处溅满颜料和清漆的画室了。德加早些时候曾告诉卡米耶，他要画一幅宪兵开枪射击正在画自然风景的画家，这幅画引起了一场骚动；他又画了户外风景画，征服了评论家，甚至包括那些同其他印象派画家对立的评论家。卡米耶凝视着画架上德加正在画的带有烟囱的油画。风趣地说："如果他们理解了你，他们应当也理解我。"

卡米耶曾听说很久以前德加同玛丽·卡萨特分手了，据传起因是德加曾向卡萨特介绍去他画室的一位朋友对她的画有些微词。卡米耶钦羡地看着墙上的两幅卡萨特的印版画时，德加压低声音道："我的舌头比酸液还咬得更深，不过我们又成了朋友了。我发现，没有了她，我的生活有一点无聊。我生来就不会道歉，就像生来就没有屁股。不过我对付着做了。卡萨特小姐是我见过的最有独立性的女人，而且最有才能。"

卡米耶想用一只手去拍德加的肩膀表示赞赏，半路又止住了，他没有去碰德加的身体，只嘟哝了两句表示祝贺的话。

他曾写信给丢朗·吕厄，问他是不是该继续完成伦敦和米尔博花园的画。他未接到回信，于是便去巴黎面见这位经销商。丢朗·吕厄的办公桌上，信件、合同、价目表堆得高高的。卡米耶问他为什么未回信时，他回答说："我没有回复你，因为我以为不几天你就会把画送来了。至于价格，我只有一句话要说，我接受的条件是，你不会把作品给任何别的人，你也不会偶尔送给一个不想同我这样的可怕的经销商和解的人，这是要我出售你的绘画的唯一条件。否则，他们会开始一场针对我的价格战，把我称作一个什么作品都卖高价的人。"

丢朗·吕厄把身子往后靠，深坐在椅中，又感到对一种亲密关系来说距离太远了点，于是走到卡米耶的身边，凑合着坐在一张硬背椅上。卡米耶感到了经销商的两难问题……再加上他所知道的支持 7 个孩子的重担。在商人和画家之间总有这样的问题：商人总要保持有偿付力的地位，能得到可观的利益；画家只要卖掉他的作品的钱够养活一家子人。

"我所要求你的，很简单，也很公平。"丢朗·吕厄继续说，"我打算收下你全部作品，这不会像你害怕的那样付出高昂的代价。这是不要有竞争的唯一办法，而正是竞争使我这么长时间无法支持你的画。"

卡米耶感到身体开始发热。

"垄断这个词使我害怕，它是不是包括再办一次大型展出？"

"是的，明年。我就是用这样的体制，5 年或 6 年前出售莫奈的作品的。因为我有了莫奈的全部作品，所以我就可以把他置于他应得的地位。如今我处于这样一种地位，我可以生龙活虎地领导一场竞赛而无须害怕因缺钱被迫停下来。我必须有你不再卖给其他经销商甚至他们出更高的价也不行的承诺。我已接受的画送来给我。我告诉过你，我会接受你的标价的。你知道，我是非常替人着想的。"

卡米耶被说服了。他深深呼出一口气。

"你能来埃拉尼吗？米尔博花园组画是一次伟大的成功。我相信伦敦组画会比我最初在伦敦画的你买去的 4 幅更使你吃惊。"

下一个星期天，丢朗·吕厄穿着条纹裤和他上教堂穿的正式的黑上衣来到埃拉尼。卡米耶在安排画时，他同朱莉喝加奶咖啡愉快地交谈。经销商对卡米耶给他看的全部画都很满意。

"这 12 幅适合给美国佬。"

第二天，卡米耶整理好画，开了画价单。价格从 120 美元到 500 美元不等。总数额超过 3000 美元。如果都能售出，全家就能过一段好日子，并偿还一部分买房钱。

整整一个星期，米卡尔焦急地等待经销商的答复。近 12 月底，丢朗·吕厄接受了卡米耶的标价。卡米耶去巴黎商谈有关举办一次广泛的画展时，在画廊入门处遇到干零碎杂活的普罗斯佩·加涅，加涅向他祝贺道："您又超越了您自己。新油画非常美丽。"

一件非常意想不到的事可以追踪到很久以前。埃斯特·艾萨克森一直是卡米耶最钟爱的外甥女。她曾尽可能地多次来法国探望，到拉舍尔家和卡米耶家小住。她称赞朱莉，成为她的朋友，甚至把她看成自己的母亲。她曾设法把卡米耶的水彩画弄到伦敦展销。乔治去伦敦后，卡米耶曾写信请她照顾一下。

现在，21 岁的乔治爱上了 35 岁的皮肤光滑、常带笑容，但已像一位母亲的埃斯特·艾萨克森。埃斯特被菲尼阿斯·艾萨克森管得很严，从来也没有谈过恋爱。她同浓密的卷发垂肩、有着显出青春活力的髭须的乔治经常接近，被他的执意追求所降服。

他们在 1892 年 12 月秘密结婚了。他们相差 14 岁，而且乔治既没有职业又没有生活来源。乔治从来不听别人的教导，他父亲倒认为他正在增长才干。

朱莉为这桩她所说的"不相称的婚姻"而苦恼。别人安慰她都不管用。为什么又要他们背上一个不幸婚姻的包袱？菲尼阿斯·艾萨克森因乔治同埃斯特是亲表姊弟，也很忧虑，他还不愿失去他的管家，而且他把两个儿子赶出家去以后反倒又要接纳一名男子到家里来。他已经失去一个女儿艾丽斯（埃斯特的未结婚的姊姊），不跟她说话。卡米耶只有一个反应：他让丢朗·吕厄送这对夫妇 200 美元，算他的账。米尔博来看望他时，他向米尔博吐露："有时候，绳结会结得很紧……由于无法拯救一个既成事实，我只有祝他们快乐。我的外甥女的唯一缺陷是在年纪上同她的年轻——非常年轻的丈夫不般配。她很勤奋，有献身精神，但我们不禁要为未来担心。更不用说男孩子性格易变，前途未卜。"

他的眼睛深陷，他写信给埃斯特，说他尊重他们的感情，因为他们都已是成年人，他为他们祷告，希望他们不致为这件婚事后悔。

圣诞节出现了一只祝酒杯：好消息传来，吕西安售出一幅画得了 50 美元；乔安正在迫使布索德－凡拉东出版画册《田间的劳动》，即卡米耶和吕西安几年来走遍乡间所画的非正规速写。然而，朱莉去巴黎看望她的姊姊约瑟芬，发现约瑟芬四肢伸展地横在床上，已死了。她同约瑟芬不那么亲近，而今她为一种特殊的哀伤而感到苦痛。

到了 1893 年新年，乔治和埃斯特住到埃拉尼来。乔治没有找工作，但帮助他父亲在乡间走动，甚至一直走到波西，以寻找有刺激性的画题。几个年纪小的家伙都觉得两个哥哥的婚事很有趣。

丢朗·吕厄把卡米耶画展的日期定在 3 月 15 日。朱莉说："最好把画展搞得更好些，现在我们已有两对夫妇和 4 个小的要养活。"

全家的注意力集中在布置画展。卡米耶展出 42 幅油画，包括 5 幅人物肖像，12 幅伦敦和米尔博花园风景，4 幅他从画室窗口画的，10 幅前几个季度画的乡村风景。丢朗·吕厄评论道："我喜欢全部作品，除了《披黄围巾的妇女》当中的人手；《白霜》中的天空有明显的剥落感。"

卡米耶咆哮道："等装了画框再看吧。"

画展很受欢迎，售出相当数量。丢朗·吕厄又在剩下的画中买下 13 幅他中意的，并答应卡米耶 1894 年再办一次更大些的画展。4 月 1 日，卡米耶共收入 1200 美元。当时他正因流行性感冒和眼病在加纳医院住院。帕朗托大夫给他打针以防止再起脓肿，还建议他常戴眼镜。流行性感冒过去后，他从窗口画了圣拉扎尔广场和大街，眼前的景色使他产生了惊人的怀旧感。1855 年他来到此地，对周围的景象产生强烈的印象，为此从早速写到晚。他激奋于绘画城市风光，决定将在巴黎花费更多时间把车水马龙的大街和广场，以及两旁式样各不相同的漂亮四层楼房，画入他的油画。晚间，他在医院咖啡室吃一顿量小的晚餐后，就阅读一些新出版的书籍。

他回家后获悉斯特比和埃斯特都已怀孕。乔治把埃斯特带回伦敦，解释说："我从未想过要把我妻子置于妈妈的裙下。"

吕西安和斯特比在埃平的埃纳尔街上物色到一座四周环绕着橡树和垂柳的小屋。吕西安还把其中一间带有深窗的大房间作为他的画室。乔治和埃斯特搬进去和他们同住。卡米耶每月送埃斯特和斯特比 40 美元生活费用。乔治的唯一抱怨是感到埃平不够美。卡米耶很生气，他写信回来："快乐在于能在朴素的、旁人看不到美的地方看到美。每一件事物都有它的美，全部的秘密在于知道如何去发掘。"

卡米耶的画价 5 月间得到意想不到的升高。在一次公开拍卖中，丢朗·吕厄为一位美国顾客以 800 美元的价格购去卡米耶 1870 年—1871 年间画的《从圣日耳曼到卢浮西安纳之路》；尽管当时美国还在白银危机期间。

7 月酷热袭来。帕朗托大夫再次在为卡米耶眼球动手术上获得成功。卡米耶开始画一些在河里洗澡的农家少女，如他所说的："……在柳树的树荫下，河岸上的荫凉地暗示出天气的酷热。我从中感到了诗意，主要的障碍是不能找到一个模特儿，否则我就可以画出新的、稀有的画题。"

苹果园沉浸在炎夏的平和之中。

8 月的巴黎，门板都上了闩。他在丢朗·吕厄的同意下，以经销商的定价，自己售出一幅大油画。然后，他通知一位姓贝纳尔的建筑师（一位女图画经销商的儿子），说他准备翻修他的谷仓。这个谷仓是 1839 年盖的，当时卡米耶还是圣托马斯的一个 9 岁的小学生。

贝纳尔开始设计这间画室。他估算翻修工程将花费约 400 美元。他找来两名工人清理已积累 10 年的破碎东西。贝纳尔给了木匠一张草图，楼上天花板高高的，西边一扇大窗，北边有个 3 英尺宽的凹窗，提供很好的光亮。卡米耶喜欢更质朴一些，但他对外面的楼梯和游廊还是感到很满意的，他计划在上面覆盖攀藤植物。楼下用作贮藏室。在画室后部的砖墙上，他加了一个衬垫，他将在上面挂他的画，还将架搁起他的几十支铅笔、炭笔，就如他曾访问过的柯罗当年在巴黎的画室那样。西窗上有法式门，开门出去就是果园，他就能在新鲜芳香的空气中作画了。

朱莉写信给吕西安：

柯柯特大腿脱臼使她看起来像驼背我带她去牙医师那里给她补了牙德·贝利奥大夫给我开了个处方但愿管用我真没运气我自己一点时间也没有我没有时间写柯柯特和保罗的事女用人出去弄黄油去了我送你一篮梨一些黄油和杏仁我非常恼火乔治少爷像一个笨人那样走掉了他也不想想各项费用要多少他头脑里没有点数怎么能过活你爸爸在他们走的时候给了他们 1000 法郎你信不信他们已经用光了本来足够 5 个月用的他们在一个月内就统统

用光了这样对你们都糟透了你看能做些什么我只求安静

　　埃斯特·艾萨克森·毕沙罗生了一个苗壮的男孩。她是在贝斯沃特的科尔维尔广场7号她爸爸的家中生的，时间是8月底，然后，她两天后死去了。乔治无法抑制悲痛，卡米耶和朱莉惊呆了。费利克斯去伦敦同两个哥哥在一起。后来，传信来说已安葬埃斯特。她同她母亲爱玛一样，年纪轻轻地就死去。卡米耶哭了。朱莉说："我来养这个小的。"

　　"你已经养大自己的7个孩子，你已经做得太多了。"卡米耶忠告说，"我们可以请埃斯特的姊姊艾丽斯来带他。我们可以像给两个男孩那样，每月给她40美元。"

　　就这样办了。托米·毕沙罗将由他的艾丽斯姨妈来抚养。

　　9月中旬，卡米耶的画室装修完工。他对画室的大小、舒适有点吃惊，作为一个知名画家的永久性画室足够好的了。

　　"这下子任何时候我都可以作画了，最热的天气，惊人的严寒天气。我打算使出劲来画。我能在这么新的环境里作画吗？我的美术该戴上手套吗？"

　　斯特比生了个女儿，他们给她取名叫奥洛维达。母女都好，大家放了心。雅各布·本苏曾承认了女儿的婚事，准备资助他们。

　　秋天本给人以艺术复兴的感觉，但却有风和雨。在空隙时间，卡米耶给3个在英国的儿子不断写信指导、鼓励。他写道："让我们谈艺术，我的儿子们。我不时看你们的雕刻，我看得越细，我越相信你们是好样的。我希望费利克斯做些大一些的，还要很好钻研，师法自然。看了乔治的雕刻以后我感到他在观察自然方面有了很大进步。吕西安有一种巨大的纯真感……"

　　19岁的费利克斯出人意料竟成了一个浪荡子，他常答应同姑娘结婚实际上只想占点便宜。卡米耶几次把他从困境中解救出来，其中一次涉及朱莉的外甥女。费利克斯的下一步是宣布他对一位有名的音乐家的女儿的钟情。卡米耶告诫他说："你在一只追猎的号角上吹出了假信号，在乡间乱转一气，没有增长你的价值观和色彩知识。"

　　他让丢朗·吕厄送300美元给乔治、艾丽斯和婴儿托米。他又患了牙痛。一个艺术家折断腿还可以画，可是白齿溃脓就画不成。他到巴黎请一位牙医拔去3颗牙，这位牙医愿意接受一幅画代替医疗费。他再次住进加纳医院。牙痛消除后，他从医院病房窗口为5幅大油画作好了速写。他需要为下次画展做准备。他回到埃拉尼，保罗·丢朗·吕厄经训练已接管画廊的儿子约瑟夫来看他，看了他的新画室，指定了1894年画展将展出的画，其中许多他愿意直接买下。

　　约瑟夫走后，卡米耶跑进屋把朱莉抱在怀里，同她跳舞连转了几个屋子。两个人的眼里大概都含着眼泪。

　　"你是对的，朱莉。持之以恒带来了繁荣。买苹果园借的钱，我原想是一个沉重担负，现在看来只要一年半就可以还清了。我们只欠克劳德·莫奈的钱了。"

"难以置信！"朱莉耳语道。她的心贴着他的胸在跳："我们用牙把月亮咬下来了。"

死神继续展开他的翅膀。他们的朋友乔治·德·贝利奥于 1894 年 1 月底突然去世，似乎没有什么病症。唐居伊老爹也不得不屈从于死神。12 月底，居斯塔夫·凯博特生了几次小病后，得了脑充血。他的长期的情妇建议卡米耶不要去看他。胸襟宽厚的凯博特解脱之时未同任何人说话。巴黎美术界处于哀悼之中。德·贝利奥大夫爱护备至地为同胞看病而不收费。唐居伊老爹供应他们绘画用品准他们赊账。居斯塔夫·凯博特以相当高的价格买过他们的画，是印象派画展幕后不屈不挠的斗士，他自己也成为一位出色的画家。他把自己收藏的毕沙罗 18 幅、莫奈 16 幅、雷诺阿 8 幅、德加 7 幅、马奈 3 幅、米勒 2 幅、西斯莱 9 幅、塞尚 4 幅画都遗赠给了国家。

"必然会有一场斗争使美术学院接受这些画。"卡米耶评论道，"凯博特能使我们成为官方的吗？"

卡米耶过了 64 岁生日。3 人的死亡鞭策他工作更加勤奋。画展也推迟了 8 天。他的许多作品将在宣传媒介中提到，这将是一次最大的画展。他完成后，说："酒已斟好，只等痛饮。"

他自己不会痛饮了。他又因患流行性感冒住进了加纳医院。开幕日未能出院。他郁闷不乐地、半醒半睡地躺着的时候，响起了清脆的敲门声。保罗·丢朗·吕厄进屋来，黑色的早礼服和白色的阔领带使人耳目一新。他满脸堆笑。

"大山再次来见穆罕默德*。"他大声说，"我们卖出了不少水彩画和色粉画。我已承诺了几幅油画。我带给你一张支票。莫奈和德加出席了。他们对你的《落日中收获土豆》评价很高，居斯塔夫·热弗鲁瓦正在写一篇赞扬的文章，他为画展目录写的导言在《晨报》上重载了。"热弗鲁瓦在他的《印象派画史》中曾有好几页讲到卡米耶的作品。

接下来，很快又有一些有趣的文章在著名报刊上发表，诸如《事件》《法国信使报》《法国艺术》。

卡米耶的病奇迹般地迅速治愈。他立即回到埃拉尼。好消息一只眼睛也能读，同两只眼睛一样清楚。

近 6 月底，一名无政府主义者刺杀正在里昂访问的法兰西共和国总统卡诺。3 个月前，极端分子奥古斯都·瓦扬曾向国民议会扔了一颗炸弹，后被处死。为报复此事，一颗炸弹扔进了圣拉扎尔火车站的泰尔米诺咖啡馆。埃米尔·亨利的被捕又导致公共场所 3 次炸弹爆炸。无政府主义分子及其同情者被捕入狱。同激进报刊有关的 30 人将受审判，其中包

---

* 据《古兰经》，先知穆罕默德一次对他的门徒说，我可以大喊三声让前面那座山到我面前来。他大喊三声后，山并未过来。先知对门徒说，既然山不过来，那我们走过去吧。

括评论家费奈隆和画家马克西米连·吕斯，这被称为"30人案"。奥克塔夫·米尔博和《悠闲老头》的编辑普盖则逃亡国外。

卡米耶也逃亡国外，因为警察掌握了一份向《起义》和《悠闲老头》投稿的名单。朱莉把吕多维克·罗道尔夫、柯柯特和保罗·埃米尔留给了费利西，也留下了生活费用。卡米耶对丢朗·吕厄说："我怕要被迫留在国外一些时候。连一个门房也有权拆你的信，仅仅一个举报就可以把你投入监狱，而你是无权为你自己辩护的。"

他收拾了画架箱、两个旅行包，带着朱莉去诺德火车站坐火车去布鲁塞尔。

他们受到了勒斯温特画廊有关人员的欢迎。朱莉逗留了10天，回到巴黎。卡米耶去到风景如画的荷兰港口诺克苏默，在该处画了房屋、磨坊、教堂、沙丘及村庄的冷僻处。丢朗·吕厄每月付给他135美元，但他还须每月给吕西安60美元，艾丽斯和托米60美元，乔治和费利克斯各40美元，总计共200美元，此外，还有3个小的孩子在家中。巴黎的这场激动人心的危机平静下来后，他回国，向人吐露他在国外作了不少画，可是丢朗·吕厄怀疑地向那些油画扫了一眼，尖锐地指出："我必须说，这不是我所希望于你的。这些画题不符合具有特色的荷兰乡村。人们可以认为是在法国画的。"他又换了话题："事情还没有开始。不过星期一我们可以送你100美元，送你在伦敦的几个儿子每人100美元。"

9月末，无政府主义恐怖转变为一股强烈的反犹浪潮。其中的发展关系不清楚。其实，在法国的犹太人比任何欧洲国家都要少，只占总人口的千分之二。而且扔炸弹的人和刺杀卡诺总统的人，是属于英国国教的。卡米耶的艺术界朋友、经销商、收藏家都知道他是犹太人。他遇到过德加和雷诺阿对犹太人根深蒂固的偏见的事例。在他的本性中，并没有把评论界的攻击、售画的不顺利、公众的冷漠，归于他的宗教。只有一次，这种念头曾在他头脑中产生，但他认为毫无价值，始终未放在心上。

他也没有注意到某些作家越来越多的辱骂，诸如写《法国犹太人》的爱德华·德律蒙，写《犹太教以及基督教徒的转换》的图斯内尔。虽然他开始有些沮丧，但仍然享受着他的完善的画室，在凹窗旁工作顺利，天气温和时外出画白杨树，画已收完庄稼的农民，在小川中洗浴的人物，一个在河里洗脚的女人，一些年轻女人在真正的平淡中使人深切感到纯真的美。

后来发生了法国军界历史上最糟的丑闻。陆军部参谋总部一名官员被查曾把秘密情报和防御计划送给了德国驻巴黎的大使。1894年11月1日，反犹报纸《自由论坛》透露此人是阿尔弗雷德·德雷菲斯上尉，出生于阿尔萨斯－洛林的一家有钱的犹太人家庭。德雷菲斯是一个卓越的参谋军官，在军事学院毕业时获第三名，是被选进有权威性的参谋总部的头一个犹太人。这一阶段，他在情报部任职。他被控以现钱交易出卖法国军事秘密。如果罪名属实，反犹主义将在法国全国掀起一场像俄国和波兰那样对犹太人的集体迫害，国内每一个犹太人都将成为问题。犹太人已经因巴拿马运河公司的破产受到谴责，也曾为大通联合银行的垮台受到谴责。总是要有替罪羊的。

可是，罪名是卖国！11月底，《费加罗报》刊登了有关德雷菲斯上尉的一篇文章，控告是官方提出的。但叛国行为似乎没有动机。他的家庭相当富有，他不赌博，婚姻美满，没有情妇，性格安静，沉默寡言，生活也并不挥霍。有人说是因为他出生于阿尔萨斯－洛林，那里当时还是德国领土，他主要效忠于德国，他希望见到德国对全欧洲的统治。巴黎的恐怖同丑闻一样多，谁也不敢说别的什么。

在里什咖啡馆，有几个新闻记者同坐在一张大圆桌上。他们用简短的语句交谈。卡米耶从中获悉，对德雷菲斯的主要指控（他曾在参谋总部4个部门受训6个月，这一期间的报告对他都是有利的），乃是他对上级不尊敬，因此人缘不好。军方截获了一份可疑的文件，以及一批涉及法国动员计划、一种新炮的液压制动和军队移动的秘密材料。据消息说，只有参谋总部及其受训人员才能接触这些材料。德雷菲斯被召到陆军部，经人口授，写了一张给德国大使的便条，这张便条也被法国情报部门截获。笔迹被宣布与他的相同，尽管官方笔迹专家认为不对。德雷菲斯被逮捕投入监狱，等待军法审判。叛国罪可能判死刑。毫无疑问，陆军部和大多数新闻记者都认为他有罪。

卡米耶颤抖着离开了咖啡馆。他不知道德雷菲斯上尉究竟有罪或无罪。说他出生在德国管辖下的阿尔萨斯－洛林不是一个充足的根据。但是，不管是有罪或无罪，都将激起一场动乱、流血。他为法国很少的犹太人担忧，为他自己的家庭担忧。他阅读报纸寻找秘密审判透露出来的消息。埃拉尼大街上的人们，基索市场上的人们，地里的农民，已经用遮遮掩掩的厌恶情绪把背转向他。

12月22日，阿尔弗雷德·德雷菲斯上尉在军事法庭上经一致裁决他曾向德国人出卖军事秘密。他将受贬黜，送往魔鬼岛在禁闭中度过余生。军方秘密举行了贬黜仪式（将在陆军学校的操场上举行）。但曾参加的官员和某些新闻记者中有人把情况透露了出来：德雷菲斯的金银丝带从法国军帽上被撕了下来，三叶饰从袖上被撕下来，号码从衣领上被揪下来，纽扣从紧身短上衣上被揪下来，绦带从裤子上被拆下来；他的剑被折断，剑鞘扔到了地上。然后，法庭命令他在他从前带领的士兵队列前正步走过。学校墙外的人群高喊："打死犹太人！"

几周来，暴民在大街上追逐认出的犹太人，扔石头砸犹太人开的店铺。在巴黎人中只有一小部分人怀疑这次审判。

卡米耶头一次认识到了他的希伯来血统的含义。出现了这样一场大震动，使他意识到了他的继承物：所有的东西都在他的头脑、精神、价值观，甚至他的理解力中起作用。他知道他的民族的根深蒂固的延续性，也知道公众头脑中的种族歧视的偏见之深。他思索了富人的宗教仪式和习惯，想到了雅各布·本苏曾提出的宗教的目的，想到了圣托马斯犹太教堂里的长老们在他的父母已结合7年生下4个儿子后仍不准他们在庙中举行结婚仪式（他宽恕了这些长老们）。他受惠于自己的出身背景、精神和思想，认识到了《旧约全书》中"灵魂"一词的意义。

有盈有亏，有丰有欠。这就是现在64岁时的生活图式。他的儿子吕西安出版了他的头一本书，一本图片集名叫《鱼女王》，包括插图、正文和印版画。卡米耶付了出版费用。

曾去诺克苏默做客的一位荷兰画家朋友带着他的妻子来到埃拉尼。当他见到卡米耶画的裸体人像时，惊呼道："他们同学校教给的法则全然不同。他们具有一个户外活动的真正的农民品质。"

人们不大提起，卡米耶的蚀版画和平版画中超过四分之一是裸体人像。他只物色到一名模特儿，裸身时未激起朱莉的反对。他经常抱怨缺少模特儿。丢朗·吕厄对蚀版画和平版画不大感兴趣。现在，荷兰画家的称赞，给了他一次鼓励。

在德累斯顿和慕尼黑官方经销商的要求下，卡米耶送去5幅大尺寸的油画。但再也没有听到回音，只收到一张400美元装框费用的账单。后来他总算幸运地收回了自己的油画。

还只是1895年的最初一两个月，他的画架上已经有了数幅油画了。现在，除了莫奈和德加是例外，他同其他印象派画家的来往看来已经衰微，有一种冷漠的态度渗入其间。对评论界和报界，他也不大关心了，引起他注意的只有一本名叫《矫饰》的书中的4页文字。他曾盼望也许卢森堡宫会展出凯博特的赠画，也等于是官方对印象派的承认。但政府拒绝了凯博特遗赠的画，这对他们的自豪是一次尖锐的打击。

卡米耶获悉，54岁的贝特·莫里索死于流行性感冒。去出席葬礼前，他写下了一段感想，称她是"一位杰出的妇女。有如此卓越的女性才能，把荣誉带给了我们印象派集团。可是，可怜的贝特·莫里索，公众很少知道她"。

他回到他的画室，继续完成一幅已画了一年半的大型油画：一位农村姑娘正在跨越一条小溪。她的人像几乎塞满了整个15英寸×18英寸的画布。天空晴朗，树是绿蓝色，技巧不是划一的，然而却有着巨大的统一性。这幅画把他缠住相当长一段时间，但现在他很喜欢它。他担心它会使人骇异，但相信那时也会使人更感到一点可爱。他还完成了《洗衣妇》，德加曾画过类似的人物，几名大个儿妇女曾在德加的华丽的、充满生气的画室中颤动着她们的乳房。

由于发挥了潜力，他在4月初共完成了13幅油画，把它们送到佩莱蒂埃大街。在墙根一排排油画包围之中的丢朗·吕厄犹豫不决地对卡米耶说："我手上有你们集团价值100万法郎的画，而利率很高。我不知道再买你更多的画或试办另一次画展是否明智。"

卡米耶感到自己的呼吸沉入他的胸底。

3天后，丢朗·吕厄把他从旅馆房间——焦虑的地狱召唤到办公室，向他提议：他将为13幅油画付3000美元，最后一次收购他的作品。卡米耶愤怒地喊道："那种话并不美妙。这是一次大牺牲。事实上，是灾难。每幅画的价格只比150美元多一点。我回去算了。"

"时代如此。正如雷诺阿所说，我们必须像钓鱼竿的浮子，在一个我们无法控制的环境中飘浮。"

"我就拿这些钱吧。不得不这样。"

克劳德·莫奈花钱比进钱快，他修筑莲花池、水渠、一座日本式的桥，为此请卡米耶还他所欠的钱。卡米耶还给他所欠的600美元。

5月份，他去参观了莫奈的《教堂》，是鲁昂的系列画，画显示出特别出众的技巧。使他惊讶的是，保罗·塞尚进入了丢朗·吕厄的画廊。塞尚已是56岁，头秃得像大理石，边鬓修得很整齐，留着如盐和胡椒粉那样的灰白相间的山羊胡子。金刚怒目的神气已从他的嘴唇和眼角消失。他热烈欢迎卡米耶，并谈起在蓬图瓦兹的友好日子。塞尚已多年不来巴黎，卡米耶曾替他找到一位愿展出他的埃克斯－普罗旺斯系列油画的经销商昂布鲁瓦兹·沃拉尔。沃拉尔看来品评水平不高，但还愿听有水平人的意见，并且很热心。昂布鲁瓦兹·沃拉尔住在拉菲特街39号他的店铺的地下室。他又高又瘦，皮肤黝黑，狭长的椭圆脸，一对小眼睛，他在这里参加了克里奥尔人*美食家的宴会。他来自西印度群岛（卡米耶也去过那里），无人知晓他的钱从何而来。但雷诺阿曾评价道："这个年轻人对画就像狩猎中的猎犬一样贪婪。他还像奥赛罗**。"

在卡米耶带他去埃拉尼把塞尚的画拿给他看以前，沃拉尔对印象派画家一无所知。卡米耶力劝沃拉尔举办一次塞尚回顾展。使所有人大为惊诧的是，塞尚一下子抓住这个机会，往沃拉尔处送去150幅油画，评论界从未见过塞尚的作品，给了他很大鼓励。但卡米耶一针见血地说："比起雷诺阿来，我对塞尚的热忱算不了什么。德加受到过这个精致野蛮人的魅力的诱惑。尚未降服于塞尚的魅力的人，只有那些因感觉迟钝而累犯错误的艺术家和收藏家。"

沃拉尔买下了塞尚的一批画，吉约曼的一批画，梵高的一幅画，他向卡米耶订画一幅雪景和一幅水彩，买了3幅早期的速写。卡米耶把一位新的经销商带进了市场。

一家人集合在一起共度1895年的夏天，只有艾丽斯和小托米未到。奥洛维达将近两岁，

---

* 克里奥尔人，系安的列斯群岛等地的白种人后裔。

** 莎士比亚著名剧本《奥赛罗》的主角、黑人军事将领。

是最小的，朱莉隔不长时间就一顿一顿地喂他。卡米耶用钢笔和颜色蜡笔作了一幅名叫《一门艺术家》的素描，深深地想念着他最初为孩子们设计的未来生涯。画中保罗·埃米尔同柯柯特在画架上作画，吕西安在指导他们。乔治在一张蚀刻桌上工作，费利克斯同吕多维克腋下夹着素描夹子。卡米耶实现了他的野心，看起来似乎奢望过高——他的5个儿子都是艺术家……从某种情况和某种程度来说。画中朱莉在缝纫，这是她玩笑地称为"空闲时间"的工作。朱莉对这幅速写瞥了一眼，问道："你真的相信你的儿子们都是艺术家吗？"

卡米耶老老实实地沉思了一会儿，好像是肉贩在称重，说出了他的判断："都是画家吗？不是，是印版画家，木刻家。也许他们大多数可以从事工艺美术，日常生活中用到的每一件东西，都可以做得既实用又美观。"

"可以靠这种事情谋生吗？"

吕西安、斯特比和奥洛维达于9月回英国。由于朱莉一心要把柯柯特培养成一名出色的家庭主妇，卡米耶的14岁女儿没有受多少教育。他觉得有必要把她送进巴黎的圣凯塞琳寄宿学校。该校没有宗教课，不少英国女孩子在该校读书，柯柯特可以学习语言。他在巴黎时，假期带她去参观卢浮宫、卢森堡宫、古代遗迹、私家画廊、动物园，他要她注意动物皮毛不同的图式，可供编织参考。学校举行舞会，卡米耶及时赶到送她一双美丽的鞋子和白手套。

德加和莫奈在沃拉尔的画展买了塞尚一些美妙的画。卡米耶用一幅卢浮西安纳速写画同塞尚交换了一幅较小的浴女画和一幅自画像。

他又画完了5幅油画。数月来一幅未售出。他再次去巴黎时，找到他从前找过的波蒂埃。波蒂埃售出他的《浴女》，画价为380美元，比丢朗·吕厄出的价高得多。他用其中大部分还清了早先装配画框欠下的账，其余的给了朱莉。只有吕多维克同11岁的保罗·埃米尔仍在家中。

"要是一整个冬天在这所大房子里只见到我们两个老人，你能行吗？"他问朱莉。

一年很快过去，丢朗·吕厄对卡米耶说他正在考虑4月份举办一次画展。他收拾起画具再次去鲁昂，他在可以俯瞰港口的码头上的一家朴素的巴黎旅馆租了一间房，一天1美元。他穿过老城的堡垒和街道，然后在窗前竖起画架，因他必须避开寒冷和大风。在2月的第一周内，他画了8幅处于不同完成阶段的油画，靠在墙根，等待必要的光亮、太阳或雨，以便完成。

他画了街道速写，但大多时间在画海港、塞纳河上的桥、变幻多端的不同天气下的繁忙海港。画中的新布瓦都桥的桥墩不成一条直线，画卖出后，顾客要求卡米耶改正。他画了一整天：雾、霭、雨、日落，一座桥靠近布尔斯广场，桥上人川流不息，起重机不停地把货装上卸下，几艘船只带有大烟囱。码头工在他窗下搬货，在飘雨的天气中闪耀着灰色的色彩。最吸引他的（他是一位乡村画家），是他所见到的激荡的力量：众多的苦力、水手、城里人。动的感觉给了他希望的勃发，使他有时间去成为一名城市画家和"动态人群"的画家。他发现从窗口往北看的一个不寻常的画题——从许许多多的屋顶上来看鲁昂老城包括圣凯恩教堂及迷人的塔楼。"景色非凡！"他喊了起来。

数周后，朱莉突然来到，以查看他的生活。她见到他正画着的油画时，头一个反应就是惊呼："多么美丽！"

她担心寒冷、多雾。他的眼睛又开始存水。卡米耶被她的安慰所感动。他吻她，告诉她，他还需要一个月去完成这些画，如果丢朗·吕厄在4月中旬办画展的话。她不必担心，一次画12幅油画（等待恰当的光亮或晴雨，交叉作画）所产生的热量使他全身温暖。

他遇到一个名叫费利克斯·弗朗索瓦·德波的人，一位有钱的地主，曾在莫奈和西斯莱的鲁昂家中做客。德波深深地爱上了刚完成的《鲁昂老城的屋顶》，提议要为他自己买下，另一幅买下给他的姻兄弟。卡米耶觉得可以转到一家带壁炉的旅馆了，但德波在约定时间再未露面。

油画完成后，他回了家。

➤

前面提到过的7月间，一件意想不到的事进一步震撼了巴黎。德雷菲斯案的检察官桑德埃尔上校由皮卡特中校取代。作为法国情报部门的首脑，皮卡特中校发现军事秘密情报仍在送往德国大使馆。

"从各方面考虑，"卡米耶曾对他全家说，"德雷菲斯可能是清白的。"

乔治·皮卡特中校发现了一封德国武官施瓦茨柯本写给一个姓埃斯特阿泽的法国军官的信。皮卡特开始调查埃斯特阿泽少校，发现他沉溺于女人和赌博。他还弄清了埃斯特阿泽的笔迹同被说成是德雷菲斯的笔迹相吻合。皮卡特头一次发现了其中的联系。他向上级报告了他的怀疑，但受到叮嘱说不要匆忙行事，不要把德雷菲斯同埃斯特阿泽联系起来。奇怪的是，德雷菲斯被冤枉的证据反而引起了一场新的反犹浪潮。曾被塞尚侮辱性地称为"流产的天才"，并诋毁过他早年曾予赞助的印象派运动的爱弥尔·左拉，在《费加罗报》刊登一篇文章，首次炮轰这一反动事件，恢复了他本来同卡米耶站在一起的立场：

若干年来，我曾看到奇怪的、令人厌恶的反犹运动在法国兴起。这对我来说，是某种荒谬的、超出普通常识、超出真理和公正的事，是某种不是把我们推后若干世纪就是把我们带到最坏、最恐怖的宗教迫害时代去的事。

卡米耶的画展于 1896 年 4 月 15 日开幕。他展出 35 幅油画。他的 10 来幅鲁昂风景，包括那幅鲁昂屋顶（他将留给自己），使他自己惊呼道："我不明白，我是怎样得以使这幅全是灰色的画展现出完整性。"他展示了一些荷兰和埃拉尼的风景。他的朋友们把这次画展称为一件乐事。德加在开幕日来到，对他说，他和其他印象派画家在法国艺术界仍占上风。《时代》写到了他对城市的惊喜新的强烈爱好，并把大群人带进了生活，文章说："他所看到的鲁昂的塞纳河风光，是满是货车、马车和行人的桥，全然地杂乱无序。他确实可靠地捕捉住了动的正确感觉。"

这批新油画也受到了《费加罗报》《美术杂志》及其他有名报刊的赞扬。丢朗·吕厄吐露说，只要给时间，他可以把它们售出去。卡米耶回答说："我情愿把画卖给你，比等待收藏家反复无常要好些。"

经销商在脑中盘算了一阵。

"我可以为 11 幅鲁昂风景付你 2800 美元。行不行？"

卡米耶耸耸双肩。

"好的，条件是初冬你再拿去另一套组画。"

"同意。"

朱莉决定要去伦敦看望吕西安、斯特比和奥洛维达，把吕多维克·罗道尔夫和保罗·埃米尔也一道带去。吕西安为她安排好，让她坐火车到伦敦桥，他在那里迎她。他同斯特比花了超过他们能拿得出的钱把埃平的屋子装饰了一下，以示欢迎。朱莉对这一奢侈行为不以为然。奥洛维达腿有毛病，斯特比正在学按摩，多花了卡米耶 60 美元。朱莉抱怨此事，吕西安很不高兴。朱莉的唯一乐趣是丘氏园林。那些温室，盛开的鲜花，以及灌木丛，她深为喜爱，并因此获得内心的宁静。

卡米耶这个夏季的光彩乃是他在沃拉尔画廊成功展出从他的摇摇欲坠的印刷机印出来的 10 幅版画。另一家小画廊，阿诺德·德·德累斯顿，售出几幅版画、两幅小油画。有了这些刺激，他又回到鲁昂。他在布尔都林荫大道的昂格勒蒂旅馆租了一间更舒适的房间，屋内有壁炉，而且新装修过，阳光比较充足。一扇前窗可俯瞰新铁桥、圣索弗尔的一部分、德奥连火车站，还可看到许许多多的烟囱，从巨大的到小型的，都冒着烟。早晨，光线呈雾状，很美。他精力充沛，一次作画 10 幅，他企图捕捉生活和活力，捕捉海港拥挤的人群、船只、桥梁的气氛，以及日落时分雾霭中的城市（过去从未画过）。他运用色彩比早些年更加大胆，他画的船带玫瑰色，桅杆是金黄色和黑色。他按他所见和所感来画。

原来丢朗·吕厄预订的 9 幅水彩画，他又不要了。

"你拒绝收购，是因为这些画的技法不好吗？"卡米耶问。

"我亲爱的，不！要买画的顾客不见了。"

他发现他想画城市的欲望未在鲁昂满足。他极想去巴黎整天画城市的喧嚣，画雨和雪。

画出圣拉扎尔大街和达姆斯特丹大街上的严寒，画许多印象派绘画曾在那里拍卖的德鲁奥旅馆，画一些建筑围起来的一角，经常还有喷泉，形成开放的优雅的广场，这是建筑师奥斯曼男爵的天才之作。

他在里伏利大街的卢浮大饭店找到一个房间，有两个大窗户可看到歌剧院大道。他非常欣赏他的城市风景中的搏动的力量，这在弗维尔拍卖会上，他是体会不到的。那次拍卖，莫奈的一幅油画卖4000美元，而他的两幅油画每幅还不到200美元，一幅杜比尼的画抬到140000美元。消息传来说乔治同费利克斯去马德里旅行在防御工事和港口作画时被捕，他尽量克制自己在这件事上的激动。所幸一位喜爱美术的西班牙炮兵上尉把他们安全送上船驶回佩皮尼昂（法国）。

丢朗·吕厄建议，画一套城市大道的组画将是一个好主意。卡米耶搬进俄罗斯大饭店，从房间的前窗可见到好几条大道，最远可见到圣丹尼斯门。房内有两张床，一张留着朱莉来时用。

他摊开行李，抻开画布，后来画成《圣拉扎尔大街》《意大利区的大道》《日出晨景》等油画。他为画忏悔日游行准备好了画布，有些画布要等待雨下在下面大街上的行人身上和马车的头上。这条街两旁房屋阴暗，但他画出来的都是明亮、欢快，在伞下或马车篷下对生命和生活充满了热情和爱心的人们。

"也许不符合审美，"他欢欣鼓舞，"但是我很高兴能把人们称为丑恶的巴黎街道画出了闪闪银光和勃勃生机。"

粗略地估计一下，他算出，忏悔日嘉年华会（狂欢节）将是他自从22岁出走到加拉加斯以来所画的第1000幅画。他说不清楚，这时流遍全身的感情是因嫌恶而战栗，还是因喜悦而颤抖。需要的是质量，而不是数量！当然，在1000次努力之中，肯定有不少好东西。

他一般只在上午画2小时，下午画2小时。但他注意力所集中的窗下的景色是如此丰富，以致他决定一口气画一整天。晚上，他去安德勒啤酒馆、格尔布阿咖啡馆和雏鸡店访问怀旧。他获悉，拒绝接收凯博特的印象派绘画是由于美术学院一位官员不能相容，此事引起一场风暴，以至于艺术部门的主管官员不得不准许在卢森堡宫附属建筑一间狭窄的、光线很糟的屋子里展出部分遗赠的绘画。这些画马马虎虎地装了画框，杂乱无章地一幅挨一幅地挂在那里，房间比一条通道稍宽一点，仍是在柯罗的地下墓穴中。当然，这里已经是卢森堡宫，法国第二大博物馆。

《时报》称赞了一批曾被美术学院诋毁的画，引起了一场骚动。包括雷诺阿的《饼形磨坊》，莫奈的《火车站》，西斯莱的几幅画，卡米耶在蓬图瓦兹画的几幅最佳作品以及《厄米塔兹》。群众把印象派的画围了起来，没有用刀刺，没有喧器或嘲笑，也没有人吐唾沫。有的只是热诚的惊叹，或讨论每一位印象派画家已获得了多大的成绩。

只有一位诋毁者——席罗姆，作为落选者沙龙的回声，他在《美术杂志》上大肆攻

击他们，而当时印象派的画已被民众接受。他的那些话毫不新鲜，只是惊讶于这种作品在
30 余年后仍能激起如此激情：

> 我们处在一个堕落和低能的时代……整个社会的水平明显地下降。这份遗产包括马
> 奈先生的画，不是这样吗？毕沙罗先生和其他人呢？我重复一遍，像这种对污秽的接受，
> 将意味着一场可怕的道德的沦丧……无政府主义者！还有傻子！人们嘲笑它，说："这没
> 关系——等着吧。"可是，不！这是法国的末日！

卡米耶、莫奈、德加、西斯莱、雷诺阿，在他们的老去处——新雅典咖啡馆会面庆祝，
为善良伟大的人物居斯塔夫·凯博特干杯，他已去世 3 年，他有智慧，他将画遗赠给政府
时还很年轻。通过美术界朋友多方面的熏陶，他成了一名优秀画家。他将同丢朗·吕厄和
唐居伊老爹一样名垂青史，因为他们具有献身精神，帮助他们的同行存活下来。德加代表
大家说："用了这样转弯抹角的方法，愚蠢才被迫承认了智慧。"

这个已经四分五裂、各奔西东的集体，甚至几个人已拒绝"印象派"的称呼，如今
围着大理石的圆桌子，频频举杯喊："致敬！"

卡米耶画人群拥挤的大道。狂欢节的队伍走过，太阳照在队伍和树上，树荫下站着
旁观者，那里有高搭的彩车，色彩鲜艳的长幡和旌旗，成千上万游行的法国人沿蒙马特大
道走向意大利大道。他迅速地工作着，以便捕捉行进中的壮丽景象。他画成数幅大尺寸的
油画，架构适当，色彩生动，人流中的人各不相同——这一奇迹他自己也不能理解从何而
来。画完了狂欢节的第二天活生生的人群形象（比细小的笔触稍大些），他越发加深了在
鲁昂画人群密集的码头和桥梁时的信念——他学了 30 个月的点彩派并不是浪费。相反，
点彩画法可以使他画好小街上密集的混杂的人们，多姿多彩的、穿戴厚重的人们，其中许
多人穿着橘黄、绿色和黄色的不同组织机构的制服，许多人举着高高飘扬的旗帜，还有人
精神抖擞地吹奏铜管乐的乐队。

丢朗·吕厄被这些新作迷住，答应来年 5 月办一次大型画展。他还为凯博特的卢森
堡宫展出后的非凡评论文章而高兴。他已经在前一年把卡米耶的鲁昂组画送去纽约展出，
早年参加美国美术协会的收藏家又回头来以稳步上升的价格买了一些画。

冬天寒冷潮湿，但卡米耶对自己的多产和收入相当满意。作为一名劳动者，他没有
被白雇佣。4 月，他把城市风光画送回埃拉尼，然后回到价格较便宜些的加纳旅馆。由于
他的境况改善，他的律师泰西埃先生建议他立一个新的遗嘱，必须说明留给每个孩子的钱，
避免发生嫉妒……

"……在我死后，"卡米耶想，"但保护死者的家庭是律师的事。我就会死吗？只
有 66 岁？我想不会。"

4月间，伦敦来的电报通知他们说，吕西安得了一次中风。卡米耶坐火车到迪比。到伦敦后，他发现吕西安一只臂膀和半边脸不能活动了。经过休息、锻炼和医治，医生要他放心，吕西安将会行走，手臂和麻痹的左手也能有某种程度的恢复。斯特比开始用轮椅把吕西安推去贝特福德公园，卡米耶则带着画架箱去到广场用绘画这服止痛药来平息他的焦虑。他发现费利克斯（和乔治同住一屋）面色苍白，咳嗽。在这3个较大的男孩中，费利克斯最矮、最瘦，一双忧郁的眼睛经常隐藏在一顶鸭舌帽下面。他做手工雕刻带装饰的木箱，只能赚几个英镑。

"只是伤风。"他解释道。

"我们是不是最好请个医生来看看？"卡米耶问。

"吕西安中风给你的麻烦已够多的了。"

吕西安能旅行了，卡米耶带他、斯特比和奥洛维达回埃拉尼，那里即将来临的夏天的明朗阳光有益于加速他的恢复。不久，吕西安就能在后花园中走动。卡米耶很喜欢他们一家人。朱莉盼望他们回伦敦。

费利克斯在伦敦继续不断地咳嗽，胸部间隔性地疼痛、发烧，最终卧倒在床。雅各布·本苏曾请来的一位医生诊断是肺炎。朱莉把几件衣服扔进旅行箱，赶到她第3个儿子的身边，同卡米耶因吕西安中风一样，受到悲痛的打击。

费利克斯住进一所疗养院。乔治来照管他，朱莉来回奔跑，来看望他们，筹钱，把好消息带给卡米耶。

医生报告说，费利克斯在好转。但几天后，他死了。

朱莉悲伤不已。她想起拉舍尔8个孩子死了7个，那是对一个母亲来说最糟的灾难。

"我还好好地活着。"她悲哀地说。费利克斯是她所生的9个孩子中的第四个。

在她的头脑中，她已同死去近10年的婆婆讲了和。

他们把费利克斯葬在英国。乔治陪朱莉回到埃拉尼。她及时提出，要柯柯特从圣凯塞琳回家。卡米耶坚持等她毕业再说。

他把费利克斯的一幅油画挂在餐室墙上。"可怜的孩子，"他悲哀地说，"他有多么精巧细致的天才。"

有一些在高位的人确信德雷菲斯是清白的。伯纳德·拉扎尔的小册子证实，参谋总部向报界公布的文件是伪造的。他的斗争得到12位不同国籍的科学家的支持。

《时报》和《费加罗报》都刊出了说明埃斯特阿泽是卖国贼的信件。15年前，埃斯特阿泽就写过严厉指责法国人的信件："那些人不值得用子弹去杀死他们。"

尽管陆军部企图压制报纸，法国新闻记者还是要追查这件案子。埃斯特阿泽受到审判，但被一致投票裁定无罪。

爱弥尔·左拉做了一次英雄行动，他向共和国总统写了一封公开信，题目是《我控诉》，在《曙光》发表。信件揭露了军方的掩盖。左拉因"为德雷菲斯诬辩"而受到审判、定罪，判处一年监禁。他逃往英国。

乔治·克莱蒙梭第二个起来坚决保护德雷菲斯。他在《人权》杂志上发表一篇文章。

因轮盘赌得奖，生活得舒舒服服的吉约曼说："如果德雷菲斯被立刻枪毙，人们就能避免一场骚乱。"卡米耶听到此话大为震惊。

德加对德雷菲斯的恶毒谩骂使他丧失了同玛丽·卡萨特（德雷菲斯的热诚保护者）的 25 年的友谊。他也不再同卡米耶讲话。

证明德雷菲斯无罪的证据越多，反犹情绪就变得越强烈。不是因为无政府主义者害怕或科学家害怕，而是因为大选临近，卡米耶可以感觉到军队和教会都在准备搞政变。

他在卢浮大饭店要了两间有大窗户的大房间，可以从窗口画歌剧院大道。这是非常美丽的、真正属于画家的画题。天气不好，但是，下雨和眼病都无法阻止他阔步前进。他画了一幅法兰西歌剧院广场上烟火闪耀的画。到了 4 月 11 日，他已完成 14 幅歌剧院大道组画（油画）。除了克劳德·莫奈早期从纳达尔照相馆前厅画的一幅外，他感到这一次是把平淡无奇的景色转为华丽壮观的景色的一个大跃进，这些景色为人们创建城市的成就欢呼，勇敢的人们在骄阳下、在雨中、在雪中、在冻雨中，为生活奔忙在繁华的大道上。

他把画送交丢朗·吕厄，于 5 月初回到了埃拉尼，因重新在纯净的空气中呼吸，见到绿色的牧场和鲜花而心情愉快。他见到村中拉了一条电话线，但并不想在家中安部电话机。他又开始在埃拉尼和巴津柯特周围的田野漫步，为了不致失去已往的习惯。

丢朗·吕厄举办的 5 月画展是一次决定性的成功。经销商既喜欢大街风景画，也喜欢卡米耶在埃拉尼最新的习作。卡米耶占一个很大的房间；在毗连的几间房里，有莫奈、雷诺阿、西斯莱和皮维斯·德夏瓦纳（一位巴提纽尔时期的老朋友）的最优秀的画，报纸高度赞扬。只有阿尔塞纳·亚历山大继承了阿尔贝·沃尔夫的衣钵，在《费加罗报》载文攻击他。画展结果之一是，他被邀请送两幅油画去美国的匹兹堡博物馆，画价照付。匹兹堡博物馆通过它的馆长邀请他访问该市，作为每年一度画展选画委员会的成员。这是一个机会，博物馆可以帮助他在那个国家立足。但他不愿不能作画，远离朱莉和孩子们整一个月。因而拒绝了。

1898 年，他同朱莉去里昂度夏，他发现里昂是一个伟大而美丽的城市，特别是索恩河的码头，珍藏艾尔·格列柯、克洛德·洛兰、丁托列托*、委罗内塞**的博物馆。他带着近 60 岁的朱莉去葛兰赛－絮尔－乌西。她想再看一看这个小镇，当年她两臂各挎一篮衣服离开此地，到住在帕西公寓的毕沙罗家去做家务女佣。他也想看一看这个曾经诱惑他的小镇。

她带着他沿着乌西河散步，她曾在那边摘浆果，牧放家养的母牛，她到曾工作过的葡萄园，她母亲和姊妹们曾同她一道修剪枝杈，采摘葡萄，他们还去到城堡，在这里，她曾参与当地妇女在城堡庭院内每半年进行一次刷洗活动，当时大家还唱着村歌。他们站立在挪夫街的尽头、水渠边韦莱石屋的门前、乌西河上洗衣房的门前。她的评论仅是："没有人像我那样在院子里种菜种花。"

然后他们爬上陡峭的小山来到圣母山谷教堂，她在那里头一次领圣餐，唱圣诗给她留下深刻的印象，并因此结下了友谊。他们还在勃艮第山村中漫步。

他们回到了苹果园。

不愿平静的卡米耶又决定去向前辈们朝圣。他在阿姆斯特丹逗留 8 天。他研究了伦勃朗、哈尔斯、维米尔***，回到巴黎后，他感到还是更喜欢他们自己的技法和风格。

11 月气候严酷，非常潮湿。他担心他新完成的油画受潮。除了在巴黎租一所公寓外，无事可做。他们找到里伏利街 204 号，房子面对杜伊勒利花园（王宫旧地），能看到极美的花园景色。从前窗，他可以看到卢浮宫就在左边，塞纳河码头附近的房屋隐藏在树后；右边，是巴黎残老军人院的教堂，圣克洛蒂尔德的尖塔隐藏在一片密密的栗树林后面。

他们购置了足够的家具。朱莉很高兴可以在城里过冬了。她把有大窗户的前屋分派给卡米耶作画室，后屋建成一间舒适的餐室——起居室。斯特比送给他们一叠奥洛维达画的素描，卡米耶高兴极了。

"哦哟！第三代画家！她的素描已经富有情感和雅致。"

他立好画架，连着几小时作画：阳光下的或阴天的、清早的或下午的、风雪下的或冰雹下的或日落下的杜伊勒利花园；每张画各不相同。他知道这些作品一定成功，丢朗·吕厄一定能展出并出售。

1899 年 1 月中旬，天气变得持续阴冷。有时雾浓得见不到里伏利大街对面的人。从他们来到后，一直有冷风，"冷得可以冻掉牛角。"他说。他在等待巴黎大树挺拔在大风中的景观，以取得更生动的效果。

他从莫奈处听说阿尔弗雷德·西斯莱病倒在莫雷－苏－洛茵（他曾深情地画过这地方），

· 丁托列托（1518—1594），意大利文艺复兴时期威尼斯画派重要画家，提香的学生，构图宏伟，富有想象力。

·· 委罗内塞（1528—1588），威尼斯画派重要画家。

··· 维米尔（1632—1675），荷兰风俗画家，善于用色彩表现空间感、质感及光的效果。

死于赤贫。卡米耶回想起这个开朗活泼的年轻人、一位商人家庭的可爱的、浪漫的儿子，他曾同他在马洛特的安东尼大妈旅店度假。阿尔弗雷德·西斯莱曾在那里创作了一些真正丰满、美丽的作品。

印象派画家为西斯莱的遗孀和子女举行了一次联合拍卖。卡米耶卖掉了《冬天下午的杜伊勒利宫》，卖了一个好价钱。

到3月底，他的画架上和墙脚下有了14幅油画。窗外的浓雾并未阻碍他极为高兴地获悉：乔治·珀蒂组织的辛迪加，包括开一所豪华画廊的伯恩海姆兄弟，以及另一位店主蒙泰尼亚克，以从未听说过的办法从丢朗·吕厄手里买去他的30幅画。后来他们通知他，通过他们的共同努力，画已售出一半，补偿了他们的投资。他立即去见丢朗·吕厄。

"你可以提高我的画价，对不对，丢朗·吕厄先生？"他的快乐受到抑制，就因为丢朗·吕厄付给他的画价几乎同10年前的一样。

"真该这样！那我们下个月就布置一次大展吧！"

让·格拉夫的杂志《新时代》宣布，将为资助刊物举办拍卖，拍卖毕沙罗一家4口的绘画：卡米耶、吕西安、乔治和吕多维克·罗道尔夫，"一门艺术家"。

丢朗·吕厄的4月画展是一次宏伟的展览。卡米耶展出1870—1898年间的36幅画。数周后，他在伯恩海姆·朱纳的画廊展出另外20幅。

"我活得那么久，又每天工作，怎么会不多产呢？"他自言自语道。

所有的画都售出，尽管《白弹子评论》上一篇文章谴责他是"被他的头一次印象主义夺去灵魂的永恒的奴隶。"

一家人回埃拉尼度夏。卡米耶（现已被称为"沉思的幻想家"）仍外出去阿尔居和迪比附近的瓦兰格维尔寻找幻梦。这些乡村对他不适合，一览无遗，缺乏层次。他需要有隐角、凹角。他回到埃拉尼自己的幻梦中：田野、果园、人们收摘果子和耕种。

1899年6月3日，上诉法院重新审理阿尔弗雷德·德雷菲斯案，并做出新判决。6天后，德雷菲斯从魔鬼岛监牢的监禁中获释，经过长长的海路回家。

第二次审判是在雷恩公开举行，以免巴黎举行对立的游行。报上尽是黑体字标题。传说有人试图暗杀德雷菲斯的辩护律师拉包利。300名各国记者每天发快讯回国。

法国总统赦免德雷菲斯以结束全国性的骚动。还谣传说为了保护1900年博览会，政府将缩小博览会的规模。卡米耶于1855年走进万国博览会，看到展出的成千幅绘画，像被雷电击倒，被吓坏了，但他确信，到时候，他也会成为一名画家。

德雷菲斯上尉拒绝总统赦免，要求恢复他的军阶和军职，恢复军官饰物，并有权穿着新的制服在军事学校的庭院内在他从前管辖的士兵面前大步走过。这些事情将会实现。

许多法国人如释重负。卡米耶也感到信义已经复活。

秋天，全家回到里伏利大街的公寓。他在前窗前竖好画架，重新去绘出世界大城市之冠巴黎的永恒的光辉肖像。

丢朗·吕厄计划将于 4 月开幕的 1900 年"伟大世纪博览会"中安排一间大房间展出自从落选者沙龙以来 8 次画展中最优秀的印象派绘画。这次画展将很快继承 19 世纪 30 年代的枫丹白露派：柯罗老爹、杜比尼、米勒、卢梭，印象派均曾受惠于他们。

在此期间，卡米耶得到通知，他的 5 幅油画被送到了柏林，5 幅在勒阿弗尔拍卖售出。丢朗·吕厄正在交涉购买 9 幅油画，大部分将送往纽约。波蒂埃以 3000 美元的天文数字价售给一位美国人一幅油画。所有印象派的画价都已提到相当高的水平，甚至塞尚长期受轻视的画通过沃拉尔画廊也卖得了高价。

金钱不是最终目的，最终目的是接受。早年，对他的作品有多少伤透人心的评论登载在《白弹子评论》《法国信使》上，有权威性的《时报》上还曾一而再地歪曲过印象派的历史。

他走进 1900 年"伟大世纪博览会"的大厅，立即回想到 1855 年的万国博览会。当时，一名 25 岁的青年，修饰整洁，目光敏锐，站在安东·梅尔比身旁看从全世界各地搜集来的像银河系那样多的绘画。在如此大量的美术作品面前，他惊慌失措。最后，懂得了绘画在人类生活中起到一种全世界共有的作用时，他欢欣异常。他自信他能画，能成为其中的一分子。

那是长长路程的真正的开始。

他一生的作品是对大地、天空、人们和他们的创造主的贡物。最初，是宗教的热诚鼓励他追求世俗的神圣。50 年来，他坚持不断地创造、贡献，用印象的喜悦来充实世界，把世界装饰在永恒的形象之中。

那是值得的吗？

——被拒绝，蒙羞辱，受苦难。

是值得的！他的努力产生了辉煌的结果。

他以前曾经说过："如果我必须重新来一遍，我还是要走这条路……"

西坠的红日还在河上映照，他离开了光芒四射的画展厅，丢朗·吕厄以一位专家的才能把印象派画家的绘画如此可爱地、并列地布置在"伟大世纪博览会"的长墙上。卢浮宫、杜伊勒利花园、塞纳河呈玫瑰色和紫色。世界在发光。

他回到公寓，凝视窗外，下面大道上的年轻人匆匆跨过塞纳河上的桥梁，进入 20 世纪。他在 19 世纪中有没有留下一抹印痕？

朱莉来招呼他吃晚饭。朱莉拥有数百幅他的油画、水彩画、树胶水彩画和素描，她的余生将是安全的。她决不会再离开她梦寐以求的那个家——稍有一点倾斜的苹果园。他的 4 个儿子受到很好的训练，他们至少会成为技术精巧的手艺人。柯柯特正在长成楚楚可人的 19 岁姑娘，受到良好教育。现在，他已能为她提供朱莉所说的"12 份"——嫁妆。

他的右眼仍旧积水，须不时请帕朗托大夫弄干，但他已学会用它生活，用它工作。他确信还要画成百幅的画，画巴黎、巴津柯特、勒阿弗尔、埃拉尼……也许，再画一幅自画像。

他是满意的。7 月，他将庆祝他的 70 岁生日。对一个艺术家来说，能找到自然界的美，就是幸福。

他从画架旁走开，从他的窗户俯瞰世界，一个微小的笑容出现在他的唇角，他的黑眼珠闪耀着为他的印象派同志们数十年斗争的回忆。

毕竟，20 世纪会是他们的。